Potent Pleasures
by Eloisa James

星降る庭の初恋

エロイザ・ジェームズ
白木智子［訳］

ライムブックス

星降る庭の初恋

主要登場人物

シャーロット・ダイチェストン……………………カルヴァースティル公爵令嬢
アレクサンダー（アレックス）・マクダナウ・フォークス……シェフィールド・ダウンズ伯爵
ソフィー・ヨーク……………………………………シャーロットの友人
パトリック・フォークス……………………………アレックスの双子の弟
アデレード（アディー）……………………………シャーロットの母
ウィリアム（ウィル）・ホランド…………………シャーロットの求婚者。男爵
フィリッパ（ピッパ）・マクダナウ・フォークス……アレックスの娘
ブラッドン・チャトウィン…………………………アレックスの友人。スラスロウ伯爵
リュシアン・ボッホ…………………………………ヴァルコンブラス侯爵
クロエ・ヴァン・ストーク…………………………商人の娘

1

イングランド、ケント
一七九八年三月

一七歳まであと一週間というある日、シャーロットの人生は変わってしまった。ぴかぴかのおもちゃのボールがふたつに割れるように、〝以前〟と〝以降〟に分かれたのだ。学校でいちばん仲のよかったジュリア・ブレントートンを訪ねたときの彼女は、まだ〝以前〟に属していた。ジュリアとは寄宿学校の日々をふたりで一緒に切り抜けてきた仲だ。毎日の退屈なラテン語の勉強に、音楽やダンスの習得や美術の実技、校長のレディ・シッパースタインによるエチケットを学ぶ時間もあった。なかでも唯一、どうしても我慢がならなかったのがエチケットの授業だった。

「ジュリア！」レディ・シッパースタインはいつも不意に生徒の左肩うしろに姿を現した。「低いソファに座るときは足首を交差させるのですよ」

「もう一度階段をのぼってごらんなさい、シャーロット。今度は腰を揺らさないで！　そんなふうにくねらせるのは不適切です」

レディ・シッパースタインは胸が船の舳先《へさき》のように突き出した、恐ろしげな女性だった。国王へのお辞儀と比べて、公爵夫人が相手の場合はどこまで頭をさげるべきかを正確に把握していて、まるで生徒たちが毎日そういう場面に遭遇するかのように厳しく教えこんだ。

彼女は実にたくさんの処世訓を知っていた。「使用人をさがらせるときは、小さな子供に対するようにふるまいなさい。きっぱりと、簡潔に、無関心な態度で……。病人への贈り物としてふさわしいものは、彼らが住んでいる場所によって変わります。もし地所内で暮らしているなら、料理人に指示して骨髄の煮こごりを作らせて、あなた方自身で持っていくといいでしょう。村に住んでいる場合は、調理前の鶏《とり》を使用人に届けさせなさい。もちろん、彼らの家に足を踏み入れる際には、伝染性の病でないことを確かめておかなければなりません。同情を示すのも重要ですが、愚か者になってはならないのです」

エチケットの授業では、どうでもいいと思える問いかけが次々とレディ・シッパースタインから投げかけられた。「ジュリア！　従僕が明らかに顎《は》を腫らして朝食室に入ってきたとします。どのように対処するのが妥当ですか？」

「帰らせるとか？」ためらいがちにジュリアが言った。

「違います！　まず情報を入手しなさい。腫れが痛む歯のせいなのか、それとも前夜の喧嘩《けんか》騒ぎのせいなのか。喧嘩なら解雇です。では、そうでない場合は？　ジュリア？」

「ええと、お医者さまに診せるのでしょうか？」彼女はつかえながら答えた。

「いいえ。執事に知らせて、人目につかない場所での仕事に就かせるのです。使用人を甘やかしてもよいことはなにもありませんからね」

シャーロットにとっては美術の授業が一日の中心だった。イーゼル一二脚だけが置かれた四角い白い部屋にいるときはなによりも幸せを感じた。描《か》くのは同じようなものばかりだ。オレンジがふたつとレモンがひとつ。そうでなければ桃がふたつに梨《なし》がひとつ。それでもシャーロットは少しも気にしなかった。

だが、ジュリアは違った。「今日はかぼちゃですよ！」彼女は、新しい静物を披露するミス・フロリップの、興奮気味の口調をまねた。

ジュリアが好きなのはダンスの授業なのだ。そうはいってもダンスそのものではなく、ミスター・ラスキーのせいなのだが。彼はとても毛深く、がっしりとした体つきの親しみやすい既婚男性で、少女たちが一緒にいてもまったく危険はないというのが、教師たちの共通した見解だった。ところがジュリアはミスター・ラスキーの頬ひげをしゃれていると感じ、コティヨンのステップを教えながらそっと添えてきた手がメッセージを伝えていると思ったらしい。「わたし、彼を崇拝しているの」彼女は夜になると小声でシャーロットに打ち明けた。

そういうとき、シャーロットは鼻に皺《しわ》を寄せた。「わからないわ、ジュリア。ミスター・ラスキーってとても……ええと、なんて言うか……」言葉にするのは難しい。彼は普通なのだ。どう表現すればジュリアを侮辱しないですむだろう？　情熱的な愛の誓いを聞かされて、シャーロットは落ち着かない気持ちになった。ジュリアはなにもしないわよね？　もちろん、ミスター・ラスキーも……。だけど、ジュリアはとてもきれいだわ。桃みたいに金色で、甘い香りがして、柔らかそう。もしかしてミスター・ラスキーは……。

かつて家庭教師のひとりは、男性について声高に自説を繰り返したものだ。「彼らの望みはひとつです、レディ・シャーロット！　ひとつなんです。それを忘れて身を滅ぼすようなまねをしてはいけませんよ！」とどのつまりそのひとつとはなんなんだろうと思いながらも、シャーロットはいつも素直にうなずいた。

彼女はジュリアにささやき返した。「彼はそれほどハンサムだとは思えないわ、ジュリア。頬に血管が浮き出ていたのが見えなかった？」

「ばかなことを言わないで！」ジュリアが反論する。「ありえない！」

「いいえ、確かに見たもの」シャーロットは譲らなかった。

「どうしてそんなに細かいところにまで気がつくのよ？」ジュリアは不機嫌になった。

やがて学校が終わりに近づき、立派な肩書きのある身内や、あるいはただのメイドが迎えに来て、少女たちはひとり、またひとりと去っていった。ジュリアに言わせれば、衣装をあつらえて華々しく飾り立てるために。婚約、持参金、舞踏会、そして結婚式という最終目標に向かって、いよいよ動き出すときが来たのだ。

人は公爵の娘であるシャーロットをうらやんだ。彼女の社交界へのお披露目《ひろめ》は盛大に行われるだろう。姉のヴィオレッタのときは、天井から床まで舞踏室全体が白いユリの花で埋めつくされた。

けれども、当のシャーロットはまったく関心がなかった。本当のところは、四角い白い部屋で林檎《りんご》の絵を描いていたかった。場合によっては市場で柿《かき》が手に入るかもしれない。お世辞ではなく、シャーロットは実に絵がうまかった。そのことは彼女自身もミス・フロリップも承知していたが、だからといってなにかが変わるわけではなかった。

シャーロットは社交界にデビューしなければならないのだ。ジュリアも。そうなれば、柿を描く暇などほとんどなくなるだろう。

そんなわけで、〈若い淑女のためのレディ・チャタートンズ・スクール〉へ母親のアデレードが迎えに来たとき、シャーロットはうれしいというよりあきらめの境地にいた。アデレードは公爵家の紋章がついた馬車に乗り、従僕を四人も従えて、シャーロットに言わせれば完全武装してやってきた。恐ろしげなレディ・シッパースタインとの面談を前にしてひるんでいるのだろう。かわいそうなお母さま。かなり狼狽《ろうばい》しているに違いないわ。

やがてレディ・シッパースタインからついに帰宅の許しが出ると、シャーロットとアデレードはそそくさと馬車に逃げこんだ。およそ公爵夫人らしからぬにやにや笑いを浮かべ、サテンのクッションにもたれかかってアデレードが言った。「ああ、やっとあなたも卒業したのね、シャーロット！　もう二度とレディ・シッパースタインに会わなくてすむのよ。これでようやく気を落ち着けられるわ。それで、今度の絵はどんな具合なの、ダーリン？　オレンジだったかしら？」彼女はとても愛情深い母親で、子供たちがなにをなし遂げたかちゃんと把握していた。といっても、シャーロットの場合は果物の水彩画と決まっていたが。

「いい感じよ、お母さま」シャーロットは答えた。「家に着いたら見せるわ」そこでかすかに眉をひそめる。彼女の母はどの作品にも同じ反応を示すのだ。感心しておおいに喜び、決して批判的な目で見ない。

「そう、よかった」アデレードがほっとした顔になった。「すぐにサクソニーのところへ送りましょう。あの廊下はとてもすてきになってきたわ。あと二枚か三枚で壁がいっぱいになりそうよ」

シャーロットは顔を曇らせた。両親は彼女の絵を装飾のための道具、一種の壁紙と見なしている。作品は仕上がると即座に最高の額縁職人――つまり〈フレイマーズ・トゥ・ザ・クラウン〉のサクソニー親子のもとへ送られた。そして父親のほうのミスター・サクソニーがみずから選んで適度なつや消し加工を施した金の額縁におさめられ、うやうやしく公爵の屋敷へ届けられる。それから東棟の長い長い廊下を飾る、果物と風変わりな野菜からなる絵の長い列に加えられるのだ。

「さあ、シャーロット」アデレードが決意をこめて言った。「一刻も早くあなたのお披露目の計画を立て始めなくてはならないわ。たまたま知ったのだけれど、イザベラのお母さまのレディ・リドルフォードが、すでに四月一九日の週末を押さえたらしいの。あなたの舞踏会はまさにその日が最適だと思っていたのに。だから、至急日取りを決めて告知しないと。その次の週末がいいのではないかしら。ねえ、どう思う？」

シャーロットは返事をしなかった。仕上げたばかりの絵のことを考えていたのだ。けれども心ここにあらずの娘の姿に慣れているアデレードはとくに気に留めず、また舞踏会の計画について語り始めた。

兄のホレスがふざけて〝果樹園〟と呼ぶ、ずらりと絵がかけられた東棟の長い廊下を訪れたシャーロットは、そこでひとつの変化に気がついた。ミス・フロリップの指導のもとで描き続けているうちに、最初のころは不格好だったオレンジが、だんだん丸みを帯びてきていたのだ。林檎は毒々しい赤から、もっと本物らしい色合いになっている。

目下のところ、シャーロットが関心を持っているのは色だった。たとえばオレンジひとつとっても、色を表現するのは非常に難しい。目を閉じると、さまざまなオレンジの果実がまぶたの裏に色鮮やかによみがえってくる。黄色、青、茶色をほんの少しずつ、それこそ何時間もまぜ合わせ続けたが、それでも心の目に浮かんだオレンジの色は再現できなかった。きれいに色づいたオレンジはてっぺんのあたりがかすかに茶色っぽく、青みを帯びた筋が入っている。真っ白な部屋でも長い廊下でもなく、太陽や温かい海の香りがするような、本物の果樹園を思い出させる色なのだ。

だがアルバマール・スクエアのカルヴァースティル・ハウスに戻ってからは、絵に費やす暇があまりなかった。シャーロットは延々とお針子たちにつつきまわされるのを我慢し、母の計画を聞かされる毎日に耐えた。

「そうよ」アデレードが高らかに宣言した。「デルフィニウムだわ!」

シャーロットはじっと母を見つめた。

「デルフィニウムがどうかしたの、お母さま?」わけがわからず、しばらくしてしびれを切らせて質問した。

「デルフィニウムよ! 舞踏会のテーマにする、あなたの花じゃないの! ずっと考えていたのよ。ヴィオレッタのときはユリにしたのを覚えているでしょう? 今度はあなたの舞踏会なんだから、ヴィオレッタを連想させる色は避けなくては。だけど、デルフィニウムならとても美しい青だわ。あなたの髪をすばらしく引き立ててくれるはずよ」

最近の流行は金髪だ。金色の巻き毛に青い目をした美女がもてはやされている。けれども、シャーロットの髪は真っ黒だった。緑の瞳に、しみひとつない真っ白な肌。うまくまとめれば髪はみごとにカールするし、肌はクリームのごとく白くてなめらかなのだが、彼女は社交界デビューを目前に控えたかわいらしい娘、というたぐいの女性ではなかった。曇った日の海を思わせる緑の目の上で、眉が疑問符のように弧を描いている。実際のところ、顔全体が疑問符の形だった。華奢《きゃしゃ》な三角形の顎から、目や問いかけるような眉へと自然に視線が吸い寄せられる。

公爵夫人は小さくため息をついた。幸せを感じているときのシャーロットは、娘たちの誰よりも美しい。初めての舞踏会は幸せいっぱいで迎えられるようにしてあげなければ。ただそれだけでいい。

仮縫いのあいだ、シャーロットはじっと立ったまま目を閉じ、心に浮かんだオレンジを分析していた。もっと赤を加えるべきかしら? 真っ赤から始めて、重ね塗りでオレンジ色に近づけていくのがいいかもしれないわ。

「シャーロット!」アデレードが言った。「ミス・スチュアートは裾《すそ》をあげようとしているの。お願いだから、指示されたとおりにまわってちょうだい」

「シャーロット! これで二度目よ。腕をあげなさい」

「シャーロット!」

ようやく仮縫いが終わり、シャーロットのお披露目用のドレスに最後の真珠が慎重に縫いつけられた。今や公爵の末娘にふさわしい一七着のドレスが、薄絹に包まれて衣装簞笥《だんす》にかけられている。デルフィニウムも順調に育っていると聞き、公爵夫人は安堵《あんど》した。田舎の領地から従僕一〇名が呼び寄せられた。舞踏室は磨きこまれ、シャンデリアの埃《ほこり》も落とされた。門番にはこれから出入りが多くなる旨が告げられた。カルヴァースティル公爵家の末娘を社交界に送り出す準備は着々と進められた。やがてロンドン社交界の人々に招待状が送られ、速やかに受諾された。公爵夫人は内気かもしれないが愛すべき人柄で、独創性に富み、しかもふんだんに使える資金が背後に控えている。カルヴァースティル公爵家の舞踏会が軽んじられることは決してなかった。

おそらくなにより重要なのは、若い紳士たち——しゃれ者、ご機嫌取り、やさ男に道楽者など、ロンドンじゅうのあらゆる集団や派閥に属する紳士たち——が舞踏会への出席を了承したことだろう。上のふたりの姉が美人だったため、シャーロットも美しいに違いないと噂《うわさ》されていた。それにポケットがたっぷりふくらんだ父親を持つ彼女なら、持参金もかなりの額に違いないと。こうして準備はほぼ整ったが、舞踏会までまだ二週間あった。

　そこで、シャーロットはジュリアを訪問したいと申し出た。別に問題ないだろう、と母親も思った。

「シャーロット、あなたは人前に出ないようにしなければならないのよ。今は細心の注意を要する時期ですからね」従順だがどこか無関心な様子の娘を見ながら、アデレードは明るい口調で言った。

　自分のお披露目に興味がないなんてことがあるかしら？　いいえ、まさか、とアデレードは思った。シャーロットはうれしそうにドレスの話をするし、シルクの布地を見ながらふたりで楽しく過ごしたじゃないの。それにしてもシャーロットの色使いのうまいこと！　公爵夫人の胸に、末娘に対する愛情がこみあげてきた。これまで末娘はなんの面倒も起こさず、母として心配させられることもなかった。シャーロットは分別があって、穏やかで、いつも冷静なのだ。

　従僕をひとりだけ連れて公爵家の馬車に乗り、シャーロットはロンドンから数時間のところにあるブレントートンの地所へ向かった。ジュリアが目を輝かせて出迎えてくれた。彼女が見せてくれた舞踏会用のドレス――刺繍《ししゅう》の面積は少なく、縁に真珠も縫いつけられていなかったが――も、シャーロットのものと同じくらい美しかった。それに、もちろんジュリアには熱意があった。

「彼ってすてきなの、シャーロット！　彼のことが大好き！　年を取ったミスター・ラスキーとは全然違うわ。美しいの。本当に美しいのよ。あなただってきっと気に入るわ。赤い血管なんて見えていないし！」

シャーロットは鼻に皺を寄せてジュリアを見た。

「美しいってどういう意味？　それより、誰の話をしているの？」ジュリアのスミレ色の瞳が夢見るようにうっとりしているのに気づき、シャーロットは驚いた。

「名前はクリストファー」ジュリアが言った。「髪は巻き毛で……まるで本物のアドニスみたいなのよ、シャーロット」

「だけど、いったい何者なの？」シャーロットの疑問はふくらんでいった。友人はなにかをごまかすようにきらきら輝く目を絶えず部屋の隅に漂わせ、すねた顔で口をとがらせた。

「ジュリアったら！」シャーロットは笑いを嚙《か》み殺し、わざと脅すように言った。男性のこととなるとジュリアは救いがたい愚か者になる。ミスター・ラスキーに二度と会えなくなると言って涙に暮れていたのは、ほんの数週間前だ。

「もう彼の腕に抱かれることもないのよ。一緒に踊ることもないんだわ」あのころジュリアはそう言って嘆き、枕《まくら》に突っ伏して泣いていた。さすがのシャーロットも心を動かされ、ミスター・ラスキーのお尻がぽっちゃりしているとか、頭の一点がはげかかってきているとか何度も言ったのは申し訳なかったと思ったのに。

ジュリアが床に視線を落とした。「神さまに仕える人なの」ようやく小さな声で言う。

「なんですって？」話がのみこめず、シャーロットは訊《き》き返した。

「彼は……ええと、副牧師なの」

「副牧師？　ちょっとジュリア！」

「金髪の巻き毛なのよ、シャーロット。彼はまるで、ええと、そうね、まるで絵画みたいだったわ」最悪の秘密を打ち明けてしまうと、ジュリアはシャーロットのしかめっ面を無視して副牧師のすばらしさを並べ立て始めた。彼は若く、ときどき学校へやってきていたラヴェンダー売りを含む誰よりもハンサムらしい。これまでジュリアはミスター・ラスキーをもっとも愛《いと》しいと思う一方で、いちばんハンサムな男性としてそのラヴェンダー売りを崇《あが》めていた。

「いくらあなただって、彼のことは好きになるはずだわ、シャーロット。だって美徳にあふれているし、とてもほっそりしていて……。気の毒なミスター・ラスキーはぽっちゃりしているって、あなたはいつも言っていたじゃない。絵のモデルとしてもすてきだと思うわ」ジュリアは座り直し、思わせぶりにシャーロットを見た。

「まさか……ずっと果物の絵を描き続けるつもりじゃないでしょうね。もう学校は卒業したのよ、シャーロット！　クリストファーに絵を描かせてもらいたいと申し入れてみれば？」

「あなた、頭がどうかしてしまったのね」シャーロットは優しく言った。「会ったこともない男の人に、モデルになってくれなんて頼むわけがないでしょう。お母さまがショックで気絶するわ」

「ねえ、シャーロット、これからは絵ではなくて、男性のことを考えるようにしないと。わかっているはずよ」ジュリアがいくぶん厳しい口調で言った。「これまではまったく関心を示さなかったんだから」

確かに副牧師はラヴェンダー売りよりハンサムだ。日曜日になって、シャーロットは沈んだ気分で考えた。ジュリアがあまりにも夢中で彼を見つめ続けるので、二度も肘で突いて、頭を垂れて祈るよう促さなければならなかった。シャーロット自身も視界の隅で副牧師をうかがった。彼は黒い法衣《カソック》を堅苦しく着こみ、なめらかそうな金色の巻き毛を輝かせていた。絵画のようには見えなかった。どちらかというと彫像——それも半人半獣の女癖の悪いサテュロスの像を思わせた。巻き毛はつやつやしすぎているし、顔立ちも品行が悪そうな感じがする。オクスフォード大学から放校になったときのホレスお兄さまみたいだ。

教会を出る途中でシャーロットは、冷たい春の日の光に髪をきらめかせた副牧師がジュリアにウインクをして、かすかではあるがとても親密な笑みを向けたのに気づいた。さらにジュリアの両親が知人に挨拶《あいさつ》をしている隙《すき》に、副牧師は小さな紙切れを友人の手にすべりこませた。驚きのあまり、シャーロットは膝に力が入らなくなった。

屋敷へ戻るあいだ、なにも知らないブレントートン夫妻と楽しげにおしゃべりしながらも、シャーロットは胸をどきどきさせていた。ジュリアはとんでもないことをしているわ！　若い男性から手紙をもらったことが誰かに知れたら、絶対に〈オールマックス〉には入れない。社交場を後援する女性たちが認めるわけがないもの。そうなったら夫を見つけられなくなるわ。

ブレントートン・ホールへ帰り着くと、シャーロットはジュリアの肘をきつくつかんで階段をあがり、彼女の部屋へ引っぱっていった。ドアをきっちりと閉めてそこにもたれかかり、無言で手を差し出す。

ジュリアが反抗的に見つめ返してきた。自分より高いシャーロットの身長がどれくらいあるか、オーク材のドアと比べて、推し量っているような目だ。ジュリアは華奢で小柄だった。いくらシャーロットがほっそりしているとはいえ、彼女を押しのけて部屋を出るのは不可能だろう。ジュリアはため息をつくと勢いよくベッドに腰をおろし、ドレスの胸もとから小さな紙切れを取り出した。その慣れた手つきを見て、シャーロットは心底恐ろしくなった。

「なんでもないのよ、シャーロット」ジュリアが顔をあげてシャーロットをにらむ。「わかるでしょ？」彼女はちらりと紙を見せた。

シャーロットはそれをひったくった。とがった字体で単語だけが書いてある。〝スチュアート・ホール、土曜日、九時〟

「まあ、なんてこと。ジュリア、あなた……まさか彼とふたりきりでこっそり会うつもりじゃないでしょうね？」シャーロットはペチコートを押しつぶしながらずるずると腰をおろし、ドアの前に座りこんだ。「どこなの、スチュアート・ホールって？」

「別に悪いことはしないわ」身を乗り出したジュリアが熱心に言った。「密会するわけじゃないの。そんなことは絶対にしない。毎週土曜日の夜に開かれる仮面舞踏会なのよ。たまたまクリストファーにそのことを話していたら――」

「クリストファー！」

「わかったわよ、それならコルビー副牧師と呼ぶわ。でも、彼のラストネームは好きじゃないの。とにかく、そんな深刻な話じゃないのよ、シャーロット。商人とか使用人が大勢参加する仮面舞踏会らしいわ。クリストファー……ミスター・コルビーが言うには、わたしたちみたいな階級の人間が本物の暮らしを、とくにほかの人々がどんな生活をしているかを見る機会はないんですって。彼は、社交界の若い娘たちは室内用の鉢植えのようなものだと言うの。自分たちはなにもしないで、いちばん高い値段をつけた入札者に売られていくような。ミスター・コルビーの話では、そこで踊られるダンスはとても気の置けないものなんですって。みんな仮面をつけたままだから、わたしたちの顔を見られる心配は――」

「わたしたち！　わたしたちの顔ですって！」シャーロットは繰り返した。

　ジュリアがさらに前のめりになる。「あなたも行かなくちゃだめよ、シャーロット。わかるでしょ？　ふたり一緒ならなにも問題ないわ。わたしのお母さまはあなたが悪いことをしないと知っているし、たとえ見つかっても死ぬほど怒られるとは思えない」

「いいえ、怒るわよ」率直にものを言うジュリアの母親を思い浮かべながら、シャーロットは反論した。

「わからない、シャーロット？　このままだとわたしたちはただ羊のように、高値をつけた人に売られて――」

「いったいなんの話をしているの、ジュリア？」シャーロットは激怒した。「こっそり舞踏会に行くことと羊になんの関係があるのよ？」

ジュリアにもよくわからなかった。クリストファーに説明されたときは、とても道理になっていると思ったのに。あのときの彼は美しい顔をうつむけて、羊のように従順な口調で話してくれた。

「だからつまり」彼女は曖昧《あいまい》に言った。「わたしたちは結婚しなければならないでしょ。そうすればもうなにも見られなくなるわ。ああ、シャーロット」道徳にまつわる厄介な質問は無視した。「きっと楽しいわよ。そう思わない？　パーティーに行くのは不適切でもなんでもないわ。ちゃんと付き添いが……神学者の付き添いがいるんだから！」

シャーロットのなかで小さな反抗の炎がともった。結局のところ、社交界にデビューしたいかどうかなんて誰も尋ねてくれなかった。結婚したいかどうかも訊かれるとは思えない。もちろん結婚はしたいし、そのためにはデビューするしかない。だが、いくら考えても納得のいく結論は出なかった。

「あなたが行かないなら、わたしも行かないけど」ジュリアが小さな声で言った。「ちょっとのぞくだけなのよ」

シャーロットは口の端を持ちあげて笑みを形作った。暗黙の了解を得たジュリアが歓声をあげる。

「これだけは約束してちょうだい。わたしをひとりにして副牧師と踊りに行かないで」シャーロットはきっぱりと言った。

「あら、そんなことはしないわよ、シャーロット！」ジュリアが目を輝かせた。「屋根裏へあがって、着るものを見つけないと。仮装の衣装よ。古い仮面もあったはずだわ」

シャーロットは冷静でいようと努めたものの無理だった。理性的で簡単には浮かれない性分はどこかへ消えてしまい、甘美な興奮にのまれて胸が高鳴った。

ジュリアが跳びあがった。「屋根裏へ行くなら今のうちよ。お母さまもお父さまも、日曜日は昼食の時間まで借地人たちを訪ねるの」

ふたりは忍び足で階段をのぼり、使用人の居住階を通り過ぎて、ブレントートンの屋敷の屋根のすぐ下に広がる、声が反響する巨大な屋根裏へ足を踏み入れた。古い松材の床や、覆いがかけられた埃っぽい家具や、古くなった服を入れた旅行鞄《かばん》に、淡い日の光が降り注いでいる。シャーロットは一瞬足を止め、光のなかで渦を巻いて躍る塵《ちり》を眺めた。ジュリアはそのあいだもてきぱき動いて、旅行鞄を目指して床を横切った。そして一分もしないうちに、体をすっかり覆ってしまうほど大きな黒いマントを二着見つけた。仮面は見あたらない。だが間もなくふたつ目の旅行鞄を開けると小さな叫び声をあげ、隅のほうから顔の上半分を覆う形の仮面を引っぱり出した。

「しいっ、ジュリア」シャーロットの心臓は激しく打っていた。

「大丈夫」仮面を不格好に包んでいたジュリアが顔をあげた。「せいぜい使用人の誰かに聞かれるだけよ」

「その誰かが音の正体を確かめにやってきたらどうするの？」

「もう、シャーロットったら、本当になにも知らないのね」ジュリアが笑う。「もちろん、買収するのよ」

そして実際にその晩、ジュリアは自分のメイドに金を握らせ、仮面を虫干しするよう頼んだ。一週間後に手もとに戻ってきた仮面はきちんとアイロンがかけられ、甘い香りを漂わせていた。準備はすっかり整い、もうあとへは引けないところまで来てしまった。ジュリアは笑い転げながら、二〇年前に当世風だった髪型に見えるように、シャーロットの髪に粉をはたいた。

ジュリアは大はしゃぎだった。「わたしを見てよ！　階段の踊り場にかかっている、お母さまの肖像画にそっくりだわ！　それに誰もあなただとわからないわよ、シャーロット」彼女は励ますように言った。「仮面をつけたら、粉を振りかけた髪と顔のごく一部しか見えないもの。ねえ、髪粉をつけすぎたかしら？」

シャーロットは自分の姿を眺めた。ジュリアが髪粉を惜しまなかったのは間違いない。

「少なくとも、ダンスに誘われる心配はしなくてよさそうよ」ジュリアはくすくす笑った。

「近づいてくる男の人はくしゃみが止まらなくなりそうだもの！」

そうならないと困るわ、とシャーロットは不安を感じながら思った。これからふたりで世の中のほかの人々がどんなふうにダンスを踊るのか見学に行って、また帰ってくるのだ。屋敷を抜け出すのは問題なかった。ジュリアの寝室がある東棟の裏手には使用人用の階段がある。ふたりが抜け出した夜の九時には、使用人たちは西棟で床に就いていた。

シャーロットとジュリアが角を曲がると、道が湾曲したところで副牧師が待っていた。馬車の扉にもたれている黒い人影を見て、シャーロットの歩みは遅くなった。この仮面舞踏会へ行くのは間違いだと、確信に近い思いがこみあげてくる。けれどもジュリアはおかまいなしに、〝クリストファー〟と叫んで駆け出してしまった。暗い夜道での密会は初めてではないと言っているも同然だ。こんなのは間違いだと副牧師に告げ、ジュリアを引きずって屋敷に帰るべきだと思いながら、シャーロットはのろのろと友人のあとを追った。

だがふたりが馬車の前まで行ってみると、ほっとしたことに副牧師はとても礼儀正しかった。ジュリアにシャーロットを紹介されたミスター・コルビーは厳粛な面持ちでお辞儀をして、オクスフォード大学に通っていたころに、カルヴァースティルの礼拝堂を訪れたことがあると話した。それを聞いたとたん、どういうわけか今回の遠出がまるで学校の遠足のように思えてきて、シャーロットはほっと安堵の息をついた。いずれにしてもジュリアがさっさと馬車に乗りこんでしまったので、屋敷に戻ろうと告げる機会はなかった。気がつくといつのまにか、シャーロットは仮面のひだ飾りをつぶさないよう前かがみになって、貸し馬車の埃っぽい座席に座っていた。

そのとき、ミスター・コルビーがバスケットからシャンパンの瓶を取り出した。シャーロットとジュリアも飲むのがあたり前だと思っている手つきだ。世間の人たちは本当に、舞踏会へ出かける途中でシャンパンを飲むものなのかしら？　馬車が速度をあげて走り出すのを意識しながら、シャーロットは不安な面持ちでグラスに口をつけた。ジュリアはダンスや舞踏会や使用人たちのことをぺちゃくちゃとしゃべっている。

しばらくすると、ようやくシャーロットも平静を取り戻した。まったく無言のまま座っているなんて、ミスター・コルビーにひどく育ちが悪いと思われているに違いない。彼女は小さく咳払《せきばら》いをした。けれどもいつものごとく、とめどなく話し続けているジュリアは気づかないので、会話に加わるきっかけが見つからない。実際、彼女がおしゃべりをやめるのは、向かいの座席に座る副牧師をうっとりと見つめるときだけだった。そうすると、彼も礼儀正しくジュリアに向かって頭をさげる。

シャーロットはやっと機会を得て、母親が副牧師に尋ねていたのと同じような質問——教区民の様子や、貧しい人々がどうしているかなど——を投げかけた。

「このあたりは運のいい地域ですよ」ミスター・コルビーが丁寧に答えた。「ミス・ブレントートンのお父上はとても寛大な支援をなさっていますから」

「お母さまが言っていたわ」ジュリアが割りこみ、あっというまに話題を変えた。義務を果たしたシャーロットは緊張を解いて、この外出は向こう見ずではあるものの、とがめられるほどではないと感じられるようになった。

一行がスチュアート・ホールに到着したときも、シャーロットは落ち着きを失わず冷静でいられた。そこは人目を引く堂々とした煉瓦《れんが》造りの建物で、長い窓からもれる光が庭園を照らし出していた。ほかのお屋敷とたいして変わらないのね、とシャーロットは思った。なかに入ると、ミスター・コルビーの言っていたとおり全員が仮装しており、大半が仮面をつけていた。大勢の人々が押し合いながらゆっくりと廊下を進んでいく。階段の上まで来ると、間隔を詰めて列になって並んでいる男女の姿が見えた。

シャーロットたちは這《は》うように進んでようやく舞踏室のなかへ入り、部屋の片側の、ナルキッソスの像と庭園へ続く開かれたドアのあいだに小さな空間を見つけた。いったんどこかに消えたミスター・コルビーがまずいレモネードを持って戻ってきたので、彼らは立ったまそれを飲んだ。

「ねえ」ジュリアが言った。「このレモネードにはお酒が入っているに違いないわ」

「そうは思わないな」ミスター・コルビーが言う。「ここの人たちは、あなたたちが飲むようないいレモンを買う余裕がないのですよ」

自分たちはこれまで上等のレモンばかり使ってきたのだと思うと、シャーロットもジュリアも恥ずかしくなり、それからは文句を言わずにレモネードを飲んだ。

ミスター・コルビーがジュリアに向き直った。「踊りませんか？」彼はうやうやしくシャーロットを見た。「ここにいればまったく安全です。ジュリアとぼくはすぐに戻ってきますから。今流れているメヌエットは母のお気に入りだったので、ぜひ踊って母を偲《しの》びたいのです……」

申し訳なさそうに言うミスター・コルビーはとても悲しげに見えた。きっと最近お母さまを亡くされたに違いない。なにが起ころうとダンスはしないとジュリアに約束させていたにもかかわらず、シャーロットはうなずいて了承した。もちろんジュリアはあっというまにシャーロットに背を向けて、人ごみのなかへ消えてしまった。

彼はカソックを着ていないわ、とシャーロットはぼんやり思った。

それに、副牧師のお母さまがダンスフロアでメヌエットを踊ったりするものかしら？　ひとりで舞踏室にたたずんでいるのは決まりが悪かったので、シャーロットは誰かを捜しているふりをして、踊っている人々に目を向けた。そして徐々に彼らが、シャーロットの思い描いていたような出席者たちではないことに気づき始めた。多くの女性たちが仮面を取っている。それに彼女たちは——かなり肌が露出していた。たとえば、マリー・アントワネットに似た扮装《ふんそう》の女性だ。羊飼いの杖《つえ》を持ち、そびえるように大きいかつらをかぶっている。ドレスはとても鮮やかな色で、胸もとのラインがかなり低い位置にあった。あと少しでもさがったら胸が飛び出してしまいそうだ。まあ、彼女が羊飼いの杖でしていることといったら！　シャーロットは頬をピンクに染めた。マリー・アントワネットの連れの男性は大笑いしている。シャーロットは本能的に、母親が出席するような舞踏会でそんなふるまいをする者は誰もいないだろうと思った。

だけどわたしとジュリアが今夜ここへ来たのは、そういう人たちを見るためではなかったの？　もちろんロンドンの舞踏会とは雰囲気が違うかもしれない。でも、ミスター・コルビーが言っていたでしょう？　若いレディたちは室内用の鉢植え同然で、なにも見ることを許されないって。社交界へのお披露目の舞踏会以外では、みんなこんなふうにふるまっているのかもしれないわ。

シャーロットはもう一度マリー・アントワネットを見ようと視線をあげた。だが、階段をのぼっているらしい姿がちらりと見えただけだった。気分が悪くなったんだわ。連れの男性に抱えられるようにしてあがっていくもの。きっと女性用の控えの間へ行くのね。

ふと、シャーロットの視線が階段の上に立つ男性をとらえた。手すりにもたれかかる彼を、マリー・アントワネットの分厚いスカートがかすめていく。その男性はシャーロットの父親よりも背が高く、ほとんどの男性が黒い仮面をつけているのに対して緑の仮面をつけていた。彼は……尊大で堂々として見え、仮面をつけた姿でさえとてもハンサムだった。肩幅が広く、ウエーブのかかった黒い髪に銀色の筋がまじっている。

ちょうどそのとき、クレオパトラの扮装をした美しい女性が彼のそばで足を止めた。どうやら知り合いらしく、ふたりは笑顔になった。男性がクレオパトラの顔に指を這わせる。シャーロットは彼らを見つめながら、無意識のうちに自分の頰に触れていた。今立っているところからでも、彼の瞳が黒く、眉は彼女と同じような弧を描いているのがわかった。シャーロットはよく人に、いつもなにかしら疑問を抱いているからそんな眉なのだろうと言われる。ところが形は同じでも、彼の眉はまったく違う印象を与えていた。どことなく悪魔的に見えるのだ。ジュリアが好きな副牧師のようにいたずらっぽい感じではなく、もっと危険な雰囲気がする。これほど欲求をかきたてられる男性は初めてだ。だけど、いったいなんの欲求かしら？　きっとキスだわ。そうよ、彼にキスをしたい。シャーロットの体に甘美な震えが走った。レディ・シッパースタインが何度も繰り返し言っていた。キスは婚約者とだけするものですが、その前にすべての書類に署名をすませておかなければなりませんと。

突然、その見知らぬ男性が仮面の飾りをひるがえして向きを変え、笑顔のクレオパトラを伴ってダンスフロアへと階段をおり始めた。シャーロットはふたりを目で追おうとして爪先立ちになったが、人が多すぎてよく見えなかった。それでも男性がほかの人たちより背が高いので、ときどき銀色まじりの黒い巻き毛を目の隅にとらえることができた。シャーロットの胸は高鳴った。

「いやだわ！」彼女は思わず声をあげてほほえんだ。最初に目がいったハンサムな男性に心を奪われるなんて、まるでジュリアじゃないの。彼はきっと従僕だわ。それにしてもジュリアはどこへ行ったの？　ジュリアと副牧師が立ち去ってからすでに三、四曲は演奏されていたが、彼女の姿はどこにも見あたらなかった。シャーロットのなかで小さな怒りが渦を巻き始めた。ここは明らかに慎み深いとは言えない人たちでいっぱいなのに、どうしてわたしをひとりにしておけるの？　そう考えているあいだにもシャーロットの目の前で、すりきれた仮面をつけた体格のいい男性が、女性のむき出しの肩をつかんでキスをした。踊っているほかの人々がぶつかっていらだたしげな声をあげても、ふたりは気にも留めていない。

目をそむけたシャーロットは、像のうしろの一角をじっと見つめた。舞踏室は金色の毛くずをまぜこんだ、よく見かけるたぐいの青い壁紙で覆われていた。彼女は残りのレモネードを飲み干した。

そのとき、急に誰かに押されてつんのめった。普通ならすぐにバランスを取り戻せたに違いないが、頭がぼうっとしていたせいでふらついて前に倒れてしまった。さらに、彼女を押した相手が上から倒れこんできた。

「うう」シャーロットの口から声がもれた。仮面がよじれているのが自分でもわかる。髪に振りかけていた粉が、磨きこまれた床一面にこぼれ落ちた。

けれども次の瞬間、彼女は助け起こされていた。大きな手がマントにこぼれた粉を払ってくれている。

シャーロットは顔をあげた。それは彼女が見ていたあの男性だった。シャーロットは目を丸くして彼を見つめた。マントの汚れを払っていた男性が顔をあげる。ふたりの目が合ったとたん、男性がぴたりと動きを止めた。

「ありがとう」シャーロットはそう言うと、思い出したようにほほえんだ。

男性は動かなかった。あまりにまじまじと見つめられて、シャーロットは彼の黒い瞳から目をそらした。黒くて深くて、磨き抜かれた黒曜石みたいだ。ばかばかしいことを考えている自分に気づき、くすくす笑い出しそうになる。従僕が緑のシルクでできた厚い仮面をつけるの？　シャーロットはちらっと男性を盗み見た。思ったより若い。それに思っていたよりもっとハンサムだ。目の上で眉が弧を描いている。彼はまだシャーロットを見つめていた。実際には彼女の唇を。シャーロットは落ち着かない気分になって唇を噛んだものの、彼の強烈な視線にとらわれて動けずにいた。

そのとき男性が無言でシャーロットの腰に手をまわし、自分のほうへ引き寄せた。

「えっ?」驚きのあまり、シャーロットはそれしか言えなかった。男性の頭がさがってきて、温かくて力強い唇が彼女の唇を覆う。声も出せないでいるうちに唇を開かされ、舌が侵入してきた。彼がわずかに頭を引いて舌でシャーロットの唇をそっとたどっても、それでも声は出なかった。彼女はなにも言えないまま男性のほうへ身を乗り出し――自分から!――無言の要求を伝えた。彼の唇がふたたび覆いかぶさってくる。

男性がシャーロットを抱えたまま向きを変えた。そうするとちょうどナルキッソスの像の陰になり、まわりの人々にふたりの姿が見えなくなった。彼はすばやい手つきでシャーロットの仮面を引きあげた。シャーロットが顔をあげると、男性もすでに仮面を取り去っていた。明かりが届かないその一角は薄暗く、彼の顔の力強さが際立って感じられた。彼女を見おろす瞳がきらめいている。まるで今からルバーブのタルトを食べようとしているみたいだ。緊張のあまりシャーロットが唇をなめたとたん、彼の瞳が目に見えて濃くなった。

シャーロットはいまだに言葉を発することができなかった。男性から離れることも、声をかけることも考えておらず、ただ待っていた。彼の大きな手がシャーロットの背中をすべりおり、ドレスとマントの上からヒップをつかむ。彼がなにをしているのか気づいていたにもかかわらず、シャーロットはさらなるキスを求めて無言で顔をあげた。

彼の唇が離れ、温かい息が耳にかかると、彼女は本能的に身を震わせた。舌がシャーロットの耳のまわりをたどる。男性がかすれた声でつぶやいた。「いいね。かわいらしい耳だ」

そのままふたたび彼女の口を覆った。舌が侵入してきてシャーロットの舌をとらえ、強く吸った。

そのあいだずっと男性の大きな手は心をかき乱すリズムを刻みながら、シャーロットの背中を腰までたどって動き続けていた。彼女をぴったりと引き寄せ、外れかけた仮面やマントの上から指で愛撫《あいぶ》する。男性はシャーロットの体を引きあげると、筋肉質の硬い体を押しつけた。まるでゼリーになってしまったかのように、シャーロットは脚に力が入らなくなった。

たとえ頭がまともに働いていたとしても、抵抗するのは不可能だったに違いない。体は自分のものではなくなり、言うことを聞かなくなっていた。彼が片手を肩のうしろに、もう片方の手を膝の下に入れてやすやすと彼女を抱きあげ、暖かな庭園へ足を踏みだしたときには、もしかするとなにか言葉を発せたのかもしれなかった。けれどもシャーロットはそうする代わりに彼の胸にもたれ、彼の鼓動を頬に感じていた。

男性がじっと見つめている。漆黒の瞳を濃いまつげが縁取っていた。あのまつげに舌を這わせたい。ふと浮かんだ思いが頭を離れず、シャーロットは戸惑いを感じてまばたきした。

正気とは思えないその考えが、彼女を現実に引き戻しかけた。だが次の瞬間、ふたたびキスをされた。自分の喉からかすかにうめき声がもれるのがシャーロットにはわかった。彼がシャーロットを地面におろした。花と草の青臭い香りがする。そして、覆いかぶさってきた男性の大きな体から放たれる熱を感じた。自然と伸びた手を彼の髪に絡め、男らしい体を自分の上に引き寄せる。

彼がマントをかき分けた。シャーロットはきつく目を閉じて、強烈な歓《よろこ》びの訪れに没頭した。彼の頭がさがり、唇が胸に迫ってきた。木々のすぐ反対側、ほんの一メートル足らずのところで開かれている舞踏会などもうどうでもよくなった。シャーロットの口から、うめきというより悲鳴に近い声がもれた。

じりじりと焼けるような跡を残しながらおりていくその唇が脚に到達すると、彼女は思わず息をのみ、彼の腕のなかで身をよじった。本能的に体をそらして、柔らかな草の上で腰を浮かせる。男性はなにごとかつぶやいていた。肌に押しつけられた唇の動きが甘美なキスに感じられた。懸命に聞き取ろうとしたものの、シャーロットはすぐになにもかも忘れてしまった。彼の唇がメッセージを書き留め、彼女が今日まで知らなかった言葉を教えるかのように動き始めたのだ。

全身に火がつくと同時に、今にも爆発しそうな予感がした。男性の顔がふたたびあがってきたので、シャーロットはたまらず舌でそっと彼の唇に触れ、両手を相手の髪に差し入れた。男性がくぐもった声をもらして、なにかをした。それがなんなのか、彼女は見当もつかなかった。ドレスをたくしあげられたが、彼の両手が胸をさまよっているのでなにも考えられない。「いいかな……」

かすれた低い声で尋ねられ、シャーロットはささやいた。「お願い」そして、彼のキスを待ち受けた。

脚のあいだに膝が入りこんでくる。男性が身をかがめて口づけると、シャーロットはたちまち靄《もや》に包みこまれ、めまいがして息ができなくなった。彼をすぐそばに感じて体が燃えるように熱い。だが次の瞬間、鋭い痛みに貫かれ、彼女は悲鳴をあげた。

「くそっ!」腹立たしげな声を発したかと思うと、男性が両手をついて上半身を起こした。突然襲いかかってきた冷たい現実に、シャーロットは思わず身を縮めた。

未来のシェフィールド・ダウンズ伯爵である、アレックスことアレクサンダー・マクダナウ・フォークスは、呆然《ぼうぜん》としている娘を見おろした。まさか処女だとは。アレックスを見あげている顔からはすっかり血の気が引き、唇はキスで腫れている。美しい唇だ。彼は感嘆した。とても濃い赤で、蜂蜜《はちみつ》のような味がして……そう思ったとたんになにも考えられなくなって、ふたたび柔らかな彼女に覆いかぶさり、唇を奪った。

息をのむほど美しい娘だ。どこかの屋敷の使用人だろうか。処女にしてはかなり奔放に反応していた。彼自身、今までにこれほどすさまじい欲望を感じたことはなかった。アレックスは麻痺《まひ》したように動かない彼女の美しい腿に、ゆっくりと手をすべらせた。反射的に彼女が身をくねらせる。

アレックスは娘の繊細な三角形の顔を大きな手で包み、眉に唇を押しあてた。彼女はいまだにひと言も発していないが、ほんの少しだけ唇を開き、彼がまぶたに舌を這わせると息をのんだ。なんと魅惑的な音だろう。今すぐこんなことはやめて立ちあがり、処女を奪ったという不快な事実をうまく処理しなければならないのはわかっている。だが、アレックスはもう一度じらすように、問いかけるように、あるいは命令するように彼女の唇をふさいだ。

片手を彼女の腿から下にすべらせる。脚の内側に這わせた手をシルクのストッキングに沿ってふたたびあげてきて、膝のガーターを越えてクリームのようになめらかな内腿まで伝わせる。アレックスが包みこむと、初めての欲求に驚いたかのように彼女がまた身をそらした。息をのんだ娘の瞳は頭上の暗い木々の葉に向けられていたが、なにも見えていない様子だ。彼女は小さなかすれた声をあげて唇を開いた。痛みはすでに消えたらしい。

娘を見つめながら、アレックスは困惑していた。彼女は貴族的で完璧《かんぺき》な形の鼻をしている。それに弧を描く繊細な眉……。彼女が頭を動かしてまっすぐに彼の目を見た。ガラスのようなぼんやりとした瞳、腫れた唇。あっというまに噴き出してきた欲望に打ちのめされ、アレクスは全身を震わせた。体を起こして彼女から手を離し、脚のあいだに膝を入れる。

そのとたん――再度奪われる寸前に――シャーロットは激しく身をよじって抵抗した。彼の指が離れたことで生まれた冷静さが、遅ればせながら自衛本能を呼び覚ましたのだ。

男性はすぐにシャーロットを放し、体を回転させて彼女の脇《わき》に移動した。彼の重みがなくなり、ぬくもりが感じられなくなった不満は無視した。体じゅうが小刻みに震え、何キロも走ったあとのように心臓が激しく打ち続けている。シャーロットは男性のほうを見ないようにしながら立ちあがった。脚のあいだに痛みを感じてつまずきそうになりつつも、必死でドレスを引きあげた。

だが、どうしても目が吸い寄せられてしまった。その男性は予想以上に若かった。おそらく、二五歳の兄のホレスよりいくつか上なだけだろう。それに、すばらしく美しい。頭上の木々の葉が影を落とす白いシャツと対比して、男性の肌は金色に輝いて見えた。シャーロットは視線をさげた。彼が礼儀正しく背中を向けてくれているあいだに急いでドレスの乱れを直し、マントを整えてふたたび仮面をつける。

考えられるのは——もう一度彼の腕のなかに飛びこむ以外には——屋敷に戻ることだけだった。シャーロットはそっと男性の腕に触れると、生来の礼儀正しさから声をかけた。「ありがとう。さようなら」

純潔を奪われるという、若いレディに起こりうる最悪の事態を引き起こした張本人に告げる言葉としてそれがどれほど奇妙なことか、それすらも考える余裕がなかった。

声を耳にしたアレックスは、はっと顔をあげた。だが娘は彼が反応する前にそばをすり抜け、振り返りもせずにこみ合った舞踏室へ走って戻っていった。アレックスは悪態をつき、急いであとを追ったが、マントと仮面を身につけた女性はそこらじゅうにあふれていて、彼女を見分けることはできなかった。濃い黄色のシルクにバラ色のコットン、緑がかった金色のタフタ。そのあいだにくたびれた黒い上着の男たちが点在している。けれども、黒い仮面をつけたほっそりした娘の姿はどこにもなかった。

アレックスはため息をついた。消えていなくなってしまうなどありえない。仲間のところへ戻ったのだろう。突然、自責の念に駆られて罪を償おうとする泥棒のように、彼はどうしても彼女を見つけたくなった。小さく悪態をつくと、頭のなかで部屋をいくつかに区切り、辛抱強くひとつひとつを調べてまわった。若い娘がいれば肩を叩《たた》いて確かめてみたが、やはり彼女はいなかった。もう帰ったに違いないと頭ではわかっていても、ダンスが終わる夜明けまで、アレックスは頑固に捜し続けた。

彼女は行ってしまった。何者かはわからないが、処女を失ったにもかかわらず、彼からなにも受け取らずに去ってしまった。このままにはしておけない。アレックスはどうしてももう一度彼女に会いたかった。いや、金を払うというのは、罪の埋め合わせをしたいがための隠れ蓑《みの》にすぎない。本当は彼女が欲しいのだ。それは頭がどうにかなりそうなくらい切迫した思いだった。彼以外の誰にも触れられたことのないあの美しい体をふたたび自分のものにして、彼女が小さなあえぎ声をもらすまで口づけ、何度も何度も罪を繰り返したい。

それにしても妙なことに、彼女の話し方はレディのようだった。外見もそうだ。だがもちろん、土曜の夜の〈娼婦の舞踏会《シプリアン》〉にレディがいるはずはない。あの娘はきっとかなり利口な娼婦なのだ。もっとも価値の高い財産を無償で差し出すとは、いったいなにを考えていたのだろう？　アレックスは爆発寸前のいらだちを抱えて舞踏会をあとにした。

その夜、みだらに誘惑される夢から目覚めた彼は、すぐには現実との区別がつけられず、初めて見る場所のように部屋を見渡した。あの庭園の娘は……つい先ほどまで彼女の体はそこにあり、乳房を舌でたどると彼女があげるうめき声がこの耳に聞こえていたのに。どういうわけかあの娘はいつのまにかアレックスの頭のなかに入りこみ、出ていかないと決めたらしい。

それから数週間、アレックスは彼女の元締めから、あるいは娼婦でなく使用人だとしたら彼女の両親から、金を要求する手紙が来るのではないかと期待して待った。彼女が連絡をよこすのを心から待ち望んでいたのだ。そうすれば彼女を保護して、ロンドンに静かで小さな家を用意してやれる。けれども、結局手紙は届かなかった。

あの翌週には、少しも楽しくなかったのでもう行きたくないという弟のパトリックを無理やり伴って、再度〈シプリアンの舞踏会〉を訪れてみたが、彼女の姿は見あたらなかった。もしかするとちらりとかすめた疑念があたり本当にレディだったのかもしれないと、それからの二週間は上流階級の舞踏会にもいくつか顔を出してみたものの、緑の瞳をした細身で背の高い娘はいなかった。アレックスが捜しているのはすらりとした落ち着いた娘なのに、ロンドンの若い娘たちはみな小柄で活発だった。

娘の本当の髪の色を知っていれば、もっと簡単に見つけられたのかもしれないが、あの夜の彼女はおびただしい量の髪粉を振りかけていた。そのあと何週間も、アレックスの仮面にはかすかなラヴェンダーの香りが残っていたほどだ。よくよく考えた結果、彼は娘の髪は赤毛だという結論に達した。あれほど肌が白いのだから、きっと赤毛に違いない。そういうわけでアレックスは、ラヴェンダーの香りのする赤毛の娘を捜し続けた。漆黒の髪でオレンジの花の香りをさせたシャーロットとは出くわすこともなかった。

あの娘と愛し合う——娼婦と思われる相手にその言葉を使うのがおかしいとは思いもしなかった——夢を見ない夜は、むせび泣く彼女を慰め、優しい言葉をかける夢を見た。アレックスは自分に言い聞かせた。彼女のことばかり考えるのはおそらく、事を最後までやり遂げられなかったせいに違いない。彼女の体がどれほど潤っていたか、そしてどれほどきつかったか思い出すと、彼は胸が苦しくなった。彼女がレディであるはずはない。確実な証拠がある。処女のレディは言うまでもなく、あらゆるレディは男と寝るのを楽しんだりはしないのだから。

現実がじわじわとシャーロットに襲いかかってきた。舞踏室へ駆けこんだ彼女は、ナルキッソス像のそばに立つジュリアとミスター・コルビーを見つけてほっとした。不満げにこわばったジュリアの口もとには気づかなかったけれど、自分から口を開く必要はなかった。シャーロットはジュリアに促されるまま舞踏室を横切り、ミスター・コルビーの馬車に乗りこんだ。実際のところ、帰り着くまで誰もひと言も口を利かなかったのだが、それを妙だと感じたのは、ずいぶんあとになってからだった。精神状態はぼろぼろで、かろうじて馬車に乗ったことを覚えているだけだったのだ。

家に帰ると、ジュリアは堰《せき》を切ったようにミスター・コルビーの話を始めた。どうやら彼がキスをしようとしたらしい。キスを！　やめさせるには思いきり足を踏みつけなければならなかったそうだ。シャーロットはときおりうなずきながら、ぼんやりと椅子に座っていた。しばらくして、ようやくジュリアが話をやめた。

「大丈夫、シャーロット？」瞳の翳《かげ》りや、蠟《ろう》で固めたように無表情な顔に気づいたようだ。

シャーロットは短く答えた。「気分がよくないの」そしてまさにその言葉どおり、ジュリアの寝室のアキスミンスター絨毯《じゅうたん》に吐いてしまった。真夜中だったことと、ジュリアが酸っぱいにおいのする部屋で眠るのを嫌ったため、ふたりはシャーロットの部屋へ移って寝支度に取りかかった。

服を脱いだとたん、ジュリアが息をのむ音が聞こえた。視線をさげたシャーロットは腿に血がついているのに気づき、心臓が飛び出るかと思うほど驚いた。

「まあ、わたしったらばかね」ジュリアが口を開いた。「月のものが来ただけなのに。手当ての布を持っている?」シャーロットは無言で首を振った。まだ何週間か先に来る予定だった。ジュリアは必要な品を取りに自室へ向かった。

シャーロットは部屋の隅に置かれたたらいの水で体を洗った。ずきずきと痛む場所にそっと触れてみる。その部分についてはこれまで考えたこともなかった。

わたしは純潔を奪われたんだわ。彼女は不意に理解した。貞操を失うというのは、これのことなのだ。体の内部が破られ、以前とは変わってしまった。

冷たい風が背筋を吹き抜ける感覚とともに、シャーロットはもう絶対に結婚できないと悟った。結婚すれば、処女でないのが相手に知れてしまうからだ。心の動きが鈍くなっていくのがわかる。彼女は急いで戻ってきたジュリアになんとかほほえみを向けた。

白い寝間着に着替え、ジュリアから顔をそむけて、シャーロットはベッドの上で丸くなった。だが、長いあいだ寝つけなかった。ようやく眠りに落ちたものの、自分のすすり泣きの声で目が覚めた。父と母の顔が目に浮かぶ。ふたりがこのことを知ったらなんて言うかしら。

翌朝、シャーロットはみじめな気分でベッドに横たわっていた。隣に座ったジュリアがホットチョコレートを飲みながらおしゃべりしている。幸いにも、彼女が夢中でしゃべっているときはあまり返事をしなくてもすむ。

「ミスター・コルビーの裏切りがどうしても信じられないの」ジュリアは何度も同じことを言った。〝クリストファー〟がいつのまにか〝ミスター・コルビー〟に変わったらしい。「わたしになれなれしい態度を取ろうとしたことが、ただただ信じられないのよ」注意を向けさせようと、肘でシャーロットをつつく。「シャーロットったら、大事な話なのに！　彼はキスをしようとしただけじゃないの。手を……わたしの胸に置いたんだから！　わたしの胸に」彼女は繰り返して強調し、興奮気味につけ足した。「純潔を奪われていたかもしれないのよ」

シャーロットがなにも言わないでいると、ジュリアが顔をのぞきこんだ。「本当に大丈夫なの、シャーロット？　ずっと黙りこんでいるじゃない。お母さまに頼んでもいいわよ……月のものの痛みに効く薬があるの。そうしてほしい？　あら、だめだわ」彼女はうめき声をあげた。「無理よ！　だってお母さまと顔を合わせたら、ゆうべなにがあったか気づかれてしまうわ！」

ジュリアは楽しんでいるんだわ、とシャーロットはぼんやり思った。

ジュリアが続ける。「もしあの時点でわたしが彼の足を踏んでいなければ、いったいどうなっていたかしら？　抵抗しきれなかったかもしれないわ」彼女はくすくす笑った。「でもね、シャーロット、彼の唇は湿っていて、すごく不快だったの……。わたしったらなにを考えていたのかしら。副牧師とキスをするところだったなんて！」そう言って、ふたたび愉快そうに笑い出した。

シャーロットは黙って聞いていた。どこが問題なの？　少なくともジュリアはミスター・コルビーを知っている。彼を崇拝してさえいたのだ。ただ、ジュリアは自分を見失わなかった。母親に打ち明けたところで――もちろんそんなことはできないだろうけれど――副牧師のキスを拒んだ娘をレディ・ブレントートンが責めるはずがない。

けれどもシャーロットの場合は、まったく見ず知らずの他人にいきなりキスされたというのに、さらなるキスを乞《こ》い求めるかのように彼の腕のなかに身を投げ出してしまったのだ。彼女は罪悪感を心から切り離して、怒りに集中しようとした。あの人はひどい男よ。彼はきっと考えたに違いないわ……。いいえ、彼の考えたことなんて想像したくない。シャーロットは熱くなった頬を慌てて手で覆った。

午後二時をまわり、大きな屋敷のなかが静かになって初めて、シャーロットの目に涙がこみあげてきた。ジュリアは両親と乗馬に出かけ、メイドも厨房《ちゅうぼう》へ行っている。シャーロットは一生持てないであろう夫を思い、子供のことを考えて枕を濡《ぬ》らした。そして、自分がみだらな女だということを、こんな形で気づかせた天の不公平さを恨んだ。男性とはかかわらないようにしよう。長いあいだ絶望の涙を流し続けたあと、彼女はついに決心した。自分が信用ならないのは明らかだ。堕落してしまったことを世間に知られるわけにはいかない。両親は打ちのめされてしまうだろう。

シャーロットはようやくベッドを出ると、ベルを鳴らして風呂の用意を頼んだ。純潔を失ったしるしがまだ残っている可能性を考えてメイドをさがらせる。だが、出血は止まっていた。

湯気があがる湯につかり、浴槽に背中を預けたところで、彼女は絵のことを思い出した。この数時間でわたしの世界はすっかり変わってしまったけれど、それは絵を描くことにもあてはまる。夫や子供を持てないなら、正式に絵を習うことができるんだわ。新しいキャンバスに絵の具で色をつけ、今感じている屈辱とはかけ離れた気楽な人生を送ればいい。そう考えてこれからの計画を思い描くと、苦しい感情を静めることができた。シャーロットは浴槽から立ちあがり、慎み深い白いドレスのボタンを留めてもらうためにジュリアのメイドを呼んだ。

2

シャーロットの人生は〝以前〟と〝以降〟に分かれてしまったが、それは彼女の母親にとっても同じだった。翌日アルバマール・スクエアに戻ってきたシャーロットは口数が少なかった。涙こそ浮かんではいないものの悲しげな目で見つめられて、アデレードは娘を強く揺さぶりたいのと同時に、わっと泣き出したい気持ちになった。いったいシャーロットになにがあったのかしら。もう以前のあの子ではない。公爵夫人は困惑して夫に告げた。シャーロットが厳しい顔つきでふさぎこんでいると。

本当のことを言うと、アデレードは疲れ果てていた。疲労のあまり、いらだちを抱えている新しいシャーロットにうまく対応できなかった。社交界デビューの準備は骨の折れることばかりだ。何週間もかけて計画したにもかかわらず、今週になって〈ガンターズ〉に注文した氷に問題があることがわかった。淡いスミレ色の氷を発注したのに、彼らが持ってきた見本は強烈な紫色だったのだ。さらに泥酔していると気づかずに中央のシャンデリアを掃除させた従僕が、クリスタルを一七個も割ってしまった。おまけに自分のドレスを新調しようと青いヴェルヴェット地に銀糸でアイリスの刺繍を入れるよう頼んだところ、ぞっとする代物ができあがってきた。袖《そで》は短いうえにきつく、オーバードレスはだらしなくたるんで、それを着た姿は老けて太って見えた。しかたなく、実質ひと晩でバラ色のブロケードのドレスを仕立ててもらうために、通常の四倍の金額をマダム・フランコットに支払うはめになった。

そして今、まさに舞踏会の前日に、シャーロットが舞踏会に出席したくないと言い出した。自分のお披露目の舞踏会も含めてどんな舞踏会にも出たくないと。アデレードは信じられない思いで娘を凝視した。シャーロットのメイドのマリーに向き直り、きつい口調で命じる。

「ヴィオレッタを連れてきてちょうだい、マリー。そのあとはさがっていいから」

マリーはそっと部屋を出た。お嬢さまは頭がどうかしてしまったに違いないわ。あのきれいなドレス！　あれを着たくないなんて考えられる？

シャーロットの姉のヴィオレッタが寝室へやってきた。すでに社交シーズンを二回経験し、ブラス侯爵から結婚を申しこまれるのが確実となった娘らしく、平然として余裕のある歩き方だ。

ヴィオレッタが説得を試みた。「ねえ、ロッティ」彼女はシャーロットの幼いころの呼び名を使った。「わたしだって自分のお披露目のときは怖かったわ。お母さまがどこもかしこも白いユリで覆いつくしたでしょう。いいえ、すてきだったわよ、お母さま」慌ててつけ加える。「だけどにおいがきつくて。舞踏室の様子が気になって午後にのぞきに行ったら、くしゃみが止まらなくなってしまったの。みんな大慌てだったわ。それでキャンピオンがスコッチを勧めてくれたのよ。彼が言うには、くしゃみには最高の薬なんですって。そのとおりだったわ。もちろん」彼女は考えこむように言った。「飲んだあとの記憶はほとんどないんだけど、くしゃみをしてばかりの夜を過ごさずにすんだのは確かよ」

シャーロットはみじめな気持ちで姉を見つめた。ジュリアの家を出てからは一度も泣いていなかったが、ずっと泣きたい気分だった。どうしようもなくもう一度彼に会いたい気持ちに襲われたかと思えば、次の瞬間には激しい怒りと自己憐憫《れんびん》に駆られた。

ベッドに近づいたヴィオレッタが、肩が触れ合うほど近くに腰をおろした。「わたしなら心配しないわ、シャーロット。だってあなたは三人姉妹のなかでいちばんの美人だもの。昔からそうだった。それに、この舞踏会はあなたのために開かれるのよ。ダンスに誘われるかどうか気にする必要はないわ」

シャーロットは黙って首を振った。なぜ舞踏会に出なければならないの？　結婚もできないのに。考えたとおりの人生を歩み始めるほうがいい。彼女は今の自分が——昔の乳母《ナニー》の言葉を借りれば——豚並みに強情になっているとわかっていた。

「無駄よ、ヴィオレッタ」母が割って入った。「断固として聞き入れないの！　いったいどうして？　なぜなの、シャーロット？」アデレードの声が上ずり、金切り声の一歩手前にまで近づいた。「わたしの苦労を考えれば説明くらいしてくれてもいいはずよ。舞踏会がいやだとしても、せめて四カ月前に言ってくれていれば理性的に話し合えたのに。さあ、舞踏会に出たくない理由を教えてちょうだい。さもないとお父さまを呼びますよ！」

アデレードは化粧台の椅子に腰かけ、まっすぐシャーロットの顔に視線を据えた。反対側からはヴィオレッタが、同じくらい真剣なまなざしで見つめていた。迫ってくるふたつの壁に押しつぶされるような気がして息苦しくなり、シャーロットは膝に目を落として指を何度も組み替えた。体が熱くて吐き気がした。窓の外から巨大な天幕を設営する音が聞こえてくる。彼女の舞踏会で供される晩餐《ばんさん》用の天幕だ。

「いいわ、お母さま」ついにシャーロットは口を開いた。

「いいって、なにが?」母がぴしゃりと返した。

「理由を話すわ」シャーロットはのろのろと言った。とても顔があげられない。彼女は組んだ指をじっと見ながら続けた。「ケントでこっそり舞踏会に行ったの。ジュリアは悪くないのよ。わたしも行きたかったから。仮面舞踏会で、髪に粉をはたいたから誰もわたしだとわからなかったはずだわ」

隣でヴィオレッタが体をこわばらせるのがわかった。母は恐怖にすくんだ目でシャーロットを凝視している。啞然《あぜん》とするあまり、何年もかけて三人の娘のひとりひとりに厳しく教えこんだ決まり事をなぜ末娘がことごとく破ったのか、理由を尋ねることさえできないらしい。

「それで、なにがあったの?」部屋が静けさに包まれて数分もたったかと思うころ、アデレードが抑揚のない口調で訊いた。

シャーロットは顔をあげて、苦しげな目で母を見た。「男の人と出会ったの」声が震えた。

「男の人に会って、一緒に庭園へ出たわ」

シャーロットの瞳に浮かぶものを目にしたとたん、アデレードの怒りは雪が解けるように消えてしまった。彼女は急いで娘のそばに移ってベッドに腰をおろすと、ヘッドボードに背中を預けて娘を抱き寄せた。

「大丈夫よ、ダーリン」アデレードはささやいた。まだ幼かったシャーロットが足の指をぶつけたときと同様に腕をさすり、頭のてっぺんにキスをした。シャーロットは反応しなかったが、母親を押しのけもしなかった。アデレードの胸に寄せた顔に、シルクのようになめらかな髪がかぶさっている。

「だけど……それからどうなったの？」ヴィオレッタが尋ねた。「一緒に庭園へ行ったって、どういうこと？　その人にキスを許したの？　どんな感じだった？　楽しんだ？」彼女は手を伸ばしてシャーロットの腰を軽くつついた。

アデレードがめったに見せない表情を真ん中の娘に向けた。「口を閉じなさい、ヴィオレッタ」

ヴィオレッタは素直に従った。もう少しで、つい先週、自分も侯爵とふたりで庭園へ出たことを打ち明けてしまうところだった。それがとても楽しかったことも。でも、シャーロットはこれまで一度も男性に興味を示さなかったのに……まさか……。ヴィオレッタは恐怖に目を見開いた。シャーロットはその人に体を許したのかしら。息を吸ってふたたび口を開こうとしたところで母と目が合い、彼女は口をつぐんだ。

アデレードは心を落ち着かせようとした。ヴィオレッタと違って彼女は、シャーロットの身に起こったことを即座に悟った。心臓にナイフをねじこまれたような痛みが走る。わたしの小さなシャーロットが、わたしの娘が汚されてしまった。相手の男をこの手で殺してやりたい。アデレードは末娘をきつく抱きしめた。

しばらくして咳払いをすると、シャーロットをそっと促して体を起こさせた。両手を娘の肩に置き、絶望しすぎて涙も出ない様子の緑の瞳をまっすぐにのぞきこむ。

「大丈夫、シャーロット？　必要かしら……その、ドクター・パージェターを呼びましょうか？」アデレードが言うと、シャーロットはさらに顔を青くして、激しく首を振った。

アデレードは無言で娘を見つめた。正確になにがあったのか突き止めなければ。でも、ヴィオレッタの前ではだめだわ。

「ヴィオレッタ」口を開いたものの、うまい口実が浮かばなかった。「ヴィオレッタ」シャーロットの沈んだ肩越しに真ん中の娘の視線をとらえて、アデレードは繰り返した。「自分の部屋にいなさい。いいえ、なにを言っても無駄よ」断固とした口調でヴィオレッタの抗議を退ける。「あとであなたのところへ行って説明してあげるから。それまでこのことは誰にも話してはだめよ。とくにあなたのメイドには言わないで」

ヴィオレッタはしかたなく部屋を出たが、あとで母親からすべてを聞き出す自信があった。お母さまったら、うまく質問しさえすれば、こちらの思うままになんでも話してしまうんだもの。おかげでわたしは、たとえば夫と妻のあいだで起こることとか、本当は知るべきでない事柄も全部知っている。だけどシャーロットは一度も尋ねたことがないはず。だからきっと知らないんだわ。それとも知っているのかしら？　頭が疑問ではちきれそうになりながら、ヴィオレッタはのろのろと自室へ戻った。

母親とふたりきりになると、シャーロットは震える息を吸いこみ、すすり泣きとともに支離滅裂に話し始めた。「ああ、お母さま、わたし、男の人に会ったの……庭園で。彼にキスをしたわ。思いもしなかった……彼がキスをするなんて」泣きじゃくって言葉が途切れ途切れになる。彼女はアデレードの肩に額を押しつけた。あんなことが起こったなんて、どう話せばいいの？　お母さまはきっと……。

「わたし、彼についていったの」顔をあげ、苦しみをたたえた瞳でアデレードを見つめながら、シャーロットはついに言った。「その人と一緒に庭へ出て、木の陰へ行って、そうしたら彼が……わたしのマントの前を開いたの。わたし、わたし……彼を止めなかった」

アデレードは娘の腕をさすりながら黙って聞いていた。恐れていた以上に悪い状況であり、まだましだったとも言える。少なくとも、シャーロットは無理やり体を奪われたわけではないらしい。けれども聞いているだけで胃がよじれるような無謀なふるまいに及び、社交界の決まり事をことごとく破ったのは間違いない。木の陰だなんて！　誰かに見られるかもしれないのに！

「その人の名前は？」アデレードは訊いた。

「知らないの」

「知らないのね」アデレードはなんとか声を絞り出した。「ねえ、シャーロット、もしかしてその人は、ブレントートンの従僕のひとりじゃないの？」

シャーロットが息をのむ。「そうかもしれないわ、お母さま」彼女はさらに激しく泣きじゃくり始めた。すすり泣きの合間に言葉が次から次へとあふれ出てくる。舞踏会、銀色のまじった黒髪、緑の仮面、副牧師、ナルキッソスの像、出来の悪いレモンで作ったレモネード。

娘をなでていたアデレードの手が止まった。いったい誰なのかしら？ シャーロットの説明ではちっともわからない。それにロンドンには大変な数の紳士がいる。紳士だとすれば。彼女は陰鬱《いんうつ》な気分で考えた。話を聞くかぎりでは紳士だと思えないわ。もっともシャーロットのほうも、レディとはかけ離れたふるまいをしたけれど。

そのとき、なにかが引っかかった。銀色まじりの黒髪の若い男性について、聞いたことがある気がする。あれはどんな話だったかしら。ともかく暗いほうに考えていてもしかたがない。急いで誰かをケントへやって、その仮面舞踏会について調べさせよう。

シャーロットが泣き疲れたころ、アデレードは決意を固めた。彼女はふたたび娘の体を起こし、ベッドの上で座らせた。

「さあ」きっぱりとした口調で言う。「今度のことはなにもかも忘れてしまいましょう」母親としてのありったけの威厳をかき集め、アデレードはシャーロットの目をのぞきこんだ。「ほんのいっときの軽率なふるまいのせいで、あなたの人生を台なしにするわけにはいかないわ、シャーロット。誰だってときには無分別になるものよ。ねえ……」そこで言葉を切り、娘の純真な瞳を見つめる。今となってはもう、それほど純真とは言えないかもしれないが。大変なのはこれからだろう。娘たちのなかでも、シャーロットは欲望とは無縁だと思っていたのに。庭園で密会を楽しむと聞いて真っ先に思い浮かぶのはヴィオレッタで、実際あの子に対してはもっと厳しく管理してきた。それなのに、まさかシャーロットが……。

「あなたのお父さまとわたしも、まったく同じことをしたの。結婚する前にね。実を言うと、まだ婚約さえしていなかった」

シャーロットはかすかに興味を覚えて母親を見た。「お母さまたちが？」

「ええ、そうよ」アデレードは答えた。「幸い場所は違ったけれど。あれは……いえ、話すつもりはないわ。だけど庭園ほど軽率な場所ではないにしろ、不安な気持ちはあなたと変わりなかったと思うわ。信じてちょうだい。人はいつだっておかしなことをしてしまうものなの。あなたはとても運がよかったのよ」彼女はすばやくシャーロットを抱きしめた。

「今回の件は誰にも知られていないわ」アデレードの顔つきは厳しかった。「誰も知らないなら、それは起こらなかったのと同じよ。わたしの言うことがわかる、シャーロット？　なにも起こらなかったの」

シャーロットはぼんやりと母親を見つめ返した。お母さまは正気を失ってしまったに違いない。なにも起こらなかっただなんて、いったいどういうつもりかしら？　今この瞬間にも、まだ彼の感触が体に残っているというのに。彼女は小さく身震いした。

「でも、お母さま」ぎこちなく口を開く。こういう話をするのは初めてだ。「あの、少なくとも出血があったの。だから……」

「純潔は」母が言い出したのは予想もしないことだった。「体と心の状態のことなの。本当よ。わたしはそれからも二週間は純潔のままだった。あなたもいずれわかるでしょう。次にまたそういう状況になったら――今度は結婚してからだけど――二度目でも同じように痛むの。三度目でもね。魔法みたいに痛くなくなる秘訣《ひけつ》なんてないのよ。結婚式の夜は出血しないかもしれない。だけど、実はまったく出血しない女性も大勢いるの。あなたは明日の舞踏会に出て、すてきなときを過ごすのよ。だってわたしの娘なんですもの。泣き言を言うような女性に育てた覚えはありませんからね。あなたは間違いを犯したかもしれないけれど、運よく罰を受けずにすむの。今度のことは二度と考えないようにしなさい」

アデレードは心のなかで自分に念を押した。誰かをケントへ送りこんで、その舞踏会について調査させよう。執事のキャンピオンに相談するのがいいかもしれない。彼はとても慎重だから。そしてシャーロットの次の月経が予定どおりに来るかどうか、さりげなく確かめなくては。

「あなたは若くて美しくてすばらしい女性なのよ、シャーロット」娘の髪をなでながら、アデレードは真面目《まじめ》な顔で言った。「いつか恋をして結婚したそのときには、まるで初めてのように感じるでしょう。だって、実質的には初めてなんですからね。今回のことは忘れなければならないの」

〝忘れなければならない〟その夜ベッドに入ったシャーロットは、母親の言いつけどおりその言葉を自分に言い聞かせた。舞踏会の朝も。午後遅くになって、白地に白糸の刺繍を施し、ほのかな淡い緑のリボンを恋結びにして飾った白いドレスのひだを、マリーがそっと整えてくれているときも。

屋敷じゅうがざわめいていた。すべての客間から家具類が運び出された。およそ五〇〇名の来客が見こまれるため、可能なかぎりの場所を確保する必要があるからだ。薄い青と濃い青の二種類の、ヴェルヴェットのようなデルフィニウムを生けた巨大な花瓶があちこちに配置されている。午前中に荷車数台で大量に届けられたものだ。それぞれの客間から舞踏室へつながる階段や、庭園に設営された天幕と屋敷を結ぶ臨時の階段も、デルフィニウムの大きな花綱で飾られた。

「とても青いのね」舞踏室の様子をうかがいながら、シャーロットは消え入りそうな声で母親に言った。ぴかぴかに磨きこまれた寄せ木細工の床に青い花が映って、実際の倍の数に感じられる。部屋全体がまるで青い海のようだ。

「見ていてごらんなさい、ダーリン」アデレードは自信たっぷりに言った。「部屋が女性たちでいっぱいになって、すべての蠟燭《ろうそく》に火がともされたら、この青い色がすばらしい背景になるのよ。さあ、ムッシュ・パンプルムースがヴィオレッタの髪を仕上げたかどうか、そろそろ見に行ったほうがいいわ。あなたの髪を整えるのに少なくとも一時間はかかるでしょう。招待状に記した時間は九時半だから、八時までには食事を終えておかなければならないのよ」

シャーロットは上階へ向かった。いったいどうすれば忘れられるだろう？　重ねられた唇のぬくもりや、肩をつかみ、背中へとすべりおりていく大きな手の力強さを今でも思い出せるのに。あんなことを忘れられる人がいるの？　ああ、どうしてわたしは黙っていたのかしら！　ばかだったわ。彼に声をかけるべきだった。だけど、なんて言えばよかったの？〝ええと、お名前は？　レジナルド？　従僕のお仕事はいかが？〟シャーロットは笑いを噛み殺した。お母さまの言うことはもっともだ。忘れなければ。彼女はきっぱりと自分に言い聞かせた。

それでもまだ希望を抱かずにはいられなかった。もしかしたらあの人は、貴族か、あるいはせめて紳士ではあるかもしれない。ひょっとしたらわたしの舞踏会へ来た彼と、あの仮面舞踏会のときのように目が合うかもしれない。彼は人ごみをかき分けて近づいてきて、わたしの目の前でお辞儀をするかもしれないわ。シャーロットは瞳を輝かせた。

カルヴァースティル公爵夫人が末娘のために開いた舞踏会は大成功だった。貴族や、場合によっては王族が到着する姿も見られるかもしれないと、八時半までにはカルヴァースティル・ハウスの外の通りが見物人でいっぱいになった。一一時の時点では、今年の社交シーズンを代表する舞踏会になるのは明らかだと思われた。主だった人々はすべて出席しており、あちこちでささやかれるいくつもの醜聞のおかげで、舞踏会はいっそうにぎわいを増していた。

厳しいことで有名なレディ・モリヌークスでさえ、デルフィニウムを用いたアデレードの飾りつけを〝実に面白い〟と評し、寛大にも彼女とほかのパトロンたちは、シャーロットに神聖な社交場である〈オールマックス〉への立ち入りを許可すると宣言した。真夜中過ぎに天幕で晩餐が供されたあとも、舞踏会は夜明けまで続いた。

シャーロットがすてきなときを過ごしたかどうかに関しては――彼女はなんとかお披露目の会を切り抜けた。だけど楽しむことはできなかったみたいだわ、と早朝にようやくドレスを脱ぎながらアデレードは思った。誰の目にも明らかだったに違いない。シャーロットは不安げなまなざしで絶えずあたりを見まわしていた。まだ到着していない主賓を捜すように。そうかと思えば突然泣き出してしまい、そっと舞踏室から出して上階へ行かせなければならなかった。それでも娘はとても美しかったと、アデレードは自分を慰めた。社交界にデビューする若い娘たちが緊張のあまり吐き気を催すことはよくあることだ。シャーロットが多少湿っぽくなったとしても、誰が責められるだろう？　もちろん舞踏室にいた客たちは誰ひとりとして、主役が泣きながら寝室へ引きあげてしまったことを知らない。

午前二時をまわったころ、ゆったりとしたコティヨンを踊っている途中でふと顔をあげたアデレードは、階段の上に立って舞踏室を見おろしているふたりの若い男性に気づいた。はっとして思わず足が止まり、ダンスの相手のシルヴェスター・ブレドベックをよろめかせてしまった。

「シルヴェスター！」アデレードは急いで尋ねた。「あそこにいる若い男の人たちは誰？」

シルヴェスターがまわりを見る。「ああ、彼らか。大丈夫、ならず者ではないよ」彼は気楽な口調で答えた。シルヴェスターは昔からの親しい友人で、彼の知らない人物ならそもそも知る必要がないと考えてよかった。「おそらく左側がシェフィーの跡継ぎだ。わずかに背が高いだろう？　もうひとりは弟だよ。ええと、跡継ぎのほうがアレクサンダーで、弟は確か……パトリックだ。見てのとおり双子だが、パトリックより五分早く生まれたおかげで、アレクサンダーはおよそ二〇〇万ポンドを手に入れられるというわけだ」

シルヴェスターに導かれてゆっくりターンを繰り返しながら、アデレードは懸命に頭を働かせた。思い出したわ！　シェフィーというのはシルヴェスターの友人のシェフィールド・ダウンズ伯爵のことで、彼の跡継ぎと下の息子は……ふたりとも銀色がまじった髪をしているのだ。わたしはどう行動すべきかしら？

ダンスを中座して上階へ急ぎ、シャーロットにもう一度ドレスを着せてここまで連れてくる？　だけどあの子は目を真っ赤にしていた。それに相手が彼らのどちらでもなかったら、シャーロットはひどくがっかりするだろう。

ふたりの男性はまだ舞踏室を見おろしていた。シャーロットを捜しているんだわ、と不意にアデレードは思い至った。舞踏会に来たのはそのために違いない。彼の気持ちを想像して、胸がじわりと温かくなった。でも、どちらの彼なの？　彼女の目にはふたりともまったく同じに見えた。シャーロットに違いがわかるといいのだけれど。

アデレードが様子をうかがっているあいだに、双子は背を向けて舞踏室を出ていってしまった。目あての女性が見つからなかったせいだろう。これはかなり興味深い。社交シーズンはまだ始まったばかりだし、今はシャーロットを動揺させないほうがいい。わたしが社交界にデビューしたときは、五〇の舞踏会と六三の朝食会に出た。一週間たってもシャーロットが未来のシェフィールド・ダウンズ伯爵やその弟と顔を合わせていなければ、そのほうが驚きだ。

「ねえ、シルヴェスター」パートナーの先に立ってダンスフロアを離れながら、アデレードは言った。「レモネードをいただいておしゃべりしたいわ。今夜はまだ話せていないんですもの。わかっているでしょうけど、すべてのダンスに参加しなくてはならないから、会話する暇がなかったのよ」

シルヴェスターは喜んだ。「わたしの切なる願いはあなたのそばに座ることだよ、公爵夫人」彼は陽気に応じたものの、会話の話題がただひとつ――未来のシェフィールド・ダウンズ伯爵とその弟のこと――だけだとわかると、いくぶん当惑せざるをえなかった。だがたいていの男性と同様に、シルヴェスターも生まれながらの噂好きであり、それを隠そうとも思わなかった。彼はアデレードの耳もとに口を寄せ、快く話し始めた。オクスフォード大学での数々の災難や、二年前に兄弟が身持ちのよくない女性を伴ってヴォクスホールを訪れたときに、その女性の別の友人と殴り合いになった一件などを。さらにはあまりにきわどいために、公にされなかったいくつかの逸話も。

話を聞くうちにアデレードは、そのアレクサンダー――あるいはパトリック――が庭園で純潔を奪ったのはシャーロットが初めてではないと確信した。これまで彼らの噂が耳に入ってこなかった理由も説明がつく。ふたりはどうやらいかがわしい環境で過ごすことが多いに違いない。シャーロットを捜しに来たらしい点を考慮すると、別の一面があるのかもしれないが。

ともかく紳士とは言えなくても、貴族であるのは確かだ。彼らの父親はアデレードの夫マーセルの友人でもある。ふたりのうちのどちらかの所業だとわかれば、マーセルは明日の夜までに結婚を申しこませるだろう。

「聞いた話だが」シルヴェスターが続けた。「シェフィーは兄弟を引き離すことを考えているらしい。ふたり一緒だと悪さがすぎるのでね。ヨーロッパ大陸へ行かせるつもりだと話していたよ。いや、ひとりはヨーロッパかどこかで、もうひとりは東洋だったかな……はっきりした場所は記憶していないが、そういうことだ。ああ、やはりヨーロッパと東洋だな。東洋は海賊に襲われる危険があるから、跡継ぎは行かせないほうがいいと思うんだが。シェフィーは来ていないのかい？」現在のシェフィールド・ダウンズ伯爵であるウッドレー・フォークスの姿を捜して、シルヴェスターがあたりに目をやった。

「ええ」アデレードはうわの空で答えた。「たぶん、また具合が悪いのではないかしら。ひどい痛風持ちなのはあなたもご存じでしょう？」

ちょうど音楽が終わり、公爵夫人の次のダンスパートナーであるウォルター・ミットフォード卿《きょう》が、まるで魔法のようにすぐそばに現れた。シルヴェスターがお辞儀をする。かすかにきしむ音がするのは、彼がここ数年つけているコルセットのせいだろう。アデレードは年若いパートナーに導かれてダンスフロアへ戻った。

シルヴェスターは唇をすぼめてしばらくその場に立っていた。公爵夫人はなぜあの若者たちに関心を持ったのだろう？　噂好きな彼の鼻が醜聞のにおいを嗅《か》ぎつけた。いや、醜聞ではないかもしれない。シルヴェスターはため息をつきながら思い直した。つい忘れがちだが、アデレードは三人の娘の母親なのだ。フォークスの跡継ぎなら、娘の結婚相手としてまったく申し分ない。

当の公爵夫人は、ウォルター卿とカントリーダンスを踊っているあいだもずっと頭を悩ませていた。そして悩んだあげく、なりゆきに任せようと決めた。未来の伯爵とその弟のことはシャーロットに言わないでおこうと。明日の夜はヴィオレッタとシャーロットを伴って〈オールマックス〉へ行く予定だが、あのふたりが現れるとは思えなかった。既婚女性たちとつき合うには若すぎるし、〈オールマックス〉は結婚のための見本市にほかならないからだ。だが四日後に開かれる皇太子主催の舞踏会には、社交界じゅうの人々が出席するだろう。今夜と同様に、おそらくフォークス兄弟は遅い時間にやってくるに違いない。必要なら夜明けまでであろうとシャーロットを帰さないようにしなければ。考えがまとまって満足すると、アデレードはその問題を頭から追いやり、ダンスのパートナーに気持ちを切り替えた。

けれどもアデレードはその夜のうちにもう一度、思いも寄らない形でアレクサンダーとパトリックを見かけることになった。一時間ほどしたころ、彼女は夫のおばのマーガレットにつかまった。マーガレットは八〇代の手ごわい女性で、シャーロットが挨拶もなく自室へ引きあげたことは無言で受け入れたものの、甥《おい》のマーセルにはどうしても会いたいと言い張った。そこでアデレードはまだ残っている人々のあいだを、夫を捜して歩きまわらざるをえなくなったのだ。舞踏室はようやく空になっていたが、廊下や客間にはまだ人が大勢いた。

一階の廊下――大理石の大階段の右手――の突きあたりに〈緑の間〉と呼んでいる部屋があった。動かすのが大変なので、古い巨大なピアノが置きっぱなしになっている。マーセルの姿はなかったが、アデレードはその部屋でシェフィールド・ダウンズ伯爵の息子たちを見つけた。

戸口で足を止め、力強いみごとなバリトンに耳を傾ける。双子の片方が彼女に背を向けてピアノの前に座り、美しい声で歌っていた。アデレードは心地よい調べにうっとりと聞き入った。若い娘たちの場合は、レディのたしなみとしてピアノや歌のレッスンを受けなければならないが、紳士がそういった腕前を披露する機会はめったにない。しかも歌声は最高にすばらしかった。

双子のもうひとりは無頓着《むとんちゃく》な様子でピアノの右手にある柱にもたれている。歌っているほうのまわりには、どういうわけか付き添い《シャペロン》を振りきってきたらしい、社交界にデビューしたばかりの娘たちが群がっていた。アデレードはかすかに目を細めた。きっとシャペロンが軽食をとるために天幕へ行った隙にここへ集まってきたのだろう。不適切だわ。

突然三人の娘たちが身をよじり、どっと笑い出した。だが男性は気にするふうもなく歌い続けている。アデレードはそのときになって、初めて歌の内容に気がついた。

手で炎をかきたてられ
色香にとらわれ横たわる
恋人の名を思うとき
彼女のために死を誓う
そして口づけでよみがえり
彼は叫ぶ――破滅、破滅、破滅させてくれ
これほどの歓びがあるものか？

アデレードは口をぽかんと開けた。まったく、本当に死を選ぶべきだわ。社交界の令嬢たちにこんな猥褻《わいせつ》な歌を聞かせるなんて。

ドレスの裾が戸口にこすれるのもかまわず、彼女は急いで前に進み出た。歌っていないほうが顔をあげる。

「パトリック」その男性が口を開いた。「来客だ。どうやら……」なめらかな身のこなしで体を起こし、アデレードに歩み寄った。「今夜の舞踏会の主催者がみずからお越しくださったようだぞ」

たちまち娘たちが振り返った。小柄なバーバラ・ルーンズタウンは真っ赤になっている。

「みなさん」アデレードはかすかに警告をこめた口調で言った。「ひとりなの？　あなたのお母さまはどこ、バーバラ？」

バーバラが消え入りそうな声で答えた。「あのう、母はシシーのお母さまと一緒です」うしろにいるセシリア・コモンウィールを手で示す。「だけど問題ありませんわ、公爵夫人。ご存じでしょうけど、アレックスとパトリックはわたしのいとこなんです」

確かにそうだったわ。すっかり忘れていたけれど。アデレードはピアノの前の若者に厳しい目を向けた。振り向いた彼は立ちあがり、笑顔でアデレードを見つめた。パトリックと呼ばれていたから、こちらが弟のほうね。それにしても、なんて目を引くふたりかしら。

パトリックは優雅に身をかがめ、アデレードの手を取って口づけた。銀色のまじった黒い巻き毛の下で瞳がいたずらっぽい輝きを放っている。不本意ながら、アデレードは女性として興奮をかきたてられた。

「公爵夫人」パトリック・フォークスが言った。「一曲歌わせていただいてよろしいでしょうか?」ちゃめっけたっぷりな視線を投げかけてくる。「もちろん、このうえなく上品な歌を」

今この瞬間も寄せ木細工の床を杖で叩きながらいらいらと待っているかもしれないおばのマーガレットのことは思い出しもせず、アデレードは目を輝かせて答えた。

「短くね。それと、下品なものはだめよ」

パトリックはピアノ用の椅子に座り直すと、大きな手を鍵盤《けんばん》に置き、からかうような明るい曲を歌い始めた。

若くて陽気なレディたち
時はあっというまに過ぎていくのだから
楽しまなくては、楽しまなくては
中庭で、庭園で、泉で、木立のなかで
法には触れない愛の言葉を交わして
罪のないあらゆる歓びを、すべての罪のない歓びを

彼は〝罪のない歓び〟という部分で、皮肉をこめてわざと声を低めた。これにはアデレードでさえ、声をあげて笑わずにはいられなかった。

「もう十分よ！」彼女は笑いながら言った。「みなさん、そろそろ舞踏室へ戻ったほうがいいわ」三人の若い娘たちを追い立てて先に歩かせつつも、アデレードはミス・イザベラ・リドルフォードが背後に投げた思いつめた視線を見逃さなかった。どちらを追いかけているのかしら。アデレードは振り返ってみた。

双子の兄のほうのアレクサンダーが体をまっすぐに起こして立ち、かすかに眉をひそめながら一行を見送っていた。深みのある黒い瞳がアデレードの目をとらえた。まあ。シャーロットと一緒に庭園へ行ったのが、歌を歌っていたほうであることを祈るわ！　こちらはひどくむっつりしている。彼女は友人の陰気な夫を思い出した。彼に愚痴を聞かされるとうんざりするのだ。

アデレードはきっぱりと背を向け、娘たちを促して舞踏室へ戻った。

「本人の姿は見られなかったよ」舞踏会の翌朝〈ホワイツ〉で、若い紳士のひとり、ピーター・メドレーが友人に話しかけた。

「ぼくは見たぞ」ジャスティンが言った。「ごく普通だったな。彼女の姉のように活発なところはまったくない。ところで、最近のフォークスの双子の悪行はもう耳にしたか？ 聞いた話によると、なんとかアレックスをなだめる前に、夜警が三人も叩きのめされたらしい」

ピーターは疑わしげにジャスティンを見た。いつから未来のシェフィールド・ダウンズ伯爵をアレックスと呼ぶほど親しくなったのだろう？

「どこで聞いた？」

「ベックワースからだ」ジャスティンが部屋の向こうを顎で示した。ベックワース・セシリーは刺激的な情報の数々を披露している真っ最中だった。彼を取り巻く紳士たちはみな一様に、愉快に思う気持ちを抱えつつ非難の入りまじった表情を浮かべていた。

結局のところ、皇太子の舞踏会でシャーロットと双子を引き合わせるというアデレードの計画はうまくいかなかった。四日ほどたってから、ウッドレー・フォークスが息子たちをそれぞれヨーロッパ大陸と東洋へ向かう船に乗せたことが明らかになったのだ。シルヴェスターの推測どおり、跡継ぎのアレクサンダーはイタリアへ、冗談で〝予備《スペア》〟と呼ばれている次男はさらに別世界の、たどり着くまでに危険な目に遭う恐れもあるインドへと送られた。ふたりとも、少なくとも二年は戻ってこないという話だ。

アデレードは沈黙を守りながらも、内心では、あのとき急いで階段を駆けあがり、シャーロットを引きずってでも連れてくるべきだったのだろうかと思い悩んだ。彼女は何週間も後悔に苦しんでいた。もし連れてきていたら、今ごろはどうなっていたかしら？　シャーロットが誘惑されたのが、本当にフォークスの双子のどちらかだったら？　彼らが舞踏会に現れた理由が、シャーロットを捜すためだったら？　だが、結局のところ、アデレードは分別に慰められた。銀色のまじった黒髪の男性などイングランドには大勢いるのだからと。

そうこうするうちに、調査を依頼していたボウ・ストリートの捕り手からの報告書が届いた。執事のキャンピオンが持ってきた報告書には、毎週土曜の夜に開かれる〈シプリアンの舞踏会〉が、ケント地方の呼び物になっていることが簡潔に記されていた。貴族や紳士だけでなく、あらゆるたぐいの人々――もちろん娼婦も含めて――が出席するらしい。そんな場所にシャーロットもいたのかと思うと、アデレードは気分が悪くなった。あきらめざるをえないようだ。おそらく本人が言うとおり、シャーロットは薄明かりのなかでハンサムな従僕と出会ったに違いない。

アデレードはほかにも問題を抱えていた。シャーロットのための舞踏会は成功したかもしれないが、シャーロット自身は成功をおさめているとは言いがたかった。彼女は何時間も自室にこもって絵を描いている。舞踏会に出るのは、恐ろしい罰――キャンバスを取りあげるとか――を与えると脅されたときだけだ。出席したとしても、同年代の娘たちがおしゃべりを楽しんでいる部屋の隅を気乗りしない様子でうろうろして時間をつぶし、退屈だと文句を言う。そのうちに人を寄せつけない冷めた視線で集まった男性たちを見るようになり、彼らをすっかりひるませてしまった。シャーロットに二度目のダンスを申しこむにはかなりの勇気が必要だった。あたり障りのない会話はせず、ヨーロッパ大陸で起こっている出来事についてどう思うかと質問して、頭の空っぽな若い紳士たちを怯《おび》えさせるのだから。

しばらくするとアデレードは、黒い瞳のアレクサンダーのことも、ヴェルヴェットのような美声のパトリックのことも忘れてしまった。シャーロットも庭園での事件を忘れたかに見えた。実際そのとおりかどうかはともかく、二度と話題にのぼらなかった。母と娘の会話はもっぱら、シャーロットが社交行事への出席を拒むことや、出てもそっけない態度を取ることに関しての口論に費やされた。

アデレードには理解できなかった。シャーロットの目にはどんな若い紳士も、記憶のなかの彼の顔に比べると見劣りして映ることが。反対にシャーロットのほうは、娘がずっと未婚のままかもしれないと思い恐怖を募らせる母親が理解できなかった。花の絵に夢中な彼女には、自室にこもってユリのくすんだ金色の濃淡を忠実に再現しているときがなによりも幸せだった。

シャーロットにしてみれば、自分の将来ははっきりしていた。これまでに出会った若者たちはみな愚かで、誰とも結婚したいとは思えない。きっと自分は一生結婚しないだろうが、そんなことはまったく気にならなかった。きつすぎるドレスを着て、ぬるいレモネードを飲み、つまらないダンスで時間を無駄にすることのほうがよほど悩みの種だ。

一年が過ぎるころには、シャーロットは庭園で出会った男性のことをほとんど考えなくなっていた。考えたとしても、一夜にして自分を少女から女性に変え、本当の望みを自覚させた幸運な経験をもたらしてくれた相手だと思うようになった。あの夜がなければ、最初の社交シーズンが終わるまでにどこかの男性の腕のなかへと追い立てられていたに違いない。今ごろは妊娠して、夫がアスコットで楽しく遊んでいるあいだ、ひとり屋敷に取り残されていたかもしれない、とシャーロットは軽蔑《けいべつ》を覚えながら考えた。

彼女はイーゼルの前から離れ、最新作である黄褐色のオニユリの絵を眺めた。茎の線は完璧とは言えないけれど、色合いはすばらしい。こうしているほうがはるかにいい人生だわ。

3

イングランド、ロンドン
一八〇一年五月

シャーロットが二〇歳になった春、家族は彼女の結婚をあきらめた。社交界にデビューしてから三シーズンのあいだ舞踏会にはめったに出席せず、説き伏せなければ園遊会や茶会へも行かず、上流階級の若いレディらしく公園で乗馬をすることもほとんどなかった点を考慮すると、彼女は驚くほどうまくやっていたと言えるだろう。

まれにしか参加しなくても、シャーロットが舞踏会で無視されることはなかった。悲惨だった一年目はともかく、彼女の機知を褒めたたえる紳士たちにいつも取り囲まれていた。彼らはすぐに、たとえシャーロットの外見をすばらしいと思っても、口に出して称賛しないほうがいいと学んだ。たとえば彼女の瞳と星を比べるといった罪のない褒め言葉であっても、静かではあるが凍りつくような拒絶に遭うからだ。

「理解できないな」〈オールマックス〉の片隅で、優雅にダンスを踊るシャーロットを見つめながらスラスロウ伯爵ブラッドン・チャトウィンが友人に言った。「最初はこれほど彼女のことを考えるようになるなんて思いもしなかったんだが……」

「わかるよ」デヴィッド・マーロウが応じる。彼は郷士の息子だが跡継ぎではないため、聖職者になるしかない運命だった。「レディ・シャーロットはきみの賛辞を無視した。それできみは好奇心をかきたてられて、今や虜《とりこ》になってしまったんだ。まったく、女ってやつは！」彼はうんざりしていた。あの小娘はまるで漁師が鱒《ます》を扱うように、ブラッドンをもてあそんでいる。

ブラッドンに関心を示されて本気で拒む者は誰もいない。彼は今年の結婚市場では最高の花婿候補だ。まあ、恐ろしく裕福だがひどく年老いているシスキンド公爵を別にすれば、だが。けれども、シスキンドが求めているのが妻というより八人の子供の世話をする子守であることは、誰もが知るところだった。

そのブラッドンがまるで川岸に引きあげられた鱒のように浮かない顔をしているのは、シャーロットに二度目のダンスを断られたせいだ。そして断った当人はまさに今この瞬間、噂好きで年配のシルヴェスター・ブレドベックを相手に二度目のダンスを踊っていた。ブレドベックの話に楽しそうに笑う声がここまで響いてくる。

「詩かなにかを書いて贈ったらどうだ？」デヴィッドは友人を軽くつついて提案した。

「もうやってみたよ」ブラッドンが陰鬱に言った。「結構いい出来だったんだ。大部分はうちの図書室にあった古い書物から拝借した。きみも知っているだろう？」

確かに、彼の図書室にそういう本があるのは知っている。もっとも読んだわけではなく、胡桃《くるみ》材の羽目板を張ったその部屋でピケットに興じたことが何度もあるだけだ。

「悪くなかった」ブラッドンが言い張る。「あなたの髪は一本一本に真珠を通したかのごとく輝いて……とか、そんな感じだった。瞳は太陽で、歯は水晶のようだ、というのもあったな」

「真珠……髪の一本一本に？」デヴィッドは半信半疑で繰り返した。「よくわからないな、ブラッドン。それで、彼女の反応は？」

「笑った」ブラッドンは胸の前で腕を組んだ。「ただ笑って〝ありがとう〟と言ったよ。それから偶然だと思うが、詩の上に座ったんだ」彼は鼻で笑ったデヴィッドに反抗的な目を向けた。

「ウィルキンズが羊皮紙に詩を書き写して、リボンを結んで花も添えたんだぞ。レディ・シャーロットは誰かに挨拶しようと立ちあがって、座り直したときにそれをつぶしてしまったんだ。それなのに、すまなそうな顔すらしなかった」

デヴィッドは先ほどよりも好奇心をそそられてシャーロットを目で追った。スラスロウ伯爵の作品を――たとえどれほどお粗末だろうと――押しつぶすとは、ありきたりの若い娘とは違う。

「問題は」わずかに声を低めてブラッドンが続けた。「彼女と結婚したらどうなるか目に浮かぶことだ。わかるだろう？　だが、ともかく結婚はしなければならない。ギリシア悲劇に出てくる復讐《ふくしゅう》の三女神を覚えているかい？　母はまるで、あのなかのひとりみたいにせっついてくるんだ。もちろん髪が蛇になったわけじゃないが、同じようなものだよ。毎朝うるさく言われる」彼はかすかに身震いした。「それに姉のマージも。自分の子が四人もいるんだから、普通は十分幸せだと思うだろう？　それが違うんだ。つねにつきまとってくる。子供を作れってね！」最後はすっかり憤慨していた。

　跡継ぎを作れとせかされるのと、まったく収入の見こみがなく、誰も結婚したがらない次男以下に生まれるのとでは、どちらがましだろう、とデヴィッドは考えた。少なくともぼくは自由だ。〈オールマックス〉へ来ているのは旧友と会うためにすぎず、飢えた目をした娘たちに四六時中見つめられることもない。

　あのシャーロットという女性はそれなりに美しい。どちらかというと地味なドレスを着ているが、それでもきれいな胸をしているのがわかる。黒い髪が頭上のシャンデリアの明かりを受けてきらめいていた。

「いいんじゃないかな」デヴィッドはきっぱりと言った。「まわりを見渡してみればいい。どの娘もみんな似たようなものだ。笑うことができるなら、きっと馬にも乗れる……レディ・シャーロットは馬に乗れるのか？」不意に心配になって確かめた。ブラッドンは馬が生きがいなのだ。

「まるで夢を見ているように美しく乗りこなすよ」ブラッドンが答える。

デヴィッドは友人に視線を向けた。かなりの重症だ。「それなら求婚したらどうだ？」

「そう思うか？」ブラッドンが不安げに訊いた。

「間違いなくそうすべきだ」デヴィッドは親友として請け合った。「今から彼女の父親に会えばいい。おそらくカードルームにいるだろう」

「いや、それはだめだ」ブラッドンが体を引いた。「こういうことに関しては、以前から母にうるさく言われているんだ。まず午前中に訪ねてカードを置いてくる。それからレディ・シャーロットの父親に会って、本人に会うのはそのあとだ。せいぜい額にキスをするくらいにしておかなければならない。彼女を怯えさせてしまうから」

沈黙が広がった。

デヴィッドはブラッドンの母親が気の毒になった。最近爵位を継いだばかりのこの伯爵は煉瓦並みに頭が固い。今でも鮮明に覚えているが、イートン校時代はヘースティングズの戦いがあった年といった基本的な事柄でさえ、ブラッドンに覚えさせるのは大変だった。普通は八回も繰り返せば、試験を受けるほんの数時間くらいは頭に残っているものだ。ところがブラッドンの場合はいつもきわどかった。だが、結婚の申しこみならそこまで苦労しないだろう。

こうしてシャーロットは、結婚市場でもっとも望ましい花婿候補を射止めた。そして、あっというまに彼を拒んだ。父親とスラスロウ伯爵の話し合いのあとで呼ばれた彼女は、優しいけれどきっぱりとした態度でブラッドンの申し出を断った。ブラッドンには非常に好感を抱いているが、自分よりミス・バーバラ・ルーンズタウンと結婚するほうが幸せになれるだろう、彼と同じくらい馬好きなバーバラならお似合いだからと説明して。

シャーロットの母はそれから三日間寝室にこもり、さらに二週間娘と口を利こうとしなかった。ブラッドン自身も納得がいかずにふさぎこみ、その次にミス・ルーンズタウンを見かけたときには、思わず顔をしかめて視線をそらした。

一八〇一年を迎えるころまでに、シャーロットは八人の紳士から正式な結婚の申しこみをされていた。持参金目あてと思われるのはそのうちふたりだけだった。ほかの六人は純粋に、彼女の緑の瞳と穏やかな笑みに惹《ひ》かれたのだ。

シャーロットが結婚することはないだろう。木曜日の夜、公爵の部屋のベッドで、彼女の両親はその事実を認めた。

「絵のせいよ！」アデレードが言った。「ああ、マーセル、あの子はこのまま年老いていくんだわ……こんなに悲しい話があるかしら」突然あふれ出した涙が頬をこぼれ落ちる。

「ああ」マーセルが居心地悪そうに口を開いた。「だが、ヴィオレッタの結婚もかなり遅かったぞ。シャーロットだってまだあきらめる必要はないだろう？」彼は大柄で寡黙な男性だった。フランス風の名前はロマンティストの母親がつけたもので、そのせいで過去数年、とくに共和制になったフランスがイングランドに侵攻する恐れのあった一七九七年には、相当に気づまりな思いをした。

マーセルは妻の頭を自分の肩にもたれさせた。「思うに、少し手綱を緩めるべきではないかな。あの子がパーティーに行きたがらないとしたら？　それなら絵を描かせればいい」舞踏会だのパーティーだのといった言い争いは、正直なところうんざりだ。そうつけ加えようかと思ったが、やめておいた。

アデレードは夫の肩に頭をすり寄せた。マーセルはとても優しい人だけれど、未婚のままの女性が受ける扱いといった日常の些細《ささい》な問題についてはなにも知らない。シャーロットはすでに、冷遇されたり侮辱されたりし始めているのに。

「でも、この先……あの子はどこで暮らせばいいの？　ここと領地にある屋敷はホレスが受け継ぐわ。そのうちに自分の家族を持つでしょう。未婚の妹が一緒に住んでもかまわないと思うかどうか、誰にわかるというの？　それも絵を描きたがるような、とてもレディとは思えない妹なのよ」アデレードは絶望に駆られた。

「提案があるんだが」マーセルが慰めるように言った。「ほかのふたりの娘たちはすでに落ち着いた。ウィニフレッドの夫が金に困ることはまずないだろうし、ヴィオレッタの夫の侯爵もうまくやっていくに違いない。だから、ウェールズの地所をシャーロットに譲ろうかと思う。わたしがおばのベアトリスから相続したものだ。相続人を限定する遺産ではないし、結構な利益もあがる。あの土地と持参金にするはずだった金があれば、あの子もそれなりにやっていけるだろう」

アデレードは夫の提案を考えてみた。長女のウィニフレッドはアメリカ人の富豪のオースティン・サドルズフォードと結婚して、ボストンで幸せに暮らしている。次女のヴィオレッタはブラス侯爵と結婚した。確かにどちらの娘も金には困っていない。それに長男のホレスはいずれ公爵家の財産をすべて受け継ぐのだ。ウェールズの地所を相続できないからといって文句を言うとは思えなかった。

さらに、アデレードには夫の提案の別の利点が見えた。娘を思いやるマーセルは、ウェールズの地所からの地代があれば、シャーロットがロンドンに家を買って快適に暮らせると考えたのだろう。だがアデレードが注目したのは、ウェールズの地所――エリザベス女王時代の小さなマナーハウスと土地――があれば、シャーロットの立場が、裕福な公爵の娘から注目に値する女相続人へと変わることだった。そうなればあの子への関心は高まるに違いないし、陰口を止められる。女相続人なら、さげすまれて〝いき遅れ〟だなんて呼ばれないはずだ。

これからどうなるかは誰にもわからない。もしかするとシャーロットにふさわしい相手が現れるかもしれない。たとえその男性に財産がなくても、もう心配しなくていいのだ。

「マーセル、あなたってすばらしいわ」アデレードは感謝をこめて言うと、猫のようなしぐさでなめらかな髪を夫の肩にすり寄せた。

一八〇一年の社交シーズンはシャーロットにとって、これまでとは異なる状況で幕を開けた。いらないと言っても父は聞き入れず、ウェールズにある広大な土地を彼女に譲る手続きを取ったのだ。

「わたしがそばにいて忠告してやれるあいだに、地所の管理に慣れておくほうがいい」最後の書類に羽根ペンで署名しながら、マーセルが言った。公爵の痩《や》せた堅苦しい弁護士――〈ジェニングズ・アンド・コンデル法律事務所〉のジェニングズ――は小さく身震いした。もちろん、内心で。〈ジェニングズ・アンド・コンデル法律事務所〉としては、どんな種類のものであれ、女性が土地を所有することに賛成はできない。ジェニングズには、カルヴァースティル公爵が亡くなったあとに起こる騒動が容易に想像できた。

一方、シャーロットは土地を所有することでどれほど幸せになれるかにすぐさま気づいた。ウェールズの屋敷が自分のものになるのだ。管理人からの報告書によると、地所内では二三人が暮らし、およそ三〇〇頭の羊が彼女の土地で草を食《は》んでいるらしい。シャーロットは最新の報告書を何度も繰り返し読んだ。急に、これまで見向きもしなかった新聞記事が気になってきた。コッツウォルズで労働者たちが機織り機を破壊したと知ると、ぞっとして体が震えた。暴動がウェールズにまで広がったらどうすればいいのかしら？

できるだけ早くウェールズへ行ってみよう、とシャーロットは心に決めた。お母さまに話したら恐怖の表情が浮かぶに違いないけれど。〝旅ですって！　埃まみれになるわ！〟だけど秋だったら……もちろんシャペロンも一緒に。

立派な求婚者を八人も袖にした件に関して、母が以前より態度を軟化させ始めたことも、去年よりましなシーズンだと感じる理由だった。アデレードはシャーロットを不満げな目つきで見なくなった。会話のたびに悲しくなるようなあてこすりを口にすることもなく、以前のようにふたりで話せるようになった。

シャーロットは気づいていなかったが、実際のところアデレードはもはや社交行事に出ろとうるさく言わなくなっていた。ある晩彼女が食堂へ入っていくと、そこには誰もいなかった。

「キャンピオン、お父さまとお母さまは？」シャーロットは執事に尋ねた。

「公爵夫人はレディ・ブリッジプレート主催のシャンパン・パーティー《フェト・ドゥ・パニュ》へお出かけかと。公爵がどこにいらっしゃるかは存じあげません」流れるような動作で椅子を引きながら、キャンピオンが答えた。

シャーロットはテーブルに目をやった。「今夜はなにをいただけるの？」

キャンピオンが顔を輝かせた。彼は料理について語りたくてしかたがないのに、公爵家の人々はあまり関心を示さない。もっと称賛して味わうべきだと、キャンピオンはいつも思っていた。「若鶏の悪魔風《プレ・ア・ラ・ディヤーブル》、蟹のレムラードソース《クラブ・レムラード》、それに苺のホイップクリーム添え《フレーズ・ア・ラ・シャンティー》でございます」

「そう」シャーロットはうわの空で応じた。

腰をおろした彼女は、キャンピオンがうやうやしく目の前に置いた湯気の立つコンソメスープをじっと見つめた。ひとりで生きる人生はきっと……とても孤独に違いない。話し相手《コンパニオン》を探すべきかもしれないわ。シャーロットは帽子をかぶっていつも口をすぼめている年配の女性を思い浮かべた。やめておくほうがいいかもしれない。いき遅れがふたりになってしまう。つらいとは思わないものの、単調で退屈な毎日になりそうだ。

わたしは間違っていたのかもしれない、とシャーロットは思った。実は八人からの求婚をかわす過程で、キスをしようとしてきた男性すべてに自分がみだらな反応を示すわけではないことに気づいていた。スラスロウ伯爵から流麗な言葉で優雅に結婚を申しこまれたとき、彼女は穏やかに断った。けれども彼は拒絶を受け入れず、シャーロットを引っぱって激しくキスをしてきたのだ。彼女はまったく反応しなかった。口をきつく閉じたまま立っていたので、伯爵はシャーロットの唇に歯をすりつける以外なにもできなかった。彼はあきらめ、少し不機嫌そうではあったが引きさがった。

一方で、財産狙《ねら》いの求婚者として有名なウィリアム・ホランド――貧しいけれど、とても魅力的な男爵――に引き寄せられたときは、唇を開いてキスを楽しんだ。うっとりする感覚をおなかのあたりに感じさえした。そうはいっても、仮面舞踏会で彼女をのみこんだ荒々しい感覚とは比べるべくもなかったが。

あれから三年もたった今では、あの従僕――結局のところ、シャーロットはそう結論づけた――の顔もよく思い出せなくなっていたけれど、自分の反応ははっきり覚えている。ただそんな自分自身に耐えられるようになったのだ。純潔のしるしを失ったのだから結婚するべきでないのは確かだろうが、そもそもしるしなど存在しないという話も数多く耳にした。活動的でよく乗馬をする女性はとくにそうらしい。

お母さまは口出しするのをあきらめたようだから、わたしがもっと関心を持つべきかもしれない。本当のことを言うと、ウィリアム・ホランドがちゃんと裕福な妻を見つけられたかどうか、シャーロットは気になっていた。

　食堂に入ってきたキャンピオンが手つかずのままのコンソメスープをさげて、半羽の若鶏《プレ》・の悪魔風《ア・ラ・ディヤーブル》の皿をシャーロットの前に置いた。ひとりで食事をするのは好きではない。気分が沈んでしまうのだ。だが、絵を描くときはひとりがよかった。午前中からいい光が入り、午後にはもっと絶妙な光線具合になる三階の大きな部屋を、母が娘のために改装してくれた。シャーロットはエプロンをつけてアトリエにこもり、絵の具をまぜているときが幸せだった。

　現在は絵画の模写に取り組んでいる。一枚、また一枚と、公爵が所有するあらゆる屋敷から絵を取り寄せては部屋へ運び入れ、ひと月かふた月、一枚だけ所蔵されているレンブラントの場合は六カ月も手もとに置いた。

「どうしてなの、ダーリン？」今日の午後も、エリザベス女王時代の屈強な祖先、ヴィジラント・ダイチェストン卿の肖像画の、三枚目になる模写を見た母に訊かれたばかりだ。アデレードはふたつのイーゼルのあいだを行ったり来たりして見比べた。

「目はこれでいいのかしら？」母は尋ねた。「あなたが描いたほうの彼はとても……なんというか、豚みたいだわ」

　シャーロットはうれしくなってアデレードにほほえみかけた。「わかっているわ、お母さま。初めはどうしても目がうまく描けなかったんだけど、太っていることを強調しようと思いついたのよ。実際、とても貪欲《どんよく》な人だったと思うの。今のわが家の財産の多くは彼の時代に手に入れたものなんでしょう？」

「だけど、どうして模写なの？　もっと自分の絵を描けばいいじゃない。たとえば果物とか。あなたの果物の絵が大好きなのよ。それに、ヴィオレッタの結婚式のために描いたスミレの花はみごとだったわ！　あなたが誇らしくてたまらなかったもの」

「実はね、お母さま」シャーロットは言った。「ヴィジラント卿の絵を描き終えたら、お母さまの寝室用にきれいな花の絵を描くつもりなの」

「わたしの望みがわかるかしら、シャーロット？　マーガレットおばさまのために絵を描いてほしいのよ。最近は部屋から出るのも難しくなってしまったそうなの……。それに……そうだわ！」アデレードが興奮して声をあげる。「若いころのおばさまは〝マーガリート〟として知られていたの。花の名前で呼ばれるなんて、さぞ美しかったに違いないわ。だから花瓶に挿したヒナギク《マーガリート》の絵を描いてあげたら、絶対に大喜びなさるわよ！」

　そう言うと、キャンピオンを捜しに急ぎ足で部屋を出ていった。明日の朝いちばんに誰かを生花店へやり、ヒナギクを調達させるのだ。

「ヴィジラント卿の絵はまだ完成していないの」アデレードはキャンピオンに打ち明けた。

「だけどヒナギクを部屋に置いておいたら、次の絵を描きたくなるんじゃないかしら。誰を行かせるつもり？　フレッド？　いいわ、少なくとも六週間から八週間のあいだ、毎朝ヒナギクを届けるよう生花店に話をつけさせて。絵が仕上がるまでにどれくらいかかるか、知っているでしょう？」

　確かにキャンピオンはよく知っていた。屋敷じゅうの人々がレディ・シャーロットの絵の進み具合に影響される。もっとも本人がそれを知ったら驚くだろうが。新しい作品に取り組み始めると、レディ・シャーロットは何時間もアトリエにこもり、階下へおりてくるときには顔を輝かせて軽やかな足取りでやってくる。彼女の気分が浮き立てば、屋敷じゅうが浮き立つのだ。

レディ・シャーロットはいつもよく気がついた。たとえば従僕が歯の痛みを抱えていれば、すぐに使用人棟の自分の部屋へさがらせて休ませた。家政婦のミセス・シンプキンのふたりの姪《めい》が手に負えないことを気づかい、キャンピオンのひとり息子の様子を尋ねることも忘れなかった。彼の息子はフランスで料理人の修業をしていたのだが、向こうの情勢が悪くなると急いで帰国し、現在はサーストン・ストリートにある〈メゾン・ブランシュ〉へ移って非常にうまくやっている。

だが、彼女が鼻や目が原画どおりうまく描けないなどの理由で行きづまってくると、今度は屋敷じゅうがざわめくようになる。メイドたちは三階にあるアトリエの前を忍び足で通った。レディ・シャーロットがいつイーゼルの前に立っているかわからないため部屋に入れず、埃が積もるまま放置せざるをえなかった。一度、夜の一一時に、上階を担当するメイドが蠟燭を交換しようとアトリエに入ったところ、絵を描いている最中のレディ・シャーロットと出くわしてしまい、厳しい口調で追い払われたことがあった。それ以降ミセス・シンプキンとキャンピオンはみずからの目で絵の進行状況を確かめ、それに応じて使用人たちの仕事を調整するようになった。

キャンピオンは澄ました顔でうなずき、女主人にほほえみを向けた。公爵夫人がなにも心配しなくてすむようヒナギクの件を最優先にしよう、と心のなかで思う。それから彼は、パーティーの約束があることを公爵夫人に思い出させた。彼女は急いで着替えるために、軽やかな足取りで階段をあがっていった。娘に同行を求めようとは考えなかったらしい。公爵はクラブへ出かけた。

レディ・シャーロットが大きくため息をついた。キャンピオンは音もなく食堂へ入り、ほとんど手がつけられていない皿をさげながら、彼自身がため息をつきたくなるのをこらえた。

カルヴァースティル公爵家に仕えて、料理人のルノワールは才能を無駄にしている。まったくもったいない話だ。だが、彼が事実を知ることはない。公爵家の人々が身内だけで食事をするときはキャンピオンが給仕をし、料理が絶賛されたふりをして厨房へ皿をさげていた。それは言わば、ルノワールの機嫌を損ねないためのキャンピオンの作戦だった。従僕のフレッドやセシル――従僕にしてはおかしな名前だが――は、自分たちが家鴨のオレンジソース《ダック・ア・ロランジュ》や若鶏の悪魔風《プレ・ア・ラ・ディヤーブル》を楽しんでいることを口外しないとわかっていた。

シャーロットは暗い気分で寝室へ戻った。ドレスを着替えて、お母さまのあとを追ってレディ・ブリッジプレートのパーティーへ行ってもいいけれど、人は妙に思うかもしれない。それにお母さまがすでに別のパーティーへ移動していたら？　実際、よくあることだ。わたしが到着して、シャペロンも伴わずにひとりきりだと知れたら、どんな悪い評判が立つか。

メイドは厨房へ行っていたので、シャーロットは自分で衣装箪笥の扉を開けてドレスの列に目をやった。このところ着るものに気をつかっていない。母への抵抗——放《ほう》っておいてほしいと示すため——の意味合いもあったのだと彼女は気づいた。眉をひそめてドレスを見る。どれも流行遅れというほどではない。だが最新のスタイルでもなかった。それに、若さと無《む》垢《く》の象徴のような淡い色合いのものばかりだ。ほかの人ならともかく、シャーロットのメイドは絶対にそんな服を着させてくれないだろう。

　わたしはもう若くないわ！　若い娘らしく装う必要はないでしょう？　彼女はためらいもなく次々にドレスを引っぱり出してベッドに置いた。一〇分後、人がいるとは思いもせず部屋に入ってきたマリーは、ベッドに積まれたドレスの山と、それを満足げに眺めているシャーロットを目にして唖然とした。衣装簞笥には普段着が四、五着しか残っていない。しら。

「なんてこと《モン・デュー》！」マリーは息をのんだ。お嬢さまは突然、頭がどうにかなってしまったのかしら。もとからひどく変わってはいたけど。もしかしたらあの裸体主義者《ヌーディスト》たちに加わって、アメリカへ移住するつもりなのかもしれない。

「マリー！」振り向きもせずにシャーロットが言った。「わたしは変わることにしたわ。明日マダム・ブリジットのところへ行って、新しい衣装をひと揃《そろ》い注文するつもりよ。なにもかも、頭から足まで全部新しくするの」

　マリーはたちまち状況をつかんだ。お嬢さまはついに真実に気づいたのだ。女には男が必要だと。少なくともマリーはそう信じていた。自分の部屋で、恋人である従僕のセシルにぴったり寄り添って横たわりながら、彼女は何度も彼にそう告げた。キャンピオンや家政婦のミセス・シンプキンはもちろんふたりの関係を知らない。フランス人であるマリーは、この国の道徳に従う必要はないと感じていた。持参金として十分なお金を貯《た》めるまでセシルとは結婚できないが、たまに一緒に過ごす楽しみをそのときまで我慢しなければならない理由も理解できなかった。

マリーは目を輝かせた。「それならぜひ髪型も、お嬢さま！　ムッシュ・パンプルムースを呼びましょうか？」

「そうね、マリー、とてもいい考えだわ」ベッドに腰かけたシャーロットが化粧台の鏡をのぞきこんだ。繊細なドレスを何着も押しつぶしていたが、気づいてすらいないらしい。彼女はうなじで結んだリボンをほどいた。「今までとはまったく違った感じにしたいの……髪を切ってみようかしら」

「まあ、レディ・シャーロット、それはどうでしょう」暖炉のそばで髪を乾かすときの女主人の黒い巻き毛は、まるでシルクのようになめらかで美しい。「男性は長い髪がお好きですから」思わずフランス訛《なま》りになった。マリーの両親は彼女がまだ幼いころに、フランスからこの国へ移住した。もう一〇年ほどたつが、興奮するといまだに訛りがきつくなってしまう。「だけど短い髪は……その、とても新しいですよね？　レディ・マリオン・キャロリーはすっかり短くしたそうですよ。それとアメリカから来た女相続人のパール・クロッツワイルド、それから……」マリーの声はしだいに小さくなった。ゴシップ記事を読むのが大好きな彼女は、髪を短くすることが若い女性にできるもっとも大胆な行動だと知っていた。

マリーはベッドをまわりこんで、シャーロットの豊かな黒髪を肩から持ちあげた。化粧台の鏡に映る姿をふたりで見つめる。唇をすぼめて考えをめぐらせながら、彼女はシャーロットの髪をあちこちにひねってみた。

「いいかもしれませんね」しばらくして、マリーは認めた。髪がかかっていないとシャーロットの顔が際立つのは確かだった。マリーがお付きのメイドになってからの三年間、シャーロットが髪を整えるのに一〇分以上費やしたことは一度もなかった。マリーはしかたなく、少しでも髪の重みを支えられるよう、正面の部分にシンプルなリボンをくぐらせる工夫を施した。だがその髪型ではシャーロットの瞳——髪と同じ色の黒いまつげに縁取られた、アーモンド形の大きな目——を強調できない。

「ムッシュの意見を聞いてみましょう」マリーはすばらしい経歴の持ち主であるムッシュ・パンプルムースに心酔していた。彼はルイ一六世のヘアドレッサーであったが、人々がマダム・ギロチンと呼ぶ恐ろしい断頭台を逃れ、ナポレオンが愛するジョゼフィーヌのヘアドレッサーとなった。もちろんイングランドの人々はナポレオンを忌み嫌っているが、マリー自身は早急に判断を下すべきではないと考えていた。彼女にとってジョゼフィーヌは女性美とファッションの手本なのだ。夫のほうにはそれほど関心はない。

「それと、マダム・ブリジットですが、お嬢さま」マリーは熱心に言った。「マダム・カレームのお店を訪れようと思われたことはありませんか？　マダム・ブリジットのドレスはお若いお嬢さま方には最適ですけど……」

「そのとおりだわ」悲しげな声でシャーロットは言った。わたしはもうお若いお嬢さまではないし、これからそうなることも二度とない。

彼女は不安そうなメイドににこやかな笑みを向けた。「実はね、マリー、ああいうかわいらしい格好は好きじゃなかったのよ。そろそろ別のスタイルを試してもいいころだわ。昨日公園で、ウエストの位置が高くてコルセットをつけない、新しい型のドレスを着た女性を見かけたの。確かに貞淑な感じではなかったけれど、フランス風の新しいスタイルはとても魅力的だったわ。そう思わない？」

マリーが両手を打ち合わせた。「ええ、そうですよ、レディ・シャーロット！　マダム・カレームならぴったりです。それに」彼女はそつなくつけ加えた。「お嬢さまならコルセットは必要ありません。金色のドレスはいかがです？　朝食室のカーテンみたいな色合いのドレスをお召しになったら、さぞかしすてきに見えるだろうと前から思っていたんです！」

一瞬驚いたものの、シャーロットはすぐに笑顔になった。「もうピンクは着ないわ。濃い桃色より淡い色はだめ。それから」わざとゆっくり言う。「ひだ飾りも、フリルも、花の刺繍も、リボンもなし」

「もちろんですとも《アブソリュモン》、ええ《ウイ》、ええ《ウイ》！」マリーが興奮している。

シャーロットは笑いながら顔をあげた。「さあ、マリー、このドレスを全部処分してくれる？」

マリーは目をきらめかせた。流行にそぐわない服は自分では絶対に着ないけれど、これほど状態がよければかなりの高値で売れるだろう。それだけセシルとの結婚に近づける。「ありがとうございます、お嬢さま」彼女は優雅にお辞儀をした。腕いっぱいにドレスを抱え、ふくらんだアンダースカートで視界をさえぎられてよろめきながら部屋を出ていく。すべてのドレスを運び出すには三往復しなければならなかった。

やっとひとりになったシャーロットは、かすかに眉をひそめて部屋のなかを歩きまわった。やがて炉棚の上から陶器の置物をおろし始める。さらには、五歳のときからベッドサイドのテーブルに飾っていた小物類も慎重な手つきで化粧台の上に移動させた。それでもまだ浮ついた感じがした。いかにも若い女の子の部屋だ。女の子が夢に見る、キンポウゲやヒナギクに囲まれた部屋。

変えなければならないわ、とシャーロットは思った。明日、実行に移そう。ヤグルマソウの青とか、もっと大人びた色合いがいい。お披露目の舞踏会を思い出すのでこれまでは青を避けていたけれど、気にしすぎるのは愚かだ。

仕上がり間近のヴィジラント・ダイチェストン卿の三枚目の肖像画が三階で待っていることもすっかり忘れて、シャーロットはベッドに入った。これからのことをうっとりと考えながら眠りに落ち、銀色のまじった黒髪の男性と踊る夢を見た。夢のなかの彼女は藍色《あいいろ》のシルクのドレスを着て、崇拝とあからさまな欲望を目に浮かべた彼に見つめられていた。

男性の頭がさがってきて、唇がシャーロットの唇をかすめる。一度、二度、三度。誘いかけ、約束するように。シャーロットは落ち着きなく寝返りを打ち、胸を高鳴らせて目を覚ました。長いあいだ、暗闇《くらやみ》を凝視し続けながら考えた。明日になったら、ウィリアム・ホランドがもう妻を見つけたかどうか確かめよう。今さら夫を探す女性たちの列に加わるなんておかしいけれど、決して達成できない課題だという感じはしない。自分の地所があるのだから、相手に財産があるかどうかを気にせず、知的な人を探せばいいだけだ。知的で、言葉では言い表せないなにかを備えた人を。あの従僕が備えていたような。ため息をつくと、シャーロットは上掛けにもぐりこんで、また眠りに就いた。

4

新たに衣装を揃え直すというシャーロットの決意を誰よりも歓迎したのは、彼女の母親だった。翌日ふたりはマダム・カレームのもとを訪れた。シャーロットが大胆にもハイウエストの細身のドレス——薄い布地を用いた体の線がわかるドレス——を何十着も注文するのを、アデレードは快適な椅子に腰かけて幸せな気分で見守った。

マダム・カレームもわれを忘れるほど興奮していた。彼女はシャーロットが最高に優美な体つきと完璧な骨格を備えた若いレディだということをひと目で見抜いた。公爵の娘であるシャーロットが自分の作品を身にまとっていくつか舞踏会に出れば、店は大評判になるだろう。

シャーロットがとくにすてきだと感想を述べたドレスの値段を聞いて、アデレードは目を光らせた。その半額以下だろうと見積もっていたのだ。だが、彼女の反応を見たマダムはすぐさま値段をさげた。なかなかのやり手ね、とアデレードは思った。コルセットなしだと、娘が自然で豊かな曲線の持ち主であるのがわかる。胸が、マダム・カレームによってデザインされたぴったりしたボディスからなめらかに盛りあがり、締めつけられずに完璧な形を描いている様子を見れば、男性たちはすっかり夢中になるだろう。女性たちも、同様の効果を期待して同じドレスを注文したがるに違いない。

「ドレスの上の部分がずれてしまうことはないでしょうね？」アデレードはいくぶん心配になって尋ねた。

三面鏡の前に立つシャーロットは衝撃的なドレスを着ていた。純白で、唯一の飾りは胸の下からスカートの裾までまっすぐに落ちている六、七本の黒いリボンだけだ。トップ部分はないに等しい。このドレスを見たら、マーセルはなんと言うだろう。これまで見たなかで、もっとも当世風のドレスなのは間違いない。

アデレードは咳払いをして娘に言った。「シャーロット、そのドレスは注文から外せないわ。あなたが新しい流行を作るのよ」

シャーロットが振り返る。「ええ、そうね」彼女は幸せそうに言った。「これをいただくわ。ありがとう、マダム」マダムはにっこりすると、別の作品をうやうやしく腕にかけて隅で待機していた少女を急いで手招きした。

四一歳のアデレードは、新しい流行を試すには年を取りすぎていると思ったが、それでも説得されて普段着を何着か買うことになった。淡い色合いの繊細なドレスで、とても上品なギリシア雷文が縁に刺繍されている。マダムがこっそりささやいたところによると、望むなら薄いウエストコルセットをつけられる仕立てになっているらしい。もちろん、コルセットはつけたかった。シャーロットをまたたくまに虜にした、まるで裸みたいなこのスタイルはわたし向きではないもの！

だけど……。つい最近年配の女性たちから聞かされた意地の悪い表現を思い出し、アデレードの口もとに満足げな笑みが浮かんだ。彼女たちはうちの末娘のことを〝いつまでも手もとに残りそう〟だとか、〝売れる見こみはない〟と言ったのだ。ばかばかしい。シャーロットの長くすらりとした脚やユリのように白い肌を見れば、盛りを過ぎたなどとささやく者は誰もいなくなるだろう。こんなドレスを着ていれば、絶対にありえないわ！

午後になって到着したムッシュ・パンプルムースはシャーロットに考える暇を与えず、気づいたときには化粧室の椅子のまわりに長い髪の房が落ちていた。

「ごらんなさい《ルガルデ》」ムッシュ・パンプルムースが興奮気味に言った。「たぐいまれな美しさだ！」彼は自分の指にキスをした。「おお、わたしのはさみは金でできていると言っても過言ではありません！」

シャーロットは鏡に映る姿をじっと見つめた。巧みなカットのおかげで髪が無造作にカールして、浮かびかけた風船のように頭が軽く感じられた。髪の重みから解放され、唇は以前より大きく、頬骨も広く見える。

「レディ・シャーロット」マリーが熱心な口調で言った。「これまでよりずっとお美しく見えます。きっと大騒ぎになりますよ！」

シャーロットは鏡越しにほほえみを返した。もしお好みなら飾りひもを巻いてもいいと言って、ムッシュ・パンプルムースがマリーにあれこれ示しながら巻き方を説明している。それが終わると、彼はもったいぶった様子で体を起こした。

「レディ・シャーロット、大切な外出があるときはいつでもわたしをお呼びいただかなければなりませんよ」翌日はクラレンス公爵家の舞踏会が予定されており、ムッシュ・パンプルムースは予約が詰まっていたけれど、シャーロットのために特別に配慮して、四時にカルヴアースティル・ハウスへやってくることになった。

「自分の作品を台なしにされたくありませんから」彼はマリーに向かって眉をひそめてみせた。たじろいだマリーが思わずフランス語で抗議したが、ムッシュ・パンプルムースは手をひらひらさせて無視した。

「時間がありません、もう失礼しなくては！」彼はきつい訛りで言った。

シャーロットは内心で笑みを浮かべた。ムッシュ・パンプルムースがマリーにフランス語で応《こた》えなかったことを見逃さなかったのだ。彼の話す言葉にはよく外国語がまじっているが、実は全部がフランス語とはかぎらず、イタリア語もよく使われている。彼女は鏡のなかの自分に目を向けた。たとえ南極出身であろうとかまわない。ムッシュ・パンプルムースはまさに金のはさみの使い手だもの。生まれて初めて、自分が本当に美しいと思える。正直なところ、あふれんばかりの魅力さえ感じる。美しくあでやかで優雅に着飾っているのに、どうして恥じる必要があるの？　クラレンス公爵の舞踏会が待ちきれないわ！

まさにその変身のせいで、誰もがシャーロットという名の魅力的な女相続人について口にするようになった。その話は、イタリアで三年間を過ごしたあと、新しくシェフィールド・ダウンズ伯爵となってロンドンへ戻った最初の晩にクラブに立ち寄った、アレクサンダー・マクダナウ・フォークスの耳にも届いた。体ばかり大きいふたりの若造がどちらが彼女に好かれているかという問題で、実際に決闘しかけたそうだ。シャーロットのことが話題にのぼると、アレックスの旧友ブラッドン・チャトウィンが顔を曇らせた。シャーロットがクラレンス公爵の舞踏会に現れてからの二週間で、ロンドンじゅうの男の半分がすっかり彼女に心を奪われてしまったらしい。

アレックスとブラッドンは図書室の静かな片隅で、暖かな暖炉の火の前に脚を伸ばして座っていた。アレックスはブランデーのグラスをもてあそびながら、苦しい胸のうちを語るブラッドンの話をぼんやりと聞いていた。〝レディ・シャーロットに結婚を申しこんだんだが、断られた……ところがゆうべ彼女は二度もダンスを踊って、その相手が……〟まいったな！こういう話を聞かされるのがどれほど退屈か、なぜ忘れていたのだろう？その傲慢《ごうまん》な小娘が誰と踊ろうと知ったことではない。彼はブラッドンに厳しい視線を向けた。

「そんな娘のことは忘れるんだ、ブラッドン」アレックスは物憂げに言った。「彼女はとんでもない愚か者に違いない。伯爵を拒絶する娘がどこにいる？　きみは一七人の子持ちというわけでもないのに」

「きみになにがわかるんだ、アレックス？」ブラッドンは熱くなった。「女性に関して、きみはいつも運がいい……」ぎこちなく声が途切れる。不意に恐ろしいことを思い出したのだ。

三年ぶりにクラブに足を踏み入れた旧友との再会に興奮して、すっかり忘れていた事実を。

彼が口をつぐんだことにアレックスは気づいていないらしい。ブラッドンはブランデーグラス越しにちらりと旧友をうかがった。怒りが静まってくる。アレックスは以前と変わらない様子に見えた。足を引きずるとか、そういう弱々しいところはない。ブラッドンは小さく身震いして、ブランデーをたっぷり口に含んだ。これからアレックスはどうやって過ごすつもりなんだろう？　紳士なら誰でもボクシングをしたり賭《か》け事をしたり——娼婦と遊んだりするものだ。だがアレックスはもともと賭け事が嫌いだったし、今では娼婦を相手にできなくなったと思われる。

ブラッドンは咳払いをして訊いた。「ええと、それで、もう向こうへは行かないのか？」

「ああ」グラスを見つめたまま、アレックスがうわの空で答えた。「きみも知ってのとおり、八カ月前に父が亡くなった。あのときは帰ってこられなかったが、今は……領地の管理もしなければならないし……」

ふと顔をあげたアレックスに黒い瞳をまっすぐ向けられて、ブラッドンはどぎまぎした。

「しばらく離れていたので、イングランドが恋しくなったんだ。イタリアはすばらしかったが、妻のマリアが死んで、こちらに戻ると決めた」

「だが……」ブラッドンは困惑した。「ぼくはてっきり……その、みんなはきみが結婚していないものと思っているぞ。マリアが、ええと、婚姻無効の申し立てをしたとか」

アレックスが瞳を曇らせてそっけなく言った。「そうだ。彼女は再婚して、そのあと死んだ。ひと月前に猩紅熱《しょうこうねつ》で」

「じゃあ、きみはまだ連絡を取り合っていたのか？」ブラッドンは思いきって尋ねた。

「いや、死ぬ間際に彼女に呼ばれたんだ」アレックスがふたたび顔をあげると、ブラッドンはびっくりした顔でぽかんと口を開けていた。かわいそうなブラッドン！　彼は昔から理解が遅かった。

「この話はもういい」アレックスはグラスを脇に置いた。「今夜、舞踏会かなにかがあると言っていなかったか？」

「ああ、そうだ」ブラッドンが言った。「だが、そんな格好では行けないぞ！　まともな服を着ていないじゃないか」旧友のはいている鹿革《しかがわ》のズボンに非難の目を向ける。「それに、どうして行きたがるんだ？　きみは以前からああいうたぐいの集まりは嫌っていたし、今となっては……」そこでまた口をつぐんだ。

「舞踏会に出席するのはきみと同じ理由からだよ、ブラッドン。妻が必要なんだ」アレックスは穏やかに言って立ちあがり、黙りこんだ友人を引っぱって立たせた。誰もいない図書室で互いの目と目が合った。

「なぜだ？」ブラッドンが単刀直入に訊いた。

アレックスは背を向け、ドアへ向かって歩き出した。「娘がいる」肩越しに友人を振り返る。「娘には母親が必要だ。さあ、来いよ、ブラッドン。外に馬車を待たせている。まずうちへ寄って、着替えてから夕食をとろう。それからぼくたちの妻を探しに出かけるんだ」

ブラッドンは黙って彼のあとをついていった。娘がいるだって？　アレックスの妻が彼の不能を理由に婚姻無効の申し立てをしたことは、ロンドンじゅうの誰もが知っている。しかも、アレックスは異議を唱えなかったのだ。彼に妻が見つかるとは思えない……いや、それは違う。伯爵と結婚したがる女性が大勢存在するのは、ブラッドン自身が身をもって知っている。ただ、ブラッドンにはどうしても理解できなかった。アレックスが不能なら、どうやって娘は生まれたんだ？　それに娘がいるなら、どうして結婚を無効にできたのだろう？　もし……。考えすぎてめまいがする。

馬車がシェフィールド・ハウスの前で停《と》まった。窓にはまだ黒い飾り綱がかけられていたが、アレックスの父親が亡くなって八カ月たつ今では、ところどころにほつれが見られた。ブラッドンは懸命に頭を働かせながら、アレックスのうしろを急ぎ足で歩いた。まだ答えが見つからない。不能の件を尋ねないままでは問題が解決しそうにないが、いかなる事情があろうともそんなことは訊けなかった。

ふと、疑問が頭をよぎった。アレックスをレディ・プレストルフィールドの舞踏会へ連れていけば、厄介な状況を招きはしないだろうか。彼女は道徳や品行に厳しいことで有名だ。レディ・プレストルフィールドは以前、不運にも既婚の大主教に心を寄せていることが明らかになった気の毒なレディ・グウェンス・マニスに、屋敷への立ち入りを禁じたことがあった。だが、なんといってもアレックスは伯爵だ。さらに、正確には離婚したわけでもない。アレックスがいわゆる役立たずだからといって、誰がダンスの申しこみを断れるだろう？

そこで、ふたたびアレックスの娘の問題にぶちあたった。その娘はいったいどこからやってきたんだ？

気にしないほうがいいのかもしれない。ブラッドンはついにその結論に至り、婚姻無効の申し立てに関してはなにも知らないふりをすることに決めた。ずっと考えていたので、頭がずきずきする。あとでデヴィッドのような賢い友人の誰かに説明してもらおう。女性の話題を——つい最近オペラで出会った、官能的で小柄な歌手のことも——持ち出さないよう気をつけていれば、夕食の席で気づまりな思いをすることもないだろう。そう、とくにあの歌手の話はしないようにしなければ。彼女はイタリア人だ。少なくとも、自分ではそう言っていた。ブラッドンは晴れやかな気分になった。そうだ、馬がいい！　馬の話ならなんの危険もない。

ブラッドンには、特定の事柄を頭から閉め出す卓越した能力があった。母親や教師や、彼とかかわりを持つ論理的な思考の持ち主——とりわけ個人秘書や領地の管理人や執事——は、非常にいらだたしい思いをするはめになった。そういうわけで、ブラッドンは厩舎《きゅうしゃ》に所有している馬について一頭ずつ細かく描写して、アレックスがひどく退屈しているのにもまったく気づかず、おおいに食事を楽しんだ。

夕食を終えるとアレックスはブラッドンに断り、着替えのために上階へ急いだ。だがすぐには着替えず、寝室に隣接する部屋へそっと入って忍び足でベビーベッドに近づいた。そこでは彼の娘がシーツにくるまり、横向きに丸まっていた。片手に顔をのせ、もう片方の手は頭の上に放り出している。寝ている姿は天使のようで、先月アレックスの人生をひっくり返した悪魔とは似ても似つかない。

アレックスは手を伸ばし、弧を描く眉を指でなぞった。彼の眉だ。激しい怒りに鼓動が速くなる。マリアはどうしてこの子の存在を隠し通せたんだ？　おかげでピッパの人生を一年分見逃してしまった。アレックスは深く息を吸い、ぽっちゃりとした小さな体にシーツをかけ直した。

眠っているときのピッパは悲しそうには見えなかった。かすかに笑ってさえいる。医師の予想に反して、これまでのところ悪い夢も見ていない。母親を失った悲しみをあらわにするのは起きているときだけだった。くそっ、マリア。アレックスは心のなかで毒づいた。もし知っていれば……いや、それでもマリアの死は避けられなかった。いつかピッパも母を恋しがらなくなるだろう。少なくともマリアは自分の命が長くないとわかると、アレックスを呼び寄せた。そして今、ピッパはちゃんと庇護《ひご》されてここにいる。彼は身をかがめて娘の額にキスをした。

「なにも心配はいらない」そっと話しかける。「おまえが起きるまでには戻ってくるよ」

夜一一時をわずかに過ぎて舞踏会の盛りあがりが最高潮に達したころ、ふたりはプレストルフィールド・ハウスに到着した。アレックスが追い返されるかもしれないというブラッドンの心配は取り越し苦労に終わった。彼らが屋敷に入ったときには、レディ・プレストルフィールドはすでに客の出迎えを終え、舞踏室で溌剌《はつらつ》とカントリーダンスを踊っていたのだ。プレストルフィールド家の執事はひとりどころかふたりの伯爵を取り次ぐことになり、誇りに胸をふくらませた。こみ合った舞踏室に執事の声が響き渡る。「シェフィールド・ダウンズ伯爵ならびにスラスロウ伯爵です」

鳥小屋のように騒がしいおしゃべりは静まらなかったものの、その場にいた全員が顔をあげ、階段をおりてくるふたりの若い紳士に視線を向けた。イタリアから伝わってきていた話が人々の脳裏をよぎった。パートナーに頭を寄せて噂話をする者もいれば、事情通の知人からもっと詳しい話を聞き出したくて、曲が終わるのをじりじりと待つ者もいた。

バルコニーで楽しく不謹慎なときを過ごしていたシャーロットの耳に、執事の声は届かなかった。新しいドレスを着るようになってひと月もすると、彼女は華やかな外見が気分も華やかにしてくれると気づいた。それは気持ちが大胆になることでもある。実際、シャーロットはもはや夫探しに執着していなかった。戯れるだけで十分楽しいからだ。

彼女はバルコニーにもたれ、ほほえみながらウィリアム・ホランド卿――ウィルを見あげていた。彼が目をきらめかせて見つめ返してくる。前に立つウィルとシャーロットの腿との距離は、わずか数センチだった。彼はわざとそうしているのだ。ウィルが彼女をはさみこむようにしてバルコニーの手すりに両手をつく。シャーロットは扇で彼の胸を突いた。

「あらあら、近づきすぎよ」

「ぼくがなにをしているというんですか?」ウィルが文句を言った。「あなたの袖にすら触れていないのに」彼はまた少し身を乗り出した。「お顔に虫がついているようです」真面目な顔でそう言い、口の端をわずかに持ちあげた。

「そう?」シャーロットは応じた。「どんな種類の虫かしら?」

「蜜蜂ですよ」ウィルがささやく。唇はもうすぐそこまで近づいていた。「ぼくが退治してあげましょうか?」

「どうかしら?」シャーロットはにっこりした。

「こんなふうに考えてみてはどうでしょう?」ウィルが言った。「あなたの唇は蜜で、ぼくの唇が蜜蜂——」わざとらしいたとえの先がどこへ向かっていたにせよ、それは無作法にも割りこんできたブランデンバーグ侯爵令嬢、レディ・ソフィー・ヨークの声にさえぎられた。

「シャーロット!」ウィルを肘で押しのけてソフィーが言った。「あなたのお母さまが舞踏室の向こうからこちらへやってくるわ。紅海を割って道を作ったモーゼみたいな勢いよ。急いで戻って、お母さまの注意を引きつけて。わたしはウィルとしばらくここに残るから、あなたはちょっと新鮮な空気を吸っていたふりをするといいわ」

シャーロットは顔をしかめた。「ありがとう、ソフィー!」急いでウィルのそばをすり抜け、振り返りもせずにカーテンの向こうへ消える。

ソフィーが無邪気そうに目を見開いてウィルを見あげた。彼は少し気分を害していたものの、ほほえみ返さずにはいられなかった。ソフィーの身長はおそらく一五〇センチそこそこと思われるが、小柄でもみごとな体つきの女性なのだ。

見えた。

「ああ、ウィル」ソフィーが悲しそうに言った。「まさか、シャーロットの唇もわたしと同じで蜂蜜のように甘いと言っているんじゃないでしょうね……」彼女はすっかり気落ちして見えた。

だが、ウィルは容易には信じなかった。今では彼もソフィー・ヨークという女性を知っている。「どういうことかわかるでしょう、ソフィー。以前はあなたを崇拝していた。でも、そこへシャーロットが現れたんです。彼女は背が高くてしなやかで、まるで彫像のように優雅だ。シャーロットに比べると、どういうわけか小柄な女性たちは色あせて見えて……」小さなこぶしで腹を殴られ、彼は口をつぐんだ。

「待って、ソフィー！　やめてください！」ウィルは声をあげ、いい香りのする体を右腕で引き寄せた。

ソフィーの瞳をまっすぐのぞきこんで言う。「あなたの唇はタスマニアの蜜蜂が集めた蜜よりも甘い」

彼女はくすくす笑った。「蜜蜂はわたしのほうだと思わない、ウィル？　あなたをチクリと刺したでしょう？」

「アルプスを飛びまわるタスマニアの蜜蜂ですね」ウィルも笑って言い返した。彼はソフィーの着ている新しいフランス風のドレスがとても気に入った。脇に押しつけられた、小柄だが申し分なく丸みを帯びた体の感触が実に心地よい。ウィルの瞳の色が濃くなった。

「あら、だめよ、ウィル」彼の意図を察してソフィーが制した。すばやくウィルの腕から抜け出し、重厚なブロケード織りのカーテンをかき分ける。「ケンジントンでキスをしたのを忘れたの？　ええ、もちろんあなたは忘れたに違いないわ。そうでしょう、ウィル？」彼女は小さく口をとがらせた。瞳がきらりと光る。ウィルの股間《こかん》が反応した。シャーロットとソフィーほどそそる組み合わせは初めてだった。いわば高級娼婦の一歩手前だ。ソフィーは目を輝かせて彼を見ると、舞踏室へ戻った。

　しばらくのあいだ、ウィルはバルコニーにもたれて立っていた。シャーロットもソフィーもあれほどの美女なのに、なぜ一緒になってぼくに愚か者の気分を味わわせるのだろう？　いや、どうすればふたりのどちらかを自分と結婚する気にさせられるかのほうがもっと重要だ。ぼくはどうしても手に入れなければならない。たとえ彼女たちが貧しくても。だが、幸いにもそうではない。ウィルは心が浮き立った。

　ソフィーはバルコニーのカーテンの反対側で足を止めた。シャーロットはすぐ左側で、自身の母親や年配の女性たち数人と話をしている。ソフィーは笑みを浮かべた。また助けてあげなくてはならないらしい。彼女は優雅な足取りで近づいた。

「シャーロット」ソフィーは優しく呼びかけた。

「ちょっと失礼、お母さま」シャーロットは断りを入れ、ほっとした様子でソフィーを振り返った。

「もっと楽な格好《デザビーユ》になりたいですわ」美しく整えた髪の前で扇を動かしながら、ソフィーはこぼした。「ここはとても暑いんですもの。そうお思いになりません、公爵夫人？」シャーロットの母親に笑みを向ける。

その気はないにもかかわらず、アデレードはほほえみ返してしまった。ソフィーの笑顔は人を魅了する。しかしシャーロットと彼女が最近仲よくしていることに関しては、大賛成とは言いがたかった。ソフィーには奔放な面がある。度を越えた無作法なふるまいは絶対にしないとわかってはいたが。ただ、真面目で軽薄とはほど遠いシャーロットと彼女では、あまりにも違いすぎると思えてならない。だけど、最近のあの子はどうかしら？　この数週間で、シャーロットはロンドン社交界の人気者になった。それまでの三年間を全部合わせても、求婚されたのは八回だったのに、先週一週間だけでそれ以上の申しこみを受けていた。

「まあ、ソフィー」シャーロットが笑いをこらえてたしなめた。「〝デザビーユ〟なんて言ってはだめよ。半分しか服を着ていないという意味なんだから。そうでしょう、お母さま？」

アデレードはうなずいた。そういう表現をすることも、ソフィーについて考えさせられる一因だった。母親がフランス人で、ナニーもフランス人だったというソフィーのフランス語は完璧なはずだ。服を脱ぎたいとほのめかすなんて、いったいなにを考えているのかしら？　まったく！　彼女のユーモアのセンスときたら……いささか常軌を逸して《アンヌトゥル》いて、不適切だわ。

最近では、シャーロットとソフィーはどこへ行くにも一緒だ。シャーロットの輝く黒い巻き毛がソフィーの赤みがかった金髪と寄り添っている姿が、ハイドパークでよく見かけられた。驚くことに、シャーロットはソフィーをモデルに絵を描いている。娘が人物を描くのは初めてだ。わたしは少し嫉妬《しっと》しているのかもしれない。

　そのとき、アデレードははっと息をのんだ。「まあ、いやだ！」小さく悲鳴をあげる。「蠟が！」女性たちの集団は慌ててうしろへさがり、天井を見あげた。彼女たちが立っていたのはシャンデリアの真下で、蠟燭から溶けた熱い蠟が滴り落ちていた。

「シャーロット」アデレードは命じた。「それにソフィーも。ちょっと失礼しましょう。さあ、いらっしゃい」有無を言わせず、人ごみをかき分けて女性用の控えの間へ向かう。

　ソフィーとシャーロットはゆっくりあとをついていった。シャーロットが思ったとおり、母のドレスの背中には白い筋がついていた。ドレスを脱いで、メイドに蠟を落とさせなくてはならないだろう。

　シャーロットは瞳をきらめかせた。彼女は新しくあつらえた濃い緑のシルクのドレスを着ている。踊ったり歩いたりするたびに、なめらかな生地が脚をすべる感覚が気に入っていた。

「それで、あなたの唇は蜂蜜でできているの？」ソフィーがすれ違う人々に形だけの笑みや挨拶を返しながらささやいた。「バルコニーに置いてきたのは蜜蜂というわけ？」

「もう、やめてよ」シャーロットはわざと絶望的な声を出した。「最高の戯れを楽しんでいたのに、また邪魔するつもりじゃないでしょうね？　わたしはあの蜜蜂の話が気に入っていたのよ」

「そんなことはしないわ」ソフィーが反論した。「わたしだってウィルはすてきな蜜蜂だと思ったもの。それに」憤慨してつけ加える。「先週あなたがレジナルドといちゃついていたのを邪魔したみたいに言わないでほしいわ。わたしはただ、あなたと一緒に座っていたあいだに、レジナルドが何度かつらの位置を直したか訊いただけよ。わかっているくせに！　彼の欲情の度合いを示しているんですもの。レジナルドと結婚する人は、頭痛がして彼の相手をしたくないときは、びくびくしてかつらを見るようになるんだわ」

シャーロットは驚くと同時に楽しくなった。ソフィーったら、いったいどうしてそんな無礼なことが言えるのかしら？

「思うんだけど、あなたと一緒にいるときのレジナルドは、つねに頭を触り続けているわよ」

「当然だわ」ソフィーが気取って言う。「それこそ一分おきに彼がかつらを揺すらなかったら、わたしはよほどお粗末な体だと思わなくちゃならないところよ。ねえ」思いにふけるようにつけ加える。「もしかしたらわたしたちのどちらかは、レジナルドのことを真剣に考えるべきなのかもしれないわ。彼、見かけはそれほど悪くないでしょう？」

ふたりは引き続きレジナルド・ピーターシャム卿について考えつつ、人ごみを縫って――大勢が立ち止まって噂話をしているために骨が折れたが――階段をあがった。

「だけど、レジナルドはただの准男爵だわ」ソフィーが言った。

「でも、顔の形はいいわよ」シャーロットは応じた。レジナルドの顔は細長く、彼女が描きたいと思うたぐいの顔だった。最近は静物を卒業して人物を描くようになっていた。だが、結婚しなければ、彼を描くことはできないだろう。じっとソファに座ってポーズを取ってもらうだけだとしても、未婚の女性はひとつ部屋で男性と長時間一緒に過ごすことを認められていない。レジナルドの額が気に入っているといっても、そのために結婚するほどではなかった。

「わからないわ」シャーロットはため息をついた。「誰かが彼のかつらをすっかり燃やしてくれればいいのに。禿《は》げ頭は嫌いじゃないわ。だけど……」

「レジナルドにお似合いなのが誰だかわかる？」不意にソフィーが言い出した。「あなたの友だちのジュリア・ブレントートンよ！」

「まあ、ソフィー！　ジュリアは結婚したのよ！」彼女は社交界にデビューした年に良縁に恵まれた。シャーロットのほうは、あのシーズンのことを思い出すと今も屈辱で胸がうずくのだが。シャーロットが舞踏室の隅に座ってダンスを眺めているあいだに、ジュリアは赤い上着の少佐の胸に精力的に飛びこんでいった。現在ふたりはジブラルタルで暮らしている。

「どうしてジュリアがお似合いなの？」シャーロットは尋ねた。

「だって、レジナルドは人の話を聞くのが好きだもの。気づかなかった？　彼がわたしたちを気に入っているのは、美しいだけでなくおしゃべりだからよ。それにジュリアも。彼女ときたら、わたしたちふたりを合わせたよりもっとおしゃべりだわ。あなたもそう思うでしょう？」

　シャーロットはくすくす笑った。確かにジュリアなら煉瓦の壁とでも会話ができるだろう。それにしても、またもやソフィーには驚かされてしまった。本当のことを言えば、わたしは見栄えがするほうだと思うし、ソフィーは間違いなく美人だけれど、それを屈託なく口にするなんて……。ソフィー・ヨークにはどこか型にはまらないところがあった。観察力に優れていて、どんなに無作法であろうと少しもためらわず自分の意見を口にする。

ようやく上階に到着したふたりは、アデレードのあとを追って女性用の控えの間へ入った。アデレードはすでにメイドに背中を向け、金のボタンを外させているところだった。シャーロットは内心でうめいた。きっと何時間もここに足止めされるわ！

ちょうどそのとき、顔をあげたアデレードと目が合った。「あなたたち、手を貸してもらえないかしら？　ソフィー、ここへ座ってわたしのバッグを持っていてくれるとありがたいわ」ソフィーが腰をおろし、アデレードの繊細なフランス製の手提げ袋《レティキュール》を膝に置いた。最近パーティーで盗難が頻発しているので、お気に入りのバッグを失う危険を冒したくないのだろう。

「それからシャーロット、あなたは階下《した》へ行って、シシーにわたしの居場所を伝えてくれないかしら？　彼女から目を離さないようにするとシシーのお母さまに約束したのよ。知らないあいだに誰かと晩餐に向かっていたら大変だわ。またあのジョン・メイソンにシシーをエスコートさせようものなら、プルーデンスは激怒するに違いないもの」

「わかったわ、お母さま」シャーロットは気乗りしないながらも礼儀正しく応じた。シシー――ミス・セシリア・コモンウィール――は悩みの種だった。誰からもあまり好かれていないうえに、男性の好みがひどいのだ。結婚相手として望ましい男性が部屋いっぱいにいたとしても、彼女ならそのなかでたったひとりの財産のない次男を選び出すに違いない。だがシシーの母親はアデレードの学生時代の友人で、心臓が弱くてあまり舞踏会に出席できないため、シャーロットは好ましくない男性から引き離されて不機嫌なシシーと、たびたび行動をともにしなければならなかった。

シシーの姿が見えないかと、シャーロットは人々の肩越しに視線をめぐらせつつ階段をおり始めた。どうやら舞踏室にはいないようだ。バルコニーで誰かとキスをしているのかもしれない。ほんの一〇分前に自分も同じことをしようとしていたのを忘れて、シャーロットはうんざりしながら考えた。

もう少しで階段の下へたどり着くというところで、シシーの羽根飾りがちらりと見えた気がした。シシーは染めたダチョウの羽根を三、四本束ねた、凝った羽根飾りを頭のうしろにつけているため、人ごみのなかでも比較的目につきやすい。王妃の近衛《このえ》兵が馬につけている羽根飾りのようで、シャーロットはひそかにおぞましいと思っていたのだが。

けばけばしい羽根飾りの行き先を確かめようと爪先立ったそのとき、シャーロットは階段で右足を踏み外し、下にいた人物の腰をまともに蹴《け》ってしまった。

「ううっ！」男性の声が聞こえた次の瞬間、彼女のヒップはどすんという音とともに階段の上に着地していた。どこもかしこも大理石でできた階段に背中がぶつかり、目に涙がにじんだ。

蹴られた男性が向きを変え、シャーロットの前でしゃがみこんだ。彼女は視線をあげた。

〝ごめんなさい〟と言いかけた言葉は途中で消えた。

彼は覚えていたよりも大きく、もっとハンサムだった。薄いズボンの生地越しに腿の筋肉が張りつめているのがわかる。こんなに肩幅が広かったかしら？　けれども瞳は記憶どおり、ヴェルヴェットのようになめらかな黒だった。髪も黒と銀のまじった巻き毛で、前髪が額にかかっているフランス風だ。ムッシュ・パンプルムースが喜びそうだわ。シャーロットの頭にばかげた考えが浮かんだ。

じっと彼を見つめていたのに気づき、彼女ははっとした。男性と目が合い、頬が薄いピンク色に染まる。シャーロットを見つめ返す彼の眉間《みけん》には、いぶかしむようにかすかな皺が刻まれていた。なにか言わなくては。彼女は必死に言葉を絞り出した。「ここでなにをしているの？」いやだ、ばかなことを口走ってしまったわ。彼が従僕でないのは明らかじゃないの！　正装しているんだもの。そもそも、従僕かもしれないなんて一瞬でも考えたこと自体、信じられない。いかにも命令し慣れている様子や、紳士らしい育ちのいい雰囲気は見間違えようがないのに。

弧を描く眉をさらにあげ、彼はしゃがんだまま訊いた。「ぼくはどこにいればいいのかな？」

シャーロットはまたもや顔が熱くなった。「もちろん、仮面舞踏会よ」それから曖昧に言った。「今回はわたしのほうがぶつかったけど」

アレックスは眉根を寄せた。この美しい娘はいったいなんの話をしているんだ？　それにしても運がない。今夜初めて興味が持てる女性に出会えたと思ったら、その人の頭がどうかしていなんて。彼は視線をさげた。この位置からだと、ちょうど彼女のドレスのなかがのぞける。これまで見たなかでもっとも美しい、クリームのように真っ白な胸だ。丸みを帯びて、柔らかそうで、完璧な形をしている。アレックスの手がうずいた。くそっ！　もう少しで触れてしまうところだった。われに返った彼の耳に、まわりの声が聞こえてきた。怪我《けが》はないか、手を貸そうかと尋ねている。

アレックスは手を差し出して女性を引き起こした。

「背中は大丈夫かな？」仮面舞踏会がどうとかいう、わけのわからない発言は無視した。まっすぐに立った彼女はいっそう魅力的だった。アレックスと同じくらい背が高く、彼女が顔をあげるとちょうどキスをしやすい位置に唇があった。アレックスは衝動的に女性を引っぱって部屋の隅へ移動しながら、階段にぶつけたと思われる背中のあたりをさすろうとした。たちまち手が止まる。ドレスの生地があまりにも薄いせいで、盛りあがるヒップの曲線をてのひらに感じたのだ。アレックスは強烈な欲望のほとばしりに揺さぶられた。まずい、正気を失いかけているぞ。長いあいだ、女性と関係を持っていないせいだ。

シャーロットは男性の手が背中にあてられたことも、彼が急いで手を離したことも気づいていなかった。「あなたは……あなたは覚えていないの？」そう尋ね、意を決して男性の目を見た。

アレックスは眉をひそめた。この女性に会ったことがないのは確かだ。彼はもう一度注意深く彼女を見直した。柔らかな巻き毛に縁取られた美しい三角形の顔、完璧にまっすぐな鼻、高い頬骨。濃い赤の唇は自然な色で、眉がまた非常に美しい。高く弧を描く形はアレックス自身の眉を女性らしくしたかのようだ。一瞬、記憶の断片が頭をよぎって……。これほど美しい女性を忘れるわけがない。

「きみと会ったことはない」アレックスは笑みを浮かべた。

彼はシャーロットは思わず口を開いた。純潔を奪っておいて、覚えてすらいない？　まったく、男の人っていったいどうなっているの？　毎週のようにあんなことをしているのかしら？

彼はシャーロットの腕を取り、右手の客間へと導いた。

「きみが会ったのは弟に違いないな。双子なんだよ」彼女を見おろしてほほえむ。「ぼくたちを取り違えたのはきみが初めてじゃない」

無意識にほほえみ返したものの、シャーロットが受けた衝撃は大きかった。「双子？」彼女は繰り返した。心が麻痺したようになり、なにも感じなくなった。

「そうだ」やっと話が見えてきたアレックスは上機嫌で答えた。この娘は頭がどうかしたわけではなく、パトリックと間違えて話しかけていたのだ。「母でさえ、ときどき区別がつかなくなったものだ」

シャーロットは彼を見あげた。この人が誰か、わたしにははっきりわかっている。もちろん、何者かは知らないけれど、わたしが会ったのは絶対にこの人だ。右頬のえくぼや、唇の形まで覚えている。けれど、知らないふりをしているわけではなさそうだと思い、シャーロットの心は沈んだ。わたしの純潔なんて、奪ったことも忘れるくらいつまらないものだったのね。

足取りが自然と重くなった。どこへ行こうとしているの？　上階《うえ》へ、お母さまのところへ戻らなくては。彼女は静かに腕を引き抜いて足を止めた。

「助け起こしてくださってありがとう」シャーロットは穏やかな口調で言った。「床にしゃがませてしまってごめんなさい」それだけ言うと、返事を待たずに向きを変え、ほとんど——すっかりではないがほとんど——駆けあがるようにして階段をのぼった。

アレックスは唖然として立ちつくしていた。今そこにいたかと思えば、もういなくなっている。はっとわれに返り、急いで彼女を捜そうとした。いったい誰なんだ？

そのとき、心配そうな声が聞こえた。振り返った彼は、ブラッドンの姿を見つけた。「どう思う？」ブラッドンが訊いた。「彼女は実にすばらしいと思わないか？」

「ああ、そうだな」アレックスは一瞬で状況を理解した。「ぼくは彼女と結婚するつもりだ。それで、名前はなんと言ったかな？」

5

シャーロットが母親に付き添っている最中放っておかれていたダンスのパートナーたちが、女性用の控えの間から出てきた彼女をとがめつつも笑顔で取り囲んだ。アレックスはしばらくのあいだ、懇願する取り巻きたちをかわすシャーロットの様子をうかがった。なんと美しいのだろう。

シャーロットは自分の顔が赤くなっていることがわかっていた。部屋に足を踏み入れた瞬間、彼に気づいたのだ。見られていると知ってかっと熱くなり、興奮を覚えて体が震えた。背中の打ち身をさすられたときにヒップをかすめた、大きな手の感触がいまだに残っている。あのときは気づかなかったが、触れられた部分が焼けるように熱くなっていた。触発されて過去の記憶がいっきによみがえってきた。もう一度、体じゅうに彼の両手を感じたくてたまらない。三年前と同じように。だが同時に、胸が痛くなる屈辱も感じていた。彼はなにもかも忘れているのだ。あの夜、誰を腕に抱いたのか、まったく覚えていないらしい。激しい怒りと欲望のあいだで心が引き裂かれ、シャーロットはまともにものが考えられなくなっていた。けれども、まわりを取り囲む紳士たちは誰も、彼女がうわの空なのに気づいていなかった。

庭園での出来事に思いを馳《は》せるシャーロットが思わせぶりな笑顔を向けたせいで、ウィル・ホランドはたちまちソフィー・ヨークに求婚するのを考え直した。やはりシャーロットのほうがいい。彼女の手を取って身をかがめ、晩餐へエスコートさせてほしいと頼みこむのだ。それとも――ウィルは目をきらめかせてシャーロットを見た。もう一度ダンスを踊るというのは？　今夜はすでに二度踊っていた。三度目のダンスは婚約発表も同然だ。シャーロットは声をあげて笑い、ウィルをたしなめるように首を振った。

彼女がスチュアート・ホールの庭園で起こったことをどうしても頭から追い払えないでいる一方で、アレックスははるか昔の若い娼婦との出会いなど少しも思い出すことなく、公爵の美しい娘と取り巻きたちとの駆け引きを眺めていた。実のところ、三年前の出来事は彼の記憶にも鮮烈な印象を残していた。だが、あのときの娘の髪は長くシルクのようになめらかで、真っ白な肌をしていたことから赤毛に違いないと思いこんでいた。彼女はシャンパングラスのように上を向いた小さな胸と、柔らかな色の目の持ち主だった。けれども目の前にいるシャーロットは、短い黒の巻き毛で知的な瞳をいきいきときらめかせ、目で曲線をたどるだけでも心が躍るほど豊かな胸をしている。たとえ疑ってみたとしても、記憶のなかの娼婦と公爵の娘に似たところは皆無だと思ったに違いない。

突然アレックスは、こうして壁にもたれて立ち、ロンドン社交界に君臨する美女に欲望をかきたてられている自分がひどく間抜けな若造に思えてきた。彼はうんざりして体を起こすと、きびすを返してその場を立ち去った。カルヴァースティル公爵の屋敷なら知っている。公爵の娘に追従するくだらない男たちと、わざわざ競い合う必要がどこにある？ アレックスは抗議するブラッドンをカードルームから追い立てて馬車を呼んだ。それから〈ブルックス〉へ移動してカードゲームに興じ、ひと晩でおよそ六〇〇ポンド勝った。

午前三時にもなると、〈ヴェルヴェットの間〉――〈ブルックス〉の一室――の蠟燭も燃えつきかけていた。濃い緑色の布で覆われているために〈ヴェルヴェットの間〉と呼ばれる部屋は、日中でもまるで真夜中のような雰囲気で、そこでゲームにふける人々は時間の感覚をなくしてしまう。ほかの紳士たちは負けを取り戻そうと夜明けまでもゲームを続ける気でいたが、アレックスは疲れを覚え、退屈し始めていた。

彼は部屋のなかを見渡した。四つのカードテーブルを囲む肘掛け椅子はすべて貴族たちで埋まっていた。壁のシャンデリアの蠟燭を取り替える使用人だけが、クラブの扉が開かれた夕方の五時と変わらずこざっぱりとして見えた。一方、紳士たちは入念に結んだクラヴァットを緩める者や、いらだちのあまりその結び目を解いてしまった者もいた。疲れ果てて乱れた姿でなにかに取りつかれたようにさいころを投げ、カードを握りしめている。

「なるほど、伯爵」テーブルの反対側から訛りのきついゆっくりとした声が聞こえた。「今夜のあなたは非常にうまくやったようだな」

頭をめぐらせたアレックスは動じることなく、イングランドで暮らすフランスの侯爵、リュシアン・ボッホと視線を合わせた。リュシアンは賭けに大金を注ぎこんだあげく、ことごとく負けていた。

リュシアンが前に身を乗り出し、オンブルというカードゲームが行われている最中の、緑のフェルトが張られたテーブルに両手をついた。「きみはかなり……運がいい」静かだが刺《とげ》のある口調で言う。アレックスは改めて彼を見た。オンブルに必要なのは技であって、運ではない。リュシアンのゲーム運びは軽率だった。

「ムッシュ」アレックスは抑揚のない声で言った。「きみの発言に他意はないと信じよう。聞き入れてもかまわない。ぼくが勝ったのは……運のおかげだというきみの意見を」

一瞬の沈黙が広がった。激しい怒りでリュシアンの耳が赤く染まる。激怒するあまり、呼吸をするのも困難な様子だ。リュシアンは唇をまくりあげて声を絞り出した。「伯爵、ぼくのカード運のほうがまだましだよ。きみの……恋愛運に比べれば」

部屋のざわめきが徐々に小さくなった。熱心に聞き耳を立てているのか、四つのうち三つのテーブルでぴたりと会話が止まった。先代のシェフィールド・ダウンズ伯爵が息子たちを外国へやったのは、彼らがすぐにこぶしで議論を解決したがるからだというのは、誰もが知る事実だった。確かにアレクサンダーは成長したように見えるが、男としてこの種の侮辱を受け流せるものだろうか？

ところがアレックスは脈を乱してすらいなかった。結婚が無効になってからというもの、低俗な侮辱には慣れていた。もっとも、イタリアを出ればそんな侮辱を受けずにすむだろうとは思っていたが。アレックスはテーブルに両手をついて身を乗り出した。ふたりはわずかな空間をはさんで顔と顔を突き合わせる格好になった。

アレックスは静かに口を開いた。「ムッシュ、きみはひょっとしたら、女性たちに好かれるぼくに嫉妬しているのか？　だからそんな命知らずの発言を？」

リュシアンはアレックスをにらみつけた。気分が悪い。自分がとんでもないことをしたのはわかっていた。ギャンブルの熱にのまれて、ずっと大切にしてきたものを手放してしまったのだ。あの指輪は結婚したときに妻から渡されたものだった。

「伯爵」あたりに漂う相手のほのめかしの余韻を無視して、リュシアンはかすれた声で言った。「きみに負けて妻の指輪を差し出すとは、ぼくはとんでもない愚か者だ。妻は……妻はもはやここにいない。どんなことをしてでも指輪を取り戻さなければならないんだ。もう一度ぼくと勝負してもらえないか？」

アレックスは体をうしろへ引いた。リュシアンの黒い目は必死だった。アレックスはポケットに手を入れて、繊細な装飾が施されたサファイアの指輪を取り出した。

「なんと書いてある？」蠟燭の明かりに指輪をかざしながら訊いた。光を受けてサファイアがきらめく。一〇〇〇ポンドの価値はありそうだ。

「〝トゥージュール・ア・モワ〟」リュシアンが小さな声で言う。

「〝永遠にわがもの〟か」アレックスはふと、部屋じゅうが静まり返っているのに気づいた。今夜初めて会ったリュシアンに鋭い視線を向ける。「いつからこの国に？」

リュシアンがごくりと唾《つば》をのみこんだ。「八年前からだ」

彼の妻は一緒ではなかったのだ、とアレックスは察した。断頭台で命を落としたに違いない。彼は指輪を宙に放り投げてつかみ取り、そっとリュシアンの前に置いた。「さあ、持っているといい」周囲にざわめきが広がっていくなか、アレックスは獲得した残りの金を集めると、背を向けてその場を離れようとした。

手が伸びてきて彼を止めた。リュシアンだった。テーブルをまわりこんでアレックスの前に立つ。細身で背が高く、黒い服に身を包んでいる。「伯爵」彼はゆっくりと言った。「愚かさのせいで、ぼくはきみに一生の借りができた。どうかこの指輪を買い戻させてくれないか」

近くで見たリュシアンは思っていたほど若くなく、どうやらアレックスと同年代らしい。「いや、そのつもりはない」アレックスがそっけなく言ったとたん、リュシアンは体を硬直させた。まいったな。フランス人としての誇りか。実際のところ、彼はリュシアン・ボッホという男がかなり気に入った。「よければブランデーを一緒にどうだい?」

こわばったリュシアンの口もとから力が抜けた。「かまわないよ、伯爵」彼はため息をついた。「愚か者の愚かな言動はなんのためにもならないとよくわかった」

ブランデーをたっぷり垂らしたコーヒーとともに図書室に腰を落ち着けたふたりは、色恋や指輪や妻の話題には触れず、貴族院でなされた最新の討論について穏やかに意見を交わした。亡命中のフランス人であるリュシアンは、当然ながら政治にかかわることはできないものの、穀物をめぐる暴動の危険についてはとくに強い関心を示した。

「ぼくが思うに」リュシアンが言った。「フランスの革命は防げたのではないだろうか。こちらの国で使われ始めているような機械があれば、農民たちの怒りを抑えられたのではないかと思う」

アレックスは言葉を選びながら言った。「ぼくの理解では、農民たちが激怒したのは収穫高のせいではなく、自分たちの口に少しも入らなかったためだ。言い換えれば、裕福な人々が食料を買い占めてしまったせいだよ」

「ああ、そのとおりだ」リュシアンは陰鬱な声で認めた。「父にも言ったんだが……」言葉が小さくなって途切れる。「われわれはあまりにも無頓着だった。それは大きな罪だ。ぼくの兄はその危険性を理解していたから、イングランドに土地を買った」彼は顔をあげた。「この国で暮らす同胞の大多数と違って、ぼくが困窮せずにすんでいるのはそのおかげだ。兄は非常に賢い人だった。年に二回イングランドを訪れ、数年かけてかなりの財産をこちらの屋敷に移したんだ」

リュシアンは言葉に出さなかったが、その兄もすでに亡くなっているらしい。「フェンシングはするのかい？」アレックスは話題を変えた。

「ああ、好きだ」リュシアンの声が明るくなる。

「明日、ひと勝負どうかな？」アレックスは訊いた。「イタリアを離れる前にちょうど、フランス流のフェンシングを学び始めたところだったんだ。技の実践ができるとありがたいんだが」

「お相手できて光栄だ」リュシアンが堅苦しく言った。「では、明日〈ブリードヘイヴンズ〉で勝負するかい？」

答えようとしたアレックスはピッパのことを思い出した。ピッパが起きている時間帯にフェンシングに出向くのは無理だ。〈ブリードヘイヴンズ〉内にある〈フェンシング・エンポリアム〉は男性専用で、ピッパはなかに入れない。

「できればシェフィールド・ハウスで手合わせ願いたいんだが」アレックスは理由を説明せずに告げた。

リュシアンは困惑を隠せなかったが、それでも応じた。「もちろん結構だ、伯爵」フェンシング場でなく自宅で手合わせしたいとは、いったいどういうことだろう？　彼は立ちあがった。フランス人としては背が高く、目の高さはアレックスと同じだった。フェンシングのパートナーとしてはやりやすいだろう、とリュシアンは満足げに思った。

彼が差し出した手をアレックスはためらいなく取った。「それでは明日の朝、そちらにうかがおう」リュシアンは言った。そこで躊躇《ちゅうちょ》したものの、ほほえんでつけ加えた。「もう二度と賭けの場には指輪を持っていかないことにするよ。きみのように寛大な心を示してくれる人は多くないだろうから」彼は深くお辞儀をした。「心から感謝する」

アレックスは指輪の件をすっかり忘れていた。博識な相手と話せる喜びに浸っていたのだ。それに引き換え、しばらく会わないうちにブラッドンはますます退屈な男になった。そう考えながら、アレックスはふたたびブラッドンをカードルームから引っぱり出した。ちょうどそのときブラッドンは一五ポンド勝っていたが、それ以前に二〇〇ポンドほど負けていた。それだけでなく、すっかり酔って足をふらつかせていた。

「しっかりしろ」ドアのほうへよろめいていくブラッドンに、アレックスはいらだった。まったく！　ぼくが三一歳ということは、ブラッドンも少なくとも三〇歳を超えているはずだ。そんな年になって、どうして悪酔いするほど飲むんだ？

麻のシーツを腰まで押しさげ、濃い色に日焼けした筋肉質の胸をあらわにして、アレックスはぐっすりと眠っていた。仰向けになって両手を頭のうしろに置いたまま、ぴくりとも動かない。これは双子の弟パトリックと彼を見分ける、数少ない方法のひとつでもあった。パトリックはひと晩じゅう寝返りを打ったり足で蹴ったりして、くしゃくしゃのシーツに絡まって眠るのだ。まだ小さいころは、眠っているあいだに動きまわって床に落ち、そのままそこで眠り続けることもたびたびあった。だがアレックスの場合はあまりに静かに眠るので、息をしているかどうか確かめるために、母はよく忍び足で近づいて触れてみたそうだ。

八時近くになって、アレックスは目を覚ました。カーテンの下から明るい光が細く差しこんでいる。目を閉じて横たわったまま、彼は前夜の出来事について考えた。

けれども、おぼつかない足取りで寝室に入ってきた裸足《はだし》の足音に物思いをさえぎられた。

「パパ！」小さな声がうれしそうに叫ぶ。アレックスはまぶたを開けた。ピッパが厚いブロケード織りの金色のベッドカバーをつかみ、満面に笑みを浮かべていた。

アレックスは娘を抱きあげて自分の隣におろした。ピッパがくすくす笑って彼の黒い胸毛をつかむ。しまった。朝になるとアレックスの寝室へやってくる娘のために、忘れず寝間着を着るようにしていたのに。ピッパは小さくても握る力が強く、しかも毛を引っぱるのが大好きときているのだ。

「こら!」アレックスはわざと厳しい声で言った。ピッパが脇に体を寄せ、期待をこめて彼を見あげる。

「コッカ」じれったそうに言う。「いる、いる!」

アレックスは身を乗り出すと、房付きのひもを引いて呼び鈴を鳴らした。本当はベッドでホットチョコレートを飲む習慣をつけたくなかった。だがそれを言うなら、自分のベッドに一歳の子供がいる光景は、想像すらしたことがなかった。

側仕《そばづか》えのキーティングが銀のトレイを持って戸口に現れた。トレイには、きっかり半分までホットチョコレートを入れたどっしりしたマグカップがふたつ、整然と置かれている。アレックスがピッパを連れてイタリアから戻り、〝コッカ〟の意味を初めて解明できたとき、トレイには熱々のホットチョコレートを縁まで入れた、繊細なウェッジウッドのティーカップが並んでいた。しかし何度か不運な出来事を経験したのち、アレックスはあきらめて、使用人の使うマグカップでぬるいチョコレートを飲むことにしたのだ。

ピッパはチョコレートをすすりながら、おそらくマリアが教えたと思われる朝の歌を歌った。アレックスの耳にはイタリア語の子供の歌のように――少なくともかつてはそうだったように——聞こえたが、意味のわかる言葉はひとつもない。〝パパ〟という単語だけはかなりはっきり言えるものの、ピッパはお世辞にも言語能力に長《た》けているとは言えなかった。

突然ピッパが彼の腕をつかみ、その拍子にチョコレートがシーツにこぼれた。「いや！　いや、パパ、いや！」恐怖のにじむ声がだんだん甲高くなり、小さな体が震え始めた。アレックスはカップを取りあげてベッドサイドのテーブルに置き、娘を胸に引き寄せて耳もとでささやいた。

「ピッパ、大丈夫だ。わかるね？　心配はいらないよ」一定の調子で背中をさすり続ける。「落ち着いて、ピッパ、パパはおまえを置いてどこへも行かない。約束しただろう？」

アレックスが顔をあげると、前日に雇ったばかりのピッパの新しいナニーが、目に恐怖を浮かべてドアのところに立っていた。

「伯爵さま」ミス・ヴァージニア・ライオンズはそう言ったきり黙ってしまった。

「なんだ？」

「伯爵さま、レディ・フィリッパはここでなにをしていらっしゃるのですか？」

アレックスは驚いてミス・ヴァージニアを見つめ返した。「ここにいてはならない理由があるのか？　ぼくは気にしていない。こうしていれば叫び続けなくてすむのだから」

ミス・ヴァージニアは反論しかけたが、ふたたび口をつぐんだ。あまりに基本的なことを問い返されたので、どう答えていいかわからなかった。

「子供というものは」ようやく口を開く。「しかるべき時、しかるべき場所であれば大人の前に出てもかまいませんが、みだりに口を利いてはなりません。そしてそれ以外のときは、子供部屋にとどまらなくてはならないのです」

「子供部屋にいると悲鳴をあげるんだ」アレックスは言った。「昨日、話したはずだが。三階の子供部屋から地下まで聞こえるほどの大声だ。それだけでなく、床に足を打ちつける。とても見てはいられない」理にかなった説明のはずだった。

アレックスは眉をひそめてミス・ヴァージニアを見た。彼女が顔を赤らめているのに気づき、シーツを引きあげて体を覆う。それから片手を振って退室を促した。

「ミス・ヴァージニア、ぼくも娘もまだ人と会う準備が整っていない」

しかしミス・ヴァージニアはあきらめなかった。「レディ・フィリッパはわたしと一緒に来ていただかなくてはなりません。男性の寝室には――」

アレックスは最後まで聞かずにさえぎった。「ミス・ヴァージニア、ぼくは娘がここに来るのを条件付きで受け入れているが、この屋敷にいる全員にその権利を認めたわけではない。どうか子供部屋で待っていてもらえないだろうか。朝食がすんだらそちらへ行くつもりだ」

彼はミス・ヴァージニアに愛想よくほほえみかけた。彼女は真っ赤になってドアの外へ出ていった。

「ぼくたちの態度はちょっと厳しかったかな」アレックスはピッパの髪に口をつけてささやいた。ナニー全員を脅威と見なしているピッパは、危険人物の姿が視界から消えてうれしそうに歌を口ずさみながら、ふたたびチョコレートを飲もうと手を伸ばした。彼は娘をしっかりと脇で支えると、中身が三分の一ほど残ったマグカップを渡してやった。アレックス自身のチョコレートはすっかり冷たくなっている。ひと口でそれを飲み干し、彼は小さく身震いをした。

「さあ、おいで、ピッパ」憤慨してあげる泣き声を無視して空のカップを取りあげる。ピッパは最後のしずくをシーツに垂らすのが好きなのだ。そのとき、まるで魔法を使ったかのように、キーティングが湯気のあがる湯を入れた大きな浴槽を運んできた。このひと月のあいだに、アレックスと彼は決まった手順で朝の任務に取りかかるようになっていた。

アレックスは慣れた手つきでピッパの寝間着を脱がせ、娘を浴槽のなかにおろした。湯があふれて縁からこぼれるのもかまわず、こすってきれいにする。それが終わると、もがいて逃げようとするぷくぷくとした体をすばやく浴槽から引きあげ、大きなタオルを広げて待ち構えるキーティングに渡した。そのあいだ、ピッパはかなり静かだった。つまり三、四回しか叫ばなかったということだ。その叫びも、屋敷じゅうを動揺させる悲しげな泣き声ではなく、大きめの金切り声にすぎなかった。キーティングがピッパを隣室へ連れていって着替えさせるあいだに、アレックスは手早く体を洗って身支度を整えた。

困惑したミス・ヴァージニアが三階で待っていることを思い出す。キーティングがナニーになれたらすべてがうまくいくのに。キーティングの歌声とピッパが満足そうに喉を鳴らす音が隣室から聞こえてきて、アレックスは耳をそばだてた。どうやら若い女性――若くなくても――に聞かせるにはふさわしくない、船乗りの歌らしい。

アレックスはため息をついた。そろそろミス・ヴァージニアと顔を合わせなければ。この前のナニーは、本人の説明によるとヒステリーの叫びに疲れ果てたせいで二日しかもたなかった。彼女はピッパを精神病院に入れるべきだと勧めた。荷物をまとめる暇も与えずナニーを通りへ蹴り出したい衝動を、アレックスはかろうじて抑えたのだ。

ピッパが満面に笑みを浮かべながらよたよたと部屋に入ってきた。「パパ！　パパ！」

彼は幼い娘に目を向けた。おそらく一歳くらいだろう。マリアがあっというまに亡くなってしまったので、ピッパが生まれた正確な日付を聞き出せないままだった。アレックスとの結婚を無効にしたあとマリアが結婚した司祭——あるいは元司祭——に連絡を取るしか知るすべはないが、それだけは絶対にごめんだった。それにピッパが悲鳴をあげ続けていることがわかると、すぐにイングランドへ連れ帰って医師に診せることしか考えられなくなったのだ。

ところがアレックスと暮らすようになって四日目に、ピッパはもがくのをやめて彼を見あげ、小さな声で〝パパ〟と言った。自信がついたのか、そのあとは堰を切ったようにパパと連呼し始めた。以来ピッパが叫ぶのはアレックスがそばに、あるいは隣の部屋にいないときにかぎられるようになった。けれども彼がどこかへ行こうとした瞬間、耳をつんざく強烈な悲鳴をあげ、ひどいときには興奮状態に陥り床を転げまわるのだ。母親を病気で亡くしたのが原因だろう。施設を勧める者から成長すれば治るという者まで、医師たちの意見はさまざまだった。

アレックスは顎をこわばらせた。彼にはどうしても妻が必要だった。幼児を入浴させたりナニーを選んだりという役目は、男には向いていない。実際、アレックスのナニー選びは明らかにうまくいっていなかった。ミス・ヴァージニアは二週間で五人目のナニーだ。アレックスはピッパを抱えると、子供部屋へ向かって歩き出した。

午後二時、静まり返ったカルヴァースティル・ハウスはキャンピオンの支配下にあった。公爵夫妻はイタリア産の大理石の展示を見に出かけていた。レディ・シャーロットは午前中ずっと絵を描いていたが、現在は入浴して着替えているところだ。あと三〇分もすればホランド卿がやってきて、ふたりでアル・フレスコ――ピクニック――へ出かける予定だった。ホランド卿がたびたびレディ・シャーロットを連れ出すことに、屋敷で働く者たちは控え目ながらも並々ならぬ関心を持っている。そうはいっても、全員の意見が一致しているわけではなかったが。

家政婦のミセス・シンプキンはホランド卿の熱心な支持者だった。
「彼は……とてもロマンティストだわ」ふくよかな胸を軽く叩きながら、彼女は言った。「本物の紳士よ、ミスター・キャンピオン。いつも立派な身なりをしていらっしゃる」
「それは関係がない、ミセス・シンプキン」キャンピオンはいかめしく言った。「問題は、その身なりの下が本物の紳士かどうかだ。ホランド卿に金がないのはなぜだと思う？　おそらくギャンブルをするせいに違いない。そんな人物がレディ・シャーロットの財産を得て、はたしてギャンブルをやめられるだろうか？　まず無理だな！」

「彼がギャンブルをするかどうか知らないじゃないの」ミセス・シンプキンが反論した。「もしかしたら火事で相続財産を失ったのかもしれないわ」

「まさか、考えられないよ、ミセス・シンプキン。それほどの火事があれば新聞に載ったはずだからだ。そんな記事を読んだ覚えはあるかね？　いや、ない。従って、やはりギャンブルに違いないいんだ」

「ホランド卿はお嬢さまを愛しているわ」ミセス・シンプキンは論理的根拠に乏しいことを言い出した。「愛しているの。目を見ればわかるわよ」

「あの目！」キャンピオンはうんざりした。「もうひとつの問題はそこだ。青すぎる。あんなに青い目をした者は見たことがない」

その午後、ずっしりした真鍮《しんちゅう》製のノッカーが鳴る音を聞いたキャンピオンは、従僕の役目を兼務するホランド卿の使用人が立っていることを予測して、彼を威圧しようと堂々とした厳《いかめ》しいしぐさでドアを開けた。

ところがそこにいたのは、頭のてっぺんから爪先までしゃれたお仕着せに身を包んだ正式な従僕だった。ひと目見たとたん、キャンピオンにはその服の上等さがわかった。すなわち、高貴な人々に仕える使用人なのだ。

「ご用件は？」自身も同じ立場であるキャンピオンは、可能なかぎり低い声で尋ねた。

「シェフィールド・ダウンズ伯爵からレディ・シャーロット・ダイチェストンへ、アル・フレスコへのお誘いを申しつかってまいりました」顎の長い従僕が言った。

そのころまでにはキャンピオンも、屋敷の前で待つ、金の浮き彫り細工が施された優雅な造りの馬車に気づいていた。もちろんレディ・シャーロットには先約があると告げて、速やかにこの従僕を帰すべきだろう。だがもしかすると、メッセージだけでも伝えたほうがいいかもしれない。なんといっても相手は伯爵なのだから。

キャンピオンは眉ひとつ動かさずに考えをまとめた。「レディ・シャーロットのご都合を確かめてまいりましょう」そう言って、カルヴァースティル・ハウスの巨大なドアを閉めた。

従僕は自分の持ち場である、馬車のうしろへ戻っていった。アルバマール・スクエアに静寂が広がる。だが五分後、馬車の扉が勢いよく開き、肩に危なっかしくピッパをのせたアレックスが屋敷の階段をあがってきて、玄関ドアのノッカーを威勢よく鳴らした。

キャンピオンが持ち場を離れていたため、最近上級メイドに昇格したばかりの気弱なメイドがドアを開けた。レディ・シャーロットに会いたいと要求する本物の伯爵の相手は、彼女にはとても務まらなかった。メイドは膝がぶつかるほど深くお辞儀をすると、飛ぶように階段を駆けあがった。

「レディ・シャーロット」つっかえながら声をかける。「あの方がここ、今、ここに、階下《した》に、あの、〈緑の間〉で」

シャーロットは驚いて顔をあげた。化粧台の前に腰をおろした彼女の髪に、マリーが手際よく最後の仕上げをしているところだった。シャーロットが着ているのはバラ色のシルクの散歩着で、ほっそりした腕があらわになっている。マリーはドレスと同色のリボンをシャーロットの髪に編みこんでいた。

キャンピオンの言うシェフィールド・ダウンズ伯爵というのが誰なのか、シャーロットはすぐに気づいた。心臓が激しく打ち始め、彼女のなかの一部はすぐに彼のもとへ駆けつけたい思いに駆られていた。だが、ウィル・ホランドと出かける予定がある。レディはみだりに約束を破るものではない。シャーロットがそんなことを考える一方、マリーは手が震えるほどの興奮を覚えていた。ゴシップ記事にはそのハンサムな伯爵や、彼がイタリアから帰国した事情に関する情報がふんだんに載っていたのだ。

そうこうするあいだに、キャンピオンはまごつくメイドの腕をきつくつかんだ。要領を得ないメッセージを伝えれば叱《しか》られるのは確実だとわからせるつかみ方だった。屋敷のなかでなにが起ころうとも、決して動揺してはならない。ほんの一、二週間前、彼は使用人たちにそう言って聞かせたばかりだった。

もちろん、カルヴァースティル・ハウスで使用人を動揺させる出来事が実際に起こるとは思えなかった。キャンピオンは自分の指揮下にある者たちを徹底して指導した。とくに下働きの使用人たちは出入りが激しい。いつここを辞めて、大酒飲みや素行の悪い主人のもとで働くことになるかわからないのだ。キャンピオンの指導は、どこへ行こうと非の打ちどころなくふるまえるように彼らを準備させるためのものだった。

キャンピオンにしっかり腕を押さえられたせいで、リリーという名のメイドは落ち着きを取り戻し、シャーロットにお辞儀をした。「伯爵さまがお見えです。〈緑の間〉にお通しいたしました」今度ははっきりと伝える。「おひとりではありません。小さなお子さまをお連れです」

シャーロットは立ちあがった。撥《は》ねハンマーが打ちつけられているかのように、心臓が激しく打っている。「ありがとう、リリー。お目にかかるわ」階段をおりるあいだ、頭のなかで疑問が渦巻いた。彼は結婚していたの？　嘘《うそ》よね？　今にも心臓が破裂しそうだわ。

〈緑の間〉のドアの前で、シャーロットは足を止めた。部屋のなかに彼がいる。背中を向けているが、あの広い肩はどこにいても見間違いようがない。彼女は背中に沿って視線をおろしていった。ぴったりした優雅な灰色の上着に身を包み、肌に張りつく紫がかった灰色のズボンにロングブーツを履いている。彼の足もとでシャーロットの視線が留まった。

脚と脚のあいだには、見たこともないほどかわいらしいぷくぷくとした子供が座っていた。伯爵のブーツの隙間から丸い頰とえくぼ、それに間違いなく父親と同じ形の問いかけるように弧を描いた眉がのぞいている。

シャーロットは思わずほほえんだ。そのとたん小さな女の子は顔を曇らせ、耳をつんざく叫び声をあげた。シャーロットが本能的にあとずさりした瞬間、伯爵が振り返った。彼はすばやく子供を肩に抱いて軽く背中を叩いた。「しいっ」優しく声をかける。「ナニーじゃないよ。こちらはレディ・シャーロットだ。しいっ」

シャーロットは咳払いをした。なにを言えばいいのかわからない。まだ正式にはこの男性に紹介されておらず、彼の名前も執事から聞いただけにすぎないのだ。〈若い淑女のためのレディ・チャタートンズ・スクール〉では、こんな場合の対処法を教えてくれなかった。

　娘をなだめていた伯爵が顔をあげてほほえんだ。目尻に皺が寄っている。シャーロットはおなかのあたりがほんのりと温かくなり、そのぬくもりが全身に広がっていくのを感じていた。

　伯爵が前に進み出て、娘をしっかりと抱えたまま、礼儀正しく右脚を伸ばした体勢で深くお辞儀をした。急に前のめりになったかと思うとまたまっすぐに戻る動きが楽しかったのか、女の子がうれしそうに喉を鳴らした。

「シェフィールド・ダウンズ伯爵アレクサンダー・マクダナウ・フォークスの娘、レディ・ピッパ・マクダナウ・フォークスを紹介させていただけますか？」伯爵が厳粛に言った。

　シャーロットの胸に軽やかな笑いがこみあげてきた。「レディ・ピッパ」伯爵に合わせてそう言うと、彼女は膝を折ってお辞儀をした。

　ピッパがくすくす笑う。

「ピッパ」伯爵が言った。「ちゃんと聞くんだぞ。こちらはカルヴァースティル公爵のご令嬢、レディ・シャーロット・ダイチェストンだ」

　ピッパがまた笑った。聞いているほうがついつられてしまう楽しげな声に、シャーロットも声をあげて笑った。

「今からおまえを下におろすよ、ピッパ。レディ・シャーロットがナニー候補でないことはわかったはずだ。だからもう叫ぶんじゃないぞ」ピッパは父親の言葉を理解したように見えた。床におろされるとソファまで這っていって、クッションについている縞《しま》模様の房飾りを引っぱり始めた。

伯爵がふたたび足を進め、シャーロットのすぐ前に立った。彼女は自分の頬が染まるのを感じた。動悸《どうき》がして、ドレスの薄い生地を通して心臓の動きが彼に知れてしまうのではないかと心配になった。

「わかっているだろうか?」伯爵が砕けた口調で訊いた。「会うたびにキスしたくなる女性はきみが初めてだと」

シャーロットははっとして彼の目を見た。この前会ったときみたいに、着飾っているだけでろくに口も利かない娘でいるつもりはない。

彼女は皮肉な笑みを浮かべた。「あえて申しあげるけれど、そう思っているのはあなただけよ」

「そうかな?」伯爵が尋ねる。不意に頭を傾けたかと思うと、羽根のように軽くシャーロットの唇を唇でかすめた。優しく説得されて、彼女はなにも考えず唇を開いた。温かい息を感じた次の瞬間キスが深まり、懇願が命令に、説得が要求に変わった。シャーロットは全身から力が抜けていくのを感じた。すぐさま彼が大きな手でシャーロットのむき出しの腕をつかんで支えてくれなければ、彼女は転倒していたかもしれなかった。

だが、おかげで正気を取り戻せた。自分自身に腹を立てながら、シャーロットはうしろへ体を引いた。

アレックスは驚いて目の前の女性を見つめた。もう少しで自制心を失うところだった。黒い巻き毛を乱し、バラ色の唇をしたこの女性に心を揺さぶられたのだ。これまで出会ったどの女性とも違う。今すぐ彼女を腕に抱き、ソファへ運ぶことしか考えられなくなった。

シャーロットの首筋の血管が激しく脈打っているのに気づき、アレックスは満足感を覚えた。彼女も無感覚ではいられなかったのだ。アレックスは穏やかに言った。「執事を呼んで、正式に引き合わせてもらうべきかな？　それとも、階段でぶつかったことで紹介はすんだと見なしていいだろうか？」

シャーロットは笑い出してしまわないように唇を嚙んだ。「伯爵」言葉を続けようとしたとき、〈緑の間〉のドアが開いた。

キャンピオンの大きな体が戸口に現れる。「ホランド卿がお見えです」彼はもったいぶった口調で宣言した。

ああ、面倒なことになったわ、とシャーロットは思った。

ところがキャンピオンの告げた名前を聞いた伯爵が、はじかれたように顔をあげた。「ウィル！」彼は大股で前へ進み出た。

振り向いたシャーロットの目に映ったのは、互いの背中を叩く男性ふたりの姿だった。ふと気になってピッパのほうをうかがう。誰が部屋に入ってきても悲鳴をあげるのかしら？　けれどもピッパはちらりとホランド卿を見ただけで、また房飾りに注意を戻した。

伯爵はシャーロットの視線が向かう先に気がついたらしい。「いや、この子は男女を見分けられるんだ。我慢できないのは女性に対してだけだ」急いでつけ加える。「もちろん、いつまでもそのままではないだろうが」

ウィルはなにが起こっているのか理解しようと努めた。シャーロットとピクニックに出かけるため、食事を積んだ馬車を外に待たせていた。さらに彼のポケットには、小さいが非常に美しいダイヤモンドの指輪が入っている。かつては母のもので、ウィルはシャーロットに渡したいと考えていた。それなのに彼女は、小さな子供のほかには付き添いもなく、まだイタリアにいるものと思っていた彼の古い友人と一緒にいる。しかも――キスをされたばかりに見えた。バラ色の唇に赤く染まった頬。ウィルは疑わしげに目を細めた。伯爵と競い合う事態だけはなんとしても避けたかった。

だがロンドンのほかの人々と同様に、ウィルはアレックスが妻から婚姻無効の申し立てをされたのは、彼の不能が原因だと知っていた。それを聞いたときは耳を疑った。ウィルはアレックスと彼の弟のパトリックとともに、ロンドンで評判の娼館を訪れたことが何度もあったのだ。そのころの記憶は今でも鮮やかによみがえってくる。ある晩、ウィルはセリーナという名の女性が取り仕切る、選ばれた者しか入れない娼館を訪れていて、誤って違うドアを開けてしまった。当時のアレックスは不能ではなかったと断言できる。

「レディ・シャーロット」ウィルは手を差し出しながら、さりげなく言った。「ピクニックに出かける準備はもう整われましたか？」

「ああ、そのことだが」アレックスがいかにもすまなそうに口をはさんだ。「ぼくがここへ来たのも、まさにそのためなんだ。ちょうどレディ・シャーロットから、記憶力がよろしくないせいで、うっかりぼくたちの両方と約束してしまったと説明を受けていたところだ」

シャーロットは笑いを噛み殺し、たしなめる視線をアレックスに向けた。「わたしはホランド卿のお誘いを受けるべきだと思っているわ。最初に声をかけてくれたんだから」

「いや、それは違う」アレックスが言った。「ウィルとぼくは昔からの友人なんだ。そうだろう、ウィル？」

ウィルはのろのろとうなずいた。

「だからみんなで出かければいい」アレックスは続けた。「外に馬車を二台待たせている。ピクニックには十分な食べ物を持ってきたし、ナニーも一緒だ。ハイドパークの東側の、イヴの像があるあたりで落ち合わないか？　ウィル、きみがレディ・シャーロットをエスコートしてはどうだ？」

ウィルはうなずいた。わけがわからない。どうして全員でピクニックに行く話になるんだ？　シャーロットをめぐって競うつもりなら、なぜアレックスは不用意にもぼくに彼女を譲り渡すようなまねをするのだろう？　馬車は差し向かいで親密になれる絶好の機会だと知らないのか？

シャーロットは激怒していた。彼女はウィル・ホランドほど甘くはなく、自分が巧みに操られたことをわかっていた。あれほど深いキスをされたあとでは、ウィルと馬車に乗っても心から楽しめないだろう。間違いなくそれがアレクサンダーの――ウィルがアレックスと呼んでいる男性の――狙いなのだ。

なんて男かしら！　シャーロットは復讐心に燃えていた。

そのため彼女は、馬車に乗りこんだウィルが肩に腕をまわしてきても抵抗せず、彼の近くへ移動して、キスを待ち構えるように顔を上向かせた。自然な動作だったので、ウィルの期待はロケット花火のように急上昇した。彼は巧みなキスをした。シャーロットの唇に舌を走らせ、そっと開かせる。

シャーロットの頭は完全に冴《さ》えたままだった。ある程度は楽しんだけれども、膝に力が入らなくなることも、またたくまに体が熱くなることもなかった。髪に触れられて近くへ引き寄せられても、ぞくぞくするような興奮は感じなかった。

ウィルもだまされはしなかった。シャーロットがまったく反応しないのだから。彼は体を引くと、ほほえんで彼女を見おろした。

「おそらくぼくたちのように育ちがいい者は、行儀よく会話をすべきなんでしょう。そういえば、昨日〈クラーク・アンド・デベナム〉で、あなたの友人のセシリア・コモンウィールを見かけましたよ。強烈な紫色に染めたダチョウの羽根飾りを一四本も買おうとしていた。信じられますか？」

思わずくすくす笑ってしまったシャーロットは、急いで真面目な顔に戻った。「羽根がとても流行《はや》っているのよ」どうすればシシーのファッションセンスを擁護できるのか、さっぱりわからない。

「ほう、そうですか」ウィルがわざとらしく応じた。内心では、シャーロットが国王の馬のような飾りをつけて人前に姿を現すことはないだろうと思いながら。

シャーロットにはハイドパークへ着くまでの時間が恐ろしく長く感じられた。実はウィルが、未来の花嫁と情熱的にキスを交わせるように、公園のまわりを二周してから馬車を停めるよう御者に命じていたのだ。

しかし馬車のなかで結婚が話題にのぼることはなかった。シャーロットとウィルは最近の流行や皇太子の乱行について礼儀正しく議論し、かつて母親のものだった指輪は彼のポケットに入れられたままだった。

6

ようやく馬車が停まると、シャーロットがすばやくあたりを見まわした。それから、シェフィールド・ダウンズ伯爵の所在にはさほど興味がない様子で視線をさげる。ウィルは気分が晴れやかになった。結局のところ、アレックスはチャンスをくれたのかもしれない。ウィルはピクニックの準備を使用人に任せ、ほとりにヤナギの木がある池のほうへシャーロットを連れ出した。

一方シャーロットは、ウィルとの会話に集中しようと努力していたものの、すぐに別のことを考えてしまった。アレックスに会いたくてたまらない。いえ、伯爵よ、と彼女は自分に言い聞かせた。そんな望みを抱くこと自体、自分に腹が立ってしかたない。どうして彼の姿を捜すの？　向こうはわたしを覚えてすらいないのに！

「シャーロット」ウィルが辛抱強く同じ質問を繰り返した。「皇太子の金色のかかとについてどう思われますか？」

「ええと……」シャーロットは困惑して彼を見あげた。「皇太子の金色のかかと？」

「そうです」ウィルは期待をこめて彼女を見ている。

「ごめんなさい」シャーロットは正直に謝った。「なんの話かさっぱりわからないわ」

「いいんです」ウィルがこわばった笑みを浮かべた。「ずっと口から出任せに、意味のないことを話し続けていただけですから。ぼくがなにを言おうと、あなたは魅力的にうなずいて同意してくれた」

「まあ」シャーロットは小さく息をのんだ。

　ウィルは彼女の手を取って近くのベンチへ促した。ふたりはしばらくそこに座って、パンを求めて泳ぐ二羽の白鳥を眺めた。池のそばに立つヤナギの枝先が水面をかすめ、濡れた髪のようにそよいでいる。

　静かなアトリエに戻ってソフィーの肖像画を仕上げてしまいたい。それがシャーロットの望みだった。自分でもばかばかしく思えるが、どういうわけか彼女はソフィーの肖像画にブルーベルが一面に咲き乱れる背景を選んだ。その結果、遠くまで続くブルーベルの花を延々と描き続けるはめになった。だがときどきうんざりすることはあっても、アトリエにいれば欲望に翻弄《ほんろう》されたり、突然の屈辱に顔を赤らめたりする必要はない。

　今シャーロットは自分に恋しているらしいハンサムな若い紳士に誘われて、付き添いもなしでピクニックにやってきた。それなのに、彼に集中できないでいる。ウィルのくしゃくしゃの金髪や青い目を見ても、少しも胸が高鳴らない。ところがもうすぐアレックスに会えると思うだけで体はたちまち反応し、足の爪先から手の指先までぞくぞくしてしまう。

「レディ・シャーロット」ウィルが両手を彼女の肩に置き、自分に注意を向けさせた。「どうかぼくの妻になってください」

「まあ」シャーロットはふたたび息をのんだ。これまで何度も結婚の申しこみを断ってきたにもかかわらず、急に言葉が出てこなくなった。

返事を待たずにウィルが頭をさげて彼女にキスをした。呆然としていたシャーロットは、われに返ると同時にいらだちを感じ始めた。男の人ってどうしてこうなの？　自分がその気になれば、いつでも唇を押しつけてかまわないと思っているのかしら？　彼女は体を引いて立ちあがった。

「ホランド卿」冷静に言う。「あなたとはすでに結婚について話し合って、はっきりお断りしたはずよ」

ウィルはベンチに腰かけたままシャーロットを見あげた。それは以前の話だ、と彼は内心で思った。シャーロットが髪を切り、ドレスを変え、抗しがたいほど魅力的に変身する前の話だ。どうすれば今回は本気だとわかってもらえるだろう？　ウィルはベンチから立ちあがって彼女の両手を取った。「レディ・シャーロット、ぼくは……」しかしなにを言うつもりだったにせよ、最後まで伝えることはかなわなかった。

シャーロットの視線が彼の背後に引き寄せられ、小さいけれども光り輝く笑みがこぼれた。ウィルは麻痺したようにシャーロットを見おろしていたが、やがてあきらめて彼女の手を放し、振り返った。優雅に着飾った一行が、話しながら木々のあいだを抜けてこちらへ近づいてくる。そのなかには幼い娘を肩車した、シェフィールド・ダウンズ伯爵アレクサンダー・

マクダナウ・フォークスも含まれていた。

ウィルは連れの女性を見おろした。アレックスを目で追ううちに、シャーロットの顔が少しずつバラ色に染まっていく。ウィルの存在はまったく意識されていない。彼は肩を落とした。ぼくはそこまで愚かじゃない。もはやシャーロットの気持ちはぼくにはないのだ。だが……彼女はアレックスが不能だと知っているのだろうか？　ほんの一瞬、ウィルは自分の口からシャーロットに告げようかと考えた。そうすれば、絶望してぼくに身を投げ出してくる彼女を慰められるかもしれない。いや、育ちのいいレディにどうしてそんな話ができる？もしかするとシャーロットは、体のその部分の仕組みさえ理解していないかもしれないんだぞ！

ウィルはちらりとアレックスに目をやった。まったくもって信じられない。アレックスの筋肉質の大きな体には、最近流行の肌にぴったりと張りつくズボンがよく似合っている。離れた場所から見ても、不能だとはとても思えなかった。

くそっ！　ウィルは胸に鋭い痛みを感じた。財産のために若い女性を追いまわすのに慣れきってしまって、本物の感情がかかわるとどうなるかをすっかり忘れていた。ウィルはシャーロットに視線を戻した。彼女の唇の端は上を向いて歓迎の笑みを形作っている。目は彼が見たことのない輝きを宿していた。わかった、もういい。アレックスのように機能が損なわれた男との結婚を、彼女の親が許すとは思えない。だが、たとえシャーロットの両親がアレックスを追い払っても、彼女がぼくのものになることは絶対にないだろう。

そう考えた時点で、自分でも気づかないうちに結婚の目的が変わっていた。単に金目あての結婚から方向転換することになった。

一瞬にしてアレックスは、シャーロットの乱れた髪やピンク色の頬に気づいた。たちまち激しい怒りが喉もとまでこみあげてくる。ウィルのやつ、よくもシャーロットに触れたな。彼女も彼女だ。いったいどうしてほかの男にキスができるんだ？　父親の感情の変化が体越しに伝わったのか、ピッパが彼の髪をつかんで泣き出した。

「大丈夫だ」アレックスはそっと声をかけると、娘を肩からおろして胸に抱き、髪をなでた。「しいっ、ピッパ」

「パパ」ピッパがすすり泣く。「パパ」

「くそっ」アレックスはため息をつき、前方で待つふたりに手を振って合図した。「ウィル、ぼくの代わりにみんなを頼めるかな？　このお嬢さんを少し散歩させてこようと思うんだ」そう言うと、振り返らずに歩き始めた。

伯爵が小道の角を曲がって消えていくのを、シャーロットは困惑して見送った。それだけ？　わたしにはなんの説明もなくふらふらと行ってしまうの？　頬がかっと熱くなる。指を一本あげるだけで、わたしが簡単に自分のものになると思ったら大間違いよ。

「さて」ウィルが口を開いた。「アレックスの頼みなら喜んで引き受けましょうか。残念ながら、これまでそんな栄誉にあずかる機会はなかったが」彼は到着したばかりの美しく若い女性に称賛の目を向けた。

彼女と一緒に来た紳士が優雅に深いお辞儀をして言った。「ぼくはヴァルコンブラス侯爵……だ」いかにもフランス人らしいしぐさで肩をすくめる。「現在はただのリュシアン・ボッホだが。こちらは妹のダフネだ」

ダフネが膝を折って上品にお辞儀をした。とても若く、おそらく一六歳くらいと思われるが、髪をシニヨンにまとめているところをみると、すでに宮廷へあがって拝謁をすませているのだろう。華奢な顔立ちで、力強いが繊細な顎をした典型的なフランス人に見えた。ロマンティックでありながら、とても現実的な感じもする。太陽の光を浴びて輝く淡い色の髪が銀の糸のように見えた。頭上にかざしたパラソルから、流行の型のドレスの下にちらりとのぞくバラ色の靴まで、このうえなく優美な装いだ。

ウィルは侯爵と同様に丁寧なお辞儀を返した。「ウィリアム・ホランドです。どうぞなんなりとお申しつけください」彼は快活に言った。「こちらはレディ・シャーロット・ダイチェストン、カルヴァースティル公爵令嬢です。お目にかかれて大変光栄です」ダフネの手を取って口づける。

アレックスの消えた方向を見ながらリュシアンが肩をすくめた。「馬車のほうへ戻らないか？　ピクニックは向こうで準備されているようだ」

シャーロットは笑いがこみあげた。なんておかしなことになったのかしら！　拒絶した求婚者――彼は不機嫌になるどころか、すでに目標を切り替えてダフネに注意を向けているみたいだけれど――と、もうひとりの求婚者候補――愛想のない態度から考えて、アレックスをそう呼んでいいものかどうかわからない——と、今初めて会ったばかりの三人目の男性と一緒にピクニックだなんて！

「失礼ですが」シャーロットはリュシアンに言った。「このピクニックを呼びかけた本人がきまぐれなふるまいをしているんですから、わたしたちだって同じことをしていいんじゃないかしら？　わたしも食事の前に少し歩きたいわ」

それからかなり時間がたって、一行が楽しそうな様子で小道の向こうから現れ、日の光の下に広げられたピクニックのご馳走《ちそう》のもとへゆっくり歩いてくるのを見たとたん、アレックスはシャーロットの仕業だと悟った。従僕はすでに一時間も前に、ごく淡い金色のテーブルクロスを広げて銀の食器類を並べ、その横に伯爵家の紋章が刺繍されたナプキンを重ねて置いていた。溶け出した氷のなかでシャンパンが徐々にぬるくなり始めている。近づいてくるシャーロットを見ながら、草の上に寝転がっていたアレックスはこらえきれずにやりとした。彼女は満足げな顔をリュシアンのほうへ向け、彼の発言に目を輝かせて笑い声をあげている。やられたな。ぼくはみずからが仕掛けた罠《わな》にはまってしまった！　短気は起こすものではない。

アレックスは立ちあがり、笑顔で一行を出迎えた。「おわかりだろうが、ぼくたちの気分も落ち着いたので、こうしてきみたちを待っていたんだ」彼は楽しそうに草を引き抜いているピッパを指した。シャーロットは笑ってしまわないように、唇に力を入れなければならなかった。ほんのわずかだが、アレックスが〝ぼくたちの〟という部分を強調したのに気づいたのだ。それから全員が座る場所を決めて腰を落ち着けるまで、しばらく沈黙が続いた。

「ほう！」ウィルが言った。「ぼくのお粗末なピクニックが、これほど豪華な宴《うたげ》に変貌《へんぼう》を遂げるとは！」

わたしはなぜ当然のようにアレックスの隣に座ってしまったのかしら？　忘れてはだめよ、とシャーロットは自分に言い聞かせた。以前、彼にどんな扱いを受けたか思い出しなさい。もう二度とばかなまねをしてはだめ！　だがアレックスがシャーロットの腕に軽く触れてきただけで、彼女は全身に震えが走った。

「伯爵」軽い口調で無関心を装いつつ、シャーロットは注意を促した。

「苺《いちご》を勧めようと思っただけなんだけれどね」アレックスが甘く耳に心地よい声で言い、片肘をついて横たわった。そのまま体を乗り出してシャーロットに苺を手渡す。

「あの、あなたのお嬢さん、ええと、レディ・ピッパは？」彼女は弱々しく訊いた。

アレックスがごろりと転がると、彼の向こう側にピッパの姿が見えた。

「草を食べているみたいだけど、いいのかしら？」

「たぶんよくないだろうな」動じるふうもなくアレックスが答えた。「おいで、ピッパ、その草は食べてはいけない。おまえは馬じゃないんだから」彼はシャーロットの手から、まだ食べていなかった苺を取った。「代わりにこれを食べるんだ」そう言ってピッパのぽっちゃりとした手に置く。ピッパは興味津々の様子で苺を見ていたかと思うと、いきなり自分の顔に押しつけてつぶした。

「まあ、どうしましょう」シャーロットは言った。「大変だわ。ナニーはいないの？」

「もちろんいるよ。向こうのほうに」アレックスが小さな木立を顎で示した。そこには使用人たちが集まり、礼儀正しく座って控えていた。主人と違ってきちんとベンチに腰をおろし、シャンパンではなくエールらしきものを飲んでいる。なかにひとり、明らかに世話係の服装をした女性が見えた。

「なぜピッパのそばでなく向こうにいるの？」シャーロットはあきらめなかった。

「ピッパは彼女があまり好きじゃないんだ」アレックスが言った。「ぼくのナニーの選び方はひどくまずいらしい。これまでの数週間で五人雇ったが、誰も続かなくてね。なにが問題なのか見せようか」彼はピッパを抱きあげ、シャーロットと自分のあいだにおろした。左隣に女性がいると気づいたとたん、ピッパが急に興奮して泣きじゃくり始める。アレックスは慣れた手つきで娘を引き寄せた。シャーロットのそばから離れるとすぐに泣きやみ、ピッパは草摘みを再開し出した。それにまた食べているわ、とシャーロットは思った。

「どうしてなの？」彼女は単刀直入に尋ねた。

「母親が重い病にかかった。三週間か四週間か、はっきりした期間は知らないが、そのあいだに次々とナニーが変わったんだ。みんなマリアの猩紅熱がうつるんじゃないかと不安がって辞めていったそうだ」

「まあ、かわいそうに！　それで女性を怖がるようになったの？」

「そのとおりだ。これで理解してもらえただろうが」アレックスは物憂げな口調で続けた。

「残念ながら、唯一の解決法はぼくが結婚することだ。この子はナニーも家庭教師も嫌っている。だが結婚して妻の存在に慣れれば、そのうちほかの女性にも慣れてくれるんじゃないかな」黒い瞳をきらめかせてシャーロットを見る。「どう思う？」

「そうかもしれないけれど、かなり思いきった手段ね」

アレックスが小さく肩をすくめた。「きみにもわかるだろう。どんな男の人生にも、ぞっとする老いを感じるときがやってくるんだ。墓場からの風を感じて――」

「まあ、やめて！」シャーロットは笑った。「そんな年ではないでしょう？　あなたは三五歳くらいかしら？」

「三一歳だ。だが、やはり結婚はしなければならない」アレックスは言い張った。いつのまにか、先ほどよりシャーロットの近くへ来ている。「おばのヘンリエッタに繰り返し言われたよ」彼は草の先でシャーロットの鼻をくすぐりながら続けた。「シェフィールド・ダウンズ伯爵家の将来はぼくの手にゆだねられているとね」

シャーロットは噴き出さないよう唇を噛んだ。「双子の弟さんは？」彼女は小さな声で言った。ふたりの距離はすっかり近づいていたので、大きな声を出す必要はなかった。

「悲しいかな、パトリックはインドにいるが、この先どうなるかはわからない。いや、やはりぼくが伯爵家のために結婚しなければ。わかってくれるだろう？」

「まあ、なんという犠牲的精神かしら。わたしは男性に生まれなくて運がよかったわ！　とてもそんな犠牲を払う気にはなれないもの」

「本当に？」アレックスが訊いた。「絶対に結婚することが必要だとしても？」

「なぜ必要になるの？　わたしには自分の収入があるし、兄がいるわ。公爵として父の跡を継ぐには男子がひとりいれば十分でしょう。ええ、やはり犠牲になるつもりはないわ」首を振ったシャーロットは、いたずらっぽく目を輝かせてつけ加えた。「わたしには夫がそばにいない未来が見えるの。だけど」慰めるようにアレックスの手を軽く叩く。「あなたにはとてもすてきな女性たちを推薦できるわ。結局のところ、あなたの要求はそれほど高くはないもの。母親としてふさわしければいいんでしょう？　何人か子供がいる未亡人だと話が早いわね。そうねえ、レディ・ドクトロウはどうかしら？　確かにとびきり美人とは言えないし、あら探しをする人なら地味だと表現するかもしれない。だけどそんなことより重要なのは、彼女がとても母性的なことだわ。すでに五人の子供がいるんだから、きっとピッパのことも好きになるはずよ」

「やめてくれ」アレックスが言った。「子持ちの女性は勘弁してほしい。だめだ、レディ・ドクトロウは却下する」

「そう」さらに続けようとしたシャーロットは、ダフネ・ボッホにさえぎられた。

「その子は」ダフネがつっけんどんな口調で言った。「お皿に突っ伏して寝ています」

一同がいっせいに振り返る。片手にアイスクリームを持ち、顔をかわいらしく皿に押しつけたまま、確かにピッパはぐっすり眠りこんでいた。顔にはつぶれた苺にまじって草がくっついている。母を亡くした幼子の姿に、シャーロットの胸はかき乱された。

アレックスが無言で娘を抱きあげ、顔を拭《ふ》く布を探してあたりを見まわした。適当な布がないとわかると、ぷくぷくとしたピッパの体をためらいもなくシャーロットの膝に置いた。

「少しのあいだ抱いていてくれるかな?」彼は魅力的な笑みを浮かべた。「ナニーが池にでも落ちていないか、急いで見てくるから」

シャーロットの座っているところからでも、アレックスの四人の従僕やウィルの使用人と戯れて、ピッパのナニーがきわめて楽しいときを過ごしているのがわかった。

シャーロットは膝の上のピッパに視線を向けた。ありがたいことに動かされても目を覚まさず、大きな音をたてて親指を吸っている。冗談ではなかったんだわ。アレックスはピッパのために本気で母親を探していて、どうやら今のところわたしが第一候補らしい。一瞬、シャーロットは汚れた子供を膝からおろしてしまおうかと思った。けれども……彼女の膝に顔を押しつけて眠るピッパの姿はあまりにかわいらしかった。腹立ちと優しい気持ちの板ばさみになりながら、シャーロットはそのままじっとしていた。

使用人たちと話すのに、アレックスはひどく時間がかかっているようだった。顔をあげたシャーロットは、まわりの人々が驚きながらも面白そうに自分を見ていることに気づいた。

「お気の毒ですね」ダフネがきついフランス訛りで言った。「きれいなドレスですのに。きっと元どおりにはならないでしょうね。それはマダム・カレームの作品でしょう? 伯爵のふるまいは無作法ですわ!」

ウィルはまじまじとシャーロットを見つめた。ハンサムな友人にうっとりしている状態から目が覚めることはあるだろうか？　もしかするとこの子供を利用して、彼女の目を覚まさせることができるかもしれないぞ。いや、やはりだめだ。機知に富んで美しいシャーロットとベッドに入る夢は忘れて、洗練されたダフネと戯れているほうがよさそうだ。シャーロットは激怒してわめいてはいない。それはつまり、汚いちびを膝から放り出す気がないということだろう。

　シャーロットは困惑のあまり首のあたりが赤くなった。アレックスの策略は遠まわしとはかけ離れている。まるでここにいる全員に母親としての適性を審査されている気分だ。

　リュシアンの鋭い視線はシャーロットの屈辱を感じ取った。彼は優雅な動きで立ちあがり、シャーロットのほうへ身をかがめた。

「いいかな？」眠っている子をすばやく抱きあげ、器用に反転させる。驚きのまなざしで見守るシャーロットの前で、リュシアンはピッパを抱えてみんなにほほえみかけた。「しばらく散歩してくるよ」そう言うと、彼はゆっくりと歩いていった。

　シャーロットはとっさにリュシアンの妹に目を向けた。ダフネは目に涙をためて顔をこわばらせ、ピクニックの残った食べ物越しに遠くを見ていた。ウィルが彼女の手を引っぱって立たせた。知り合ってまだ一時間ほどだが、彼はダフネがよく知らない人たちの前で感情をあらわにしたくないことに気づいたようだ。

「ぼくたちも散歩に行きませんか？」ウィルは何気ない口調で提案した。ふたりは別々の方向へ歩き出した。ダフネがやみくもに歩いても、ウィルは気にしないつもりらしい。

シャーロットはひとりになった。

そこへアレックスが、濡れた布を手にしてのんびりと戻ってきた。彼女の膝に娘の姿がないことに気づき、驚いて立ち止まると問いかけるように片方の眉をあげた。

「リュシアンが……ピッパを抱いて散歩に行ったの」シャーロットは説明した。アレックスが彼女のそばの地面に腰をおろした。シャーロットは心配のにじむ目でアレックスに向き直った。「リュシアンとダフネは、もう何年もイングランドで暮らしているのかしら？」

「おそらく」アレックスが答えた。

「リュシアンはこちらへ来る前に結婚していたんでしょう？」

「そうだ」

「きっと彼にも子供がいたのね」シャーロットはささやいた。「ひどい話だわ」フランス貴族の悲運について新聞で読んではいても、わが子ではない幼子を抱く父親の姿を目のあたりにするまで、それがどれほど痛ましくつらいことか知らなかった。

アレックスは黙っていた。その日の早い時間に、彼もシャーロットと同じ結論に至っていたのだ。アレックスはシェフィールド・ハウスの長い回廊でリュシアンとフェンシングをしたのだが、廊下の端に仮のベビーベッドを設置して、ピッパをそこに寝かせていた。これまで自宅に招いたほかの友人たちは、ピッパに気づかないふりをするか、扱いが間違っている、ただちに子供部屋へやるべきだと文句を言った。

ところが、リュシアンはそのどちらでもなかった。ピッパについてはなにも言わなかったが、試合の合間にベビーベッドにかがみこみ、歯が生えたばかりのピッパに彼の指の関節を噛むことを許した。独身の友人たちなら誰ひとりとしてそんなことは思いつかなかっただろう。アレックス自身、父親になってわずかひと月だが、ピッパがそばにいることで気づかされる、幼児特有のぎょっとする癖――たとえば彼の指を噛む癖など――に驚いてばかりなのだ。

「使用人たちにここを片づけるよう指示しておいた」アレックスは低い声で言った。「ほかのみんなにならって少し歩かないか？」

ほんのわずかにためらったものの、シャーロットは誘いに応じた。ふたりはしばらくのあいだ無言でそぞろ歩き、ウィルが不運な求婚をしたのとまさに同じ、そばにヤナギの木が生えている池のほとりに座った。ウィルと来たときはそこのベンチに腰かけたが、彼女とアレックスは自然な流れで土手に腰をおろした。ドレスがさらに汚れるかもしれないことなど考えもしなかった。シャーロットは膝を抱え、暗い水面をじっと見つめた。

アレックスは仰向けになり、両手を頭の下に入れた。目を閉じるふりをしながら、実際はまつげのあいだからシャーロットの様子をうかがった。彼女はまったく身動きしなかった。彼が寝ている位置からは、すらりとした背中の曲線や美しい首筋、さらには頬をかすめるカールした長いまつげがちらりと見えた。なぜこれほど彼女に惹きつけられるのか、考えても意味はない。シャーロットが欲しい。ただそれだけだ。彼女が歓びに震えるまであの首に舌を這わせたい。ちょうど妻を必要としているのだから、このおかしな欲望のほとばしりはかえって好都合だ。シャーロットなら見栄えのする立派な伯爵夫人になるだろう。ベッドの相手としてすばらしいのは言うまでもなく、ピッパにとってもいずれ最高の母親となるに違いない。

アレックスはすばやくあたりを見まわした。見える範囲には誰もいない。「断りもなく娘をきみの膝に置くなんて、ひどく奇妙なことをすると思っただろうね」体を起こしてシャーロットの前に移動する。「実際、奇妙どころじゃなく、とんでもなく無作法なふるまいだった。このドレスはフランス製だろう？」彼は膝のあたりについた苺のしみに手をすべらせた。

今日の午後の出来事についてずっと考えた結果、シャーロットはもう恥ずかしがったりするまいと決意していた。

「あら、そんなことはないわ」彼女はわざと甘ったるく言った。「あなたの品行に関してはなんの期待もしていないもの」

「一本取られたな」アレックスは楽しんでいる様子だ。

「そうね」シャーロットは続けた。「あなたはわたしたちの初めての出会いをすっかり忘れている。あのとき、あなたは……いいえ、気にしないで」急いでつけ加える。「二度目に会ったとき、あなたはこのうえなく不適切なやり方でわたしの背中に触れたわ。それから三度目は、どうやらお友だちだったらしいホランド卿に、嘘までついてこのピクニックに加わった。それなのに、あなたの友人を紹介もせずにわたしを置き去りにしたあげく、最後には汚れた子供をわたしの膝に放り出した。だから不思議はないでしょう？」彼女は澄まして言い放った。「あなたに礼儀正しさを期待するのは無駄だとわたしが考えても。あなたは見過ごせないことばかりしているんですもの！」

　今まさに彼女の膝に触れている手についてはなにも言わないのだと気づき、アレックスは気分がよくなった。「まったくきみの言うとおりだ」恐れ入ったように告げる。

　シャーロットがアレックスを見た。彼は手をわずかに上へすべらせていった。

「癪《しゃく》に障る人ね！」彼女は膝からアレックスの手を振り払った。

　アレックスは笑い声をあげた。「手に余っていることがふたつある」シャーロットの手を取り、そっと薬指を曲げさせた。「ひとつ目は、父親になってからまだ日が浅くて、ぼくがこれっぽっちもうまく父親業をこなせていないことだ。とくによく知らない人たちの前では――」

「わたしの意見はその正反対よ」シャーロットがさえぎった。「あなたほど父親の役割になじんでいる人は見たことがないわ」

「いや」アレックスは急いで続けた。「それはぼくが母親とナニーの両方の役目を務めざるをえないからにすぎない。だから実際より慣れて見えるんだろう」紹介もせずに急に立ち去った理由には触れたくなかった。三〇代の育ちのいい貴族が、あまりに激しい嫉妬に駆られたせいで、すぐさまその場を離れなければ古い友人の顎を殴りつけかねなかったなどと知られるわけにはいかない。

「ふたつ目は」アレックスがさらに続けた。シャーロットの中指をなでてから曲げさせる。

「イングランドへ戻ってきた最初の晩に、結婚したい女性と出会うとは思いもしなかったことだ。自分でもさすがに驚いたよ」その言葉を聞いてシャーロットが顔をあげると、彼の瞳には自分を皮肉るような色が浮かんでいた。

「あなたが結婚したい理由はわかっているわ。ナニー嫌いの幼い子供という重荷を背負っていることに気づいたからでしょう」

「きみは今までに見たどのナニーとも似ていないよ。ぴったりした帽子もかぶっていないだろう?」アレックスは空いているほうの手をシャーロットのなめらかな巻き毛にくぐらせた。「それに残念ながら、お嬢さん、子供を叱ってしつけるには、きみの言葉は優しすぎる」彼の指が唇へ移動した。

「ナニーはつねに鎖骨を覆い隠す服を着るものだ」シャーロットの顎から首の根もとへと指先でたどっていく。「なにしろこの数週間で五人ものナニーを迎え入れては見送ったのだから、多少は詳しくなった。ナニーは絶対に、絶対に、絶対にこんなに美しいものを男に見せない……」アレックスがそっと言った。彼の指は下に向かい、陰になった胸の谷間にとどまった。

シャーロットは鋭く息をのんだ。おなかのあたりで始まり胸まであがってきた欲望の嵐《あらし》に揺さぶられて、一瞬身動きができなくなる。けれども、すぐに体をうしろに引いた。三年前とまったく同じだわ。草の上で誘惑されるところだった。今度は白昼堂々と! この伯爵には若い女性の体を奪う癖があるに違いない。でも今のわたしは、羽根をむしり取られるのを黙って待つめんどりじゃないわ。

「伯爵」シャーロットは冷たく言った。「落ち着きのない手をお持ちのようだけど、どうかお行儀よくしていただきたいわ。そういった好ましくない触れ合いを……不快に思う人もいるんだから」

アレックスの瞳の色が濃くなった。互いの息がかかり、顔と顔がほとんどくっつきそうになるまで身を乗り出す。

「きみはそのひとりなのか？」低い声を耳にして、シャーロットの脚に震えが走った。彼女は用心して沈黙を通した。アレックスが目と目を合わせたまま、ゆっくりとシャーロットの右手を取って口もとに近づけ、指にキスをした。唇を開き、指先をそっと噛む。彼女は、どれほど心を乱されているか知られるのが怖くて視線をさげた。

「きみが正しいのかもしれないな」アレックスが言った。「おばのヘンリエッタでさえ、シャーロットは思わず顔をあげた。面白がっているような響きに、わたしが渋っている女性と結婚したがるとは思わないだろう」

「そのとおりよ」シャーロットは散り散りになった思考をかき集めて手を引いた。「あなたのおばさまがどんな相手をお好みかわかるわ。学校を出たばかりの若い乙女でしょう」彼女はいたずらっぽくアレックスを見た。「ひと目見るなりどうしようもなくあなたに恋をして、年の差なんか気にしないの……それほどは」わざと不安そうにつけ加えた。「だって、なんといってもあなたは伯爵なんですもの！」

「確かにそうだ」アレックスが言った、「身分を忘れられないように、何度か馬車の宝冠を指差しておくのが賢明かもしれないな」

「まさにそうよ」シャーロットは満足げに言った。「ようやく状況がわかってきたみたいね、伯爵。残念ながら白髪のある人には」ちらりと彼の髪に目を向ける。「若い男性が楽しむような恋愛は望めないでしょうけれど」

「どうすればいいのかな？」妙に優しい声でアレックスが訊いた。「ぼくがその乙女と同じ気持ちになれなかったら？　なにが問題かわかるだろう？　どうやらぼくはその、いわゆる売れ残りの女性に優しいらしいんだ。三、四年ものあいだ舞踏室をうろうろしているような女性に……」言葉がしだいに小さくなる。

シャーロットの目の前に赤い点がいくつもちらついた。信じられない！　これまで誰にも婚期を過ぎているとほのめかされたことなどなかったのに。「実際のところ問題は、もっと世慣れた女性たちは自分をしっかり持っているから、あなたの申し出に飛びつかない点にあるのではないかしら、伯爵」落ち着いた声が出せてよかった。

アレックスが大きくため息をついた。いつのまにかまたシャーロットの手を取って口もとに運んでいる。「ぼくは寂しいんだ、シャーロット。年齢を重ねたこの女性に心を決めたんだよ……といっても、彼女はまだほんの二〇歳くらいだろうけれどね。だから、どれほど従順だろうと、一六歳の娘のほうが好ましいとは絶対に思わない」

シャーロットは激しいいらだちを覚えた。なんてくだらない会話なの！　この人のことをよく知りもしないのに、ふたりで結婚の話をしているなんて。彼はわたしを侮辱しているんだわ。指をもてあそばれているせいでちっとも理性的に考えられない。

「間違いないわ」彼女は無関心さをのぞかせた完璧に冷静な声で言った。「実際につらい決断を下して若い娘と結婚するときは、今想像しているよりはるかに簡単だと気づくはずよ」

アレックスがうなった。確かに聞こえたわ。彼がうなった。困惑して見あげたとたん、シャーロットは前に引っぱられて膝をついた。抗議の声をあげる間もなく抱き寄せられ、胸から膝までがぴったりとくっつく。

もしシャーロットがもがいたら、もっと激しい抱擁になっていたかもしれなかった。だが、意思に反して体は彼女を裏切った。毎日アレックスにキスをされているかのように自然と顔が上向く。自分でも意識していないシャーロットの誘いに応えてか、アレックスの腕に力がこもった。

彼の力強い唇がおりてきて、シャーロットは自発的に唇を開いた。温かい舌が押し入っては退く。たちまち彼女は頭がぼうっとしてきた。おなかに押しつけられたアレックスの下腹部が燃えるように熱く感じられる。たくましい彼の両手がぴったりと背中に押しあてられた。

不意にアレックスが唇を離した。彼を求めるシャーロットの口を無情にも避け、眉の上に舌を挑発的に走らせたかと思うと、ふっくらした下唇に歯を立てた。彼女は無意識のうちに体を押しつけ、もっとキスをしてほしいと無言でせがんだ。アレックスはシャーロットをさらに引き寄せて、ふたりの体を隙間なくぴったりとくっつけた。柔らかな彼女の曲線にアレックスの硬いものが有無を言わさず食いこんでくる。シャーロットは息をのみ、なにも考えずに手を伸ばしてアレックスの頭を引き寄せた。ためらいながらも誘うように、舌で彼の唇に触れた。

アレックスは身震いした。もう少しで完全にわれを忘れるところだった。だがどこか心の奥のほうでは、やめなければならないとわかっていた。ふたりは人目につく場所でキスしているのだ。シャーロットの評判を台なしにすれば、その後の結婚生活にも悪影響を及ぼしかねない。

アレックスはなにも言わずにかかとに体重をかけて体を引くと、すばやく彼女を反転させて自分の膝に座らせた。シャーロットの背後から腕をまわし、なんとか意志の力で鼓動を落ち着かせようとする。彼女は一瞬体をこわばらせたが、すぐに力を抜いてアレックスの胸にもたれかかってきた。

彼はいい香りのするシャーロットの髪に顎をのせた。指が勝手に動いてドレスの前をたどっておりる。「シャーロット」ヴェルヴェットのようになめらかで低い声が出た。「ぼくの申しこみを受けるまでに一週間あげよう。それを過ぎたら、きみを寝室から引きずり出すかもしれない。ぼくの正気を保つために」

シャーロットが息を吸うのを感じて、アレックスは彼女の口を手で覆った。「だめだ」おとなしくなったと思った次の瞬間、小さくて平らな歯が彼の指を噛んだ。

「まいったな」アレックスはため息をついた。「結婚しようとしているのが、とっくに歯の生え揃った女性だということを忘れていたよ」

シャーロットはどう返事をすればいいのか考えられなかった。鋭い心の痛みを伴う屈辱とともにはっきりわかっていたのは、この男性とこの場で、日光の降り注ぐハイドパークのヤナギの木がある池のほとりで、ひと言も抗議せずに愛し合っていたであろうことだった。求められればどこででも愛し合っていたに違いない。彼女は小さく体を震わせた。

アレックスに立たされたシャーロットは、勇気をかき集めて彼と目を合わせた。そこに見えたものに、心が弾んだ。アレックスの顔には皮肉も、あざけりも、からかいも浮かんでいなかった。黒い瞳がたたえていたのは荒々しい情熱だった。跳ねっ返りを見る目ではなく、いくら味わっても飽きない飲み物を前にしたような目だ。

彼はシャーロットの体に触れようとはせず、親指で彼女の眉をなぞった。「ぼくたちが同じ眉をしているのに気づいているかな？　きみと会った二回とも、欲望で頭がどうかしてしまったのはこのせいだろうか？」

シャーロットは、会ったのは三度目だと訂正したい衝動をこらえた。だけど、どうして言えるかしら。覚えていないの？　三年前、仮面舞踏会の庭園で、あなたはわたしの純潔を奪ったのよ。そのとき、アレックスが大きな手で彼女の顎を持ちあげ、顔を上向かせた。

「ぼくたちは結婚するんだ」彼はほほえみながら砕けた口調で言い、シャーロットの眉間のかすかな皺に気づいて眉をひそめた。「きみは婚約しているのか？　すでに結婚しているとか？」

シャーロットは首を振った。

「それなら特別許可証を取って、今日から一週間後に結婚しよう」アレックスが自信たっぷりに言った。

「いいえ」シャーロットは言った。

「いいえ?」

「そうよ、伯爵」彼女はアレックスに背を向け、待っている馬車に向かって歩き出した。

キスのせいでまだ全身が震えていたが、頭はようやくはっきりしてきた。アレックスはまるで交換可能な硬貨のように女性を扱う。これが初めての出会いなら、甘美なキスとすばらしい体の魅力に夢中になっていたかもしれない。けれども彼は三年前にもシャーロットに同じ反応を起こさせておきながら、平然と立ち去って速やかに忘れてしまった。純潔を奪ったというのに。彼女にとって衝撃的な出会いに思えたものも、アレックスにはありふれた出来事にすぎなかったのは明らかだ。そして今、彼が結婚を申しこむ唯一の理由は、永遠に辞めない子守を娘に与えるためだった。子供の面倒を見るためだけに結婚するなんて、とても考えられない。とりわけアレックスは、シャーロットが背を向けるたびに、公園で女性を誘惑するような夫になるだろうから。

シャーロットは無言で隣を歩くアレックスに冷たい視線を向けた。だが、彼の姿を目にするだけでどきりとしてしまう。こうして並んで歩いていても、欲望がこみあげてくる。もっと近づきたい。アレックスの腕に手を這わせて……。

もし彼と結婚したら？　ベッドをともにすることになるだろう。シャーロットは無意識のうちに大きくため息をついた。いいえ、やっぱりだめよ。お父さまはお母さまを愛して尊重している。ふたりの姿を模範として心に刻んでおかなければ。伯爵は変わっていて愛想がなく、ときどきひどく無礼な態度を取る。一緒に暮らすには難しい男性だろう。たとえ燃え立つ欲望を感じられなくても、わたしを愛してくれる人のほうがいい。結婚は欲望のためにするものではないわ。

ふたりは黙ったまま歩き続けた。ほかの人たちはすでに馬車のまわりに集まっていた。ピッパはすっかり身ぎれいになり、アレックスの使用人のひとりと楽しそうに木の下で遊んでいる。一方で、ダフネは明らかにいらだっていた。薄いドレスの下、華奢な靴でコツコツと地面を叩いている。シェフィールド・ダウンズ伯爵のもてなし方は砕けすぎていて、フランス人の彼女からすれば礼儀がなっていないと思われた。それにレディ・シャーロット。彼女の姿が一時間前より乱れて見えるのに気づき、ダフネは不快感を覚えた。イングランドの貴族ときたら！　とうてい理解できないわ！　わたしなら、あの公爵令嬢のようなだらしない姿は絶対に人に見せないのに。

ところがアレックスは並んで歩くシャーロットを見ながら、これほど美しい女性には出会ったことがないと考えていた。唇は赤く、彼の手に乱された短い巻き毛がくしゃくしゃになっている。弧を描く眉を見ると、虎《とら》のようにうなりをあげてシャーロットを肩に担ぎたくなった。彼女の姿を見て、アレックスは決心を固めた。本人がなんと言おうと、シャーロットはぼくのものだ。彼女がたどり着く先はぼくのベッドだ。シャーロットはぼくが望むものをすべて備えている。下を向く繊細なまつげの先に至るまでどこもかも愛らしく、それでいて上流階級の女性とは思えないほど激しい情熱を秘めている。

アレックスは歯を食いしばった。ぼくはことを急ぎすぎたらしい。なんといってもシャーロットは若く美しい女性で、ロンドンの紳士の半分に言い寄られている。一週間後に結婚するとだけ告げたのはまずかった。今日ふたりが分かち合ったような情熱の高ぶりは、彼女にとって初めての経験だったに違いない。きっと怖がらせてしまっただろう。土手で襲いかかるのではなく、もっとゆっくりと求愛しなければならない。

アレックスは不機嫌なダフネに礼儀正しく付き添って馬車に乗せると、シャーロットを自分の馬車に案内しているウィルにやはり礼儀正しく声をかけた。別れ際にシャーロットが見せた冷ややかな笑みは無視した。彼女は明らかに動揺しているが、その問題に対処するのは明日でいいだろう。馬車に乗りこんだアレックスはダフネをなだめることに全力を注ぎ、成功をおさめた。巧みな褒め言葉を大量に浴びせかけたおかげで、馬車のなかに何度も笑い声があがった。

ダフネは、アレックスの関心が自分だけに向けられていると信じただろう。けれども実際の彼は、シャーロットの体が押しつけられた甘美な瞬間を思い返していた。妻。ひどく響きのいい言葉だ。

7

それからの一週間、ロンドンの上流社会は、ハンサムだが不運にも結婚に不適格なシェフィールド・ダウンズ伯爵が、社交界に君臨する美女、レディ・シャーロット・ダイチェストンを粘り強く口説いている話題で持ちきりだった。彼女がどんな気持ちでいるかは誰にもわからない。レディ・シャーロットは取り巻きの紳士たちと笑い、戯れ合っていたが、問題の伯爵に特別な好意を示すことはなかった。注意深い人々は、彼女が伯爵と二回ダンスをしたものの、もうひとりの伯爵であるブラッドン・チャトウィンとも二回踊ったことに気がついた。ホランド卿とも二回。さらにあきれたことに、父親と言っていい年齢のシルヴェスター・ブレドベックとは三度も踊った。けれどもそれは単なるいたずら心からであると、誰もがわかっていた。ブレドベックはレディ・シャーロットの母親の友人なのだ。

もちろん、人々の最大の関心事は別にあった。はたしてレディ・シャーロットは知っているのだろうか？　彼女の母親は、問題の核心を探り出そうとする遠まわしな質問をかわし続けていた。〝お嬢さんがアレクサンダー・フォークスに冷たいのは、彼の状態を知っているからなの？　それともただ直感に従っているだけかしら？〟もっと手厳しい質問もあった。

〝したたかなお嬢さんは、伯爵の求愛が白熱すれば自分に都合よく物事が運ぶから、わざとみんなが臆測《おくそく》するに任せているのでは?〟

結論から言えば、誰もシャーロットに真実を教えていなかった。ロンドンじゅうの人たちがアレックスは不能だと知っていたが、彼女はそんなことを思いつきもしなかった。ただ、人々が聞こえるところで意味ありげな発言——情報を与えるためというよりは、なんとなく悪意のにじむ発言——をするので、シャーロットは伯爵の過去の結婚について興味を抱き始めていた。しかし頭のなかでは、アレックスと不能という言葉はまったく結びついていなかった。むしろその正反対だと証明できるのは、大勢のなかでシャーロットただひとりだったに違いない。

彼女の母親は心が引き裂かれる思いだった。アレクサンダーこそが、三年前に娘の純潔を奪った銀髪まじりの男性ではないかと強く疑っていなければ、アデレードはためらわずに娘に真実を告げ、これ以上かかわりを持たないようにと警告——いや、命令していたはずだ。けれど……いったいどうすればいいのだろう? 娘から相談されたわけでもなく、シャーロットのふるまいを見ていると、自分からその話題を持ち出す勇気はわいてこなかった。

夫のマーセルは末娘が三年前に遭遇した不運な出来事についてなにも知らされていなかったので、シャーロットがアレクサンダー・フォークスの求婚を受け入れるかもしれないと聞いて猛反対した。

「そんなことになればあの男に言ってやる」マーセルは声を荒らげて妻に言った。「厚かましくも娘に求婚する許しを求めてきたりしたら、はっきり宣言してやるとも！　娘をしなびた人参《にんじん》と結婚させるつもりなど……」たとえ相手が妻でも、紳士が上流階級のレディの前で口にする言葉ではなかったと気づいて、彼は急に口をつぐんだ。

「わかるわ、マーセル」アデレードはなだめた。「もちろんわたしだって同じ気持ちよ、あなた。だけどシャーロットが望むなら、好きな相手とダンスを踊らせるしかないわ」

「ばかなことを言うな、アデレード！　あの子は知らないんだぞ。そうだろう？」マーセルが眉間に皺を寄せて振り返った。

「ええ」

「なら話しなさい。それで解決だ。気づまりだろうが、いずれは真実を知らなければならんのだ。まったく、いまいましい！　ヴィオレッタやウィニフレッドには、結婚式の前になにかしら話して聞かせたんだろう？」

「ええ」アデレードはしぶしぶ答えた。「でも――」

「話さなければならないんだ、アディー。知らないせいで娘がロンドンじゅうの笑い物になるのを黙って見ているわけにはいかない。すでに半分の人々があの子のことを、相手の男が……役立たずでも気にしない財産目あての娘だと見なし、残りの半分はあざ笑っている。このまま許しておくつもりはない。わたしの話をちゃんと聞いているのか？」マーセルの顔は異様に赤みが増していた。「いったいどれくらいの人々に、我慢ならない無礼な質問をされたと思う？　娘がぐにゃぐにゃ男《フロッピー・ポピー》に求愛されて、どんな気分かと尋ねられたんだぞ！」

「フロッピー・ポピー」妙に耳に残るその語呂《ごろ》合わせの響きに、アデレードはつい繰り返していた。「うまいこと言うわね……フロッピー・ポピー」

「やめてくれ！　そんな言葉を口にするんじゃない。まったくもって不謹慎だぞ」マーセルがうめいた。「だが、言いたいことはわかるだろう？　誰も彼もがあの男に新しいあだ名をつけようと競い合っている。アレクサンダーに同情していないわけではないんだ。個人的にはかなり気に入っている。貴族院で先日、サフォークで穀物暴動が起こる可能性について非常に優れた演説をした。あのときは誰もアレクサンダーの不能のことをささやかなかった！　だが父親として言うなら、娘に求婚してほしくない男であるのは事実だ。子供を持てないんだぞ、アディー。考えたことがあるか？」彼は責めるように妻を見た。

「だけど、マーセル」アデレードは反論した。「なにもシャーロットをアレクサンダーと結婚させようと言っているわけじゃないわ。ただ、そんな話題を持ち出したくないの。ほかの人たちより彼を好んでいる様子も見られないし。しばらくこのままにしておいて、どこがいけないの？」

「すぐにでもアレクサンダーがシャーロットの心をつかむかもしれないからだ！　きみも議会にいるときのあの男を見るべきだよ。まさに弁が立つ男だ。それにいまいましいほど見栄えがいいじゃないか。その点は認めざるをえない。外見だけ見れば、彼に問題があると思う者はいないだろう。例のことさえなければわたしだって、シャーロットには最高の相手だと考えたはずだ」

「わかるわ。あの子が彼に恋してしまうのが怖いのね」

「そうなればわれわれは窮地に立たされる。シャーロットがどれほど頑固か知っているだろう？　ウィニフレッドのときだって、アメリカ人と結婚するのを止められなかった。子供たちのなかではまだ従順なほうだったのに。いったん結婚すると決めたら、シャーロットは絶対にやり遂げる。アレクサンダーに問題があろうがなかろうが、まったく気にしないに違いない」

マーセルがベッドにどさりと腰をおろした。「だが、それではあの子が不幸になる。たとえ結婚後も一日じゅうアトリエにこもって絵を描いていられたとしても、幸せにはなれない」彼は手を伸ばして、妻を隣に座らせた。「正しいこととは思えないんだ」

夫に体をすり寄せながら、アデレードは三年前のケントでの出来事を話すべきかどうか悩んでいた。やはり言わないほうがいい。マーセルはきっと激怒して、雄牛が突進する勢いでアレクサンダーの屋敷へ乗りこむに違いないもの。それに、彼らが双子の兄弟だということも気にかかる。もうひとりのほう――名前はなんといったかしら？　アイルランド系の名前だった気がするけれど。ともかくあのとき庭園にいたのが、双子の弟のほうだったとしたら？　シャーロットには彼らの違いがわかるのかしら？　娘に尋ねてみることを考えただけで、アデレードは身震いしてしまった。

「わからないことがひとつあるの、マーセル。セーラ・プレストルフィールドから聞いたのだけど……彼女がその気になればどれほど意地悪な人になれるか、あなたも知っているでしょう？　とにかくセーラが言うには、アレクサンダーには娘がいて、ナニーも雇わず、ずっと一緒に過ごしているそうよ。見たところ一歳くらいで、しつけがなっていないようなの。彼は町じゅうどこにでもその子を連れていくんですって。おまけに、セーラの話ではアレクサンダーとそっくりらしいわ！　そんなことがありうるのかしら？　もし彼が本当に……その……不能だとして？」

「わからない」マーセルが言った。「娘の話は聞いたことがないな。だが、誰の娘かわからないぞ。妻は亡くなっているはずだ。彼女がその子の母親かどうか、今となっては確かめようがない」

「それでなにかが変わるの、マーセル？　やっぱりよくわからないわ。アレクサンダーは父親になれるのか、それともなれないのか。もしなれるのなら、シャーロットのことを心配する必要はないでしょう」

マーセルはため息をついた。妻が相手では不能でも高級娼婦が相手だとそうでなくなる場合もあるという、この問題の複雑さを説明するのは気乗りがしなかった。「いいかい」彼はぎこちなく切り出した。「アレクサンダーの状態は、その、あらゆる状況においてあてはまるものではない可能性がある」

少しのあいだ沈黙が広がった。「まあ」アデレードが静かに言った。「なんとも不快な話ね。わたしは彼が好きなのに、マーセル。本当に気に入っているのよ。言われている話は絶対に確かなの？　噂にすぎないのかもしれないわ」

マーセルが首を振った。「わたしの、ええと、いわゆる友人の何人かが、その件に関しては間違いないと請け合った。アレクサンダーの妻は……マリア・コロンナという女性だが、結婚して一年で、夫の不能を理由に婚姻の無効を法王に嘆願した。言うまでもなく、彼女はカトリック教徒だったんだ。アレクサンダーは異議を唱えなかった。マリアはローマのかなり名門の出らしくて、一族は家名を汚されたと考えたらしい。その数カ月後に彼女が亡くなり、彼はこちらへ戻ってきた。そのとき一緒に娘を連れてきたのだろう。娘に関しては話題にのぼらなかったが」

アデレードは懸命に考えた。彼女にはほかにも問題があった。アレクサンダーと弟がお披露目の舞踏会に来ていたことを、シャーロットには知られたくない。彼らを見かけたのに、わたしが教えなかったことも。あの子は激怒するかもしれない。母親に裏切られたとシャーロットが考えたら、どうすればいいの?

マーセルが沈黙を破り、重い口調で言った。「〈ブルックス〉ではシャーロットを対象にした賭けが行われているんだ。アレクサンダーの求婚を受けるかどうかを記した賭け帳は、二ページにもわたっている」

別のページもあることには触れなかった。その賭けは、(A)結婚はいずれ無効になる、(B)一年以内にシャーロットが愛人を作る、(C)シャーロットが妊娠して、その結果アレクサンダーに跡継ぎができる――ただし、その子がアレクサンダーに似ている必要はない、というものだった。

「実におぞましい状況だ。我慢がならない。シャーロットがスラスロウを選ぶように仕向けてはどうかな？　スラスロウも伯爵だし、頭が切れるとは言えないかもしれないが、彼の父親とは旧知の仲だ。それに健康だよ」健康であるというのは、マーセルにとって最大級の賛辞だった。

「このアレクサンダーという男は頭がどうかしているとしか思えないな。子供を見せびらかしても状況は悪化するばかりなのに。若いころから弟とつるんで面倒ばかり起こしてきた。彼らが悪いわけではなかったが。よくある、若者の生意気な言動が原因だったんだ。高級娼婦たちと朝食にシャンパンを飲むとか、そういったことだ。アレクサンダー自身は放蕩《ほうとう》者ではないが……」奇妙な事実に思いあたり、マーセルは口をつぐんで考えた。そういえばもっと若いころのアレクサンダーは、女性とはめを外すことで有名だった。

「乗馬中に事故に遭ったのかもしれないな」半ばひとり言のようにつぶやき、ふたたび声を大きくした。「ともかく彼との結婚がうまくいったとしても、生まれてくる子が哀れだ。いろいろと世間に取り沙汰《ざた》されるのは避けられないだろう。イングランドにはこういった問題をうやむやにしてくれる法王もいない。醜聞はシャーロットの評判を損なうに決まっている。それに、いずれ爵位を継ぐホレスもまったく無関係ではいられなくなるぞ」

　アデレードはいらだちを感じた。「まあ、マーセル、大げさに考えすぎよ！　わたしたちの安らぎまで乱す必要はないわ。お願いよ。シャーロットはあの男性と何度か踊っただけなんですから」

「それは違う」マーセルが声を荒らげる。「ピクニックに出かけたじゃないか。しかも、そこでしばらくアレクサンダーとふたりきりで過ごしたという話だ。もちろん使用人たちの噂話にすぎないのだろうが、至るところでささやかれているんだぞ。こんなことが続けば、しかも結婚もしないとあっては、シャーロットの評判は地に落ちてしまう！」

ピクニックの話は初耳で、アデレードは一瞬黙りこんでしまった。

「理由がわからないわ」それでも彼女は頑固に言い張った。「アレクサンダーが不能だというなら、なぜ一緒に過ごしたことを非難されなければならないの？　少しくらい気晴らしをしても悪いとは思えないわ……フロッピー・ポピーと！」

マーセルが顔をしかめて彼女をにらんだ。「その表現を繰り返さないでもらいたいものだな！　身持ちが悪いと思われるぞ。そもそも噂話に筋の通った話があるか？」

「そう言われればそうだけど。でも、やっぱりばかげているわ、マーセル。堕落させる能力のない男性が、どうやってシャーロットを堕落させられるというの？」

マーセルもかたくなだった。「そうかもしれないが、問題はアレクサンダーと一緒にいるせいで、みんなの視線を集めているということだ。世間はシャーロットが失敗するのを待ち構えている。そのうちめんどりをねらう鷹《たか》のように襲いかかってくるぞ。結婚したいなら別の相手を探すよう、シャーロットは彼にきっぱり告げるべきだ」

「わかったわ」アデレードは折れた。「あの子に話してみます。だけど、今度の件はどうもおかしいのよ、あなた。シャーロットを追いかけるアレクサンダーはまるで……。彼の様子を見ていると、あの問題さえなければふたりは最高にロマンティックな組み合わせだと思えるわ」

「わかった、わかった」マーセルはいらいらと言った。

「だって、能力がないならなぜシャーロットと結婚したがるの？」

そう訊かれて、マーセルは一瞬眉をひそめた。アレクサンダーは孤独なのだろうか？　それともシャーロットの持参金が欲しいのか。いや、向こうの資産はうちの三倍はあるはずだ。

「競争意識が働いているのかもしれない」マーセルはゆっくりと口を開いた。「ほら、わたしが求婚したときのことを覚えているだろう、アディー？　気取り屋やしゃれ者たちがこぞってきみのまわりを取り巻いていた。もちろん、わたしは彼らのことなど気にも留めなかった。だがそれでも、きみがぼくの求婚を承諾してくれたときには勝利した気分になったものだ」彼は自分が出し抜いた哀れな男たちを思い出しながら言った。

「郷士がひとりいただろう？　かなりいいやつだった。覚えているかい？」

「ノーランドよ」アデレードが小さくほほえんだ。

「ああ、彼のことだけは少し心配だった」マーセルはおかしそうに言った。「なんということだ。今考えてみると、あのときはわたしも賭けの対象になっていたんだ。グリムフラッパーを覚えているよ。われわれはいつも彼をそう呼んでいた。本当はなんだったかな？　ひどくありきたりな名前だった。グラスブロワー、いや、違うな。ともかく彼は〈ポールズ〉で、大勢が見ているなかでわざわたしの前へやってきて、きみが二曲目のダンスを一緒に踊る栄誉を与えてくれたと言ったんだ。だからわたしに、ただちに手を引けと。まったく！」

アデレードは辛抱強く聞いていた。「グラスブロワーではなくてグレンダウアーよ、あなた」

マーセルが彼女に向き直った。「まさにその夜、きみがわたしの求婚を受けてくれたんだ。婚約を知ったグレンダウアーは、めったに見られないほど動揺していたな。次に顔を合わせたときには慌てて逃げていったよ。あげくの果てに、きみがわたしを選んだのは爵位が理由だと言い出した。負け惜しみだ」

アデレードは立ちあがって夫の頭のてっぺんにキスをした。「今からシャーロットと話をしてくるわ」

マーセルがアデレードの両手を取った。「シャーロットに教えてやらなければならない、アディー。これは頼み事ではないんだ。アレクサンダーが結婚の承諾を求めてきたとしても、わたしは許可するつもりはない。わたしが自分でシャーロットに話さないのは……微妙な気づかいを必要とする問題だからだ。とにかく、あの男を義理の息子として認めるつもりはない」

日曜の夜一〇時だったので、シャーロットは自分の部屋のベッドにいるはずだった。翌日の予定について考えながらまどろんでいるだろう。けれどもアデレードは娘の部屋へ向かう代わりに、三階へと続く階段を迷うことなくのぼっていった。案の定、アトリエの壁のすべての燭台《しょくだい》には火がともされていた。

シャーロットは部屋の真ん中に立ってぴくりとも動かず、イーゼルにかけた肖像画を眺めていた。

「入ってもいいかしら？」アデレードは声をかけ、部屋をまわって娘のうしろに立った。

「まあ」驚きのあまり、思わず声が出る。「きれいだわ、スウィートハート。本当にきれい。驚いたわ」

シャーロットはソフィー・ヨークの肖像画を完成させていた。森の一角で倒木の大枝に腰かけている構図だ。地面を覆いつくすブルーベルの花が、遠く森の外れまで続いている。シャーロットの絵筆によって、ソフィーの着ているドレスはひだの細部まで正確に再現され、優雅な曲線を描く小柄な体がみごとに表現されていた。それにしても、この表情！　貴族の肖像画によくあるように、夢見心地の視線を宙にさまよわせているのではなく、絵のなかのソフィーは口もとにかすかな笑みを漂わせ、まっすぐこちらを見つめ返していた。枝に座るなんてばかばかしいと笑っているみたいだ。さらに、瞳が誘うようにきらめいて……シャーロットはソフィーを完璧なレディとして描いていない、とアデレードは思った。下唇がふっくらしているせいかしら？　もっとも、ソフィーは実際に完璧なレディではないけれど。その点を彼女の母親はひどく心配している。

アデレードはため息をついた。「この絵をエロイーズに見せるつもりではないでしょうね？」

「まさか、お母さま」シャーロットがほほえむ。「これは取っておいて、ソフィーが結婚するときに相手の男性にあげようと思っているの。まるで誘いかけているみたいでしょう?」

アデレードもほほえみ返した。「とてもいい肖像画ね、シャーロット。本物のソフィーが笑いかけてくるようだわ」頭のなかでは、ここへ来て言おうと思っていたせりふを急いで考え直していた。わたしもマーセルも、難しい問題をシャーロットに切り出すことをどうしてあれほど躊躇していたのかしら? 最近の若い娘たちは……わたしの若いころよりはるかに多くを知っているわ。

彼女は長椅子に座ると、横のクッションを軽く叩いて声をかけた。「ダーリン、ちょっと話があるの」

シャーロットはしぶしぶ腰をおろした。母の話は想像がついた。最近はどこへ行っても誰かしらに意味ありげな目で見られ、どうやってシェフィールド・ダウンズ伯爵を見つけたのか訊かれている気がする。彼女はかすかに眉をひそめた。これほど関心を持たれるなんて、なんだか変だわ。みんな、アレックスがわたしを追いかけているのが気になってしかたないみたい。やっていることはブラッドン・チャトウィンも変わらないけれど、彼はほとんど注目されていない。ブラッドンだって伯爵なのに。

シャーロット自身、昼も夜もアレックスのことを考えていた。アレックスからあからさまに好意を示されて気分が高揚するかと思えば、彼の求婚を受け入れる場面を想像して屈辱に胸が痛んだ。まるでなにかに取りつかれたかのように、服を着ていないアレックスのうっとりする姿と、夫がほかの女性を誘惑しに出かけてしまい、ひとり家に取り残される寂しい自分の姿が交互に浮かんでくる。もしかすると、夫は自分の屋敷の庭園で誰かを誘惑するかもしれない。シャーロットはむっつりとそう思った。

アデレードはどこから話し始めればいいかわからなかったが、ようやく口を開いた。「シェフィールド・ダウンズ伯爵はかなりあなたに惹かれているみたいね」

「ええ、そうね」

「お父さまとわたしは……考えたの」アデレードは言葉に詰まりながらも続けた。「彼の以前の結婚を取り巻く状況について、あなたに話しておくべきだと」

「彼の以前の結婚」シャーロットは繰り返した。

「前に結婚していたのは知っているでしょう?」

「ええ、お嬢さんに会ったわ」

「あら」アデレードは急に弱気になった。とてもではないが、娘に向かってあの問題を切り出せそうにない。「ええと、アレクサンダーはマリアという女性と結婚していたの。マリアなんとかという名前よ。お父さまがご存じだわ」彼女は急いでつけ加えた。「結婚して一年後に、その女性が法王に婚姻の無効を嘆願したの。不能を理由に」そこで期待をこめて娘の顔を見る。

「不能」シャーロットはまたもや繰り返した。「それはなんなの?」

ああ、これこそ恐れていた事態だわ。アデレードがつかえながら真実と遠まわしな表現を織りまぜて説明した結果、シャーロットにはさっぱり理解できない話になった。

「お母さまが言いたいのはつまり、アレックスには……男性の部分がないということ?」シャーロットが鋭い口調で訊いた。「それは違うわ」

アデレードは顔をあげた。決まりが悪くて娘の顔を見られず、組んだ指だけをじっと凝視していたのだ。だが、今の発言を聞いてはそうも言っていられない。「どうして確信が持てるの?」

「彼なのよ、お母さま」シャーロットは自分が膝に置いた手をせわしなく動かしていることに気づいていないらしかった。「彼が三年前のあの人なの」

「まあ」アデレードはそれだけ言い、しばらく沈黙が続いた。「不能といっても、男性のその器官が存在しないわけではないのよ、シャーロット。ただ、その……正しく機能しないだけ」

シャーロットはアデレードがなにを言っているのかわからない様子だった。

「わたしには無理だわ!」アデレードはたまらず叫んだ。「こんな会話は不適切よ」さまよった視線がシャーロットの描いた肖像画をとらえる。そのとたん、急にひらめいた。「不能のことはソフィーに訊くといいかもしれないわ。こんなふうにうろたえて申し訳ないけれど、こういう問題は……わたしの知っている言葉では説明しきれないのよ。ヴィオレッタやウィニフレッドには重要な点だけを話したわ。なにも知らないまま初夜を迎えてほしくなかったから。母がいっさい教えてくれなかったせいで、わたしはなにもかもにひどくショックを受けたの」

わかるわ。かつて庭園で経験した刺すような痛みを思い出して、シャーロットは陰鬱な気分で思った。あのとき以来、ある疑問に悩まされている。女性たちは毎晩どうやってあんな痛みに耐えているのかしら？

「いいのよ、お母さま」彼女は母親をなだめた。「問題がなんであろうと関係ないの。アレックスとは結婚しないと決めたから。それに、もう断ったのよ。わたしが本気だとわかったら、きっとほかの女性を探すはず……」声が小さくなって消えた。

アデレードは鋭い目をシャーロットに向けた。目に見えている以上のことが起こっているらしい。彼女はためらいがちに言った。「アレクサンダーが三年前の相手なら、結婚するのはよくないかもしれないわね。なんといっても彼は……」

「ええ」シャーロットのこわばった顔を見て、アデレードはそれ以上話すのをやめた。

ふたりとも口をつぐんだまま時間が過ぎていった。しばらくして心が落ち着くと、シャーロットは母の手を取って立ちあがらせた。「心配しないで、お母さま。そのことはソフィーに訊いてみるわ。それから、アレックス自身の問題に関係なく、わたしは彼と結婚するつもりがないと知らせてお父さまを安心させてあげて」だけど、とシャーロットは内心で続けた。あの分野で彼に障害があるなんて絶対に信じられないわ！

アデレードはドアのところでためらった。「シャーロット、アレクサンダーに双子の弟がいることは聞いているかしら？」

「ええ」

「もしかして、あなたがふたりを混同している可能性はない？」気が進まないながらもアデレードは尋ねた。どうしても指摘しておかなければならない。「彼らは同じ鞘《さや》のふたつの豆みたいにそっくりだわ。よく知っている人たちでさえ見分けられないそうよ」

「お母さまがそんなことをほのめかすなんて信じられないわ！　あの夜なにがあったか知っているのに。あのときの人を見てもわからないなんてことがあると思うの？」

「だけど、暗かったんでしょう？　何年も前の出来事だし。それに彼は仮面をつけていたのではなかったかしら？」

「そんな……そんなことはありえない」シャーロットがささやいた。「わたしにはわかったの。彼の香りも、頬骨の形も、顎の線も」

「スウィートハート」アデレードはそっと声をかけると、娘を抱き寄せた。

「アレックスなのよ、お母さま」シャーロットが言う。「間違いないのに、彼はわたしがわからないの！」

　たちまちアデレードは体をこわばらせた。これは予想外の展開だ。彼女の想像では、アレクサンダーはシャーロットを見たとたんに自分が貞操を汚した美しい娘だと気づき、みずからの不幸な体の状態にもかかわらず誠実な心から、あるいは欲望からシャーロットを追いかけているはずだった。わたしの娘がわからなかったですって？　美しい、このうえなく美しいわたしの娘が！　アデレードは心の底から驚いてシャーロットを見た。

　頬に涙がこぼれ落ちている今でさえ、娘は客観的に見て、これまでに知っている誰よりも愛らしかった。この数年で顔がほっそりしたせいで頰骨が際立ち、新しい短い髪型が目を大きく見せている。それでも、シャーロットの本質的な部分は変わっていなかった。それに眉。かわいらしく弧を描く眉は生まれたときから同じ形だ。どうして忘れることができるだろう？

アデレードの胸に経験したことのない激しい怒りがこみあげた。子供に危険が迫ったときの母虎はこんな気持ちに違いない。

「あのろくでなし！」食いしばった歯のあいだから言葉を絞り出した。「疑問の余地のない、まったくの悪党だわ。首を切ってやる！」

みじめさに打ちひしがれていたシャーロットはびっくりしてわれに返った。子供たちに対する愛情のように肯定的な感情を示す場合を除いて、彼女の母親は心情を激しくあらわにすることがめったにない。これまででもっとも興奮していたのは、田舎の地所の門番が酔って妻の目に青痣《あおあざ》を作ったときだ。そのときでさえ、母はただ門番に近づいて、一度にジョッキを三杯以上飲んで酔っぱらっているところを見つけたら、その場で解雇すると告げただけだった。そんな母が今は文字どおり怒りにあえいでいる。

「お母さま」シャーロットは母の腕に手をかけた。

アデレードが険しい顔で彼女を見返した。

「どうしようもないのよ、お母さま」シャーロットは言った。「実際、アレックスから逃れられて、わたしは運がいいと考える人もいるかもしれないわ。わたし……三年前に出会っていなければ、彼を拒めていたかどうかわからない。知ることもなかったでしょうけど。アレックスがあんな……」

「放蕩者！」母がぴしゃりと言った。

「どんな人であれ、わたしと会ったことを忘れているの。わたしが指摘しても、彼はまだ気づかないのよ！　それがどれほど屈辱的か、お母さまにもわかるでしょう？」シャーロットは震える声で続け、意思に反して頬を伝う涙をぬぐった。「結婚したいと言われたわ。でも三年前、アレックスはわたしを捜そうともしなかった。彼にとっては月夜の情事にすぎなかったのかもしれない」声に自己嫌悪がにじんだ。「どうしてだろうとずっと考えていたの。どうしてアレックスについて庭園へ行ったりしたのかしら？　まるで魔法にかけられたような夜だったからかもしれない。わたしは……」彼女は母に背を向け、アトリエの冷たい壁に額を押しあてた。「なんて思慮の足りない間抜けだったのかしら！　月明かりに魅了されてレモネードを飲んで、貞操を奪われるなんて。しかも相手はそれをたいしたことだとも思わず、覚えてさえいないのよ！　アレックスにとっては取るに足りないことだったんだわ。彼にはなんの意味もなくても、わたしにはすべてだった……」シャーロットはすすり泣き、全身を震わせた。両手で顔を覆い、前後に体を揺する。

　嘆き悲しむ娘にかける言葉が見つからず、アデレードはその場に立ちつくした。無言でシャーロットを導き、離れたばかりの長椅子に戻る。涙が止まってひと息つけるようになるまで、ふたりで静かに座っていた。

「彼と結婚するべきだと思うわ」しばらくして、アデレードはそっと言った。

シャーロットが涙の跡の残る顔をあげた。「なんですって?」

「あなたは彼と結婚するべきだと思うの」アデレードは繰り返した。「冷静に考えなくてはならないわ。これまで心では考えていたけど、頭では考えていなかった。事実として、男の人は男女のかかわりをそれほど深刻に受け止めないものなの。あら、あなたのお父さまは違うわよ」目を丸くするシャーロットを見てつけ加える。「お父さまは例外なの。だけどね、シャーロット、わたしのお友だちの大半はずっと見てきたのよ、その……夫が次々に女性とベッドをともにしていることを知っているの。ジョージアナはあらゆる侮辱に自分自身を慣れさせるしかなかったわ」

「ジュリアのお母さまが?」思わず興味を引かれたらしく、シャーロットが訊いた。「ミスター・ブレントートンはとても優しい人に思えるのに」

「もちろん優しい人よ。でも、男性だわ。結婚の誓いに重きを置く男性は多くないの。ジョンは心からジョージアナを愛しているけど、根本的に物事のとらえ方が違うのね。少なくともジョンは、愛人を囲うとか、そういうたぐいのことはしなかった。それにわたしたちと同じ階級の女性は決して相手にしない。そういう人もまた珍しいのよ。シシーのお母さまがあれほどたびたび心臓の弱さを訴えるのはどうしてだと思う? メイフェア・ストリートに囲っている女性と夫が舞踏室で踊る姿を見ていられないからなのよ」

「なんですって?」シャーロットは呆然としている。

「その女性はメリンダとか、そういう名前だったと記憶しているわ。確か少佐の未亡人だと思う。ナイジェル・コモンウィールがほとんどの時間をメイフェアの家で過ごしていることは周知の事実だわ。名家の催しには招かれないけれど、大規模な舞踏会ならその女性も招待状を手に入れられるみたいなの。プルーデンスは彼女を無視するだけの意気地がないのよ。いいえ、責めているわけじゃないわ。あなたのお父さまを夫に持てて、わたしはとても幸運だった。そういう問題には一度も直面せずにすんでいるんですもの」

「つまり、お父さまには……」

「わたしはそう思っているわ」アデレードは言い、ため息をついて続けた。「ええ、お父さまには愛人がいないと確信しているの。だけどもしそうなら、妻以外の女性とはベッドをともにしない、社交界でも稀有《けう》な存在の男性ということになるわ。重要なのは、愛人を持つ男性たちが必ずしも妻を嫌っているわけではないことなの。ただ性的な行為を女性より柔軟な目で見ているだけなのよ」

「わたしには我慢がならないわ、お母さま」シャーロットが眉根を寄せた。

アデレードの顔に思わず笑みが浮かぶ。一見するとシャーロットは母親似だが、ときおりマーセルにそっくりな部分がのぞいて、そのたびに彼女の心はとろけそうになるのだ。社会的に不適切な事柄に嫌悪感を示すときのマーセルは、今のシャーロットと同じことを言う。

「女性なら誰でも気に入らないわ」アデレードは言った。「いいえ、違うわね。社交界には女性でもときどき……」

シャーロットの目がふたたび丸くなった。「誰なの？」既婚女性たちのそばへ行くと急に話がやむことがあるのは、そのたぐいの噂話をしていたからに違いない。無垢な未婚のお嬢さんは知らなくていいのよ、と彼女たちは言っていた。

「それはどうでもいいわ」目にかすかな笑みをたたえてアデレードが言った。「大事なのは、たとえアレクサンダーが庭園でのつかのまの出来事を忘れているとしても、今は熱心にあなたを求めていることよ。あなたは彼と結婚するべきなのかも……」眉をひそめて言葉を濁す。

「まあ、そうだった。すっかり忘れていたわ。アレクサンダーの……問題を」

シャーロットは我慢強く待ったが、母はそれ以上苦心して言葉をひねり出すつもりがないようだった。「夫に浮気をされると知りながら結婚するなんて、そんなひどい話はないわ、お母さま。シシーのお母さまだって、夫が少佐の未亡人と仲よくなるとは夢にも思っていなかったはずよ」

アデレードは混乱した思考をなんとかまとめようとした。「もし……アレクサンダーが不能なら、ほかの女性とそういうつき合いをすることもないでしょう。彼の体の状態では、すばらしい夫になる見こみもなさそうだけれど」マーセルが断固として異議を唱えていたことを思い出しながらつけ加えた。

シャーロットは唇を嚙んだ。わけがわからない。「彼の体の状態って？」

アデレードが大きく息を吸った。「あなたのお父さまの話では……」そこで口ごもったが、やがて唐突に話し始めた。「不能というのは男性が……男性の一部分が硬くならずに柔らかいままなことなの。そういう男性は結婚できないのよ、シャーロット。妻とのあいだに子供ができないから。わたしの言うことがわかるかしら？」

シャーロットはうなずいた。仕組みならわかっている。とはいっても、庭園で起こった出来事からではなく、一年ほど前に偶然目撃した、馬同士がつがう場面からの知識だが。

「よくないわ。欠点を持つ伯爵があなたを追い求めるのは、正しいこととは思えない」アデレードがさらに言う。

「彼はとても、あの、硬いわ、お母さま」シャーロットは消え入りそうな声で言った。「つまり、その、気づいたの。アレックスがわたしにキスをして、それから――」

部屋の隅に目をそむけながら、アデレードがさえぎった。「実際にはね、男性は最後の瞬間というか、そのときまではそういう状態でいることもあるそうなの」彼女は急いでつけ加えた。「わたしも完全に理解しているとは言えないけれど。でも、不能の夫は子供を持てないのよ」

シャーロットは困惑した。「だけど……アレックスには子供がいるわ。ピッパは彼にそっくりよ」

アデレードは心のなかでうめいた。話し合いたくなかったのはまさにこの問題だ。

「その子供はもしかしたら、ええと、アレクサンダーの子ではあっても妻の子ではないのかもしれないわ。意味が理解できるかしら？」

「ばかげているわ、お母さま。ピッパはアレックスの奥さまが亡くなるときに次々にナニーが替わったせいで苦しんでいると、彼が話してくれたの。嘘をついていたとは思えない」

「どうなのかしら。その子のことはわからないわ。それはお父さまも同じよ。だけどアレクサンダーの妻が不能を理由に結婚を無効にして、彼がまったく反論しなかったのは事実なの。彼女の申し立てに同意したに違いないわ。そうでなければ審査が行われたはずだから」

「審査」シャーロットがささやいた。「つまり、お医者さまによる?」

「ああ、シャーロット」アデレードは苦しげに言った。「あの男性のことは忘れてしまいなさい! みんながアレクサンダーの話をしているわ。誰であろうと彼と結婚する女性は厳しい詮索《せんさく》に耐えなくてはならないでしょう。想像できる? もしアレクサンダーが不能でなくてあなたに子供ができて、その子が彼に似ていなかったら? 世間の人々はなんて言うと思うの? いいえ、だめ、やっぱりだめよ」彼女はきっぱりと言った。「アレクサンダーがなぜあなたと結婚しようとするのか理解できないわ。弟の子供を跡継ぎとして受け入れるべきよ。そうすればなにもかもうまくおさまるのに」

シャーロットは黙ったまま、ロンドンじゅうの人々がアレックスの噂をしていることについて考えていた。彼があざ笑われていると思うと胸がつぶれる思いがする。アレックスは知っているのかしら? もちろん、知っているに違いない。だが苦悩しているようには見えなかった。自分の……能力を心配しているようにも。ピクニックで彼の体に引き寄せられた瞬間を思い出すだけで、シャーロットは顔が熱くなった。

「アレックスが結婚したがっているのは、彼の娘がナニーを受けつけないせいなの」小さな声でそう言うと、彼女は顔をあげてアデレードを見た。「その点に関してはとても正直だったわ」

シャーロットのつらそうな表情を目にして、アデレードは娘がかわいそうでたまらなくなった。黒い髪と黒い瞳のアレクサンダーはとてつもなくハンサムなのだ。彼女はシャーロットの手をそっと両手で包んだ。

「アレクサンダーは乗馬中に事故に遭ったのかもしれないと、お父さまはおっしゃっていたわ」

しばらくのあいだ、シャーロットはその言葉を吟味しているようだった。

アデレードは咳払いをした。「あなたにもわかるでしょう、ダーリン？　彼の求婚は受けられないと。ただの子供の世話係になるには、あなたは美しすぎるわ。あなたには恋をして……愛を交わしてほしいの。自分の子供も持ってほしい」彼女は愛しさをこめて娘の頬をなでた。「あなたたちきょうだいは、わたしの人生に大きな喜びをもたらしてくれたわ。あなたがその喜びを経験できないなんて耐えられないの」

シャーロットが無言でうなずいた。

「アレクサンダーがお父さまと話すように仕向けるのがいいかもしれない」アデレードは提案した。「マーセルは絶対に結婚を許可しないと断言していたから。子守ならよそで探せばいいと。本当にそのとおりよ。アレクサンダーが問題を抱えていることより、そんな理由であなたに求婚することのほうがもっと腹立たしいわ」彼女は顔をしかめた。

「それだけが理由ではないの」ほとんど聞き取れない声でシャーロットが言った。

「かわいそうに、ダーリン」アデレードはたちまち娘の心を理解した。「だけど、どうにもならないのよ」

「自分の口から話すほうがいいわ」

「ええ、そうね」

ふたりとも口を閉ざしたきり沈黙が広がった。

「よほど意志を強く持たなければだめよ、シャーロット。三年前の出来事をつねに思い浮かべているといいかもしれないわ」

「そうね」

「お父さまについて言ったことは本当よ。わたしたちはもう二〇年以上も人生をともにしてきた。あなたも妻との生活を真剣に考える男性ときっと出会えるはずよ。あなたがその人を愛せば、向こうも愛してくれるに違いないわ」アデレードは毅然《きぜん》としてつけ加えた。

シャーロットはなにも感じないままアデレードを見つめていた。胸の奥では本能的に、もしアレックスと結婚しないなら、一生誰とも結婚しないだろうと感じていた。だが、それを母に告げる必要があるだろうか？　両親の意見ははっきりしている。たとえふたりが考えているのとは違う理由で――不能の問題はどうしても納得がいかないので――シャーロットがアレックスの求婚を断るとしても、それは母が確信させてくれたからだ。三年前の出会いを彼が思い出せないのは、結婚したあとの不幸な人生を暗示する警告にほかならないと。シシーの母親みたいに、夫が舞踏会でほかの女性と踊っているあいだ、ずっと家に引きこもっているような人生は送りたくない。アレックスと結婚するかどうかは別にして、彼が自分以外の女性にほほえみかける場面を想像するだけでも、シャーロットは気分が悪くなった。

「お母さま、三年前の出来事はお父さまに話さないと約束してほしいの。お父さまがアレックスの求婚を認めないのはわかっているわ。だけど、わたしは自分で彼と話したいのよ」

なぜアレックスの求婚を直接断ることに固執しているのか、シャーロットは自分でもはっきり説明できなかった。ただ、もし父親に任せれば、二度とアレックスと話す機会はないだろうと心の奥でわかっていたからかもしれない。それを思うと胸が苦しくなった。耳もとでささやく低い声が聞けないと知りながら、どうやって夜を過ごせばいいの？ 導いてくれる大きな手を感じられないとわかっていて、どうしてダンスができるの？ 自分の気持ちに正直になって認めるなら、ピクニックの折、結婚してほしいとアレックスに言われたときから、わたしは彼が近づいてくる瞬間を心待ちにしながら時を過ごしている。

アデレードとの話し合いのあと、シャーロットは感覚が麻痺したまま寝室へ行き、声をあげて泣いた。母に約束したのだ。次にアレックスと会う機会があればただちに、両親は結婚を認めないということを知らせると。

「人前で言うわけにはいかないわ！」そのときシャーロットはアトリエの長椅子に丸くなって母に訴えた。

「わかっているわ」アデレードが言った。「できるだけ早く、アレクサンダーの求愛をやめさせることができればそれでいいの。わたしたちはあなたの評判を守って、幸せになってほしいだけなのよ」

その夜、この一週間で初めて、シャーロットはヴェルヴェットのような黒い瞳や、じらしたり説得したりする手のことを思い浮かべずにベッドに入った。じっと天井を見つめるうちに、新しいシェニール織りのカーテンの下から夜明けの光がほのかに差しこんできた。そのころになってようやく彼女は天井から目をそらし、夢を見ない眠りへと落ちていった。

8

シャーロットは午後の二時近くまで目を覚まさなかった。カーテンを開けて起こしたほうがいいのかどうか悩みながら、メイドは何度か忍び足で部屋に入った。けれども麻のシーツに横たわるシャーロットの顔には血の気がなく、眠りのなかでさえ苦しんでいるように見えた。お嬢さまは病気に違いないと考えたマリーは、できるだけ眠らせておくべきだと判断した。

目覚めたシャーロットはしばらく横になったまま、母親との会話をひとつひとつ思い返した。それからようやく伸びをして、呼び鈴のひもを引いた。どういうわけか、日の光のなかで考えるとそれほど悲劇的な状況でない気がしてくる。ベッドから勢いよく両足をおろした彼女は、ぼんやりと爪先を見つめた。

アレックスを完全にあきらめる必要はないかもしれない。事情を説明して——どんなふうに表現するかはまだ考えられないけれど——結婚はできないとお互いに理解したうえで、これまでどおりの関係を続ける。そうよ、とてもいい考えだわ。アレックスの腕に抱かれるところを想像しながら、シャーロットは幸せな気分で爪先をくねらせた。次の舞踏会では、晩餐の席へエスコートしてもらってもいいかもしれない。これまではアレックスが現れる前に、ほかの誰かと約束するようにしていた。どんな舞踏会でも彼は遅い時間に――たとえば〈オールマックス〉ならドアが閉じられる寸前に――到着するのがつねだった。

湯を入れた大きな手桶《ておけ》を抱えて息を切らす従僕を従え、マリーは女主人の部屋へやってきた。頬をかすかに染めてほほえみを浮かべ、鼻歌を歌いながら部屋じゅうを動きまわるシャーロットの姿を見つけてびっくりする。

「今夜は劇場へ行くわ、マリー」シャーロットは言った。「馬に乗るなら今のうちがいいと思うの。それから新しい小説が出ていないかどうか確かめに、〈ブラックウェルズ〉へ寄ってみるつもりよ」読書をする時間はあまりないのだが、絵を仕上げたばかりで、まだ次の作品の構想がまとまっていなかった。誰を描こうかと、心地よい空想にふける。アトリエの長椅子に座るアレックスが目に浮かんだ。腕の位置を直すために、わたしが彼のほうへ身を乗り出すと……。想像のなかのアレックスがしたことで、シャーロットの頬はピンク色からバラ色に変わった。マリーがあっけに取られて見つめている。

「書店から帰ってきたら」シャーロットは慌ててつけ加えた。「もう一度お風呂に入りたいわ、マリー。ムッシュ・パンプルムースに伝言を届けてもらえるかしら？　今日の夕方、当家に来てもらえたらありがたいと伝えてちょうだい」

一日に二度のお風呂！　マリーは心のなかでかぶりを振った。わたしなら週二回で十分なのに。母さんが言ってたわ。入浴しすぎると肺に水がたまるって。

「今夜はなにをお召しになりますか、お嬢さま?」マリーは尋ねた。

大きな錫製《すずせい》の浴槽のなかで、シャーロットが気持ちよさそうに手足を伸ばした。「白と黒のがいいと思うの。どのドレスかわかるでしょう?」

マリーは熱心にうなずいた。シャーロットがマダム・カレームの店であつらえたなかで、そのドレスがマリーのいちばんのお気に入りだったのだ。まだ身につけた姿を見たことはなかったが。彼女は考えこみながらシャーロットを見た。あのドレスで劇場へ出かけるつもりなのだろうか? 今夜はなにか重要なことが起こるに違いない。

せっせとゴシップ記事を読んでいるおかげで、マリーはふたつの興味深い情報を得ていた。シェフィールド・ダウンズ伯爵が舞踏会に現れるのは、どうやらシャーロットと踊るためだけらしい。それに、彼の前の結婚にはなにやら謎《なぞ》めいた部分があった。マリーとしては、以前結婚していたときにしたことで男を責めるのはよくないと思っている。でも……。彼女ははっと目を見開いた。妻を殺したのなら話は別だわ! いいえ、やっぱりありえない。シェフィールド・ダウンズ伯爵の前妻は猩紅熱で死んだと、記事にははっきり書いてあったもの。わたしのおばさんと同じように。

マリーは忙しく動き、薄くて繊細なストッキングをひと組とコルセット、それにシルクの乗馬服を選び出した。

「あら、それじゃなくて」浴槽から顔をあげたシャーロットが突然声をかけた。「灰色のほうにするわ」

マリーはなにかが起こりかけていることを確信した。灰色の乗馬服も新しくあつらえたものだった。ナゲキバト色の、まるで手袋のように体にぴったりとしたデザインで、黒ひもの縁取りがロシアの兵士を思わせる。とても上品だが……かなり着心地が悪いはずだ。それなのにこの乗馬服を着るということは、レディ・シャーロットは誰かに会う予定に違いない。マリーはそっと女主人をうかがった。娘が公園で密会するつもりだと公爵夫人が知ったら、いったいどうなることかしら！

実際のところ、シャーロットはとくに誰とも会う約束をしていなかった。目覚めたときは気分が高揚していて歌い出したい気分だったが、その原因についてはあえて考えなかった。ただ最高の装いをしたい、それだけだ。もしハイドパークでの乗馬中にシェフィールド・ダウンズ伯爵が現れたら……友好的かつ冷静に対応しよう。自分をよく見せたいと思うのは悪いことではないはずだ。

シャーロットは優雅に伸びた長い脚を浴槽から出し、物思いにふけりながらじっと見つめた。それから上半身を起こすと、浴槽の縁に手をかけ、慎重にバランスを取りながら外へ出た。

「マリー、従僕の誰かをレディ・ソフィーのところへ行かせてちょうだい。公園で一緒に乗馬をしないかどうか、お返事をもらってきてほしいの。お願いね」

シャーロットの着替えをベッドに置いたマリーは急いでドアに向かった。伝言を預かって階下へ行くことは、セシルに会えることでもある。ドアの裏でさっとキスを交わすことができるかもしれないのだ。

「すぐに戻ってまいります、お嬢さま」マリーは部屋を出て奥の階段を駆けおりた。

部屋にひとりきりになり、オレンジの花の香りのするクリームを塗り終えると、シャーロットは鏡の前に立った。どういうわけか目が覚めてからずっと、おなかのあたりが燃えるように熱い。女性らしい曲線を描く自分の体が——二〇年も見続けているのに！——魅惑的に感じられてどきどきしてしまう。男性の目にはどう映るのかしら？　想像しようとしたけれど、無理だった。彼女は最近痩せたのだが、妙なことに胸が大きくなっているように思えた。柔らかくて重みのある乳房に視線を向けると、いつのまにか蜂蜜色に日焼けした男性の手に覆われるところが目に浮かんで……。体じゅうに震えが走り、シャーロットは鏡に背を向けた。

ひとりでなんとか乗馬服に袖を通すと椅子に腰をおろし、マリーが戻ってくるのをじれったい思いで待った。どうしてこんなに時間がかかっているのだろう。シャーロットは我慢できなくなり、ついに呼び鈴に手を伸ばした。階下ではマリーがはっと息をのみ、急いでセシルの胸から離れた。

「行って、早く！」マリーは慌てて言った。興奮するとフランス訛りがきつくなる。レディ・ソフィーのお屋敷は通りをほんのいくつか隔てたところなので、セシルならあっというまに往復できるだろう。マリーは使用人用の階段を駆けあがると、シャーロットの部屋の前で速度を落とし、そっとなかにすべりこんだ。

「申し訳ありません、お嬢さま」彼女はすぐにシャーロットのドレスの小さなボタンを留め始めた。灰色の乗馬服が体にぴったり合っているのはそのボタンのおかげだった。

シャーロットは化粧台の前に座り、鏡に映る姿をぼんやりと眺めていた。

「いいのよ、マリー」

マリーはかすかに笑みを浮かべた。自分がどれほど幸運か、彼女はよくわかっていた。シャーロットは決して癇癪《かんしゃく》を起こさない。いらだっているときでさえ、マリーに向かって声を荒らげることはめったにない。それに引き換えマリーの友人が仕える若いレディは、今シーズンは誰からも申しこみがなく、そのせいで機嫌が悪いのか、ヘアブラシや櫛《くし》をしょっちゅう投げつけるらしい。このあいだは髪粉の瓶を避けなければならなかったそうだ。

控え目にノックする音が聞こえたので、マリーはシャーロットの髪にブラシをかけていた手を止め、ほんの少しだけドアを開けた。そこにはとてもかしこまった様子のセシルがいた。「レディ・ソフィー・ヨークはおよそ一時間後なら、喜んでレディ・シャーロットとお会いしたいそうです」彼は大きな声で言った。それからちゃめっけたっぷりにささやく。「ミスター・セシルは、あるフランス人女性を洗濯物室に連れ出すつもりだ」

マリーはあきれて目をまわし、憤然とドアを閉めた。

シャーロットはどことなくおかしそうな顔をしていた。セシルの声が聞こえたはずはないわ、とマリーは自分を安心させた。

「レディ・ソフィーは一時間後に公園へいらっしゃるそうです、お嬢さま」

「そうなの……今のはセシル？」

マリーはせわしなく両手を動かし、シャーロットの柔らかな巻き毛を整えてはまた直した。

「はい、お嬢さま」

「彼はとてもハンサムね。そう思わない、マリー？」シャーロットはときどきハイドパークでの乗馬に同行する金髪の従僕を思い浮かべながら、からかうように尋ねた。

「さあ、どうでしょう」マリーがすばやく答えた。

「外見はとてもイングランド人らしいわ」シャーロットはあきらめなかった。

「さあ、できました！　お美しいですよ、お嬢さま。すてきです《ラヴィソント》」マリーが言った。

シャーロットはまばたきをして鏡のなかの自分を見つめた。マリーの口からついフランス語が出るのは、彼女が興奮しているときだ。

シャーロットが優雅な足取りの牝馬《ひんば》をブランデンバーグ侯爵の屋敷へと続く大理石の階段の前で停めると、ソフィーはすでに待ち構えていた。シャーロットと同じく、体にぴったりした深紅の乗馬服を着て、軽やかに階段を駆けおりてくる。馬丁が手を貸して、そわそわしている馬にソフィーを乗せた。すらりとして元気のいいその牝馬を、彼女はエリカと名づけていた。

「エリカだと！」侯爵であるソフィーの父は不快そうに言った。「美しい動物にそんな平凡な名をつけるとは」

けれどもソフィーはほほえむだけで、エリカを連れてくるよう馬丁に命じた。自分の発言が娘の行動に影響を及ぼしたことはこれまで一度たりともない、と侯爵はむっつりと思った。父親に言われたくらいでソフィーが馬の名前を変えるわけがない。

　そして今、ソフィーは喜びを感じながらシャーロットの姿を見ていた。真夜中のごとく黒い牝馬に灰色のドレスが絶妙に映えている。

「やったわね！　わたしたち、すばらしい組み合わせだと思わない？」ソフィーはシャーロットにいたずらっぽい笑みを向けた。わかりきった事柄を指摘して友人を当惑させるのが大好きなのだ。ところが面白いことに、今日のシャーロットは少しも動じなかった。

「お互いにひとりずつではなく、うちの馬丁をふたり連れていったらどうかしら？」ソフィーは体をよじり、背後で馬に乗る馬丁たちを見た。

「いったいどうして？」

「だってお仕着せがばらばらだもの。わたしたちみたいに颯爽《さっそう》としたふたりが並んで行くときは、お供の馬丁も服を揃えるべきだと思わない？」ソフィーはからかい口調で言った。

　シャーロットが肩をすくめ、ソフィーのほうをちらりと見て笑った。「どうせみんなの目はわたしに向けられると思うけど。あなたを見る人がいたとしても、馬丁のお仕着せにまで気づくとは思えないわ」

「まあ」ソフィーは声をあげた。「わたしの優しいシャーロットに刺が生えかかっているわ。わかった、わかったわよ。さあ、行きましょう、フィリップ《オニヴァ》」彼女は馬丁に声をかけた。称号の綴《つづ》りをフランス風にするほどフランス好きな侯爵は、妻がフランス出身であるのを少なからず誇りにしていて、使用人もフランス人しか雇わない。屋敷内が格別に洗練された雰囲気になるからだそうだ。おかげでフランス人の使用人たちに囲まれて育ったソフィーは、イングランド人にもフランス人にも簡単になじむことができた。

ソフィーとシャーロットはこみ合ったロンドンの通りに沿って馬を進ませた。何度か鼻をくっつけたり鳴らしたりしたあと、牝馬たちは並んで意気揚々と歩き始めた。ときおりどちらかが首をあげ、駆け出したいとほのめかす。ロンドンで暮らす裕福な人々と貧しい人々がまじり合って、通りは混雑していた。ズボンのポケットをふくらませた紳士たちとすれ違いざまに、オレンジ売りたちは上等な生地にそっと手をすべらせた。懐中時計や財布を抜き取っているのだろう。こんだ通りには子供たちが頻繁に飛び出してきた。馬車と馬のあいだを走り、たいていはロンドンの浮浪児の命など少しも気にしない人々の手に、向こう見ずにもみずからの命をゆだねているのだ。

ソフィーが並んだシャーロットにちらりと目をやった。「お母さまは今夜の外出を少し心配しているの」

「そうなの？」シャーロットは言った。「ごく普通のお芝居だと思うけど。シェイクスピアでしょう？」フランスの修道院で育ったソフィーの母親は、礼儀作法に厳しいことで知られていた。

「それはいいのよ。問題は、あなたの行くところにはどこでも必ず伯爵が現れて……」

「どの伯爵？」

「わかっているくせに！　シェフィールド・ダウンズ伯爵よ、もちろん。みんなが彼の話をしているわ」

シャーロットは心が沈むのを感じた。ソフィーは風邪を引いて一週間ずっと家にこもっていたので、そのことに関してまだ彼女と話をする機会が持てていなかった。アレックスの不能の件をソフィーも知っているようなら、シャーロットの母親が正しかったことになる。ロンドンじゅうの人々が彼の能力を話題にしているのだ。

「我慢がならないわ」馬の耳のあいだを見つめながら、シャーロットは激しい口調で言った。「どうして人はこんなにも無作法になれるのかしら！」

ソフィーは興味を引かれて友人を見た。「じゃあ、本当なのね？」

「わたしが知るわけがないでしょう？　お母さまの話は要領を得なくて、なんの話をしているのか理解できるまでに一時間もかかったのよ」

ソフィーは黙って聞いていた。ブランデンバーグ侯爵家の子供部屋では、男性の持ち物について語られることが珍しくなかったのだ。フランス人のナニーを持つ利点のひとつだ。もちろん、侯爵夫人である母はその事実をまったく知らないが。

「本人に尋ねてみたらどうかしら？」ソフィーが顔を輝かせて提案した。悪ふざけだと承知のうえで言っているんだわ、とシャーロットは思った。そのとき、視線が前方に吸い寄せられた。巨大な黒い牡馬《ぼば》に乗って通りの向こうからやってくるのは、折に触れて彼女を口説こうとするアレクサンダー・フォークスその人だった。たちまちシャーロットの心臓は早鐘を打ち始めた。乗馬服のボタンがはじけ飛びそうな勢いだ。

「レディ・シャーロット、それにレディ・ソフィー」アレックスは気楽な調子で挨拶をすると、手綱を操ってシャーロットのすぐ左側で馬を停め、帽子を持ちあげた。灰色の乗馬用の上着を着てロングブーツを履いた姿は、あらゆる点で正真正銘の紳士だった。シャーロットはどこか不思議な気分でアレックスを見つめた。いったいどうして彼を従僕だと思いこもうとしたのかしら？

「伯爵」彼女は頭を傾けて応じた。

ソフィーは満足げな笑みを浮かべた。彼女は、嵐を思わせる黒い瞳に大きな体をしたシャーロットの求婚者を気に入っていた。大柄すぎるし、憂鬱そうなところがあってわたし向きではないけれど、シャーロットにはぴったりだわ。当然、あの噂が全部正しくないとしての話だけれど。

「あなたもご一緒にいかが、伯爵？」ソフィーが尋ねた。

アレックスはためらい、シャーロットのうつむいた顔に目を向けた。彼女が頬を赤くするところがどうしても見たくなって停まっただけだ。こうしていても、シャーロットを馬から抱えおろして運び去りたくてたまらない。だが……どこへ？　〝もちろん、シェフィールド・ハウスだ〟すかさず彼のなかの悪い天使がささやいた。シャーロットの濃く黒いまつげが頬に影を落としている。

ばかげた考えだ。「残念ながらご一緒できないのです」シャーロットの横顔に目を奪われたまま、アレックスは答えた。彼女の唇から小さなため息がもれたように思えたのは気のせいだろうか？

理由を尋ねるようにソフィーが彼を見た。

「ぼくの側仕えが、今日の午後〈ガンスリーズ〉へ出向かないなら辞めると言い出したのですよ。それは絶対に困るので」

ソフィーはくすくす笑った。

「あなたには問題の深刻さがおわかりらしい、レディ・ソフィー。キーティングに辞められたら、ぼくはとても耐えられないでしょう。おかげでしゃれ者が過ごすような一日を強いられるはめになりますが。上着を一着仕立てるのに、おそらくガンスリーは午後じゅうかかって寸法を測るでしょう。夕方には次から次へと試着させられるに違いありません。それが終わっても、ふさわしいスカーフの形を決めるのにたっぷり二時間はかかるはずです」アレックスは深くため息をついた。

シャーロットの意思に反して、口もとが小さな笑みを形作った。彼女はちらっとアレックスをうかがった。彼の上着は体にぴったり合っているが、確かにとびきりしゃれている感じではなかった。

「残念だわ」シャーロットは甘い声で言った。「あなたが着ているような低い襟はちょっと……。それに地味なスカーフ……あら、まあ。本当に、今すぐ〈ガンスリーズ〉へ行ったほうがいいみたい。わたしなら淡い黄色のズボンをお勧めするわ」

「やれやれ」アレックスは愉快そうに言うと、危険なほど身をかがめてシャーロットに近づき、緑の瞳をまっすぐ見つめた。「自分でわかっているのかな？　話題にすべきでない事柄もはばからずに口にするばかりか、酷評までするなんて、きみほど向こう見ずな若い女性は初めてだ」

シャーロットはかすかに顔を赤らめた。彼の言うとおりだ。ちゃんとしたレディなら誰も、紳士の前でズボンの話などしないだろう。彼女を見おろすアレックスの視線は燃えるように熱かった。不意に彼の馬が頭を振りあげた。シャーロットの馬にぶつからないように、アレックスがさっと手綱を引いた。

シャーロットが赤くなると、アレクサンダー・フォークスも同じくらい熱くなるみたいだわ。そう気づいてソフィーは満足感を覚えた。彼女と目が合ったアレックスの口もとに一瞬憂いを帯びたほほえみが浮かぶ。この人が不能だなんてありえない。親友とこの伯爵の結婚を推し進めるためなら、わたしにできることはなんだってするわ。

「シャーロットとわたしは、今夜のシェイクスピアのお芝居について話していたところなの」ソフィーは陽気な声で言った。「確か『リア王』だったわ。お芝居には詳しいのかしら、伯爵？」

「その役についてでしたら、いつかキーンが演じるところを見たいと思っていますよ」アレックスのほほえみが明らかな笑みに変わった。

シャーロットは困惑して、アレックスからソフィーに視線を移した。ふたりが顔見知りであることすら知らなかった。ソフィーは一週間ほとんど家にこもっていたのに、いつのまに仲よくなったのかしら？

アレックスはふたたび帽子に手をかけると、今夜またお会いするのが楽しみだと厳粛な面持ちでふたりに告げて、馬を進めた。心を占める女性から離れることで、全身が抗議の声をあげていた。美しい曲線を際立たせる、あんな乗馬服を着ていてはなおさらだ。抱きあげたシャーロットを書斎のテーブルにおろすところを想像して、アレックスの瞳の色が濃くなった。上品なあのスカートをたくしあげ、それから……。無意識に手綱を引いていたらしく、馬が抗議するように跳ねた。まいったな。アレックスは馬の速度をあげた。ガンスリーのもとを訪れる話はまったくのでたらめだった。実際はピッパが昼寝から目覚める前に帰らなければならなかった。

彼は強いいらだちを感じながら、帰りを待っていた馬丁に手綱を投げて渡し、シェフィールド・ハウスの正面の廊下に足を踏み入れた。すぐに立ち止まり、いつものように耳を澄ます。耳をつんざく悲鳴が聞こえないということは、ピッパはまだ眠っているのだ。書斎に入っていったアレックスを、絶望的な形相をした秘書のロバート・ロウが出迎えた。机には書類が積みあげられていた。実は何日もこの状態のままだった。秘書は署名をもらおうと必死で、アレックスは四六時中彼につきまとわれている気がしていた。ピッパが現れる以前の秩序正しい毎日を思い出し、彼は思わず顔をしかめた。

机に腰をおろし、いちばん大きな書類の山から順にすばやく目を通し始めた。読み終えると、返事の内容を指示しながら秘書のいるほうへ投げる。しばらくその動作を繰り返していたが、突然はっと手を止めた。目の前に一枚の新聞が現れたのだ。どうやら毎日発行されるゴシップ紙らしく、読むべき箇所を矢印で示してあった。


昨夜、L卿はレディ・Dと一緒のところを目撃された。

レディ・Dは既婚婦人でありながら、このまま戯れを続けるつもりだろうか。

彼女がみずから幕を引くことを望む。さもなければ、われわれが秘密を明らかにするだろう。


「こんなばかげたものがなぜここに置いてあるんだ?」アレックスは冷たい声で問いただし、黒い瞳で秘書を椅子に釘《くぎ》づけにした。

「名誉棄損で訴えることをお考えになるかもしれないと思ったのです……。ともかく」ロウはみじめな声で言い、急いで続けた。「お知らせしておくべきだと考えました」そう聞いて、アレックスはまだ手に持っていた紙面に鋭い視線を走らせた。

某伯爵はノックするのをやめたほうがいいだろう。

公爵家の鍵《かぎ》のかかった扉を開かせるには、硬いノッカーが必要なのだから。

彼は激しく悪態をつき、紙を丸めて床に投げ捨てた。秘書が震えあがる。

「出ていけ！」

ロウは胸もとで書類の束を握りしめると、ぴょこんとお辞儀をして部屋を出た。ひどく気分が悪い。この屋敷の使用人たちはみんな、キーティングのおかげで主《あるじ》の元妻の裏切りを知っていた。主人の〝ノッカー〟になんの問題もないことも承知ずみだ。妻が去って以来、ときどき主人のベッドを温めるレディたちが――いや、女たちが――満足して帰っていくところも目撃している。イングランドへ戻ってからはひとりも訪れていないみたいだが、とロウは思った。

アレックスは激しい怒りに顔をこわばらせ、書斎の炉棚にもたれかかった。ちくしょう、あの女！　むせび泣いているかと思えば、不満をわめき散らしていたマリア……。考えるだけでも不快で、思わず身震いしてしまう。

深く息をついて、ようやくアレックスはなんとか落ち着きを取り戻した。結局のところ、ロンドンのゴシップ紙に無礼なことを書かれたのは、元妻のせいだけとは言えない。あのときアレックスが望めば、婚姻無効の申し立てはたやすく拒否できた。だが彼は、おぞましい状況から抜け出せる、願ってもない申し出だと思って飛びついたのだ。大騒動だったローマでの日々がよみがえってくる。マリアはわけのわからないことを叫び、手あたりしだいにアレックスにものを投げつけてきた。結婚して二カ月で四度も寝室の窓を修理させるはめになり、屋敷の使用人たちをおおいに面白がらせた。

ひととき冷静さを取り戻したマリアが、司祭に恋をしたので結婚を無効にしてほしいと言い出したとき、アレックスは心の底からほっとした。実は、伯爵家の跡継ぎという立場にもかかわらず、近衛竜騎兵隊に志願しようとする瀬戸際まで追いこまれていたのだ。父の思惑などどうでもいい、きっとパトリックのほうがいい伯爵になると考えた。あのときの彼は、イタリア人の妻から逃れられるならなんでもしていただろう。

アレックスは暖炉のそばの大きな肘掛け椅子に腰をおろし、マリアとの初めての出会いを陰鬱な気分で思い返した。まだイタリアへ着いて一週間足らずのときに、ある伯爵と一緒にバルベリーニ宮で開かれた音楽会《コンチェルト》に出席したのだ。今となってはその伯爵の名前も思い出せない。そうだ、ロッシ・フェリーニ伯爵だ。そこに彼女がいた。マリアは、彼がスチュアート・ホールの庭園で出会った娘にそっくりに思えた。あのあと何週間も捜したのに、見つけられなかった娘に。でも実際は、庭園の娘――名前を知らないのでそう呼んでいるのだが――と違って、マリアは赤毛ですらなかった。それに庭園の娘のように、甘くて清潔で無垢な香りもしなかった。マリアがイタリアの名家の出身で、あの庭園の娘は娼婦になろうとしていたのを考えると、似ていると考えること自体がおかしい。けれどふたりは同じように繊細な三角形の顔で、男心をそそるふっくらした下唇の持ち主だった。

なんと愚かだったのだろう。アレックスはマリアとなら、庭園の娘と分かち合ったあの情熱をもう一度経験できると信じたのだ。どうしようもない間抜けだ、と唇を皮肉にゆがめながら彼は思った。結婚後のマリアはどんなたぐいの親密な行為も嫌がった。ようやくベッドをともにしてみると、マリアは向こうの家族が言うような、けがれを知らない修道院育ちの乙女とはかけ離れていることが明らかになった。マリアは処女ではなかったのだ。そのあと、結婚生活は急速に崩壊していった。マリアは不満を叫び続け、アレックスは長いあいだ家を空けた。彼はイタリアの田舎を旅して、目についた酒場《タヴェルナ》のすべてに立ち寄り、ベンチから転げ落ちるまで地元のワインを飲んだ。一年が過ぎるころにはイタリア語が流暢《りゅうちょう》にしゃべれるようになり、決して弱くはなかった酒に倍も強くなった。

それでもひどく不幸だった。自分でも身を持ち崩しているとわかっていた。そしてついに意を決し、第三近衛竜騎兵隊に加わろうと考えた。書類に署名をすませ、あとは妻に告げるだけというときになって、マリアがアレックスのもとへやってきて、結婚から解放してほしいと訴えたのだ。解放する？　マリアとの結婚を帳消しにできるなら、アレックスはどんなことでもしていただろう。自分でも信じられないのだが、ふたりはその夜数カ月ぶりでベッドをともにした。今思えば、ほっとして優しい気持ちになったせいに違いない。そしてまさにその夜にピッパを授かったのだ。

有力者であるマリアの家族がひと月以内にすべての手はずを整えてくれた。アレックスはただ、黒衣をまとった三人の司教と居心地の悪い不快な面談をするだけでよかった。彼らは丁寧な口調で尋ねた。「予測できない問題だったのですか？《レイ・アヴレッブ・ペル・カソ・ウン・プロブレマ》」

「はい《シ》、そうです《シ》」アレックスは熱心に答えた。司教たちが考えるような問題は抱えていなくても、彼にとってはまさにマリアが問題だったからだ。そうしてアレックスは自由になった。マリアは司祭——おそらく現在は元司祭だろうが——と暮らすために、銀製品や宝石や、持てるかぎりのあらゆる家具を持って出ていった。アレックスの母を描いた細密画まで。彼女がその絵に愛着を持っているとは思えなかったので、おそらく売るつもりだったのだろう。

　自由の息吹を感じて歓喜していた彼は気にしなかった。やっと結婚生活に終止符が打てた。もう二度とマリアと同じ寝室で目覚めなくていいのだ。ところが忌まわしい結婚の残骸《ざんがい》は、そのあとも漂流物としてアレックスの人生に打ち寄せてきた。まず、ナポリの古物店で母の細密画を見つけた。それから出来の悪いマリアの兄弟が彼をゆすろうとした。そして今度は下品な記事だ。個人的には新聞になにを書かれようとどうでもいい。だが、シャーロットの父親であるカルヴァースティル公爵にとってはまた別の話だ。アレックス自身、ピッパが彼のような評判の男に求婚されたら絶対に許可しないだろう。

　アレックスの物思いは、無意識のうちに待ち構えていた音によって中断された。小さな足がぱたぱたと階段をおりてくる。途切れかけてはまた聞こえ始めるのは、キーティングがしっかりとピッパの手を握っているからに違いなかった。

「パパ！」キーティングが書斎の重い両開きのドアを押し開けると、幼い声が叫んだ。「パパ！」

　アレックスは立ちあがって肘掛け椅子のうしろをまわり、両腕を大きく広げてしゃがんだ。ピッパは戸口でキーティングの手を放し、全速力のよちよち歩きで父親を目指した。小さな体を抱き寄せたアレックスは心が和むのを感じた。シャーロットと結婚できなかったら、どうしたらいいだろう？　彼にはピッパがいる。これまで以上に努力をして、ふさわしいナニーを探すまでだ。ミス・ヴァージニアは三日でこの屋敷を去った。自分から辞めなかったナニーは初めてで、彼女は家政婦に解雇されたのだ。どうやらシェフィールド・ハウスに来たその週に従僕ふたりと親密になったらしく、当然と言えば当然だが、結果的にそのふたりが殴り合いの喧嘩をする事態を引き起こしたらしい。

「パパ、フオワー」ピッパが叫ぶ。ピッパにとっては叫ぶのが普通の会話だ。そして〝フオワー〟は外《フオリ》のことだった。ピッパが発する言葉で理解できるものは一〇個ほどしかなく、イタリア語もまじっているので油断できない。しかも、最近はそこに毎日新しい言葉が加わった。昨日は〝キス〟とはっきり聞こえたし、今朝は朝食の前に〝ケーキ〟と言った。

アレックスは笑みを浮かべた。「わかったよ。公園へ行こう」公園のことを考えたとたん、体にぴったりした乗馬服を身につけたシャーロットの姿が頭をよぎる。彼はその想像を払いのけると、ピッパを抱えて急ぎ足で廊下を歩きながら、もう一度馬のブケファロスを用意させるようキーティングに命じた。巨大な牡馬にまたがったアレックスにキーティングがピッパを渡す。家政婦のミセス・ターンパイクが屋敷から出てきて心配そうに彼らを見つめた。ピッパが元気いっぱいの大きな馬に乗って公園へ行くのが気に入らないのだ。だが両手でエプロンを握りしめながらも、彼女は黙っていた。伯爵に意見はできない。まるでお日さまのように機嫌がいい日があるかと思えば、翌日にはひどく気難しくなる場合があるからだ。

アレックスとピッパはハイドパークの通路をゆっくりと進んだ。ゴシップ紙を読んだ今では、人々の態度の裏が見えてくる。誰も彼を冷遇はしない。なんといっても伯爵なのだ。しかし年配の女性たちのお辞儀は通常よりよそよそしく、男性たちは同情の目を向けながら会釈した。愚かなやつらめ！　彫りの深いアレックスの顔がいっそう険しくなった。知人のなかには、醜聞のせいではなく、純粋に恐れから彼を避ける者もいた。

けれどもピッパに好奇の目を向け、通り過ぎたあとでささやきを交わす人たちのほうがはるかに多かった。アレクサンダー・フォークスの娘は彼にそっくりだった。淡い黄色のドレスを着ていなければ、幼いころのアレックスと見間違えるほどだ。もう一度ふたりを見るために馬車をひとまわりさせたり、歩道の端でいきなり引き返したりする者もひとりやふたりではなかった。あの子は誰だ？　婚姻が無効になったのに娘がいるなんて、聞いたことがある？

「わたしが知っている婚姻無効宣告は一件だけよ」レディ・スキフィングが言った。「シブソープ卿は生まれてすぐに父親のまたいとこの娘かなにかと結婚したのだけれど、何年かたってみると、花嫁に少々問題があるとわかったの。その娘は精神病の療養所に入れられたわ。それで、彼は結局あのとんでもない女と結婚することになったのよ。名前はなんといったかしら？　そうそう、バーバラ・カラーソンだわ。まったく、小難を逃れて大難に陥るとはこのことよ！」彼女は勝ち誇った様子で締めくくった。「子供はいなかったわね」さらにつけ加える。「もちろん、どうでもいいことだけれど」

「ミス・フィリバートもそうだったわよ。覚えていらっしゃるんじゃないかしら、レディ・

スキフィング。ほら、歯と歯のあいだが恐ろしく空いていた、あの人よ。とにかく、彼女は音楽教師と駆け落ちをしたの。ダンスの先生だったかしら？　もう忘れてしまったわ。いずれにせよ、フィリバート卿が結婚を無効にしたのよ。ふたりきりで過ごしたのは三時間だけだったわ。だから……」レディ・プレストルフィールドは思わせぶりに口をつぐんだ。

「ともかく問題は」レディ・スキフィングが声を低めた。「あの子供が何者かということよ」

「そうね」セーラ・プレストルフィールドは考えこむように口をすぼめた。ふたりの女性は幌付きの四輪馬車《バルーシュ》に乗っていた。座席は彼女たちとペチコートがかろうじておさまるだけの幅しかない。シェフィールド・ダウンズ伯爵をここへ招き入れるのは難しいだろうと思われた。もっとも、どのみち彼がふたりの年老いた女性と同席したがるとは思えなかったが。

そのとき突然セーラ・プレストルフィールドが友人の鞭《むち》に触れ、馬車を停めるよう合図した。「見て！」ほとんど唇を動かさずにささやく。

道の向こうでアレクサンダー・フォークスが話しているのは、ロンドン社交界に君臨するふたりの美女、シャーロット・ダイチェストンとソフィー・ヨークだった。しかもレディ・シャーロットは伯爵を叱っている様子だ。すぐ近くなのに会話が聞こえないのがなんともいらだたしい。レディ・スキフィングは馬をなだめてゆっくり歩かせると、三人の若者たちに気づかれないよう近づいていった。

「便利だとか、そういう問題ではないの」ようやくレディ・シャーロットの声が聞こえてきた。彼女は目をきらめかせている。本当に美しい子だわ、とレディ・スキフィングは思った。

「その子は安全とは言えないわ！」レディ・シャーロットが続けた。

ロンドンじゅうの人々が彼女の意見に賛成するだろう。年老いた女性たちは意味ありげな視線を交わした。ふたりとも夫のためにそれなりの数の子供を産んだが、どの子も彼女たちの目に触れないところで育てられた。目に触れないところは危険な目に遭わないところでもある。伯爵の黒い馬のように大きな獣の上に幼い子が乗せられている姿を見ると、骨まで凍りつくほどぞっとした。

子供が公園にいていいのか悪いのかは、シャーロットにとってどうでもよかった。父親に抱かれ、神経質な牡馬の背にかかとを打ちつけながら元気よく身をよじるピッパの姿を目にしたとたん、三年前に封印したはずの母性が目覚めたのだ。彼女はジャマイカという名の自分の馬から急いでおりると、馬丁に手綱を預けた。

「こちらへ渡して」シャーロットは牡馬の筋肉が盛りあがった肩のライン近くに立った。

アレックスは驚いて彼女を見おろした。なんのつもりだ？　ピッパは文句なしに安全なのに。

「ブケファロスはとても穏やかな性質の馬だ、レディ・シャーロット」わずかに鋭い口調になった。「雌牛のごとくおとなしいと断言してもいい」

「それでもやはりピッパは安全じゃないわ。あなたの家までわたしが抱いて歩くから、あなたはついてきて。それほど遠くないから」シャーロットが言い張った。

面白い。アレックスの目尻に皺が寄った。ぼくがどこに住んでいるか知っているらしい。

それにピッパの名前も覚えていた。ピッパのことで下した決断を疑問視されるとまるで頭痛を抱えた熊《くま》のような気分になるが、そんなことすらどうでもよくなった。

アレックスは肩をすくめた。「ピッパは女性が苦手なのを忘れたかな？」

「大丈夫よ」シャーロットがきっぱりと言った。手を差し出され、アレックスは娘を抱えて彼女に渡した。

シャーロットをひと目見るなり、ピッパは口を開いた。特大の叫びをあげるつもりだ。シャーロットが急いでピッパを歩道の端におろす。そこで数秒待ち、ピッパがまた口を開けたとたん、すかさず言った。「わたしはナニーじゃないわ、ピッパ。忘れたかしら？　ナニーじゃないの」

その言葉を吟味するように、ピッパが口を閉じた。「わたしの名前はシャーロット、ナニーじゃないの」シャーロットは急いで繰り返した。「ねえ、今からあなたを抱っこして歩くわ。そうしたらお馬に乗ったお父さまが見えるわよ。かまわない？」

ピッパはなにも言わなかったが、叫びもしなかった。シャーロットがすばやく抱きあげ、背後の父親が見えるように肩にもたれさせると、ピッパは満足げに喉を鳴らした。それを確認して、シャーロットは歩き始めた。

ソフィーは唖然としたまま一部始終を見ていた。シャーロットとふたりで家に向かっていたかと思うと、突然彼女が男性に——おそらく結婚相手となるであろう男性に——嚙みついたのだ。そして小さな子供を抱いて歩き出した。ソフィーは馬からすべりおり、笑い出しそうな顔をしているアレックスを視線でとがめた。

シャーロットに追いついた彼女は、何枚ものペチコートに覆われた丸々とした子供のお尻を凝視した。ほっとしたことにシャーロットの怒りはすでにおさまり、今はただ楽しんでいる様子だ。

「小さい子供のことについて、なにか知っている?」ブケファロスに乗ってうしろからついてくるアレクサンダー・フォークスに聞かれないように、シャーロットが小声で尋ねた。

「全然」ソフィーは答えた。「わたしはひとりっ子だもの。知っているでしょう?」

「そうよね。この子はかなりべとべとしているの。それに見かけよりずっと重いわ」

「通りをあと四つ渡るだけよ」ソフィーは励ました。「しばらく代わりましょうか?」

シャーロットの顔が曇った。「この子が許さないと思うわ。ピッパは女の人が怖いのよ」

ソフィーはちらりと隣に目をやった。シャーロットが反射的にピッパを抱きしめ、なだめるように首のうしろの柔らかい毛をなでるのを見て、ソフィーの口もとに笑みが浮かんだ。

彼らはハイドパークの青銅の門をあとにしてハーストン・ストリートを進んでいった。アレックスの住むグロヴナー・スクエアは公園の入り口から通りを三つ隔てたところにある。ソフィーはスカートの裾を持ちあげ、道端のがらくたや行き交う人々のあいだを縫ってゆっくりと歩いた。馬丁たちと馬、それに馬に乗っている伯爵という奇妙な一団はかなりの注目を集めていた。

「ねえ、シャーロット」ソフィーは声をひそめた。「これでアレクサンダー・フォークスと結婚しなかったら、とんでもない噂になるわよ」

「どういうこと？」シャーロットが顔をあげた。ずっとピッパの頭に頰をすり寄せて、意味のない言葉をささやき続けていたのだ。ピッパはそれが気に入ったらしく、くすくす笑っていた。

「レディ・スキフィングの馬車とすれ違ったの。彼女はなにひとつ見逃さなかったはずよ。あなたがフォークスの子供を抱いて、本人は馬に乗ったまま怖い顔をしてうしろからついてくる。それに彼女はレディ・プレストルフィールドと一緒だったわ。レディ・プレストルフィールドを親しい友だちだと公言するうちのお母さまでさえ、彼女はロンドンでいちばんのおしゃべりだと思っているわ。レディ・プレストルフィールドは、本当かどうかわからないけどと前置きして、同じ話を何度も繰り返すのよ。馬車の横から彼女の帽子がのぞいていたのを見たでしょう、シャーロット！」

どう考えていいかわからなかったので、シャーロットは通りを渡ることに集中した。歩道沿いに馬を進めていたアレックスも、礼儀を無視して馬車から突き出されるレディ・プレストルフィールドの帽子を目撃していた。彼はにやりとした。わずかに残っていたもやもやした気持ちがすっと消えていく。シャーロットの優しい心に人々の噂が加われば、結婚の問題が思惑どおりに運ぶかもしれない。

そのとき、ロンドンに大勢いる街路掃除の少年のひとりが、ブケファロスの前方に飛び出した。その子ひとりなら馬は動揺しなかったに違いないが、少年に林檎を盗まれた果物売りの大男がうしろから追ってきていた。ブケファロスの前で足をすべらせた少年の肩に、果物売りがまともにぶつかる。アレックスのすぐ左側で貸し馬車の御者が慌てて手綱を引き、かろうじて衝突を免れた。ところが栄養状態が悪く神経過敏な二頭の馬は後ろ脚で立ち、手綱や馬具の音を大きく鳴り響かせた。

そうなっては、ブケファロスも冷静さを保てない。主人を乗せて外出するのは今日二度目になるにもかかわらず、まだ脚を存分に伸ばす機会を与えられていなかった。しかもピッパの小さな足で蹴られ、たてがみを引っぱられて、彼としては非常に居心地の悪い歩行を強いられていたのだ。ブケファロスは大きくいななくと、前脚を高く振りあげて立ちあがった。

「くそっ！」アレックスは悪態をついた。反射的に手綱を短く持ち、前に身を乗り出して空いているほうの手で馬勒《ばろく》をつかむ。十分に訓練されているブケファロスはたちまち前脚をおろした。アレックスは体を起こしたとたん、歩道で足を止めておかしそうに彼を見ているシャーロットの視線に気づいた。

つかのま、彼女を見つめ返す。いずれシャーロットはぼくの腕のなかで激しく燃えあがるだろう。公園でキスをしたとき、アレックスはそう感じた。ところが今の彼女は、彼のキスでとろけるなどありえないと言わんばかりに取り澄ましている。アレックスは悲しげな笑みを浮かべるとブケファロスから飛びおり、シャーロットの馬丁に手綱を投げた。

「そのぽっちゃりしためんどりはこちらで引き受けよう」彼は歩道に立つシャーロットとソフィーのもとへ近づいた。

アレックスと話しても心臓が激しく打ちつけなかったので、シャーロットはやっと彼に慣れてきたと思ってほっとしていた。そんな自分が誇らしくもあった。だがピッパを手渡したときにアレックスにきらめく瞳で見つめられると、冷静さはあっというまに砕け散り、熱が頬骨のあたりまで這いのぼってきた。

なにごとも見逃さないソフィーはさりげなくうしろへさがり、馬丁に合図をしてふたたび馬の背に乗った。「失礼するわね《オー・ルヴォワール》」彼女は陽気に声をかけた。「もうお母さまのもとへ戻らなければ。いえ、いいの、フィリップがいるから大丈夫よ。シャーロット、今夜またね」アレックスに向かって礼儀正しく頭をさげ、馬丁を引き連れてこみ合った通りへ馬を進めた。

アレックスと並んで歩きながら、シャーロットは最初のうち、恥ずかしさのあまりまともに頭が働かなかった。ロンドンじゅうの人々がふたりを見ているに違いないと思われた。ところが、シャーロットに抱かれていたときは懸命にアレックスの注意を引こうとしていたピッパが、父親の肩にかわいらしく頭を預け、今度は彼女の気を引こうと必死になっている姿に気づいた瞬間、シャーロットは思わず声をあげて笑った。アレックスは黙ったままだ。

いつのまにか彼らはグロヴナー・スクエアへと続く道を通り過ぎ、シャーロットの住むアルバマール・スクエアへ来ていた。屋敷へ至る階段の手前で彼女は手を差し出し、落ち着き払って言った。

「伯爵」

アレックスが頭を傾けた。「このままで失礼するよ。お辞儀をすると、肩についたしみが見えてしまいそうだ」

　シャーロットは意に反して笑ってしまった。アレックスが空いているほうの手で彼女の手首を取り、口もとへ引き寄せる。甲ではなくてのひらに唇を押しあてられ、シャーロットは青ざめた。今朝おなかのあたりに感じていた心地よい熱が全身に広がっていく。

「今夜また会おう」彼女に視線を据えたまま、アレックスが低くなめらかな声で言った。

　口を開けばなにかよけいなことを言ってしまいかねない。シャーロットは手を引き抜くと黙ってうなずき、階段をあがり始めた。のぼりきったとたん、はっと思い至る。彼女は振り返り、懇願の目でアレックスを見た。

「またあの馬に乗ったりしないでしょうね、伯爵？」

　アレックスがシャーロットを、それからピッパを見た。

「ああ、ピッパはもうブケファロスには乗せない」

　あの目だわ。ドアを開けたキャンピオンのそばをすり抜けながら、シャーロットは思った。目尻に皺を寄せてほほえみかけるあの目は……キスをほのめかしていた。キスと、それ以上のものを。

9

ブランデンバーグ侯爵夫人エロイーズ・ヨークは肘までの長手袋をいらだたしげに伸ばしながら、夫のタウンハウスの階段をゆっくりとおりていった。気に入らない、と彼女は思った。ひどく気に入らない。エロイーズは自分の影響力を理解している女性だった。礼儀作法に敏感で、その基準が高いのを誇らしく思っている。それなのにどういうわけか、神は残酷にも奔放で愚かな娘を彼女に与えた。ソフィーと同じ年のころ、エロイーズは白いドレスしか選ばず、親が部屋に入ってくればいつでも従順に頭を垂れたものだった。結婚するまで父親と目を合わせたこともなかった。それなのにソフィーときたら！　あの子が大胆にもまっすぐ母親の目を見なかったことがあるかしら？　しかも母の頼みがどんなに些細なことであろうと、ソフィーはきっぱりと拒否するのだ。

たとえば今日の午後もそうだった。リディア・ビングリーの茶会に出席するようにエロイーズが告げると、ソフィーはポルトガル語の先生との約束があるからと言ってにべもなく断った。若いレディは夫の見つけ方以外を学ぶ必要はないと、いったい何度言って聞かせただろう。ところがソフィーはかたくなに結婚の申しこみを断り続け、次々に新しい言語を学ぼうとする。

エロイーズは心を落ち着かせようと大きく息を吸い、身につけているものに視線を走らせた。少なくともわたしの装いは完璧だ。多少古い感じがするかもしれないけれど。新しいフランス風のファッションは、彼女には受け入れがたかった。エロイーズの最愛の母——とても厳格で、道徳的な信念を絶対に曲げようとしなかった母——もきっと、いくらフランスのものとはいえ最近のあんなドレスなら、わたしが否定しても許してくれるに違いない。ええ、そうよ、ウエストのないドレスなんて認められるものですか。今のしっかりしたコルセットを、最新式の軽いものに変える気もないわ。ソフィーったら、その軽いコルセットすらつけないつもりだなんて！　あの子が好むドレスとは名ばかりの寝間着は、コルセットをつける余地がないほど体にぴったりとしている。エロイーズの目がふたたび怒りに燃えた。

玄関広間に着くと、彼女は幅の広いタフタのスカートの下で大理石の床を何度も踏み鳴らし、いらだちをあらわにしながら待った。いったいソフィーはどこにいるの？　劇場へついていくと言い出したのはあの子のほうなのに。ドルリー・レーン劇場へ行けば、間違いなく人々の視線を集めるだろう。どうしても半裸で行きたいというなら、せめて時間どおりに到着しなくては。

そのとき図書室からジョージが姿を現した。エロイーズは夫に鋭い視線を投げかけた。想像はつくわ。どうせブランデーを飲んでいたんでしょう。まあ、確かにシェイクスピアは難解だけれど。それに今夜劇場で注目を集めるはめになりそうだとわかって、わざわざ予定を変更してついてきてくれるのだし。ああ、もう、あの子ったら！　上の部屋で透き通ったナプキンまがいのドレスを着ているに違いない愚かな娘と、それよりもっと愚かな娘の友人のどちらによりいらだっているのか、エロイーズは自分でも量りかねていた。シャーロットは不能の伯爵から求愛されて楽しんでいるのだ。恥だわ。まさに本物の恥よ。これがほかの種類の障害なら、エロイーズも結婚を勧めただろう。だが、子供を持てる可能性がないなら結婚しても無意味だ。夫候補を探す人々の関心は、今では伯爵の双子の弟に移りつつあった。どこへ行ったのだったかしら？　ボルネオ？　それともインド？　どこにせよ戻ってきたら、エロイーズはすぐにでもソフィーを彼と結婚させたいと考えていた。彼の子供が爵位を継ぐのは明らかですもの、と彼女は少々悦に入りながら思った。わたしがアデレードなら、早急にアレクサンダー・フォークスから娘を遠ざけるわ。

かすかに衣《きぬ》ずれの音をさせながら、ソフィーは母親に近づいた。「まあ！」エロイーズがいらだった声をあげる。「あなたが来るのが聞こえなかったわ。そんなにわずかなものしか身につけていなければ、鼠《ねずみ》だって目を覚まさないでしょう。ペチコートは着ているんでしょうね？」そこでエロイーズが背を向けてしまったので、ソフィーは口もとに浮かんだ笑みを見られずにすんだ。実はシュミーズを着ているのだが、それは最高級のモスリン製で、しかも前もって湿らせてあった。

ソフィーが執事にヴェルヴェットのマントを着せてもらっていると、背後から父親が声をかけた。「今夜はふざけたふるまいはなしだぞ」眉をつりあげて言う。

「あら、もちろんよ、お父さま」ソフィーはわざと控え目に言うと、目をきらきらさせて父を見あげた。

ジョージはつい頬を緩めてしまった。妻はいつでも物事を深刻にとらえる。おそらく人の噂を大げさに考えすぎているのだろう。

彼らが劇場のボックス席に入り、娘とその美しい友人を、次に妻を座席に案内するときになって初めて、ジョージは妻の懸念が正しかったことに気づいた。ドルリー・レーン劇場で観客がこれほど静まり返ったのは久しぶりだ。上を見あげる人々の顔に冷たい雪のような静けさが降り注いだかと思うと、あっというまにささやきと扇の音が取って代わった。まいったな、とジョージは思った。長い夜になりそうだ。そもそもシェイクスピアは我慢がならない。バラッドをつけ加えようが減らそうが、どうでもよかった。シェイクスピアの芝居を見ていると胸がひどくむかついてくる。それにこの様子では幕間《まくあい》もろくに楽しめないことが予見できてしまった。きっとしゃれ者たちが押し寄せてくるだろう、とジョージは陰鬱な気分になった。ボックス席の最前列に座る娘とレディ・シャーロットに目をやって、彼は確信を強めた。おまけにあの伯爵。間違いなく彼もやってくるだろう。まるで世の中の人々が今夜いっせいに、このいまいましい芝居を見ると決めたかのようだ。

シャーロットは扇をあまり何度も開いたり閉じたりしないように気をつけながら、黙ってボックス席の前列に座っていた。彼女はマダム・カレームの作品である、黒いリボンのついた白いドレスを着ていた。これをあつらえてから本当に数カ月しかたっていないのだろうか？　ドレスはなんとなく小さくなったような気がした。あるいは胸がかなり大きくなったのか、今にもこぼれ出てしまいそうに感じる。それにドレスの色！　こんなに繊細だと、注文したときはどうして気づかなかったのだろう？　ドレスの生地と、下に着ているハンカチと同じ素材のペチコートを通して、脚がピンク色に透けて見えるように思われてならなかった。

シャーロットはソフィーに目を向け、口もとに小さな笑みを浮かべた。ソフィーは小柄かもしれないが、決して小さすぎはしない。彼女もまた、大胆なエンパイアスタイルのドレスを身につけていた。ボディスは濃紺色で、いちばん広い部分でも五センチくらいしかないように見えた。シャーロットの視線に気づいたソフィーは、恥ずかしがるどころかウインクを返してきた。

「騒ぎを起こすのって楽しいと思わない？」扇で口もとを覆いながらソフィーがささやいた。「誓ってもいいわ、シャーロット。仮にあなたのことが好きじゃなくても、絶対に友だちになろうとしたはずよ。わたしたちは一緒に座るべきなんですもの。これは親切心から言っているの。だって、あなたのボックス席とわたしのボックス席を交互に見続けたら、噂好きな人たちが首を痛めてしまうわ」

「まあ、ソフィーったら！」

「もちろん、彼らが実際に見たいのはわたしじゃなくてあなたよ。わたしは一緒にいるおかげで有名になっているだけ」ソフィーはわざと悲しげに言った。「ああ、わたしの伯爵はどこにいるのかしら？」天に向かってくるりと目をまわしてみせる。「どうか評判の悪い恋人をお与えください……お願い！」

「彼はわたしの恋人なんかじゃないわ！」

「あらそう？　伯爵の子供を抱いて通りを歩き、心臓が口から飛び出しそうなほど興奮した顔で彼を見ていたのに？　あなたはアレクサンダー・フォークスを道に迷わせているわよ。男を袋小路に導く女に災いあれ」そう言って、ソフィーが頭を動かして右下のほうを示した。

視線を向けたシャーロットは、知り合いに会釈しながら自分のボックス席へと向かうアレックスに目を奪われた。連れがいるようだ。彼女はヴァルコンブラス侯爵とその妹の姿に気づいた。ダフネをボックス席の前列へエスコートするアレックスを見たとたん、嫉妬の鋭い痛みがシャーロットを貫いた。

ソフィーが小さな手でシャーロットの手首をきつくつかんだ。「じろじろ見るのはやめなさい、シャーロット」

シャーロットは椅子に座り直すと、急にピンク色になった顔を扇であおいだ。

「いやね、目を離すとすぐにこうなんだから。あなたにフランス人の血が四分の一でも流れていれば、あんなにあからさまな態度は取らなかったはずよ」ソフィーが言った。

シャーロットは友人をにらんだ。ソフィーが鼻に皺を寄せて見つめ返してくる。「わたしに文句を言わないでちょうだい、シャーロット・ダイチェストン」彼女は声を低めた。「彼が欲しいのね。そうなんでしょう？」

驚いたシャーロットは思わずうなずいてしまった。

「だけど、伯爵に能力がないならそれは無理だわ。幸せな結婚生活は送れないもの」ソフィーは現実的だった。

「そうは思わない。つまりその、彼がそうだとは思わないわ」シャーロットも声を低くした。

「それなら確かめないと。あなたは知る必要があるわ。問題がないとわかれば、先へ進んでアレクサンダー・フォークスを受け入れればいいんだから。もうすでに結婚を申しこまれたんでしょう？」ソフィーが片方の眉をあげて返事を促す。

シャーロットは無言でうなずいた。

「あなたったら、まったくなんて人なの！　伯爵がふたりもあなたを追いかけているだなんて。それだけじゃなくて、子爵や男爵が二〇人に、もっと身分の低い紳士も数人いるのよ」

シャーロットは思わず笑い声をもらしてしまい、こちらをうかがっているに違いない大勢の人々と目が合うのを避けるためにソフィーに視線を向け続けた。もちろん、またアレックスを盗み見てしまわないためにも。

やがてヴァイオリンの音合わせが終わり、ドルリー・レーン劇場の持ち主であるリチャード・シェリダンが赤いヴェルヴェットの幕の前に姿を現した。観客のおしゃべりが小さくなっていく。

シェリダンが『リア王』に加えたすばらしい変更点の数々——今の観客に合わせたとか、現代に即するようにとか、愛情表現を派手にとかなんとか——を誇らしげに話しているあいだ、シャーロットの視線は目の前の手すりに据えられていたものの、意識は別の場所をさまよっていた。ソフィーが芝居の話をするまで、アレックスは劇場に来る気などなかったに違いない。これまであのボックス席には、彼のおばのヘンリエッタ・コランバーの姿しか見かけたことがなかった。

ふと、シャーロットはアレックスに見られているに違いないと感じた。全身のあらゆる神経が、彼の視線を浴びていることを伝えていた。血が血管のなかを弾むどころではなく駆けめぐっている。愚かだわ。シャーロットは自分に言い聞かせた。正気とは思えない！　アレックスが不能かどうか、どうやって突き止めればいいの？　舞台の幕が開き、彼女は顔をあげた。だが視線がどうしても右側に向かってしまう。アレックスは伸ばした長い脚を足首のところで交差させ、すっかりくつろいだ様子で座っていた。シャーロットに背中を向けて、ダフネ・ボッホのなめらかな金髪に頭を寄せている。嫉妬じゃないわ、とシャーロットは思った。これは嫌悪よ。彼女は急いで視線をそらした。アレックスの友人をにらんでいるところだけは死んでも彼に見られたくない。

背筋を正して座り直す。わたしにだってその手は使えるわ。シャーロットはわずかに身を乗り出して劇場内を見渡し、ブラッドンを見つけた。だが、残念ながらブラッドンではアレックスを嫉妬させられないだろう。彼女は、呼べばすぐさま駆けつけてくれるに違いない男性たちに視線を走らせるうち、はっとして目を輝かせた。左手のボックス席に座る、金髪の巨人のようなウィル・ホランドの姿を見つけたのだ。顔をあげた彼に、シャーロットは誘いかけるように魅惑的な笑みを投げかけた。

間の悪いことに、アレックスがようやく禁を解いて左肩越しにブランデンバーグ侯爵家のボックス席を見あげることを自分に許したのは、ちょうどその瞬間だった。ちらりと見たとたんに目が険しくなる。ちくしょう！

ウィルも同じ反応を示していた。彼は一週間を費やして、裕福な商人の娘を口説いている最中だったのだ。しかも、ひどく魅力に欠ける娘というわけでもなかった。ところが顔をあげたウィルの目に入ってきたのは、信じられないほど官能的な公爵の娘の姿だった。たった今ベッドから出てきたばかりのようにわざと乱した黒い巻き毛を見たとたん、この一週間の決意がすべて消えていくのがわかった。もしかするとシャーロットは、アレックスにかかわらないよう両親から警告されたのかもしれない。そう考えながら古い友人をうかがうと、アレックスはフランス人の娘、ダフネ・ボッホの耳もとでなにごとかささやいていた。

もし幕間にシャーロットのもとを訪れれば、ミス・ヴァン・ストークとの駆け引きは台なしになってしまうだろう。彼女はそれほど悪くないのに。我慢できる女相続人はほかに見つからないかもしれない。クロエ・ヴァン・ストークは隣で静かに座っていた。髪は赤褐色だが、どうしようもない色というほどでもなく、体つきもすらりとしている。確かに、着ている丈夫そうな分厚いドレスは褒められたものではないが。ウィルは小さく身震いした。背中をこわばらせているところをみると、鯨骨でできた古くさい巨大なコルセットをつけているのかもしれない。薄くて繊細なシャーロットのフランス風のドレスとは似ても似つかない装いだ。

　突然クロエが横を向き、まっすぐウィルの目を見た。「あちらへ行かれるのですか？」首を傾けてブランデンバーグ侯爵家のボックス席を示した。

　ウィルはぽかんとしてクロエを見つめた。きれいな白い歯をしている、と関係のないことが頭に浮かぶ。

「あの女性はシャーロット・ダイチェストンでしょう？　あなたにほほえみかけていましたわ。きっとあちらのボックス席へ来てほしいのだと思います」

　ウィルは途方に暮れてただ見つめ返していた。クロエはそれだけ言うと、軽業師ふたりと曲芸師ひとりが去って、いよいよ芝居が始まろうとしている舞台に注意を戻してしまった。シャーロットのほほえみをどう感じているのか探り出そうと、彼は冷静で真面目なクロエの横顔を観察した。クロエの父親のボックス席から消えたウィルがシャーロットの隣に姿を現せば社交界の人々がどんな結論にたどり着くか、はたして理解しているのだろうか？　もう少しで実を結ぼうとしている今になって、この求婚から手を引くのは気乗りがしなかった。ウィルはここへ来る前に、クロエと彼女の両親と一緒に食事をとった。初めて公の場に彼らと一緒に姿を現したのだ。シャーロット・ダイチェストンが気まぐれにほほえみかけたからといって手に入れかけている大事なものを手放すのは、愚か者のすることだろう。

　不意にクロエがウィルに向き直った。「行って！　さあ、行ってください！」強い口調で言われ、彼はふたたびあっけに取られた。クロエはいらだたしげに手を振っている。

叱られた子犬になった気がしながらも、ウィルは礼儀正しく立ちあがると、知人に挨拶をしてくるというようなことをつぶやいてクロエの両親に会釈した。数分後にブランデンバーグ侯爵家のボックス席に現れたウィルを見て、観客たちはおおいに満足した。ひそひそとささやく声がいっきに高まる。彼らが期待していたよりずっと面白い夜になりそうだった。

シャーロットがにっこりしてウィルに手を差し出した。厳格な侯爵夫人でさえ、思いやりのある態度で彼を出迎えた。エロイーズにとっては、あの忌まわしい伯爵に比べれば誰でもましに思えたのだ。ウィルは椅子を引いてシャーロットのすぐうしろに座り、冗談をささやいて彼女を笑わせた。だが冗談の質から考えると、シャーロットの反応は過剰な気がした。彼はソフィーに目をやった。彼女は繊細な眉をあげ、この状況を面白がっているようだ。ウィルは急にいらだちを感じ始めた。

視線を下に向けて、あとにしてきたばかりのボックス席をうかがった。クロエは実に魅力的な上向きの鼻をしている。父親の鼻がかなり大きいことを考慮すれば、とりわけすばらしい鼻だと言えるだろう。蠟燭の明かりに照らされて、髪が赤い筋状の輝きを放っていた。彼女が見ているのはウィルではなく舞台だ。戻ってもいいな、と彼は考えた。いや、クロエはぼくのことを財産目あてだと知っているかのようにボックス席から追い払ったんだぞ。〝ふん、もちろん知っているだろうとも〟と心の奥から声がした。〝彼女を見てみろ！　ロンドンでもっとも優雅な女性たちの真ん中で、野暮ったい格好をしている知的な女性だ。おまえが自分の財産を狙っていることくらい知っているさ〟それにしても、クロエはなぜあんなドレスを着るのだろう？　そこでウィルはわれに返った。いったいどうした？　社交界一の美女たちのそばに座りながら、楽しむ気になれないでいるなんて。気を引くための比喩《ひゆ》ひとつ考えついていない。シャーロットの真珠のように輝く肩がすぐ隣にあった。柔らかな肌の先の、ちっぽけなボディスからこぼれんばかりのクリーム色の胸へと、無理やり視線を向ける。ウィルの呼吸が速まった。彼はひとりで座るクロエのことを頭から消し去った。くそくらえ！　財産目あての求婚はやめると誓ったはずだろう？

アレックスは自分のボックス席で、激しい怒りに駆られてこぶしを握りしめていた。ようやく意を決してシャーロットに視線を向けてみると、彼女の背後に古い友人のウィル・ホランドがいた。見間違いでなければ、ウィルは横目でシャーロットの胸をのぞいていた。アレックスはダフネ・ボッホに向き直り、わざと親しげに身を寄せて彼女の扇を褒めた。

ダフネは皮肉まじりの目でアレクサンダー・フォークスを見た。これほどハンサムな伯爵なのだから、戯れても別にいやな気持ちはしない。たとえ彼が本心では、豆の茎のように背の高いあのイングランド女に関心を持っているとしても。

やがて芝居が始まり、国王の――リア王の登場を告げるトランペットが鳴り響いた。シャーロットは動揺していたものの、ウィルがやってきて偽装の手助けをしてくれたおかげで、前よりは冷静でいられるようになった。それほど無防備だと感じなくなり、ややもすると右のほうを見てしまうことをみんなに気づかれているという意識も薄らいだ。

彼女は徐々に物語に引きこまれていった。国王は年老いて愚かになり、この世の誰よりもなによりも彼を愛すると誓うよう娘たちに強要した。さもないと金も土地も遺《のこ》さず、王国も分配しないと宣言して。ふたりの姉娘たちは、すぐそばに夫が立っているにもかかわらず、父親のほかは誰も愛せないと興奮した声で叫んだ。シャーロットはそんな彼女たちにはさほど興味を引かれなかった。まさに、ロンドンで暮らす人々と同じだ。人は金のためならなんでもする。ウィルがいい例だった。おそらく商人と思われる一家のボックス席にいた彼は、ほほえみひとつですぐにシャーロットのところへやってきたのだから。彼女はそのボックス席に視線をさまよわせた。前列にひとりの若い女性が、まっすぐ舞台のほうを向いて座っている。ほとんど真上に位置するシャーロットの席からは、彼女が膝の上で両手をきつく握りしめているのが見えた。シャーロットは視線を移してその女性の顔をうかがおうとしたが、ほどなくまた舞台に注意を引き戻された。

国王の末娘が大げさな動きで父の要求を拒んでいた。それとも、父親の気に入らない言葉を口にしたのだろうか？　シャーロットは注意してせりふに耳を傾けた。古い時代の言葉は美しいけれど難解で、最初は耳が拒否して頭に入りづらかった。だがあるときを境に突然なにもかもが正しい場所におさまると、わかりやすく聞きやすいと感じるようになった。観客も静まり返り、熱心に聞き入っている。第一幕が終わって陽気なスペイン人歌手がさくらんぼとレモンの歌を歌い始めると、一瞬劇場内はしんとなり、続いて人々のざわめきが高まった。

シャーロットは下のボックス席に視線を戻した。商人の娘の顔には彼女を惹きつけるなにかがあった。

「ウィル」かすかに頭を傾けて、シャーロットはそっと声をかけた。いちばん魅力的に見えるほほえみを向ける。ウィルの表情が目に見えて柔らかくなった。まったく、男の人ってどうしてこうも鈍いの？「あなたのお友だちをこちらへお誘いしてはどうかしら？」下のボックス席にいる女性を指し示した。「ああやってひとりでご両親と一緒に座っているのは、とても居心地が悪いに違いないわ」

ウィルは突然背筋が寒くなった。クロエがばかにされたり、彼女には理解できない方法で世慣れた女性たちにからかわれたりするのはごめんだ。ウィルは口もとをこわばらせた。

シャーロットが彼の袖に手をかけた。「心から彼女に会いたいと思っているのよ、ウィル」

青い瞳をシャーロットに向けたウィルは、体から力を抜いた。シャーロットが卑劣な、あるいは残酷な仕打ちをするという噂は聞いたためしがない。それなら拒む必要がどこにある？　ウィルは席を立つと、一分後にはふたたびヴァン・ストーク家のボックス席に足を踏み入れていた。クロエの両親が礼儀正しく彼のために場所を空けてくれる。だがよほど鈍感でないかぎり、彼らはほかの女性のもとを訪れて娘を侮辱したウィルに激怒しているはずだった。

ウィルはクロエの椅子のそばに立った。「ブランデンバーグ侯爵のボックス席を訪ねませんか？」

クロエがびっくりした顔でウィルを見た。瞳は青いんだな、とウィルは思った。彼と同じ色だ。「なぜ?」クロエはそっけなく訊いた。

うまい嘘は思いつけなかった。「レディ・シャーロットの希望です」

クロエはうつむいて、知らず知らずのうちにドレスの布地を握りしめていた両手に視線を落とした。母親がどうしてもと言い張って仕立てた暗い色合いの綾織《あやお》りの布だ。上のボックス席へあがって、ウィルが不注意にもシャーロットという名前で呼んだあの美しい女性と一緒に座るなどどうしてできるだろう? クロエは家に帰りたかった。家に帰って父親のために数字の列の合計を計算するか、母親が貧しい人々のためにシャツを箱詰めするのを眺めていたかった。

不意にクロエの母が身を乗り出した。「わたしたちならかまわないのよ」オランダ訛りで告げる。クロエは立ちあがった。大勢の……着飾ったクジャクたちに笑われてこいと母が言うのなら、彼女に選択の余地はない。涙で目がちくちくしたが、クロエは落ち着いた足取りでボックス席を出て、赤い絨毯の敷かれた廊下を進んだ。廊下には芝居の第一幕で挫折《ざせつ》して、幕間を待ち構えていた人々が行き交っていた。みんなに見られていると確信しつつ、クロエは下を向いたまま歩き続けた。

階段をのぼりきったところで、ウィルがめっきで精巧な細工の施された紋章で飾られた扉を押し開けた。その先の短い廊下は薄暗く、ボックス席への直接の入り口には分厚いカーテンがかかっていた。ウィルが一瞬足を止めた。手を伸ばしてクロエの顎を持ちあげる。「勇気を出して!」声が聞こえたかと思うと唇が重なった。ごく軽く。彼女ははっと息をのんだ。

つかのまの沈黙ののちに聞こえたウィルの声には驚きがにじんでいた。「もう一度試してみよう」暗くてはっきり見えなかったが、クロエは彼の頭がさがってくるのを感じた。唇が合わさり、次に舌がすべりこんでくる。彼女は思わず飛びあがると、急いで顔を離した。

「いや、だめだ」ウィルは両手をクロエの背中にまわして強く引き寄せた。今度はもっと強引に、唇で要求を伝える。クロエが口を開いた。鯨骨のコルセットを通してさえ、彼女の全身に小さな震えが走るのがわかった。ウィルは一度は顔をあげたものの、どうしてももう一度キスせずにいられなかった。ただのキスでこんな気持ちになるとは。両手をクロエの背中に沿っておろしていく。「くそっ」ウィルは荒々しく言った。クロエの向きを変えさせてボックス席の手前のカーテンを開き、半ば押すようにしてなかへ入らせた。

ふたりが到着したのはちょうど第二幕が始まったときだった。ウィルに導かれてクロエが椅子に座ると、紹介代わりに無言のほほえみや会釈が向けられた。クロエが驚いたことに、シャーロット・ダイチェストンもソフィー・ヨークも、まわりの観客のざわめきを完全に無視して熱心に舞台に目を向けている。人々の多くが見ているのは、舞台ではなく彼女たちふたりだというのに。彼女たちのような人たち――つねにゴシップ紙をにぎわせているような人たち――は、人の様子を見たり人から見られたりするためだけに劇場へ来るのだろうとクロエは思っていた。けれども、ふたりは違う。とくにシャーロットは、前の手すりを指の関節が白くなるほど強く握りしめて芝居に集中していた。クロエは舞台に注意を戻した。王位を退いた国王が長女のもとを訪れ、今後も自分に一〇〇人の護衛をつけるよう求めている。

クロエは王の長女ゴネリルに多少の同情を感じた。無駄な兵士を大勢抱えておきたい人なんているかしら？　わたしの父も使用人には苦労している。彼らは武装すらしていないのに。従僕たちが次から次へと喧嘩騒ぎに巻きこまれるので、父は使用人を牢《ろう》から保釈させるための特別な資金を執事に預けてあるほどだ。とはいえ、あらゆる権利を剝奪《はくだつ》され、王らしさを奪われていく老人を見ていると胸が痛む。

一方、ウィルはまったく芝居に集中できないでいた。頭のなかは驚きでいっぱいだった。舞台を見ているクロエの胸は、廊下での出来事などなかったかのように、呼吸に合わせて静かに上下している。だが彼のほうは、ズボンが明らかにきつくなって居心地の悪い思いをしていた。丸みを帯びたクロエの腕がすぐそばにあると思うと、脚を組んで座ってみてもなんの役にも立たなかった。彼女のドレスは全身を余すところなく覆い隠しているわけではないのだ。ウィルはクロエのむき出しの腕をじっと見つめた。肌はなめらかで白く、華奢な手首は今にもぽきりと折れてしまいそうだ。彼は脚を組み直した。今はそんなことは考えないほうがいいだろう。

ようやく幕間になるころには、アレックスはすっかり退屈していた。シェイクスピアが問題なのではなかった。彼はイートン校時代に生徒たちで『リア王』を演じたことがあった。だが、これは『リア王』ではない。愚かにもまぜものをして質を落としたでたらめだ。道化がアイリッシュ・ジグを踊り出したときにはわが目を疑った。この様子では、コーデリアは死なないままだろう。あの劇場主ならきっとそうするに違いない。これまでの芝居を見ても、手を加えすぎているのは明らかと思われた。たとえば、あの新しい登場人物たちは誰なんだ？　そうかと思えば、消えてしまった人物もいる。グロスターには庶子の息子がいたはずだ。アレックス自身がかつて演じた役なのだから間違いない！　やっとのことで第三幕の幕がおりたとき、彼が感じたのは安堵以外のなにものでもなかった。

　アレックスは無意識にダフネにほほえみかけると、彼女に手を貸して立ちあがらせ、廊下を歩こうと提案した。ふたりが別の階へと続く階段へ向かっていると気づいても、ダフネは驚いたそぶりを見せなかった。

「またレディ・シャーロットにお会いできるのはうれしいですわ」無言で歩き続けるのにうんざりして、ダフネは口を開いた。もう劇場じゅうの人々に見られてはいないので、伯爵は会話をする必要がないと感じているらしい。

　アレックスが足を止めた。「そんなにあからさまだったかな？」彼は皮肉まじりの魅力的な笑みを浮かべた。

「ええ《ウィ》、あまりうまく感情を隠せていらっしゃらないわ。イングランドの方はみなさんそうですけれど」ダフネはじっくり考えながら言った。

　先ほどよりゆっくりではあるが、アレックスがふたたび歩き始めた。「では、レディ・シャーロットは？」

「ええ、彼女もごまかすのはお上手じゃありませんわね」いかにもフランス人らしく、ダフネはそっけなく肩をすくめた。

ブランデンバーグ侯爵のボックス席へたどり着いてみると、外の廊下は男性たちでいっぱいだった。なかに入るために、みんな互いを押しのけてドアの前の位置を確保しようとしている。だがアレックスとダフネが現れたとたんにあたりは静かになり、紳士たちがわずかに後退した。アレックスは人々のあいだを縫ってゆっくりと進んだ。ドアの前にいた従僕が帽子を取って敬意を表し、アレックスとダフネをなかに通してから、またしっかりとドアを閉ざす。暗い廊下から急に明るい劇場内に入ったので、ふたりはすぐには目が慣れなかった。

ブランデンバーグ侯爵――本人はフランス風に綴るのが好みだ――は振り返った。これ以上男性をなかに入れないようにと、従僕のピエールにははっきり言い渡してある。ボックス席にはすでに十分すぎるほどの若者たちがいて、胸もとが大きく開いたドレス姿のソフィーにまつわりついていた。従僕の防御を突破してきた人物が誰だかわかると、侯爵は内心でうめき声をあげた。なんてことだ！　エロイーズが激怒するぞ。

けれどもシェフィールド・ダウンズ伯爵が愛想よくお辞儀をして、連れの美しいフランス人女性を紹介すると、侯爵はたちまち目を輝かせた。フランス製のものには目がないのだ。しかもちらりと見たところ、その若い女性は彼の妻と同じくらい気品があって、しかも妻よりはるかに美人だった。そういうわけで、アレックスはひとり先へ進み、ダフネはうしろに残って、侯爵のかなり使い古された冗談に優しく笑い声をあげることになった。実際、少なくとも母国語が聞けて彼女は喜んでいた。外国語、とりわけ優雅さに欠けて微妙な含みを持たせられない英語で戯れるのがどれほど困難か、ほかの人たちには理解できないだろう。

アレックスが椅子のあいだを進んでいくと、それに合わせるようにボックス席の前列で動きがあった。ソフィー・ヨークが薄いスカートを揺らして立ちあがり、手を貸そうと慌てた取り巻きの男性たち四人を見て笑ったのだ。

「さあ！　新鮮な空気を吸いに行きましょう。あなた」彼女は陽気に言い、閉じた扇で軽く叩いて取り巻きのひとりを選んだ。「それからあなたとあなた、一緒に来てくださらないかしら？」

選ばれた三人は足をもつれさせつつ、散らばった椅子を寄せて通り道を作った。アレックスのそばを通り過ぎるとき、ソフィーが彼を見あげてうなずく。

「伯爵」彼女は澄まして言った。口もとに浮かべた小さな笑みは間違いなく、協力してあげると告げていた。アレックスも瞳をきらめかせて応じた。

ボックス席の外へ向かいながら、ソフィーはアレックスが官能的な魅力を漂わせていたことに少なからず驚きを覚えていた。シャーロットは幸運だわ。うらやましいくらい。だが廊下へ出たとたんに待ち構えていた男性たちに取り囲まれて、ソフィーの頭からシャーロットのことはすっかり消えてしまった。

ウィルをちらりと見たアレックスは、彼がシャーロットの胸をのぞきこんでいるわけではなく、隣に座る若い女性と静かに会話していたことに気づいた。ソフィーが空けたばかりの椅子には、その背に手をかけた若い男が腰をおろそうとしていた。アレックスは男に威嚇するような視線を投げつけた。男性は椅子に火がついたかのように慌てて手を離し、糊《のり》を利かせた高い襟のなかに赤くなった耳を沈めた。彼にほほえみかけ、アレックスは自分でその椅子に座った。シャーロットは顔を向けようとしなかった。だがもちろん、そこにアレックスが来たのはわかっているはずだ。彼がボックス席に入ってきた瞬間から気づいているに違いない。

アレックスは長い脚を伸ばし、幕間も席を立たなかった観客たちの騒々しい反応を無視した。彼らはまさにこういう事態を見たいがために席に残っていたのだろう。レディ・シャーロット・ダイチェストンとシェフィールド・ダウンズ伯爵が並んで座っているわ！　ブランデンバーグ侯爵のボックス席に足を踏み入れたとたんに目にした光景に、セーラ・プレストルフィールドは満足感を覚えた。親しい友人であるエロイーズに挨拶しようとやってきたのだ。面白いことになったわ。ただひとつだけ、シャーロットの両親がここにいないのが残念だけれど、と醜聞が大好きな彼女は思った。みんなに〝不能伯爵〟と呼ばれる男性に明らかな好意を示す娘を目の前にして、あの冷静なアデレードがいったいどうするのか、ぜひとも見てみたかった。

もうだめ。シャーロットは右側に座る男性のくだらない話を熱心に聞くふりをしていたが、とうとう我慢できなくなってアレックスのほうを向いた。目にかすかな笑みがきらめくのを抑えられない。

「伯爵」

「レディ・シャーロット」

しばし間が空いた。アレックスは身を乗り出してシャーロットの首筋にキスをしたくてたまらなかった。それからシャーロットを引っぱって立たせ、馬車まで歩いていって、彼女がドレスと呼ぶちっぽけなモスリンを引き裂くのだ。アレックスの瞳の色が濃くなった。欲望の証《あかし》が固くなるのが自分でもわかる。くそっ。

「この芝居をどう思う？」アレックスは誰もいなくなった舞台を示しながら訊いた。

シャーロットは質問をじっくり考えている様子だった。「一幕と二幕はよかったけれど、第三幕は……薄っぺらな感じがしたわ。頭がどうかしてしまった国王が、道化をひとりだけ連れて荒野をさまよったりするものかしら？　それにどうして突然あの猿が現れたの？」

「ああ、あの猿か」アレックスは顔をしかめた。「学校でシェイクスピアを読んだことは？」

「もちろんあるわ。だけど、読むことを許されなかった戯曲も多いの。読んでいいと言われたものも、必ず黒く塗りつぶした箇所があったし」

「黒く塗りつぶした箇所？　この芝居もそうだったのか？」

「『リア王』はまったく読めなかったの。理由はわからないわ。明るくて楽しい作品に思えるのに」

「楽しい！　第三幕はつらくて……恐ろしげになるはずなんだ。国王がジグを歌った場面があっただろう？　苦難のせいで正気を失ってしまうことを歌っていた」

「あれは好きじゃなかったわ」

「あのせりふは歌うのではなく、わめくように言うべきなんだ。あまりに厳しい試練のせいで頭がどうにかなってしまった男が口にする、最高のせりふだ」

シャーロットは無言でアレックスの言ったことを考えていた。「詩の部分が……急に変わってしまったわ。たとえば、老いについて王が話すところはすばらしかったのに、次に出てきた男の人は……なんという名前だったかしら？　レジナルド？　彼の言葉は韻も踏んでいなくて、詩になっていなかった」

アレックスは身震いした。「それはレジナルドが飾りにすぎないからだ。あの愚かな劇場主がシェイクスピアの戯曲につけ足したんだよ。もともとの話にはレジナルドなんて存在しない」

「あなたがうらやましいわ。わたしたちはあまり読ませてもらえなかったんですもの」シャーロットが残念そうに言った。

「それなら今読めばいいんじゃないかな？」上流階級のレディたちが一日じゅうなにをしているのか、アレックスにはさっぱりわからなかった。男なら投資の検討をしたり、領地の管理人と会ったり、議会で演説をしたり、ほかにもボクシングや賭け事、それに娼婦を相手にすることもある。だが、女性たちはなにをするのだろう？　彼は母親がリネン類を数えたり、貧しい人々のために食べ物を配ったりしていたのを思い出した。それだけか？

「あら、だめなのよ。午前中は作業をしているから、このところ読書をする時間を取れなくて」シャーロットはうっかり口走っていた。

「作業？」

彼女ははっとした。これまで男性たちには絵を描いていることを話さなかった。どうせ、紙の袋に水彩で、かわいらしい花輪の絵でも描くと思われるに違いないからだ。

シャーロットは顔をあげて、目にほのかな笑みをたたえながらアレックスを見た。「『ロミオとジュリエット』さえ全文を読ませてもらえなかったのよ。信じられる？」

アレックスは記憶をたどった。学生時代には演じていない。『ロミオとジュリエット』に検閲が必要な部分があるとしても、すぐには思い出せなかった。

シャーロットが続けた。「友人のジュリア・ブレントートンが……今は結婚して外国で暮らしているんだけれど、きっかり一〇箇所が削られていることを突き止めたの。すべてジュリエットの祝婚歌の部分よ。ほら、ロミオが縄ばしごを使って部屋にあがってくる前の、ジュリエットの独白のところ」

「そうか！」アレックスは驚いて言った。「わたしの上に横たわる彼の姿は鴉《からす》の背に降り積もる雪よりも白く、夜のなかの昼……とかなんとかいう、あの部分だな」

シャーロットは頬を染めた。わたしがアレックスの濃い蜂蜜色の胸の上に身を横たえたら、きっと雪のように真っ白に見えるに違いない。ふと浮かんだその光景を、彼女は急いで頭から追い払った。

アレックスはシャーロットが口にした〝作業〟という言葉が気になっているらしかった。

「どんな作業なのかな？」彼は遠慮せずに尋ねた。

シャーロットがほっとしたことに、ちょうどそこへ崇拝者の群れを従えたソフィーが戻ってきた。

「ねえ、シャーロット」笑いをこらえながら、ソフィーがちゃめっけたっぷりに言った。うしろの男性たちはこの口調にそそられるのだろう。「このお芝居はシェイクスピアなんかじゃないわ。そう思わない？　ウィンクル卿がすてきな提案をしてくださったの。残りの半分は遠慮して、ヴォクスホールへ行ってはどうかしら？」

「まあ」シャーロットはどう答えていいかわからず、思わずアレックスと目を合わせた。そこに見えたものに体が熱くなる。ここに母がいたら、伯爵と一緒にヴォクスホールへ出かけるなど許さないだろう。ヴォクスホールには薄暗い小道や陰になった東屋《あずまや》がたくさんあるからだ。

「あなたのお母さまはなんておっしゃるかしら？」シャーロットはソフィーのほうを向いて尋ねた。

「気に入らないでしょうね。でも、きっと容認するわ」ソフィーがかがみこんだので、巻き毛の房がアレックスの頬をかすめた。彼女は小声で言った。「どうやらお父さまはミス・ボッホと戯れるのがお気に召したみたい。だからお母さまは劇場から出たがると思うの」

シャーロットは急いで立ちあがった。母親とあの会話をする前の自分は、途方もなく世間知らずだった。以前なら、いくら相手がフランス人だといっても、侯爵が若い女性の気を引こうとするなどとは考えもしなかっただろう。侯爵とミス・ボッホのあいだで交わされる楽しげな会話に深い意味があるとは、疑うことすらしなかったはずだ。彼女のフランス人らしい当意即妙な受け答えに楽しそうな声をあげて笑う夫を、侯爵夫人が不機嫌な思いで見ているとは、とても信じられなかったに違いない。

　ウィルはクロエをうかがった。先ほどまでの彼女はボックス席を出入りする人々を、ただ目を丸くして見つめていた。クロエがちらりと彼に目をやり、自分の両手に視線を落とした。ウィルは彼女を暗い道に誘ってもう一度キスをしたかった。クロエの柔らかい唇の感触が思い出される。

「ぼくたちも一緒に行きませんか？」ウィルは蜂蜜のようになめらかな声で尋ねた。

「ヴォクスホール」クロエがつぶやく。「母は喜ばないでしょうね」

　けれども大柄な金髪の護衛に守られてヴァン・ストーク家のボックス席に戻ってきた娘に、母親のケイトリンは自分でも驚くほど快くヴォクスホール行きを許可した。彼女は真面目なクロエに愛しげな視線を投げかけた。娘は頬をピンクに染め、瞳を輝かせている。ケイトリンはブランデンバーグ侯爵のボックス席にいるクロエを観察して、少しばかり罪悪感を覚えていた。華やかなドレスに身を包んだ女性たちに囲まれて、クロエはまるで雌牛のように見えた。ドレスに関して堅いことを言いすぎたかもしれない。ケイトリンは娘を、夫の仕事部屋にやってくるような頑丈で肉づきのいいオランダ人男性とは結婚させたくないと考えていた。ウィリアム・ホランド卿が財産目あてなのは間違いないが、抜け目のないケイトリンは彼が高貴な身分である点に注目していた。もしかするとホランド卿とクロエは、形だけでなく本物の結婚ができるかもしれない。

「ちゃんとした付き添いはいるんでしょうね？」

ホランド卿が、ブランデンバーグ侯爵夫妻も同行すると説明した。

「そう、それならお行きなさい」ケイトリンはホランド卿に向かってうなずいた。彼がクロエのどことなくぼんやりした父親に礼儀正しく会釈する。ケイトリンの夫は太り気味の体にぴったり合った上品な夜会服で正装していたが、心ここにあらずなのは仕事のことを考えているからに違いなかった。

「ああ、ふむ」彼は別れの挨拶代わりに言った。

クロエは目にかすかな笑みを浮かべると、父親の禿げた頭にキスをした。ウィルの腕に手を置き、触れ合うことで感じるひそかなうずきは無視する。まるでなにかの夢のなかにいる気分だった。地味なわたしがシャーロット・ダイチェストンと一緒に、いったいヴォクスホールでなにをしようとしているの？　この数カ月というもの、ゴシップ紙の記事はレディ・シャーロットの動向を事細かに伝えていた。明日の朝の『タトラー』にはわたしの名前も載るに違いない。クロエは興奮に身を震わせてウィルを見あげた。

彼の鮮やかな青い瞳がほとんど黒に近い色になっている。きっと廊下の明かりのせいに違いない。ウィルが彼女を引っぱって階段をおり、馬車のほうへ急がせた。彼がどんどん早足になるので、しまいには小走りでないとついていけないほどだった。

「あの」クロエは息をあえがせ、彼を小さくうしろに引き戻した。

ウィルは驚いて振り返った。なにかに取りつかれたように、クロエを馬車に乗せてもう一度キスをすることしか考えられなくなっていたのだ。夢中になるあまり、社交上あたり前の礼儀さえ忘れていた。

「申し訳ない」彼は謝るだけにとどまらず、つい口走っていた。「きみにまたキスをしたい。ぼくの馬車のなかで」

クロエは目を見開いた。ウィルが言い寄ってくるのはお金のためだけだと承知している。それなのになぜキスをしたがるの？　おそらくそれがいつもの求愛方法なのだろう。

クロエのわずかなためらいを感じ、ウィルは内心で悪態をついた。彼女の手を取って腕にかけ直させる。

「こうしよう」きっぱりとした口調で言う。「馬車までゆっくり歩いていく。きみには髪の毛一本触れるつもりはない。それでいいかな？」彼は不安な面持ちでクロエの青い瞳をのぞきこんだ。

だが、クロエはふたたびウィルを驚かせた。心配する彼を明らかに面白がって、目をきらきらと輝かせていたのだ。

「きっと楽しいでしょうね」

ウィルは進行方向に注意を戻した。楽しい？　いったいなにを楽しむつもりだ？　のろのろ歩くことだろうか？　それともぼくが彼女に触れないことか？　ウィルはクロエの腕をさらに近くへ引き寄せると、意識して歩みを遅くした。

クロエは心のなかでほほえんでいた。これではまるでかたつむりの歩みだわ。

10

すべての馬車がヴォクスホールに到着し、それぞれがお互いの姿を見つけてふたたび集結するころには、一行は二〇人を超える数に増えていて、シャーロットはいらだちを覚えずにいられなかった。大人数で行動すると誰とも真面目な話ができないばかりでなく、いつも誰かの肩越しに大きな声を出し続けるはめになるからだ。それにアレックスは礼儀正しくしようとするそぶりも見せず、ゆっくりした足取りで紳士たちの集団の先頭を歩いていた。全員が葉巻に火をつけ、翌週に予定されているボクシングの試合について大声で話している。明るく照らされたパヴィリオンへ向かいながら、シャーロットはいつのまにかクロエ・ヴァン・ストークと並んで歩いていることに気づいた。改めてクロエを観察した彼女は、たちまちその横顔に興味を引かれた。クロエこそ、シャーロットが次に描きたい人物だった。自分では気づいていないようだが、クロエはとても美しかった。だがそれよりもっと心を惹かれるのは、痛々しいほど誠実そうな表情だ。いつも本当のことを口走ってしまい、まわりになじめないでいる人を思わせる表情。ソフィーには生まれながらにして備わり、シャーロット自身もこの三年で苦労して身につけた、社交術というものを持たない人間。

「ミス・ヴァン・ストーク」シャーロットは声をかけた。

「なんでしょう、マイ・レディ」クロエが応じる。

あら、いやだわ。シャーロットは内心でうめいた。「お願いだからシャーロットと呼んでくださらない？　あちらに座りましょうよ」すでに数人の紳士たちが陣取り、期待をこめてシャーロットを見ているテーブルを避けて、もっと大きなテーブルのほうへクロエを誘導した。

いったいウィルはどこへ行ってしまったのかしら？　クロエはそう思いながら腰をおろした。馬車に乗っていたあいだ、彼は実に紳士的にふるまい、クロエとしてはひそかにがっかりしたのだ。そのあとほかの人たちと一緒に歩いているうちにウィルの姿を見失ってしまった。ここへ来ている人々はみな例外なく礼儀正しい。世慣れていない彼女の目を通してもブランデンバーグ侯爵はいささか酔っぱらって見えたし、そのせいでいらだっているのか侯爵夫人はよそよそしく感じられたが、それ自体は取り立てておかしいとは思わなかった。これまでの経験から、上流階級の夫婦はつねにぎくしゃくするものらしいと気づいていたのだ。もしかすると、みんなが飲んでいるお酒のせいかもしれない。母によれば、お酒は頭を混乱させるらしい。

レディ・シャーロットはなんだかおかしな様子でじっとこちらを見つめている。ひょっとしたら、小説に感化されて、中産階級の娘と同席してみたいと思ったのかもしれない。クロエはかすかに顎をあげた。

「どうしてわたしをそんなふうに……熱心にご覧になるのですか、レディ・シャーロット？」

シャーロットが顔を輝かせた。「それよ！　まさにその表情が欲しいの！」

クロエは困惑した。この女性は頭がどうかしたに違いないわ。新聞にそのことが書かれていないのは妙だけど。

「いいえ、違うのよ」シャーロットは急いで言った。「これではわけがわからないわね。わたしは絵を描くの。最近人物画を始めて……実はまだソフィーしか描いたことがないんだけれど。それで、ぜひあなたを描きたいと思ったの」彼女はいったん言葉を切った。クロエが疑わしそうに見ていた。

シャーロットは愛想よく見えるよう心がけてほほえんだ。ところがウィルと違って、クロエは少しも心を動かされていない様子だ。シャーロットはテーブル越しに身を乗り出した。「遊びで描いているわけではないの」そこで口をつぐむ。「クロエと呼んでもいいかしら？」

クロエが無言でうなずいた。

「本気なのよ。全身全霊を傾けて取り組んでいるわ」シャーロットは率直に打ち明けた。「どうしてもあなたの肖像画を描きたいの。横顔はどうかしら？　ええ、そうよ、横顔がいいわ」無意識のうちに下唇を嚙み、目を細めてクロエをうかがう。「わたしのモデルになってもらえないかしら？　肖像画は時間がかかるの。たぶん六週間くらい。でも、毎日でなくてかまわないのよ。たいてい朝の八時から午後一時くらいまで描いているの。そのあいだのいつでも、都合のいいときに来ていただけたらうれしいわ」

クロエは動揺していた。社交界の美女たちが一日じゅうなにもしないで過ごすことくらい誰でも知っている。輪になって座り、真珠を数えるのだ。クロエは礼儀を忘れて唾をのみこみ、テーブルの向かい側に腰をおろしている上品な女性をじっと見つめた。全身全霊を傾けて絵を描いているですって？

「可能だと思いますけど」葛藤《かっとう》の末、彼女はためらいがちに答えた。「まず母に訊いてみないと」

「もちろんよ。もしかしたら、お母さまも同席されたいのではないかしら？ アトリエにじっと座っているのはつまらないでしょうね。でも、たぶんうちの母が喜んでお相手をさせていただくと思うわ」公爵夫人の午前中は念入りに立てられた予定でいっぱいなのを無視して、シャーロットは無謀にも提案した。

クロエはカルヴァースティル公爵夫人とくつろいで紅茶を飲む母の姿を想像しようとしたが、どうしても無理だった。

「それはどうでしょう」曖昧に言った。「母はほとんどいつも、猛烈に忙しいんです」そう言ったとたん、恥ずかしさに舌を噛みきりたくなった。レディ・シャーロットの母親なら、ほとんど一日じゅう長椅子に横たわって過ごすのだろう。クロエの今の発言は非難と受け止められるかもしれない。

だが、当のシャーロットは侮辱されたとは思ってもいなかった。大きな屋敷を取り仕切るにはどうすればいいのか昔から教えられてきたので、女主人にはするべき仕事がたくさんあることを承知していた。「そうね」彼女はうわの空で言った。目はクロエの顔を見つめ続けている。シャーロットはテーブル越しに手を伸ばし、クロエの髪をひと房取って耳のうしろにかけた。クロエのメイドは髪をきっちり編んで巻きつけていたが、小さな巻き毛がこぼれ落ちていたのだ。

蔦《つた》の絡まる東屋と、その周辺に散らばるテーブルの向こうから、ウィルはシャーロットがクロエの髪を耳にかけているのを目撃して思わず眉をひそめた。まさか、クロエを自分と同じように変身させようとしているんじゃないだろうな？　ウィルは反対だった。クロエはクロエなのだ。彼女が薄っぺらいフランス風のドレスを身にまとって、男たちの視線を胸に釘づけにさせている姿など見たくない。彼はふたりに近づき、クロエの椅子のうしろに立ってシャーロットに顔をしかめてみせた。

「ミス・ヴァン・ストーク」わざと堅苦しく声をかけた。「よろしければ少し散歩しませんか？　機械仕掛けの車が見られるかもしれません」

クロエはすぐに反応しなかった。ウィルの声を聞いたとたんに心臓が口から飛び出しそうになるなんて、本当にばかげている。彼がわたしに近づく目的は財産目あて以外のなにものでもないのに。それにウィルがどんなふうにレディ・シャーロットを追いかけていたか、なにからなにまでゴシップ紙に書いてあったのだ。

「わかりました」クロエはそっけなく言った。シャーロットにうなずいてほほえみかけ、ウィルと一緒に歩き始める。シャーロットはかすかな笑みを浮かべて、立ち去るふたりを見送った。ウィルが独身でいるのもそう長くないに違いない。健康だし、夫としては本当によさそうな人だ。彼女は小さく肩をすくめた。そのとき、右側に座る若い男性の茶色い目と目が合った。

「レディ・シャーロット、ぼくと歩いていただけませんか？」

シャーロットはうんざりした。よく知らない若い男性とは薄暗い小道を歩きたくない。経験上、そういう男性たちはまず間違いなくキスをしようとしてくるとわかっていた。自分たちの巧みな唇にかかれば、どんな抵抗をも打ち砕けると信じているのだ。いくつもの遊園からなるヴォクスホールは蔦の絡まる壁に囲まれていて、明かりといえば渡したひもにぶらさがる中国風のランタンだけしかないために、かなり薄暗かった。ソフィーのほうをうかがうと、彼女は同情の目を向けてきた。ソフィーも同じようなことをもくろむ三人の男性をかわすのに忙しそうだ。ブランデンバーグ侯爵はダフネ・ボッホを説き伏せて花火を見に行ってしまい、侯爵夫人は口もとをこわばらせてじっと前方をにらんでいる。シャーロットは家に帰りたくなった。どこに行ったのか、アレックスの姿は見えない。そもそも彼と一緒にこんな場所へ来て、わたしはなにをしているのかしら？　もっともアレックスはヴォクスホールに着いたとたんにいなくなってしまったので、一緒にいるとは言えないけれど。彼女はいらだち、屈辱を感じ、そしてなによりくたびれていた。

茶色い瞳の若者がシャーロットの脇に立って、礼儀正しく腕を差し出した。彼女は訴えかけるように彼を見あげた。「疲れてしまったみたいなの。よければ家まで送っていただけないかしら？」

幸いにも、シャーロット・ダイチェストンと馬車でふたりきりになれるとわかっても、ピーター・デューランドは好色な興奮をあらわにする気配はなく、ただうなずいただけだった。シャーロットは口を閉ざしたままの侯爵夫人に、先に帰る非礼を詫《わ》びた。ソフィーは三人の取り巻きたちとともに、花の香る夜のなかに姿を消してしまっていた。アレックスもどこへ行ったかわからない。ピーターの腕に軽く手をかけ、シャーロットは馬車に向かって歩き始めた。

馬車を停めた場所まで半分ほど行ったとき、格別に美しい花火が夜空を照らし出した。煉瓦敷きの暗い道でつまずかないように足もとを見ながら歩いていたシャーロットは、とくに注意を払わなかった。けれどもピーターは違い、少年のように楽しそうな様子で言った。

「みごとですよ、レディ・シャーロット！　あれを見てください！」

大きなオニユリを囲む深紅の蛇の姿が空に燃えあがったかと思うと、あっというまに砕け散った。

「まあ、なんて美しいの」シャーロットは言った。

「ぼくの兄弟も見たがるだろうな」闇に消えていくまばゆい光のかけらを眺めながら、ピーターが口にした。

「どうして一緒にいらっしゃらなかったの？」シャーロットは尋ねた。「まだ小さすぎるのかしら？」

ピーターは頬を染め、退屈させているのではないかと心配になってシャーロットをうかがった。だが、彼女は本当に関心を持っているらしい。

「クイルは兄なんです。乗馬の事故で脚を痛めてしまって、今はベッドを出られません。従僕に外へ連れ出してもらわないかぎりは。でも動くとかなりの痛みがあって、それで……」言葉がしだいに消えていく。

「まあ、お気の毒に」シャーロットは小さな声で言った。自分は不適格な求婚者に見捨てられたくらいのことで腹を立てていたが、ピーターの兄はずっと寝たきりで、外出もままならないのだ。「確かここで花火を買えるはずなの。お宅の裏庭で花火をあげられるわ。窓のそばへいらっしゃれば、お兄さまも花火をご覧になれるのよ」

「それはすばらしい考えです、レディ・シャーロット」ピーターが叫んだ。「売っている場所をご存じですか？」

シャーロットはうなずいて、後方に見える明かりのついたパヴィリオンを示した。「あそこだと思うわ」

ピーターはためらっていたが、結局背を向けて馬車のほうへ歩き出した。「明日また来ていくつか買うことにします、レディ・シャーロット。兄にはあなたが提案してくださったと伝えるつもりです」

シャーロットは彼の腕に手を置いた。「だめよ！　今夜でないと。そうでしょう？　わたしにも花火のお手伝いができないかしら？」そこではっと思い至る。「だけど、侯爵夫人が一緒に行ってくださるかどうかわからないわね」どんなに高尚な理由があるとしても、付き添いもなく男性の自宅を訪れるわけにはいかない。

「母がいます」必死になるあまり、ピーターが言葉を詰まらせた。「母は喜んで付き添い役を務めてくれるはずです。あなたのお母上をよく存じあげていますから」

シャーロットは彼の話を言葉どおりには受け取らなかった。社交界では驚くほど多くの人々が、お母さまをよく知っていますと言って声をかけてくる。彼女の母親は昔から穏やかなたちで、人を拒絶したり不快にさせたりすることがほとんどないからだろう。それでも……シャーロットは決心した。ピーターの怪我をした兄のために花火を打ちあげようと。

「行きましょう！」彼女は陽気に言った。今度は足もとも気にせず、ふたりは明かりのともったパヴィリオンへ向かって来た道を引き返し始めた。シャーロットのほっそりした白いドレスのまわりで、かすかな風が黒いリボンをひらひらとそよがせる。パヴィリオンの外れに立っていたアレックスはすぐにそのドレスに気づき、激しい怒りを覚えてふたりをにらみつけた。それと同時に、シャーロットの姿を目にしたことで胸に喜びが満ちてくる。くそっ。彼は目を細めた。彼女のせいで頭がどうにかなってしまいそうだ。それにしても、シャーロットはこんな暗がりで誰と一緒にいるんだ？　侯爵夫人は彼女がもう帰ったと言っていた。それなのにどうして戻ってこようとしている？　これほど腹が立つのは、シャーロットが友人たちに挨拶もせずにいなくなったせいだ、とアレックスは自分に思いこませようとした。

だが内心では、怒りの原因はシャーロットが彼を捜してでも別れを告げようと思わなかったことだとわかっていた。アレックスはテーブルにサンドイッチを届けさせようと思いつき、その手配のために席を外していたのだ。それなのに、戻ってみると彼の恋人——先週の出来事以来、シャーロットのことをずっとそう考えている——は姿を消しており、ほかの人々もどこか暗がりへ散策に出かけてしまっていた。ただひとり残っていたのは、じっと闇を見つめて座る厳しい顔の侯爵夫人だけだった。アレックスは急いで彼女にラムパンチを手渡した。ちょうどそのとき風に揺れるシャーロットのリボンが目に入り、彼女がパヴィリオンのほうへ戻ろうとしているのに気づいて、殺意を抱くほどの怒りに駆られたのだ。

そして今は……アレックスは気分が高揚していた。気持ちが変化した理由はわざわざ分析するまでもない。彼はシャーロットに向かって大股で歩き出した。くそっ、ここは本当に暗いぞ。ヴォクスホールで盗みや強姦《ごうかん》が横行しているのも不思議はない。急に不安に駆られ、アレックスは足を速めた。シャーロットと連れの若い紳士はすぐそこにいる。その男の顔を目にしたとたん、薄暗い明かりのなかで見えただけにもかかわらず、アレックスの胸に安堵が広がった。こいつは暗がりでよからぬことをしようとたくらむ男ではなさそうだ。彼は脇の生け垣に身を寄せた。シャーロットと若者は気づかず歩き続けている。アレックスは彼女が通り過ぎる寸前まで待ち、手を伸ばしてひらひらした黒いリボンをつかむと、自分のほうへ強く引っぱった。

シャーロットが驚いて振り返り、彼の手からリボンを奪い返す。驚いてアレックスを見たものの、彼だとわかった瞬間、彼女の目になにか別の感情が表れたような気がした。アレックスはもう一本のリボンもつかんだ。

「伯爵」かなり緊張した様子で若者が口を開いた。「こちらのレディはお召し物に触れていただきたくないとお思いのようですが」

「そうなのか、シャーロット？」アレックスはそっとリボンを引いた。必然的にシャーロットは彼のほうへ一歩近づくことになる。「ぼくは触れないほうがいいのか？　その……お召し物に？」

シャーロットが顎をあげてアレックスと目を合わせた。「もちろんよ、伯爵。もしかしたら、あなたはすでにドレスをだめにしてしまったかもしれないわ」

アレックスはくすぶる瞳を彼女に向けた。さらにリボンを引き寄せると、シャーロットが前に足を踏み出した。もはやふたりの距離はほんのわずかしかない。シャーロットの背後に立つ若者には見えないことを確信したアレックスは、リボンを放して両手を彼女の腹部にあて、広げた指を盛りあがる乳房の下にもぐりこませた。シャーロットが鋭く息をのむ。

「ドレスがだめになったかどうか調べているんだ」彼はにやりとした。

シャーロットは返す言葉が見つからない様子だ。「わたしたちは花火を買いに行くところなの」ようやくそれだけ言って、一歩うしろにさがった。「ミスター・デューランドのお兄さまはベッドから出られないの。だから花火を買って、お庭で打ちあげてはどうかと思ったのよ」

アレックスはシャーロットの顔から傍らに立つ男に視線を移した。彼はアレックスの妙なふるまいをどう考えていいかわからず困惑しているようだ。

不意にアレックスは、その若者の顔に見覚えがあることに気づいた。「きみの兄上というのはクイルのことかい？」

ピーターがうなずく。

「なんだ、そうだったのか」アレックスは驚いた。「クイルなら昔から知っている。学校が一緒だった。事故の話を聞いて気の毒に思っていたんだ」彼はシャーロットに説明した。

ピーターに疑わしげな目を向けられても気にせず、アレックスは元気よく続けた。

「よし、わかった！」シャーロットの向きを変えさせる。「どこで花火が買えるか知っているぞ」

三〇分後、アレックスは散らばっていた人々を集められるだけ集めた。ウィルはミス・ヴァン・ストークを家に送っていったらしく、彼女は午前九時に訪問するという伝言をシャーロットに残していた。アレックスは黙ってそれを聞いていた。だが、上流社会の慣習にそぐわない朝の早い時間に彼の恋人が町の娘となにをするつもりなのか、今夜が終わるまでには聞き出すつもりだった。フランス人の友人ふたりもすでに帰っていた。ダフネはどんどん親密になる侯爵との会話から逃げ出したくてたまらなかったのだろう。シャーロットたちの計画を聞き、ピーターの母親が付き添い役を務めることを確認すると、公爵夫人は夫を馬車に追い立てて連れ帰った。男たちのなかには寝たきりの怪我人を喜ばせるという考えを鼻で笑い、ヴォクスホールに大勢いる娼婦を見つけようと暗い小道へ向かう者もいた。結局はソフィーとシャーロット、三人にまで減った紳士たち、それにアレックスとピーターが、最高の花火ひと揃いを携えて出かけることになった。

しかし、ヴォクスホールで一般に売られているのは簡単な打ち上げ花火だけだと判明した。そこでアレックスは貴族の立場を振りかざし――かなりの額の金貨にも助けられて――最終的にはヴォクスホールの花火責任者であるミスター・グリスターを雇って、彼が言うところの〝ト、ツ、ク、ベ、ツな作品〟のいくつかを入手するのに成功した。「おれが点火するほうがいいです」ミスター・グリスターは心配そうに何度も言った。「素人だと、指一本なくすくらいですめばまだいいが、のぞきこんだりしたら鼻がもげちまいますよ」

明かりの消えたピーターの屋敷の前で馬車が停まった。シャーロットは急に不安に襲われ、胸が苦しくなった。それまでは彼がちゃんとした地域に住んでいるとわかってほっとしていたのだが。実際、そこは大おばのマーガレットが住んでいる屋敷から二軒しか離れていなかった。けれどもピーターに案内されてなかへ入ると彼の母親に温かく出迎えられ、彼女の不安は取り越し苦労に終わった。デューランド子爵夫妻は図書室でチェスをしていたらしく、使用人たちのほとんどはすでに寝てしまったようだ。シャーロットは母と子爵夫人が一緒にいるところを見たことがある気がした。それで問題はすべて解決した。

ミスター・グリスターは、彼の〝トックベツな作品〟を準備するために庭園へ姿を消した。

シャーロットは誰かに渡されたシャンパンのグラスをありがたく受け取った。三年前のあの悲惨な夜から、お酒はほとんど口にしていない。あのあとすぐに、彼女とジュリアが夢中で飲んでいたレモネードにはお酒が加えられていたに違いないと理解した。だけど今夜は……。シャーロットは、何気ない様子で炉棚にもたれているアレックスの大きな体に視線を走らせた。彼はピーターの父親のどうでもいい話に耳を傾けている。子爵は、通行料の徴収所を狙う強盗を逮捕するために、ボウ・ストリートの捕り手がいかに努力しているかについて延々と語っていた。シャンパンのせいか、シャーロットの背筋を興奮が駆けのぼっていった。家に帰ってしまわないで本当によかった。ふと視線をあげたアレックスと目が合い、彼女は親密で恥知らずな笑みを向けずにはいられなくなった。アレックスは眉をあげたかと思うと、体をまっすぐに起こした。

子爵はまだボウ・ストリートの捕り手について話している。アレックスは恋人の顔に挑発的な視線をさまよわせた。輝く巻き毛の房がいつもより乱れているのは、わざとそう整えたというより風の仕業だろう。弧を描く眉と大きな緑の瞳をしたシャーロットはどきりとするほど美しかった。すぐさま体が反応してしまうのは決して喜ばしいことではない。夜会服として最近流行っているズボンは、肌にぴったりと張りついているのだ。だがそれでも……アレックスの目は、まるでキスをせがむように白いドレスから盛りあがる柔らかそうな胸に吸い寄せられた。くそっ！　このままではだめだ。子爵に詫びると、アレックスはその場を離れてシャーロットのほうへ歩き出した。残念ながらどんなにアレックスが切望していても、シャーロットの視線は彼の胸部からさがらなかった。途中でアレックスはシャンパンのグラスをもうひとつ手に取った。目に危険な官能のメッセージをたたえ、息がかかるほど彼女のすぐそばに立つ。

シャーロットの膝に覚えのある熱が這いあがってきた。どうしてこんなことをするの？　彼が横へ来るだけで、またあれを望んでしまう。

「レディ・シャーロット」アレックスが厳粛に言った。「高名なミスター・グリスターの様子を確かめに、庭園へ行ってみないか？」

シャーロットは緊張した。決断のときだ。一緒に行くべきかしら？　必死の思いであたりを見まわしたものの、誰もふたりに注意を払っていなかった。そのとき、シャーロットの視線がソフィーをとらえた。彼女がわざとらしく片目をつぶる。

「まあ、シャーロット」おしゃべりのざわめきを越えて、部屋の向こうからソフィーの声がはっきりと聞こえた。「どうなっているのか、誰かが見に行くべきだと思わない？　レディ・デューランドのご親切に甘えていつまでもお邪魔しているわけにはいかないもの」

アレックスが腕を差し出す。それでもまだシャーロットはためらっていた。外の暗がりで、アレックスはなにをするつもりなのかしら？　もう二度と彼とふたりきりでは外へ行かないと、自分に誓ったでしょう？　本当はアレックスにキスをしてほしい。唇と唇が重なったときの、強烈な渇望にのまれるあの感覚を味わいたい。だけど……。

「美しい夜ですもの」シャーロットはソフィーにほほえみ返した。「みんなで行ってみてはどうかしら？　ミスター・グリスターが助けを必要としているかもしれないわ」

アレックスはまだ腕を出している。「レディ・シャーロット？」彼は小声でつけ足した。

「臆病者！」

シャーロットは息をのんで彼を見あげた。欲望で黒ずむ瞳には、言葉とは裏腹な笑みも浮かんでいる。

向こう見ずだと自覚しながらも、彼女は笑顔を向けた。「伯爵、あなたはよほど外がお好きなようだから、警戒せずにはいられないわ」

笑みはともかく、アレックスにはシャーロットの言葉の意味がわからなかった。いったいなんの話をしているんだ？　確かにピクニックで彼女にキスをしたが……。いや、そんなのはどうでもいい。シャーロットは間違っていないのだから。今も彼女のドレスを押しさげたくて指がうずうずしている。バラ色の頂を口に含みたくてたまらない。

「行こう」アレックスは乱暴な口調で言った。彼らは夜のなかへ出ていった。デューランド子爵の屋敷の裏手には、広く整然とした庭園が広がっていた。シャーロットはピーターを疑ったのが少し恥ずかしくなった。デューランド家は明らかに古くから続く名門の家柄だ。ヴィオレッタお姉さまならこういうことに詳しく機転も利くので、上流社会のどのあたりに位置する家系かたちまち突き止めて、祖先のことや身分について話題にできるはずだ……。けれども、わたしは知ろうとしたことすらなかった。『バーク貴族名鑑』を読んだこともない。不思議はないでしょう？　結婚前の若い女性としての社交生活と、趣味としての画家業を両立するのは難しい。お母さまからは、結婚したら大変になるといつも警告されている。「お食事を出すパーティーの準備のし方を、どうやって覚えるつもり？」以前、母はわたしに尋ねた。わたしはつかのま、晩餐会に先立ってああでもないこうでもないと考える、退屈な作業を思い浮かべた。席順の問題が絡んでくると、とりわけ厄介だ。正直なところ、これまで結婚には縁遠かったので、自分が晩餐会を主催し計画する機会などないだろうと考えていた。心配する必要があるのかしら、と。

一行は客間から庭園へ出られる大きな両開きのドアの外に集まった。アレックスが持っていたシャンパンのグラスをシャーロットに渡す。庭園に漂うバラの香りにソフィーが歓声をあげた。三人の取り巻きたちは押し合いながら、誰が最初に完璧なバラを摘んで彼女に捧げるかを競っていた。アレックスに、レディ・デューランドからはっきり見える位置にあるベンチへと導かれ、シャーロットは少しがっかりした。庭園の裏手に向かう、もっと暗い小道へ引っぱっていきたくないのかしら？　もちろん、わたしはそんなことは許さないけれど。彼女はシャンパンに口をつけると、頭をうしろに傾け、柔らかい巻き毛がうなじにこすれる感触を楽しんだ。かなり遅い時間なので、絶えずぼんやりかすんでいるロンドンの空であっても、いくつかの星を見ることができた。

「石炭の粉に関する『ガゼット』の記事を読んだかしら？」シャーロットは唐突に尋ねた。「石炭を燃やすと視界が悪くなるだけでなく、人間の、とくに赤ちゃんの健康に害を及ぼすと書いてあったわ」

アレックスは興味を引かれて彼女を見おろした。社交界の美女がゴシップ以外の記事を読むとは考えたこともなかった。

「あの記者は強く主張しすぎていると思ったな。炭塵《たんじん》と死亡を結びつける科学的な証拠はないんだ。赤ん坊の多くは栄養不良で死んだと考えるべきだろう」

「それなら、どうしてひどい咳をしていたのかしら?」

「風邪を引いて……肺炎を起こしていたとも考えられる。記者の論点は面白いと思うが、もっと情報を入手しないうちは、彼の言うように石炭の使用を禁ずることはできない」

「でも、アレックス」ファーストネームを口にしていることにも気づかず、シャーロットは反論した。「記事によると、解剖した赤ちゃんたちの肺は内側が真っ黒になっていたそうよ!」

「では、貧しい人々のあいだでしかそういう赤ん坊が見つかっていないのはなぜだ?」アレックスが反証をあげた。「どんな死因だって考えられる!」

「あなたもわたしも、解剖されるのは貧しい子供たちだけだとわかっているはずよ」シャーロットは癇癪を起こさないよう自分を抑え、もうひと口シャンパンを飲んだ。

「そうだ。しかし友人たちの赤ん坊で、あの記者が書いていたように絶えず咳をしている子は見たことがない。ぼくならすぐにピッパを田舎へ連れていくだろう」

「そこなのよ」シャーロットは辛抱強く訴えた。「上流階級の子供たちは一年のほとんどを田舎の領地で過ごすわ。ロンドンにいるのは社交シーズンのあいだだけ。せいぜい年の半分よ。一方で貧しい子供たちは、一年じゅうここの空気を吸い続けているんだわ」彼女は手で空を示した。「わたしは光について考えることが多いの。田舎とここの光がどれほど違うか、あなたには想像もつかないでしょう。ロンドンでは日の光はないに等しいのよ」ふたりとも黙りこんでしまった。

アレックスは関心を覚え、今までとは違った目でシャーロットを見た。議論でぼくを黙らせるとは。眉間にかすかに皺を寄せる。彼女はなぜ光について考えるのだろう？

だが、今この瞬間に考えているのは光のことではないはずだ。シャーロットは頭をうしろに倒して白く美しい首筋をさらけ出し、両目を閉じている。アレックスの上になっているときの彼女は、巻き毛を奔放に背中へ振り払い、まさにこんなふうに見えるに違いない。

「なにを考えている？」想像した光景のせいで、アレックスの声はかすれていた。彼は指先でシャーロットの額に触れ、そこから鼻をたどって唇で止めた。

シャーロットが目を開けた。「バラの香りについてよ。とても温かい香りがするの。どうしてにおいはきつい《ホット》か薄い《コールド》になるのかしら？　このバラの香りは温か《ウォーム》いわ」

アレックスはシャーロットの言葉を考え、疑わしく思いながらも言った。「おそらく、ホットチョコレートのにおいは温かいんじゃないかな」

シャーロットが笑い声をあげた。美しくて喜びにあふれた声だ。「そうじゃないの！　わたしが考えていたのは花の香りよ。たとえば、フリージアはコールドでしょう」

「うーん」アレックスは指を彼女の顎から鎖骨へ移動させた。身を乗り出して香りを嗅ぐ。

「きみの香りは……」挑発するようにいったん言葉を切った。シャーロットがくすくす笑う。彼は息が頬にかかるほど近づいていた。「きみは温かい香りがする。とても温かい。それに、かすかだがオレンジの花の香りもするな」

「さすがね」シャーロットが満足そうに言う。

「かつて庭園でラヴェンダーの香りのする娘に会ったことがあって、これまではそれがいちばん好きな香りだった」アレックスは唇と唇が触れ合う寸前まで頭を傾けると、もう一度大げさに香りを嗅いだ。シャーロットが忍び笑いをもらした。「思うんだが……」ささやきのようにそっと彼女の唇をかすめる。「今はオレンジの花の香りのほうが好きになった」

シャーロットは小さく身を震わせた。だが、アレックスは引きさがらない。ここでキスをしてはいけないわ。ソフィーの取り巻きたちは言うまでもなく、デューランド子爵夫人からもはっきり見えるところにいるのに。月明かりのなかで見るアレックスの瞳は漆黒だった。夜の闇よりも濃い色だ。まるで身がすくんで動けなくなった兎《うさぎ》のように、彼から目をそらすことができない。アレックスがベンチから立ちあがり、手を取って彼女も立たせた。こんなふうになっているのはわたしだけみたいだわ、とシャーロットはかすかに悔しさを感じた。

「ミスター・グリスターの様子を確かめに行こう。あまり遅くなると公爵夫人が心配するだろうから」

そのミスター・グリスターは庭園の隅に作業場を作っていた。「こうすりゃ庭を黒焦げにしなくてすむんでね」彼が熱心に説明した。「ここはいい庭だ。こんな結構な庭にブ……ビ……ええと、ビジョク的なことはしちゃあならない。うん、そりゃだめだ」

おかしな言葉遣いに、うしろに立っていた従僕があきれたように目をまわした。シャーロットは笑いをこらえた。アレックスにごくあたり前のように手を握られていたので、彼が台座なしで大型花火を設置する場合の技術的な問題をミスター・グリスターと話しているあいだ、シャーロットは緊張を解き、彼の手のなかにある自分の手のことだけを考えていた。アレックスの手はとても大きかった。指が震えているのに気づかれるかもしれないと思い、シャーロットは親指を彼の手首にこすりつけた。アレックスの反応はこのうえなく満足のいくものだった。ミスター・グリスターと話す口調は乱れなかったものの、たちまち手を強く握りしめてきたのだ。一方シャーロットは、ゆっくりと官能的なマッサージを始めたアレックスの指のことしか考えられなくなってしまった。花火に関心を示して楽しそうにしようと努めたが、ミスター・グリスターの言葉はひと言も耳に入ってこなかった。

ようやくミスター・グリスターが言った。「さてさて、あともうちょっとだ。家に戻って、窓からご覧になっちゃいかがです？　その病気のお子さんも一緒に」

アレックスがシャーロットの腕を取り、ほほえんで屋敷のほうへ向きを変えさせた。これはよくないわ、とシャーロットはどきどきしながら思った。しっかり腕をつかまれているので、横を歩く背の高い体のぬくもりが感じられる。彼女の体はまるで火がついたように熱かった。今度はどうやってごまかせばいいの？　彼にふしだらな女だと思われるかもしれない。レディなら絶対にこんな反応は示さないはずよ。結婚の喜びについて話したとき、お母さまは荒れ狂う衝動についてはなにも言わなかったわ。

不意にアレックスが足を止めた。彼らは正面と裏手の庭園をつなぐ、林檎とプラムの木が植えられた道にいた。まわりからはふたりの姿は見えない。隣に立つアレックスはシャーロットの手を放した。

「わかっているのかな？」砕けた口調で切り出した。「ぼくがしばらく明るい場所に出られないことを」

シャーロットは困惑して彼を見あげた。

「どうして出られないの？」思わず体がアレックスのほうへ揺らぐ。彼はすばやくシャーロットの手首をつかんで押し戻し、大声で笑い出した。シャーロットは恥ずかしさでいっぱいになった。どうしようもなくみだらな女だと思われたに違いない。彼女は唾をのみこんだ。

うつむいたシャーロットを見て、アレックスは心のなかで悪態をつき、手を伸ばして彼女を自分の胸に引き寄せた。かまわないだろう？　今夜初めてシャーロットを見たときからこうしたかったのだ。柔らかな体が彼の体とぴったり合わさる。胸に押しつけられた豊かな乳房の重みからほっそりとして平らな腹部まで、あらゆる曲線を感じられた。くそっ。こんなことをしていては、いつまでたってもみんなのところへ戻れない。

「シャーロット」アレックスは小さな耳にささやきかけた。シャーロットはまだ顔を下に向けているが、アレックスと同じように彼の体を感じているに違いなかった。だが、はたしてその意味を理解しているだろうか？

ピンク色をした華奢な耳のまわりに舌を這わせると、それに応えて彼女の全身が小刻みに震えた。アレックスは背中に沿って両手をおろしていった。

「シャーロット」名残惜しく感じながらも、もう一度声をかける。「ぼくになにをしているのか、きみはわかっているのかい？　まるで古典劇に出てくる好色なサテュロスになった気分なんだ。きみが学校では決して読ませてもらえなかったたぐいの劇だよ」両手がシャーロットの背中の、ヒップがなだらかに盛りあがり始める場所に到達した。「読むべきではないもっともな理由がある。サテュロスは毛むくじゃらの好色な獣で、戯曲を読んだ若い女性がどう感じるかは予想もつかない」そこでこらえきれなくなり、アレックスは彼女をふたたび引き寄せた。「サテュロスは森のなかへ駆けていって探すんだ……」首筋に沿って舌でたどる。「ああ、ちくしょう！」彼は大きな声で言うと、シャーロットの体を押しのけた。

シャーロットは途方に暮れてアレックスを見あげた。うしろにさがった彼の瞳は黒檀《こくたん》のごとく黒かった。手をくぐらせた髪の銀色の部分が、月光を浴びて冷たく輝いている。彼女は思わず手を伸ばしてアレックスの髪に触れた。

「昔からこの色なの？」

「一七歳のころにこうなった」視線を合わせたままアレックスが答えた。彼女はぼくと同じように欲望を感じなかったのだろうか？　彼はシャーロットの手首を荒々しくつかんだ。

「やめてくれ……ぼくの髪を見るな、シャーロット」

シャーロットがアレックスの髪を見つめていたのは、恥ずかしくて目を見られないからだ。

おそるおそる彼と目を合わせたとたん、そこに浮かんでいるものに気づき、シャーロットはめまいがするほどの興奮に襲われた。

アレックスは心のなかでほほえんだ。やはり彼女も影響されていたのだ。シャーロットについて感じていたことは間違いではなかった。きっとベッドでは奔放に、食事のテーブルでは知的になるのだろう。妻としてこれほど好ましい女性はいない。マリアとはまったく違う。ただし……。彼はもっとよく見ようと目を凝らした。シャーロットの顔はマリアと同じ三角形をしているし、横に幅広くてふっくらした下唇もマリアとよく似ている。でもそんなのはなんの意味もない。同じ特徴を持つ女性は何百人といるはずだ。

今はふたりの気持ちを静めなければ。ここからランタンの明かりに照らされた場所へ出ていって、花火の準備が整ったことをみんなに告げなければならない。アレックスはさらにあとずさりして木にもたれかかった。どうなっているのか、シャーロットは状況を理解していないに違いない。

「伯爵」シャーロットがためらいがちに声をかけてきた。

アレックスはこみあげる落胆を抑えこんだ。アレックスと呼んでいたはずじゃなかったのか？

「ほかの人たちのところへ戻らないの？」

林檎の木にもたれたまま、彼はぴくりとも動かなかった。「無理だ」

アレックスを見るシャーロットは必死に理由を考えている様子だ。

彼は内心でため息をついた。シャーロットは、なぜぼくが結婚相手として不適格だと言われているのか見当もつかないのだ。どうやら彼女の母親はまだ説明する機会を持てないでいるらしい。だが、その問題に関しては考えたくなかった。

「シャーロット」アレックスはヴェルヴェットのようになめらかな低い声で言った。「こちらへ来るんだ」

アレックスを見つめるだけで、彼女は動こうとしなかった。

「シャーロット」

シャーロットが足を踏み出して、アレックスの目の前、しかもごく近くに立った。彼はゆっくりと両手を伸ばし、彼女の頬にあてた。両手は下へ向かってすべっていった。胸のふくらみを越えてほっそりとしたウエストへ、さらに腿の上まで——体を屈めずに届くぎりぎりまで。シャーロットの体が震えた。彼女は唇のあいだから不安げに舌をのぞかせながらも、じっとしていた。

「どうしてこんなことをするの？」

「公平にするためだ」アレックスの声は不明瞭《ふめいりよう》だった。「次にきみが同じことをするから」

シャーロットの両手を取って彼の胸に置く。

シャーロットが緑の目を見開いてアレックスを見つめた。彼女はしないだろう、とアレックスは思った。なんといっても育ちのいいレディなのだから。おそらく悲鳴をあげて屋敷に駆け戻ろうとするに違いない。

けれども彼の顔に浮かぶあざ笑うようななにかが、シャーロットの反骨心を呼び覚ました。彼女は手を引き抜き、アレックスがしたのと同じようにゆっくりと相手の頬に置いた。伸びかけたひげで黒っぽくなった肌がちくちくする。シャーロットはとがった短い毛を指先でたどった。唇に触れたらどんな感じかしら？

シャーロットを見つめるアレックスは、すでに限界だと思っていたにもかかわらず、ますます硬く張りつめていった。これはいい考えだったな。彼はじっと動かずにいた。

シャーロットの指がアレックスの肌を伝っておりていく。日に焼けたたくましい首へ、筋肉の盛りあがる肩へ、そして胸へ。そこで彼女は手を引いた。

「だめだ」彼が妙に低い声で言って、ふたたびシャーロットの手をとらえて胸に戻した。「続けてくれ」

シャーロットは顔を赤らめた。手首をつかまれたまま、押し広げた手をゆっくりと下へずらしていく。自分の頬が真っ赤になっているのがわかった。心臓が激しく打っている。やがて股間に到達したところでアレックスが手を止めたので、シャーロットは思わず息をのんだ。右手の下に大きくてふくらんだものがあり……てのひらの下でかすかに脈打っていた。彼女を見おろすアレックスの瞳が月の光のなかで黒く謎めいて見えた。シャーロットは彼から手を離してうしろを向いた。屋敷へ向かって走り出そうとした瞬間、背後から肩をつかまれ、アレックスの胸に引き寄せられる。

うなじをかすめる彼の唇は温かかった。「わかったはずだ。きみはぼくの頭をどうにかさせる」後れ毛もそよがないほどかすかな声で、ひと言発するたびに肌に口づけながら言う。「こんなに……夢中になるのは初めてだ」

恥ずかしさを感じつつも、シャーロットの口の端は自然と上を向いた。彼女は力を抜いてアレックスにもたれかかった。彼がシャーロットの胸の前で両手を交差させ、頭のてっぺんに顎を置く。

そしてわざと深刻そうに言った。「悲しいかな、こんなにつつましい抱擁でさえ、ぼくの助けにはならない。きみは先に帰って、もうすぐ花火が始まるとみんなに伝えてくれないか？　ぼくはミスター・グリスターのところへ戻って手伝いを申し出るほうがよさそうだ」

アレックスは口には出さなかったが、ふたりが果樹の木陰で過ごしたことをほかの人々に気づかれないように、ミスター・グリスターと一緒にいたことにするつもりなのだろう。シャーロットは不思議と心が軽くなり、彼の腕から離れて振り返った。木にもたれているアレックスの姿は大きな影のように見えた。シャーロットは一歩前に踏み出すと、身を乗り出して彼に唇を押しつけた。

「あなたの言う古典劇には見どころがたくさんあるんでしょうね」唇を合わせたままそっとつぶやく。「読んでみたいわ。たとえば……サテュロスについて」シャーロットはリボンをなびかせて身をひるがえし、明かりのついた屋敷を目指して飛ぶように駆けていった。

アレックスは悪態をついた。今度は声に出して。まったく、着心地の悪いズボンだ！　彼はにやりとすると、ミスター・グリスターのいるほうへ道を引き返し始めた。これでシャーロットはぼくのものだ。明日になったら彼女の父親のもとを訪れて話をしよう。

三〇分後、アレックスはシャーロットの左うしろに立ち、美しい光が爆発しては砕け散り、緑や金の光の粒となって風に運ばれていくさまを見守った。両手を軽く彼女の肩に置いてそっと引き寄せる。

この数時間で激しい感情の揺れを経験したにもかかわらず、シャーロットは不思議と満足感を覚えてアレックスに身をすり寄せた。窓を見あげると、細面の白い顔が夜空を眺めているのがわかった。闇に赤いケシの花がぱっと浮かび、続いてそれを食べようとするかのように、後ろ脚で立ちあがった馬が姿を現した。

三人の取り巻きたちに囲まれて立っていたソフィーは、そっと友人の様子をうかがった。シャーロットはとても幸せそうで輝いて見えるわ。アレクサンダーの手が肩にかけられていることに、子爵夫人が気づかないといいけれど。

シャーロットはといえば、アレックスにもたれかかってすっかりくつろいでいた。デューランド子爵夫人のことも、従僕たちのことも、ほかの誰かに見られているかもしれないことも頭になかった。ふと、ヒップがアレックスの脚の上部にあたっているのに気づく。ほんの一分前まで、そこに心をかき乱すものはなにもなかった。ところがケシの花がきらきら光る深紅の火花になって飛んでいくと……彼女は感じた。シャーロットの口もとに楽しげな笑みが浮かんだ。

11

クロエ・ヴァン・ストークは翌朝七時にベッドで体を起こし、勢いよく呼び鈴を鳴らした。今日は肖像画を描いてもらう日だ！　風呂に入ったあと、彼女は衣装簞笥に並ぶくすんだ色のドレスを不安げに見つめた。しばらく悩んでようやく簡素な白のモーニングドレスを選び出す。なにを着ようと関係ないのかもしれない。学生時代の友人のシシーはクレオパトラの扮装で肖像画を描いてもらっていた。クロエがその絵を褒めると、シシーは実際にはその衣装を着ていないのだと教えてくれた。結婚前にそんな格好をするなんて、母が許してくれるわけがないと言って。クロエは絵のなかのシシーのウエストに巻きついた金色の蛇をまじまじと見つめた。蛇の頭は右胸の下に来ていた。口にこそ出さなかったものの、彼女もシシーの母親と同じ意見だった。

「それで、今日は襟の仕上げを手伝ってくれないの？」クロエの母のケイトリンが重苦しく言った。だが、口調とは裏腹に喜んでいるのがわかる。そもそも上流社会の人々とつき合わせたいのでなければ、娘をとてつもなく金がかかる学校へやるだろうか？

実際のところ、ケイトリンは興奮して有頂天になりかけていたが、娘を貴族社会に入れるという考えを毛嫌いする夫の前では、決して極端な感情をあらわにしないよう気をつけていた。けれども、ひとり娘がとてもかわいらしく――美しいとは言えなくても――成長しそうだと気づいた瞬間から、ケイトリンは上流社会の仲間入りをするための計画を立て、いろいろと手をつくしてきた。彼女は笑みをこぼしそうになったが、バターを塗ったマフィンに顔を向けて口をつぐんだ。

そのとき、ヴァン・ストーク家の堅苦しい従僕が音もなく朝食室に現れてお辞儀をしたので、ケイトリンは思わずびくりとした。このピーターという従僕は、まるで蛇のような動きをする。

「ミス・ヴァン・ストークにお花が届いております」抑揚をつけてピーターが言った。

お葬式の案内を告げるみたいだわ、とケイトリンは不機嫌に思った。

一方クロエは、従僕の言葉を耳にして目を輝かせた。ピーターが抱えているのは五、六束はありそうなスミレの花で、まだ朝露に濡れ、摘んでから一〇分もたっていないように見えた。従僕がテーブルをまわってくるあいだ、彼女はじりじりして待った。椅子のそばでふたたびお辞儀をした彼の手からひったくるようにして花をつかむ。

朝食室をあとにしたピーターは答えを求めるように天井を仰ぎ見た。なぜ大貴族でなく、こんな商人の家で働くことにしたのだろう？　理由はわかっている。金払いがいいからだ、と彼は現実的に思った。

クロエは指をかすかに震わせながら、スミレの花のあいだからカードを引っぱり出した。

思いがけない名前を見て笑い出しそうになる。ウィルから——いや、ホランド卿からではなかった。カードの下には優雅な字体で〝シャーロット・ダイチェストン〟と印字されており、さらに男性がしたためたのかと思うような手書きの文字でメッセージが記されていた。〝お会いできるのを心待ちにしています。もしご都合が悪ければ、どうぞお知らせください〟その下に大きく大胆な字で〝シャーロット〟と署名がしてあった。

「誰からだ？」テーブルの端から父親が吠《ほ》えた。「ゆうべここで食事をした、あの生意気な男か？」ホランド卿が劇場でレディ・シャーロットのもとを訪れるとどんな結果に結びつくのかといったことはまったく理解できないものの、彼は財産狙いの男のにおいを嗅ぎ分けられると自負していた。とはいえ、ストランド街をうろついているのをよく見かける、自堕落で役立たずの貴族たちと比べれば、あの男爵がまだかなり耐えられる部類に入ることは認めざるをえない。たとえば、彼は商売についてなにかしら知っているらしい。それだけでも、娘が出会う着飾った男たちの大部分よりはましだった。

「違うわ、父さん」瞳をきらめかせてクロエが告げた。「レディ・シャーロット・ダイチェストンからよ」

「ふむ、その女性ならまた新聞だねになっているぞ」

「そうなの？　見てもいい？　あの、父さんが読み終わっているならだけど」

「読み終わるだと？　わたしはゴシップ記事など読まん！」それならどうしてシャーロット・ダイチェストンが新聞に載っていることを知っていたのかという疑問を、家族は如才なく無視した。クロエがゴシップ記事に目を通す。

「まあ、母さん」彼女は息をのんだ。「ゆうべわたしたちがヴォクスホールを出たあと、シャーロットは友人たちと気の毒な寝たきりの男性のために花火を打ちあげたんですって」興奮のあまり、公爵令嬢のファーストネームを口にしていることすら気づいていなかった。記事の全文を声に出して読みあげる。どのような花火があげられたか、それにかかわった人たち――とくに、後ろ脚で立ちあがる大きな馬が突然夜空に現れて、驚いた馬をなだめなければならなかった二頭立て四輪馬車の御者――がどんな反応を示したかが、好意的な表現で事細かに描写されていた。御者の意見は厳しいものだったが、記者は負け惜しみと見なし、最近では動けない患者にわざわざ親切心を示す人々が非常に少なくなった、と記事を締めくくっていた。ミセス・ヴァン・ストークは満面に笑みを浮かべた。彼女自身、自由になる時間のほとんどをロンドンの貧しい人たちのための服作りに費やしている。ミセス・ヴァン・ストークはたちまち自分が知っている、あるいは聞いたことのあるロンドン社交界のきらびやかな面々のなかで、レディ・シャーロットを称賛すべき人物として上位に位置づけた。ミスター・ヴァン・ストークでさえ、クロエが記事を読み終えると肯定的なつぶやきをもらした。

　家を出る直前に、クロエは白いドレスにスミレの花をいくつかピンで留めた。これからレディ・シャーロットの家へ行くのだ。もしかしたら……そこでなにが起こるのか、誰にわかるというの？　ウィルが現れるかもしれない。父親と違ってクロエは、前夜レディ・シャーロットがホランド卿を呼び寄せたことの意味をはっきりと理解していた。もしかするとふたりは恋人同士なのかもしれないわ！　そんな大胆なことを考え、思わず息をのむ。まさか、ありえない。きっとレディ・シャーロットがあまりに美しいので、呼び出された男性は誰も拒めなくなるのよ。わたしとしては、彼女がウィルに目を向けないことを願うしかないわ。ゴシップ記事によると、レディ・シャーロットは〝不能伯爵〟と結婚するかもしれないらしい。クロエがその人物は何者なのか、なぜ不能と呼ばれるのかと尋ねると、彼女の母親は鋼鉄の箱のように固く口を閉ざしてしまった。

興奮のあまり神経をとがらせながら、クロエはカルヴァースティル・ハウスに到着した。レディ・シャーロットは気が変わったのではないかしら？　そもそも、どうしてわたしの絵なんて描きたがるのだろう？　カルヴァースティル公爵家で屋敷内に通されたクロエは、大きな目をますます大きく見開いた。もちろん貴族の屋敷を訪ねるのは初めてではない。学校の休みのときに何度か、友人のシシー・コモンウィールに自宅へ招かれたことがあった。けれどもこの屋敷はまったく違う。玄関広間の床は四、五種類の異なる色合いの緑の大理石からなり、頭上のアーチ形の天井にはおびただしい数のキューピッドたちと横たわる神々の姿が描かれている。クロエはすっかり圧倒されて、執事に優雅な客間へ案内されるあいだも、うつむいて床ばかり見つめていた。これは絶対になにかの間違いだわ！　こんなお屋敷に暮らす人が肖像画なんか描くはずがないもの。

そのとき、階段を軽やかに駆けおりる靴音が聞こえて、シャーロット・ダイチェストンが部屋に入ってきた。

「来てくださってうれしいわ!」

クロエは溺《おぼ》れかかっている人間が救命ボートを見るような目でシャーロットを見た。彼女は信じられないくらい美しかったが、なによりとても温かく迎えてくれた。クロエは少しふらつきながら立ちあがった。

「本気で——」

「もちろんわたしは本気よ! 今も準備のために一時間ほど作業をしていたの。でも、まずは母に紹介させてちょうだい」

クロエは青ざめた。本物の公爵夫人のような身分の高い人と会うとは、思ってもいなかったのだ。けれどもシャーロットはクロエのそんな様子にも気づかないようで、先に立ってさっさと大階段をのぼると左に曲がった。

「ここは朝食室なの」繊細な細工の施された背の高いドアを開けながら、シャーロットが言った。クロエは自分がいつのまにか、淡い金色の部屋の戸口に立っているのに気づいた。更紗《さらさ》のカーテンがそよ風に揺れている。太陽の光がいっぱいに注ぎこむその部屋は、優雅というよりはむしろ居心地がよさそうだった。明らかに使用人とわかる女性たちを含む六、七人が大きなテーブルを囲んで座り、縫い物をしていた。レディ・シャーロットの母親が席を立ってふたりのほうへ歩いてくる。笑顔がとても優しい、驚くほど背の高い女性で、クロエの手を取って両親のことを尋ね、今は手が放せない事情を告げて詫びた。

「男の子用のシャツを二〇枚ほど仕上げているところなの。ベルヴュー孤児院でどうしても必要なのよ」公爵夫人は申し訳なさそうに言った。「そうでなければ、わたしも一緒にアトリエへ行くのだけれど。でも、きっとなにも問題はないわね」気もそぞろな笑みをクロエに向けた。

　クロエはほほえみ返した。「わたしもシャツの仕上げをする母を残して出てきたんです。子供用ではなくて大人用ですけど」

「終わりがないのよね。延々と縫い物を続けている気がするのに、どこを見てもぼろをまとった人たちがいるように思えてならないわ」公爵夫人が力なく言った。

　シャーロットとクロエはお辞儀をして退室すると、また階段をのぼり始めた。上の階に近づくにつれ突然階段の幅が狭まり、傾斜が急になった。

「もともとは子供部屋があった階なの」シャーロットが肩越しに言った。「おわかりだと思うけど、もう子供はいないから、両親がアトリエに改装してくれたのよ」

　ふたりは真っ白に塗られた大きな部屋の前で足を止めた。壁に沿ってさまざまな燭台が設置されている。大きなもの、金めっきが施されたいかにも壊れやすそうな小さなもの、貝殻で覆われたひと組もあった。驚きのあまり、クロエは口をぽかんと開けた。木の枝の形にデザインされた恐ろしく大きな燭台や、何頭もの動物の頭に蠟燭を立てるようになっている、ノアの箱舟を模した燭台まであった。おそらく子供部屋だったころからここにあるのだろう。

　シャーロットが笑った。「この部屋がどんなに奇妙に見えるか、すっかり忘れていたわ。見てのとおり、わたしにはほかのなによりも光が必要なの。だから屋根裏にしまってあった燭台をあるだけ全部持ってきたのよ。それでも足りなくて、従僕をストランド街へやって、目についたものをなんでも買ってこさせたわ。その結果、こんなふうになったの」

クロエはあたりをじっくり見まわした。三〇センチくらいの間隔で壁に取りつけられた燭台のそれぞれに、飾り気のない白い蠟燭が立ててあった。

「使用人たちが毎朝新しい蠟燭に取り換えてくれるのよ」シャーロットが続けた。「燃えつきるとわたしがものすごくいらいらするからなの。だって、光の加減が変わってしまうんですもの。ついに家政婦のミセス・シンプキンが、まずこの部屋から蠟燭をつけさせることに決めたの。今では朝いちばんにここの蠟燭を取り換えて、それから寝室などのほかの部屋をまわるようになったわ。ロンドンは炭の粉のせいで薄暗いから、自然光で作業できるのは午前中の一一時くらいまでなの。それでも十分な光が得られないこともあるわ」

クロエはうなずいた。これほどたくさんの蠟燭がある部屋を見るのは初めてだ。彼女の母親はけちではない――自分でそう言っている――が、それでも蠟燭は節約して、寝室では獣脂を使っている。クロエはゆっくりと部屋のなかへ足を踏み出した。大きなふたつの窓の前にイーゼルが置かれていた。それをまわりこんで正面に立った彼女は驚愕《きょうがく》した。笑っている若い女性――前夜に劇場で出会ったソフィー・ヨーク――が描かれていたのだ。ソフィーはとても生き生きとしていて、今にもキャンバスから飛び出しそうに思われた。王立ポートレート・ギャラリーで毎年展示される肖像画のように、うっとりとした表情でポーズを取ってはいない。

「これを出しておけば、わたしがどんな作品を描いているか、あなたが確認できると思って。気に入ってもらえたかしら？」クロエの顔はわかりやすいわ、とシャーロットは思った。表情に考えていることがすべて出ているもの。今の彼女は啞然としている。わたしの絵にあきれているのでないといいけれど。

クロエが振り返った。シャーロットの声に不安がにじんでいたからに違いない。「すばらしいですわ。でも……どうしてわたしをお描きになりたいんです？　この方はまぶしいほど魅力的だけど、わたしは普通なのに」彼女はつかえながら言った。

「おかしなことを言わないで」シャーロットは反論した。「きっと自分でもわかっているでしょうけど、あなたはとてもきれいだわ。だけど、そんなのはどうでもいいの。あなたに引き受けてもらえなければ、うちの執事のキャンピオンを描こうかと考えていたのよ。わたしが求めているのは、顔ではなくて表情なの。ほら……このソフィーを見て。わたしがとらえたかったのは彼女自身よ。美しい顔の造りだけじゃないわ」

クロエはじっと絵を見つめた。「まあ」はっとして声がこぼれる。「彼女はとても、その、誘いかけているように見えますね。そうじゃありません？」

シャーロットが顔を輝かせる。「ええ、実物のソフィーもそうなのよ」

クロエは、昨夜ソフィー・ヨークを取り囲んでいた、飢えた目をした男たちを思い出した。

「そうですね。だけど、それだけではなくて、もっと……」

「ソフィーにとっては冗談なのよ。彼女は挑発的だけど、本当に誘っているわけじゃないわ。

つまりわたしが言いたいのは、ソフィーは無垢だということよ」貞淑な若い女性に、そんな露骨な表現を使うべきではなかったかもしれない。シャーロットは後悔した。だがソフィー本人を除くとこの絵を見せたのはクロエが三人目で、しかも根掘り葉掘り尋ねようとしないのは彼女が初めてだった。

「わかります」クロエがゆっくりと口を開いた。「口のまわりに表れていますね。そうでしょう？　彼女は……神話の女神のダイアナみたいですわ。ダイアナがどんな姿か、知っているわけではありませんけれど」困惑した様子でつけ加える。「でも確か、途方もない美人なのに、どんな男性も拒絶する女神だったのではないかしら？」

「それは思いつかなかったわ」シャーロットは興味を引かれた。「どうなのかしら……わたしが考えていたこの絵の女性は、火遊びをしているのに自分では気づいていないの。まだ」

「なるほど」クロエは言った。それでよくわかった。これが二日前なら、彼女はためらいなく自分をソフィーと同じ無垢の部類に入れただろう。けれども昨日の夜、ウィル・ホランドにキスをされて、これまで備わっているとも知らなかった感情がクロエのなかで燃えあがり、生きていることを実感させられたのだ。

クロエはなにも言わずに背を向けたが、シャーロットは即座に気がついた。クロエはもはや取り澄ました慎み深い娘ではなく、すでに目覚めているのだと。ますます彼女の絵を描きたくなってくる。

「わたしはなにをすればいいのでしょう？」クロエが礼儀正しく尋ねた。

シャーロットは彼女を座り心地のいい長椅子に案内した。「ただ座っていてくれればいいの。頭を同じ位置に保つ必要はないし、動いてもかまわないわ。これから二、三時間かけて、横や正面から見たあなたの顔をスケッチするつもりよ。それから、ゆうべも話したとおり、しばらくはわたしひとりで作業して構想を練るの。またわたしの前に座ってもらうのはそのあとで、たぶん来週くらいになると思うわ」

クロエは気恥ずかしさを感じながら腰をおろした。シャーロットは料理人がつける大きなエプロンを頭からかぶると、椅子に座って膝に分厚い紙の束を置き、スケッチを始めた。クロエの位置からは、すばやく迷いのない手首の動きしか見えない。最初のうちシャーロットはいくつか質問をしてきたが、話をしたいわけではなさそうだった。そこでクロエは沈黙を気にせず、ウィルのことを考え始めた。ゆうべ彼は廊下で……馬車のなかで……それから家の前で……。

シャーロットの手は震えていた。いったいクロエになにが起こっているの？　昨晩出会った無口で真面目な娘は情熱的な女性に変貌を遂げ、全身からにじみ出る官能への関心で熱く燃えていた。わたしのほうがうぶだなんてことがあるかしら？　アレックスと出会うまで、わたしは世界のありのままの姿を見ていなかった。シャーロットは顔をしかめた。欲望に突き動かされた娘たちと浮気をする夫でいっぱいの、この新しい世界が好きかどうかわからない。でも……もしかすると熱に浮かされているのはわたしで、ここにいるオランダ人女性の顔にその感情を投影しているのかしら？　シャーロットは膝のスケッチを、そして椅子のまわりに雪のように散らばる描き終えた紙を見おろした。いいえ。鉛筆は嘘をつかない。これまで一度も嘘をついたことはないわ。そう考えると心が落ち着き、いっそう速度をあげてスケッチを続けた。自制心が強くて非常に抑制のきいた部分と、徐々に広がりつつある官能的な雰囲気とが、クロエの中でみごとに調和している様子をとらえたかった。

一時間ほどすると、本格的に調子があがってきた。シャーロットはようやくなにかをつかみかけていた。最初は何枚かスケッチするだけのつもりだった。たとえばクロエの目だけを描いたのだが、今ではその紙は床のどこかに散らばっていた。それから穏やかで美しい顎から喉にかけての線を、鉛筆ではなく木炭でいっきに描きあげた。その紙も今は床にある。肖像画の構想がシャーロットの頭のなかでひとつにまとまりかけたそのとき、アトリエのドアをノックする鋭い音が響いた。

「もう!」シャーロットはレディとは思えない勢いで悪態をつき、はじかれたように立ちあがった。

アトリエに入ってからクロエがぽかんと口を開けるのはこれで二度目だった。レディがこんなふうにののしるのを聞いたことがない。

シャーロットは激怒していた。ほんの一〇分ほど前に、ようやくクロエが緊張を解いたところだったのだ。それまでの四〇分、クロエの肩はこわばったままで、シャーロットは不自然な彼女の姿しかとらえられずにいた。わたしが制作に励んでいるあいだは部屋に入ってはならないと、みんな知っているはずなのに。

ドアが勢いよく開かれ、ノブをつかむ日に焼けた大きな手が見えた。〝いや、待つつもりはないし、別の部屋へ行くつもりもない〟とキャンピオンに言う声を聞いたとたん、シャーロットの心臓が突然激しく打ち始めた。キャンピオンの抗議を穏やかに退けているのはアレックスだ。きっと執事のあとをつけて階段をあがってきたに違いない。そうでなければ、キャンピオンが付き添いもなく男性を屋敷の上階へあげるはずがないからだ。

シャーロットは姿勢を正して口もとをこわばらせ、部屋に入ってくるアレックスに視線を向けた。だが文句を言おうとしたところで、彼がひとりではないと気づいた。アレックスの前にはよちよち歩きのピッパがいた。ぽっちゃりした足は確実に、目の前に見つけた大好きな紙の山に向かっている。

「止めて！」シャーロットは叫んだ。ピッパがまさに紙の山に飛びこもうとした瞬間、アレックスが娘のドレスの背中についた糊の利いた大きなリボンをつかんだ。彼がわめくピッパを押さえているあいだに、シャーロットは急いで紙を集めてまわった。

クロエが長椅子から立ちあがり、静かに言った。「初めまして、伯爵さま。実はゆうべお会いしているのですが。わたしはクロエ・ヴァン・ストークと申します」

アレックスがほほえんだ。「覚えていますよ。肖像画を描いてもらっていたんでしょう？」

燭台とイーゼルを見て即座に状況を把握したようだ。

「ええ、でも、まだなんです。レディ・シャーロットはスケッチをなさっている段階で」クロエが答えた。

「ねえ、お願いだからシャーロットと呼んでちょうだい」片目でピッパを見張りながら、シャーロットはなおも紙を拾いあげていた。アレックスなら娘を放しかねない。ようやく全部集め終わると、紙の束を安全な炉棚の上に置き、重し代わりに蠟燭をのせた。そのあいだにアレックスは、いくぶん声が小さくなったとはいえ依然として悲鳴をあげているピッパを抱えたまま、イーゼルの前へ歩いていった。シャーロットは視界の隅で彼の反応をうかがわずにいられなかった。

アレックスはじっと立っていた。動いたのはピッパをそっと床におろしたときだけだ。ピッパはたちまち駆け出して、椅子によじのぼろうとし始めた。それでもアレックスは動かない。シャーロットはだんだん腹が立ってきた。彼は愛想のいいお世辞ひとつ思いつけないでいるのかもしれない。しばらくしてやっと顔をあげたアレックスは、まっすぐ彼女の目を見た。

「なぜブルーベルなんだ?」

「なぜって……どういう意味かしら?」シャーロットは困惑した。

「ブルーベルを描いた理由だ。どうして兎にしなかったんだ?」アレックスがにやりとして、シャーロットのほうへ近づいてくる。「ソフィーが結婚するときまで、この絵は取っておくつもりなんだろう? ブランデンバーグ侯爵家の人々が肖像画を飾る格式ばった廊下にこの絵を加えるとは思えない。だから兎かと思ったんだ。多産の象徴だよ」

「兎……多産……」シャーロットはただ繰り返すばかりだった。

クロエがそっと咳払いをした。「それはイタリアの習わしでは？　ルネッサンスのころ、イタリアの花嫁は背景で兎が戯れる肖像画を贈られたとか」

シャーロットは思わずほほえんでいた。彼の言うとおりだわ！　わたしの絵はまさに花嫁の絵なのよ。なにかを学びかけている女性の絵。そのときアレックスが大きな手で彼女の肩をつかんだ。

「きみの描く肖像画は実にすばらしい。自分でもわかっているんだろう？」

シャーロットが無言で彼を見あげた。

なぜこの人が不能と呼ばれているのかしら？　しなやかで美しいカップルを見ながらクロエは思った。ふたりはくっつきそうなくらい近づいて立っている。伯爵の表情を見ると、今にもシャーロットを抱き寄せそうな感じがした。クロエは不意に恥ずかしさを覚えた。伯爵の顔に浮かぶむき出しの情熱は、見ている者の顔まで火照らせる。彼女は目をそらした。

「イタリアへ行こう」アレックスがためらいなく言った。「フィレンツェでレオナルド・ダ・ヴィンチが描いた肖像画を見て、ローマではミケランジェロの作品を……」

もしシャーロットの表情も見えていれば、クロエはそれほど恥ずかしく感じなかっただろう。アレックスが名前をあげているのはシャーロットが以前からどうしても訪れたいと思っていた土地ばかりだったにもかかわらず、彼女は聞いているうちに腹が立ってきたのだ。今朝はなにかわからないうずきを感じて、目覚めたときから不機嫌だった。アレックスと結婚することはないだろうと確信すると、いらだちはさらに大きくなった。彼に感じているのは性的な欲望――レディが持つべきではない感情だ。そのために誰かと結婚するべきでないのは言うまでもない。実際のところシャーロットは、アレックスにもう一度求婚され、丁寧にかつ冷静にそれを断る自分の姿を思い描いてさえいた。それなのに彼は、もう結婚が決まったかのように話している！　その傲慢さに、シャーロットはひどくいらだち、顔を曇らせた。

アレックスは愚か者ではなかったので、イタリアの都市名を並べ立てるのをやめてシャーロットを見つめた。

シャーロットは開きかけた口を閉じた。クロエとピッパの前では、アレックスや彼の思いこみについてどう思っているかをはっきり告げられない。それに彼女はしばらく前からピッパが長椅子の上に不安定な状態で立ち、ぷくぷくとした小さな足を背もたれの向こう側にかけようとしているのに気づいていた。シャーロットは黙って向きを変えると、ピッパを長椅子から抱きあげた。

口を大きく開けて叫ぼうとしたピッパだったが、思い直したらしく口を閉じた。シャーロットはにっこりした。ピッパの父親のことは好きじゃないかもしれないけど、好奇心旺盛《おうせい》なこのおちびさんは大好きだわ。

「わたしは〝ナニーじゃない〟よ。覚えている？」

ピッパが警戒しながら小さな笑みを向けた。シャーロットは腕を曲げ、ピッパを抱え直して体を起こした状態にさせて、これから向かう先が見えるようにした。

「ミス・ヴァン・ストーク」シャーロットは丁重に声をかけた。「邪魔が入ってしまったから今日はここまでにして、母のところで一緒にお茶でもいかが？」

アレックスは気分が沈んだ。彼の恋人は黒い雷雲のごとく顔を曇らせて不機嫌になっているばかりか、母親のもとへ行きたがっている。今朝、カルヴァースティル公爵と話をしたアレックスは、公爵夫人がちょうど今ごろ夫の決断を聞かされているに違いないとわかっていた。

アレックスは咳払いをした。「公爵夫人は忙しいはずだ」

シャーロットははじかれたように振り返った。「どうしてあなたにわかるの？」

「きみの父上から聞いたんだ」かかとに重心をかけて立つ彼は実に冷静に見えた。

シャーロットはいらいらとアレックスをにらんだ。いったいなにが起こっているの？　そこで不意に理解した。彼はお父さまと会って、結婚の申しこみの許可を求めたに違いないわ。しかも、絶対に拒むつもりでいたお父さまをどうにか言いくるめて承諾させたのよ。アレックスがどんな話を考えついたにせよ、お父さまはそれをお母さまに伝えているんだわ。シャーロットは陰鬱な顔をアレックスに向けた。

「あの……」なにを言えばいいのかわからない。

「そろそろわたしは失礼します」クロエは声をかけた。こんな緊張をはらんだ会話を聞かされてはたまらない。なにが起こっているのかさっぱりわからないのだからなおさらだ。「母は今朝とても忙しくて、わたしに戻ってきてほしいと思っているはずですから」

シャーロットががっかりした顔でクロエに向き直った。「そうなの。だけど……」

アレックスがあいだに入り、クロエの手を取って愛想よくほほえみかけた。「時間どおりに戻ってきてほしいときの母親がどんなものか、よくわかりますよ。次にあなたがシャーロットの前に座るときは、絶対に邪魔をしないと約束します」

クロエは無言で伯爵を見つめた。この人は自信に満ちあふれている。信じられないほどの魅力はとても否定できないものだ。それにしても、彼の確信にはわずかな迷いもないのかしら？　だけど、なんといっても彼は男性で、貴族で、ハンサムで、しかも裕福だ。クロエは若干の怒りを覚えながら思った。伯爵が自信を持たないわけがない。

「ええ」長いあいだ黙りこんでいたのに気づいて、クロエは急いで言った。手を引き抜いてシャーロットのほうを向く。無意識のうちに顔に笑みが浮かんだ。伯爵が当然の報いを受けるのは時間の問題かもしれないわ。母さんの言葉で言えば、シャーロットは騾馬《らば》のように反抗的な顔つきをしているもの。クロエは心からの笑顔になって、シャーロットにお辞儀をした。

「まあ」シャーロットが言った。「堅苦しいお辞儀に挨拶だなんて。本当にそうしたいの、ミス・ヴァン・ストーク？　わたしたちはこれから六週間もこの部屋にふたりきりで閉じこもるのよ。わたしのことは絶対にシャーロットと呼んでくれなくちゃ」

クロエは目を輝かせてシャーロットを見た。いつも短気を起こしている父親がいるので、多少の不機嫌は気にもならなかった。「ええ、もちろんです、シャーロット」そう言って手を差し出す。「この肖像画を楽しみにしているんです。たとえ結婚するまで見られないとしても！」

「あら、ソフィーには見せたわ。絵の意味はわかっていなかったみたいだけど。彼女の感想は、歯が大きすぎるということだけだったの」シャーロットが言った。ふたりはすっかり理解し合って握手をした。

「それじゃあ、また明日の朝に会いましょう」シャーロットがしかたなさそうな声で言った。「階下《した》まで案内するわね」彼女はピッパを抱いたまま先に立って歩き始めた。階段をおりていくあいだ、ピッパは楽しそうな笑い声をあげながら、壁にかかった絵を全部叩こうとした。クロエが続き、そのあとからアレックスも階段をおりる。彼はいらだっていた。なぜシャーロットはぼくをにらみつけるんだ？　ゆうべキスをしたのは、彼女をもてあそぶためだったとでも？　いったいぼくをどういう男だと思っているんだ？　キスをしたあとで――しかもあんなキスをしたあとで――さっさと相手を追い払うような、常識のないやつだと思っているのだろうか？　二週間前に結婚を申しこんだときすぐさま断られたことは、彼の頭に浮かびもしなかった。

シャーロットがドアのところでクロエに別れを告げ、アレックスを振り返った。迷わずピッパを彼の腕のなかに落とす。

「濡れているわ」

「なんだって」アレックスが言った。きれいな白のドレスをびしょびしょにしつつある子供を抱いて立つ優雅な紳士の姿はまるで一枚の滑稽《こっけい》な絵のようで、シャーロットは噴き出しそうになった。だが彼の瞳のかすかな翳りを目にして、笑いは引っこんだ。アレックスが辛抱強くそばで控えていたキャンピオンに向き直った。

「うちのキーティングを呼んでくれないか？」

「かしこまりました、伯爵さま」キャンピオンは深く頭をさげた。「よろしければ、お子さまを使用人たちのところへお連れしましょうか？」屋敷の者たちは全員がシェフィールド・ダウンズ伯爵に興味津々だった。キャンピオンには、ミセス・シンプキンやほかの上級使用人たちが大喜びでピッパを迎えるだろうとわかっていた。キーティングは今ごろたっぷりのご馳走でもてなされているに違いない。屋敷の誰もが、伯爵と主人が四〇分も書斎にこもり、そのあとふたりともきわめて友好的な様子で出てきたことを知っていた。書斎でなにがあったのか、正しい結論にたどり着けないほど愚かな者はいない。

「ああ、ありがとう」アレックスは娘を渡した。ピッパは奇跡的に悲鳴もあげず、キャンピオンの顔をぱちぱちと叩いている。まるでびしょ濡れの子供を運ぶのは日常的な務めだと言わんばかりに歩いていくキャンピオンを、アレックスはシャーロットとともに見送った。

「少しはましになったんだ。この二日間は前のように泣きわめいてはいない」彼はピッパに気を取られながら言った。

「そう、よかったわね」屋敷内のほかの人々と同じく、アレックスが訪ねてきた理由には見当がついていたものの、シャーロットはかかわりたくなかった。今はまだ。朝からずっと頭が重い。不機嫌でいらいらして、なにかの拍子にわっと泣き出してしまいそうな今は、それについては考えたくなかった。結婚の申しこみをされても対処できないし、するつもりもない。

だからシャーロットは〈青の間〉へは行かず、玄関広間に面したほかの客間へも行かず、ただ丁重に手を差し出した。

「お訪ねくださってお礼を申しあげます、伯爵」尊大に言う。

アレックスはシャーロットの正面にまわりながら、玄関に控えていたふたりの従僕に警告をこめた視線を投げかけた。たちまち従僕たちは好奇心を覆い隠し、壁を背にしてまっすぐ立った。アレックスが足を止めずに進み続けると、シャーロットは一歩、また一歩とうしろにさがっていった。彼は従僕のひとりに目を向けた。その従僕が〈中国の間〉と呼ばれている部屋のドアをすばやく開ける。アレックスはシャーロットの腕をつかみ、向きを変えさせて部屋のなかに押しこんだ。ふたりのうしろでドアが静かに閉まった。

アレックスはすぐにシャーロットの腕を放し、振り向いて彼女と顔を合わせた。「あの執事に娘を任せて、ぼくが帰ってしまうと思うのか?」彼は穏やかに言った。

シャーロットはじっとアレックスを見つめた。ピッパが連れていかれるのを確認してから彼を追い返そうとしたように見えるとは、考えもしなかった。

「伯爵。わたし……今朝は話ができる状態ではないの。頭が痛くて」彼女はそっと長椅子に腰をおろした。詐欺師になった気分だ。マーガレット大おばさまそっくりでもあるけれど。

シャーロットの大おばはつねにどこか体の具合が悪く、しかも本人は病気を楽しんでいる様子だった。

アレックスがシャーロットの前に立った。落ち着き払った姿がいらだたしい。

「もしかして、膝をついて頼んでほしいのかな?」アレックスの瞳に面白がるような輝きを見て取り、シャーロットは彼をにらみつけた。

「いいえ」

「よかった」

アレックスが漠然とした怒りの気配を漂わせているので、シャーロットは落ち着かない気分になり、挑戦的に顎をあげた。誰もわたしに結婚を強いることはできないわ。たとえ伯爵であろうと無理よ。彼女の頭はずきずきと痛んだ。

「もしかすると、今から始めたいと思っているの?」シャーロットは挑むように言った。

アレックスは彼女を見おろした。思い描いていたとおりにはいかないらしい。シャーロット・ダイチェストンに結婚を申しこむ際には、彼女の父親と話をする段階がいちばん困難だろうと考えていたのだ。最初のおぞましい結婚について説明し、話し合うことに、アレックスは不安を抱いていた。なにしろ自分の父親にさえ詳細を知らせていなかったのだから。ところが公爵は怒りをあらわにすることもなく、彼の話に注意深く耳を傾け、ところどころうなずきながらいくつか思慮に富んだ質問を投げかけた。そして最後にはアレックスと握手をして、おめでとうと言った。それで終わりだ。アレックスの予定では、シャーロットは妻になることをたいそう喜んで、自分の胸に身を預けてくるはずだった。昨夜ふらりと彼のほうへ体を寄せてきたように。実際、抑えが利かなくなる前にやめなければと、自分に言い聞かせていたほどだ。まさか客間で処女を奪うわけにはいかないのだから！　マリアの裏切りを知り、実は彼女は一八歳になるころにはすでにローマのあらゆる男とベッドをともにしていたことが判明してからは、どういうわけか純潔や初夜がとても重要に思えてきた。馬車のなかで愛し合うようなことはしたくない。そうはいっても、彼もシャーロットも互いに抑えがたい欲望を抱えているので、特別許可証を取って結婚する時期を早めようとまで考えていた。ところが彼女の父親はそれを拒んだ。

公爵は鋭い口調で言った。「結婚式は盛大に執り行うのだ。噂を静めるには、めったに見られないくらいのロマンティックな式にしなければ。それにきみは」ふさふさした眉の下からアレックスを見る。「できるだけ早く赤ん坊を作らなければならないぞ」

彼はうなずいた。それに関しては心配はいらない。マリアとはほんの一〇分ほど愛し合っただけだったが、結果としてピッパを得たのだ。

ところが今、シャーロットはまるで気難しい靴屋のように不機嫌で、アレックスは結婚を申しこむ気が失《う》せかけていた。なんのために妻が必要なんだ？　不満をわめき続けるマリアを目にして、女性には近づかないほうがいいと悟ったんじゃなかったのか？　ピッパもこのところ落ち着いてきている様子だし……。沈黙がますます広がっていった。

アレックスはふたたびシャーロットに目を向けた。ふと、彼女の顔が着ているドレスと同じくらい白いのに気づく。シャーロットは手で頭を押さえるようにして座っていた。アレックスは彼女の隣に腰をおろした。

「本当に頭が痛いんだね？」

シャーロットはみじめな気分でうなずいたが、動かすたびに頭がずきずきした。アレックスが立ちあがって部屋の外へ出ていった。従僕のひとりに話しかける声がかすかに聞こえてくる。

「キーティングに特製の飲み物を作らせている」戻ってきたアレックスが言った。「さあ、ここへ……頭をこちらへ傾けてごらん」自分の肩にもたれかかるまでシャーロットを引き寄せた。

「こんなことは不適切だわ」彼女は顔をあげた。

「しいっ。誰にも見られやしないよ」アレックスが両手でシャーロットのうなじの毛をかき分け、首を軽くもみほぐし始めた。シャーロットは横を向いて彼の肩に頭をのせた。頰の下に硬い筋肉を感じる。なぜか妙に心が安らいだ。アレックスの大きな手は驚くほど優しくて……彼女はまぶたを閉じた。

ドアにノックの音がすると、アレックスはすばやくシャーロットを起こし、青ざめた顔にほほえみかけた。キャンピオンが背の高いグラスをのせた銀のトレイを持って入ってきた。

「さあ、これを飲むんだ」

シャーロットは疑わしげにグラスを見た。黄色く泡立っていて——胸が悪くなりそうだ。

「卵を使った飲み物は大嫌いなの」

「いいから飲んでくれ」

彼女は言われたとおりにした。思ったほど悪くはなかった。ちょっとまずいだけだ。執事は空のグラスを受け取ると、お辞儀をして部屋から出ていった。優しい手つきでアレックスの肩に引き戻され、シャーロットはふたたび目を閉じた。

「あの飲み物にはお酒が入っていたんでしょう？」しばらくして、うとうとしながらシャーロットが言った。「お酒は好きじゃない……」声はだんだん小さくなって消えた。眠ったに違いない。アレックスはサテンのようになめらかな彼女の髪を元どおりに整えた。口もとに無意識の笑みが浮かぶ。結婚を申しこみに来た伯爵の前で、眠ってしまう女性がどれほどいるだろう？　彼は〈オールマックス〉へ行くたびに、飢えた目で見られたことを思い出した。同じ相手と二度踊れば、その娘はたちまち婚礼の衣装を注文するだろうと言って、パトリックによくからかわれたものだ。

この状況を知ったらパトリックは大笑いするに違いない。アレックスはまだ婚約を承諾していない女性の寝顔を見おろした。ナニーでもなく、婚約者でもない、と皮肉まじりに思う。巻き毛が彼の手にまつわりついていた。柔らかな房を引っぱって離し、くるくると螺旋《らせん》状に戻っていくさまを見つめる。アレックスの位置からはシャーロットの横顔しか見えなかった。曲線を描く長くて黒いまつげが影を落としている白い頬は……少し色が戻ったようだ。アレックスは満足感を覚えた。彼女が言ったとおり、キーティングの頭痛薬には酒がたっぷり入っているのだ。こうしてシャーロットの寝顔を見ているだけで、彼は心地よい刺激を感じた。

もうやめておけ。彼女は結婚したくないと言っているんだぞ。だが、なぜだ？　もしかすると、ぼくの最初の結婚の話を耳にしたのかもしれない。きっとそうだと思うと、どういうわけかアレックスは安堵した。シャーロットはぼくが彼女の父親を言いくるめて、自分を無償の子守にするつもりだと考えているに違いない。アレックスは最初にシャーロットに求婚したときのことを思い出した。彼女は多くを語らず、ただ彼の申し出を断ったのだ。アレックスはかぶりを振った。シャーロットが目を覚ましたら率直に話し合わなければ。アレックスは長椅子の背に頭をもたせかけて目を閉じた。数秒後には、聞こえてくるのはふたりの穏やかな寝息だけとなった。

部屋の外に立つふたりの従僕は想像をたくましくしていた。物音がしなくなってから——抑えた話し声でさえも聞こえなくなってから——ずいぶん長い時間がたつ。いったい〈中国の間〉でなにが起こっているのだろう？　答えならわかっている、とセシルは思った。彼はにんまりしてマリーのことを考えた。屋敷内の誰でも出入りできる部屋のどこかで同じことをしようと、以前から彼女を説得していたのだ。リネン室は全部試してしまった。ところが、マリーの返事はいつも〝だめ〟だった。

「ちゃんとした部屋は危険だわ」彼女は言い張った。「そんなとんでもないふるまいをしたら、お給料ももらえず追い出されるのがおちよ！」

セシルはちゃんと計画を練っていた。日曜の午前中なら公爵たちは教会へ行っているはずだ。使用人たちもみんな行くだろう。彼は留守番役がまわってくるのを待つか、ほかの従僕に順番を替わってもらい、マリーは頭が痛いと言って残ればいいのだ。

「だめよ」それでも彼女は断り続けた。だが今度からは、マリーの女主人が同じことをしたと言ってやろう。セシルは黙って持ち場に立ち、楽観的な希望に目を輝かせながら〈中国の間〉からふたりが出てくるのを待った。

12

　二〇分ほどしてシャーロットは目を覚ました。頭痛は跡形もなく消え去り、心地よいぬくもりに包まれていた。いらだちまでなくなっている。体を起こすと目がまわり、彼女は自分が酔っているのだと悟った。アレックスはぐっすり眠っていた。少なくとも口を開けて寝るわけではなさそうね、とシャーロットが思った瞬間、アレックスが目を開けて無言で彼女を見つめた。シャーロットは笑みがこみあげ、瞳を輝かせた。アレックスは黙ったまま、彼女を脇に引き寄せた。

「一緒に眠るなんて」ようやく彼は言葉を発した。うんざりした口調を作って言う。「ベンチで日光浴するふたりの老人みたいだ」

「お茶はいかが？」シャーロットはにっこりした。「もちろん、あなたの目を覚ましておくために」

　アレックスは紅茶が嫌いだった。「頼りない飲み物だが、ぼくのような年寄りにはうってつけだろう」

「シェリーのほうがお好みかしら？　もっと強いものがいいんでしょうね。どうやらキーティング特製の飲み物のおかげで酔っぱらってしまったみたい。だから、しっかりするためにわたしにはお茶が必要なの」シャーロットが取り澄まして言い、歩いていってドアを押し開けた。セシルは慌てて顔をうつむけた。お嬢さまは服装の乱れもなく、きちんとして冷静に見える。この部屋で不適切なことをしていたわけではなさそうだ。彼は紅茶のトレイを取りに急いでその場を離れた。

シャーロットは振り返った。アレックスはくつろいだ様子で、中国風の長椅子に手足を投げ出して座っている。その長椅子は、東洋のものに対する情熱が最高潮に達したときに彼女の母親が選んだもので、肘掛けが眠るライオンの姿をとらえており、目に赤い漆が塗られていた。趣味の悪い長椅子だけれど、そこに座るアレックスは……美しいわ、とシャーロットは内心でため息をつきながら思った。紫がかった灰色のみごとなあつらえの上着が、筋肉質の腿の荒々しい男らしさを際立たせていた。シャーロットの決意が弱まっていく。

アレックスは重たそうなまぶたを開けたかと思うと、突然口を開いた。「話し合わなければ」シャーロットはうなずいて彼の隣に腰をおろした。

そのころ階上ではアデレードが不安を募らせていた。娘が付き添いもなしで男性とふたりきりになってから、あまりにも時間がたちすぎている。彼女は急ぎ足で何度も部屋のなかを歩きまわった。マーセルから気が変わって娘の結婚を認めることにしたと言われたときは、自分の耳が信じられなかった。けれどもアレックスが最初に結婚した相手の仕打ちを詳しく聞くにつれ、彼女も夫と同じ意見になった。アデレードはため息をついた。あとはシャーロットが、思いきって三年前の出来事を話す気になってくれればいいのだけれど……。

隣の部屋とつながっているドアを通って、マーセルがアデレードの寝室へ入ってきた。

「出かける時間だぞ。急がないと遅れてしまう。わたしが遅刻が嫌いなのはきみも知っているはずだ」

「ああ、マーセル」アデレードは苦悩に満ちた顔を夫に向けた。「こんな状態ではどこへも行けないわ。ねえ、シャーロットとアレクサンダー・フォークスはまだ〈中国の間〉に閉じこもっているの。わたしたちも加わるべきだと思わない？　あのふたりは付き添いもつけずに四五分も一緒にいるのよ！」彼女は呼び鈴のひもを勢いよく引いた。

「ばかばかしい。シャーロットはもう大人だ。恥ずべきことをするわけがない。それにキャンピオンから聞いたんだが、あの子はお茶と軽い食事を運ぶように言ったらしい。誘惑されているのではなさそうだろう？　さあ、もう行かなければ」マーセルは断固として、渋る妻をドアのほうへ促した。

「だけど、わたしがどう思われるか。付き添いもつけずにふたりを放っておくわけにはいかないわ！」アデレードが嘆いた。

「聞きなさい、アディー。きみはわたしがこの結婚に反対していた理由をシャーロットに話したんだろう？」

「ええ」

「アレックスには時間が必要なんだよ。最初の結婚と、結婚を無効にしたいきさつ、それにわたしが先ほどきみに話した内容をシャーロットに説明する必要があるのだから」

「せめて挨拶だけでもしておくべきじゃないかしら？」

「ばかなことを言うんじゃない。キャンピオンに伝えさせればいい話だ」

マーセルは妻を先に立たせて階下へおりた。必要ならアデレードをドアから外へ押し出すつもりだった。娘に付き添いをつけないことが一部の人々に愚かな行為と見なされるのは十分承知している。しかしながら、深い考えがあってそうしているのだ、とマーセルは誇らしげに思った。彼がしたたかなポーカー・プレーヤーと思われているのにはそれなりのわけがある。マーセルはアレックスに好感を抱いていた。実際のところ、これまでシャーロットに求婚したほかの誰よりも気に入っていた。シャーロットは頑固で絵を描くことに夢中だが、アレックスにはそんな彼女に耐えうるだけの強さと知性が備わっている。とはいえ、それでも、シャーロットを納得させるのはかなり大変だろう。そう思ったマーセルは、アレックスに率直な意見を告げた。女性はきみのような評判を持つ男性とは結婚したがらないだろうと。たとえばこれが娼婦と遊ぶのを好むという評判なら、なにも問題はない。けれども〝しおれたユリ〟みたいに役立たずだというは——だめだ。シャーロットにだって、誰にも負けないほどの自尊心がある。

黙ってマーセルの話を聞いていたアレックスの目は謎めいていて、なにを考えているのかよくわからなかった。だが、マーセルが言いたいことは伝わったはずだ。ともかく、なんとかシャーロットを納得させるしかない。そう、納得させるのだ。マーセルは内心で笑みを浮かべた。アデレードをあの部屋に飛びこませて雰囲気を台なしにするなど、なにがあってもしてはならない。玄関広間へおりると、彼は従僕たちをさがらせ、キャンピオンには〈中国の間〉から目を離さないようにと告げた。執事は主人の曖昧な指示の意図をたちどころに理解した。すなわち、詮索好きな者たちをあの部屋に近づけるなということだ。そしてマーセルは妻を伴って、音楽を楽しむ午餐会へ意気揚々と出かけていった。

〈中国の間〉でシャーロットは、アレックスの隣で背筋をまっすぐ伸ばして座っていた。

「なぜぼくと結婚したくないんだ？」アレックスが尋ねた。

シャーロットははっとして彼を見た。アレックスはとてもハンサムで、どことなく……彼が不安を感じているなんてことがありうるかしら？　シャーロットの決意がふたたび揺らいだ。いいえ、だめよ。結婚したくない理由を急いで数えてあげる。まず、アレックスが本当に欲しがっているのは子守だわ。それから、彼は三年前の出来事をすっかり忘れてしまっている。つまり、妻が背を向ければいつでもまた、娘たちを誘惑しに庭園へ出かけていくのだろう。

「ただ断りたいというだけではだめなの？」

「だめだ」アレックスは引きさがらなかった。「あんなふうにぼくにキスをしたあとでは、それは受け入れられない」

シャーロットの頬に赤みが差した。彼に恥知らずな女と思われたに違いない。彼女が三年前に起こったことを話したら、アレックスは背を向けて出ていってしまうかもしれない。動揺するあまり、シャーロットはアレックスが歩み去ることと自分が彼の求婚を断ることとの違いに考えが及ばなかった。

ふたりとも押し黙った。

「こういうことじゃないかな」アレックスの声がいくぶん優しくなった。「きみはぼくが役に立たないという噂を耳にして――」

シャーロットは激しく首を振った。視線は長椅子のクッションに向けたままだ。

「噂を聞いていないのか、それとも噂は問題ではないのか、どちらなんだ?」

「わたしは……あの、噂なら聞いたわ。母が話してくれたの。だけど、わたしにはわかっている……」シャーロットは唇を嚙んだ。きっと顔が真っ赤になっているはずだ。

アレックスが大きな声で笑い出した。「わかっているのか。きみという人は……驚くべき女性だな、シャーロット」手を伸ばして指先で彼女の首をなでる。

「やめて!」

やけどでもしたかのように、アレックスがすばやく手を引いた。またしても沈黙が漂う。やがて彼は口を開き、厳しい口調で言った。「ぼくは待っているんだ、シャーロット」

シャーロットは顔をあげ、理解してほしいと目で懇願した。「上流社会の結婚がどんなものかはわかっているわ」ほとんどささやき声になって言った。「でも、そういう結婚はごめんなの。わたしは……」紅茶の到着を告げるノックの音がして、彼女は口をつぐんだ。キャンピオンがみずからトレイを手に部屋へ入ってきて、まるで甥や姪を見守るような笑みをふたりに向け、手際よく小さなテーブルを整えた。

「軽い昼食もお持ちしました、レディ・シャーロット。伯爵さま、公爵ご夫妻から、やむをえない約束のために失礼することをお詫び申しあげるよう言いつかっております。ですが、晩餐はぜひご一緒されたいとのことです。ほかになにかご用がございましたら、どうぞ呼び鈴を鳴らしてわたしをお呼びください。外の従僕たちはあいにく別の場所での務めがございますので」キャンピオンはそう言うと、お辞儀をして出ていった。

公爵は実に賢明だ。たちまちマーセルの意図するところを理解して、アレックスはありがたく思った。本当は許可できないはずだが、あえてふたりきりの時間を与えてくれたのだ。

シャーロットは忙しく手を動かして紅茶を準備した。そのあいだに言いたいことをまとめようと努める。

「わたしを愛しているの？」彼女は唐突に訊いた。

「きみを愛しているかだって？」アレックスは驚いた。もちろんだ、と答えたい衝動に駆られる。そしてシャーロットにキスをするのだ。けれども彼はこの結婚を、最初のときとは違うものにしたかった。嘘から始まる関係にはしたくない。

「いや」アレックスはゆっくりと答えた。シャーロットが体をこわばらせるのがわかった。

「それならこれは公平な質問だと思うが、シャーロット、きみはぼくを愛しているのか？」

返事を待たずに言葉を継ぐ。「愛や恋は、物書きが見せかけるとおりに生まれるものとは思えない。〝ひと目惚《ぼ》れでなければ恋ではない〟といった表現は、みんな詩人が作り出したものであって、実際にいる人たちの言葉ではないんだよ。ぼくは最初の妻とは、出会った瞬間に恋に落ちたと思った」彼はためらいがちに続けた。「以前にここ、イングランドで出会った娘とよく似ていたんだ。妻は無垢で、慎み深くて、とても美しくて……ずっと修道院で暮らしてきたかに思えた。誰の手にも触れられていなくて、触れてはならない存在に感じられたんだ。ぼくは彼女に愛していると告げた。向こうもぼくを愛していると言ったので、ぼくたちは二週間後に、彼女の家族におおいに喜ばれて結婚した。なぜそれほど喜んでいたかわかるかい？」

シャーロットが首を振った。

「ローマでは誰も彼女と結婚しなかっただろうからだ」わけがわからず困惑した顔のシャーロットに、アレックスは自責の思いをこめたゆがんだ笑みを向けた。「妻はぼくの結婚式に出席していたローマの紳士たちの多くと関係を持っていた」シャーロットの目が丸くなる。彼は肩をすくめた。「ぼくのほうが彼らよりもっと愚かだったというわけだ」

「お気の毒に」シャーロットがかぼそい声で言った。

「それからの一年、ぼくはひと目惚れについて何度も考えた。ぼくたちの結婚生活は地獄だった。妻はぼくを愛していなかったし、一週間もするとぼくも妻を愛していないとわかった。思うに、愛とは信頼の上に築かれるものなのだろう。そして信頼は、時を重ねて初めて得られるものだ。ぼくの言いたいことがわかるかな？」

シャーロットはうなずいた。不穏な目で妻の不貞を語るアレックスと、彼女が抱く彼の印象――結婚したとたんに妻を裏切るに違いない男性――をひとつに結びつけるのは難しかった。

「あなたが言う信頼というのは……結婚後はほかの人と一緒に過ごさないということ？」シャーロットの声はささやきに近かった。

アレックスは思わず笑いそうになった。いやしくも上流社会の結婚について語っているというのに、浮気を思い浮かべていたとは！　もしかすると彼女の父親は、しょっちゅう女性に目をさまよわせているのかもしれない。

「男女が互いに貞節を守らなければ、結婚は成立しないと思う」アレックスはきっぱりと言い、シャーロットの手を取って、誘惑するようにてのひらをさすり始めた。「ぼくは決してきみを裏切らない」そして持ちあげたてのひらに口づける。「実を言うと、きみ以外の誰かと浮気できるほど余力が残るとは思えないんだ」彼はシャーロットの頰に息がかかるほど近くまで身を乗り出した。

シャーロットは体を引き、弱々しく言った。「あなたの欲しいのは子守なんでしょう？」結婚できない理由がどれもひどく無意味に思えるのはなぜなの？　わたしったらばかみたいだわ。

アレックスが有無を言わせず彼女を引き寄せ、たくましい手で顎を持って顔をあげさせた。

「ぼくが子守とこんなことをしたがると思うのか？」

彼の声は妙にかすれていた。シャーロットは息を吸いこむと、魅入られた兎のようにただ首を振った。

「これは？」アレックスの頭がさがってきて、唇が彼女の唇をかすめた。気を引くようにゆっくりと……彼の唇はなにかを求めている。シャーロットは震え始めた。

「言いたいことはほかにもあるんじゃないか、シャーロット？」かすかに揺らぐ声でアレックスが訊いた。「きみの口を封じるつもりはないよ」

甘い息だわ、とシャーロットは思った。「前にわたしと会った覚えがないというのは確かなの？」まともな思考が頭から消え失せてしまわないうちに、彼女はあえぎながら尋ねた。

アレックスがわずかに体を引いてシャーロットを見おろす。「スウィートハート、過去にきみに会ったことは一度もない」そう言ったとたん、また唇をおろしていく。「どうすればこの愛らしい額を忘れられるというんだ？　それに、この眉も」彼はひと言口にするたびにキスをした。低くなった声はヴェルヴェットのごとくなめらかだ。「あるいはこのまつげを忘れられるだろうか？　インクのように真っ黒なまつげを。そして頑固そうなこの鼻を」

シャーロットは必死になって体を離そうとした。「本当に間違いない？」

アレックスはようやく、シャーロットにとっては重要な質問だと気づいたらしかった。探るように彼女の目をのぞきこむ。「間違いない」彼は断言した。「きみと出会っていたら、忘れるはずがない。舞踏会できみを見てすぐに思った……」そして突然、口をつぐむ。

わたしを欲しいと思ったのね。すでに手に入れていたことを思い出しもせず。涙がひと粒シャーロットの頬を流れ落ちた。

アレックスがそっとその涙をぬぐう。「それが問題なのか、シャーロット？　本当に？　ひと目惚れの幻想の一部にすぎないんじゃないかい？　過去などどうでもいいと思って、舞踏会で初めて会ったことにするわけにはいかないのか？」

ああ、やっぱり思い出さないのね。シャーロットは絶望した。ふた粒目の涙がこぼれる。

アレックスは眉根を寄せた。どうなっているんだ？　会ったことがあるかどうかが、なぜそれほど重要なのだろう？　彼はもう一度記憶を探った。だが、結果は同じだとわかっている。イタリアに行く前に社交界の舞踏会に顔を出した回数は、全部合わせてもせいぜい七、八回だ。それに彼がイタリアへ行った年より前は、シャーロットがまだデビューしていないはずだった。アレックスは彼女を見おろした。たとえ涙を流していても、その姿を目にするだけで彼の体は痛いほどに高まった。

シャーロットは気持ちをしっかり持とうと努めた。理性的に考えるのよ、と自分自身に言い聞かせる。愚かな女になってはだめ！　アレックスはわたしを覚えていない。仮面舞踏会で愛を交わしたこと自体を忘れてしまっているに違いないわ。あの娘は娼婦だったと思っているから。社交界のレディと関係を結ぶのとはわけが違う。だけど今のアレックスは、もう庭園で女性を誘惑してまわるつもりはないと言っている。約束しているのよ。そしてわたしが恐れているのは、彼が不貞を働くことだわ。

シャーロットの途切れがちの小さな笑みがアレックスの心に明かりをともした。「ばかみたいに泣いてごめんなさい。普段は泣いたりしないのに」

「なるほど、ぼくの判断は間違っていないらしいな。きみが母親になればピッパは幸せだろう。あの子が唯一得意なのが泣くことなんだ」

シャーロットがほほえむ。

アレックスは真面目な顔になった。「だが、シャーロット、この問題はちゃんと解決しておかなければ。ダーリン、実際にはきみが会ったのは弟のパトリックに違いない。ぼくたちは決闘用の二挺《ちょう》のピストルだと、よく父が言っていた」シャーロットの問いかける視線に応えて説明する。「決闘用のピストルは、黒くて銀の装飾が施されているんだ」彼女の顔にちらりと笑みがのぞいた。これで二回目だ、とアレックスは思った。「養育係でさえふたりを区別できなかった。ぼくたちがよく入れ替わっていたずらをするものだから、いつも文句を言っていたよ。数年前までときどき入れ替わっていたんだ。パトリックがイングランドにいたら、きっときみの混乱を解消してくれるはずだ。だけど、あいつはここにいない。だからもう忘れるほうがいい」

シャーロットは無言でうなずいた。もちろん、アレックスは間違っている。目を引くえくぼも、たくましい肩も、眉をあげる尊大なしぐさも、絶対にほかの人と見間違えるはずがない。それに、人の顔にはさらなる特徴がある。シャーロットはつねに画家の目で、顔を通してもっと奥にあるもの、その人の癖とも言うべきものを見ていた。結婚してしばらくすれば、かなり親密なことでも口にできるようになるかもしれない。そうなってから彼女が打ち明ければ、アレックスは背を向けて出ていくどころか、笑い出すかもしれなかった。

アレックスはシャーロットの体からこわばりが消えるのを感じた。もう一度彼女を腕に抱き寄せ、両手で柔らかな巻き毛をくしゃくしゃにする。

「それで、ぼくと結婚してくれるのかな?」シャーロットの耳もとでささやいた。「きみを愛するようになるのは簡単だという気がするんだ。もしかすると、きみもぼくを愛するようになるかもしれない。ぼくは絵を描くきみを眺めて……もうひとり、ピッパとそっくりな……でも、口もとはきみに似てかわいらしい赤ん坊ができるかもしれない」

彼の肩で震えながらシャーロットがうなずく。

アレックスは彼女を押し戻し、笑いをたたえた瞳で見おろした。「なにか言ったかな?」

「ええ」シャーロットが答えた。「ええ、あなたと結婚するわ」

アレックスは彼女を固く抱きしめた。「これできみはぼくの許嫁《いいなずけ》になった。それがどういう意味を持つかわかるかい?」

シャーロットの体に震えが走った。まさかここでなにかするつもりなの? この、お母さまの〈中国の間〉で? アレックスの唇が肌をついばみながら首筋をさがり始めると、シャーロットは息をするのも苦しくなった。そのあいだ、アレックスは彼女の首から背中へと両手をすべらせていく。シャーロットの体は本能的に彼のほうへ傾いた。ふたりの膝がぎこちなくぶつかり、思わずくすくす笑ってしまう。

アレックスがわざとらしく彼女をにらんでうなった。「言っておくが、よき妻というものは決して夫のことを笑ったりしないんだ」

アレックスの目の輝きに勇気づけられ、シャーロットはまばゆいばかりの幸福感に包まれて、すっかり心が軽くなった。ほっそりとした手で彼の顔を包み、そこからゆっくりとおろしていく。日に焼けたたくましい首へ、硬い胸へ。あの花火のときと同じように。

「これまであなたが教えてくれたことのすべてが好きよ」彼女はいたずらっぽく言った。

「そうなのか、マイ・レディ？」アレックスもささやき返した。瞳が少年のようにきらめいている。「それで、どこまで手をさげるつもりかな？」

シャーロットは慌てて手を離し、こらえきれずに笑い出した。

「次はぼくの番だ」アレックスが宣言し、大きな手を彼女の頰に置いた。両のてのひらはシャーロットの顔がほとんど隠れそうなくらい大きく、うっとりするほど硬かった。シャーロットは少しだけ顔を横に向けて、彼の手の端にキスをした。

「気をそらすなんてずるいぞ」アレックスはいかめしい顔を作った。彼女の顔じゅうにそっと指を走らせ、口のところで止める。彼は一本の指の先でふっくらとした下唇の輪郭をたどった。するとシャーロットが突然口を開き、小さな歯で彼の指を嚙んだ。アレックスはにやりとした。だが続いて温かな舌を指先に感じると、笑ってはいられなくなった。

「蜜の味がするわ」ぼうっとした目で彼を見つめながらシャーロットは言った。

アレックスがほほえんで彼女の口から指を引き抜き、頭をかがめて指の代わりに舌を入れた。シャーロットは息をのんだ。ふたりの舌が出合う。最初は問いかけるように慎重だったが、やがてアレックスがキスを変えた。固い決意を持ってきっぱりと、もっと口を開くよう要求してくる。彼の舌はリズムを刻みながら徐々に彼女を支配し始めた。シャーロットはいつのまにかアレックスのシャツの前身ごろにしがみついて首をのけぞらせ、彼の猛攻をなすすべもなく受け入れていた。心臓が野鳥のはばたきのように激しく打ち出し、本能的に目を閉じる。アレックスの唇が離れていくまで。シャーロットははっとして目を開けた。そこには笑顔で彼女を見つめるアレックスがいた。

「さて、どこまで進んでいたかな？」彼はつぶやき、両手をシャーロットの顔に戻すと、そこから顎へ、さらにゆっくり首へとさげていった。おなかの下のほうが燃えるように熱い。指まで震えている、とシャーロットはめまいを感じながら思った。ほかのものはすべて消えてしまったかのようにアレックスの黒い瞳を一心に見つめる。彼の指は鎖骨を越えてなめらかな胸までおりていくと、モーニングドレスのボディスを飾る小さなフリルにたどり着いた。アレックスがその内側へと指をすべりこませる。シャーロットは頭のなかが真っ白になった。彼の手で胸を包んでほしい。けれどもアレックスの指はフリルに沿って横へそれてしまった。脇の下に触れられたとたん、彼女は体をこわばらせた。ひどくくすぐったいけど……彼にくすぐるつもりはないようだ。下腹部に感じていた圧迫感が強くなった。

アレックスは両手をシャーロットのほっそりした脇腹にさまよわせていた。ほんのつかのまドレスの内側にすべりこませたかと思うと、右の親指を薄いコットンのボディスの上で移動させて胸の頂に触れた。驚きのあまり、シャーロットの体が跳ねる。次に左の親指でも同じことをした。彼女は息をあえがせて不安げに唇をなめた。

それを見たアレックスは、もう少しでうめき声をあげそうになった。いつまでこのゲームを続けていられるかわからない。股間が焼けつくように熱かった。考えられるのはただ、シャーロットを長椅子の肘掛けに押しつけて、それから……それからどうする？

純潔の花嫁を欲しがっているのはぼく自身だ。アレックスはシャーロットに目をやった。長椅子に仰向けに横たわり、頭をうしろに倒して、彼の親指が張りつめた小さな乳首をなでるたびにつややかな唇を開く。シャーロットがぼくのものであることはなによりもはっきりしている。けれども今、彼女の両親の家で奪いたくはない。意味のある誓いの言葉を口にして、その誓いに守られて初めて愛を交わしたかった。

「だめだ」アレックスはささやいた。だが、なおも身を乗り出した。「だめだ」もう一度言う。彼の温かい息がシャーロットの肌にかかった。アレックスは白いシャンブレーの布地を押しさげると、バラ色の乳首を口に含んだ。

たちまちシャーロットは背中をそらし、うめき声をもらした。アレックスは左手でもう一方の乳房を先ほどより荒々しくなでつつ、羽根のように軽く乳首に歯を立て、ついばみ、吸いあげた。シャーロットは骨がなくなってしまったかのように、体に力が入らなくなった。熱く燃えていた下腹部が、今ではしっとりと潤い、明らかな切望にうずいていた。

「アレックス」彼女はあえぎながら言った。

しかし、アレックスは自分を失っていた。シャーロットの乳房は甘くて完璧だ。ほっそりした体に似合わず驚くほど重みがあるが、大きすぎるほどではなく、ちょうどぼくの手にぴったりおさまる。ボディスはすでに胸の下まで引きさげられ、短い袖が肘のあたりまでおりていた。乳房はシルクのようになめらかで、淡いピンク色に染まり乳首がその頂点に……。この乳首！　深い紅色の乳首がまるで懇願するみたいにふくらんでいる。アレックスは深く息を吸った。自分でも夢中になっているのがわかる。これほど激しい興奮は初めてだ。くそっ、装飾過多でとんでもなく居心地の悪いこの中国風の長椅子の上で、今にも未来の花嫁の体を奪ってしまいそうだ。

「だめだ」アレックスはかすれた声で言った。胸から口を離したものの、手は愛撫を止められなかった。目を開けて彼を見つめるシャーロットの瞳は欲望で朦朧《もうろう》としている。アレックスは驚いて見つめ返した。シャーロットはアレックスが望むものすべてを備えていた。優しく、知的で、慎み深く、奔放だ。貞淑でありながらも、激しく……。アレックスに見つめられながら、シャーロットは手を伸ばして彼を自分のほうに引き寄せた。

唇が重なる。たった今、キスの仕方を思い出したと言わんばかりにそっと唇を開き、シャーロットが彼を迎え入れた。アレックスはとても拒みきれなかった。すでに従順になっている彼女を官能の攻撃でさらに支配しようと、荒々しく舌を突き入れる。シャーロットがうめいて体を弓なりにし、彼の硬い体に乳房を押しつけてきた。アレックスはすぐさまシャーロットを胸に引き寄せた。ふたたび自分を失っていた。唇を奪いながら、彼はストッキングに包まれた脚に手をすべらせ、初めから存在していないかのようにドレスを押しのけた。彼女に触れたくてどうしようもない。

シャーロットは興奮のあまり半ばすすり泣いていた。脚のあいだが重く、やけどしそうなくらい熱くうずいている。

「アレックス」彼女はささやいて身を震わせた。「わからないの……」

「大丈夫だ、ダーリン」アレックスの声は張りつめていた。彼の指が脚のあいだにすべりこんできたとたん、シャーロットは心臓が口から飛び出るかと思うほど驚いた。無意識にアレックスの手をきつく握りしめる。

「だめよ！」シャーロットは必死で言った。けれども彼の指は物憂げに動き、熱く濡れたところに押し入ってくる。突き刺すような欲望がシャーロットの全身に、とりわけ脚と腹部に広がっていった。

「だめ……」またもや声をあげたが、今度はかすかにためらいがまじっていた。

アレックスが身をかがめ、キスでシャーロットを黙らせた。優しくなだめる指の動きが突然、確信に満ちた強気なものに変わる。シャーロットはどうすることもできなかった。アレックスの腕をつかんでいた手を離すと、唇を引きはがすようにして彼から逃れ、大きくうめいた。

アレックスの心臓は激しく打ち始めた。一週間はおさまらないと思えるほど股間が硬く張りつめていたが、同時に有頂天にもなっていた。愛しいシャーロットを妻になるよう説き伏せられただけでなく、その彼女には彼と同じくらいの生まれつきの情熱が備わっているとわかったのだから。上流社会の男たちからいやというほど聞かされた、棒のように横たわるだけの妻の話や、子供を得るためだけにお互いが耐えなければならない不快な行為の話が頭をよぎった。目の前のシャーロットは彼のキスで腫れた赤い唇を開いていた。呼吸が小さく浅いあえぎに変わっている。きつく潤ったなかへ指を進めると、彼女は体を震わせ、頭を落ち着きなく何度も左右に振りながらふたたびうめいた。

アレックスは身を乗り出し、左手で乳房を愛撫すると同時にもう一度唇を奪って、シャーロットのうめきを封じた。張りつめた体がアレックスの指に押しつけられる。彼はズボンをおろして突き進まないようにするのがやっとだった。アレックスをとどまらせているのはただひとつ――彼自身の精神力だった。シャーロットはすっかりわれを忘れ、全身を駆け抜けるめくるめく感覚にのまれて、呼吸が途切れ途切れになっている。

不意に彼女が体をこわばらせ、すさまじい力で彼の腕をつかんだ。

「アレックス！」シャーロットが叫ぶ。「アレックス！」部屋の外に誰もいないといいのだが。体を痙攣《けいれん》させたかと思うと、彼女はきらきらと輝くいくつものかけらになって砕け散った。体じゅうから汗が噴き出している。自分に押しつけられたシャーロットの美しい体が震え、唇からかすれたうめき声がこぼれ続けるのを目のあたりにしながら、アレックスは顔をゆがめて自制心の最後の一片にしがみついた。

〈中国の間〉に静けさが広がった。彼は天井を見あげ、自分の体を制御できるよう祈った。もっと若かったころを除き、これほど理性を失いそうになる瀬戸際まで追いつめられたのは初めてだった。なにが起こったのか気づけば、シャーロットが困惑して苦しむのは間違いない。アレックスはずきずきとうずく高ぶりをなんとかして静めなければならず、しばらくしてからようやく視線を戻した。

シャーロットは長椅子の隅にもたれかかっていた。恥ずかしいというより、ただ驚いているふうに見える。

アレックスは身をかがめて彼女の顔をなでた。

「あれはなんだったの？」シャーロットが口を開いた。

「なんだって？」質問の意味が理解できず、アレックスは訊き返した。

「わたしになにが起こったの？」細い眉を前髪につきそうになるくらいあげ、シャーロットはアレックスの目をまっすぐに見た。

彼はにやりとせずにいられなかった。「絶頂を迎えたんだ。フランスでは〝ル・プティ・モール〟……小さな死と呼ばれている」

シャーロットは考えこんでいた。「また起こるかしら？」

その言葉には、さすがのアレックスも噴き出しそうになった。「また起こると約束するよ。約束する」

モーニングドレスの袖を直し、スカートを揺すって整えながら、シャーロットはそのことについて考えているらしかった。それからアレックスの体越しに手を伸ばし、キャンピオンが置いていったトレイからきゅうりのサンドイッチを取った。

アレックスは競馬の光景を思い浮かべることに意識を集中した。彼にとって競馬はあくびが出るほど退屈なので、体の興奮を静めたいときにはいつもひそかにその手段を使った。そうしながらも、驚きが徐々に広がっていくのを意識していた。彼の恋人は、多くの女性たちが一度も経験できないことを経験したばかりなのに、落ち着き払ってサンドイッチを食べている。アレックスは目を細めてもっとよくシャーロットを観察した。彼女の手が震えている。さらには涙がひと粒頬を流れ落ちた。

アレックスはため息をついた。好ましくないズボンのふくらみは奇跡的に消えていた。彼は自分もきゅうりのサンドイッチをひとつ手に取ると、涙に暮れる恋人のそばに移動して座った。

「実際のところ」アレックスは物思いにふけるように言った。「同じことは起こらないだろう。次のときにはもっとよくなるからだ。今回はぼくがきみに歓びを与えたが、次はふたりともがお互いに与えるんだ」

シャーロットははっとした。彼のことなど少しも考えていなかった。「わたしになにかできることがあるかしら？」

「いや、いいんだ。きみに触れられるだけで、今のぼくは爆発してしまう」アレックスが陽気な口調で言い、なめらかな声で続ける。「わかるだろう。ぼくの体はすぐにでもきみに飛び乗って、きみの純潔を奪いたがっている。ぼくがここに座ってサンドイッチを食べていられるのは、俗に言う紳士的な自制心と道義心のたまものにほかならないんだ」手にしていたサンドイッチをトレイに戻し、眉をひそめて別のひと切れを選んだ。「ぼくがすべきなのは、まず馬車できみにキスをして、それからこのとんでもなくはき心地の悪いズボンをはいたまま、ぶらぶらとクラブまで歩いていくことだ。そうすれば、ぼくの能力を疑う噂をする者など誰もいなくなるだろう」

シャーロットはまつげの下からアレックスをうかがった。彼が投げかけた視線と彼女の視線が合う。アレックスの黒い瞳が伝えているのは紛れもない誘惑と……笑いかしら？　シャーロットは急にくすくす笑い出してしまった。アレックスが面白がっているのとは種類が違うだろうが、彼女にもかなりおかしく感じられたのだ。彼はお母さまの中国風の長椅子で、これ以上先に進んでわたしの純潔を奪いたくないと思っているのよ。とっくの昔にもう奪っているというのに。

シャーロットはいくぶん罪悪感を覚えながら、アレックスの袖に触れた。「ありがとう」その言葉を聞いて、彼は驚いたようだった。ショックを受けた様子だと言ってもいいだろう。

「どうかしたの？」

「以前にひとりだけ、そんなふうに礼を言った女性が……」彼は口ごもり、サンドイッチをひと口食べた。

「恋人はたくさんいたの？」

「大勢……山ほど……」アレックスが手にしたサンドイッチを振りかざした。シャーロットは彼の答えにむっとして顔をしかめた。アレックスが身を乗り出して彼女の目をのぞきこむ。

「紳士なら絶対にほかの恋人を話題にしてはならない。だが、きみはぼくの最後の恋人になるんだから、話しておいたほうがいいかもしれないな。今日の午後ほど興奮したことは一度もなかった。これまでの人生でかかわった大勢の女性たちと比べても」

シャーロットは顔を赤らめた。

「ぼくたちは途中でやめた」アレックスが続けた。「きみとは一時間でも二時間でも、快適なベッドの上で愛し合いたいからだ」目にいたずらな光をきらめかせて彼女を見る。「きみと結婚したい。きみにはぼくの指輪をはめて、ほかの誰のものでもなくぼくのものになってほしい。きみの初めての経験を、ふたりで過ごす長い夜と昼の始まりにしたいんだ」

「昼？」シャーロットは当惑した。

「そうだ」彼は退廃的な笑みを浮かべた。「ぼくの寝室には大きな窓がいくつかある。白昼に太陽が降り注ぐなかにきみを横たえて……」声がささやきに変わる。「午後じゅうずっときみの体を楽しむんだ」

シャーロットは自分の頬がさくらんぼのように赤くなっているに違いないと確信した。

「くそっ！」アレックスが軽い調子で言った。「限界に近づいているぞ。冷たい水を浴びなければならないな」それを聞いてシャーロットはくすくす笑った。

アレックスが手を伸ばし、友人同士のような雰囲気で彼女の肩を抱いた。彼の手はシャーロットの巻き毛をもてあそんでいる。

「それで、ぼくと結婚してくれるのかい？　きみの父上にきみが同意してくれたと話してもかまわないかな？」

シャーロットはアレックスを見あげた。彼の黒い瞳に、問いかけるような眉に、皮肉なユーモアのセンスに、そして……アレックスその人に対する愛がこみあげてきて、胸が張り裂けそうだった。

「わかっているでしょうけど、いつもあなたが正しいとはかぎらないのよ」彼女は目を輝かせてささやいた。

「そうなのか？」アレックスが右の眉をあげた。「言っておくが、自分が間違っていると誰かに指摘されたことは一度もないんだ」

「ひと目惚れではなくて、五度目か六度目惚れかもしれないわ」シャーロットは甘い声で言うと、彼の首に腕をまわした。「もしかすると愛というのは、自分以外の人を美しくて知的で面白いと、それに……すっかり自分のものにしたいと思うことなのかもしれないわね。もしかすると……」最後まで言わないうちにアレックスの唇が重なった。

そのあとほどなくドアが開けられる音がして、〈中国の間〉の静寂は破られた。服装は乱れているもののとても幸せそうな伯爵と、同じく幸せそうだが落ち着いて見える未来の伯爵夫人は、ふたり揃って部屋をあとにした。

13

　結婚式の三日前、シャーロットは神経の高ぶりを感じながら、クロエ・ヴァン・ストークの肖像画に最後の仕上げを施した。クロエはこれまでの数週間と同様に忍耐強く長椅子に座っていたが、実は彼女も興奮していることがシャーロットにはわかっていた。クロエは制作途中の絵を見ていなかった。できあがってからの楽しみにしたいのだと、まるで子供のように顔を輝かせて説明してくれた。やがてついに、手を入れるべきところがなくなった。シャーロットは神経がぴりぴりして、いっそ絵を破いてしまえば楽になるかもしれないとまで考えた。肖像画の完成と結婚が同時にやってくるのはとても妙な感じだ。まるでこれまでの人生を捨て去るような……。いいえ、くだらない考えだ。アレックスはすでに彼女のために、自宅に立派なアトリエを用意してくれている。しかもシャーロットが近くにいるのがわかるように、彼の書斎の隣に。シャーロットはひそかに不謹慎な笑みを浮かべ、念入りに絵筆をぬぐって下に置いた。あとで使用人たちが彼女の絵をすべてまとめて、グロヴナー・スクエアに運ぶ予定になっていた。わたしたちの家へ、とシャーロットは思った。

「こちらへ来て、あなたの肖像画を見てみない、クロエ？」

クロエが驚いてびくりとした。本当にすてきな人だわ。クロエの真面目そうな小さな顔や澄んだ瞳を見ながら、シャーロットは心からそう思った。絵を完成させるまでの八週間で、ふたりはとても仲よくなっていた。シャーロットは目を細め、改めてクロエの肖像画を見つめた。うまく表現できているかしら？　内面の誠実さは？　描けているように思えるけれど。二カ月前にとてもはっきり感じたクロエの別の面――欲望のかすかな表れ――は、最終的に仕上がった絵ではかなりおぼろげになっていた。『リア王』を見た夜以降、クロエ自身があの切望の表情を見せなくなっているせいかもしれない。あれはアレックスがわたしに求婚した前の晩だった。シャーロットの口もとに抑えきれない笑みが浮かんだ。彼のことを考えるとほほえまずにいられない。

「こんなにのぼせあがった愚か者たちは見たことがないわ！」大おばのマーガレットが手ごわいレディの本領を発揮して断言した。カルヴァースティル公爵が開いた、末娘とシェフィールド・ダウンズ伯爵との婚約を祝う正式な晩餐のあいだ、足の指の腫れに悩まされていたレディ・マーガレットはいつも以上に機嫌が悪かった。「いったいいつまでもつやら」彼女は意地悪い口調で言った。だが本当のところ、マーガレットはシャーロットを気に入っていて、アレクサンダーという男のこともまずまずだと思っていた。彼女は若いころ、〝オールド・ブランデー・ボールズ〟と呼ばれていた、アレクサンダーの父親が好きだったのだ。息子に〝不能伯爵〟などというあだ名がついていると知ったら、先代の伯爵はぞっとするに違いない。

シャーロットのアトリエでは、絵を見たクロエが息をのんで口に手をあてた。「これはわたしじゃないわ！」

シャーロットは驚いた。「あなたよ。そっくりだと思うけれど」

「いいえ」クロエの声はささやきのように小さかった。「わたしよりずっときれいだわ」

シャーロットの口もとに笑みが浮かんだ。「あなたはとてつもない美人なのよ」クロエの小さな肩に手をまわす。「その事実に慣れないと」彼女はクロエの絵の背景を、たとえば廃墟《はいきょ》となった寺院や花の咲き乱れる草原といった最近の流行のものにはしなかった。その代わりに、ちょうど現実のクロエと同じように長椅子に座らせたのだ。表面がややすりきれた長椅子だと、モデルを務めるときにいつも着ている厚い綾織りのドレスが浮いてしまうことがなかった。

「新しいドレスにしたほうが、もっとすてきな絵になったのではないかしら？」シャーロットがその背景を選んだ意図を説明しても、クロエには信じがたい様子だった。「シシーはエジプト風の衣装を――」

シャーロットは彼女の言葉をさえぎった。「シシーが制作を依頼した、あの低俗な肖像画のことは口にしないで！　お気の毒にレディ・コモンウィールは何週間もひどく落ちこんでいたわ。まったく、クレオパトラだなんて！　シシーはドレスを選ぶセンスがないのよ」

学生時代の友人を擁護しようかと思ったものの、結局クロエは黙っていることにした。確かにシシーの服の好みがひどいのは否定できない。クロエなら、母が流行のドレスを選ばせてくれさえすれば、趣味がいいところを示せるだろう。だがホランド卿からの誘いが途絶えた今ではクロエの衣類に大金を注ぎこむ意味はないと、ミセス・ヴァン・ストークは率直な気持ちを娘に告げていた。別の求婚者が現れたら、そのときにまた考えましょうと。別の求婚者なんていらない、とクロエは苦痛を感じながら思った。彼女が欲しいのはウィルだけだった。ところがウィルはクロエの人生から姿を消してしまっただけでなく、ひと月以上前から劇場でも姿を——たとえ遠くからでも——見かけなくなったのだ。彼のことは忘れよう、とクロエは自分に誓った。そのうち泣き疲れて眠ることもなくなるだろう。

シャーロットの絵のなかの彼女は、めそめそ泣くような娘には見えなかった。最終的にシャーロットはクロエを斜め四五度の角度から描いていた。暗い色合いのドレスと長椅子のおかげで磁器のように白い肌と濃い青の瞳が引き立ち、この世のものとは思えないほど美しく、安らいだ雰囲気を醸し出している。

「普段はわたし、こんな感じではないわ」クロエは小さな声で言った。

シャーロットが彼女を長椅子のほうへ引っぱっていった。「さて、これで肖像画は完成よ。次はあなたのことを聞かせて。ウィルはどこにいるの？　もう何週間も彼を見ていないわ」

「わからないの」クロエはみじめな声で答えた。「見当もつかない」

「ふうん。社交シーズンの盛りを逃すなんてウィルらしくないけれど」

「そうね」クロエはシャーロットが口にしなかった意見に応えて言った。「きっともうお金持ちの花嫁を見つけたんだわ」

クロエの目に浮かぶ明らかな苦悩を見て胸が痛くなり、シャーロットはすばやく質問を変えた。

「あなたはウィルの求婚を断ったの？」

クロエは厚いスカートの生地をつまんだり放したりしている自分の手に視線を落とした。

「いいえ」半ばささやくように言う。「申しこまれなかったわ」

「それなら、あなたのお父さまがウィルを遠ざけたとは考えられない？　気の毒に、彼はどうしても財産のある人と結婚しなければならないのよ。聞いたところによると、領地を失うかもしれないんですって。なにもかも、ウィルのお父さまが競走馬に夢中になりすぎたせいなの。残念だわ」

クロエは首を振った。「そうは思わないわ。父は彼を気に入っているの。ウィル、いえホランド卿にはそのあたりの薄っぺらな貴族より商才があると言って……まあ、シャーロット、ごめんなさい。あなたを侮辱するつもりで言ったわけじゃないの。あなただけじゃなくて誰のことも」声がささやきほどに小さくなる。「実際は、これ以上わたしに求婚するのは耐えられないと、ウィルが判断しただけのことだと思うの。財産目あてで結婚しなければならないことと、ただの商人の娘と結婚することは別物だわ。きっとわたしに求婚する気になれなくて、田舎の領地へ行ってしまったんでしょう」

シャーロットはすばやくクロエを抱きしめた。それから立ちあがり、長椅子と向き合うように肖像画の向きを変えた。

「クロエ・ヴァン・ストーク、わたしの絵を見て」シャーロットはきっぱりと言った。クロエが言われたとおり目を向ける。「この女性と結婚するという考えを、ウィルがあきらめられると思う？」クロエは絵を見ているが、自分の青い瞳が繊細な魅力をたたえ、高い頬骨や細い肩がなにもしなくても気品を感じさせ、ふっくらとした赤い唇がかすかに情熱をほのめかしていることはわかっていないらしい。

「ええ」

「あなたは間違っているわ」シャーロットは言った。クロエは無言で聞いている。「ウィルはわたしたちの結婚式に来るのよ」

シェフィールド・ダウンズ伯爵の結婚は、ここしばらくロンドンで行われてきたどの結婚式よりも豪華で威厳に満ちたものになるだろうと思われた。式への招待は厳しく管理され、貴族や花嫁と花婿の特別な友人たちに厳選されていた。それだけでも価値があがり、社交界の一員と主張する人々なら誰もが招待状を切望した。今までのところ、断りの連絡があったのは二件だけだ。『タトラー』や『ガゼット』の記者たちが押し寄せてくるので、シャーロットは家の外に出ると身動きが取れなくなった。『タトラー』のゴシップ欄にはほぼ毎回この結婚に関する記事が載り、ウエディングドレスや新婚旅行や将来の生活――はたして子供はできるのかどうか――の推測が書き立てられた。

「さて、結婚式にはなにを着るつもりなの？」シャーロットが現実的になって訊いた。クロエはかぶりを振った。正直に言えば、出席するかどうかまだ決めかねていた。彼女の両親は招待されたことに大喜びしたものの、出席はきっぱりと辞退していた。もしクロエが式に出るなら、シシーと彼女の両親に付き添ってもらわなければならないだろう。だが、出席するとしても、特別なものを着ようとは考えていなかった。明らかにウィルはロンドンにいないのだから、意味があるとは思えない。けれどもシャーロットの言葉を聞いて、クロエの鼓動は速まった。三日もすればウィルに会える。

「まあ、どうしましょう！」クロエが苦悶《くもん》の声をあげた。「今からでは新しいドレスを作るのは間に合わないわ……。このどれかを着ないと」彼女は分厚い綾織りの生地をつまんだ。

「だめよ」シャーロットが言う。「絶対にだめ。ねえ、わたしの母はこのところ何週間も着るものしか考えられないでいるの。アレックスに求婚されてからずっと、わたしの部屋は一年かけても着られないほどたくさんのドレスであふれているわけ。もちろんお針子も大勢いるわ。みんな先月からずっとうちに詰めていて、縫い続けているんだもの。さあ、行きましょう。どれかドレスを選んだら、明日までにはあなたに合うように直してくれるわ」

クロエは息をのんだ。「そんな、だめよ。いけないわ！　あなたにそんなことをさせるわけには……だって、新婚旅行で必要になるでしょう？」

クロエをドアへ引っぱっていきながら、シャーロットが振り返ってにっこりした。「いいえ、必要ないわ。どんな服もいらなくなるだろうとアレックスに言われているのよ」それを聞いて黙ってしまったクロエを促して、シャーロットは階下へおりていった。

シャーロットの結婚式の当日、参列する上流階級の人々を少しでもいい場所で眺めようと、早朝五時にはロンドンの住人たちがセント・ジョージ教会に集まり出した。それからまもなくするとおおむね礼儀正しく、少々騒がしい陽気な集団ができあがり、招待客が到着するたびに、その衣装についてにぎやかな論評が始まった。レディ・ティブルバットがよろよろと馬車からおりてきたときでさえ、まだそれほど年老いていないと称賛の声があがった。結局はまわりの人々に制止されたものの、見物人のなかにはみんなで彼女を褒めたたえようと言い出すほど好意的な者もいた。

やがてミス・クロエ・ヴァン・ストークがナイジェル・コモンウィールの馬車からおりてきたときには、もっとも威勢のいい職人見習いまでが一瞬黙りこみ、続いて、お世辞ではない本物の賛辞の言葉が次々にかけられた。彼女の耳にはダイヤモンドがきらめき、青い瞳は輝いていた。けれども記者たちが一心にメモを取っていたのは、ミス・ヴァン・ストークのユリのように白い肌と赤褐色の髪、そしてマダム・カレームにしか作り出せない大胆な緑のドレスとの、非常に魅力的な組み合わせだった。レディ・シャーロットのウエディングドレスをデザインするとの情報がもれてからというもの、マダム・カレームは大きな注目を集めていた。そこで群衆は、レディ・シャーロットのウエディングドレスについて推測し始めた。ミス・ヴァン・ストークのドレスは典型的なマダム・カレームのスタイルだ。ふわふわした軽い素材がかろうじて胸を覆い、柔らかく脚にまつわりついている。シャーロット・ダイチェストンは結婚式にそんな大胆なドレスを着るだろうか？

一一時には、セント・ジョージ教会の扉のそばに立つ従僕たちが、リストに載っているほぼすべての招待客の名前を確認し終わっていた。遅れてくる者はほとんどいなかった。教会の手前で馬車の渋滞に巻きこまれるのを恐れて早く家を出てきたのだろう。教会の外に集まった群衆の興奮は頂点に達していた。そこへ花婿が現れた。大勢の視線を集めながら、彼は不安そうな様子などまったく見せずになかへ入っていった。

「まあ、なんてったって二度目だからね。そうだろう？」モール・トレストルが言った。

「そうだ、そうだ」友人のミスター・ジャックが陽気に応じる。「心配なのは、式じゃなくて夜のほうなんだよ！」

「いやな人だね、ジャック」モールがやや不機嫌になって言った。彼女はあの伯爵――なんてハンサムでたくましい男なんだろう！――がその方面での問題を抱えているとは考えたくなかった。

「それで、花嫁はどこだい？　もしかして、ためらっているのかもしれないぜ」ジャックがお節介にもつけ加える。

「逃げ出したっていうの？　まさか」モールはあきれて言った。「いったい誰があんな男を手放すんだい？　なんといっても伯爵なんだから。たとえフロッピー・ポピーだとしても、どうせ彼女は気にしないと思うけどね」

ジャックは顔をしかめた。女がその点を気にしないと思うと、男としての存在を否定されるようで腹が立った。

「なあ、モール」彼は重々しく口を開きかけた。ちょうどそのとき群衆からどよめきが起こり、まるでムクドリの群れが牧草地の柵《さく》におり立ったように、人々の話し声が大きくなった。花嫁が到着したのだ。

父親の馬車のなかで、シャーロットは身動きもせずじっと座っていた。ずっと目がくらむような感じがして、ひとりでにほほえんでしまうのを止められなかった。一方で彼女の母は、向かいの席に座ってもう泣き始めていた。けれどもシャーロットは気にしていなかった。姉ふたりの結婚式のときも、母はずっと泣きどおしだったのだから。アデレードがひときわ大きくすすり泣いた。

「お母さま」シャーロットは半分笑いながら抗議した。「もう着いたわ。教会よ」

マーセルは愛情をこめて妻の腕をつねった。「さあ、話し合ったことを覚えているだろう、アディー?」彼は低い声で言った。「泣きたければひと晩じゅう泣いたってかまわないが、今はやめなさい」

アデレードは小さく震えると、気を取り直した。マーセルは、この縁組みを嫌悪していると解釈されかねないので泣いてはならないと思っている。だけど、いったい誰がこの縁組みに嫌悪感を抱けるかしら? 愛しいアレックスとシャーロット。ふたりは深く愛し合っているわ。

最初に公爵家の馬車からおりてきた公爵夫人は、申し分なく堂々として見えた。彼女は母方のいとこであるドーチェスター侯爵の腕に手をかけて、教会内へ入っていった。続いて出てきたのは花嫁の姉たちと、そのうちのひとりの夫であるブラス侯爵だった。そしてとうとうカルヴァースティル公爵その人が馬車からおりて扉のそばに立った。

シャーロットが姿を現し、従僕に手助けされて通りへおり立つと、一瞬の静寂が広がった。こみ合って騒々しいロンドンの通りの真ん中では非常に珍しいことだ。だが次の瞬間、群衆から自然とあがった称賛の声であたりはいっきに騒がしくなった。

マダム・カレームはみごとな仕事をやってのけた。シャーロットのドレスは典型的なフランス風のエンパイアスタイルに仕立てられていた。ところが使われているのはマダムのいつもの軽い素材ではなく、ずっしりとした厚手のシルクだった。古典的なデザインの小さなボディスは胸のすぐ下までしかなく、そこからありえないほど細いスカートが始まっている。軽くふわりとした布地ではなく、重いシルクが流れ落ちているスタイルが、シャーロットの脚をとてつもなく長く見せていた。うしろは短めの引き裾《トレーン》が広がっていて、歩くたびに生地の重みで揺れたりひるがえったりするようになっていた。しかし、もっとも見物人を驚かせたのは、クリームのように白いシルク地に縫いつけられた小さなエメラルドだった。きっちりと縫われているために、まるで横糸の一部か、そういう織り方なのかと思わせる仕上がりになっていた。シャーロットはまぶしいほどに美しかった。エメラルドが髪で輝き、ドレスでもきらめいている。その朝最後の衣装合わせに立ち合ったマダム・カレーム本人も、思わず涙してしまうほどだった。彼女の将来は約束されたも同然だ。だがマダムが泣いたのは、これ以上美しい花嫁のドレスを作ることはもうないだろうと思ったからだった。

セント・ジョージ教会の入り口にあたるどっしりとした石造りのアーチの下を歩きながら、シャーロットは一瞬パニックに襲われた。もしアレックスが心変わりしていたらどうすればいいの？　結局わたしとは結婚したくないと思っていたら？　けれども彼はそこに、通路の向こう側に立っていた。彼女は深呼吸をすると、祭壇への長い道のりを歩き始めた。

オルガンが軽やかで喜びに満ちた音楽を奏で始め、花嫁の入場を知らせた。現れたシャーロットの姿を目にしたとたん、社交界の人々は息をのんだ。

祭壇の前に立つアレックスはシャーロットに目を奪われていた。これほど美しい女性を見たのは生まれて初めてだ。すぐさま通路を駆けていって彼女を腕にかき抱きたい。彼は懸命に自分を抑え、体をこわばらせてじっと立っていた。アレックスの弟のパトリックがまだ東洋にいて式に出られないため、花婿の付き添いはリュシアン・ボッホが務めていた。リュシアンが鋭く息を吸いこむ音がして、アレックスはちらりと横をうかがった。

「きみは幸運な男だ」リュシアンが言った。「星はきみの上に輝いている」

アレックスは笑顔になった。リュシアンには、複雑なことをただひとつの明快な真実に集約するすばらしい才能がある。確かに、アレックスの上にはいくつもの星がきらめいていた。望むものすべてが腕のなかに届けられようとしているのだから。おまけに彼にはピッパまでいる。娘は最前列で、シャーロットが見つけてきたナニーに抱かれておとなしくしていた。シャーロットは結婚式の数週間前に、知らない人に怯えた反応を見せるピッパをなんとかなだめるのに成功していた。

シャーロットは祭壇に近づいていった。アレックスに見つめられているのは感じていても、まだ顔をあげて目を合わせる勇気はなかった。公爵が娘の手を強く握った。

「大丈夫か？」マーセルはぶっきらぼうに尋ねた。

「ええ」遠い昔に結婚式というものが行われるようになってこのかた、ずっと父と娘のあいだでそうされてきたのと同様に、シャーロットとマーセルのあいだで視線が交わされた。彼女は身を乗り出してすばやく父にキスをした。マーセルが娘の手をアレックスにゆだねた。シャーロットはようやく視線をあげた。彼女を見おろすアレックスの顔に浮かぶ優しいほほえみに、たちまち鼓動が速まる。大主教の咳払いが聞こえ、ふたりは祭壇に向き直った。


あとになって、シャーロットは式のことを断片的にしか思い出せなかった。まずは誓いの言葉――心と魂に深くしみ入る誓いだった。〝死がふたりをわかつまで、ほかの者に依《よ》らず、夫のみに添い遂げると誓わん〟それからアレックスが彼女を見て、大主教の言葉を厳かに繰り返した――問いかけるように眉をあげ、〝わが体をもって、われ汝《なんじ》を崇めん〟と言った。やがて儀式は終わり、聖歌隊席から祝いのトランペットの音が高らかに鳴り響くと、彼はシャーロットを引き寄せ、決して離さないと言わんばかりにキスをした。ようやくふたりが通路を引き返すときになり、アレックスは最前列で足を止めて娘を抱きあげた。するとピッパが手を差し伸べて言った。「〝ナニーじゃない〟がいい」シャーロットは万雷の拍手を浴びながら、柔らかな巻き毛の頭を彼女の肩にもたせかけるピッパを抱いて通路を歩いた。

シェフィールド・ダウンズ伯爵とレディ・シャーロット・ダイチェストンの結婚式は、近年の歴史のなかでも、もっともロマンティックな式だったというのが、参列者の共通する意見だった。不能や過去の結婚についてささやくのは狭量な人々だけだ。レディ・スキフィングでさえ涙をぬぐうところを目撃され、いかに感動的な式だったかがそれでよくわかると、のちに話題になった。レディ・プレストルフィールドは、あの愛しい子たちはまさに自分の屋敷で出会ったのだと、声高に自慢してまわった。

もちろん、男性たちのなかにはシャーロットのクリームのような胸もとや陰になった胸の谷間に目を引かれ、花嫁が不能の夫に飽きるときが来ることを熱心に祈る者もいた。しかし彼らは口を閉ざしていた。また、アレックスの愛情のこもった表情を見て激しい嫉妬を覚え、教会を出るために通路を歩く花嫁をつまずかせてやりたいという衝動に駆られる女性たちもいた。むろん彼女たちも、それを行動に移すことはなかった。こうしてシャーロットの両親が計画したとおり、結婚式は大成功をおさめた。シャーロットとアレックスはみんなに称賛され、感心され、手本とされる夫婦としての地位を確立した。彼の以前の結婚に関する噂は遠い過去のものとなったのだ。

実際のところ、結婚式のあと、カルヴァースティル公爵が開いた舞踏会で踊る新婚のふたりを見て、その夜が長く情熱的なものになると気づかないのは、よほど鈍い人たちだけに違いなかった。アレックスが夫婦になって初めてのダンスにシャーロットを導くと、あちこちからため息がもれた。

「どのくらいここにいなければならないんだ?」アレックスが瞳をいたずらっぽくきらめかせてシャーロットを見た。

「静かにして!」彼女は笑わずにいられなかった。

「もうだめだ、我慢の限界だよ。二カ月以上も苦しんできたのに……まだここに残って、ぼくの古い友人たちやきみの大おば上たちに笑顔を振りまけというのか?」

「なにが苦しかったの?」シャーロットはわざと憤慨してみせた。「わたしは毎晩おやすみのキスをしてあげたでしょう?」

「ああ……だが、せいぜい卵がひとつ焼けるくらいの短い時間だったじゃないか」

「あら、もっと長かったわよ」彼女は抗議した。「その計り方で言うと、ゆうべのキスは一個連隊分の卵を焼けるくらいの時間だったはずだわ」

「それでも足りない」アレックスはシャーロットの唇をかすめた。「もう耐えられないよ、シャーロット。きみが欲しくてどうにかなってしまいそうだ。もしぼくが正気を失ったらどうする? この場で服を脱いで、裸のままハイドパークまで走っていって、あげくに精神病患者の療養所に入れられたら?」

シャーロットは瞳をきらめかせてくすくす笑った。「そんなことが起こるなら、真夜中までここにいようかしら」

「しいっ、シャーロット!」アレックスが急いで言った。「きみがぼくの裸をどれほど見たがっているか年配のレディたちに聞かれたら、きみの評判がどうなるかわからないぞ!」

「わたしは立派な既婚女性なのよ、伯爵さま」

「既婚女性ならぼくの裸を見たがらないとでもいうのか?」彼はふざけてシャーロットに流し目を送った。

「わたしは結婚したレディで、伯爵夫人なの」シャーロットは優しく言った。「だからあなたの裸にとても興味があるのよ」

アレックスの瞳の色が濃くなり、彼はくるりとシャーロットをまわした。「その件に関してはなにも言うつもりはない」やっとのことで低くかすれた声が出た。アレックスは自制心を働かせようと必死だった。この数カ月ずっと問題を抱えているのだ。くそっ、ぼくが噂と正反対の問題を抱えていると知れば、醜聞好きのやつらも黙りこんでしまうだろうに。持続勃起《ぼっき》症と呼ばれているらしいそれは、痛いほどの状態が絶えず続くのだ。

クロエは若いレディたちの真ん中に立って、新婚の夫婦が踊る姿を眺めていた。目に切なさが表れてはいるものの、表情はまったく冷静だった。だが、友人のシシーは違った。ぽかんと口を開けてシャーロットとアレックスを見つめている。実のところシシーは、絶対にリチャード・フェルヴィットソンと結婚しようと決意を固めていたのだ。たとえ彼が跡継ぎではなく、シシーの母親があの息子は結婚に適さない《インエリジブル》と宣言しているとしても。だってシャーロットを見て! 彼女は〝不能《インエリジブル》伯爵〟と結婚したわ。それに、なんて幸せそうなのかしら!

シシーの無鉄砲な計画など知る由もなく、クロエは喉がこわばるのを感じ、今にもこぼれ落ちそうになる涙を懸命にこらえていた。

シャーロットのドレスはクロエに魔法のような効果をもたらしてくれた。全部で五人の紳士が、クロエを晩餐の席までエスコートしたいと申し出たのだ。だが、もしウィルがこの場にいたとしても、きっとこのドレスを着たくらいでは、彼は心を動かされなかったに違いない。最初に教会へ入っていったとき、クロエは左側の通路にウィルのくしゃくしゃの金髪を見かけた気がした。けれどもよく見ようと首を伸ばしてみても、彼の姿は見つけられなかった。それに、たとえウィルがこの舞踏会に来ているとしても、今まだ挨拶にも来てくれないのだから、わざわざ彼女にダンスを申しこむ気にはなれないでいるということだ。やがてシャーロットとアレックスのダンスが終わり、正式に舞踏会が始まった。

ピーター・デューランドがクロエの前で丁重にお辞儀をして、彼女に内気な笑みを向けた。『リア王』の芝居があった夜にブランデンバーグ侯爵家のボックスで初めて出会って以来、クロエは彼に好感を抱いていた。クロエと同じく物静かな性質らしく、不適切なことを言ったりキスをしようとしたりして彼女を困らせたことは一度もなかった。ふたりはカントリーダンスに加わり、偶然にもつながれた手の下を最初にくぐるカップルになって、くるくるまわりながら一周して反対側へ戻った。しばらく話もした。ピーターはクロエがヴォクスホールを早く離れたために見逃した花火について、詳しく教えてくれた。

「レモネードはいかがですか?」ダンスが終わりに近づいてきたので彼が尋ねた。

「ええ、ぜひ」クロエは無邪気にほほえみかけた。すぐそばでふたりをうかがう、激怒した青い目の男性の存在には気づいていなかった。

ピーターは温かくほほえみ返した。彼はクロエのことが本当に好きだった。彼女といると、年下のいとこのベスを思い出すのだ。「すぐに戻りますから」

ピーターを見送ったクロエの右うしろに、一八〇センチを超える筋肉質の大きな体がぬっと現れた。彼女は急いで振り返った。ウィルだ。彼の瞳は記憶どおり、七月の暑い日の空よりも青かった。

「まあ、あなただったの」クロエは弱々しく言った。

「ああ、ぼくだ」ウィルがぴしゃりと言い返す。「いったいどういうつもりだ？」

「なんの話？」

ウィルが目を細める。「シャーロットだろう？ 彼女がきみにそんな、ふしだらなフランス女のような格好をさせたに違いない。まったくひどいな。きみはなにをするつもりなんだ？ 伯爵とでも結婚しようというのか？」

間が悪いことに、ちょうどそこへクロエの次のダンスパートナーがやってきた。スラスロウ伯爵ブラッドン・チャトウィンだ。

「やっと見つけた、ミス・ヴァン・ストーク。だめだ、彼とは踊れませんよ」ブラッドンがウィルに向き直って愛想よく言った。「次のダンスと晩餐はぼくのものだ」

それまでクロエの瞳に浮かんでいた傷ついた痛みの色はしだいに薄れ、ウィルにうなずいてブラッドンの腕を取ったときの彼女は、氷のように冷たい目をしていた。わざとゆっくり向きを変えてブラッドンにほほえみかける。

「ダンスの前に少しテラスを歩きませんか、伯爵？」

ブラッドンの人懐っこい顔がぱっと明るくなった。「喜んで、ミス・ヴァン・ストーク。喜んで」ふたりは人ごみを縫ってテラスへ向かった。ウィルに聞こえるのは、うれしそうに繰り返し喜びを表現するブラッドンの声だけになった。ウィルは心のなかで悪態をついた。いったいどうした？　ずっとクロエと会えるときを待っていたのに、低能で卑劣でたちの悪いうすのろみたいなふるまいをしてしまった。

ダンスが終わってブラッドンが会釈をすると、クロエはこわばった笑みを向けた。ウィルに不当な攻撃をされたせいで、ほほえみを保ち続けるのに苦労していた。どう判断していいのかわからない。美しいドレスを着たからといって、彼はなぜあんなに怒っているのだろう？　クロエはそのドレスを着た自分がどれほど魅力的に見えるか、少しも気づいていなかった。この部屋にいるすべての男性が、彼女の姿を目にしただけで、文字どおり涎《よだれ》を垂らしかけていることにも。

そういう男たちがあのドレスを着たクロエを、あるいはドレスからこぼれそうになっている彼女の一部を見ていることに気づき、ウィルは犬でいっぱいの野原に放たれた雄牛のような気分になった。かっとなったのだ。

ブラッドンがクロエのウエストから手を離すのと同時に、ウィルは彼女の肘をつかんだ。

クロエが驚いて飛びあがる。

「またきみか」先ほどよりはいくぶん不機嫌にブラッドンが言った。「これからミス・ヴァン・ストークをエスコートして――」

「どこへも行かせないぞ！」ウィルは噛みついた。「彼女は忙しいんだ」

「いいえ、そんなことはないわ」鋭い口調で言うと、クロエは彼女をきつくつかんでいるウィルの手から逃れようともがいた。「あなたとはどこへも行かない。あなたは――」

ウィルの怒りがさらに燃えあがった。「いや、行くとも！　もう一度テラスに行きたいというなら、そのときはぼくと一緒だ！」

ブラッドン・チャトウィンはふたりの顔を交互に見た。残念だ。本気でミス・ヴァン・ストークを気に入っていたのに。彼女のことを、彼の母親の祈りに対する天からの答えではないかと思い始めていたのだが。まあ、しかたがない。たとえロンドン一の利口な男ではないとしても、男性にしては思いやりがあるとよく言われるじゃないか。こういう状況に直面したとき、思いやりのある男なら黙って姿を消すはずだ。

「ミス・ヴァン・ストーク、それから、ウィル」ブラッドンは堂々とした態度で――彼女は伯爵を断念して男爵を選んだのだから、こちらが恥じることはない――お辞儀をしてその場を立ち去った。

クロエは頑固に顎をあげた。「ホランド卿」自制心をかき集めて冷たく言う。自制心は、最高の血筋を引いているわけでもないのに最高の学校に通っていたときに、必要に迫られて身につけたものだった。「なにか言いたいことがあるんでしょう？　わたしの魅力についてこれ以上口にする以外に」

ウィルは困惑して彼女を見つめた。「ああ」彼はクロエを引っぱって、開かれたフレンチドアからテラスへ出た。

彼女は急いであたりを見まわした。大丈夫、お目付役になりそうな人たちがいるわ。そこには数人の既婚女性たちが、涼しい夜気にあたってゆったりくつろいでいた。

「それで？」クロエは関心のなさそうな口調で尋ねると、彼の手から腕を引き抜いた。痣になっているに違いないと言わんばかりに、確かめるというよりは検査するように念入りに腕を調べる。つかのま、沈黙が続いた。

ウィルはふたたび内心で悪態をついた。これまで何年も色男《レディ・キラー》として評判を取ってきたはずだぞ。どのように女性を褒めればいいか、陽気なからかいの場面からどうやって官能的な質問に切り替えればいいのかは、細かい点まで熟知している。もちろん、どんなふうにして結婚を申しこめばいいのかも。ちくしょう、これまでに三回も経験しているんだ。それなのに、ぼくの巧みな技はどこへ消えてしまったんだ？　まるで公爵夫人と知り合いになろうとしている若造になった気分だ。

「今は最適なときではないかもしれないが」ウィルはようやく口を開いた。その声を聞いてクロエが顔をあげ、一瞬だけ彼と目を合わせたものの、またすぐに視線を落としてしまった。

「ドレスを侮辱してすまなかった、ミス・ヴァン・ストーク」ウィルはわざと堅苦しく言った。「当然ながら、ぼくは嫉妬に駆られていたんだ」軽い口調で言ったので、われながらただの言い訳にしか聞こえなかった。

クロエがうなずく。

「なかへ入ろうか？　次のダンスの相手がきみを捜しているに違いない」

クロエの頬がかすかにピンク色に染まった。これまで一度もなかったことだが、彼女は泣きそうになって必死で涙をこらえていた。無言でもう一度うなずく。ウィルはクロエの手を取ると、そのままなにも言わずに次のダンスの相手に彼女を引き渡した。ありがたいことにダンスはテンポの速いリールだったので、とくに話をする必要はなく、ダンスの動きのなかで相手と出会うたびにほほえんでいればそれでよかった。

夜はさらに更けていった。クロエはこれまでいちばんひどい舞踏会だと思うようになっていた。ウィルは彼女を腕に抱くすべての男を激しくにらみつけながら、プレブワース大佐の妻と大胆に戯れていた。カミラ・プレブワースの評判がよくないことは誰もが知っているのに、とクロエはみじめな気持ちで思った。ふたりのほうを見ないでおこうとするのに、どういうわけかどこに目を向けてもウィルの金髪の頭が視界に入ってくる。頭痛を訴えて家に帰るべきかしら？　だが、そのとき……クロエはウィルの姿を見失ってしまった。彼は田舎の領地に帰ってしまったのかもしれない。でも、まったく姿が見えないよりは、遠くからでも見られるほうがまだいいんじゃないかしら？　クロエの気持ちは行ったり来たりしていた。

シャーロットとアレックスが舞踏室の階段の上から手を振ってみんなにいとまを告げる姿

を見ても、今のクロエは胸の痛みを感じるだけだった。ふたりはとても幸せそうで、愛し合っているのは明らかだ。アレックスはまるで月や星を見るような目でシャーロットを見つめていて……。アレックスなら自分の妻にふしだらなフランス女みたいだなんて絶対に言わないはずだわ、とクロエは思った。まばたきをして涙を振り払う。けれどシャーロットは公爵令嬢で、もともと堂々とした態度が身に備わっている。ウィルはわたしの生まれが卑しいから、こんなドレスを着るべきではないと思ったのかもしれない。クロエは最初気分が悪くなったが、そのうちに腹が立ってきて、ウィルの顔をぴしゃりと叩いてやりたくなった。

彼女はブラッドン・チャトウィンときわめて楽しく晩餐のときを過ごした。ほんのふたつしか離れていないテーブルで、ウィルがカミラ・プレブワースに手ずから鶏を食べさせているのを目撃したからだ。

クロエが愛想よく戯れてきたせいで、ブラッドンはすっかり彼女に心を揺さぶられていた。だが幸いにも彼は、ぼくが先ほど気をつかったことは間違いではなかったはずだ、そしてミス・ヴァン・ストークは今すぐぼくの母親のところへ連れていかれることを望んではいないはずだ、と自分に言い聞かせて冷静を保った。

クロエは、人生でこれほどみじめな気分になったのは初めてだった。自分は大柄で不器用な人と戯れている。ブラッドンは伯爵かもしれないが、クロエが会ったことのある人のなかでもっとも退屈な人物だった。話せる話題といえば、自分の厩舎のことだけらしい。そうしているうちにウィルがすぐそこで――社交界の人々の目の前で！――カミラ・プレブワースにキスをし始めた。それを見てようやく、クロエはもう十分だと判断した。

彼女はブラッドンに親しみのこもった視線を向けた。「伯爵、急に疲れてしまったみたいなんです……もちろん、お食事をご一緒できたのはとても楽しかったですけれど」急いでつけ加える。「よろしければ、レディ・コモンウィールのところへ連れていっていただけませんか？」

そういうわけで、ウィルが意を決してもう一度クロエといまいましいブラッドン――彼は学生時代の古い友人のことをそう考えるようになっていた――のいる方向に目を向けたときには、ふたりの姿は消えてしまったあとだった。彼らがいたはずのテーブルには、退屈した夫に付き添われた既婚女性たちが集まっておしゃべりに興じていた。

「くそっ！」ウィルは悪態をついて立ちあがった。

カミラ・プレブワースが笑いながら眉をあげた。「小鳥が逃げてしまったの？」

彼は座り直した。「見抜かれていましたか？」

「誘ってもらってうれしかったわ」カミラ・プレブワースはウィルを安心させようとした。「でも、あなたがあんまり何度も見るものだから、右側のほうで誰かが殺されでもしているんじゃないかと思っていたのよ。さあ、その人を捜していらっしゃいな。それから、もし夫を見かけたら、わたしの居場所を伝えてもらえるかしら？」彼女は噂好きな人々の話題の的になるのにうんざりしていた。愛する辛抱強い夫と一緒に、そろそろ家に帰るころあいかもしれない。

ウィルははじかれたように立ちあがり、カミラ・プレブワースにほほえみかけた。「ありがとう」それだけ言うと、急ぎ足で部屋を出た。

舞踏室に入ったとたん、ウィルはクロエの姿を見つけた。どういうわけか、彼の神経はクロエの存在に敏感になっていた。どんなに混雑していても、直感的にクロエの姿をとらえることができる。だが、彼女を見つけてどうするつもりだ？　コモンウィール家の人々は明らかに帰ろうとしているところだった。レディ・コモンウィールは不機嫌な顔で、ショールと円形の縁なしの帽子《ピルボックス》を手にしている。ナイジェル・コモンウィールは妻の外套《がいとう》を持ちながらも、視線をクロエの胸に向けていた。あまりにも熱心に！　ウィルは憤然とした。彼らは誰かを待っているようだ。あの厄介な娘に違いない。名前はなんといっただろう？　ベッシーだったような気がするが、それではまるでメイドの名前だ。ウィルが様子をうかがっていると、レディ・コモンウィールが急いでクロエを客間のほうへ行かせた。レディ・コモンウィールの夫は、テラスとその向こうの庭園を見に行ったようだ。

ウィルは舞踏室を壁に沿ってすばやく移動した。おしゃべりしている娘たちの集団や、糊の利いた帽子をかぶって華奢なフランス風の椅子に座る既婚女性たち、それに陰鬱な表情を浮かべて壁にもたれかかっている紳士のそばを通り過ぎていく。クロエをつかまえて、話をしなければ。明日では遅すぎる。そのとき、不意にクロエが目の前に姿を現した。ウィルが先ほど推測したように、彼女は何部屋かある客間へ行こうとして、彼と同じ壁沿いを進んでいたのだ。

クロエが美しい瞳を翳らせて用心深くウィルを見た。

「彼女はこちらにはいない」彼は頭を傾けて示した。クロエが眉をひそめる。「ベッシーだったかなんだったか、とにかくコモンウィール家の娘のことだ。客間のどれかにいるに違いない」

クロエは冷たくうなずいて礼を言うと、向きを変えて廊下に面したドアのほうへ戻っていった。神経がぴりぴりして、ウィルがうしろからついてきていることがわかっていた。舞踏室の階段の上まで来ても、彼女は振り返りたくなるのを我慢して、シャーロットが〈緑の間〉と呼ぶのを耳にしたことがある部屋を目指して断固とした足取りで廊下を進んだ。慎重にドアを押し開ける。いくらシシーでも、ダンスを抜け出して男性と客間に閉じこもるほど愚かなまねはしないはずだ。それだけで評判が台なしになってしまう。部屋の蠟燭はどれも燃えつきかけていて、なかには誰もいない様子だった。

突然、背後に温かな体をした男性が現れ、クロエを押して部屋のなかへ入らせた。カチッと音がしてドアが閉まる。

ウィルはクロエの体に腕をまわし、彼女の背中に胸を押しあてたままその場でじっとしていた。クロエは抵抗しなかった。これには意味があるに違いない、と彼は思った。

「きみに会いたかった」

クロエはまっすぐ前を見つめていた。かろうじて感情を抑えている状態だった。頭のなかでは、なにを言われても反応してはならないということだけを考えていた。ウィルはきっとまた、ふしだらな女だと彼女を責めるだろう。そのとき彼が頭をさげてクロエの頭にキスをし、髪に頬をあてたのがわかった。

「あの」彼女は堅苦しい声で言った。

ウィルが耳にキスをする。「なんだい？」

クロエは体をよじって彼の腕から逃れ、そのまま前へ進んだ。椅子の背に触れたところでうしろを向く。「見かけがふしだらな女に見えるからといって、そんなふうにわたしを扱っていいことにはならないわ」彼女は激しい口調で言った。

ウィルがはっとした。「そんなつもりじゃなかったんだ！　ただきみのドレスが……あまりにも露出していて、肌がかなりあらわになっていたから……」神経質に両手を動かしながら説明する。

クロエはウィルをにらみつけた。「ほかのレディたちが着ているドレスとそう変わらないわ！」

なぜ彼女はレディという部分を強調したのだろう？　疑問を感じたものの、ウィルは無視することに決めてクロエに近づいた。「きみはほかのレディたちとは違って――」

クロエは話し始めた彼をさえぎった。「わかっているわ！　わたしがレディではないから、このドレスを着るべきではないと思っているんでしょう？」一日じゅうずっとこぼれそうだった涙がこみあげてきて、とうとうあふれ出してしまった。彼女はドアへ向かって駆け出したが、あっというまにウィルに先まわりされた。

「どうしてそんなことが言えるんだ?」彼は激怒して詰問した。「ぼくはそういう意味で言ったんじゃない! きみは紛れもないレディだ」声を和らげて続ける。「美しい髪から魅力的な爪先まで、きみはレディだよ。ぼくが愚かなふるまいをしたのは、その、きみの以前のドレスが好きだからだ。ぼくにとって、きみはまだ採掘されていないダイヤモンドなんだよ。ぼくのほかは誰も知らない宝石だ。今夜きみの姿を目にしたとたん、自分が頭がどうかした男みたいな行動を取ってしまったのはよくわかっている。だけど、みんながきみを見ていたんだ。男たちは誰もが、きみのことを最高級のダイヤモンドだと言っていた。だから、思わずわれを忘れてしまった。わかるだろう……先月はずっと、きみがほかの誰のものでもなく、自分のものになったらと考え続けていたんだ」

クロエはじっと動かなかった。「どこにいたの?」彼女の声は震えていた。

「働いていた。領地で牧羊農家を組織していたんだ。組合を発足させて、ちょうど先週、新しく購入した立派な羊たちが届いたところだよ。結婚で財産を手に入れるより、自分で財を築こうと決めたんだ」

ウィルが手を伸ばしてクロエの顔を持ちあげ、キスで頬の涙をぬぐった。彼女は真剣なまなざしでウィルを見つめた。なんと言っていいかわからない。わたしの財産はもう必要ないの?

「きみと結婚したいんだ、クロエ。だがきみの財産ではなく、自分の力で、自分の金でやっていきたいんだよ」

クロエはうなずいた。ふたたび涙があふれる。

「なぜ泣くんだい？」

「あなたがどこへ行ったかわからなくて……わたしとの結婚を考えて耐えられなくなったのかと思ったの」

ウィルがクロエを引き寄せて首筋にキスをした。「ぼくはきみと結婚したい。外にいる独身男はみな、それに既婚者の多くも同じことを思っているだろう。きみはぼくを待っていてくれるかい？」彼の目には不安が浮かんでいた。

クロエはウィルがそんなわかりきった質問をするのがおかしくて、笑いそうになった。

「羊毛が利益をあげ始めるまでに、長くても一年かかるだろう。利益が出た瞬間に、ぼくはきみの家の玄関のドアを叩くつもりだ」

その言葉に、彼女はついに笑ってしまった。「まあ、ウィル」

ウィルはクロエを見おろした。冷静でいつでも几帳面《きちょうめん》な彼の愛する人は、まるで嵐のなかにいる浮浪児のように見える。頭にキスをしたときに、彼が髪を乱してしまったのだ。頰はピンク色に染まり、涙のあとがついている。それでも、このうえなく幸せそうだった。たとえ娘のシシーがバルコニーで男といちゃついているのを見つけ、今度はクロエが閉ざされた客間にいると知って激怒したレディ・コモンウィールが突然踏みこんできても、クロエの目の輝きが失われることはなかった。

ウィルの大きな手に手を包まれながら、クロエは彼がレディ・コモンウィールをなだめ、シシーのことを褒めそやして、いつのまにかクロエを自宅まで送る手はずを整えるのを聞いていた。ウィルの手の感触は今までと違っていた。もはやダンスが得意な男性のなめらかな手ではなく、二カ月の労働でたこができてたくましくなっていた。クロエは喜びに満ちた笑みを浮かべ、彼女らしく黙ったままでいた。

14

新しいシェフィールド・ダウンズ伯爵夫人は、デプフォードで最高の宿屋で巨大なベッドの端に腰かけ、これまで感じたことがないほど不安になっていた。自分の両手を見つめると、かすかに震えていた。夫がもうすぐやってくるからだ。そうすればふたりは愛し合うだろう。ふたたび。シャーロットがベッドの上掛けを握りしめずにいられないのは、そのふたたび起こることのせいだった。ああ、どうしてもっと素直になって、お母さまにもう少し詳しく話を聞いておかなかったのかしら？　だが実は、アデレードのほうが完全にこの話題を避けていたのだ。彼女は娘の肩を軽く叩いて、あなたは夫婦の関係についてもうすべて知っているのだから、これ以上話す必要はないわね、と朗らかに言った。

母に話を打ちきられても、シャーロットは特別驚かなかった。ひとつには、あのときの痛みをはっきりと覚えていたからだ。母が話したがらないのも無理はないと思えた。記憶がよみがえってきて思わずたじろぎ、彼女は無意識のうちに両脚をきつく閉じた。年月がたつにつれて、女性はその痛みに慣れていくものなのだろう。シャーロットは想像するしかなかった。だが、やがてこわばった表情を緩めた。アレックスがしてくれたほかのことはとても気に入っていたのだ。彼女は〈中国の間〉での出来事をぼんやりと思い返した。

けれども恐れを抱いていた本当の理由は、アレックスにどこかおかしいと思われるに違いないことを確信していたからだった。出血——それに痛み。長いあいだそんなことは考えもしなかったのに、一週間前に突然、不安がいっきに戻ってきたのだ。もしわたしの体がだめになっていたら？　シャーロットは視線を落とし、レースの寝間着の裾からわずかにのぞく爪先を見つめた。マダム・カレームの考える婚礼の夜は、なにもかもフランス風で、ほとんど服を着ていないも同然だった。アレックスが彼女に関心を持たないかもしれないなどということは期待するだけ無駄だ。ここまで馬車に揺られていた二時間のあいだ、彼はずっと向かいの席に座っていた。今はサテュロスのような気分だからと言って。

シャーロットは立ちあがり、風呂のあとに着ていた大きなコットンのローブを身にまとった。裾から真っ白なシルクがのぞいているのでばかげた格好に見えるかもしれないが、彼女は気にしなかった。このほうが安心していられる。シャーロットはひもをきつく締めて結んだ。先ほどマリーは、ずっと意味ありげにくすくす笑いながらシャーロットの髪をとかしてくれた。そのマリーも二〇分前に部屋を退いていた。アレックスはぐっすり眠ってしまったのかもしれない、とシャーロットの胸に希望が芽生え始めた。もしかすると、今夜はしなくてもいいんじゃないかしら？

肩から力が抜けかけたそのとき、分厚い木製のドアが勢いよく開き、アレックスが姿を現した。わたしの夫。彼の姿を目にすると自然に口もとがほころんでしまう。アレックスの体はみごとだった。彼はいつのまにかクラヴァットを取り去り、白いリネンのシャツの胸もとを開けている。上着も着ていない。部屋を横切って近づいてくるアレックスを見ながら、シャーロットの視線は本能的に、肌に張りつくぴったりとしたズボンのラインをたどっていた。アレックスが彼女よりはるかに今夜を楽しみにしているのは、どんなに鈍い人が見ても明らかだろう。シャーロットの顔から血の気が引いた。

アレックスは眉をひそめた。くそっ、確かに処女の花嫁を望んではいたが、そういった女性がどんなふうに見えるものか、今初めてわかった。処女の花嫁に欲望をかきたてられる者などいるのだろうか？　笑い声をあげ、からかうような別れのキスをして彼の血をたぎらせ、じらしながら寝室までの階段をあがっていった女性は消えてしまった。シャーロットの顔は青ざめてつらそうで、痛々しいほど小さく見える。

「スウィートハート」アレックスはベッドに座る妻の隣に腰をおろした。「古くさい妻の心得をきみに話したのは誰だ？　それほど痛むものではないよ」

シャーロットは彼の言葉を黙って嚙みしめた。その痛みについてはすべて知っているとは、とても言えなかった。アレックスが間違っているということも。シャーロットは彼の肩に顔をうずめた。

アレックスは彼女を引き寄せた。シャーロットはいったいなにを着ているんだ？　まるで幽霊だ。彼は自分の肩から引き離せるところならどこにでも、彼女の顔じゅうに口づけた。シャーロットがいっそう近くに身を寄せる。アレックスは彼女のピンク色の華奢な耳に沿って、蝶《ちょう》のように軽やかなキスを植えつけていった。続いて舌でそっと内側を探る。

彼のシャツに押しつけた顔からかすかな声が聞こえた。「たくさんの処女と愛し合ってきたの？」

アレックスは眉をあげた。そのことになにか特別な意味があると思っているのだろうか？彼女の母親はいったいなにを言ったんだ？

「何百人も」彼は喉の奥で笑った。シャーロットが小刻みに震える。「冗談だよ、シャーロット。きみの前にはひとりしかいない」

それもわたしなのよ、とシャーロットは心のなかで言った。

「その娘は不快だとは感じていなかったみたいだ。実際、かなり楽しんでいたと思う」アレックスがつけ加えた。

それを聞いて、シャーロットは口を閉ざすしかなかった。今は過去のふたりの関係を明らかにするときではなさそうだ。

アレックスが彼女の肩から背中へと、慰めるというよりは誘惑するように手を動かし始める。「心配はいらない。ぼくは夫で、きみは妻なんだ。ほんの一瞬、痛みがあるかもしれない。だが、信じてくれ、シャーロット、そのあとは二度と痛まないだろう。初めから少しも痛くない可能性だってあるんだ。ぼくたちは今夜愛し合う。明日も、その次の夜も、これから三〇年のあいだ毎晩。そのたびによくなっていくに違いない」アレックスの唇が首筋をおりていく。触れられた肌が燃えるように熱い。力を抜かなくては、とシャーロットは自分に言い聞かせた。アレックスの腕のなかで、彼女は尻ごみして離れるのではなく、すべてを受け入れて身をゆだねた。アレックスの口が喉を通って顎へとあがっていく。シャーロットは顔をあげて彼を見つめた。

アレックスはどきりとした。彼の花嫁は信じられないくらい美しかった。柔らかい巻き毛がそっと顔を包んでいるさまは、まるでボッティチェリの絵画のようだ。アレックスはシャーロットの顔を両手で包み、情熱をこめてキスをした。問いかけてくる黒い目に、弧を描く眉に、花びらのように柔らかな頰に、小さいけれども強い意志を表す顎に。彼女は先ほどより落ち着いた様子だった。もう彼の手のなかから逃げようともがく小鳥ではない。アレックスは頭をさげて優しくシャーロットの唇を奪うと、じらすように動き、前に教えたとおりに口を開いてほしいと懇願した。

シャーロットの心のなかでは闘いが生まれていた。彼のキスによって、今日までの二カ月間でたびたび彼女の眠りを妨げていた、震えるような、それでいて突き刺すような感覚が目覚めかけていた。あえぎながら目を覚ます直前に見ていた夢で、シャーロットはなにかを懇願していて……それがなにかはわからないが、アレックスにしか与えられないものだった。

けれどもシャーロットの一部は、自分を懸命に止めようとしていた。〝そんなことをしてはだめよ〟小さな声が忠告する。〝きっと痛いわ。それにアレックスはおかしいと気づくかもしれない。すべてが台なしになってしまうわよ！〟だが心が葛藤していても、体は反応していた。アレックスが甘く優しくキスをする。シャーロットは無意識のうちに唇を開き、彼の舌を迎え入れていた。それに呼応して、激しい欲望が腹部に突きあげてくる。彼女は両手をあげてアレックスの首に巻きつけ、ウエーブのかかった豊かな髪に指をからめた。これまでのふた月で分かち合ったあらゆるキスと同じく、一見して無邪気に思えるキスだった。シャーロットの心から、痛みの記憶とともに不安が消え去っていく。少しも怖くないわ。よくアレックスがしてくれる熱を帯びたキスと変わらない。彼がシャーロットから身を引きはがし、激しくあえいだ。一瞬、今夜はこれで終わりなのかしら、と彼女は思った。

うしろへさがったアレックスは思わせぶりに花嫁を見おろした。うれしいことに彼女の頬はほのかに染まり、目はうっとりと夢見心地になっている。これこそぼくのシャーロットだ。

「ぼくたちにはシャンパンが必要だ。まだ花嫁に乾杯していない」

シャーロットの瞳に安堵が浮かんだ。アレックスはわたしの上に飛びのって……貫くつもりじゃないのね。「ええ、そうね！」答えが少し早すぎたかもしれない。

アレックスがくすくす笑う。「来週同じことを言ってシャンパンを勧めたら、きみはグラスを放り出してぼくの上に飛びのるだろうな。信じられるかい？」

「いいえ」シャーロットは思わず興味をかきたてられた。彼の上に飛びのる？　どういう意味かしら？

アレックスはドン・ペリニヨンのコルクを抜いた。思ったよりうまく気持ちを抑えられている。練習の成果に違いない、と彼は自嘲《じちょう》気味に考えた。それよりも単に、怯えた相手とベッドをともにすると思うと興奮しないだけかもしれないが。

「ぼくの父にも乾杯しなければならないな」アレックスはそう言うと、シャーロットにほほえみかけた。彼が離れたとたん、シャーロットはまたすぐ不安そうに体をこわばらせてしまった。「亡くなる前に、このシャンパンを貯蔵しておいてくれたんだ。ナポレオンの禁輪措置のおかげで、これがなければブランデーで乾杯せざるをえないところだった」

シャーロットは鼻に皺を寄せた。キーティング特製の頭痛薬の主な成分が、実はブランデーだったと今では知っている。ほとんど思い出せないのだが、あのとき彼女はすっかり奔放になって、母の中国風の長椅子に寝そべっていた。完全に酔っぱらっていたとしか思えない。

「さて」アレックスが言った。「きみが通っていた上品な学校では、酔っぱらいの歌についてなにも教えてくれなかったに違いないと思うんだが。どうかな？」

シャーロットは興味を引かれた。「それはなに？」

「酔っぱらって、同じことを何度もするのか？　いや、違うぞ」彼がひとり言のように言う。

シャーロットは愚か者ではなかった。アレックスが彼女の気持ちをほぐそうとしてくれているのに気づき、それに飛びついた。「どんなものか知りたいわ」シャンパンに口をつける。

「よし」アレックスは応じた。にやにや笑いを抑えきれない。自分の花嫁を誘惑するのに、思いつくかぎりで最高におかしなやり方に違いなかった。「これはパトリックのお気に入りの歌なんだ」彼が豊かなバリトンで歌い始めると、シャーロットはうっとりした表情で聞き入った。

ゆうべぼくは夢を見た
きみはすてきな白いパン
そしてぼくはバターになった
どうすりゃ塗れる？
ああ、どうすりゃぼく自身をきみに塗りつけられるだろう！

最後の歌詞を聞いて、シャーロットの頰が熱くなった。

「さあ、ここできみは飲まなければならない」アレックスが促した。シャーロットは素直に従い、グラスにそっと口をつけた。「それではだめだ！」アレックスが抗議する。「ちゃんとひと口飲まないと。さもないと次の歌詞を歌わないぞ」

シャーロットはくすくす笑ってシャンパンをたっぷり口に含んだ。

「よし」アレックスは言った。「観客は歌い手に金を払って続きを聞くんだよ」シャーロットが驚いた顔をする。

「キスで支払うわ」彼女は従順に身を乗り出して、アレックスに唇を押しあてた。彼はにっこりして続きを歌い出した。「〝そのあと夢はまたさまよう……〟」だがそこで、喉を締めつけられたような音を発して、歌うのをやめてしまった。シャーロットは急いで足をベッドの上にあげ、横に移動して彼の隣に座った。

「大丈夫？」アレックスの背中を叩く。

彼はにやついているのを隠すために顔を下に向け、憂鬱な声で言った。「いや、大丈夫じゃない。どうやら支払額が足りないらしい」

シャーロットは思わず笑ってしまった。もうひと口シャンパンを飲んでグラスを置く。それからアレックスの耳にキスをした。彼が動こうとしないので、思いきって舌で縁をたどっていって耳のなかへすべりこませた。先ほどアレックスにされたのと同じ動きだ。彼は身震いして花嫁に突進した。シャーロットの唇を奪い、腕のなかで彼女がとろけるまで情熱的なキスをする。リズムを刻む熱い舌の攻撃に屈して、シャーロットは口を開いた。

そのときアレックスに唐突に体を引かれ、彼女は息をのんだ。アレックスはほほえむと、シャーロットの巻き毛のひと房を耳のうしろにかけてくれた。そしてふたたび歌い出す。

そのあと夢はまたさまよう
愛しいきみは蜜蜂の巣に
そしてぼくは蜜蜂になった
どうすりゃ吸える?
ああ、どうすりゃきみのなかに忍びこめるだろう

「飲むんだ」アレックスが催促した。シャーロットはまたくすくす笑った。ウィル・ホランドが自分を蜜蜂と言っていたことを思い出さずにいられない。彼女はシャンパンを飲んだ。

「パトリックのお気に入りの歌は有名なの？」

「まああかな。どうしてだい？」

シャーロットはうつむいて、アレックスがふたたび満たしてくれたグラスを見ながらほほえんだ。「誰かがさっきの歌詞を引用するのを聞いた気がするの」

アレックスが鼻を鳴らした。「最後の一行でないことを願うね」シャーロットは小さく噴き出した。アレックスは急に不機嫌になってしまった。彼が嫉妬しているなんてことがあるかしら？

アレックスは少しのあいだ眉をひそめていたものの、気にしないことに決めた。シャーロットをにらむふりをする。

「支払いをしてくれ」

「まあ」シャーロットが今度は進んで身を乗り出した。

「だめだ」アレックスは大きな手で彼女を押し戻した。シャーロットが左の眉をあげる。彼は魅入られたように彼女の眉を見つめた。ぼくたちには中世のあたりにでも、共通の祖先がいるのだろうか？

「だんなさま」シャーロットが耳に心地よい声で促した。「なにで支払えばいいかしら？」

「その白いやつ……それを取り去るんだ」

体じゅうに広がっていく熱を楽しんでいた彼女は、喜んでウエストの結び目を解き、ローブを肩からすべり落とした。アレックスの目が見開かれるのを見て、大きな満足感を覚える。

彼がごくりと唾をのみこんだ。シャーロットは小憎らしい笑みを浮かべた。

「次の歌詞は？」

「ちょっと待ってくれ」突然アレックスの声がかすれた。「回復するまでに時間がかかるんだ」シャーロットが身にまとっていたのは、レディが着るとは思えないたぐいの真っ白なシルクの寝間着だった。肩に幅の広いレースのひもがついている。独特なのは、そのレースのひもの片方がシルクのなかまでまっすぐ続いていることだ。レースはシャーロットの左胸の上を通っていた。小さなバラ色の乳首がはっきりと透けて見えている。レースはさらに背中へまわり、一周してウエストのすぐ下にふたたび現れていた。シャーロットは正座していたが、レース越しにウエーブしたヘアが少し透けている。なんてことだ。彼女は寝間着の下になにも着ていない。

興奮が耐えがたいほどに高まった。彼はシャーロットのウエストから視線を引きはがすと、深呼吸をしてズボンの位置を整えた。早く脱ぎ捨てたくてたまらないが、今は彼女を怖がらせたくなかった。顔をあげたアレックスは、シャーロットが彼の手もとを見つめているのに気づいた。怯えた鹿のようにではなく、明らかに興味を持って見ているらしい。

「次の歌詞は？」シャーロットが要求する。アレックスは咳払いをした。

「あなたはとても疲れているみたいね。もしかしたらわたしが……力を与えてあげられるかもしれないわ」驚いたことに、シャーロットはふたりのあいだの距離を詰めた。自分の脇腹が彼の脇腹に触れるまで。そして両脚をアレックスの脚の上にのせた。シャーロットはうしろに両手をつき、彼を魅了するようにほほえんだ。

「シャーロット」アレックスの声はかすれていた。「こんなふうにぼくを苦しめていたら、歌の続きが聞けなくなるぞ」

彼の瞳がシャーロットに火をつけた。彼女が華奢な肩の片方をあげると、豊かな胸の上でシルクのひだができた。アレックスが手を伸ばし、重みのある魅惑的な乳房を荒々しい手つきで探り始める。シャーロットの瞳が翳ったが、彼女はアレックスを押し戻そうとはしなかった。胸に触れられたまま、体じゅうに押し寄せてくる途方もない感覚にのまれ、自分の声がどこか遠くから聞こえてくる気がした。シャーロットは恥ずかしげもなく彼の手に自分の体を押しつけたい衝動に駆られたが、そうする代わりに言った。

「続きを歌って」

アレックスは喉を締めつけられたような音を出すと、シャーロットの乳房から手を離し、サイドテーブルからシャンパンのグラスをふたつつかんだ。喉を鳴らして自分のグラスから飲み、もうひとつを彼女に渡す。催促するような視線を向けると、シャーロットもシャンパンを飲んだ。

「よし、いいだろう」アレックスはようやく声を出すことができた。「だが……こういう種類のバラッドは、歌い手が堅苦しい服装をしていてはいけないんだ」シャーロットの脚を自分の膝からおろすと、何気ない口調で話し続けながら立ちあがった。「ぼくの言いたいことはわかるだろう、シャーロット？〈アストリーズ〉で見かけたあのインドの歌い手……彼はなにを着ていた？」

シャーロットはアレックスの言葉を聞いていなかった。彼が白いシャツを頭から脱ぐと、その動きで胸の筋肉が際立って見えた。肌は蜂蜜色に日焼けしている。押し寄せてきた渇望に、シャーロットは体を震わせた。あの筋肉に指を走らせたい……。

恐れるのではなく、なにかを考えこんでいるような彼女の表情に気づいて、アレックスは、ほっとした。ブーツを脱ぎ、ズボンと下着をいっきに足首まで引きさげる。シャーロットは目を見開いたが、見るのをやめようとはしなかった。

アレックスは満面に笑みを浮かべた。「あの歌手は白い寝間着を着ていたんだ、シャーロット」彼女は返事をせず、じっとアレックスを見つめている。「きみはぼくに寝間着を着てほしいのか？」

シャーロットは首を振ったものの、そのあとでうなずいた。

「もう遅い！」アレックスが楽しそうに言い、ベッドの上に座った。シャーロットはおなかのあたりが溶け始めているように感じた。彼がすぐそこに、一糸まとわぬ姿で座っている。蠟燭の火をつけたままで。彼女はとっさに腕を交差させて胸を隠した。アレックスがなんと思おうと、わたしは絶対に明るいところに裸で座ったりしないわ。シャーロットは、アレックスが日の光を浴びて愛し合うつもりだとささやいたことを、都合よくすっかり忘れていた。

アレックスは、彼女が胸にきつく腕を巻きつけているのに気づかないふりをして、もう一度シャンパンのグラスを差し出した。それを受け取るために、シャーロットがしかたなく腕を解く。彼はわざと大きく咳払いをした。
昔の幻もよみがえる
きみは金のすり鉢
そしてぼくはすりこぎになった
どうすりゃ突ける？
ああ、どうすりゃぼくのスパイスをきみに入れられるだろう！
手足の隅々にまで広がってくる体を溶かす熱い炎に、シャーロットはなんとか耐えようとした。アレックスはわたしを突くつもりなの？　それはなんだか……心地よさそうに聞こえる。
シャーロットの火照った頰と震える唇を見て取ったアレックスが、機会を逃さず彼女の手からグラスを奪い、有無を言わさず覆いかぶさった。シャーロットは突然ベッドに押し倒される格好になった。驚いて息をのんだものの、アレックスを押しのけるのではなく、彼の首に向かって手を伸ばしていく。ぴったり押しつけられた体の感触に、シャーロットはすべての意識を集中させた。本能的に腰を持ちあげ、みずからアレックスに体を押しつける。
ゆっくりだぞ、とアレックスは自分に言い聞かせた。ゆっくりとだ！　彼はシャーロットの唇を奪うと、長いキスでじらすように誘惑のリズムを刻み始めた。体の下で彼女が身をよじった。シャーロットは肺に十分な空気が入らないかのように息を切らし、脚を震わせている。彼女の喉からうめき声がもれ、息が浅いあえぎに変わった。それでもアレックスはキスを引き延ばし、不意に両手をシャーロットの胸へおろした。シルク越しに親指で乳首をかすめると、シャーロットは何度も背中をそらし、両手で彼の肩をきつくつかんだ。

激しい欲望で、アレックスは頭がどうにかなりそうだった。なにもかもがすばらしい。まさに天国だ。庭園の娘と愛を交わして以来、もっとも天国に近づいている瞬間だ。それに、今度はあの庭園のときよりはるかにいいに違いない。体の下で頭をのけぞらせて喉をさらし、肌に汗をきらめかせ、うめき声を抑えられなくなって唇を開いているのは、ぼくのシャーロットなのだから。くそっ、彼女が情熱的な恋人になるのはわかっていた。

アレックスは理性的に考えられなくなった。彼の首のあたりに落ち着かなくさまよわせていたシャーロットの両手が、むき出しの肌をたどってゆっくりと下へ進み、引きしまった腰を通って、筋肉質のヒップが始まる付近にたどり着いた。好奇心に満ちた動きで、可能なかぎり下まで行くと、脇をすべって上へと戻ってくる。アレックスの喉から思わずうめきがもれた。彼はシャーロットの両手をつかんで頭の上にあげさせ、唇を奪った。

シャーロットが目を開けてささやいた。「わたしもあなたに触れたいの」その言葉だけで、アレックスはわれを忘れそうになった。

「だめだ。きみのせいで頭がどうにかなりそうなんだ、シャーロット。この次なら触れてもかまわない」彼はかすれた声で言い、片手でシャーロットの両手首をつかんで、もう片方の手をウエストまでおろした。それからゆっくりと、彼女の寝間着を引きあげていった。恐怖のしるしが現れはしないかとシャーロットの目を見つめながら。だがそこに見えたのは、無邪気な渇望だけだった。

実際のところ、シャーロットはアレックスがなにをしているかに気づいてさえいなかった。体がまるで自分の体ではないかのように感じられる。乳房が重くなってちくちくし、脚では燃える炎が渦巻いていた。考えられるのはただ、アレックスを自分の上に引き寄せて……彼の体の重みがこすれるのを何度も感じたいということだけだ。強い欲望に胃がよじれる。シャーロットは泣き声をあげてまぶたを開けた。

「アレックス、お願い！」

寝間着はウエストまで引っぱりあげてあった。閉じられた脚のあいだに手をすべりこませたアレックスは、全身が震え、汗が噴き出るのを感じた。シャーロットはもう準備が整って……いや、整っているどころではない。

シャーロットは自分のなかへ彼の指が沈むのを感じたとたん、悲鳴に近い声をあげた。すすり泣きがもれ、息をするのも苦しい。

彼女の上にかぶさったアレックスが体をこすりつけてくる。ずきずきとうずく欲求にのみこまれ、シャーロットは彼から目が離せなくなった。

アレックスは懸命に自制心を働かせながら彼女のなかへすべりこんだ。どんな女性も経験する最初のときは、ゆっくりとこのうえなく優しいものにしようと計画していた。彼は三分の一ほど進んだところで引き返し始めた。ところがシャーロットが泣き声をあげ、アレックスの肩をつかんだ。「だめ……」

アレックスは彼女を見おろした。シャーロットの顔は欲望に火照っている。アレックスが身を乗り出してキスをすると、彼女は唇を開いて迎え入れ、背中をそらして体を押しつけてきた。彼はこらえきれなくなった。大人になって初めて、アレクサンダー・フォークスは完全に理性を失った。

アレックスは信じがたいほど温かいシャーロットのなかへ突き入れ、しっとりと潤って、まるで彼の一部のごとくまつわりついてくる狭い道を進んでいった。幸運にもシャーロットは痛みを感じていないらしい、とぼんやりと考える。けれどもすでに自分を見失っていたアレックスは意に介さず、何度も繰り返し彼女のなかへ突き進んだ。だが、冷静さを失っていても、シャーロットが自分と一緒に高まってきているのはわかった。たとえ違っていたとしても、アレックスにはどうしようもなかっただろう。この瞬間を長いあいだ待ち続けてきたのだから。

シャーロットは懸命に耐えていた。そうしないと悲鳴をあげてしまいそうだった。痛みはなく、耐えがたいまでに甘美な突き抜ける歓びがあるだけだ。アレックスが動くたびに、彼女は本能的に体を持ちあげて迎えようとした。どんどん張りつめていく緊張は、彼に体をこすりつけてもどうにもならない。

アレックスが膝をついて上体を起こし、大きな両手をシャーロットのヒップの下に入れて自分のほうへ引き寄せると同時に激しく突いた。彼が動くたびに、シャーロットの口から抑えきれない叫びがあがる。アレックスは手を伸ばして襟ぐりから彼女の寝間着を引き裂き、乳房をつかんで口を近づけた。それはまるで燃え盛る炎に火薬を振りかけるようなものだった。次に彼が貫いた瞬間、シャーロットは絶頂にのぼりつめて悲鳴をあげた。彼女に遅れまいとするように、アレックスが激しく突き始める。シャーロットの体で起こった爆発がようやく静まり始めたころ、アレックスが低いうなりをあげて高みに達した。汗に濡れた重い体がのしかかってくる。

ふたりとも無言だった。アレックスはなんとか自制心を取り戻そうとした。庭園でも馬車のなかでも、フランス人の娼婦やデンマークの王女とさえ愛し合ったことがあったが、これほどの情熱を分かち合う経験は生まれて初めてだった。

シャーロットはまだ荒い息をしていた。純粋な幸福感に包まれ、口もとをほころばせる。彼女はアレックスの髪に頬をすり寄せた。全身が気だるさに包まれ、すぐにでも目を閉じてしまいそうだ。でも、このまま眠ってしまうわけにはいかない。

「アレックス、知らなかったわ……こんなにすばらしいものだったなんて」シャーロットはアレックスの首に向かってつぶやいた。小さな沈黙が広がり、彼がシャーロットの頭のてっぺんに物憂げにキスをした。

「こんなのは初めてだ」アレックスが言った。シャーロットは眠りのなかに引きこまれかけていた。力を振り絞って、言いたかったことを思い出す。

「前のときとはまったく違っていたわ。痛くなかった……」彼女はささやいた。まぶたが震えながらさがっていき、ついに眠りに落ちる。覆いかぶさっている夫の体が急にこわばったことに、シャーロットは少しも気づいていなかった。

　アレックスは信じられない思いで、眠り込んだ妻の上から寝返りを打って離れ、呆然と彼女を見つめた。心臓に暗くうつろな穴があいていく。なんてことだ、またしても同じことが起こってしまった。シャーロットは処女ではなかった。マリアが処女でなかったのと同様に。痛みを感じなかったのも、ぼくに触れたがったのも不思議はない。ぼくではない誰かほかの男が彼女に触れ方を教え、男の歓ばせ方を教えたのかもしれない。アレックスは吐き気を覚えた。目の前のシャーロットは無垢に見えた。信じられないほどけがれがなく、心地よさそうに体を丸めて歓びに頬を火照らせ、眠りながらもまだ小さな笑みを口もとに浮かべている。いったいどうして幸せを感じていられるんだ？　シャーロットはぼくを欺いた。ぼくはまたしても敗者になった。女にだまされ、彼女を処女だと思いこんでしまった。これまでの何カ月か、シャーロットは毎晩ぼくを笑っていたに違いない！　アレックスは嫌悪とともに、募る欲望を抱えながら彼女の屋敷をあとにした、いくつもの夜を思い出した。愚かにも、欲望をなだめるために娼婦のもとを訪れることさえしなかったのだ。シャーロットに対して不実だと考えて。不実だと！　ぼくが手に入れたのは娼婦だったのに。

　ふたたび吐き気がこみあげてきて、アレックスは室内用の便器に吐いた。階下に用意されたふたりだけの部屋で、シャーロットと分け合って食べた婚礼の夜の食事をすべて戻してしまった。真っ暗な頭のなかに怒りが燃えあがり、自己嫌悪で体がよじれる気がした。

ベッドではシャーロットが起きあがっていた。部屋の隅でアレックスがたてる物音に驚いて目を覚ましたのだ。彼女は急いでベッドをおりると、裸足のまま彼に駆け寄った。「スウィートハート」優しく声をかけ、アレックスの折れ曲がった背中をさする。シャーロットはいったん彼に背を向けて、椅子にかけたタオルを取りに行った。戻ってくると、ちょうどアレックスが体を起こすところだった。彼は乱暴にタオルをつかんで口を拭いた。そのときになってようやく、シャーロットは彼の胃以外にも悪いことがあると気づいた。彼女を見るアレックスの目はまるで……。

「どうかしたの、アレックス？」シャーロットはおそるおそる尋ねた。アレックスの視線に突き動かされて、彼女は破れた寝間着を首のところでつかんだ。シャーロットの全身をなぞる彼の目には嫌悪と怒りがまじり合って浮かんでいた。

氷のように冷たい声でアレックスが言った。「問題は、また別の娼婦と結婚してしまったことに、ぼくがたった今気づいたことだ。まだ現実がのみこめない」

シャーロットは困惑してアレックスを見つめた。

「きみは処女ではなかった。そうだろう？」黒い瞳に怒りをたぎらせ、アレックスが威嚇するようににじり寄ってくる。

「ええ」彼女は震える声で言った。「だけど――」

「ちくしょう！」アレックスは唐突に背を向けた。シャーロットを殴りたい衝動に駆られて指が震える。だが、彼は一度も女性に手をあげたことがなかった。マリアに対してさえも。

「ぼくに叫び返さないのか？」アレックスは詰問した。「マリアもきみと同じくふしだらな女だったが、少なくともきみのように楽しんではいなかった。それとも、きみの反応はすべて偽りだったのか？　あの小さな叫びも、怯えている様子も、すべて嘘だったと？　ちくしょう、きみがあんなふうに応えた瞬間に見抜くべきだった。レディならあんな反応は見せない。きみがしていたみたいに、懇願したりあえいだりするレディなんて聞いたこともない！」

シャーロットは体じゅうが震えるのを止められなかった。アレックスの言うとおり――いいえ、彼が間違っていることもあるわ。わたしは娼婦ではない。けれども、頭のなかで声が響いた。〈若い淑女のためのレディ・チャタートンズ・スクール〉でレディ・シッパースタインが言っていた言葉が。〝レディは腰をくねらせてはなりません。レディは静かな声でしか話してはなりません。レディは決して興奮したり、強い感情をあらわにしたりしてはなりません〟レディ・シッパースタインはいつも、シャーロットが歩くときに腰を振りすぎると言って注意した。アレックスは正しい。わたしはレディではないんだわ。レディ・シッパースタインがなんと言うか、想像するのは少しも難しくない。女性が大きな叫び声をあげたり懇願したりすれば……。

シャーロットの頬が赤く染まった。目に涙がこみあげ、視線を床に落とす。彼女の姿は罪そのものだった。

「どうしてこんなことをしたんだ？」ふたたび近づきながらアレックスが言った。涙にかすむシャーロットの目に、のしかかるようにして立つ彼の大きな体が映った。「なぜこんなことを？」ひと言ひと言を怒った声で強調しながらアレックスが訊いた。「どうしても夫が欲しかったのか？　それともぼくが結婚市場で最高の獲物だったからか？　なぜブラッドンではだめだったんだ？　やつのほうが危険が少ないと思わなかったのか？　かわいそうなブラッドン。あいつなら鈍いから、きみがふしだらな女で処女ではないと気づかなかったかもしれないぞ。汚れた掘り出し物に大喜びしたかもしれない」彼は冷酷に言った。「きみは間違いを犯したみたいだな。なぜならぼくはすでに一度尻軽女と結婚しているから、その手の女のことなら熟知しているんだ」

シャーロットには耐えがたい言葉だった。彼女は両手で耳をふさいだ。夫の声を揺るがす憎しみに、心も体も抗議していた。

「いや！」シャーロットは大きな声で言った。

「今度は叫び始めるのか？　それなら手を貸してやろう！」アレックスが化粧台の上から瓶を手に取り、壁に向かって思いきり投げつけた。瓶は粉々になって床に落ちた。木の板を流れ落ちる白いクリームを、シャーロットは麻痺したように見つめた。純粋な恐怖で鼓動が激しくなる。彼に殺されるかもしれない。新聞で同じような事件を読んだことがある。その事件では、法律が夫の正当性を認めたのだ。だまされて無垢でない女性と結婚させられたからという理由で。

シャーロットの体にほんのわずかに力が流れこんだ。怒りに駆られた夫に殺されるのだとしても――心の一部は、自分の身にこんなことが起こっているのをまだ信じていなかったが――アレックスにその権利があると思わせたままにはしておけない。

「わたしは娼婦じゃないわ」彼女は小さいけれども落ち着いた声で言った。アレックスを見たくはなかったが、勇気を奮い起こして顔をあげる。彼と目を合わせたシャーロットは、そこに見える嫌悪の激しさに思わずたじろいだ。「わたしが関係を持ったことがある男性はあなただけよ。以前に一度だけ」

アレックスは目を細めた。いったいなんの話だ？　ぼくが眠っているうちにそれと気づかず、処女の純潔を奪ってまわっているとでも言いたいのか？　彼女の話がまったくのでたらめだと気づかないとでも？　「これまできみと寝たことは一度もない」言葉の端々にまで軽蔑をこめて、彼は反論した。「そして神に誓って、二度ときみと寝ることもないだろう」アレックスは突然手を伸ばすとシャーロットの手から寝間着をもぎ取り、裂けた残りが床に落ちるまま放置した。

「その才能をロンドンで生かすべきだな」アレックスが冷静に言い、冷たい目で彼女の体を眺めた。シャーロットはほとんど聞いていなかった。アレックスのほうは自制心を取り戻しつつあるようだ。

「きみは若いやつらのあいだで、ひとりでも十分うまくやっていけるだろう。目に浮かぶよ。美しい伯爵夫人が……」アレックスは急に言葉を切った。「ちくしょう！」シャーロットが不貞を働いたとすれば、それは彼の不能のせいだと思われる。アレックスは黒い蛇が喉のまわりに絡みつき、じわじわと窒息させられている気分になった。

そのとき、突如ひらめいた。もともと欲しかった子守が手に入ったと思えばいいのだ。シャーロットをロンドンに住まわせておく理由はない。イタリアへの旅行は中止だ。祝うことなどなにもないのだから。この新しい子守は田舎へ連れていけばいい。いや、田舎の領地よりもっと遠くへ。ぼくはスコットランドにも領地を持っている。そうだ、あそこへ行こう。結婚した女をあそこで子守として働かせればいい。シャーロットをスコットランドに残し、ぼくはロンドンへ戻る。年に一度くらいは会いに行くかもしれないが。

アレックスは改めてシャーロットを見た。彼女は無言で涙を流しながらじっと床を見つめている。ほんの一瞬、アレックスは哀れに思ったが、その思いを容赦なく払いのけた。過去にマリアも同じように泣き、許してほしいと懇願した。もう二度とほかの男と戯れないと約束し、ベッドでのアレックスはすばらしいので、これからずっと彼のそばにいれば幸せだと主張したのだ。それなのにわずか二週間後、アレックスは夫婦のベッドで従僕と精力的に戯れるマリアを見つけた。そのときの光景を思い出し、彼はきつくこぶしを握りしめた。今度はもっとうまく対処しなければ。妻をスコットランドへやり、ぼくはロンドンで暮らす。シャーロットがぼくの娘を育てるのはかまわないが、ぼく自身は二度とシャーロットに会う必要はない。なぜシャーロットがスコットランドにいるのかと、不思議に思う者は誰もいないだろう。愛人を囲えば、ぼくの能力を疑う噂も消えるはずだ。貴族の奥方と通じてもいいだろう。ぼく自身が不貞の妻を持つ男なのだから、他人に同じことをしてどこが悪い？

アレックスは決意に目を燃え立たせた。シャーロットの腕を荒々しくつかみ、部屋の隅に積んだ荷物のところへ連れていく。

「荷造りを始めるんだ」彼は冷たく言った。呼び鈴を鳴らして彼女のメイドを呼ぶ。「これから出発する。マリーにピッパとミス・ヘルムズを起こさせるんだ」

シャーロットは呆然としてアレックスを見た。「ほかの男の人に体を許したりしていないわ！」彼女は抗議した。「あなただけよ。何年も前に一度だけ！」

アレックスは聞いていなかった。振り返りもせずに部屋から出ていった。二分後、ドアにそっとノックの音がして、ショックに目を見開いたマリーが入ってきた。彼女はたちまち女主人の様子に気づいた。美しかった寝間着の残骸を握りしめてすすり泣いている。少なくとも怪我をさせられてはいないようだわ、とマリーは現実的になって思った。奥さまには処女のしるしがなかったのかもしれない。男はばかみたいにそういうことにこだわるものだ。

マリーはシャーロットから目をそらし、すばやく荷物をまとめ始めた。女主人が落ち着くためには時間が必要だろうと考えたのだ。数分が過ぎたが、シャーロットは床の真ん中でぴくりとも動かなかった。そのときドアが勢いよく開けられ、アレックスがキーティングを従えてやってきた。マリーはすばやくシャーロットに視線を向けた。シャーロットは戸口に立つ男たちに気づいてもいない。マリーはシャーロットに駆け寄り、守るように彼女の前に立った。キーティングが部屋の隅に視線をそらした。彼はいい人かもしれない、とマリーは思った。

「ぼくの服を出すんだ」アレックスがかすれた声でキーティングに告げ、妻のほうへ頭を傾けた。「彼女は三台目の馬車に乗せる」

マリーはごくりと唾をのみこんだ。ふたりのあいだによほど深刻な不和があったのは間違いない。三台目の馬車は使用人が乗るものだ。主人の馬車と、ピッパとナニーを乗せた馬車についていくために。自分たちが乗る馬車に女主人が座っていたら、使用人たちはどうするだろう？　マリーとキーティングのあいだで視線が交わされ、マリーは口をつぐんだ。キーティングの目が明らかに警告していたからだ。マリーがいちばん避けたいのは、解雇されて奥さまをひとりでここに――頭がどうかした伯爵のもとに！――置いていくことだった。マリーは男性ふたりが部屋を出ていくまでシャーロットを守っていた。伯爵が去るときには従順に視線をさげたままでいた。彼は脳みそがコルクでできた愚か者に違いない。ドアが閉まると、マリーはそう思った。キーティングが服とクラヴァットを積みあげた山を運んでいく。ありがたいことに、セシルはイタリアへ行くシャーロットに同行する使用人の一員に選ばれていた。きっと彼がほかの従僕たちを取りまとめるのだろう。馬車に全員は入りきらないので、セシルは車輪のところに乗っていくはずだ。

結局、マリーの心配は無駄に終わった。一時間ほどして部屋から出てみると、伯爵の馬車はそれよりずっと前に、四人の従僕と秘書を乗せて出発していた。キーティングが時間を見つけて使用人たちの配置を考えたらしい。セシルの話によると、従僕たちは馬車の外に乗ることになっていて、六人がうしろにしがみつき、前には普段どおりふたりが乗るそうだ。キーティングは御者と一緒に座るのだろう。馬車のなかはシャーロットとマリーだけになる。マリーはうなずいた。悲しみのあまり、セシルに愛情をこめた目を向けられそうになかった。男というのはなんてひどい怪物なのかしら。奥さまはなんてひどい怪物と結婚してしまったのだろう！　マリーは心の底からシャーロットが処女だと確信していた。今夜早い時間にベッドへ入る準備をしていたとき、シャーロットはすっかり怯えていたのだ。マリーはかぶりを振り、セシルに陰鬱な視線を向けると宿へ引き返し始めた。

そのとき、たくましい腕が伸びてきて彼女のウエストに巻きついた。

「待てよ！」恋人が耳もとでささやいた。「だんなさまの頭がどうかしたのはおれのせいじゃない。おれたちはみんな奥さまの味方なんだ。わかってるくせに」

マリーはうなずき、宿へ戻った。湯を張った浴槽のなかにシャーロットを座らせたままにしてきていたのだ。マリーが部屋へ帰ると湯はすっかり冷めていたが、シャーロットはまるで幼い子供のように、まだそこに座っていた。マリーはなんとかして女主人に服を着せた。シャーロットは泣きやんでいたが、その青ざめた無表情な顔を見て、マリーは泣いているときの顔を目にしたときよりもさらに心を揺さぶられた。女がこういう顔をするのは……よくないときだ。マリーは同じ表情を見たことがあった。彼女の母が流産して赤ん坊を亡くしたときに。

ちょうどそのとき、廊下に叫び声が響き渡った。「まあ！《モン・デュー》」驚いて、思わずフランス語が口をつく。無理やり起こされたピッパが抵抗して、力のかぎり泣き叫んでいるのだろう。

その声を聞いて、まだ旅行着の背中のボタンを留めてもらっている途中だったが、シャーロットがマリーのそばを離れた。彼女はドアを開け、落ち着いた口調で言った。「ミス・ヘルムズ」髪を乱したピッパのナニーのケイティ・ヘルムズが、振り返って階段を見あげた。

「わたしがピッパを引き取るわ」そう言って、シャーロットは手を差し出した。ケイティはためらっていたが、やがて階段をのぼり始めた。シャーロットの姿を見つけたピッパがよけいにすすり泣く。

「〝ナニーじゃない〟がいい」ピッパが泣きながら訴えた。

「いらっしゃい、ダーリン」シャーロットがなだめるように声をかけ、ピッパを腕に抱いた。「階下《した》へ行って馬車に乗りましょう。いいわね？　ママが歌を歌ってあげるわ。そうしたらもう一度眠ればいいの」

「パパ！　パパがいい」ピッパがぐずった。

「今はここにいないの。でも、ママがいるわ。カエルの歌を歌いましょうか？」シャーロットはなだめた。

階段の上では、ほかのふたりの若い女性――マリーとケイティ――が驚いて顔を見合わせていた。女主人がこれまで自分を〝ママ〟と読んだことは一度もなかったのだ。だがピッパは受け入れたらしい。シャーロットの腕のなかでまだ息を切らしていたが、もうしゃくりあげてはいなかった。

シャーロットがマリーを見あげた。「ごめんなさい、マリー。計画が変わったみたい。わ

「たしのブラシを馬車に持ってきてくれるかしら？　そうしたら、なかで髪を整えてもらえるわ。わたしたちは今すぐアレックスの馬車を追いかけたほうがいいと思うの」

　マリーは最後に残ったいくつかのものをまとめるために寝室へ戻った。シャーロットのためになった寝間着を丸めて袋に入れる。残しておけば、部屋の掃除に来た使用人が見つけて、そのことをゴシップ紙に売るかもしれない。まったく、新聞にはもう十分話題を提供しているわ。

　だが実際のところ、シェフィールド・ダウンズ伯爵が計画を変更したことは、ロンドンには伝わっていなかった。アレックスの指示を受けてキーティングが宿屋の従業員全員に金をたっぷり渡し、口外しないよう強い言葉で脅してあったのだ。宿まで同行してきた八人の従僕たちにも、年俸を倍にすることで口止めをした。彼らをイタリアへ乗せていくはずだった船の船長にも、消えた乗客について口をつぐんでおかせるために船賃の三倍の金を支払い、やはり最後は脅しで締めくくった。

　シャーロットの両親が、娘は今ごろイタリア行きの船に乗っているだろうと思っているころ、当のシャーロットはピッパと一緒に馬車に揺られながら、のろのろと北へ向かっていた。アレックスが残していった馬車は通常の四頭立てではなく二頭の馬に引かれていたので、一行は一日にあまり遠くまで進めなかった。そのほうがかえってよかったかもしれない、とシャーロットは思った。アレックスの馬車がはるか先を行っていれば、彼のことを心配する必要はない。

夫はどんどん先へ進んでいったに違いなかったが、日がたつにつれて、シャーロットはわざとゆっくり旅を進めた。昼食に三時間かけ、そのあいだピッパと一緒に草の上で楽しそうに転がった。興味を引かれた町にはすべて立ち寄り、教会の尖塔《せんとう》をスケッチしたり、声をあげて笑うピッパをお風呂に入れたりした。そうやってふたりは互いをよく知るようになり、シャーロットはより落ち着いて、いずれ夫と再会するときのための力を蓄えた。実際、一日が過ぎるごとにさらに冷静になっていった。なにが待ち受けているか、シャーロットはよく理解していた。アレックスは彼女をスコットランドに置き去りにするつもりなのだ。そう思っても、たいして気にならなかった。彼には思いたいように思わせておけばいい。彼女は娼婦ではない。これまでベッドをともにした相手は夫だけだ。

けれども、もう二度とアレックスをベッドに迎え入れるつもりはなかった。夢のなかでだけ思い出すことを自分に許したあの恍惚《こうこつ》のひとときでさえ、アレックスと関係を持った二回の情事で味わった屈辱と恐怖に見合うほどの価値はない。ベッドをともにしない点は問題視していなかった。アレックス自身が、二度と彼女と寝るつもりはないとはっきり表明したのだ。シャーロットはスコットランドで孤独に過ごす未来を思い描いた。もしかしたら、来年の夏には両親が訪ねてくれるかもしれない。ロンドンを離れることにそれほど後悔はなかった。ただ、すでにソフィーのことは恋しくてたまらなくなっていたが。それに母のことも。なによりも、シャーロットは母の肩で泣きたかった。だけど、そんなことをしてもなにも変わらない。彼女は自分を慰めると、涙に濡れた夜を終わらせて起きあがるのだった。

二台の馬車が国境を越えてスコットランドへ入るころには、レディ・プレストルフィールドの舞踏会の階段でアレックスにぶつかった若く無邪気な娘は、とっくに姿を消していた。代わりにそこにいるのは、冷静で毅然とした伯爵夫人だった。彼女は小さな女の子と遊ぶときだけ打ち解けた態度を見せた。

「ちゃんとしたレディだよね？」赤毛の少年が母親に尋ねた。

「ふん、彼女はイングランド《サセナック》人よ。それを忘れちゃだめ！」母親は荒々しい口調で言った。「あのお高くとまった様子を見てごらんよ！　ああいう女は絶対に髪をおろさないのよ。わたしたちとは違うんだから」

美しいが、どこか冷たい感じのするイングランドの伯爵夫人を見つめながら、少年はうなずいた。大好きなふっくらとした母さんと違うのは間違いなかった。少年は突然母親の腰をつかんで抱きついた。

「まあ、リッキー、やめてちょうだい！」母親は少年の腕を押しのけた。ちょうどそのとき、小さな女の子が泣きながら伯爵夫人にぶつかっていった。するとみごとなドレスを着たイングランドの女性が身をかがめ、女の子を腕に抱いてほほえみかけた。もしかするとわたしたちとそれほど違わないのかもしれない、とミーガンは思った。彼女は自分の息子を強く抱きしめると、小さな娘の耳もとに頭を寄せながら歩み去っていく美しい伯爵夫人を一緒に見つめた。

15

アレックスがスコットランドの領地にあるダンストン城に着いたのは、シャーロットと使用人たちが到着するおよそ一〇日前だった。ここまでは馬車にひとりで座るか、ブケファロスにまたがってやってきた。気分的には馬に乗っているほうがはるかにいい。だがどちらのときも、彼は怒りに任せてシャーロットを使用人用の馬車に追いやったことを後悔して悪態をついていた。なぜ彼女をこちらの馬車に残しておかなかったんだ？　心ゆくまでののしることができたのに。けれどもそのうちに、みずからの行動に対する嫌悪と羞恥《しゅうち》がまじり合った感覚がじわじわと胸に忍びこんできた。そうなると、妻を見えない場所へ追い払っておいてよかったと思えてくる。心から追い出せはしなかったが。

シャーロットのついた嘘を思うとまだ激しい怒りがこみあげてくるものの、状況を分析する力は徐々に戻りつつあった。ある日、アレックスは自分がいまだにマリアの裏切りに腹を立てていて、それがシャーロットを見る目に影響を及ぼしているのに気づいた。ところがそれからわずか二日後の朝には、アレックスは体をこわばらせて椅子に座っていた。頭のなかではシャーロットの声が響いている。〝ほかの男の人に体を許したりしていないわ！　あなただけよ。何年も前に一度だけ！〟

ベッドをともにしたあと、彼女は言った。〝知らなかったわ……こんなにすばらしいものだったなんて。前のときとはまったく違っていたわ。痛くなかった……〟

シャーロットはマリアほどひどい裏切り者ではなかったということか。そうだ、彼女が男と寝たのは何年か前の一度きりで――その相手をぼくだと思っている。その事実は、シャーロットが彼の求婚に応じた理由に醜い影を落とした。だが、そんなことは問題ではないと、愛という夢を焼き払いながらアレックスは思った。ぼくは愚か者ではない。なにが起こったのかははっきりしている。シャーロットはパトリックに身を任せたのだ。そしてぼくと出会ったときに残念ながらパトリックがイングランドにいなかったせいで、彼女は処女を奪った相手をぼくだと信じこんだに違いない。アレックスはごくりと音をたてて唾をのみこんだ。パトリックとは過去に女性を共有したこともある……しかし、妻は別だ。直視するにはつらい事実だった。それでも、こういう状況で結婚しなければならないとすれば、もうひとりの男が双子の弟であるほうがまだましじゃないか？

シャーロットが到着するまでの数日間、アレックスはそのことを考えながら、霧が立ちこめるスコットランドの川で釣りをしていた。釣り糸を垂れていると、ぴりぴりした神経をなだめられる。ときどきマスが釣れたが、食べたいとも思わないのでまた川に戻した。そうやって何時間も、灰色がかった緑色の水面に釣り糸が立てる小さなさざなみを凝視しながら過ごした。

　この三週間でもっとも驚いたのは、自分がどれだけピッパを恋しく思っているか、ようやく気づいたことかもしれない。何カ月ものあいだ、アレックスはピッパにとって人生でいちばん重要な人物だった。だが発作的な怒りに駆られたせいで、彼はナニーとよく知らない継母のもとにピッパを残して去ってしまったのだ。ピッパに会いたくてたまらない。胸の奥に痛みを感じるほどあの子が恋しい。真夜中にふと、ピッパはどうしているだろうと考えることがあった。ぼくが額にかかる巻き毛をなで、楽しい夢を見るんだよと声をかけなくても、ちゃんと眠れているだろうか。ほかはともかくピッパのことを考えると、シャーロットをスコットランドに追いやるという計画はまずかったかもしれないと思えてくる。ぼくもスコットランドにとどまるのでなければ。

　いや、それはだめだ、とアレックスは険しい顔で考えた。妻を受け入れるしかない。彼女をロンドンに連れて帰るのだ。ふたりでなんとかうまくやっていけるだろう。ぼくはもう、自分が結婚した女性と恋に落ちるという、バラ色の幻想をあきらめたのだから。シャーロットとベッドをともにすることになるだろうが、それは跡継ぎが必要なせいだ。パトリックに子供ができれば跡継ぎの問題が口実にすぎなくなることに、アレックスは気づいていなかった。

　彼はいらだたしげに釣り糸を揺らした。シャーロットはいったいどこにいるんだ？　この二日間、アレックスは小耳にはさんだ話のせいで不安を募らせていた。スコットランドとの国境に強盗がひそんでいて、そんなこととは知らずにやってくるイングランドの旅行者たちを襲っているらしいのだ。くそっ、ぼくはどうしてあんなに短気で傲慢で猷じみたまねをしてしまったのだろう？　シャーロットとピッパが強盗に遭い、人質になってしまったらどうする？　もっと悪いことが起こったら？　実際は、城からほんの二時間ほどのところにシャーロットの馬車が停まっていて、乗っていた人々はのんびり昼食をとるために花が咲き乱れる草原をぶらぶら歩いていた。しかし、アレックスははるかに残酷な結末を想像して自分を苦しめていた。

　そしてようやく、旅の埃にまみれた二台の馬車が巨大な石壁のあいだを通って中庭に入ってきた。図書室の窓からその様子を目にしたアレックスは、すぐさま階段をおりていって妻と子を抱きしめたい衝動をかろうじて抑えた。窓のそばにとどまり、体をこわばらせて窓枠にもたせかける。まず彼の妻が、三台目の馬車——使用人用の粗末な馬車——からおりてきた。次に二台目の馬車の扉が開き、半分転がるようにしてピッパが出てきたかと思うと、シャーロットに駆け寄って両手を差し伸べた。アレックスは知る由もなかったが、実はこうして別々の馬車に別れたのはつい二時間前で、それまでシャーロットはピッパの馬車に一緒に乗っていた。ピッパは一時間しか我慢できず、それ以降はママに会いたいと言ってナニーを困らせた。アレックスの見ている前で、シャーロットが笑いながらピッパを抱きあげた。ピッパは小さな手をシャーロットの首にまわして鼻をこすりつけている。これこそぼくが望んでいたことだ。そうだろう？

　そろそろ階下《した》へ行くべきだろう。図書室を出て曲がりくねった石段をおりながら、アレックスは気持ちを引きしめた。この数週間で、自分がシャーロットの美しさにどれほど心を動かされていたかを忘れてしまっていた。ピッパを抱きあげようとしてかがんだときの引きしまった腰の動きを見ただけで、彼は突き刺さる欲望を感じた。なおさらいいじゃないか、とアレックスは落ち着いた足取りで玄関へ向かいながら考えた。結局のところ、彼女はぼくの妻だ。ほかの男に目を向ける暇がないほど忙しくさせておけばいいのかもしれない。

アレックスは中庭へ入っていった。使用人たちがドアから続々と出てきて一列に並び、新しい伯爵夫人に正式に紹介されるのを待った。ピッパを抱いて立つシャーロットは、どことなく面白がっているふうに見えた。アレックスを見つけても表情は変わらない。シャーロットがわずかに頭を傾けた。「だんなさま」

アレックスは注意深く彼女をうかがった。挨拶に応じて彼も頭を傾ける。

「シャーロット」それきり中庭は静まり返った。シャーロットの肩越しに馬を見ていたピッパが身をよじってこちらを向いた。アレックスは笑みを浮かべて娘に手を差し伸べた。けれどもピッパはいつものかわいらしいイタリア訛りで〝パパ〟と言うことも、身をくねらせて下におり、先ほどシャーロットにしたように彼のもとへ駆け寄ってくることもなかった。怯えた顔になったかと思うと、シャーロットの首に巻きつけていた腕をほどき、突然大声で泣き始めたのだ。

「スウィーティ」シャーロットが言った。「言ったでしょう、パパとはまた会えるって。ほら、ここにいるわ。パパはあなたに会いたかったのよ。あなたが大好きなんですもの。もう二度と離れないわ。わたしが言ったことを覚えている?」

返事はなかった。ピッパがシャーロットの首にいっそう強く顔を押しつける。アレックスは燃えるような熱が首から上にのぼってくるのを感じた。三〇名もの使用人たちが見ている前で、娘が彼を拒絶しているのだ。いったいどうなっているのだろうと、使用人たちは首を伸ばして見ている。シャーロットを胸に引き寄せ、よそよそしい表情が消えるまでキスをしたい。そんな衝動を抱いていることは表に出さず、アレックスはふたりに歩み寄った。

「ピッパ」低く落ち着いた声でなだめるように言う。「会いたくてたまらなかったよ。おまえを置いていかなければよかったと、毎晩考えていたんだ。だけど、今はここにいる。ぼくのピッパに抱きしめてもらえたらうれしいんだが」

ピッパが涙に濡れた顔をあげた。「パパ?」アレックスは身をかがめた。彼が近づいたとたんにシャーロットがあとずさりした事実は無視する。アレックスは娘の鼻に自分の鼻をこすりつけた。ピッパがくすくす笑って手を差し伸べる。「パパ、パパ!」

もうイタリア訛りは永遠に聞けなくなってしまったらしい。だが彼にしがみついてくる娘の、ぽちゃぽちゃとした小さな体のぬくもりがあればそれでいい。「愛しているよ、ピッパ」アレックスはピッパの耳もとでささやいた。その瞬間、大勢に見られていることも忘れていた。

シャーロットは夫の姿をじっと見つめた。以前のアレックスだわ。結婚する前のアレックス。婚礼の夜を迎えるまで目にしていた、愛情深い父親のアレックス。彼女の胸に安堵が広がった。自分の悲しみだけでなく、ピッパが心配でたまらなかったのだ。まだ出会って間もない父親にスコットランドに置き去りにされて、どうして母親の死に対処できるだろう？アレックスはシャーロットが想像していたほど復讐心に燃えているわけではないのかもしれない。彼とピッパは周囲の人々のことなどすっかり忘れているかのように、互いに身を寄せている。

突然アレックスが頭をめぐらせた。集まっている使用人たちをざっと見渡す。「新しい女主人、シェフィールド・ダウンズ伯爵夫人だ」彼は使用人たちに尊大な視線を向けた。使用人用の馬車からおりてきたからといって、新しい伯爵夫人を軽視されては困る。彼女と一緒の馬車で着いたふたりの従僕から、あとで話を聞くのもだめだ。内心ではうめき声をあげていたが、アレックスは傲然と構え、自信たっぷりな態度を保った。そこで笑顔になる。「それからこちらがぼくの娘、レディ・フィリッパだ」

歓声と拍手がいっせいに起こった。アレックスは空いている手をシャーロットに差し出した。シャーロットが軽くその手を取ると、アレックスは列の最初へ彼女を導き、この城の主要な使用人たちにひとりずつ紹介していった。

シャーロットは喜んでいた。けれども、なにも感じなかった。苦悩に満ちた三週間を過ごしたあとでは、アレックスを、自分の夫を見てもなにも感じない。魅力や怒りさえも。ひどく疲れてやつれた様子には同情したが、彼女の決意は揺るぎなかった。そう気づいてシャーロットはうれしくなった。笑みを浮かべて使用人たちとおしゃべりしながらも、夫に影響されていないという事実に満足感を覚えていた。ただ指に触れられるだけで震えていた内面の弱さはなくなったのだ。シャーロットはアレックスの手を取り、そして——なにも感じていなかった。

ようやく上階を担当する使用人たち全員との顔合わせが終わった。これまでのところ執事には非常に好感を抱き、メイドのひとりはおそらく配置換えが必要だろうと判断し、あとで家政婦のつけている記録を確認しようと心に留めた。それから個別には名前を紹介されない大勢の使用人たちに笑みを向けると、シャーロットはアレックスの腕から手を離した。ふたりは並んで歩いて石段を四段あがり、玄関広間へ入っていった。

「まあ、すばらしいわ」音の反響する石造りの玄関に入ったとたん、彼女は感嘆の声をあげた。

「ここは曾祖母《そうそぼ》から受け継いだんだ」アレックスは機嫌よく言った。今やピッパを腕に抱き、シャーロットも怪物を見るような目でぼくを見なくなっている。世界をふたたび自分の手で扱えるようになった気分だ。機会を見つけしだい、シャーロットに説明しよう。彼女が弟と寝たことは過去の過ちとして、寛大にも許すことに決めたのだと。アレックスは内心で笑みを浮かべた。これこそ正しいふるまいだ。母上が生きていたら、きっと賛成したに違いない。父上は——いや、認めなかっただろう。父上ならシャーロットを放り出すか、辺鄙《へんぴ》なスコットランドの城に置いて外へ出さないようにしたに違いない。だが、ぼくは父上とは違う。愛ではなくても、寛大な心のもとに結婚生活を築くのだ。実際のところ、アレックスは自分がよい行いをしているという気持ちでいっぱいだった。

残念ながら、彼の妻はそのことにまったく気づいていなかった。彼女は広い部屋を覆うタペストリーに触れながら、あたりを歩きまわっていた。なんて埃っぽいのだろう。

「さて」シャーロットは気後れせずアレックスと目を合わせた。「夕食まで自分の部屋にいることにしますわ、だんなさま。ミセス・マクリーンが案内してくれるはずですから」彼女は階段のそばで控えていた肉付きのいい家政婦にほほえみかけた。「スコットランドでは何時に夕食にするのかしら？」

アレックスは無意識のうちに片方の眉をあげてシャーロットを見つめ返した。彼の新しい妻は非常に冷静だ。「八時だ」

「では、そのときに、だんなさま」シャーロットは繰り返し、お辞儀をした。

アレックスは驚いた。確かに彼の両親はそんなふうに挨拶を交わしていたが、これまでシャーロットはダンスのとき以外、彼にお辞儀をしたことなどなかったのだ。

そのとき、シャーロットが急に近づいてきたので、アレックスはどきりとした。だが彼女は身をかがめて、ピッパの頬にキスをしただけだった。

「ママ！」ピッパが叫び、ぽっちゃりとした腕をシャーロットの首にまわす。その動きが彼女とアレックスとの距離を縮めた。彼はシャーロットのオレンジの花の香りに気づいた。

「だめよ、スウィーティ」シャーロットが愛しげにピッパに話しかけた。「しばらくパパと一緒にいてね。いい子だから」そう言ってアレックスに向き直った顔からは、すでに魔法のようにぬくもりが消え、敵意こそないものの冷静な決意が満ちていた。「お好きなときにピッパをナニーに返してください。今ではケイティのことが大好きなので」

氷のような冷気がアレックスの背中を這いのぼってきた。シャーロットは怒って彼を見ているのではない。社交界のレディたちの大勢が、その夫を見るときと同じ目をしている。怒っているのでもなく、思惑があるのでもなく、ただ無関心に目を向けているだけだ。度が過ぎるほど礼儀正しい。再度お辞儀をして、ミセス・マクリーンとともに階段をのぼっていくシャーロットを見ながら、アレックスは思った。いつのまにか手に力がこもっていたらしく、ピッパが抗議の声をあげた。

「大丈夫だ、ピッパ。厩舎に子猫を見に行かないか？」

ゆっくりと階段をのぼるシャーロットの耳には、ミセス・マクリーンの説明――よい使用人を見つけることの難しさや、先週の火曜日にいちばんいい磁器がどうなったか、新しくリネンが必要なこと――はなにひとつ入ってこなかった。望んでいたほどアレックスに無関心ではいられなかった。ピッパにそばへ引き寄せられたとき、アレックスの男性らしい香りに気づき、意思に反して膝に力が入らなくなってしまったのだ。

シャーロットは使用人たちを監督して、主寝室との続き部屋から自分の衣類を出し、廊下の先にある子供部屋の隣の部屋――もっと光が入るようにとの彼女の願いを、使用人たちは文句を言わずに受け入れた――に移させた。それから四つある塔の部屋のひとつで現在は使われていない場所を、絵を描くためのアトリエとして確保した。それが終わると、みずから新しい子供部屋までピッパの様子を見に行った。そして現在ある絨毯の上に、もう一枚絨毯を敷くよう命じた。ピッパはまだ床を這って過ごすことが多いので、城のじめじめした石の床で風邪を引いてほしくなかった。

そこまですませると、シャーロットは風呂を用意させ、骨まで疲れ果てた体を湯気の立ちのぼる湯に沈めた。

「マリー」彼女はついたての向こうから声をかけた。この部屋にかぎったことではないが、ひどい隙間風が吹きこんでくるので、浴槽の周囲にはついたてが置かれていた。女主人のドレスを大きな衣装箪笥にかけていたマリーは、フランス語でひとり言をつぶやいた。このスコットランドのお城には感心しないわ。雲の真ん中までそびえるような、こんなお城はとくに。まったくこの湿気ときたら！　それに、いったいなにを着ればいいの？　奥さまのために──自分のためにも──イタリア行きの服装を用意してきたのだ。ここはイタリアとはまったく違う！

「マリー！」シャーロットがもう一度声をかける。

「申し訳ありません、奥さま」ついたてのあいだからマリーは不安げに顔をのぞかせた。「呼び鈴を鳴らして、もっとお湯を持ってくるよう伝えましょうか？」

「ええ、ありがとう、マリー。それから、伯爵に伝言を頼めるかしら？　今夜は失礼して部屋に食事を運ばせたいと。疲れてしまったのよ」

寝室に隠れているのは感心しないわね、とマリーは思った。奥さまは出ていって夫とやり合うべきだ。けれどもシャーロットの青ざめた顔を見ると、彼女も女主人の意見に同意せざるをえなかった。ぐっすり眠って元気を取り戻してから、改めて闘いを挑むほうがいいかもしれない。

「もちろんですとも、奥さま。ミセス・マクリーンに言って、明日お城へドレスメイカーを呼んでもらいましょうか？　グラスゴーで買ったあの毛織物を、できるだけ早くドレスに仕立てられたほうがよろしいかと思いますけど。この気候では、奥さまもピッパさまもたちまち風邪を引いてしまいますよ」

「それはいい考えね、マリー。ピッパが子供部屋へ戻ってきたら、わたしのところへ連れてくるようケイティに伝えてもらえる？　夕食は一緒にとりたいのよ」

マリーが急いでその場を離れた。湯の手配をすませて暖炉の火を強める。風に流される蛍のごとく、火の粉が煙突をのぼっていった。部屋が暖まってきたわ、とシャーロットは思った。ありがたいことにこの部屋は、夫婦用に作られた廊下の向こうの部屋よりかなり狭い。

浴槽から出ると、彼女は火のそばに置かれた座り心地のいい椅子に腰かけた。あまりに疲労困憊《こんぱい》していて動くこともできない。しばらくして連れてこられたピッパが眠そうだったので、大きなその椅子にふたりで一緒に座り、シャーロットはペギーという名前の、空を飛べる馬の話を聞かせた。一歳半の子供の口では、ペガサスと発音するのが難しそうだったからだ。

やがて夕食のトレイが運ばれてきたが、ピッパは疲れてしまったのか、いつものように食べ物を放り投げようとしなかった。シャーロットの膝におとなしく座り、小さく切った食事を持っていくと素直に口を開けた。

そのうちにピッパが眠ってしまい、シャーロットはあとをケイティに任せた。寝間着に着替え、温かいベッドへもぐりこむ。マリーが来て、もう一度暖炉に薪《まき》を足してくれた。シャーロットは横になったまましばらくのあいだ、炎が火床でちらちらと燃え、古い石の壁によじれた影を投げかける様子を眺めた。自分とアレックスはこれからどうなるのだろう。もっと重要なのは、自分がなにを望んでいるかだ。さっき彼と顔を合わせた結果、ひどいことを言われるのではないか、ピッパや使用人たちの前で不快な呼び方をされるのではないかという恐れは必要ないとわかり、シャーロットはどうしていいかわからなくなってしまった。アレックスから侮辱される不快な再会になるに違いないと考えて、その対処にすべての力を向けていたのだ。彼は三週間前の婚礼の夜と同じくらい激怒しているだろうと予測していた。

不本意ながら、シャーロットの目に涙があふれてきた。きっとわたしのせいだ。結婚する前に勇気をかき集めて、以前に出会ったときのことを詳しく話しておくべきだったのかもしれない。けれどもそうする代わりにわたしは臆病者の道を選び、純潔でなくなったことは誰にも気づかれないだろうというお母さまの意見を信じたのだ。アレックスが正しいことがひとつある。わたしは彼に嘘をついた。故意の嘘ではなくても、処女だと信じこんでいたアレックスの思いこみを訂正しなかったのだ。シャーロットは鼻をすすりあげた。この三週間で、船が沈むくらいの涙を流したわ、と皮肉まじりに思う。

それで、いったいどうしたいの？　わたしは……わたしが望んでいるのは手に入らないものだ。以前のアレックス。あんなひどいことを決して言わなかったアレックス。わたしに対してあれほど醜悪なことは決して考えなかったアレックス。涙がこぼれたけれども、シャーロットは長く泣くことすらできないくらい消耗していた。そして、すすり泣きの合間に眠りに引きこまれていった。

そのあいだアレックスは、これまでの一〇日ほどと同じように、冷たく堂々として壮麗な雰囲気のなかで食事をしていた。彼はこちらへ着くなり秘書をロンドンへ送り返し、温かい衣類を持って戻るよう指示した。だから今は、巨大なテーブルにひとりで座っている。城の食堂はとてつもなく広く、もともとは武装した男たちと吠えまわる犬たちでいっぱいになることを想定して作られたものだった。壁際に一〇人の従僕が整列している様子は、間抜けとしか言いようがない。もっと古い時代には、多くのテーブルのあいだを三、四〇人の使用人が給仕してまわったのだろう。夏であろうがほかの季節であろうが関係なく、ここはひどく寒い。隙間風の吹くこんな要塞《ようさい》で、いったいぼくはなにをしているんだ？　昔、乳母がよく言っていた。北風のうしろの国のように底冷えがすると。

アレックスは夕食の半ばで皿を押しやった。くそっ、ぼくには妻がいるはずだろう？　なぜ彼女と話をしないんだ？　アレックスはひとりで食事をとるのにうんざりしていた。食堂を出て上階へ向かう。ちょうど次は魚料理だと告げに来たマクドゥーガルとすれ違い、執事を驚かせた。自室に戻ったアレックスはそこに立ちつくした。続き部屋との境のドアをノックするべきだろうか？　従僕とベッドにいるマリアを見つけて以来、彼は必ずノックをしてから入るようにしていた。思い出すと腹が立ち、勢いよくドアを開けて続き部屋に入った。ところがそこは、数週間前と変わらず埃っぽく、がらんとしていた。ベッドの覆いは虫が食っている。シャーロットのためにきれいにさせようと思っていたのに、すっかり忘れていた。隣の部屋の暖炉のぬくもりがすべてこの冷たく湿った部屋に逃げてしまうと気づき、アレックスは急いであいだのドアを閉めた。それで、シャーロットはどこにいるんだ?

彼は廊下に出て大声を響かせた。

「マクドゥーガル!」

廊下の静寂を破ったのは、むせび泣くようにかすかな風の音だけだった。アレックスはもう一度叫んだ。

「マクドゥーガル!」

階段をのぼってくる足音が聞こえた。

「はい、だんなさま」丸々とした執事が息を切らして言った。

「伯爵夫人はどこにいる?」アレックスは細めた目で、偉そうな態度を取るなら取ってみろとマクドゥーガルに挑んだ。

執事は顔の筋肉をぴくりとも動かさなかった。「北の寝室にいらっしゃいます、だんなさま。もっと光が欲しいとおっしゃって」彼はお辞儀をすると、大急ぎで立ち去った。伯爵夫人のメイドのマリーからデプフォードでの出来事を詳細に聞かされていたマクドゥーガルは、新しい伯爵が癇癪を起こす場に立ち合いたくなかった。四年前に伯爵が訪ねてきたときは、なにも問題なかったのに。実際のところ、イングランド人にしては感じがいいと、城の者たちはみな驚いていたほどだった。だが、あれは彼が爵位を継ぐ前の話だ。伯爵という立場は人の気性に恐ろしく悪影響を及ぼすものだと、マクドゥーガルは知っていた。

アレックスは廊下を左へ曲がった。北の寝室とはいったいどこにあるんだ？　もっと光が欲しいだと？　まったく！　そんな名前で呼ばれる部屋に光が入るのか？　自分がだいたい北に向かっていると判断した彼は、廊下を進んで最初に目についたドアを開けた。とたんにぬくもりに迎えられた。アレックスは部屋のなかに入ると、木製の厚いドアを閉めてもたれかかった。人がいる気配はしなかった。前回ここへ来たときは見ていない小さな部屋だ。二面に窓があり、赤いヴェルヴェットのカーテンがかかっている。アレックスは戸口からよく見えない場所にあるベッドに近づいた。そこに彼の妻がいた。毛布にくるまり、ぐっすり眠りこんでいる。

しばらくのあいだ、アレックスはじっと彼女を見つめていた。流行の短い髪型だったシャーロットの髪は少し伸びていて、柔らかそうな黒い巻き毛が襟もとにかかり、あげた片手の下でくしゃくしゃに乱れていた。見たところ、今夜は誘惑するようなものは着ていない。白いフリルが顔を取り囲んでいる。彼女の寝間着のことを考えた自分に嫌気が差し、アレックスは音をたててベッドに腰をおろすと、シャーロットの肩を乱暴に揺すった。シャーロットは声もあげずに目を覚まし、じっと彼を見つめた。唯一の明かりである暖炉の炎を受けて、黒い瞳が翳って見える。それから彼女ははっと息をのみ、反射的に体を引いた。

アレックスは動かなかった。驚いていたのだ。シャーロットは殴られるかもしれないと思うほどぼくを恐れているのか？

実のところ、シャーロットは彼の姿を目にしてショックを受けていた。心がシャーロットを裏切って見せた夢で、アレックスは許しを求め、同時に彼女の胸に口づけた。シャーロットは気が遠くなるような欲望の渦にのみこまれて――気がついたら、ベッドにアレックスが座っていたのだ。傲慢に眉をあげながら彼女を見つめて。シャーロットの体に焼けつくような欲望があふれ、胸がどきりとした。アレックスに触れたい。手を伸ばしてこちらへ引き寄せたい。そっとキスをして彼に告げたい。わたしは……。シャーロットの燃える血は急速に冷めていった。いくら惹きつけられても、二度と娼婦みたいなふるまいをするつもりはなかった。その点だけはアレックスの言うことを認めざるをえない。彼女はレディなら決してしないようなやり方で彼に応えてしまった。だけど、わたしはレディだわ、とシャーロットは自分に言い聞かせた。夫がおなかのあたりをざわめかせるキスをするからといって、自制心をなくす言い訳にはならない。

「ここでなにをしているんですか？」シャーロットが尋ねた。バターのようになめらかで温かい声だ。

「妻を捜している」アレックスは答えた。もう腹を立てないと決意したのだ。結局のところ、彼は話し相手が欲しかった。それは結婚で得られる権利だと言える。なにもふたりが言い争う必要はない。

「どうして?」

「どうしてだめなんだ? スコットランドの大男たちのために作られたテーブルに、ひとりで座っているのは寂しいんだ」

「とても疲れているんです」シャーロットが冷静に言った。「今日は長い道のりを移動してきたから。このまま眠らせてもらえるとありがたいんですけれど」

「馬車に乗っていたのは三時間だけじゃないか」アレックスは反論した。「なぜぼくより到着が一〇日も遅れたのか、理由を突き止めたくてキーティングに尋ねたんだ」手を伸ばし、指の先で妻の華奢な頬骨をなぞる。

シャーロットがたじろぐのを見て、彼は目を細めた。

「今後のことについて話さなければならない。ぼくはきみをロンドンへ戻すことに決めた。いくつかの条件をのむなら。まず第一の条件は、今後はぼく以外の男とベッドをともにしないこと。ぼくの名を汚すようなまねはいっさいしないでほしい。その代わり、きみがぼくの弟と寝たことに関しては不問に付す」

「わたしは――」

アレックスは片手をあげてシャーロットを制した。「きみが純潔を失った相手は明らかに弟だ。あと数カ月待てば、きみはきっとパトリックと結婚できただろう。しかしながら、ぼくたち両方にとって間の悪い冗談だとしても、今こうして結婚しているのはきみとぼくだ。ふたりとも最善をつくすべきだと思う」そこで言葉を切った。シャーロットはなにも言う気になれないらしく、顔を曇らせてじっと毛布を見つめている。

「ぼくはきみとベッドをともにするつもりだ」アレックスはわざと冷酷に言い放った。「好きなときにいつでも。だが、もう一度言っておく。きみはほかの誰とも寝てはならない。それが守れないなら、ぼくはきみを追い払う。そしてぼくときみのどちらかが死ぬまで、きみをロンドンには呼び寄せないつもりだ」

シャーロットは、アレックスと話をする必要があるのに気づいた。ベッドに体を起こし、自分がそれほど無防備だと感じなくてもすむようにヘッドボードにもたれかかる。それから父と口論するときにいつも母がするのをまねて、膝の上で手を組んだ。

「だんなさま」シャーロットは落ち着いた口調で言った。「あなたがデプフォードで言った言葉を、思い出させてあげなければならないみたいですね。あなたはわたしとは二度と寝ないと言ったんですよ」

「おそらく、この部屋では寝ないだろう。ぼくにこのベッドは小さすぎる」アレックスは、白いコットンの布地に包まれた、彼女のなだらかな胸のふくらみを食い入るように見つめた。

今度はシャーロットが目を細めてにらみつける番だった。この人はなんでも自分の思いどおりにできると思っている。恐ろしい怪物になったかと思えば、次の瞬間にはわたしを誘惑しようとする。

「お断りするわ」

危険をはらんだ沈黙が広がった。

「断る？　いったいなにを断るというんだ？」

「あなたと一緒に寝ることを。どれだけ遠まわしに表現したところで同じよ。絶対に寝ない」皮肉をこめてつけ加える。「娼婦にだって、客を選ぶ権利はあるはずだもの」

「それこそきみにはない権利だ」アレックスは瞳を冷たく光らせた。「ぼくはきみの夫なんだぞ。いつでも……どこでも……好きなときにきみを抱ける。そして今、このベッドできみが欲しい」

シャーロットは夫の言葉を考えてみた。アレックスに彼女を抱く権利があるのはわかっている。ただ、彼が婚礼の夜に見せた嫌悪を考えると、それを実行に移すことはないだろうと思っていたのだ。シャーロットは小さく肩をすくめた。アレックスは跡継ぎが必要なことに気づいたのかもしれない。だけどわたしを誘惑しておいて、そのあとで侮辱して痛めつけるようなことはもう二度とさせない。

「わかったわ」シャーロットは手を伸ばして寝間着の裾をウエストまで引っぱりあげると、毛布を押しさげた。横になって目を閉じる。外見は平静を保っていたにもかかわらず、内心は恐怖に打ちのめされそうになっていた。これまでの人生でもっとも大胆で、もっともむちゃをしてしまった。まったく無防備なままこうして横たわっているなんて。冷たい風が腿をかすめ、彼女は体を震わせた。こんなふうに交わりを持てば傷つくに違いないと、直感でわかった。両脚がゼリーのかたまりのように小刻みに震える。

アレックスは信じがたい思いでシャーロットを見つめた。静けさが部屋を包みこみ、暖炉で薪が燃えるぱちぱちという音だけが響いている。しばらくして彼女が目を開けた。

「気が変わったの？」

アレックスはしだいに、今までに経験したことがないほど自分が腹を立てているのに気づいた。

「いや、気は変わっていない」彼は辛辣《しんらつ》な笑みを浮かべてささやいた。その表情を見て怖くなり、シャーロットはもう一度目を閉じた。どういうわけか、婚礼の夜よりもアレックスを怒らせてしまったらしい。そんなことが可能であるならの話だが。

「どうかしたの？」ふたたび目を開けて、彼女は尋ねた。

「〝どうかしたの〟」アレックスが繰り返した。声に怒りが満ちている。「目の前で妻が、まるで蕪《かぶ》のようにじっと横たわって、〝どうかしたの〟とぼくに訊いている」

「あなたがなにを望んでいるのかわからないわ」かすかに震えながらシャーロットは言った。

「なぜ文句を言うの？」

アレックスは答えなかった。ふと、彼女は復讐しようとしているに違いないと気づいた。デブフォードで言われたことに腹を立てているのだ。アレックスは手を伸ばすと、長くすらりとしたシャーロットの脚を下から上へたどった。寝間着の内側へ手を入れ、肋骨《ろっこつ》を感じながらさらに上に這わせ、女性らしい曲線が始まるところで止めた。乳房の重みが彼を夢中にさせ、血を脈打たせる。自分の妻も誘惑できないのなら、ぼくは伯爵の身分に値しない。

けれども一時間後、アレックスは爵位も宝冠もなにもかも投げ出しそうになっていた。シャーロットが興奮を感じていないわけではないと、彼にはわかっていた。彼女の乳首は……とにかく、すっかり準備が整っている。アレックスと同じくらい、シャーロットも行為を続けることに関心があるように思えた。こちらの手の動きに合わせて体を緊張させていた、あの娘はどこへ行ってしまったのだろう？　答えを教えてくれたのは彼の良心だった。復讐だろうがそうでなかろうが、彼女の勝ちだ。シャーロットは目を閉じてただ横たわっている。彼女の意思にそむいて、アレックスが動くたびに小さく震えが走るものの、それ以外なんの反応も示さない女性と愛し合う気にはなれなかった。

「目を開けてくれ」彼は疲れきって言った。

シャーロットははっと目を開けた。アレックスはベッドの端に腰かけ、前かがみになって両手で頭を抱えていた。

「どうかしたの？」この質問は二回目だ。彼女は本気で困惑していた。アレックスはこうすることを望んでいたのではなかったの？　この何週間かシャーロットの頭のなかでは、彼女をさげすみ、憎む彼の声がやむことなく繰り返し鳴り響いていた。わたしが愛撫に反応しすぎたせいだ。わたしが〝懇願した〟とアレックスは言っていた。

シャーロットの問いかけに答えず、アレックスは部屋を出ようとした。だが、シャーロットは彼を止めた。

「どうして出ていくの？」彼女は強い口調で訊いた。「あなたが理解できない」ひとり言のように言う。「あなたは、わたしがレディらしくないふるまいをしたから娼婦と呼んだ。わたしとは二度と寝ないと言った。結婚前にわたしが純潔を奪われていたせいで。あなたに。あなたが認めようと認めまいと、それは事実なの。それなのに、わたしがレディらしくふるまってもまだ不快そうに見ている。いったいなんなの？」話しているうちにどんどん腹が立ってきた。「跡継ぎが欲しいなら、自分で作ればいいじゃないの！　わたしの体を利用すればいいのよ。あなたは自分のものだと言ったんだから。わたしは止めないわ！　レディらしくふるまっているんですもの！」

シャーロットが驚いたことに、アレックスは突然大きな声で笑い出した。皮肉ではなく本物の笑いだ。「レディなら叫ばないぞ」ふたたびベッドに腰をおろし、真面目な顔になって彼女を見た。

シャーロットは衝撃を受け、不安に襲われた。彼女が本気で危険を感じたのは、今夜初めてのことだった。そんな目で見られると、アレックスのことを意識せざるをえなくなり、体が熱くなってしまう。しかも彼は誘惑するように見ているわけではない。ただ黒い瞳に優しさを浮かべているだけだ。昔のアレックスみたいだわ、とシャーロットは切ない気持ちになった。まだわたしのことが好きで、わたしを娼婦だとは思っていなかった、以前のアレックス。そう考えると、新たな力がみなぎってきた。これがアレックスの望みなのよ。どれほど難しくても、わたしはレディらしくふるまった。それなのに、どうして彼は悩んでいるの？

「すまない」アレックスが重々しく言った。「娼婦なんて言ってすまなかった。あの数日後に気づいたんだ。きみは純潔を奪った相手がぼくだと本気で信じているに違いないと。あのときは理解できなかった。あまりにも怒りが激しくて、ぼくは……ぼくは癇癪を抑えられなかった」

「あなただったのよ」シャーロットは言い張った。「あなただったの。三年前に――」

アレックスが手をあげて制し、かすかに身震いした。「詳しいことは聞きたくない。お願いだ。花嫁が初めて体を任せた相手が自分の弟だという事実を受け入れるだけでも、ぼくにとっては難しいことなんだ。あいつがどんなふうにしたかなんて、絶対に知りたくない！」口もとを皮肉にゆがめる。「パトリックとは多くのものを分かち合っているが、きみの純潔まで……そのことはあいつに任せるしかない」

シャーロットは気分が悪くなった。彼はどうしても信じてくれないんだわ。アレックスの目を見ればそれがわかる。これからも永遠に、妻は結婚前に男に肌を許すような女だったのだと考え続けるだろう。わたしはここに、スコットランドに残るほうがいいのかもしれない。軽蔑されていると知りながら、毎日アレックスと顔を合わせるのに耐えられるかしら？ひどい言葉を投げつけられたあとでさえ、アレックスの顔を見ると愛しく感じるのに。これではつらすぎるわ。閉じたまぶたの下から涙がこぼれた。

アレックスは重苦しい気分で妻を見た。彼女が後悔しているのは明らかだ。シャーロットがほかの男と寝る女だと、本気で信じてはいなかった。そうだ、彼女は誠実な人間なのだ。彼はシャーロットの手を取っててのひらにキスをした。

「やり直してみないか？」

シャーロットが震える唇を舌で湿らせるのを見て、アレックスはたちまち腹部に熱い火が燃え立つのを感じた。彼の妻は誰よりもそそる唇をしている。情熱を約束する、深く濃いさくらんぼ色の唇。彼女が一度はあらわにした情熱。それをふたたび解き放つにはどうすればいいか、突き止めなければならない。

「どういうつもり？」シャーロットは尋ねた。彼女を見つめるアレックスの目のなにかに反応して、頭のなかで警報が鳴り響く。脚が敏感になり、触れてほしくて胸がうずいた。

「もう一度愛し合おう」アレックスがベッドにあがり、体をかがめてシャーロットの唇を唇でかすめた。「この前のときは、行為のあと正気を失ってしまってすまない。あれほどすばらしい経験はしたことがなかった。そう感じたのが自分ひとりでないとわかったとき、こらえきれずに怒りを爆発させてしまった。だが、あれは過去の話だ。ぼくたちが考えるべきなのは……跡継ぎを作ることだ」彼は喉の奥で笑った。

シャーロットは落胆したが、その痛みを退けた。もちろん、アレックスは跡継ぎを欲しがっている。当然だわ。

彼の口は彼女の唇のすぐそばへ来ていた。温かい息が感じられるほど近くに。アレックスの舌が水銀のようになめらかに唇の上を走ると、冷たさとぬくもりを同時に感じた。そして手がまた寝間着の下をゆっくりとたどり始める。彼にキスを返すのは、もしかするとそれほど悪いことではないのかもしれない。欲求が募って体が震え出し、シャーロットは必死に自分を納得させようとした。

アレックスは唇を離して彼女の目の奥をのぞきこんだ。「お願いだ、ダーリン」彼はささやいた。シャーロットの抵抗は粉々に砕け散り、彼女はアレックスの首に両手をまわして唇を合わせた。唇は降伏を訴えるようにすでにかすかに開かれている。言外の招待をすぐさま受け入れたアレックスはシャーロットを胸に強く引き寄せ、彼女の口のなかへ舌を差し入れた。彼の手が自然にすべって片方の乳房を包みこむ。シャーロットが鋭く息をのむのを耳にして、アレックスの胸に喜びがあふれた。彼のシャーロットが戻ってきたのだ。ただ戻ってきただけではない。

アレックスが彼女のそばに身を横たえ、自分でシャツのカフスボタンを外し始めた。シャーロットは震える手を彼の胸に置き、指先を乳首の上にさまよわせる。アレックスの目が快感に見開かれるのを見て、火がついたような衝撃が体を駆けのぼった。頭をさげて試すようにアレックスの胸に舌を這わせると、彼はうめいた。その声がシャーロットのおなかに火をつけ、熱く燃え盛る炎の海に変えた。

しばらくして互いに一糸まとわぬ姿になった。ふたりの体は暖炉の火明かりを反射して輝きを放ち、火照った肌と肌が合わさって、激しいキスが続く。アレックスがシャーロットの上にかぶさり、上半身を腕で支えてわざとじらすようにみずからを押しつけると、彼女は自分が自制心を失いかけているのに気づいた。きつく目を閉じ、アレックスに舌でまぶたをたどられても目を開けなかった。

彼は気持ちを集中させ、意思の力で動きを止めて、シャーロットにきちんと埋め合わせをしなければならないと考えていた。彼女の固く閉じられたまぶたが苦悩の表れだとは気づきもしなかった。アレックスはわずかにシャーロットのなかへ進んだ。それからまた戻り、円を描くように動いて誘いかける。

シャーロットは自分の意思とは関係なく持ちあがる腰を彼に押しつけた。思わず目を開けて、アレックスの首にまわしていた手を無理やり引きはがし、どうしても口に出せない言葉を無言で訴えかける。それでもまだ彼はじらして……シャーロットをさらなる高みへと押しあげては退いた。繰り返されるうちに、彼女の口からたまらず悲鳴がこぼれた。そしてシャーロットが渇望ともどかしさのなかではじけかけた瞬間、アレックスはいっきに突き進んだ。シャーロットは頭が真っ白になり、叫び声をあげていた。

われを忘れないように厳しくみずからを制御していたアレックスも、押し寄せる波にたちまちのみこまれた。彼は何度も突き入れ、妻の口から震える叫びを引き出した。

だが、なにかがおかしかった。情け容赦なく突き進んでいたアレックスはゆっくりと感覚を取り戻し、シャーロットの体のぬくもりを感じるようになった。彼女の閉じられたまぶたの下から涙がにじんでいるのが見える。彼の動きに合わせて体をのけぞらせているにもかかわらず、シャーロットは泣いているのだ。アレックスはすぐさま動きを止めて、ずきずきとうずく興奮を静めようとした。

「どうした？　痛むのか？」

シャーロットが目を開けると、大きな瞳が涙で濡れていた。アレックスはキスで涙をぬぐったが、彼女は顔をそむけた。

「どうしたんだ、シャーロット？」彼は力強い手で顎を取り、シャーロットの目が見えるように引き戻した。

「できないわ。無理よ」苦しげな息がすすり泣きに変わった。

「なにができないんだ？」

「自分を抑えられないの」さらに涙があふれた。アレックスはそっと彼女から体を離し、テーブルからハンカチを取ってシャーロットの涙を拭いた。

「なんの話をしているんだ？」彼女がいくらか落ち着いたのを見届けて、アレックスは先ほどの話に戻った。

「あなたが言ったのよ。わたしがしたみたいにふるまうレディなんていないって」今やシャーロットは絶望して泣きじゃくっていた。「レディが、こ、懇願したり、あえいだりするのは聞いたことがないと、あなたは言ったわ」

アレックスはどきりとした。ぼくは本当にそんな残酷なことを言ったのか？　くそっ、口にするべきじゃなかった。愚かな怒りの発作にのまれたばかりに、このうえなくすばらしい出来事を台なしにしてしまったのかもしれない。

「シャーロット」アレックスは激しい口調で言った。「ぼくは愚か者だった。聞こえているかい？　愚か者だ。嫉妬に駆られて正気を失っていたんだ。なんとかしてきみを傷つけたいと思った。だから、考えられるなかでもっとも残酷な言葉を口にしたんだ。だけど本気じゃなかった。そんなつもりはなかったんだ」泣き続けるシャーロットを前に、彼は必死に訴えた。

「自分を止められなかったの」しばらくして、シャーロットはかすれた声で言った。「あなたの言うとおりだわ。わたしはレディじゃない。わたしは……」その忌むべき言葉を口にすることはどうしてもできなかった。またしても涙がこみあげてくる。

「ああ、くそっ、シャーロット」アレックスがうめいて彼女を胸に引き寄せた。「お願いだ、頼むから聞いてくれないか。ぼくの愚かさのせいで、ぼくが口にした残酷な言葉のせいできみが離れていってしまったら、ぼくは生きていられない。ずっと夢見てきたものを……きみとの情熱的で愛情に満ちた関係を壊してしまうことになるのだから。聞いてくれ、シャーロット」彼女のほうへかがみ、自分と目を合わすよう迫る。「きみに触れるたびに、ぼくは叫びそうになる。そのときのぼくは男娼のようだと思うかい？　あえいだりうなったり、紳士らしくない声をあげるぼくは？　きみをうんざりさせるのか？」

シャーロットは声を出すこともできず、ただ首を振った。

「きみに触れられてぼくがうめくとき、きみはどんな気分になる？」アレックスは先ほどより静かに尋ねた。

シャーロットの唇にかすかな笑みがのぞく。「女王になった気分よ」

「ぼくは王になりたい、シャーロット。わが家の王だ。どうか、ダーリン、お願いだからぼくを王にして、きみは女王になってほしい。愛し合うときにきみがすることで、ぼくが嫌悪感を抱くものなどなにひとつない。あれは怒りが吐かせた言葉だった。決してぼくの本心じゃない」

シャーロットが小刻みに唇を震わせた。「だけど、あなたがまたわたしに腹を立てたら?」震える息を吸いこむ。「あなたの言うとおりだとわかっているの。わたしのふるまいはレディらしくない。またあなたを怒らせたくないわ」

アレックスは横に転がって仰向けになった。最悪だ。ぼくはなにもかも台なしにしてしまった。シャーロットを信じなかったばかりに。彼女は決してぼくを信じてくれないだろう。何年も前の庭園での出会いから生まれた夢はこれでついえてしまうのか。官能と信頼を併せ持つ夫婦の結びつきを築きたいという夢は。マリアとのおぞましい暮らしのなかでも、かたくなに抱き続け、はぐくんできた夢だった。だが、終わってしまったのだ。石造りの天井を見あげるアレックスの心には、ぽっかりとうつろな穴があいていた。

そのとき、温かなむき出しの体が脇に押しつけられ、乱れた巻き毛が顎に触れるのを感じた。

「やり直してみない?」初めはそのささやきがなにを意味しているのか、アレックスは理解できなかった。だがそのとき、自分が同じ言葉をシャーロットに言ったのを思い出した。ほんの一時間前なのに、一〇〇年くらいたった気がする。アレックスはゆっくりと頭をめぐらせた。妻が彼を見ていた。美しい緑の瞳に、もはや涙はあふれていない。

シャーロットはアレックスの口に指先を押しつけた。震えながらも優しい声で言う。「あなたがわたしを信頼すると約束してくれるなら、わたしもあなたを信頼する。あなたが信じてくれるなら、わたしもあなたを信じる。人生であなた以外の男性とベッドをともにすることは決してないわ。神に誓って。あなたが愛し合うときのわたしのふるまいを決して責めないと約束してくれるなら……本能の赴くままに反応するよう身をゆだねてみるわ。ときどきは」

アレックスが寝返りを打ってシャーロットを腕に抱き、すばやく猛々《たけだけ》しいひと突きで押し入ると、彼女の瞳に浮かんでいた愉快そうなきらめきはたちまち消えてしまった。シャーロットは無意識に声をあげていた。歓びに体を震わせ、両手でアレックスの肩をきつくつかむ。

その夜は果てしなく長かった。アレックスは暖炉に薪を足すときだけベッドから出た。ふたりは愛し合い、そして眠った。シャーロットは、有無を言わさず求めてくる彼の存在を感じて目を覚ました。彼女がアレックスを迎え入れたとき、彼は息を荒らげ、彼女の喉もとに顔をうずめて、かすれる声できみはぼくにはもったいないと言った。けれども妻が思いがけない場所を刺激したとたん……アレックスはシャーロットを責めることに集中できなくなった。彼は同じことを妻に返し、ついにはふたりとも満たされて眠りに就いた。

だがアレックスはその二時間後、もう一度目を覚ました。シャーロットは彼の隣でぐっすり眠っていた。アレックスは妻を起こさないように気をつけながら、こらえきれず毛布をめくって優雅な体の線を見つめた。彼女はぼくのものだ。なにもかもすべて。やがてシャーロットが目を覚ました。現実の世界へ気だるげに戻ってきた彼女は、最初は信じられない思いで悲鳴をあげたものの、すぐに歓喜のなかに身を投じた。アレックスの黒髪の頭がシャーロットの腿のあいだにあり、彼の舌が至福の歓びをもたらしていたのだ。

そしてその夜はいつまでたっても終わらなかった。だが賢者の言うとおり、得るものがあるからこそ長かったのだ。朝の六時ごろになって、最初の光がヴェルヴェットのカーテンの下から斜めに差しこんだ。やがて暖かな日の光の筋はベッドの端近くまで伸びてきた。太陽の光に照らし出されたのは、疲れ果て、満足しきってぐっすりと眠る、新婚のシェフィールド・ダウンズ伯爵夫妻の姿だった。

16

続く二カ月は、四代にわたってシェフィールド・ダウンズ伯爵に受け継がれるスコットランドのダンストン城の歴史に、長く刻まれるものとなった。実際のところ、城の執事を務めるアイラ・マクドゥーガルは妻に、現伯爵の父親である三代目の伯爵のときとはまったく違っていると打ち明けた。三代目の伯爵は若い女を連れてきて一週間滞在しただけだった。明らかにいかがわしい素性の女で、使用人たちは彼らのふざけたふるまいに耐えなければならなかったのだ。

たとえば、マクドゥーガルが炎をあげるタルトを運ぼうとすると、食堂に鍵がかけられていたことがあった。当時、彼は従僕だった。そしてタルトは特別に注文されたものだった。料理人は火をつけて給仕するようなヨーロッパ大陸風のしゃれた料理に慣れていなかった。マクドゥーガルが火が消えて焦げたタルトをそのまま厨房にさげたとき、料理人がひどく動揺したのも当然だろう。

それから、若いメイドが教訓を得た事件もあった。彼女はなにも知らずに、ただ埃を払おうとして音楽室に入っていった。メイドはそこでなにを目撃したか――マクドゥーガルが眉を動かすと、彼の妻は訳知り顔でうなずいた。

「あのころはわたしも若かったんだ。だが、メイドが厨房で騒いでいたのを覚えているよ。大騒動だった。結局、料理人が彼女に調理用のブランデーを一杯飲ませたんだ。当時の執事の任に就いていた年老いたグリムソープルは、なかなか酒棚の鍵を開けてくれなかったからな。ああ、そうだった」

「今度の伯爵さまを父親と比べてもしかたがないと思うけど」マクドゥーガルの妻が言った。彼女は城の仕事のなかで、洗濯とリネン類の管理、それに織物を担当していた。城内で働く者たちのことをよく知っていて、彼女が知らないことは知る価値がないと見なしてかまわなかった。「今度のふたりは新婚でお互いにべったりだもの。それに伯爵夫人はただのすらりとした世間知らずの娘じゃないわ。確かにときどきふたりがキスをしているところを見かけるけど、彼女はいつもわたしを尊重して礼儀正しく接してくれる。それに、ねえ、アイラ」彼女がこの話を夫にするのはすでに三度目だった。「そりゃあもう、びっくりしたのよ。伯爵夫人はわたしのところへやってきて、〝ミセス・マクドゥーガル、家計の記録にちょっとした矛盾を見つけたのだけれど、よかったらわたしが理解できるように手伝ってくれないかしら?〟って言ったのよ。アイラ、本当に息をのんだわ。ミセス・マクリーンときたら……まったく、とんでもない家政婦だわ！　彼女はここにいるあいだ、わたしが管理する戸棚からずっとリネンをくすねていたのよ。それなのに誰も気づかなかったなんて。うちの奥さまがちゃんとした教育を受けているのは間違いないわね」

マクドゥーガル自身も若い伯爵夫人が気に入っていた。あんなに親切で優しいのだから、嫌う者などいるわけがない。それでも、あえて苦言を呈したい点もあった。もし自分の娘だったら、庭園のあらゆる像の陰で夫とキスをしているところを使用人たちに見られるようなまねはしてほしくない。それに妻が伯爵夫人のメイドから聞いた話では、彼女は奥さまのドレスのボタンをつけ直すことにほとんどの時間を費やしているというではないか。

「マリーはフランス人だもの」ミセス・マクドゥーガルにとっては、それだけで評価が低くなる。「だけど彼女が大げさでなく本当のことを言っているとして、夫とその妻のあいだで多少のボタンがなくなることのなにが問題なの、アイラ？」

マクドゥーガルは度が過ぎない程度にくすくす笑い、やがて別の話題に移った。

ちょうどそのころ、城の主は彫像のうしろで妻にキスをしていた。そして城の庭園で、ふたりは子供と一緒に遊んだ。夫婦の寝室に小さな真珠のボタンをまき散らしたままで。やがてイングランドへ戻るときが来ると、大きな四輪馬車が三台用意された。ピッパが両親の乗る馬車と、大好きなナニーが乗る馬車のあいだを行ったり来たりしたがったときのためだ。それから馬車は、使用人たちの馬車が追いつけるようにゆっくりとした速度でロンドンへ出発した。シャーロットは行きと同じ宿屋で夜の半分を夫と楽しく過ごして、涙に暮れたあの夜の記憶を葬り去った。

スコットランドへ向かったときではなく、イングランドへ戻る途中の若い伯爵夫人を見れば、彼女がよそよそしくて鼻持ちならないと思う者は誰もいないだろう。ピッパがたびたび馬車に乗りこんでくるので、シャーロットの服装はときどき乱れてしまった。だが本当を言えば、ピッパが乗っていないときでも、シャーロットの夫がその役目を引き継いでいたのだ。

翌日、元気のいい四頭の馬に引かれた最初の馬車が、グロヴナー・スクエアにあるシェフィールド・ハウスの前で停まると、執事を追い抜いてソフィー・ヨークが駆け寄った。シャーロットがわたしに会いたがっているの、と言わんばかりに。

「なにもかも全部教えて！　結婚生活はどんな感じ？」ソフィーは遠慮なく尋ねた。

シャーロットが顔を赤らめた。

「そんなにいいの？」ソフィーが笑った。

「この二カ月、あなたはどうしていたの？」シャーロットは訊いた。

ソフィーが目をきらめかせる。シャーロットが追及をかわしたのに気づいていると知らせるためだ。彼女はブラッドン・チャトウィンの求婚にまつわる長い話を始めた。社交界に君臨する美女のひとりであるシャーロットを逃したので、彼はもうひとりの美女、ソフィーに乗り換えたのだ。

シャーロットは笑うのと息を詰まらせるのを交互に繰り返した。結婚する前のわたしは、ソフィーの冗談のほとんどを聞き逃していたのかもしれない。彼女は新婚のレディ・カックルシャムのことを、お金のために結婚して、処女膜の代償として得た大きなダイヤモンドを指につけていると言ったけど、わたしは本当の意味を理解していたかしら？

「愚か者の妻でもかまわないと思えるなら、迷わずブラッドンにするんだけど。彼はうるさく質問しないいし、いつも変わらず優しくて控え目だわ。だけど、ひとつだけ我慢できないところがあるの。紳士らしくないふるまいをすることよ」ソフィーがむっつりと言い、小さく身震いした。

シャーロットは同情をこめて友人を見た。ブラッドンがフランス人の女性に弱いというのは、誰もが知る事実だった。とくにお酒を飲みすぎたときは抑えが利かなくなるらしい。

「ブラッドンと結婚なんかしてはだめよ、ソフィー」口に出してから、あまりにも熱がこもっていることに気づき、シャーロットは自分でも驚いた。

「どうして？」

「だって……愚か者でない男の人との結婚は、とてもすばらしいものだからよ」

「男なんてみんな愚かだわ」ソフィーがそっけなく言い、シャーロットに向かって皮肉たっぷりに笑ってみせた。「大丈夫よ、あなたが結婚に感じている至福の喜びに水を差したりはしないから。だけど、わたしの経験上……まあ、確かに観察から得た経験にすぎないけど、それほど変わらないでしょう。ともかく経験から言うと、最高の男性でもくだらないことに自然となじむものなのよ。アヒルが水になじむのと同じ」

「それでも、ブラッドンより好きに思える愚か者が出てくるかもしれないわ」シャーロットは引きさがらなかった。

「そこなのよ。わたしはブラッドンが好きなの。彼を見ていると、ずっと欲しかった弟に思えてきて。子供のころ、毎日両親が喧嘩するのを聞いていたわ。お父さまはきれいなフランス人女性を見るとどうしても我慢できなくなって、お母さまも昔は今よりもっとそのことを気にしていたの。弟がいたらいいのにって、わたしはずっと願い続けていたわ。複雑じゃない、愛すべき存在が欲しかったのね。ブラッドンはちょうどそんな感じなのよ、シャーロット。彼はちっとも複雑じゃないわ。それに愛すべき人だとわかっているし。シルヴェスター・ブレドベックが言っているのを耳にしたんだけど、ブラッドンには彼を頼りにしている愛人がたくさんいるんですって。ひとりの弁護士が扱う訴訟より多い数だそうよ。だけど公平に評価するなら、少なくともブラッドンが愛人を舞踏会に連れてきたことはないわ」

不本意ながら、シャーロットは笑ってしまった。とはいえ、ソフィーが語った子供時代の悲しい光景を想像すると、眉をひそめずにいられなかったが。

「でも、ソフィー、弟のように思っている相手とのあいだに子供は持てないわ！」

「わたしが結婚したいのは……一緒にいて居心地がいい、知り合いみたいな感じの人なの。上流社会の結婚では、それが最適な組み合わせに思えるわ」ソフィーの顔がぱっと明るくなる。「そうだ、あなたがかわいがっているあの彼女、クロエ・ヴァン・ストークが今どうしているか聞いた？　わたしの求婚者の何人かはクロエに奪われてしまいそうよ！　まあ、気にしないけれど。彼女さえその気になれば、ブラッドンでも手に入れられるでしょうね。だけど噂によると、ウィル・ホランドの求婚を待っているらしいわ」

シャーロットは自分の結婚式の日を思い出した。「クロエはウィルがとても好きなのよ」

「ふうん。ウィルはまだ田舎にいるらしいけど、彼女は悲しんでいるようには見えないわね。クロエはつねに四、五人の取り巻きを連れている。彼らはクロエの行くところならどこへでもついていって、彼女の言葉のひと言ひと言をぶらさがるようにして聞いているわ。クラブでは賭けの対象になっているんですって。クロエはウィンクル卿の求婚を受けると思われているの」

「わたしはうれしいわ。クロエは美しい女性だから、そうやって称賛されてしかるべきだと思う」シャーロットはきっぱりと言った。

レディ・スキフィングがプレブワース大佐の妻のカミラ・プレブワースをとくに冷遇していることについてソフィーが話しているあいだ、シャーロットの思いはアレックスへとさまよっていた。彼がどこにいるかはわかっている。長いあいだずっと主人の帰りを待っていた秘書のロバート・ロウに、書斎へ引っぱっていかれたのだ。そこで不在のあいだにたまった手紙を処理しているはずだった。

そんなことを考えていたときに戸口に夫の姿を見つけて、シャーロットは無意識のうちに顔を輝かせた。

「アレックス！」彼女は椅子から立ちあがった。

アレックスはソフィーにウインクをした。耐えがたいほど長いふた月の婚約期間のあいだに、彼はソフィーのことをかなり好きになっていた。アレックスは妻に腕をまわすと、ゆっくりと慎重にあとずさりして客間の外へ出た。

　ソフィーの澄んだ笑い声が背後から聞こえてくる。アレックスはシェフィールド・ハウスの大理石の廊下に立ち、花嫁の膝が震え、手が彼の上着を握りしめるまで情熱的に口づけた。

「アレックス、客間へ戻らなくてはだめよ。こんなふうにソフィーをひとりにしてはおけないわ。無作法すぎるもの」シャーロットがささやいた。

「それなら一時間後、ぼくたちの部屋で会うと誓ってくれ」

「無理よ」

「誓わないと客間へ返さないぞ」アレックスは燃えるように熱い唇でシャーロットの肌をたどり、喉もとから急速に脈打つ首筋へとおろしていった。そこに舌を這わせると、彼女が大きくうめいた。

「アレックス！」

「誓うんだ！」

「いやよ。二時間後にマダム・カレームを訪ねる約束があるんですもの」

「ぼくが連れていく。四輪馬車で送っていくよ」アレックスはかすれた声で約束した。挑発的なキスに、本当はもっと下の部分にまで口づけたいという意志をこめる。

「誓うわ」とうとうシャーロットがあえぎながら応じた。

　けれども、彼は聞いていなかった。廊下に従僕が配置されていないことを確認すると、アレックスは狡猾《こうかつ》にも妻を移動させて壁に押しつけようとした。シャーロットの背中が壁についたとたん、覆いかぶさって彼女の脚のあいだに膝を割りこませ、にやりとして見おろす。

そして背中にすべらせた両手でシャーロットの腰をつかみ、彼女を持ちあげてみずからの情熱の証に押しあてた。シャーロットのヒップが描く美しい曲線を感じて、アレックスは思わず声をあげそうになった。

次の瞬間、シャーロットが憤然として彼を押しのけた。だが彼女の両手は震え、頬が濃いバラ色に染まっているのに気づき、アレックスは満足感を覚えた。

「アレックス！」シャーロットがぴしゃりと言った。

彼女は身をひるがえしてソフィーを残したままの客間へ戻った。ソフィーは静かにレモンウエハースを食べ、紅茶を飲んでいた。シャーロットの姿を目にして、声をあげて笑う。彼女の髪がまるで風に吹かれたように乱れていたのだ。いつも予測のつかないカットをするムッシュ・パンプルムースでさえ、今の髪型は作り出せないだろう。

アレックスはシャーロットのあとを追いかけるつもりはなかった。そのほうがソフィーも自由に話しやすいだろうと思ったのだ。それに、硬直したものが静まるのを待たなければならなかった。彼は廊下で壁のほうを向いて、壁紙に描かれた鳥の姿をじっと見つめた。こういう場合、編み地のズボンは実に不適切だ。少なくとも、妻に対してこの手の荒れ狂う欲望を抱いているあいだは。アレックスの顔に小さな笑みが広がった。

「彼のキスはよかった？」ソフィーが訊いた。「それくらい教えてくれてもいいはずよ。だってわたしは、あなたが楽しんでいるあいだ、ひとり寂しくロンドンにいたんですもの」

アレックスは開いたままのドアに少しだけ近づいた。これほど重要な内容なら立ち聞きしても誰にも責められないはずだ。

シャーロットが息をのみ、それから急に笑い出した。「ええ、よかったわ。アレックスはキスさえできれば満足だったみたいだけど、わたしは……」言葉を切って肩をすくめる。

「あなたは？」ソフィーは尋ねた。性的な冗談ならたくさん知っていたが、実はよく意味がわかっていなかった。

「わたしはとろけてしまったの。それだけよ」

「あまり心地よさそうな接触には聞こえないわね」ソフィーが言った。「ねえ、正確にはなにが起こるのか、自分に理解できているかどうかよくわからないの。だけど、別に話してくれなくていいのよ。お母さまがそういうことを説明してくれるとは思えないけれど、わたしもいつかは言い寄ってくる間抜けな人たちからひとり選ぶことになるでしょうから、きっとその人が厄介な問題についてなにもかも教えてくれると思うわ」

シャーロットはますます頬が赤くなった気がした。「そうね、確かに厄介だけど、最高にすばらしくもあるのよ」

ソフィーが興味を引かれた様子で彼女を見た。「いとこは、夫婦の関係はとても不快なものだと言っていたわ。社交界での居場所を確保できる代わりに、我慢しなければならないものだと」

「それはちょっと……アレックスとの場合は違うわ」

「わたしはついていないわね」ソフィーが陰鬱に言った。「あなたはその問題を快適にする方法を知っている人を手に入れたのに、わたしに残されているのはブラッドンだけよ。彼ならきっと、厩舎にたとえて説明してくれるに違いないわ。ときどき、わたしをサラブレッドと間違えているんじゃないかと思うときがあるの。いちばんいい牝馬を相手にしているみたいな態度なんですもの」

「快適どころではないわ」シャーロットは唐突に話し出した。誰かに聞いてほしくてたまらなかったのだ。けれども、母親と話すわけにもいかない。「実際はとても……恍惚とした感じなの。ときどき、そのことしか考えられなくなるわ。一日じゅうでも」

ソフィーが青い目を見開いてシャーロットを凝視した。「ブラッドンとは結婚するべきではないかもしれないわね。一日じゅう彼のことを考えるなんて絶対にありえないもの。どんなにキスをされたとしても。あなたの夫のキスは、ウィル・ホランドがする……あるいはしたキスよりいいの？」

シャーロットはまた赤くなった。ソフィーはキスの話だと思っているんだわ。だけど、わたしが考えていたのは……。未婚の女性とこういうことを議論するべきではないのかもしれない。ソフィーはとても世慣れて見えるけれど、実際は明らかに違うのだから。

「〝した〟ってどういう意味？」シャーロットは巧妙に話題を変えた。「ウィルはもうキスをしてこないの？」

外の廊下でアレックスは壁に頭をもたせかけていた。客間で彼女たちに合流するのは無理だ。一日じゅう愛し合うことを考えているというシャーロットの告白を聞いて、彼の欲望の証は岩よりも硬くなっていた。うめき声をあげ、壁から離れて書斎へ向かう。手紙の残りを片づけるほうがよさそうだ。一時間後にシャーロットと会うまで頭を使うことはなにもできそうにないなら、せめて秘書を喜ばせてやろう。

さらにひと月が過ぎた。シャーロットとアレックスの生活には心地よい一定のリズムができてきた。たとえば、シャーロットは午前中に絵を描いた。厨房のメイドのひとりで、マールという名の背が高くて骨ばった娘の肖像画に取りかかったのだ。マールはウェールズとの国境近くで育ったらしい。最初のうち伯爵夫人とメイドは用心深く互いの様子をうかがっていた。マールはシャーロットの頭がどうかしていると確信していたので、落ち着いてじっと座っているのが難しかった。けれども、シャーロットは彼女を座らせ続けた。ある朝、暖炉の薪を補充するために入ってきたマールの顔を見て以来、ずっと描きたいと思っていたのだ。しばらくするとふたりは打ち解けて仲よくなり、シャーロットはマールの七人のきょうだいたちについて詳しく知るようになった。さらには使用人たちのゴシップまで。執事のステイプルは、どうやら正真正銘の暴君らしい。シャーロットがマールのウェールズ訛りを正しく理解できているとすれば、ステイプルは若い女性の使用人に対して、本来すべきではないふるまいに及んでいるようだった。シャーロットは話を聞いたその日の夜に、ステイプルに解雇を言い渡した。彼は文句を言いたそうだった。だがシャーロットも、カルヴァースティル公爵の娘として無駄に過ごしてきたわけではない。背筋を伸ばし、母がしていたような表情で――聞く耳を持たない、威圧感を与える表情で――ステイプルを見据えた。彼はしかたなくすごすごと部屋から出ていった。

シャーロットはダンストン城のミスター・マクドゥーガルに手紙を書いた。ミセス・マクドゥーガルと一緒にロンドンへ移ってくる気はないか尋ねたのだ。現在のところシェフィールド・ハウスには家政婦もいないので、ふたりが来てくれるなら大歓迎だった。シャーロットはステイプルに支払っていた額を上まわる給料を提示した。

彼女が絵を描いているあいだ、アレックスは書斎で仕事をした。ロンドンへ戻ってからの最初の数週間、マールを座らせていないときは、彼がアトリエへ来て本を読んで過ごすこともあった。けれどもしばらくすると、彼女はアレックスを追い出してしまった。彼がいると絵に集中できないばかりでなく、たびたび本を置いて近づいてくるので、そのたびに作業が中断してしまうからだ。

「獲物を見つけた虎みたいよ」シャーロットは文句を言った。

「ぼくのせいじゃない」獲物をつかみながらアレックスが言った。「きみがみだらな目を向けてくるからだ。イーゼルの向こうから見ていただろう。本当はぼくに愛撫してほしくてたまらないことは知っているんだぞ」

「わたしのためを思ってくれるなら、ひとりにしてちょうだい」シャーロットは不機嫌な声で言った。「わたしは自分の作品のことを考えているの。あなたのことじゃなくて」

「ごまかそうとしても無駄だ。きみはあのとろけそうな表情を口もとに浮かべて……」

「どうしてリュシアンとフェンシングをしないの？　ゲームがしたいなら、彼を相手にして！」

「ぼくが好きなのは」夫がうなった。「個人的な場所で個人的にするゲームだ。この屋敷で」

そう言うなり、アレックスは彼女を抱きあげて隅の長椅子に運んだ。そうしてまた午前中の時間が失われてしまった。だからシャーロットはアレックスがアトリエに立ち入るのを禁じ、彼のほうは毎朝リュシアンとフェンシングをすることになった。

「なにかしていないと、やっていられないからだ！」アレックスはいつも文句を言った。けれどもシャーロットは、彼が荒々しく男っぽいフェンシング場や、試合での鋭い言葉の応酬や駆け引きが大好きなのだと知っていた。家に戻ってきたアレックスはいつも生き生きとしていた。階上のシャーロットを誘惑する準備は万端だった。

午後になると、シャーロットはピッパと遊び、夜はアレックスと一緒に舞踏会へ行くのがつねだった。洗練された雰囲気のなかにいると、ときどきうんざりすることはあるものの、シャーロットは今までと違って舞踏会を楽しむようになっていた。廊下で思いがけず夫と出会い、帰ったらきみをバラ色に染めてやろうと耳もとでささやかれるほど刺激的なことはない。ダンスフロアで夫があまりにも近くに引き寄せるので、まわりの人々がひそひそ話し始めることもあった。そのたびに、ぼくたちは結婚しているんだ、とアレックスが彼女を安心させた。不敵な笑みを浮かべ、〝ぼくの評判のためになることをしよう〟と言って、みんなの目の前でキスをしたことさえあった。

結婚して四カ月がたち、シャーロットはふたつのことを確信した。ひとつ目は、まだ妊娠していないこと。それがわかるしるしが訪れたので、彼女は夫に伝えた。ボタンを解放する歓びに満ちた夜の活動は制限しなければならないだろう。ふたつ目は、自分が夫と恋に落ちている、あるいは恋に落ちた、そして彼を心から深く愛していることだった。アレックスを見るたびに胸が躍り、彼が部屋にいないときは気分が落ちこんだ。愛を交わすたびに口から言葉があふれ出しそうになるのだが、シャーロットはいつもそれをこらえた。結婚を申しこんでくれたとき、アレックスはなんと言ったかしら？ 愛とは信頼の上に築かれるものだと言ったわ。アレックスがわたしを信じてくれているかどうか、まだ確信が持てない。なぜ彼に愛を告げるべきではないのかを自分に問いかけると、心は入り組んでうんざりする説明を見つけ出してくる。だけど、本当は怖い。アレックスははっきりと、わたしを愛していないと言った。わたしは傷つきやすく、臆病になっていて……最初に〝愛している〟と言う側にはなりたくないと思ってしまう。もしアレックスが、わたしが彼を懐柔しようとしていると思ったら？ 処女ではないと打ち明けなかったことを忘れさせようとして、その言葉を口にしていると思われたら？

それが理由でシャーロットは沈黙を守り、どうしても〝愛している〟と言いたくなったら、代わりにアレックスの顔に情熱的にキスをしたり、彼が眠りに落ちるまで背中をさすってあげると申し出たりした。そしてアレックスがぐっすり寝入ったのを確かめてから、豊かな巻き毛や硬い胸に口をつけて〝愛しているわ〟とささやく。そうすると、張りつめていた緊張がすっと解けていった。その次にアレックスが笑っている姿を目にして、その言葉を伝えたい衝動に駆られるまでは。

ある晩、アレックスはレディらしい分別を振りかざすシャーロットに忍耐を強いられることになった。

シャーロットはいつもなら自分の主張を撤回するところなのだが、その晩はそうしなかった。実は結婚してからずっと月のものが来ていなかったので、もしかしたら妊娠しているかもしれないとひそかに思っていたのに、その日の朝になって出血が始まったのだ。彼女はこういう不測の事態になった場合は、母親から言われていたことに従おうと決めた。

「だめよ！」シャーロットは驚いてアレックスを見た。

「どうしてだ？」彼は甘い口調で言うとシャーロットの首にキスをし、彼女の唇に向かって尋ねた。「あと六日？　あと六日なのか、シャーロット？　無理だ。とても切り抜けられない」

シャーロットはあえて返事をしなかった。裏切り者の体がアレックスに屈するように迫っていたものの、かろうじてこらえた。

「そのつもりはないの。本気よ、アレックス。今夜はわたしが別の部屋で眠るほうがいいかもしれないわ」

「それはだめだ」アレックスは急いでそう言うと、負けを認めた。シャーロットを抱く希望は失われたものの、惚れ惚れする曲線美を持つ彼女を自分の隣に横たえることまであきらめるつもりはなかった。しばらくして彼は、シャーロットの白く長い寝間着を膝の上まであげるまでもなく、彼女を顔を赤らめて切望する美女へと変えることができた。だが、それでもシャーロットは譲らなかった。

「あと六日間よ」彼女はきっぱりと言った。「お母さまには七日と言われているのだけど、それが正しいのかどうかはわからないわ。もしかしたら、やっぱりほかの部屋へ移るべきかもしれない」

アレックスはすばやく転がってシャーロットに覆いかぶさった。彼女が本気でベッドを出ようと考えたときのためだ。ピッパにするのと同じように、アレックスはシャーロットの鼻に鼻をこすりつけた。

「ぼくはきみとの結婚生活が気に入っている、知っていたかい？」魂の底までのぞきこむように、黒い瞳で彼女の目を見おろす。〝きみを愛している〟と言ったのとほとんど同じようなものだわ、とシャーロットは思った。

翌朝の朝食のとき、アレックスは熊のようにむっつりしていたが、突然シャーロットに皮肉たっぷりのしかめっ面を向けた。

「ぼくだけなのか？」

「わたしは全身がむずむずする粉を、誰かに頭から振りかけられた気分よ」シャーロットはほほえんだ。

「そうか、少なくともぼくひとりじゃないんだな」アレックスは新聞に注意を戻し、それから書斎へ行った。その朝遅く、彼は抑えた声で悪態をつくと、手にしていた書類を放り出した。ロバート・ロウは哀れむようにアレックスを見ると前へ進み出て、頭に〝外務省〟と記されている、浮き彫り加工が施された厚手の封筒を差し出した。

「こちらもございます」

手紙を読んだアレックスの口から叫びがもれた。「ちくしょう！」これが別のときなら、ここに書かれている招待を歓迎するのに……招待だと？　むしろ命令というほうが近い。彼は外務大臣のブレクスビー卿がよこした、優雅な字体で書かれた手紙をさらに読み進めた。今はシャーロットを置いてはいけない。彼女のことを考えるだけで血がたぎるのを感じながら、アレックスは思った。けれども連れていくこともできない。危険すぎる。彼は厚手の紙を片手でくしゃくしゃに握りつぶし、部屋の隅に思いきり投げつけた。

「返事を出して、今日の午後四時にそちらに行くと伝えてくれ」アレックスはロウにぶっきらぼうに命じ、大股で書斎を出た。

シャーロットを捜してアトリエへ行くと、彼女はメイドの肖像画を前に眉をひそめていた。そばにソフィーが座っていて、ブラッドンからの最新の求婚について楽しそうに話していた。彼はハイドパークで一緒に乗馬をしているときに申しこもうとしたらしい。

「手紙になにかよくないことでも書いてあったの？」シャーロットは紅茶を用意させようと呼び鈴を鳴らした。夫の機嫌が悪いのは昨日の夜のことのせいなのか、それともほかに理由があるのか、よくわからなかった。

「お茶はいらない」アレックスがいらいらと言った。「ぼくにはブランデーを持ってくるようメイドに言ってくれ」

シャーロットは困惑して椅子のところへ戻った。アレックスが昼間からお酒を飲むことはめったにない。だが、彼は明らかに理由を話したくなさそうだ。男性の気分の変化につねに敏感なソフィーは、すでに外套を手にしていて、今夜レディ・クームの舞踏会で会いましょうと言って帰っていった。

その夜遅い時間に、シャーロットとアレックスは舞踏会に到着した。恥ずかしげもなく愛情をあらわにして社交界の人々を驚かせ、喜ばせてきたふたりだったが、レディ・クームの舞踏会でのふるまいはこれまでとは比べものにならなかった。たとえばシャーロットがシルヴェスター・ブレドベックと踊っていたとき、アレックスがダンスフロアへやってきたかと思うと、なにも言わずにブレドベックを押しのけて替わってしまった。アレックスはブレドベック——よく文句を言わなかったものだ、と人々は思ったが——に向かってにやりとして、どうしても今、妻を自分のものにしなければならないからと告げた。妻を自分のものにするとは！　結婚した人々はお互いのことをそんなふうには言わないわと、細かいことにこだわるレディ・スキフィングが指摘した。

すっかり興味をかきたてられたレディ・プレストルフィールドはあとになって、その夜ふたりがバルコニーで言い争っていたのを見たと断言した。シェフィールド・ダウンズ伯爵は妻の髪に顔をうずめていたが、彼女のほうはいらだっている様子だったと、レディ・プレストルフィールドは楽しそうに説明した。

実際はいらだっているどころではなかった。シャーロットは怒りと恐怖に交互に襲われていた。アレックスは、彼女が聞いたこともないほど愚かで非現実的な旅に出かけようとしているのだ。完璧なイタリア語を話す彼が、イタリア人としても通用することがなんだというの？　まともな頭の持ち主なら誰も、この時期のフランスへ行こうとは思わないだろう。ナポレオンと英国政府とのあいだで結ばれた停戦協定は非常に不安定なものだ。それにリュシアン！　これまでシャーロットは夫の友人である彼にいつも好感を持ってきた。実のところ、ピクニックのとき、リュシアンがフランスで妻子を亡くしたらしいと気づいてからは、彼に対して優しい気持ちを抱いていたのだ。でも、今は違う！　もしリュシアンが話しかけてきたら、シャーロットはひどい言葉を投げつけてしまいそうだった。

「女だから尻ごみしているなんて言わないで、アレックス！」その夜遅く、彼女はかっとなって夫に言った。「ほんの少しでもあなたの幸せを考えている人なら、そんなことを頼むはずがないわ。フランスに行ってほしいだなんて！　イタリア人のふりをして！　とらわれているかもしれない女の子を捜して……それは確かにかわいそうだけど、こちらへ連れ帰るだなんて。しかも、向こうではよく知られているフランス人の侯爵と一緒に。たちまちつかまってしまうに違いないわ！」シャーロットは涙をこらえた。

「リュシアンと一緒に行動するわけではないんだ」アレックスは忍耐強く説明した。「彼はフランスの沖合に停泊した船のなかで待つ。リュシアンが入国するのは危険すぎる。だがシャーロット、これはリュシアンとダフネの妹を救出するチャンスだ。どうして彼の頼みを断れる？　それに単純な話なんだ。イタリア人ならフランス国内を自由に移動できる。ぼくは裕福な商人としてフランスに入り、国境からすぐのところにある帽子店へ行ってその子を拾う。それだけだ。きみはそんなに心配しなくていい。パリには英国人が大勢いるんだし。それに、覚えているだろう？　英国政府は先月ナポレオンと協定を結んだんだ」

「いやよ、アレックス、いや」シャーロットは声を詰まらせ、彼の首に腕を巻きつけた。「危険すぎるわ。わたしとピッパを置いてはいけないはずよ。そんなのだめ！　あなたがいないと、わたしは生きていけない」

「聞いてくれ、ダーリン」アレックスは体を引いて彼女の澄んだ瞳を見おろした。「ぼくは紳士として生まれた。とても運がよかったんだ。たとえば煙突掃除夫になるよう生まれついていたらと思うと、ぞっとせざるをえない。だが自分の生まれに対して誇りがあるからこそ、恐ろしいからという理由でリュシアンの頼みを断ることはできない。きみとピッパを残していくと思うと不安でたまらなくなるとしても。同様に、ブレクスビー卿が穏やかな言葉で命じてきたことも拒絶できないんだ。パリである包みを受け取ってほしいそうだ。それがなにかはわからないが、彼らには信用できる人物が必要だ。そしてぼくは信用されている。今の立場にあるからこそ、ぼくは信頼に値すると判断されたんだよ」

シャーロットはアレックスを強く揺さぶりたかった。なんてばかげた理由のために命を危険にさらすのだろう。だが愛するアレックスの顔を見れば、彼が自分の発した愚かな言葉のすべてを信じているのがわかる。いらだちのあまり、彼女の目に涙がこみあげてきた。

「リュシアンの妹はまだ一三歳なんだ。その子を放ってはおけない、シャーロット」

シャーロットは彼の胸に顔をうずめ、肩を震わせてむせび泣いた。「どうしてほかの人ではだめなの？」泣き声が激しくなる。愛する者が外国との戦いに出かけていくと知って妻たちや母たちが流す、いつの時代も変わらない涙だった。

「ぼくならイングランド人に見えないからだ」アレックスが顔をゆがめる。「それにマリアのおかげで、イタリア人らしいイタリア語を話せる。ぼくなら大丈夫だ、約束する。きみがあの骨ばったメイドの肖像画を描き終える前には戻ってくるよ」

「だけど、どうしてこんなに急なの？」シャーロットは彼から離れ、窓に近づいて外の暗い庭園を見つめた。絶望的な気分だった。

背後からアレックスが近づき、手を伸ばして厚いカーテンを閉めた。「時間がないんだ」シャーロットには彼の言いたいことがわかった。一三歳……。うしろからまわされた腕に包まれ、彼女はアレックスにもたれかかった。両手はぼんやりとヴェルヴェットのカーテンをよじっている。

「ブレクスビー卿がなぜあなたをパリへ行かせる必要があるのか理解できないわ。今のパリはどこよりも危険な場所なのに！」

「実際はそうじゃないんだ」アレックスが低い声でシャーロットをなだめた。「イタリア人はつねにパリを出たり入ったりしている。それにパリから人を連れてこいと言われているわけじゃない。小さな包みを取りに行くだけで、せいぜい数時間しかかからないだろう。たとえ向こうを出るときにぼくの馬車を調べられたとしても、なんの危険もない。フランス政府はこれまでと同様に商取引は許可しているからね」

「ええ、それでもやっぱり、なぜリュシアンが誰か人を雇わないのか理解できないわ」シャーロットは反論した。「包みなら大丈夫でも人の救出は危険だと、今自分の口で言ったじゃない」

「ダーリン、もしきみがフランスにとらわれていたとしたら、ぼくはもっとも親しい友人に助けを求めるだろう。パトリックがイングランドにいなければ、きっとリュシアンに頼む。よく知らない人間を雇ったりはしないはずだ。リュシアンの兄弟はふたりともギロチンで処刑されている。だから、リュシアンはぼくに頼ったんだ。こういう状況でも、面と向かっては頼まなかった。手紙で依頼することでぼくが断りやすくしたんだ。だが、そんなことはできないよ、シャーロット。断ったりしたら、これからの人生をのうのうと生きてはいけない。もしひと月かふた月後に、その子が投獄されたと耳にしたら？　最近までリュシアンは、妹が生き延びていることすら知らなかったんだ」

無言の時間が続いた。シャーロットはとうとうあきらめて向きを変え、マリーを呼ぶために呼び鈴に手を伸ばした。もうベッドに入る時間だ。アレックスは明日の朝五時に出発しなければならない。あと三時間しかなかった。

彼女は顔をあげてアレックスを見つめた。夫の飢えた懇願のまなざしを目にしたとたん、シャーロットの心臓が激しく打ち始めた。わたしはレディが結婚生活で守るべき決まり事をことごとく破ってきた。レディとしてふるまうための神聖なルールを平気で破っているのに、アレックスは命を懸けてまで紳士であるためのルールを守ろうとしている。シャーロットは眉根を寄せて考えた。月のものの出血はいつになく少ないのだから、決まりが悪いことはないのかもしれない。

それに、わたし自身も望んでいるわ。彼と同じくらい切望している。

「メイドの代わりをしてくださる、だんなさま？」シャーロットは呼び鈴のひもから手を離して尋ねた。

アレックスはシャーロットの繊細な顔を大きな手で包み、甘い唇にキスをした。「ぼくはきみにふさわしくない。きみはぼくにはもったいない人だ、シャーロット」

彼女は腕をゆっくりとすべりおろしていった。肩から背中を通ってヒップで止める。アレックスの体はどこまでも硬かった。シャーロットは大胆になることを徐々に学び始めていたが、これまでにわかったのは、自分の手が彼を激しく燃え立たせることだけだった。彼女は指を大きく広げ、夫のたくましい体を引き寄せた。

「もしあなたが帰ってこなかったときのために」シャーロットは胸の痛みを感じながらささやいた。「今夜、あなたの体を記憶しておくの」

欲望と愛情が強烈にまじり合い、アレックスは手が震えるのを止められなかった。シャーロットの向きを変えさせると、彼女のドレスのボタンを外し始めた。乱暴に引っぱられた真珠のボタンが散らばり、鼠が駆けるような音をたてて床を転がっていく。アレックスはボタンを外すたびにシャーロットの肌に口づけた。キスはどんどんさがっていき、やがて膝に到達した。アレックスはふたたびシャーロットの向きを変えさせると、クリームのような腹部があらわになるまでドレスを引きさげた。腕を彼女の体にまわし、柔らかな肌に顔を押しつける。

「きみが妊娠したのではないかと思っていたんだ。帰ってきたら、夜も昼もずっときみと愛し合う。きみのおなかが大きくなって、ぼくの腕がまわらなくなるまで」

シャーロットは笑い声をあげた。「そうはならないと思うわ。お母さまから聞いたの。妊娠していたとき、おなかがあまり大きくならなくて、生まれる寸前まで人に気づかれなかったそうよ。お母さまと同じでわたしも平均的な女性より背が高いから、それほど大きくならないかもしれない」

彼女はウエーブのかかった夫の髪を見おろした。彼は跡継ぎが欲しいのかしら？　それとも子供が欲しいの？「あなたは……たとえ、また女の子だとしても、子供が欲しい？」ためらいながらも思いきって尋ねる。

アレックスがかかとに体重をかけて体をそらし、両手でシャーロットのほっそりした脇腹をなでた。「きみにそっくりな女の子が欲しい」真剣な口調から、彼が本気なのだとわかった。顔をあげたアレックスが彼女の視線をとらえる。「子供が生まれるときにはその場にいたい」

シャーロットは目を見開き、息をのんだ。「そんなのは無理よ」

「そうかな」アレックスがにやりとした。「イタリアで出産を見たんだ。田舎を旅してまわっていたとき、酒場《タベルナ》の真ん中で女性が急に産気づいたんだよ。すばらしい体験だった。きみが出産するときになれば、たとえ竜騎兵が押し寄せてきても、ぼくを部屋から閉め出すことはできないぞ」

シャーロットはなんと言っていいかわからなかった。ごくりと音をたてて唾をのみこむ。お母さまが知ったらきっとその場で失神してしまうわ。

アレックスはシャーロットの平らな腹部に両手を走らせた。不意に強いいらだちがこみあげてくる。くそっ、涙もろくなっているぞ！　気をつけなければ、シャーロットを愛していると思い始めるかもしれない。ぼくはどんな女性からも、二度と影響を受けないと心に決めた。たとえぼくのシャーロットからでもだ。どんな女性でも。彼は迷いのない動きで彼女の肌に舌を這わせたり嚙んだりしながら、乳房のほうへと唇をあげていった。

シャーロットがくすくす笑った。アレックスは怒ったふりをしてうなると、胸に突進して乳首を口に含み、歯を立てた。彼女の笑い声がぴたりと止まって、代わって喉からかすれたうめきがもれる。アレックスは妻を抱きあげ、ベッドに横たえた。

翌朝五時、シャーロットはかなり機嫌の悪いピッパと一緒にシェフィールド・ハウスの階段に立ち、手を振ってアレックスを送り出した。ピッパは起きたがらなかったが、シャーロットはちゃんと見送らせるべきだと考えた。母親が亡くなったときのように、目が覚めて初めて父親がいなくなっていることに気づくのではなく。それにもし――彼女は心のいちばん奥でだけ、そのことを考えるのを自分に許した。もしアレックスが戻らなかったとしても、最後に彼がどんなふうにわたしに、そしてピッパの顔にキスをしたか、ピッパが理解できるくらい大きくなったときに話してあげられる。

翌日シャーロットはみんなに、アレックスが準備した話を伝えた。仕事の用ができて、突然イタリアへ行くことになったと。ソフィーと両親にだけは本当のことを話した。

「だから言ったでしょう」それがソフィーの反応だった。「遅かれ早かれ、男はみんな愚かなことをするのよ。リュシアンはどうしてボウ・ストリートの捕り手を雇わなかったのかしら？　彼らなら危険な任務にも慣れているはずよ」

一瞬、シャーロットの心臓がびくんと跳ねた。いいえ、もう遅すぎる。今ごろリュシアンとアレックスはサウサンプトンに着いて、イタリア行きの船に乗っているはずだ。リュシアンはアレックスの使用人として同行することになっていた。近ごろでは、フランス人の使用人を雇うのは珍しくないからだ。

「いいえ。ボウ・ストリートの人たちがイタリア語を話すとは思えないわ。アレックスはできるだけ、ことを簡単にしたかったのよ」

「簡単なことなんてないわ」ソフィーがきっぱりと言った。「フランス人がかかわるととくに」

シャーロットはピッパを抱く腕に力をこめた。ピッパは彼女の膝の上ですやすや眠っている。一日じゅうシャーロットについてまわり、離れようとしなかったのだ。シャーロットは顔をあげてソフィーを見た。

「この子が起きたら買い物に出かけない？　今日はアトリエにこもる気になれないの。それに、わたしにはもっとゆったりとした服が必要になるから」

「ゆったりとした服？　いったいどうして？」ソフィーの目が大きくなった。「子供ができたのね！」はじかれたように立ちあがり、シャーロットを抱きしめた。「今、何カ月なの？」

「わからないわ」シャーロットは小さな笑みを浮かべた。「毎月の出血が始まったと思ったんだけど、また止まったのよ。今朝、お母さまに訊いたら、多少の出血はよくあることなんですって。そうすると、今は四カ月くらいだと考えられるの」疑わしげな目で自分のウエストのあたりを見る。「前と変わらない気がするけれど」

ソフィーが陽気な笑顔を向けた。「あたり前じゃない？　ねえ、アレックスには話したの？」

「いいえ。わたしも知らなかったから。なにが起こっているのか理解できていなくて。だからアレックスは、わたしは絶対に妊娠していないと思っているわ。実際は三カ月か四カ月なのに。彼が戻ってくるころには、わたしは雌牛みたいになっているかもしれない」

「とても愛しい雌牛よ」ソフィーの笑みには愛情がこもっていた。「アレックスはきっと有頂天になるわね。いつの夜だったか、彼と並んで座ったの。音楽会だったかしら？　あなたがどこにいたのかは覚えていないわ。そのときアレックスがわたしに言ったの。子供が四、五人いる大家族にしたいって」

「本当に？」シャーロットはソフィーの話にすっかり引きこまれていた。

「ええ、そうよ。彼はあなたにのぼせあがっているわ。そうでなければ、男性は子供を欲しがらないでしょう」

シャーロットは頬を赤く染めた。彼女はソフィーに、アレックスがわたしに夢中だと本気で思っているのか、確かめたくてしかたがなかった。けれども多少は品位を保たなければならない。そのとき、ピッパが手足を伸ばして大きなあくびをした。ソフィーが呼び鈴を鳴らす。

「ピッパを一緒に連れていくの？」

「ええ」

ソフィーは訳知り顔で友人にほほえみかけた。ピッパはアレックスにそっくりなのだ。

「まずドレスを着替えたほうがいいわよ」彼女はシャーロットを観察した。「ピッパが寝ていたところが濡れているわ」

17

その夜シャーロットはアレックスと分かち合っていたベッドの周囲をまわり、わずかに乱れたリネンのシーツをじっと見つめた。夜はいつまでも終わらないかに思われた。そして次の夜も、また次の夜もひとりで……。六週間とアレックスは言っていた。長ければ二カ月だと。二カ月！　あまりにも不公平に思えて、シャーロットは叫び出したくなった。彼が戻ってくるころには、わたしはきっとメロンみたいな姿になっているだろう。アレックスはもう愛し合いたくないと思うかもしれない。冷たい涙が鼻を伝った。けれども、シャーロットは自分を抑えた。これからふた月をずっと泣いて過ごすわけにはいかない。毎日忙しくして、夜には疲れてベッドに倒れこむようにしないと。疲れすぎて、くよくよ思い悩む時間などないくらいに。

ようやくシャーロットは冷たいシーツにもぐりこんだ。アレックスが嫌っていた、白くて長い寝間着を着ている。寝間着のことを考えるだけで、彼が性急に彼女の体じゅうに手をすべらせ、誓いと同時に着ているものを引きさげたときのことが思い出された。シャーロットは小さくほほえんだ。アレックスとともに過ごす時間が、彼女の生活の中心になっていた。

朝、彼は眉をひそめて新聞を読む。貴族院の活動報告に集中しているのだ。そうかと思えば、夜には服を脱ぐシャーロットの姿を、激しさをたたえた翳りのある瞳でじっと見つめる。あるいは髪を乱し、汗で肌をきらめかせながら、フェンシングの練習から戻ってくる。荒い呼吸に胸を上下させて、それから……。アレックスはいつも、疲れ果てたふりをしてうめきながら寝返りを打ち、もう二度と回復しないとうなる。シャーロットは涙をこらえた。二カ月はそれほど長くないはずだ。そのあいだにマールの肖像画を完成させればいい。

その肖像画がまた問題だった。シャーロットがマールを選んだのは、痩せて骨ばった顔に惹かれたからだが、彼女の粗削りだけれども生き生きとした部分をうまくとらえるのはかなり難しかった。鼻や顎の感じから、マールの顔がまるでウェールズの田舎娘の風刺画のように見える日があった。ところが翌日には、少女っぽさと抜け目のなさの対比を取り戻そうと、シャーロットは懸命に絵筆を動かすことになった。またその次には、肖像画は大人の女性の顔に閉じこめられた、小さな女の子の雰囲気を醸し出し始めるのだ。だがそれでも、絵について考えると気持ちを落ち着けることができた。結局のところ、アレックスとベッドで過ごすこと以外にも人生はある。シャーロットはおかしみを感じながら、自分に言い聞かせた。いつかふたりが年を取って白髪になったら、ベッドで愛し合うのに飽きる日が来るのかもしれない。

突然ドアのほうから言い争う声が聞こえ、シャーロットは立ちあがった。

「誰なの？」

「まあ、奥さま、申し訳ありません」困ったような声が返ってきた。

シャーロットはベッドの横の蠟燭に火をともした。ドアが開き、薄暗いなかにピッパのナニーが立っているのが見えた。大きなガウンを身にまとい、足をばたばたさせて悲鳴をあげるピッパをつかんでいる。

「目を覚ましたことにわたしが気づく前に、部屋から走り出てしまったんです」ケイティが続けた。「起こしてしまって申し訳ありません、奥さま」

ピッパが怒りのこもった泣き声をあげた。

「ピッパ、真夜中に起きて、いったいなにをしているの？」シャーロットはナニーに向き直った。「大丈夫よ、ケイティ、行ってちょうだい」

ピッパがよちよちとベッドまで歩いてきた。木の床に裸足の小さな足音が響く。

「パパ？」震える声で訊いた。「パパどこ？」

「まあ、スウィートハート」胸が苦しくなるのを感じながら、シャーロットは言った。「パパはしばらくお出かけしなくてはならないの。だけど、ちゃんと帰ってくるわ」

ピッパは信じられないという顔をすると、床に座りこんで泣き始めた。もうすぐ二歳になる子供の怒った泣き声ではなく、ふたたび見捨てられた子があげる、胸が締めつけられそうになる泣き声だった。

ああ、もう！　シャーロットは怒りを感じずにいられなかった。アレックスはどうしてこの子を置いて行ってしまえたの？　ベッドをおりた彼女は、隙間風が入る冷たい床を裸足で踏んで、思わず身を震わせた。ケイティがドアのところで静かに立っている。

「夕方からずっとこうなんです、奥さま」シャーロットの無言の問いかけに応えて、ケイティが言った。「お父さまは戻っていらっしゃると話したんですが、わたしの言うことを信じてくれません」

シャーロットはひざまずいてピッパを膝にのせた。

「パパは今、帰ってくるところよ」ピッパの柔らかな巻き毛にささやいた。「一緒にスコットランドへ行ったことを覚えているでしょう？　あのときパパは向こうでわたしたちを待っていたわ」彼女はピッパを抱えたまま立ちあがり、ベッドへ戻った。

「ケイティ、今夜はわたしがピッパと一緒にいるわ」不意にシャーロットは決意した。ケイティがお辞儀をしてそっとドアを閉める。

シャーロットはもう一度ベッドにあがり、すすり泣くピッパを自分の左側に寝かせた。

「ピッパ、お話をしてあげましょうか？」彼女はささやいた。ピッパはなにも言わなかったがシャーロットはかまわず、めんどりと三羽のいたずらなひよこの話を始めた。しばらくすると、ピッパは泣くのをやめてシャーロットのほうに顔を向けた。シャーロットは、よく考えずに家を離れてしまう三羽のいたずらなひよこのまねをして、ピヨピヨと鳴いた。そのころにはピッパの体から力が抜けて、シャーロットは腕にずっしりと頭の重みを感じるようになっていた。

それからしばらくのあいだ、闇のぬくもりのなかで横たわっていた。急にベッドがそれほど大きいとも味気ないとも感じなくなった。そばでピッパが丸くなり、おなかのなかでは日に日にアレックスの子供が大きくなっている。シャーロットはほほえんだ。すぐにひよこは二羽になるだろう。

翌朝、シャーロットはマールの絵を最初から描き直すことにした。メイドの苦労と喜びがまじり合った姿をとらえるのだ。

マールは女主人の広々としたアトリエに座るのが大好きだった。なによりも足を休められるのがありがたい。だが、ぜひ絵を見てみたいとも思っていた。階上のひびの入った鏡をいくらのぞいても、伯爵夫人が自分を描きたがる理由がわからない。マールは少なくとも、キャンバスの上では自分がとてつもない美女に変身するのではないかと期待を寄せていた。

二週間が過ぎるころには、肖像画はかつてないほどの進展を見せていた。さらにシャーロットはソフィーを誘って、舞踏会に二回と音楽会に二回、それにオペラに一回出席した。

「音楽会は大嫌い」扇を揺らしながらソフィーが文句を言った。「自分を最大限によく見せる服装ができないんですもの。慎み深い白のモスリンなんて着たくない。あなたも自分の姿を見てごらんなさいよ。どの女性もまるで小さな白い幽霊だわ。わたしたちは羊みたい。おかげで男性たちまですっかりつまらなくなって、女性に言い寄るどころか自分のクラヴァットをいじっているだけよ。わたしのいとこだと言っているあの気取り屋を見て」彼女はフランソワ・ド・ヴァルコンに手を振り、人をうっとりさせる笑みを浮かべた。それからシャーロットに向き直る。「彼ったらクラヴァットの乱ればかり気にしているの。わたしがスカートをあげて足首を見せても、ちっとも関心を示さないのよ」

「それはフランソワがクラヴァットの結び方を自慢にしているのと同じくらい、あなたが自分の足首を好きだからでしょう」シャーロットはささやき返した。

　ソフィーが声をあげて笑う。「音楽会はとくに退屈だわ。ただ座って誰かが歌うのを聞いているだけなんですもの。わたしはダンスがしたい。そうすれば自分の足首を称賛する機会ができるわ。少なくとも、誰かに見せることは可能だし。ねえ、この部屋を見て。放蕩者でない男なんてひとりもいないわ。みんな、わたしたちに言い寄ってくるの。だけど、実際に彼らがやるのは愛人とだけよ」

「そんな言葉を使ってはいけないわ、ソフィー！」シャーロットは抗議した。けれども室内を見渡してみると、ソフィーの意見に同意せざるをえなかった。音楽会は退屈で気取った人たち向けの催しだ。ミセス・フェルヴィットソンが用意したロシア人の歌手たちは、なにを歌っているのかわからないうえに単調だった。部屋のなかはシャーロットと同じく若い既婚女性でいっぱいで、気のない態度の気取り屋たちからおざなりな褒め言葉をかけられている。

「それにあのお年を召した女性たち。なにか恥ずべきことが起こらないかと期待しているのよ」ソフィーはうんざりした様子で続けた。「もう帰りましょう、シャーロット。あの時代遅れの人たちは、ただ騒ぎ立てたくてたまらないのよ。もしそこのドアから放蕩者が入ってきて、誰か女性に目を向けようものなら、それだけであの人たちは話を捏造《ねつぞう》するに違いないわ」

「それなら、もう行きましょう」シャーロットは立ちあがった。そのとき、ミセス・フェルヴィットソンにお辞儀をする背の高い男性の姿を視界にとらえた。

「アレックス！」彼女は叫んで、一歩足を踏み出した。だがショックを受けたことと、いきなり立ちあがったことが重なって、目の前がぼやけた。ひと言も発さないまま、生まれて初めてシャーロットは気を失った。幸い、シャーロットの体が突然揺らいだとき、ちょうどソフィーも立ちあがったところだった。ソフィーはわけがわからないまま反射的に手を伸ばしてシャーロットの腕をつかんだ。一分後、ソフィーは床に座りこみ、シャーロットの頭と肩を膝にのせてすっかり困惑している自分に気づいた。視線を感じてふと顔をあげると、同時にシャーロットも目を開けた。

ほほえみながらふたりの美女を見おろしていた男性は、これまで何千回も見てきた困惑の表情が彼女たちの顔にも浮かんでいるのに気づいた。パトリックはしゃがみこみ、義理の姉の手を軽く叩いた。

「気分は？」

「アレックスなの？」シャーロットがささやいた。

ソフィーはなにも言わなかった。心のなかでは、この男性はアレックスの双子の弟に違いないと思っていた。遠目に見れば、彼とそっくりだ。

けれどもシャーロットはまだはっきり目覚めてはおらず、ぼんやりとしていた。手を伸ばしていぶかしげにパトリックの頬に触れる。「幽霊ではないわよね？」

パトリックは眉をあげた。頭でも打ったのだろうか？　そのとき、座りこんでいた女性が彼に警告するような視線を投げた。

「伯爵夫人を床から起こすのを手伝ってもらえる？」礼儀正しさに満ちているとは言えない口調で彼女は言った。「こちらはあなたの義理のお姉さまよ。気づいているとは思うけど」

パトリックは驚いて、兄の妻を支えている小柄な口やかましい女性を見た。だが気にしないことに決めて、義理の姉にほほえみかけた。

「おわかりでしょうが、あなたの義理の弟です」彼は快活に言った。「アレックスではありません」

「ごめんなさい」シャーロットは先ほどよりしっかりした口調で言った。「なにが起こったのかわからないの。でも、もう起きあがりたいわ」まわりに人が集まっているのに気づき、彼女は不安になった。急いで上半身を起こしたものの、すぐに頭に手をあてる。いやだ、ふらふらするわ！

すぐにパトリックがシャーロットを床から抱きあげ、そのまま立ちあがった。シャーロットはまわりを取り囲んでいる噂好きな人々の鋭い視線を感じて本気で心配になり、彼の腕から逃れようともがいた。

「こういうのはよくないわ。お願いだからおろして」彼女はささやいた。

パトリックは近くの長椅子まで歩いていくと、落ち着き払ってシャーロットをおろした。それからうしろへさがり、流れるような動作でお辞儀をする。「パトリック・フォークスです、伯爵夫人。お会いできて大変光栄です。今朝、船をおりたばかりなんですよ。兄に会うため屋敷へ行ったら、あなたの存在を知らされました。それと、このすばらしい音楽会に出席していらっしゃることも」彼はそばをうろうろしていたミセス・フェルヴィットソンの小さな険しい顔にほほえみかけた。

「まあ」シャーロットは力なく言った。「アレックスはわたしたちの結婚式のことを手紙であなたに知らせたのよ。外交文書用の袋に入れて」

「それが着いたころには、もう向こうを発《た》っていたんでしょう」パトリックが言った。「家までお送りしましょうか？　大勢の人がぼくたちを見ているみたいですから」

「ええ」シャーロットは落ち着きを取り戻して立ちあがった。彼女はミセス・フェルヴィットソンに音楽を中断させてしまったことを――ロシア人の歌手たちは床に横たわったシャーロットを見ようと首を伸ばしていたので――優雅に詫び、パトリックの腕に手をかけて部屋を出た。うしろからソフィーもついてくる。

　三人のあとには、ミセス・フェルヴィットソンが開いた音楽会よりもはるかに今の光景に興奮している人々が残された。

「なんでもないに違いない」ベンジャミン・トリブル卿がきわめて説得力のない口調で言った。

「そうだ、もちろんだとも！」シルヴェスター・ブレドベックが同意する。彼はトリブル卿のメロン色の上着に、不愉快そうな鋭い視線を向けた。「伯爵夫人は思いがけず夫とそっくりな男性を見て驚いてしまったのだろう。それだけだ！」

居合わせた人々は彼の発言に同意するほかはなく、それきりその話題は持ち出されなかったはずだった。ふたつの要因がなければ。ひとつはレディ・プレストルフィールドの驚異的な記憶力、もうひとつはレディ・カックルシャムの意地悪い性質だ。

「あなたの言うとおりだわ、シルヴェスター」レディ・プレストルフィールドがいつものきびきびした口調で言った。「ただし、あのふたりがお互いを知っているなら話は別よ。アレックスは……伯爵のほうだけど、彼はわたしに言ったの。あの美しい伯爵夫人は何年も前に、弟に会ったことがあるんですって。東洋へ行く前らしいわ。実際、彼が……アレックスがわたしの舞踏会でシャーロットに会ったとき、弟と勘違いされたそうなの」

「あなたは厳しすぎるわ、セーラ」レディ・カックルシャムが喉を鳴らすようにして言った。「彼女はいつも優しい口調で話すことを心がけていた。「ねえ、仮にふたりが知り合いだとしたら、思いやりのない人たちは、シャーロットのあの優しいしぐさから最悪の事態を考えるかもしれないわ。指で彼の頬をなでていたでしょう？」

「ばかばかしい」シルヴェスターがきっぱりと言った。「ばかげているよ、セーラ。こんな話を人に言うべきではないな。シャーロットはこれまで一度もパトリック・フォークスに会ったことがないんだ」

「ええ、ええ、きっとあなたの言うとおりよ、ミスター・ブレドベック」レディ・カックルシャムが言った。「ねえ、セーラ、外国へ行く前の伯爵の弟をシャーロットがとてもよく知っていたなんて、そんな話をむやみやたらにしてはだめよ。だって実際はきっと、一度だけ会ったとか、ダンスをしたとか……そういうことに違いないんですもの」

シルヴェスター・ブレドベックは嫌悪をこめてレディ・カックルシャムをにらみつけた。以前から彼女のことはうぬぼれた愚かな女性だと思っていた。レディ・カックルシャムは姑《こ》息《そく》な手段を使って四〇歳も年上の男と結婚することに成功したが、それも彼女の性質を変える役には立たなかったらしい。

シルヴェスターは体をこわばらせてお辞儀をすると、音楽会をあとにした。これ以上シャーロットを擁護しても違いはないだろう。放っておくほうがいい。

けれどもこの時期のロンドンは話題に乏しかった。あと四カ月しないと次の社交シーズンは始まらない。話すことはたいしてなかった。今年予想された縁組みはすでに決まり、書類への署名も終わって、カップルは幸せな、あるいは不幸せな四〇年ほどの結婚生活に踏み出していた。およそ二週間前に駆け落ちがあったが、噂好きな人々にとっては非常に不満足な結果に終わっていた。若い花嫁は田舎に追いやられ、花婿はヨーロッパ大陸へ行かされたのだ。

そういうわけで翌日の夜には、最新のゴシップに遅れを取りたくない社交界の人々は、ひとりになってまだほんの数週間のシェフィールド・ダウンズ伯爵夫人がこのうえなく優しく愛情深い様子で夫の弟を歓迎し、彼に会えたうれしさから気を失ったことを知っていた。そしてシャーロットが社交界にデビューした年に彼らふたりが一緒に踊るところを見た者はいないにもかかわらず、パトリックが東洋へ送られる前に、短いものの情熱的なロマンスがあったに違いないという神話がひと晩で誕生した。

「意地の悪い人だけよ」レディ・スキフィングが言った。「シャーロットが弟の代わりに兄のほうと結婚したなんて言い出すのは。現実的に考えれば、長男に求婚されているのに次男と結婚する娘はいませんからね」

彼女の仲間たちは、それはもっともな意見だと考えた。「優しいのね、あなた」レディ・プレストルフィールドがのんきに言った。

「ああ、まったくだ」トリブル卿が同意する。「レディ・スキフィング、あなたのような寛容さを持ち合わせない人たちは、アレックスの以前の結婚で起きた問題を怪しみ始めるかも……」

「一部の人がそんなことを言うのは、性格の悪さの表れでしかありませんよ」レディ・スキフィングが声を大きくした。「わたしたちの誰も、伯爵についてのそういう下品な話題を持ち出さないでしょうから、それがせめてもの慰めだわ！」

彼らは、自分たちがあちこちで広めた噂は思いやりのあるものだったと満足していた。実のところ、トリブル卿は恋人たちの再会の場面に居合わせたことで、しばらくはかなりの人気者になった。言葉の扱いを心得ている彼が伯爵夫人の懇願するような白い顔や、震える指をパトリックの顔に押しあてた様子を説明すると、ほかの誰がそうするよりも聞き手の心に訴えかけた。

シャーロットの母は、噂は嘘ばかりだと抗議し、友人のソフィー・ヨークは――あの娘も奔放だから、同類に違いないと言う人もいたが――シャーロットは夫とパトリックを取り違えただけだと断固として主張した。にもかかわらず、その週の終わりにはロンドンじゅうの人々が、パトリックが結婚せずに東洋へ行ったのでシャーロットは悲しみに暮れたこと、さらには彼女が身代わりとしてアレックスと結婚したにすぎないことを理解していた。

シャーロットはどうすればいいかわからなかった。まさに予告なく襲いかかってきた醜聞の嵐にのみこまれてしまっていた。

「わたしならそれほど心配しないわ」旅立ち前の挨拶に訪れた母が慰めるように言った。アデレードとマーセルは、かねてから約束していたアメリカ旅行へ出かけるところだった。裕福なアメリカ人と結婚した、長女のウィニフレッドを訪ねるためだ。

「こんな大事なときに、あなたを置いていきたくないのよ」アデレードが言った。「ダーリン、だけど近ごろは誰でも一度くらい、なにもないところから出てくる大きな醜聞を経験せずにいられないみたいだわ。たとえば、あなたのお父さまも噂になったのよ。わたしたちが若いころだけど！　ある人がとても真剣な口調でわたしに教えてくれたわ。マーセルはわたしを置き去りにして、若いオペラ歌手と一緒にフランスへ逃げるつもりだって。わたしは勇気を振り絞ってマーセルにそのことを訊いたの。そうしたらマーセルは、その女の人が何者かすら知らなかったのよ！　おまけに〝フランス？　フランスだって？　とんでもなく住み心地の悪い国じゃないか！〟ですって。それより気にかかっているのは、こんな状態のあなたを残していくことだわ。妊娠しているんですもの。妊娠中はとても疲れるものよ。だけど、家にこもる格好の口実にはなるわね。お願いだから、ゴシップの種になるようなふるまいをしてはだめよ。残念だけど、パトリックと会うのはアレックスが帰ってきてからにしなくては」

立て続けに繰り出される忠告を、シャーロットは黙って聞いていた。「でも、お母さま、パトリックは今日の午後四時にわたしを訪ねてくる予定になっているの。断るなんてできないわ。ひどく失礼だもの」

アデレードが完璧な解決策を思いついた。「それならパトリックに言って、馬車をここに停めないようにしてもらえばいいわ、ダーリン。きっと彼の従僕が公園に馬を連れていくでしょう。そうすれば、誰もパトリックが来ているのに気づかないわ。だけど、公の場で彼と一緒に過ごしてはいけませんよ。致命的な醜聞になってしまうもの」

シャーロットは真面目な顔で母を見て、なにがあってもパトリックを避けると約束した。「さて、こうなったら、どこかの気の毒なおばかさんが従僕と駆け落ちしてくれることを祈りましょう」アデレードが元気づけるように言った。「こういう噂は……火を燃え続けさせる材料がなにもないときはとくに、たいてい数週間で消えてしまうものよ。一年もすれば、たとえパトリックとダンスを二度踊ったとしても、誰も気づきもしないでしょう」そこでためらった。「ダーリン、もしかしてパトリックがあの庭園の人ではないの？」

「まあ、お母さま、もちろん違うわよ！」シャーロットはあきれた。誰もわたしを信じてくれない。お母さまも、アレックスも。「あれはアレックスだったの。そう言ったでしょう?」

アデレードは心の底からほっとした。おなかの子によくないと思って、シャーロットには自分が心配していることを隠していた。だが今回の醜聞が真実に近いのではないかと考えると気分が悪く、その点がいちばんの気がかりだった。この時期にアメリカに行くことになっていて、本当によかった。嘘が得意ではないので、半分は真実を話していることを誰かに気づかれやしないか、つねに不安でしかたがなかったのだ。

ようやくシャーロットは母にさよならのキスをした。アデレードは最後に、妊娠や出産、産婆、医師、乳母《ウエットナース》などについて支離滅裂な講義をして去っていった。シャーロットはぼんやりと聞いていた。いまだに自分が妊娠しているなんて信じられない。一瞬だけ気を失ったことを除けば、なんの兆候もなかった。急いで立ちあがるたびに部屋がぐるぐるまわるような気がするので、失神は妊娠のせいに違いないと思うようになってはいたが。けれども、まだ医師に診てもらうのは気が進まなかった。シャーロットは体を震わせた。わたしはまったくの健康体だわ。ただじっと座って、ばかなまねをしないように気をつけていればいい。

その日の午後、シャーロットは夫の弟に愛想よくほほえみかけ、座ったまま手で合図して彼に椅子を勧めた。

「あの、わたしは、いえ、アレックスとわたしと言うべきね。わたしたちに子供ができたの。そのせいでめまいがしたみたい」

パトリックの目がきらりと光った。兄さんの結婚相手が、神経が細くて絶えず失神しがちな気の滅入《めい》る女性でなくてよかった。たとえそうでも兄さんを責めはしないが。それにしても、黒髪の驚異的な美女を見つけたものだ。

「兄さんは喜んでいるだろうな」パトリックは笑顔になった。「いつも家族がたくさん欲しいと言っていたんだ。そのことでよくからかったものだよ。だって、兄さんにはてんで似合わない……」言葉がしだいに小さくなった。新婚の妻の前で兄の好みについて冗談を言うべきでないのを忘れていた。かつて兄が家庭生活はつまらないと考えていたことを知らせる必要がないのは言うまでもない。

しかしシャーロットが聞いていたのは、アレックスが子供を欲しがっていたという部分だけだった。「ええ、すばらしいわよね？　彼はまだわたしが妊娠したことを知らないの」

「内緒にしておくよ。それにしても、兄さんはいったいイタリアでなにをしているんだ？」

シャーロットは唾をのみこんだ。アレックスは誰にも話すなと言ったけれど、弟にならかまわないんじゃないかしら？

だが、パトリックは話し続けた。「わかっているよ。兄さんは結婚していたあの口やかましい女の問題を片づけに行ったんだな」そこで丁重に話題を変え、ふたりはしばらく旅行についての話をしたが、どことなく不自然な空気が漂った。

ついにパトリックが単刀直入に切り出した。「ぼくたちに関して広まっている噂を知っているんだろう？」

「まあ、大変！」突然、シャーロットは顔をあげて大声を出した。「あなたの馬をどこかへ連れていってもらうのをすっかり忘れていたわ！」

「本当にその必要があると思うかい？」パトリックが問いかけるように眉をあげる。信じられないと言わんばかりのその貴族的なしぐさは、アレックスにそっくりだ。シャーロットはほほえまずにいられなかった。

「わたしの母はそうするのがいいと考えていたわ」

「それなら自分で直接手配しよう」

シャーロットが呼び鈴を鳴らしたが、現れたのは執事ではなく、かなりまごついた様子のメイドだった。

「執事はいないのかい？」パトリックが尋ねた。

「解雇したのよ。新しい執事はまだスコットランドから到着していなくて。モリー、従僕の誰かにここへ来るように言ってくれるかしら？」

「はい、奥さま」モリーは膝を曲げてお辞儀をしたものの、すぐには立ち去らずためらっている。

「モリー？」

「あの、奥さま、外にいやな感じの男の人がいるんです！『タトラー』の記者だと言ってました。どうしても追い払えなくて」

「なんてことかしら」シャーロットは驚いた。「正確には、誰がその人を追い払おうとしたの？」

「従僕が三人で様子を見に行きました。だけど誰も、彼がお屋敷のまわりをうろついて、こっそり窓に忍び寄るのを止められなかったんです」

パトリックが脅してやると言わんばかりに立ちあがった。「ぼくが——」

「いいえ、あなたは絶対に行ってはだめよ!」シャーロットはぴしゃりと言った。「そもそもここにいるのを誰かに見られるわけにはいかないんですもの。あなたの馬車は玄関で待っているのよね?」

「わからない。今朝は新しい馬にしたから、ダービーがひと走りさせているかもしれないんだ」

「モリー、従僕をひとり外にやってちょうだい。ミスター・フォークスの馬車がここへ到着する前につかまえて、ハイドパークへ行かせてほしいの」

「いや、だめだ」パトリックの低い声はおもしろがっているふうだった。「ダービーにはそのまま家に戻るよう伝えてくれ。ぼくはあとから貸し馬車で帰る」

モリーがお辞儀をして部屋を出ていき、残されたふたりは黙りこんだ。パトリックが残念そうな笑い声をあげた。

「知っているかい? ぼくはこれまで既婚女性と関係を持ったことはないんだ。だけど、かなり心地がいいに違いないと思い始めているよ」

シャーロットは笑った。パトリックのことが前よりよくわかるようになってくると、アレックスと間違えたのが信じられなかった。彼らふたりはまったく違う。パトリックは今にもどっと笑い出したり、移り気なことを言い出したりしそうだ。一方、アレックスは……。シャーロットはうっとりと夫のことを考えた。彼女が陰気な表情をしていると言ってからかうと、彼が顔をしかめてみせたときのことを。

「ともかく、インドに比べるとロンドンはひどく退屈だな」パトリックは率直に言った。「もともとレスターシャーへ行ってブラッドンを訪ねようかと考えていたんだ。噂を消さなければならないし、明日の朝にでも出発しようかな」彼はうんざりしていた。「なにもかもいまいましい礼儀のせいだ！　ぼくは守れたためしがない。兄さんがイタリアでなし遂げたような妙なことはとてもできないよ。兄さんは昔から真面目なほうだったからな。それにしても婚姻無効を申し立てられたなんて！」パトリックは前夜のうちに、家族に関するこれまでのゴシップをすべて知るはめになった。厳粛な兄がそんな困った事態に陥ったと思うとおかしくて、なんだか胸がすっとしたのだ。

シャーロットはかすかに顔を赤らめた。アレックスの最初の妻を話題にするのは気後れしてしまう。

「それはともかく、ここから抜け出すにはどうしたものかな？」パトリックが言った。「きみに会えてとても楽しかったが、ひと晩ここで過ごすのでなければ、裏口かどこかから気づかれずに出ていく方法を見つけないと」

シャーロットは彼の言葉を考えてみた。「問題はあなたの背がとても高いことだわ」義理の弟にメイドの格好をさせるという考えは却下する。小説ではそれがうまくいっていたが、現実にはありえない。

「外のやつがいなくなる《コープ・ロープ・オフ》まで待ったほうがよさそうだ」

「外の入り江《コープ》が跳びはねて《ロープ》……向こうに行く《オフ》？」シャーロットがまごついた様子で繰り返した。

パトリックはこらえきれずににやりとした。「つまり、この屋敷をうかがっているあの紳士があきらめて食事に行ってしまうまで、ぼくは奥さまとご一緒しますという意味だよ」

「あら、インドの特別な言いまわしなの？」

「違うよ！　きみの家の裏通りのような、ちまたで流行っている言いまわしだ」パトリックは思わず語気を強めた。イングランドの女性がどれほど温室育ちか、すっかり忘れていた。もっとも、上流階級の女性たちだけだが。

「あら」シャーロットはまた言った。そのときドアにノックの音がして、ふたたびモリーが入ってきた。シャーロットはほっとして彼女を見た。パトリックといると頭が混乱して疲れてしまう。きっと赤ちゃんのせいだろう。

「これが届きました、奥さま」モリーがくたびれた封筒を差し出した。「こういう状況ですから、すぐにご覧になりたいかと思いましたので」

「ありがとう、モリー」シャーロットは礼を言って封筒を受け取った。たちまちアレックスからのものだと気づく。内容はとても簡潔だった。〝親愛なるシャーロット〟で始まっている。〝手紙を書くのは好きではないので、かなり短くなるだろう。残念ながら当初の予想より多くの問題が起こっている。リュシアンの仕事は終わった。だが前に話したとおり、まだ手に入れるべき商品がある。パリでは入手できなかった。その手配にもう少しかかりそうだが、終わればすぐに帰るつもりだ〃

最後にもう少し崩した感じの大きく広がる字で〝愛しい人〃と書いてあった。そして〝アレックス〃と。シャーロットは信じられない思いで手紙を見つめた。たったこれだけ？　パリの商品について曖昧な表現で書いてあるだけだ。おそらくアレックスは、手紙を途中で誰かに見られる恐れがあると思ったのだろう。だけど――〝愛しい人〃？　これはきっとわたしのことに違いない。シャーロットは温かいものがゆっくりと体に広がっていくのを感じた。〝きみとの結婚生活が気に入っている〃と言われるより、いい表現かもしれない。〝愛しい人〃は〝きみを愛している〃にさらに近づいた。そのとき、彼女は長いあいだ黙ったままでいたことに気づき、赤くなった顔をあげた。

「ごめんなさい。あなたのお兄さまからの手紙だったの。予定していたように早くはイタリアから戻れそうにないんですって。実は」シャーロットは眉をひそめた。「いつ戻れるか、はっきりしたことは書いていないの」

「なんてことだ《キック・アップ・ア・ラーク》！」パトリックが訳知り顔で言った。それからシャーロットの視線に気づき、もう少しで顔を赤らめそうになった。「いや、別にヒバリ《ラーク》を蹴《キック》るつもりはないんだ。ともかく、兄さんは帰れるようになったら最初の船でイングランドへ戻ってくるに違いないよ」

シャーロットの胸はいっきに軽くなった。「彼はうまくやっている《ゴー・オン・ザ・モップ》と思う？」彼女は朗らかに訊いた。「それとも豆を突いて《パイク・ザ・ビーン》いるかしら？」

「それを言うなら〝いやになった《パイクス・オン・ザ・ビーン》〟だよ」訂正しながらパトリックの顔に笑みが浮かんだ。彼は突然、この新しい義理の姉が美しいだけでなく、とても魅力的な人物であることに気づいた。「質問の答えだが、兄さんは絶対に物事を投げ出したりしない。ふたりのうちではいつも兄さんのほうが責任感が強かったんだ。それにしても、上流階級の令嬢がどこでそんな言いまわしを覚えたんだい？」

「うちのメイドからよ。マールという名前なの」

「マール……そのマールはきみと仲がいいのか？」

「ええ、もちろん。かなり長い時間一緒に過ごしているわ。マールはウェールズとの境のあたりの出身なの」彼女は当惑している義理の弟にほほえみかけた。わたしを頭の足りない間抜けみたいに扱ったお返しよ。

「さて」それ以上シャーロットに説明する気がないようなので、パトリックは言った。「使用人用の出入り口を見てみようかな。あの男がいないようならそのまま消える《ロープ・オフ》よ。運がよければ、誰にも見つからずに出られるだろう」

シャーロットが笑った。「反論するときの言いまわしをマールに教えてもらわないと」彼女は慎重に立ちあがり、手を差し出した。瞳が楽しげにきらめいている。

兄に対する嫉妬がこみあげてきて、パトリックは自分でも驚いた。いったいなんでだ？

たとえ彼女のようにすばらしい女性に出会ったとしても、結婚するつもりはないのに。

「握手をして引き分けか」彼はふざけた調子で言うと、シャーロットの華奢な手を取り、身をかがめて彼女の頬にキスをした。「きみが家族の一員になってくれてうれしいよ」これまでとはまったく違う口調で言う。「兄さんには最高の女性がふさわしい。見たところ、兄さんはそういう相手を探しあてたみたいだ」

シャーロットは笑みを浮かべてパトリックの黒い瞳をのぞきこんだ。そっくりだけど、まったく違う。不思議だわ。片方は胸がつぶれるかと思うほど美しい顔で、もう片方は——アレックスと見た目は同じなのに、ただハンサムですてきな顔としか思えないなんて。

「ありがとう」シャーロットは心から言った。「この騒ぎがすべて片づいたら、もっとよく知り合えるかもしれないわね」

「そう願うよ、奥さま」パトリックは礼儀正しくお辞儀をすると、部屋を出ていった。五分たっても戻ってこないところをみると、うまく抜け出せたのだろう。そろそろ田舎の屋敷に移ることを考えなければ。アレックスが戻ってきて、複雑で骨の折れる大仕事をひとりで監督せずにすむのではないかと期待していたのに。とくに、執事がいないと大変だろう。だけどほかにどうしろというの？　いつイングランドへ戻れるか、アレックスにもわからないのは明らかだった。冬はもうそこまで来ている。石炭の煙が通りを暗くし始めていた。シャーロットはずっと前にアレックスと議論した新聞記事のことを思い出した。亡くなった赤ちゃんを解剖すると、小さな肺が真っ黒になっていたというあの記事。彼女は身震いした。あとひと月はアレックスを待てるけれど、それでも彼が帰ってこなければ、ピッパを連れてロンドンを出なければならない。

そのとき、ミスター・ピーター・タファター——『タトラー』で腕利きの記者のひとりとして、〝タフィー・タトラー〟という名で知られている——は、シェフィールド・ハウスの外で辛抱強く待っていた。シェフィールド・ダウンズ伯爵にはパトリックという名前の弟がいて、その男が屋敷のなかで若い伯爵夫人にもてなされているに違いないことを彼は知っていた。そのふたりのどちらにも個人的な恨みがあるわけではない。実際のところ、伯爵夫人には同情しているくらいだ。両親が彼女を不能の男と結婚させたのは犯罪と言ってもいいだろう。だが伯爵夫人が夫の弟とこんなふうに親しくつき合うとなると、記事はかなりの反響を呼ぶに違いなかった。もしかすると、丸々一ページを自分が書いた記事に割いてもらえるかもしれない。

この一時間ほど、タフィーはまるで牛の骨を前にしたテリアのように、ひとつの疑問だけを考えていた。だからおれはやり手の記者なんだ、と彼は思った。問題を見つけたら、ずっとかじりついて離れない。その問題とは——なぜ執事が出てきて、きっぱりと自分を追い払わないのかということだった。たいていの場合、タフィーは主人よりよほど偉そうなお高くとまった執事たちと渡り合わなければならなかった。けれどもこの屋敷には執事がいないらしい。彼の経験上、それは執事が手を抜いているか、あるいは解雇されたということだ。できればあとの理由のほうがいい。そもそも誰が伯爵家の仕事を辞めたがる？　彼を追い払おうとして失敗した三人の従僕たちは栄養が行き届いている様子だったし、立派なお仕着せを着ていた。

ということは、メイドのひとりをつかまえて、元執事の名前を聞き出せばいい。そうすればとんでもない記事が書けるはずだ。

タフィーはシェフィールド・ハウスに目を向けた。どうもあの従僕たちが女主人に自分のことを告げ口した気がしてならなかった。パトリック・フォークスはすでに屋敷の裏からこっそり出ていったのかもしれない。もちろんフォークスが屋敷を去らず、ひと晩じゅうなかにいたという記事を書くこともできるが……。しばらく吟味したのち、タフィーはその考えを退けた。危険すぎる。フォークスがクラブへ行っていたらどうする？　十分にありうる話だ。ゴシップを追い続けて六年、タフィーは紳士たちがまるで馬に引き寄せられるハエのごとく、クラブへ向かうことに気づいていた。

元執事を見つけ出さなければ。タフィーは新たな活力をみなぎらせて、屋敷の裏手にまわった。一時間後、彼は震えてすすり泣くメイドをつかまえていた。こんなことはできないと言いながらも、手はしっかりと一〇シリングを握りしめている。タフィーはそのメイドからステイプルという名前と、彼のお気に入りのバーが〈レイヴン〉であることを聞き出していた。

タフィーは〈レイヴン〉をよく知っていた。ラム小路《こみち》と呼ばれる薄暗い通りにある、評判がいいとは言いかねる店だ。優秀な執事たちが頻繁に訪れる種類の店でないのは確かだった。そういう執事はたいてい主人よりも堅苦しいので、パン職人と荷馬車の御者にはさまれて座るような地元の店で一杯引っかけたりはしない。そうだ、執事というものはしゃれたバーに出かけていって、控え目に情報交換するものだ。ステイプルには期待できそうだ。おそらく金に左右される男に違いない。伯爵夫人がみずから解雇した、とメイドは言っていた。うれしそうな口調で。メイドの様子からすると、ステイプルは素行が悪くて解雇されたのだろう。

ますますいいぞ。自分たちは神の次に偉いと思っている執事たちは、そういうたぐいのことで責められると腹を立てがちだ。タフィーはもう一度シェフィールド・ハウスに目を向けた。パトリック・フォークスはもういないだろう。彼は〈レイヴン〉へ向かって歩き出した。

18

二週間後、タフィーは人生の最高潮と思われる時期を迎えた。その朝、彼は『タトラー』を広げ、愛情のこもった視線を注いだ。約束どおり、ゴシップ欄は丸ごと彼が書いた記事で埋められていた。なによりもまず、自分の名前を確認する。そこに〝ミスター・ピーター・タファタ――Ｔａｆｆａｔａ〟とあるのを目にして、満足げにため息をついた。前回署名入りの記事が載ったときは〝ｆ〟をひとつにされていて、そのあと何日も消化不良に悩まされたのだ。「〝執事、すべてを語る〟」タフィーは声に出して読み始めた。「〝蜜月の危機か――新婚旅行が取りやめとなり、伯爵夫人は涙に暮れた〟」すばらしい、実にすばらしい。次はいちばん気に入っている見出しだ。「〝終わりよければすべてよし――伯爵夫人と双子の兄弟〟」文学的な響きを加えたくて、彼はシェイクスピアの戯曲から題名を拝借した。これまでの『タトラー』になかった高級感を加味できると思ったのだ。タフィーの思いはいつしか、『タイムズ』に記事を書く夢へとさまよい始めた。

モリーがそっと朝食のテーブルに置いた新聞をひと目見て、シャーロットは息が詰まりそうになった。自分の婚礼の夜の顚末《てんまつ》が、印刷されて誰の目にも触れる形で明らかにされていたのだ。屈辱の波が全身に押し寄せ、シャーロットは記事の続きを読むことすらできず、椅子を引いて立ちあがると上階へ駆けあがった。涙で目がちくちくする。

階段の上まで来て足を止めた。どこへ行けばいいのだろう？　熱心にゴシップ記事を読む女性たちの姿が目に浮かび、彼女は身震いしながら自室へ向かった。今すぐこの屋敷を出なければ。シャーロットは半狂乱になっていた。同情した誰かが訪ねてきたらどうすればいいの？　質問をされたら？　奥歯をきつく嚙みしめ、絶対に泣いてはいけないと自分に言い聞かせる。一時間以内にここを出ていかなければならない。

ロンドンはだめだ。田舎の領地へ行こう。ああ、こんなときこそアレックスがいてくれたらいいのに！　彼なら元執事のステープルを見つけ出して投獄してくれるに違いない。意思に反して、目に涙があふれた。ひとりでダウンズ・マナーに行くのは耐えられなかった。伯爵夫人が夫も連れずにひとりで向かうなんて。

荒れ狂う感情を懸命に抑えつけたおかげで、ようやく苦悩に満ちた屈辱を決意に変えられた。シャーロットは深く息を吸いこむと、ベッドに身を投げ出して泣きたいというヒステリックな衝動を消し去った。そして呼び鈴のひもを引いてマリーを呼び、屋敷内の全員に一時間で出発の準備をさせるよう告げた。

最後にピッパを見かけたのは二時間前だった。早朝のホットチョコレートを飲むために、ピッパはよちよち歩きでシャーロットの部屋へ入ってきたのだ。ベッドのなかで身を寄せ合い、彼女はピッパのぽっこりしたおなかをくすぐった。

シャーロットは急ぎ足で廊下を進んで子供部屋へ行き、ケイティに計画の変更を伝えた。ピッパは床に座りこんで一心にスプーンを打ち鳴らしていたが、いつもと違う雰囲気を感じ取ったのか、顔をあげてシャーロットを見た。

「ママーッ！」ピッパがうれしそうな声をあげた。

「承知しました、奥さま」ケイティが言った。彼女はどんなことが起ころうと、たとえばピッパが厨房にいる猫の上でおまるをひっくり返したときでさえ、動揺を見せなかった。

シャーロットはピッパにほほえみかけ、両手を差し出す子供のそばに膝をついた。首にしがみつかれていると、どういうわけか醜聞など難なく克服できそうな気がしてくる。社交界の人々がどう思おうとわたしは気にしない。今度のことでアレックスはわたしをスコットランドへ行かせるかもしれない。だけど……それでもわたしにはピッパがいる。それに赤ちゃんも。緩やかに丸みを帯び始めたおなかは、その下にアレックスの子が宿っている証拠だった。

急いでいたために、シャーロットはその日の午後クロエ・ヴァン・ストークをお茶に招いていたのをすっかり忘れていた。だが、結果的にはそれでよかったのだ。タフィーの記事に入念に目を通したミスター・ヴァン・ストークは、新聞をテーブルに置くと、シェフィールド・ハウスを訪ねてはならないとクロエに告げた。今日だけでなくこれからずっと。娘がいくら抗議しても、彼は心を動かさなかった。クロエとホランド卿との婚約を危険にさらすつもりはない。シェフィールド・ダウンズ伯爵夫人のような人物とつき合っていれば、それは十分に考えられる事態だった。

「レディ・シャーロットを非難するわけではないが」ミスター・ヴァン・ストークは重々しい口調で説明した。「婚礼の夜に涙を流す理由は？　両親がなにも説明していなかったとしか考えられん！」

「説明って、なにを？」クロエはいらいらと声を荒らげた。

ミスター・ヴァン・ストークが娘に憤慨した目を向けた。「アレクサンダー・フォークスは完全な男ではないのだ」彼はそれきり口をつぐんでしまった。これ以上この問題に言及するつもりはないのだろう。クロエは、時間をかけて記事の内容を確かめていた母親に向き直った。

「これはご両親の責任よ」ケイトリンが大きな声で言った。「騒ぎの原因は明らかに、レディ・シャーロットが事実を知らされていなかったことにあるわ。そもそも、わたしには彼らの決定が理解できないけれど。絶対にね」さらに続ける。「孫息子が得られないとわかっていて、なぜ娘を結婚させたのかしら？」

「こうしなさい」ミスター・ヴァン・ストークが口を開いた。「手紙を送るのだ」彼はクロエに言った。「とにかく約束は取り消さなければならない。なんでもいいから、口実を考えて書けばいい」

ケイトリンがため息をつく。「気の毒に。これからの数日、彼女は言い訳の手紙をたくさん受け取ることになるでしょうね」

やがて従僕が手紙を持ったまま戻り、シェフィールド・ハウスは閉鎖されていて、必要最小限の使用人が残っているだけだったと報告すると、クロエはほっと安堵の息をついた。もしかするとシャーロットはおぞましい記事のことをなにも知らないのかもしれない。クロエは、こういう事柄について書かれたものを読むべきではないと渋る母をなだめ、やっとのことで新聞を渡してもらった。

ケイトリンは自分に言い聞かせていた。クロエはもう大人で結婚も決まっているのだから、ある程度は初夜について知っておくのも悪い考えではないかもしれないと。ホランド卿が約束を守るなら、来年にはクロエ自身も結婚しているはずだった。そういうわけでクロエは記事を読み、背筋も凍る思いをするはめになったのだ。

だが、記事の内容にはわからない部分が多かった。彼女の大好きなシャーロットは新婚の夫と口論になったようだ。それは理解できる。そして誰かがクリームの入った瓶を壁に投げつけた。そして一家は突然計画を変更し、イタリアへは行かないことにした。さらに、アレックスはシャーロットを使用人用の馬車に乗せたらしい。

「どうしてなの？」クロエは母に尋ねた。けれどもケイトリンにも答えはわからなかった。

「かわいそうに、レディ・シャーロットは知らされていなかったに違いないわ」ケイトリンは重々しい口調で言った。「伯爵が子供を持てないことを」

「とても幸せそうなのに！　母さんは結婚してからのふたりを見ていないでしょう？　シャーロットは伯爵を愛しているわ」

「きっと伯爵の能力が欠如していることを受け入れたのよ。それなりにね。でも、今度の彼女のふるまいは間違っている。伯爵の弟と一緒にいるべきではないわ。この記事を書いた人によれば、自宅でパトリック・フォークスをもてなしたそうじゃないの。本物のレディなら、夫が国外にいるときに男性を招き入れたりしませんよ。その男性が義理の弟でも関係ないわ」ケイトリンはクロエの無言の異議申し立てに応えた。「レディ・シャーロットはとても微妙な立場に置かれているの。なんといっても夫に問題があるんだから、非の打ちどころのない態度を取らなければならないのよ」

「不公平だわ。シャーロットが伯爵の弟と不適切なふるまいに及んでいないのは確かよ。そんな人じゃないもの！」

ケイトリンは娘を見た。「今後はいっさいレディ・シャーロットとかかわってはだめよ、クロエ。あなただって危ういのよ。男爵と結婚したら、町の生まれが出てレディらしくないことをするのではないかと、みんながあなたを見るようになる。レディ・シャーロットに罪はないかもしれないけれど、今や彼女の評判は地に落ちているの。気をつけないと、あなたも同じように不当な目に遭うかもしれないのよ」

クロエはうなずいた。だが内心では、ウィルと結婚したらすぐにシャーロットとのつき合いを復活させようと決意していた。母は間違っている。学校へ行っていたころに多くの貴族の娘たちと友だちになったが、シャーロットはその誰とも違っていた。目を見れば心が読める。クロエの頭にいつになく詩的な表現が浮かんだ。脳裏には、新婚の夫婦として初めて一緒にダンスを踊っていたふたりの姿がくっきりと焼きついていた。シャーロットはアレックスを愛している。たとえ子供を持てないことがわかったとしても、彼女は絶対に夫を裏切らない。クロエには確信があった。

シャーロットにとって幸いなことに、夫の地所には手を入れなければならないところがたくさんあるとわかり、婚礼の夜のことや義理の弟のこと、台なしになった評判についてあまり考えなくてすんだ。アレックスの父親が田舎の邸宅であるダウンズ・マナーで過ごす時間はほとんどなかったらしい。カーテンは虫に食われ、壁紙がはがれ落ちている部屋もいくつかあった。シャーロットは地元の女性を大勢雇い、六五部屋のすべてを隅々まで掃除してもらった。ロンドンでも最高の織物店からパーシー・ロウランドを呼び寄せ、何時間もかけて相談した。実は初めて屋敷を訪れたとき、パーシーは噂の伯爵夫人を興味津々の目で見ていたのだが、数分も話をすると彼女が色彩を細かく見分ける目を持っているとわかり、それからは注意がそれることはなかった。

パーシーの助けを借りて、シャーロットは三つの居間と主食堂、それに女性用の客間を改装した。運び出された家具は、数週間後に鈍い金色やプラムのように濃い赤の布地に張り替えられて戻ってきた。シャーロットの腹部はだんだん大きくなり、椅子から立ちあがるたびに背中が痛んだ。そして、彼女の関心は子供部屋に移っていった。やがて子供部屋も、幻想的な壁画で囲まれたかわいらしい妖精《ようせい》の城のような雰囲気に仕上がった。けれどもそのうちに、シャーロットは子供部屋へ続く階段を見てものぼりたい気分になれなくなった。彼女は屋敷の一階に水洗式のお手洗いを設置した。そうして朽ちかけた暗い主寝室のことを考えるようになった。アレックスの寝室が、フィレンツェ風の意匠でまとめられた優雅で風通しのいい続き部屋に変わるころには、シャーロットはパーシーとの打ち合わせにも妊娠にも、うんざりしていた。

暖かくなってくると、彼女はピッパと一緒にダウンズ・マナーの地所を散策して午後の時間を過ごした。屋外で働く使用人たちを管理する、年老いて不機嫌な顔の庭師には、庭園に関する新しいアイディアを少しずつ伝えていった。非常に手際よく、彼は屋敷の南側に格子《ラティス》を組み立て、そこにバラを這わせ始めた。シャーロットは枠の内側に明るいピンクのコットン地の布を張り、ピッパやケイティとともにバラ色の日よけの下に座って午後の日差しをしのげるようにした。しばらくすると、彼女は従僕にそこへ紅茶を運んできてもらうようになった。三月のある日、三人でそこに座っているときににわか雨が降ってきた。屋根にあたる雨音は、まるで何百人もの兵士が太鼓を打ち鳴らしているようで、ピッパは大喜びして何度も歓声をあげた。

シャーロットは初めての風景画に取り組んでいた。小高い丘にあるサマーハウスから庭園の基部をなす川まで、なだらかな斜面が続いている絵だ。けれども満足のいく出来とはほど遠く、彼女は人の顔が描きたくなった。現れたかと思うとすぐ消えてしまう感情の核をとらえようとするときの、苦悩といらだちが恋しくなったのだ。

マールの肖像画は完成した。シャーロットは最終的に、彼女が戸外――小さな中庭――にいる設定で描いた。その結果、どういうわけかに絵に現れたのは、最初にとらえたいと思った若くてたくましく面白い娘ではなく、つらい一日を終えてくたくたに疲れ果てた娘の姿だった。大量の銀器を磨き、何度も湯を運ばなければならなかった女の姿。醜いと思われるかもしれないと心配で、シャーロットはためらいながら絵を見せた。すると、マールがわっと泣き出してしまった。彼女は絵の前に立ちつくして泣きじゃくった。

「ねえ、マール……」シャーロットはなんと声をかけていいかわからなかった。

「これは」マールが涙をこらえて言った。「母さんです」

シャーロットは絵に視線を戻した。マールになったつもりで見てみる。そこにいたのは疲れて険しい顔でこちらを見つめ返す、痩せたウェールズ人の女性だった。

むせび泣きがおさまったマールは、黙って絵を見つめた。「母さんは弟のジョンを産むときに死んだんです。子供が多すぎました。八人もいたんです。わたしはなにもできなくて。母さんは一度もジョンを見ないまま……」

「これはあなたが持っていて。家に帰ったら、ジョンに見せてあげてちょうだい」

「まあ、そんな、奥さま、いけません！」

「いいえ、そんなことはないわ。これはあなたにあげる。それから、ウェールズへ行ってもらうつもりよ、マール。あちらに家を持っていると話さなかったかしら？ キーティングと一緒に行って、わたしの家がどうなっているか様子を見てきてほしいの」シャーロットは落ち着いて言ったものの、酸っぱいものがこみあげてきて喉の奥がこわばった。その正体はわかっている。小さな恐怖だ。出産で命を落とす女性は珍しくない。だけど、わたしもそうなるとはかぎらないはずだ。

「わたしがですか？」マールが目を見開いてシャーロットを見る。

「ええ」

「でも、わたしはただのメイドです、奥さま」

「そうね、だからこれから家政婦になるために勉強してもらうわ、マール。その前にあなたの実家を訪ねて、一週間ほど家族と過ごしていらっしゃい。新しい仕事に就くのはそれからでかまわないから」

シャーロットは、家に風を通すことと、修理や改装のために必要なものを一覧表にまとめることを指示して、マールとキーティングをウェールズへ送り出した。今やバラはラティスの頂上まで伸びてきていた。ピッパは三語程度ではあるものの、文章を話せるようになった。それに厨房の猫に熱烈な愛情を注いでいた。もっとも猫のほうはピッパの小さな足音を覚え、いつも抜け目なく姿を消してしまうのだが。

そのころになっても、アレックスからの連絡はなかった。シャーロットはほんの短い時間――たとえば朝起きてすぐとか、夜眠りに就く直前とか――以外は彼のことを考えないようにしていた。想像したくもないが、『タトラー』の記事を目にすればアレックスは怒り狂うに違いなかった。あのおぞましいステープルは婚礼の夜の修羅場を詳しく語っただけでなく、シャーロットが〝なんてこと！　わたしは子供を持てないいんだわ！〟と叫ぶのをメイドのひとりが耳にしたといった、捏造した話を大量につけ加えていた。今でも『タトラー』に書かれていたことを考えるたびに、シャーロットは体を震わせた。

ダウンズ・マナーを訪ねてきたソフィーは無礼なほど明るく醜聞を笑い飛ばした。実はシャーロットには黙っていたが、彼女は母親から訪問を禁じられ、一週間も口論したのだ。ようやくエロイーズが許可したのは、次の社交シーズンになったらシャーロットの些細な問題などかすむくらいの醜聞を引き起こすとソフィーに脅され、しかたなく折れたからにほかならない。なにをしているところを人に見せつけるつもりかソフィーがかなり生々しく描写したので、さすがの侯爵夫人もひるんでしまい、シャーロットを訪問する許しを与えたのだ。

夕食のあと、改装したばかりの〈緑の間〉にシャーロットとふたりで座りながら、ソフィーが言った。「なんてこと！　わたしは子供を持てないんだわ！　ブラッドンがわたしを追いかけるのをやめたみたいなんだもの」

シャーロットは友人をにらんだ。「ふざけるのはやめて、ソフィー。アレックスが戻ってきたらきっと激怒するわ。戻ってきたらの話だけど」

ソフィーがあきれたように目をまわした。「ロンドンじゅうの誰よりものぼせあがっている男性なのよ。それなのに戻ってこないかもしれないと心配しているの？　彼はなにをしているんだと思う？」

「わからない。二カ月のあいだ留守にすると言っていたけど、すでにその倍以上の時間がたったわ。手紙をくれたのは一度だけ。わたしはもうすぐ妊娠九カ月になるのに」シャーロットは大きくなってきた腹部を示した。「彼は子供が生まれることすら知らないでいるのよ。ああ、ソフィー、アレックスがフランスへ行って出国できなくなったということはありうるかしら？」

「いいえ。その場合は外務省があなたに知らせるはずだもの。アレックスを向こうに行かせた恥知らずに手紙を書いてみた？」シャーロットと同じく、ソフィーもパリに荷物を受け取りに行くこと自体がとんでもない考えだと感じていた。

「ええ。二週間前にブレクスビー卿から手紙が届いたの。当初の予定より時間がかかっているけれど、心配しなくていいと書いてあったわ。文面は……ちっとも親切な感じじゃなかった。なによりいやだったのは、ブレクスビー卿はこちらの状況がひどいせいで、アレックスが必要以上に仕事を長引かせていると感じているらしいの。それが明らかに伝わってくる手紙だったわ」

「それはどうかしら」ソフィーが言った。「だって、アレックスは記事のことを知りようがないでしょう？」

「さあ、わからないわ。本当にわからないの。ただ、わたしにはちゃんと教えてくれないとしても、外務省の人たちはアレックスの居場所を知っているんじゃないかと思っているわ。その誰かが彼に『タトラー』の記事を送らないとも言いきれないでしょう？」

ふたりとも黙ってしまった。「そうね」ソフィーは同意した。「アレックスの弟の行き先は知っているの？」

「いいえ。レスターシャーに行くようなことを言っていたけれど」シャーロットは言った。「だけど、パトリックがここにいたとしてなにができるの？　わたしは会いたくないわ！『タトラー』の記事には、彼がまるでひと晩じゅううちにいたみたいに書かれていたのよ。実際はせいぜい一時間だったのに！　ああ、もう……」涙がこぼれた。

ずっと平静を装ってきたシャーロットは、ソフィーと会えて本当にほっとしていた。たとえば、普通なら訪ねてくるはずの隣人たちが誰も立ち寄らないことを痛いほど感じ、自分のことを身持ちの悪い女だと思っているのだとみじめな気分になっていたのだ。シャーロットは本能的に腹部に手を置いた。

ソフィーは言葉をはさんだ。「あなたの言うとおりかもしれない。パトリック・フォークスは状況を悪くするだけよ」そこで話題を変えた。「それにしても、おなかはそれほど大きくないのね。もうすぐ九カ月というのは確かなの？」

「お医者さまに診てもらったら、それくらいだろうと言われたわ。母も出産の直前まで目立たなかったそうなの」

よかった、とソフィーは思った。わたしのお母さまはシャーロットの妊娠を知らない。知ったら大変なことになる。シャーロットのふくらんだおなかが引き起こす騒ぎが目に浮かぶようだ。

「アレックスに妊娠を知らせる手紙を書くべきかもしれないわね。外務省に宛《あ》てて送ればいいのよ」ソフィーは提案した。

「わたしもそうしようかと考えたの」シャーロットが言った。「でも、もし彼に帰ってくる気がないとしたら？　以前にアレックスが教えてくれたんだけど、婚姻無効の宣告を受けるよう持ちかけられたとき、彼はまさに前の妻のもとを去る寸前だったそうなの。永遠に。軍隊に入るとか、そういうことを考えていたらしいのよ。アレックスはわたしがひどい女だと誰かに教えられて、イタリアに残ると決めたのかもしれないわ」

　言い終わるころには、シャーロットは激しくすすり泣いていた。長椅子のクッションに顔をうずめる。ソフィーはそばに移り、シャーロットの震える肩をさすった。なんと声をかけていいかわからなかった。

「残念だけど、アレックスはわたしをそれほど愛していないのよ、ソフィー。信頼してくれないの。これからも決して信じてもらえないわ」シャーロットが言葉を詰まらせた。「わたしはこんなに愛しているのに！　彼がいなければ生きていけない」

「しいっ。大丈夫よ。彼なしで生きる必要なんかないわ。アレックスがいないことを大げさに考えすぎているのよ。きっと今ごろ、イタリアのどこかの酒場《タベルナ》に座って楽しく過ごしているわ。『タトラー』の記事なんて知りもしないで」

　シャーロットはしゃくりあげる。「どうして楽しく過ごせるのよ？　わたしはアレックスが恋しいのに！　毎晩夢に見るのよ。つらくてたまらない」

「男は違うのよ。あなたにだってわかるわ、シャーロット。女はひとりの男だけを愛するかもしれないけれど、男はただ目の前にいる人を愛するの。使い古された言葉があるじゃない。

〝いないとますます恋しくなる〟って。あれは男には通用しないのよ。おもちゃを持った子供みたいなものね。古いおもちゃを取りあげられたら、新しいのに目がいくの」

シャーロットは体を起こして背筋を伸ばした。「厳しいのね、ソフィー。どうしてそんなに辛辣なの？」

「お父さまのせいよ」ソフィーが簡潔に答える。

「まあ」シャーロットは気分が沈んだ。アレックスが、彼女の愛するアレックスがソフィーの父親のブランデンバーグ侯爵と同じだとは思いたくない。だけど侯爵と同類でないなら、彼はいったいどこにいるの？　アレックスが旅立ってから四カ月が過ぎ、五カ月近くになろうとしている。シャーロットがまるで一年のように感じながら一日一日を数えているのに、どうやらアレックスは家に残してきた妻のことなど考えもせず、イタリアで楽しく遊びまわっているらしい。

彼の気持ちを想像しようとしても、裏切られたと思ってデプフォードで激怒していた姿しか浮かんでこなかった。シャーロットは恐ろしい光景を頭から押しのけた。アレックスは約束したのよ。わたしを信じると約束した。その約束が守られるのを期待して待つしかない。そう思いながらも、頭のなかにはまたすぐ違うことが浮かんでくる。最初の結婚のせいで、アレックスがシャーロットを信じにくくなっていること、至福に満ちた幸せな時間をふたりで過ごしたこと。不在のあいだに公になったばかばかしい新聞記事より、彼にとってはあの時間のほうがずっと重要なはずよ！

「アレックスはわたしとの結婚生活が気に入っていると言っていたの」シャーロットは声を震わせて打ち明けた。「子供も欲しがっていたわ。だから、喜ぶに違いないのよ。もし彼が……」声は小さくなって途切れた。

ソフィーの温かい抱擁に包まれながらも、シャーロットは友人が今の言葉に疑問を抱いているのを感じ取った。自分自身の心の奥でも同じ疑いがちらついている。アレックスが彼女を愛しているなら、本当に愛しているなら、今ごろはなんとかして帰ってくる方法を見つけているはずではないだろうか。シャーロットは深呼吸をすると、長椅子から立ちあがった。「これから母親になる人には睡眠が必要よ」手を差し出すソフィーの青い瞳には、愛情と慰めと同情が浮かんでいた。

シャーロットはほほえんだ。少々やつれたほほえみではあったが。「お願いがあるんだけれど……あとひと月、わたしと一緒にいてもらえないかしら、ソフィー？」

「そうねえ」シャーロットと腕を組んでドアのほうへ導きながら、ソフィーがからかうように言った。「わたしは大きな犠牲を払うことになるわね、もちろん。ブラッドンは来月じゅうに、少なくとも三、四回は求婚する計画を立てているはずだもの。彼が別の女性に関心を向けてしまったら悲しいわ。それにお母さまはきっと激怒して……」ソフィーのおしゃべりは続いた。けれども一緒に階段をのぼっているときに、彼女は何気ない口調で、ひと月くらい会わなければブラッドンの愛情を試すいい機会になると言った。たちまちシャーロットの心は軽くなり、涙が残したうつろな空間にぬくもりが広がるのを彼女は感じた。

19

実際のところ、アレックスは『タトラー』の記事のことはなにも知らなかった。シャーロットがアレックスの不在を悲しんで涙に暮れていたころ、彼はある年のヴィン・サント——強いイタリアワイン——の優劣に関して活発に議論を闘わせていた。小さな酒場の主人が出してきたその特別なヴィン・サントは確かに強いが、強すぎるほどではないという意見に賛成したものの、胡椒《こしょう》を加えることでおいしくなるという意見には反対だった。だがそうして話しているあいだも、アレックスはずっとシャーロットのことを考えていた。シニョール・トナレッツリがやっと話をやめてカウンターの奥の部屋へ問題の〝包み〟を取りに行ってしまうと、アレックスは予定を延長して五カ月近くもその包みを追いかけてきたことではなく、妻のほっそりとして美しい脚のことしか考えられなくなっている自分に気づいた。とくに膝から上が美しいのだ。横向きに寝た彼女に手を這わせ、なだらかで完璧な曲線をゆっくりとなであげていき、ヒップの盛りあがりを越えて、腰骨のすぐ上の華奢なくぼみに親指を入れてじらすように触れる。

アレックスは〈バール・ルーチェ〉——このあたりで唯一のいわゆる酒場兼食堂——の奥

に並んだ木製の棚をぼんやりと眺めていた。何カ月も調査に費やしたあげく、やっとのことでこのイタリアの小さな村にたどり着いた。年老いてくたびれたフランス人の男の足跡をたどってのろのろと田舎を移動し、山をのぼってここまで来た。この小さな村で死ぬ前に、あの老人はどこへ行こうとしていたのだろう？　アレックスには想像もつかなかった。マリオ・トナレッツリによれば、これまでその老人を見かけたことはなかったそうだ。

奥の部屋からマリオが小さな薄汚い包みを持って戻ってきた。

「ありがとう《グラッツィエ》！　どうもありがとう《グラッツィエ・ミッレ》」アレックスは熱心に言った。

「いいんですよ《プレーゴ》」マリオは言った。彼はこの見知らぬ裕福な男の力になれて喜んでいた。話し方からして、男はローマから来たに違いないと思われた。だが彼は、山間部の者ならみんな知っている、卑劣で疑い深い一般的なローマ人よりもずっと親しみやすかった。それにしても、小さな食堂《オステリア》で古着の包みを受け取ってこのローマの男がなにをするつもりなのか、マリオにはさっぱりわからなかった。彼はその包みの中身がただの古着にすぎないのを知っていた。もちろん、まさにこの店の入り口であの老人が死んだとき、マリオは妻とふたりで注意深く包みを調べたのだ。彼——あのフランス人——は誰かがこの包みを取りに来ると言っていたのだが、そのとおりになった。けれどもマリオも妻のルーチェも、年老いたフランス人が持っていた服を取り戻したがる理由は理解できない。

彼らは老人を小さな村の奥にある墓地に埋葬したが、包みは取っておくことにした。案の定、わずか六カ月後に包みを求めてローマの男がやってきた。

マリオは目を輝かせた。男がリラ金貨を数えて小さな山にしていたのだ。そういうことなら、かびくさいぼろを欲しがる理由など誰が気にする？

「グラッツィエ！」マリオは心から礼を言ってオステリアの戸口に立ち、馬車へ戻っていくローマの男を見送った。見栄えのいい男だ。背の高さと、尊大で力強い足取りにマリオは感心した。ルーチェのマッシュルームのパスタを食べすぎるせいで太って貫禄《かんろく》が出てきていたが、それでも自分にはあの男みたいに自然な歩き方はできない。まるで狼《おおかみ》のようだ。マリオは金貨の山をしっかりとつかんだ。

「ルーチェ！」長く曲がりくねった道を馬車がくだり始めると、彼は吠えた。マリオの突然の叫びは、三軒の石造りの家と彼の店と教会に囲まれた、村の中央の広場にいるニワトリたちを驚かせた。

「もう帰ったの？」建物の脇から、マリオの妻が息を切らして現れた。泉の向こうにある石造りの洗い場で洗濯をしていたのだ。跳ねかかった水でドレスが濡れている。

答える代わりに、マリオは手を差し出して金貨を見せた。

「よかった《グラッツィエ・ア・ディオ》！」ルーチェが言う。

マリオはほほえむと、先ほどの男をまねて大股の尊大な歩き方で妻に近づいた。

「今日はお墓に、あの老人のところに花を持っていくわ」ルーチェが続けた。

マリオはうなずいた。あのフランス人には花を供えるくらいしなければ。戸口で死んで、彼らを豊かにしてくれたのだから。雌牛を一頭どころか、もしかすると騾馬ももう一頭買えるかもしれない。彼らの騾馬のリアは一六歳で、近ごろは店で売る品を満載した荷車を週に二回引いて山をのぼるたびに、よろめくようになっていた。

馬車のなかで、アレックスは手にした包みに憂鬱な目を向けた。このいまいましいしろものが、今ではすっかり嫌いになっていた。パリに到着して目あての家を捜しあてたものの、そこは数週間前に焼けてしまっていた。過度な関心を示すわけにもいかず、アレックスはただちにパリを離れざるをえなかった。しかたなく薄汚いフランス人の密偵を雇ってそこへ戻らせ、なにが起こったのか、住人はどこへ行ったのかを探らせた。情報を入手するまでにふた月、いやそれ以上かかっただろう。

彼自身は、フランス産ワインの輸出に興味があるイタリアの商人のふりをした。時期が来るまでフランスに入らないように気をつけながら過ごし、その日になれば何気なく国境を越えて、ある婦人帽子店へまっすぐ馬を走らせた。そして三分後には、怯えきったフランス人の娘、リュシアンの妹のブリジットを連れて店を離れた。ブリジットの救出は驚くほど簡単に運んだ。イタリアとの国境で止められることもなく、うんざりした様子の兵士たちに先に進めと手で合図されただけだった。

暴徒がどんなふうにリュシアンの家に押し寄せてきたか、彼の妻と息子がどのように亡くなり、洗濯物の陰に隠れてブリジットがどうやって難を逃れたかを聞いて、アレックスは家に帰りたくていてもたってもいられなくなった。もちろんピッパもシャーロットも、イングランドで幸せかつ無事に暮らしているはずだった。それでもリュシアンのいまだに青ざめた顔や、妹を胸に抱きしめる様子を見ていると、アレックスは根拠のない不安に駆られた。

気づくといつもシャーロットのことを考えていた。愛し合うときのことだけでなく、朝べッドによじのぼってきたピッパが、シーツにホットチョコレートをこぼすのを見て笑う彼女の顔。絵を描くことに集中して、下唇を嚙む姿。議会の決定に関して意見が分かれ、アレックスに激しく反論してくる様子。彼が貴族院で演説したときに感じた誇らしい気持ちは、前の晩に妻とその問題を論じていなければ、また違うものになっていただろう。論じるだって？　まったく！　あれは戦いと言ったほうがふさわしい。

ぼくはシャーロットを愛していると、ある朝アレックスは気づいた。なんてことだ。ぼくは彼女に恋をしている。彼がマリアとの結婚によって心の周囲に築いた氷の壁は、いとも簡単に崩れ落ちてしまった。アレックスはどうしてもシャーロットを腕に抱き、彼女が欲望を募らせて叫び声をあげるまで、全身にキスをしたくてたまらなくなった。それから耳もとで〝愛している〟とささやくのだ。シャーロットはきっと泣くだろう。緑色の瞳が陰り、愛の涙があふれるところを思い描きながら、アレックスは思った。彼が結婚前の出来事をすべて許し、心からシャーロットを信じているのが彼女にもわかるに違いない。アレックスは結婚したときにシャーロットが処女でなかったことさえも許し、彼女が自分より前に弟と寝ていた件は忘れようと決めた。イングランドへ戻る船に乗るのが待ちきれなくて、じっと座っていられなかった。

イタリアでは、アレックスはフランスへワインを輸出する商人のふりを装っていたが、葡萄《ぶどう》園をめぐるうちに、イタリアからイングランドへ輸入するのにぴったりなワインを作っている葡萄園を見つけた。のちに、それはとても儲《もう》かる商売であることが判明した。だが取引に先立ってのんびりと会話を交わしているときでさえ、彼はイングランドへ戻りたいという燃える思いを募らせていた。

ところが頭のうしろに手を置いてベッドに横たわっていると、ときどき自分のはやる心に嫌悪感を覚えることがあった。すでに一度女性の誠実さを信じて、ばかを見たんじゃなかったか？　マリアと結婚していたときの修羅場や、彼女がアレックスに貞節を誓ったことを思い出すと、激しい恥辱を感じた。昔のひねくれた自分自身が魂につきまとい、〝シャーロットでさえ結婚したときには処女でなかったんだぞ〟と警告する。もしかすると彼女もマリアと同じで、アレックスの体と金を求めているだけかもしれない。マリアが従僕といるところに出くわしたときの激しい怒りは、いまだに心の奥から消えていなかった。

とはいえほとんどの場合、アレックスは愛するシャーロットとの夢をはぐくんだ。シャーロットはマリアではない。そして彼を愛している。アレックスは、夜のあいだまるで手袋のようにぴったりと彼にくっついて眠るシャーロットの体のことを思った。アレックスが離れるとため息をつき、また寄り添うまで落ち着かなく身じろぎするのだ。彼がいなくなって、シャーロットはどうやって眠っているのだろう？　もう五カ月近くたっている。ひとり寝に慣れてしまったかもしれない、とアレックスは寂しく思った。

そうやって待ち続けて、ようやく手に入れたものがこの古着の包みなのだ。アレックスは開けたばかりの包みを、信じられない思いで呆然と見つめた。彼の馬車はガタガタと揺れながら砂利道を通って山をおり、海へ向かっている途中だった。心の一部は、やっと帰途につくことができて喜んでいる。だが別の一部では、ふつふつとわき立つ怒りを感じていた。

あの愚か者のブレクスビー卿は、ぼくに古着商人の役をさせるために、はるばるイタリアまで送りこんだのか？　アレックスは不愉快に思いながら古着をつまみあげた。貧しいパリの商人の、すりきれた黒い服だ。腿の部分が裂けた古びたズボンに、昔は白かったと思われる粗い生地のシャツ、厚手の不格好な上着。彼はいやいや上着とズボンのポケットを探ったが、手紙も金もなにひとつ入っていなかった。だがそのとき、はっとして目を細めた。あの太った酒場の主人の話によれば、年老いたフランス人は、誰かが包みを取りに来ると言っていたらしい。それならこのなかに、なにか重要なものがあるはずだ。

数分後、アレックスはとうとうそれを見つけた。いや、それらと言うべきか。いくつにも折りたたんで小さな四角形にして、上着の裾の縫い代部分に隠してあったのは、何通かの手紙だった。いったいどういう経緯でみすぼらしい黒い上着に縫いこまれることになったのだろう？　それらはフランス語で書かれた恋文だった。だが二枚目に目を通すころには、アレックスにもその書き手が誰なのか察しがついた。ナポレオンからジョゼフィーヌに宛てた手紙だ。しかも、ふたりが結婚する前のものだった。すなわち、ジョゼフィーヌがまだボアルネ将軍と結婚していたときに書かれたものに違いない。

アレックスは三通目の手紙を読みながら鋭く口笛を吹いた。思わずにやりとする。ジョゼフィーヌは美しいとは聞いていたが……。どうやら美しさだけが彼女の魅力ではないらしい。すべての手紙を読み終えるころには、アレックスの表情は沈んでいた。英国政府がこの手紙をなにに使うつもりか、だいたいの予測はついた。フランスはまだ大勢の貴族を牢獄に閉じこめている。彼が手にしているこの手紙は、その不幸な人々のうちの何人かの身の代金代わりになるのだ。アレックスは手紙を慎重に折りたたみ、胸ポケットに入れた。

不意に、イタリアに足止めされていた五カ月がどうでもよくなってきた。アレックスには愛する美しい妻がいて、イングランドで彼の帰りを待っている。リュシアンの妻や幼い息子は二度と戻らない。この手紙を見つけるのが遅すぎたのだ。だが、ナポレオンの囚人となっているほかの家族を救うことはできるかもしれない。アレックスは声をあげて御者に新しい指示を伝えた。この手紙はなにがあってもイングランドへ持ち帰る必要がある。彼自身が帰ることよりも、もっと重要かもしれなかった。

国を離れて五カ月、アレックスは船上に立ち、イングランドの海岸線から吹いてくる冷たくじめじめした風を受けて笑みを浮かべていた。沿岸に吹く雨まじりの風ほど冷たいものはないだろう。これほどイングランドらしさを感じさせる心温まるにおいもない。船がテムズ川を蛇行しながらさかのぼるにつれ、ロンドンの埠頭《ふとう》が近いことを知らせる、雨に濡れたバーの集まりが徐々に見えてきた。岸に打ちつける激しい雨の向こうに、窓の明かりがちらちらと揺れている。アレックスの隣に、嵐に備えてしっかりと外套を着こんだリュシアンが姿を現した。

アレックスは親しみをこめて彼の肩に腕をまわした。「やったぞ！」港に入っていく小さな船の耳障りなきしみに負けじと声を張りあげる。すぐさま人足たちが、ワインの箱を運んで船と埠頭を行ったり来たりし始める。

「そっとだぞ！」激しい雨音にもかかわらずアレックスの声がとどろいた。驚いた船員のひとりが顔をあげたが、人足たちはまったく注意を払わず、埠頭に並ぶ積み荷や、巻き上げ機やロープやごみの山のあいだをすばやく移動していく。

リュシアンが笑った。「きみのことを気にしていないみたいだな。自分の仕事を心得ているんだよ」

「箱を落とされるかと心配しているわけではないんだ。ただ、ポートワインは揺すられると、味が落ち着くまで二年はかかるだろう。今はぜひとも一杯飲みたい気分だからね」

リュシアンが振り返って妹のブリジットを抱き寄せた。「船室で待っていろと言わなかったか？」彼は叱りつけた。アレックスのところからは、ブリジットがかぶっているフードの下から、明るく輝く髪がちらりと見えるだけだった。この五カ月ほどで、彼はリュシアンの勇敢な妹をずいぶん好きになっていた。彼女の顔からようやく張りつめた表情が消え、普通の一三歳らしい、ちゃめっけを見せ始めている。

「イングランドが見たかったの」フランス訛りでブリジットが言った。「わたしの新しいふるさとになるんでしょう？」

アレックスは彼女の肩にそっと腕をまわした。三人はそこに立ったまま、船から最後の積み荷が運び出される様子を眺めた。アレックスは心の底から感じていた。これまでの人生でしてきたどんなことよりも、今回のフランス行きを誇りに思うだろうと。この活発でかわいらしい少女が生き延びる手助けができたのだ。ブリジットの話によると、このところ帽子店の店主は彼の姪について、今まで以上に詳しく尋ねられるようになっていたらしい。ブリジットが尋問のために憲兵の前に引き出されるのは時間の問題だったのだ。

アレックスは岸辺を示した。「新しいふるさとはきみの目の前だ。おりようか？」

「ダフネが待っているはずだ」リュシアンがブリジットに言った。

「社交シーズンが終わっても、ダフネはロンドンに残っていると思うのか？」アレックスは興味を引かれて尋ねた。「田舎に移ったんじゃないのかい？」

「いや」落ち着いた、確信のこもった口調でリュシアンが答えた。「この状況では決してロンドンを離れないはずだ」

アレックスはどきりとした。シャーロットがまだシェフィールド・ハウスにいるかもしれないとは考えもしなかった。けれど、もし彼女がいたら？　彼の帰りを待ち焦がれ、ともにいられる時間を一瞬でも逃したくないと思っていたら？

埠頭におり立ち、馬車に乗って去っていくリュシアンとブリジットを見送ると、アレックスは貸し馬車を呼び停めた。だが、馬車が角を曲がってグロヴナー・スクエアに入ると、屋敷の鎧戸《よろいど》がおろされ、ドアのノッカーは取り外されて、閉鎖されているのがわかった。シャーロットはピッパを連れて田舎の領地へ行ったに違いない。ほかに彼女がどういう行動を取れたというんだ？　ぼくがいつ戻るか、シャーロットには知りようがないのだから。この五カ月で、たった一度しか妻に手紙を送れなかった。でも、ブレクスビー卿が彼女と連絡を取ってくれているはずだ。明日の朝いちばんにブレクスビー卿にナポレオンの手紙を届けよう。その翌日には、シャーロットをベッドに押し倒しているに違いない。アレックスは満足して笑みを浮かべた。

シェフィールド・ハウスに残った使用人たちに緊迫した雰囲気が漂っていたとしても、アレックスは気づかなかった。留守番の従僕ふたりに妙な目で見られるとは思いもしなかったからだ。彼はクラブに行かなかった。その代わりに長時間風呂に入り、揺れない陸地でまた眠れることを感謝しながらベッドに倒れこんだ。〈ホワイツ〉に行ってもしかたがない。友人たちはみんなロンドンを出ているだろう。ブレクスビー卿のような役人たちだけが、ロンドンの煤《すす》けた通りに残っているに違いなかった。

ところが、実際にはブレクスビー卿もいなかった。訪ねていったアレックスは、彼がすでに田舎の領地へ戻ったと知らされた。

そこでブレクスビー卿の部下のひとりであるエワート・ヘイスティングズがシェフィールド・ダウンズ伯爵に、この五カ月のあいだに彼の妻が引き起こした衝撃的な醜聞について報告することになった。最新の情報は、伯爵夫人が妊娠していて、どうやらそれは伯爵の弟の子供らしいというものだった。伯爵はヘイスティングズの話をまったくの無表情で聞いていた。ヘイスティングズは内心で、これほど恐ろしい顔は見たことがないと震えあがったものの、話はやめなかった。シェフィールド・ダウンズ伯爵のように尊大な上流社会の一員に、妻が娼婦まがいのふるまいをしていると告げる機会はあまりにも魅力的で、とうてい逃せなかったのだ。下級役人として、ヘイスティングズは人から見下されることに延々と耐えてこなければならない立場にある。だから、立場が逆転したこの一瞬一瞬を楽しんでいたのだ。ヘイスティングズは、パトリック・フォークスを見て伯爵夫人が気を失ったこと、『タトラー』に載った記事、伯爵夫人がパトリックをシェフィールド・ハウスでもてなしたという事実、そしてそれに続く妊娠について知っているすべてを話した。

「それが四、五カ月前の話です」ヘイスティングズは朗らかにつけ加えた。「お伝えしなくてはならないのが残念です、伯爵」そのとき不意に、自分が危険な立場にあることに気づいた。伯爵は顎をぴくぴくと引きつらせ、目に激しい怒りの炎を燃やしている。ヘイスティングズは口を閉じたが、思い直して弱々しい声で言った。「もちろん、この報告が事実だという根拠はありませんが」

伯爵は無言でヘイスティングズを見つめていたかと思うと、オーク材の机越しに手を伸ばし、彼が入念に整えたクラヴァットを容赦なくつかんで、怒りにぎらつく目のすぐそばまで引き寄せた。

「この不快で中傷的な情報については、今後なにひとつ耳にしたくない」食いしばった歯のあいだから吐き捨てる。

「承知しました」ヘイスティングズは甲高い声でなんとか応えた。背中を汗が流れ落ちていくのがわかる。伯爵は軽蔑するように彼を突き放した。ヘイスティングズは震えながら息を吸いこんだ。伯爵は背を向け、無言で出ていった。

ドアが閉まったとたん、ヘイスティングズはどすんと音をたてて椅子に座った。自分でも、風に吹かれる秋の木の葉のように震えているとわかっていた。とても正気とは思えない——あのアレクサンダー・フォークスという男は、頭がどうかしているに違いない。ぼくは通りにいる誰もが知っていることを告げただけなのに。やつはいったいどうするつもりだ？　ロンドンの人口の半分を脅してまわるとでもいうのか？

ヘイスティングズはゆっくりと時間をかけて左手の指の関節を鳴らした。そうすると落ち着いて、鼓動が緩やかになってきた。まったく、なんという男だ。彼は少しいい気分になり、右手の関節も鳴らし、口もとに気取った小さな笑みを浮かべた。あの偉そうな伯爵さまは、好きなだけ役人をいたぶればいい。そうしたところで、新婚の妻が自分の弟と寝るようなふしだらな女だという事実は変わらないのだから。ヘイスティングズの笑みが大きくなる。彼は椅子の背にもたれて鼻歌を歌い出した。

ヘイスティングズは自分の妻を嫌っていた。けちで気の短い女だ。だが彼女がほかの男と寝ないであろうことは、ほんのわずかなためらいもなく断言できる。だいいち自分でもよく言っているように、彼女はあの行為自体が好きではないのだ。それでも自分の妻を自分だけのものにできないなら、その男の人生はもっとも貧しい煙突掃除夫よりさらに貧しいと言えるだろう。それは事実だ。あの偉そうな伯爵がその事実にいらだっているのなら、ヘイスティングズにも理解できるし同情の余地もあった。

アレックスは冷静に馬車まで歩いていった。御者に弁護士事務所の住所を告げて座席に座る。ありがたいことに、彼はなにも感じなかった。〝こういった醜聞は予測できたはずだ〟と、頭のなかで理性の声がする。まったくそのとおりだ。誰かに刃物を突きつけられたような気分であるのは間違いなかったが、不思議に憤りは感じない。きっと最初からわかっていたのだ。どちらかといえば……パトリックが自分にそんな仕打ちをしたことのほうがつらかった。パトリックは彼の片腕であり、少年時代をともに過ごした仲間であり、双子の弟なのだ。それなのにどうしてぼくを裏切れたんだ？　だがそのこと――アレックスにとっては最大の裏切り――でさえ、今の彼を本当に苦しめるには至らなかった。

一方、〈ジェニングズ・アンド・コンデル法律事務所〉のジェニングズは、非常に悩ましい気分であることを自覚していた。普段の彼ならなにがあっても動揺しない。たとえどんな厄介事――遺言書の偽造や愚かな訴訟、非合法の決闘など――を相談されても、落ち着いた外見を崩さなかった。実際、彼は法律があらゆるものの治療薬になりうると考えていた。けれども目の前に立つ大柄で冷静な様子の伯爵をうかがいながら、ジェニングズはいつになくパニックの予兆を感じていた。父がまだ生きていればよかったのに。彼の父は激怒した貴族の扱いがうまかった。話し始めて二〇分もすれば、穏やかな声と極上のポートワインで彼らをなだめ、荒れ狂う怒りを静めさせることができた。ところが今日はあらゆる直感が、この伯爵にはポートワインのグラスを勧めるべきではないと告げていた。彼は今にも人を殺しかねない雰囲気だ。

ジェニングズは丁重にお辞儀をして、静かに話しかけた。「伯爵、わたしの書斎へいらっしゃいませんか？」シェフィールド・ダウンズ伯爵が本の並んだ居心地のいい書斎で腰をおろすと、ジェニングズは書類ばさみを取り出した。なかには問題の『タトラー』の記事が入っていた。彼はアレックスの向かいの、革製の大きな肘掛け椅子に座った。脚を交差させ、繊細な指先を合わせて三角形を形作る。

「この記事が出た翌日に伯爵夫人をお訪ねしました」ジェニングズはアレックスをうかがった。アレックスは『タトラー』に書かれた婚礼の夜の詳細を読みながら顔をしかめている。

「しかしながら、奥さまにはお会いできませんでした。その朝すでに供の者たちを連れて田舎へと出発されていたのです。そのご決断に反対は申しあげられません」熱くなりすぎず、どちらかといえば厳しい口調で言う。「もしロンドンに残っていれば、著しく不快な状況になっていたでしょう。この記事は当然ながら、かなりの騒ぎを引き起こしましたから」

ジェニングズは言葉を切った。アレックスは落ち着いた様子で椅子に深く座り、指先で肘掛けを軽く叩いている。伯爵がなにも言わないので、彼は続けて口を開いた。

「勝手ながらこの記事が出たあと、調査員を雇わせていただきました」ジェニングズは別の紙を取り出して膝に置いた。「この手の醜聞の鎮静を図るには、名誉棄損の訴訟を起こすのが非常に有効であることがわかっています。しかしそのような方向で進める場合には、詳しい情報を得る必要があります」これはもし『タトラー』の記事が事実である場合は、名誉棄損の訴訟を起こしてもしかたがないということの、ジェニングズなりの表現だった。「記事には、あなたの弟さんであるミスター・パトリック・フォークスがロンドンに滞在していたあいだの行動が詳細に記されています。おわかりになるかと思いますが、彼はあなたのご自宅に到着してあなたが結婚されたことを知らされるまで、奥さまと連絡を取ろうとはしていません。わたしが思うに、このことはおふたりが以前から関係を続けていたという憶測に対して、十分な疑いを投げかける根拠となるに違いありません」

ジェニングズはふたたび口をつぐんだ。

アレックスは黙っていたものの、無意識に奥歯を嚙みしめていた。以前から関係を続けていただと！　くそっ、そのとおりだ。パトリックはシャーロットの純潔を奪ったのだから。

ジェニングズが続けた。「あなたの弟さんはミセス・フェルヴィットソンの音楽会から伯爵夫人をシェフィールド・ハウスに連れ帰りました。しかし、すぐに立ち去っています。そのあとは訪問の約束をしたうえで、二日後の午後四時にふたたび訪れています。そして五時三〇分ごろに裏口から出ていきました。使用人用の出入り口を使ったのは、表に記者がいるのに気づいたからでしょう。弟さんは午後の残りを〈ホワイツ〉で過ごし、賭けで二〇〇ポンド以上負けました。翌朝は早くに、ブラッドン・チャトウィン……スラスロウ伯爵とともにレスターシャーへ向けて出発しました」アレックスは顔をあげた。彼自身を除けば、ブラッドンはパトリックが学生時代にもっとも仲よくしていた友人だった。

「スラスロウの領地へ行ったのか？」

「おそらく。それ以降は、奥さまや弟さんの行動の調査を続ける理由は見あたりませんでした。その結果、奥さまの妊娠に関しては、はっきりした報告はいたしかねます」ジェニングズは堅苦しく言い、組み合わせた指に視線を落とした。「もちろん、近い将来にお子さまが誕生すれば、なんの心配も必要ありません」彼は深く息を吸った。これから言おうとしていることがもっとも難しいのだ。「法的には、奥さまを取り巻く噂に関して、できることはなにもありません。今後の評判はふたつのことにかかっています。お子さまの生まれる日付、それにあなたの態度です」

ジェニングズは顔をあげて、アレックスの視線を受け止めた。「世間がこの噂を信じるか信じないかが、あなたの行動しだいであることは言うまでもありません」

アレックスがうなずき、膝に置いた新聞記事を軽く叩いて尋ねた。「これはどうする?」

ジェニングズは書類ばさみから紙をもう一枚取り出した。「この記事を出してから六日後に、名誉棄損の申し立てに関する書類を『タトラー』に提示しました。向こうはもちろんわれわれの反応を予測ずみで、自分たちを守るためにあなたの奥さまを〝伯爵夫人〟、そして弟さんを〝双子〟としか表現していません。しかしながら、男性の双子と家族関係にある伯爵夫人はあなたの奥さまひとりであるという事実から、『タトラー』は個人の名誉棄損に関して厳しく定めた法を犯していると見なされるのです。わたしはその旨を彼らに伝えました。先方の弁護士と相談した結果……当然ながらわたしの意見に同意したようですが、編集者であるミスター・ホプキンズは、取引を持ちかけてきました。今後、この件に関する記事の掲載は取りやめるというのです」彼はさらに別の紙をアレックスに渡した。

「けれども、それではたいした効果は見こめません。社交シーズンは終わっていますから。わたしはミスター・ホプキンズに対してこちらの希望を押し通しました。さらに、危険は伴いますがあえて賠償金額を提示したのです。もし向こうが訴訟で負ければ、裁判所が支払いを命じるであろう額です。ミスター・ホプキンズは社交シーズンがふたたび始まる四月に、〝伯爵夫人〟と〝双子〟に関する追加記事を掲載することに同意しました。先の記事にあったほのめかしはすべて撤回されます。さらに、次回の記事はあなたと伯爵夫人が事前に目を通し、同意したうえで掲載されることになります。このような状況ですから、あなた方の婚礼の夜に関する報告にも目を通しておくほうがいいと、わたしは判断しました」調査により、あの夜についての記事の内容はまったく正しいと判明したことは黙っておく。

「残念ながら、すべてはお子さまの誕生の日にちしだいでしょう」ジェニングズは重々しく言った。部屋のなかに沈黙が広がった。彼は書斎を飾るペルシャ絨毯の鮮やかな色を熱心に見つめた。

ようやくアレックスが口を開いた。「離婚のための書類を用意してほしい」彼は唐突に言った。

「伯爵、あなたは近親による不貞で弟さんを訴えてほしいとおっしゃっているのですか？証拠がかなり不十分なことを考えると、再考していただきたいとお願いするしかありません。それに、議会での手続きは甚だ不快なものになるでしょう」

アレックスは立ちあがった。「離婚の手続きを進めるかどうかはまたあとで連絡する」

ジェニングズの会釈を受けて、アレックスは書斎を出た。静かで落ち着いた場所ですべてを考えてみる必要があった。ロンドンで、妻とパトリックのあいだになにもなかったのは明らかだ。パトリックを見てシャーロットが失神したという事実に、アレックスは初めて経験する胸の痛みを覚えた。もちろん、彼女はパトリックを愛しているに違いない。純潔を奪った男は決して忘れないだろう。痛みはアレックスの心臓の奥へと進み、そして消えた。

赤ん坊が鍵となるのは間違いない。ぼくの子だとすれば、シャーロットは今ごろ出産の直前で、ひどくおなかが大きくなっているだろう。だが、それはありそうもない。最後に会ったとき、シャーロットは月のものの最中だったのだから。あのとき、彼女は妊娠していなかった。それならいったい誰の子を身ごもっているんだ？　ジェニングズが〝お子さま〟と言ったときに、ぼくははっきりと意識した。シャーロットがほかの男の子供をはらむはずがない。それなら、父親はパトリックだとしか考えられない。

不意にアレックスは、自分が法曹院にあるジェニングズの法律事務所を出て、無意識のうちに通りを歩いていたのに気づいた。肩越しに振り返ると、馬丁が馬車の馬を歩かせてあとからついてきていた。馬は元気そうだった。このままダウンズ・マナーへ行くほうがいいかもしれない。彼は街道の途中に馬を預けてあった。馬で馬車と並走してもいい。数週間、船に乗っていたので、馬車に揺られながら狭い空間に閉じこめられて二日間も過ごすのは気が進まなかった。アレックスは片手をあげて馬丁を呼び寄せ、いくつか命令した。従僕のひとりが馬車のうしろからすばやくおり、通りの向こうへ消えた。アレックスの衣類を準備させて、あとからダウンズ・マナーへ持ってこさせるのだ。

贈り物のことを忘れていた。ぼんやりと従僕を見送りながら、アレックスは考えた。この何カ月か、シャーロットとピッパのために、こちらで青いシルク、あちらで木彫りのおもちゃというようにいくつもの贈り物を選んでいた。だんだん増えていったそれらの品々は、五カ月以上ものあいだ、心のなかに妻と娘が存在した証だった。かえって好都合だ、とアレックスは感情を交えずに思った。離れているあいだにシャーロットのことを考えて、彼はもう十分愚かなことをした。おそらく彼女のほうは、アレックスが船に乗ったとたんに別のことに気を取られていたに違いないのに。ピッパへの贈り物について考えると、後悔が胸をよぎった。だがシャーロットを連れずにロンドンに戻ったとき、あの贈り物があればピッパも少しは慰められるだろう。

アレックスは冷ややかな目で前方を見つめながら馬車に座り、街道を西へ進む馬がもたらす揺れに身を任せた。冷静なジェニングズが言っていたように、すべては子供がいつ生まれるかにかかってくる。屋敷に入ってシャーロットを見つけたら、すぐに答えがわかるだろう。もしおなかが大きくなっていなければ、こんな不快な話題を持ち出すまでもない。なぜわざわざ彼女に言う必要がある？　自分に懇願するシャーロットの姿が脳裏に浮かび、アレックスは心臓が冷たくこわばるのを感じた。彼女は懇願し、またしても約束するかもしれない。自分を信じてほしいと。

馬車のなかから優しさやぬくもりが消えて、不気味で空虚な静寂が広がった。喉に酸っぱいものがこみあげ、目の奥がずきずき痛む。なにか大事な一部を道のどこかに、馬のひづめが舞いあげる土埃のなかに捨ててきてしまった気分だった。アレックスは考え続けた。やめろ！　もとに戻してくれ……誰かお願いだから、外務省を訪れる前に、イタリアへ行く前に、シャーロットのそばを離れる前に時を戻してくれ。

けれども彼の願いを聞き届けてくれる者は誰もいなかった。アレクサンダー・フォークスは、もうひとりのアレックスを埃のなかに残し、どんどん遠くへ離れていった。外務省を訪れる前のアレックスから、イタリアへ行く前のアレックスから、愛し、愛されていたアレックスから。

20

ダウンズ・マナーへ続く、オークの木々が立ち並ぶ道で馬を全力疾走させるころには、アレックスはイタリアでシャーロットを思っていったん崩した氷の壁をふたたび築き始めていた。このふた晩は眠れず、横たわったまま襲いかかる屈辱に体を震わせていた。そうしてようやく、ゆがんだ笑みを浮かべられるまでになった。くそっ、パトリックは昔からいつもぼくの女の趣味が悪いと言い続けていたのに。

三〇年ほどの人生を振り返ってみると、この醜聞は起こるべくして起こったと思えてくる。彼は庭園で、娼婦見習いの娘に生まれて初めての恋をした。そしてそのときの経験を結婚生活で再現しようとした。普通なら良家の子女たちのなかで娼婦を捜すのは、それほど難しくはないだろう。だがアレックスの庭園の娘は自分で選んだ道を進んでいってしまい、彼が結婚した女性は……。

シャーロットの罪は明らかだ。アレックスは胸が苦しくなった。彼は絶対に癇癪を起こすまいと固く決意した。デプフォードの宿屋でのようなふるまいはもう二度としない。そうするよりほかに取るべき行動を知らない相手に怒鳴ったところで、なんの意味がある？

アレックスは気を取り直した。マリアとシャーロットを混同してはいけない。結局のところ、パトリックはシャーロットが初めて愛した男なのだろう。だから彼女は純潔を捧げた。二本の脚とそれなりの道具を持つ男なら誰とでも寝ていたマリアとはわけが違う。部屋へ入っていったときにシャーロットが出産間際の姿をしていれば、その子供はぼくの子だ。〝だがそうでなければ、子供の父親は弟だということになるんだぞ〟頭のなかで厳しい声がした。それに、男の子ならおそらく跡継ぎになるだろう。今後は妻も女性もいらない。アレックスは、庭園の娘のように奔放で優しい女性を見つけるという愚かな夢を捨てようとしていた。必要になれば、そのときに誰か相手を探せばいい。称号と領地はパトリックの息子に遺せばいいのだ。たとえそれがシャーロットの子供だとしても。

ダウンズ・マナーの屋敷の裏手にある新しいサマーハウスに案内されるまで、はちきれそうにおなかがふくらんだシャーロットの姿をどれほど期待していたか、アレックスは気づいていなかった。彼女はそこにいた。永遠とも思えるあいだ、彼はその場にたたずんでいた。シャーロットは涼しげなテラスの床に座っていた。

彼女は向かいに座るピッパとふたりで人形遊びをしていた。シャーロットの人形がなにかを話し、次にピッパの人形が床でぎこちないダンスを踊り始める。だが、アレックスの目を引きつけたのはシャーロットのウエストだった。妊娠しているのは間違いない。その姿はまるで花が開いたかのように美しかった。白いモスリンのデイドレスに包まれた胸は豊かでみずみずしく、開いた胸もとからこぼれそうに見えた。記憶にあった姿よりもきらきらとしていて愛らしく美しい。柔らかな巻き毛が首筋にかかり、アレックスの位置からは長くて黒いまつげが頬をかすめる様子が見えた。あまりの美しさに、アレックスは心臓をねじられたかのような激しい痛みを覚えた。

ちょうどそのときピッパのナニーが顔をあげ、サマーハウスの外に立つ彼の姿に気づいた。伯爵の厳しい目をちらりと見たとたん、ケイティは生まれて初めて慌てふためきかけたが、結局そうはならなかった。どんな不快なことが起ころうとしているかわからなかったにもかかわらず、彼女は本能的にピッパを守ろうとする行動に出た。

「奥さま、ピッパお嬢さまとわたしは勉強部屋に行っています」ケイティはピッパを抱えあげた。急な動きに驚いて憤慨する泣き声は無視する。ピッパは不意に抱きあげられるのが大嫌いなのだ。小さな人形が手からすべり落ち、ピッパの泣き声がわめき声に変わった。

シャーロットはわけがわからず、目にかかる黒い巻き毛を払いのけて顔をあげた。ケイティはすでに屋敷に向かってきびきびとした足取りで歩き出していた。ピッパの声がどんどん小さくなっていく。シャーロットが気づいたのはそのときだった。顔を左に向けるとそこに彼が、アレックスが立って彼女を見おろしていた。

彼を目にした喜びに、心臓がびくんと跳ねた。「アレックス!」シャーロットは顔を輝かせて叫んだ。だが、アレックスは動かない。彼女はなめらかな動きで立ちあがり、白いハイウエストのドレスの乱れを整えた。フランス風の仕立ては、妊娠中の女性にはうってつけだ。

胸から下にウエストラインがないので、おなかまわりが締めつけられないもの、とシャーロットはふくらんだ姿を気にしながら思った。アレックスは彼女の腹部を凝視している。

シャーロットは瞳をきらめかせた。彼は妊娠のことを知らないんだわ。「わたしたちに子供が生まれるのよ」彼女は喜びをあらわにして言った。けれどもアレックスはまだ動かず、話そうともしない。シャーロットは徐々に不安を感じ始めた。ためらいがちに二、三歩彼のほうへ歩き出したが、それ以上進めなかった。

「ぼくたちに子供ができるのか？」ようやく発せられたアレックスの声には耳障りな響きがあった。彼が眉をあげる。これまでシャーロットが好きだったその動きにも、今はあからさまな軽蔑がこめられていた。「〝わたしに子供ができる〟と言うべきじゃないのか？」いつもの低い声に戻ったものの、まるで喉を鳴らす猫みたいな話し方だった。「いや、待てよ、この表現のほうがいいな。〝伯爵夫人と双子の兄弟に赤ん坊が誕生予定。みなさん、おめでとう！〟」

シャーロットの胸がずしりと重くなった。文字どおり言葉が見つからない。彼女はアレックスの怒りが、婚礼の夜の出来事を外にもらした執事に向けられるものと思っていた。彼の弟とシャーロットに関する下品なほのめかしにも、もちろん激怒するだろうとわかっていた。だがまさか、アレックスが記事を信じるとは思ってもいなかった。彼はわたしを信じると約束したのに……。彼女はひと言も口にできず、ただ目を見開いてアレックスを見つめていた。

一方、アレックスは――落ち着いて自制するという当初の計画はどこかへ飛んでいってしまった。美しい妻が困惑して自分を見ている。なにを話しているのかさっぱりわからないという様子で！　シャーロットの姿を見れば、妊娠してまだほんの数カ月しかたっていないのは明らかだ。どす黒い怒りが彼の心臓を切り裂いた。

「きみはふしだらな女だ」無頓着とも取れる口調でアレックスが言った。「どうやらぼくには、そういうたぐいの女性に惹かれる傾向があるらしい」彼はシャーロットが今まで一度も聞いたことのない笑い方をして、荒々しく言い放った。「ああ、まったくそうだ。娼婦専門と言っていいかもしれない。だがそれにしても、ここまでふしだらだとは！　なぜそんなに驚いた顔をするんだ？　ぼくが家を出るとき、きみに月のものが来ていたのを忘れるとでも思ったのか？」

アレックスは大股でシャーロットに歩み寄った。大きくてしなやかな体が動くさまは、まるで虎が歩いているようだ。口を開きかけた彼女の顎を、彼はたくましい手できつくつかんだ。「やめておいたほうがいい。どんな懇願も聞きたくない。暦が事実を示しているのだから。そうだろう？　いくらきみでも今回ばかりはうまく言い逃れられないはずだ。もしパトリックが望むなら、きみをあいつにくれてやろう。すでに弁護士に指示して離婚の書類を作らせている。パトリックがいらないと言うなら……もう商品は手に入れたのだから、わざわざ結婚したがるとは思えないがね。そのときは、きみはスコットランドで暮らすんだ。子供たちをそして子供が生まれたら、その子はぼくと一緒にロンドンへ連れていくことになる。そし……もしふたりいるのなら、ふたりともふしだらな女に育てさせるつもりはない」

シャーロットは本能的に手でおなかを覆った。彼は正気じゃないわ。完全に頭がどうかしてしまった。彼女は体を引いてアレックスの手から逃れた。シャーロットを見つめる彼の顎の筋肉がぴくりと動く。瞳は真っ黒に見えた。彼女は小さくかぶりを振り、冷静に考えようとした。これは現実に起こっていることなのかしら？　わたしが夢見て心待ちにしていたのはこの人なの？

「あなたは約束したわ」シャーロットはささやくように言った。「約束したのよ」苦悩のあまり、彼女の顔はやつれていた。それでも胸を張ってしっかりと立ち、威厳をこめてアレックスの顔を見た。針鼠のように丸まったり、泣き叫んだりはしない。

アレックスが口もとをゆがめた。「約束したのはきみだ。きみは愛し、従うと約束した。〝わが体をもって、われ汝を崇めん〟」あざ笑うように言う。「結婚式の誓いからこの部分を省いたほうがいいな。そう思わないか？　今の時代に合わない」

シャーロットは麻痺したように無感覚のままアレックスを見つめた。激しい怒りをあらわにしているときでさえ、彼はひどくハンサムだった。心のどこかに、アレックスの胸に身を投げ出したいと切望する自分がいた。話を聞いてほしいと懇願して、彼を抱きしめてキスしたい。翳った瞳や丸まった背中から、アレックスが苦しんでいるとわかる。けれど、懇願はしないし、できない。今は赤ちゃんを守らなければならないのだから。そしてピッパも。一度母親を失っているあの子が彼女からも引き離されることがあってはならない。また母親がいなくなることにピッパは耐えられないだろう。その思いに、シャーロットは強い力を与えられて、絶望を心の脇に押しやった。

「ピッパを連れていかないで。それでなくてもひどくつらい目に遭ってきたのよ」

「あの子のためにはそうするほうがいいんだ」アレックスが言い返し、シャーロットに背を向けると、屋敷へと続く淡い緑の斜面を見渡した。彼は振り返って妻を見た。「弟と寝ている女のもとにあの子を残していけると思うのか、シャーロット？　答えてくれないか？　きみは結婚前にぼくを裏切っていた。だがまさか、結婚後も裏切り続けるとは思いもしなかったよ。まったく、ぼくは愚か者だ」

「わたしは……」シャーロットは反論しかけて口をつぐんだ。これでは婚礼の夜の繰り返しになる。あのとき、アレックスはわたしを信じなかった。今度も絶対に信じないだろう。最初の結婚にあまりにも強く影響されているせいに違いない。鉛のように重い痛みを胸に感じて、シャーロットは倒れそうになった。話をしても無駄だ。それでもひとつだけ、どうしても言っておかなければならないことがある。

「あなたはわたしを信じると約束したのよ」彼女はアレックスの目をまっすぐに見て言った。「あなたは約束したの」そして背を向けて歩き出したが、呼び止める声は聞こえてこなかった。

シャーロットは背筋を伸ばして屋敷までの道を歩き続けた。だが階段では、背中のくぼみに手をあててゆっくりのぼらなければならなかった。自分がひどく年老いた気がする。赤ちゃんに前へ引っぱってもらっているように感じながら、彼女はようやく二階にたどり着き、左手に曲がってソフィーの寝室へ向かった。

シャーロットをひと目見るなり、ソフィーは息をのんで体を起こした。暖かな午後の日差しのなかで、ポルトガル語で書かれた愛のソネットを解読しながら、ついうとうとしていたのだ。ソフィーの母親にとってなによりも頭痛の種になっているのは、彼女が文学作品を原語で読むことにレディらしからぬ情熱を注いでいることだった。

「どうしたの？」ソフィーは鋭く尋ねた。戸口に立つシャーロットは真っ青な顔をして、かすかにふらついていた。

「赤ちゃんが生まれるのね！」ソフィーは急いでベッドから足をおろした。心配のあまり手がまともに動かない。

「いいえ」シャーロットはのろのろと首を振った。「違うわ。そうじゃないの。彼が戻ってきたのよ」そこで口をつぐみ、心を落ち着けようとした。はた目にもわかるほど体が震えていた。

「誰が……まあ」ソフィーはこのひと月ほどずっと、アレックスが見せる可能性のある反応について、シャーロットに警告するべきかどうか悩んでいた。けれどもいつも結局、よけいな心配をさせると体によくないだろうと考えて思いとどまった。それにもしかするとアレックスは、彼女がこれまでに出会った男性たちほど軽率でも愚かでもないかもしれないと思ったのだ。だが、やはり彼もほかの男たちと変わらないらしい。

「自分の子ではないと考えているのね」ソフィーは抑揚のない口調で言った。

シャーロットがはじかれたように彼女に視線を向ける。「知っていたの！」

「そう考えることもありうると思っていただけよ。男はみんなどうしようもない愚か者なんだから」

「アレックスはこの子を連れていこうとしているの……わたしの子とピッパを。ふたりをわたしから引き離すつもりなのよ」今にも叫び出しそうになって、シャーロットはおなかをつかんだ。

ソフィーは友人に不安げな視線を投げかけた。心配するよりヒステリーを起こすほうが、おなかの子にはもっと悪いかもしれない。彼女はシャーロットの正面に立って無理やり自分に注意を向けさせた。「興奮しすぎないで、シャーロット。赤ちゃんによくないわ。わたしたちがすべきなのは考えることよ」ソフィーはシャーロットを促してベッドに座らせた。

「アレックスは今どこにいるの？」

「わからないわ……サマーハウスに置いてきたから」

それを聞いて、ソフィーはほっとした。少なくとも、立ち去ったのはシャーロットのほうらしい。その反対ではなくて。

「彼が子供たちを引き離すつもりだというのは確かなの？　もしかすると、かっとなって口走っただけかもしれないわ」

「アレックスはふしだらな女に子供たちを育てさせることはできないと言ったの。そのうちに子供が生まれたら、一緒にロンドンへ連れていくと」シャーロットがひどく冷静な声で言った。「それに、すでに弁護士に離婚の書類を作らせているんですって」血の気が引いて凍りついた顔を張りつかせ、涙の涸《か》れた目でじっとソフィーを見つめる。「そんなことはさせられないわ、ソフィー。彼にはできると思う？」

「法律はたいてい夫の側に味方するのよ」ソフィーはすばやく考えをめぐらせた。今ここに必要なのはパトリックだ。音楽会に現れて、この混乱を引き起こした張本人。シャーロットに罪がないことをアレックスに納得させられる人物がいるとしたら、それは彼の弟だ。それにしてもパトリックはどこにいるの？　もしかするとアレックスが知っているかもしれない。

ソフィーはシャーロットに視線を戻した。彼女も必死でなにかを考えていた様子だ。

「ここを出るわ」シャーロットは言い、ソフィーと目を合わせた。「ピッパを連れて出ていく。あの子を愛しているの。わが子のように愛しているのよ」〝最近では本当に自分の子供だと思っているんでしょう？〟心のなかで叫ぶ声を、シャーロットはきっぱりと無視した。耳を傾けている暇はない。「頭がどうかした人のところに残してはいけないわ。わたしはウェールズへ行くつもりよ。あの地にわたしが家を持っていることを、アレックスが覚えているとは思えないから」

「ばかなことを言わないで！」ソフィーがぴしゃりと言う。「アレックスはあなたの夫なのよ。結婚した今では、なにもかもが彼のものになっているわ」

「いいえ、それが違うの。アレックスの最初の結婚にまつわる噂があったから、父が交渉して特別な財産贈与を認めてもらったの。アレックスを信じていないわけではなかったけど、父はわたしに自分の財産を持たせておきたがったのよ。アレックスは……彼は気にしなかったわ」きみの金に関心はないと言って笑っていた。シャーロットは彼の姿を急いで記憶から追い払った。あれは結婚する前の、わたしを無垢だと信じていたころのアレックスだ。それにしても、なんて複雑に入り組んだ騒ぎになっているのかしら。シャーロットにはまるで他人事のように思えた。

「だからウェールズの家はわたしのものなの。子供が生まれるまでそこにいるわ。それからアメリカへ渡るつもりよ」

ソフィーは友人の決意を考えてみた。落ち着いた口調で言ってはいるが、シャーロットがヒステリックになっているのは明らかだった。アレックスの子供たちを連れてアメリカへ移住するなど不可能だ。きっと居場所を捜しあてられて、牢獄へ入れられてしまうだろう。そう思う一方で、アレックスには頭を冷やすための時間が必要だと判断した。でも、あまり長い期間はだめだ。シャーロットが出産するときにその場にいなければ、彼は自分の子だと信じられないかもしれない。

「わかったわ」ソフィーは決心を固めた。「わたしたちがアレックスに気づかれずにここを出るにはどうしたらいい？」

「まあ、ソフィー、優しいのね。だけどあなたは一緒に来てはいけないわ。評判が台なしになってしまうもの」

「おかしなことを言わないで。それくらいで評判が悪くなったりするものですか」

「いいえ、なるの」シャーロットは懸命に主張した。「わたしと一緒に逃げれば、あなたは結婚できなくなる。まあ、どうしたらいいの？　今だってわたしを訪ねているべきではないんだわ！」

ソフィーが顔を曇らせてシャーロットを見た。ソフィーは始めてその可能性に気づいたらしい。本当にうぶなんだから！

「ねえ、なにもかもお金の問題だということがわからない？　わたしはひとり娘だから父の財産を相続するわ。誰かの寝室で裸でいるところでも見つからないかぎり、評判が台なしになるなんてありえない」

「そうは思えないわ、ソフィー。わたしを見てちょうだい。気を失って、パトリックの頬に触れただけなのに」

「あなたは結婚しているもの。結婚するとなにもかもが違ってくるのよ。完全に秘密が守られるなら、既婚女性は好きなだけ男性とベッドをともにしてかまわないわ。だって普通の不貞なら誰も関心を持たないでしょう。ゴシップ記事に名前が載っても、それだけで評判は落ちない。でも一歩間違って、みんなに興味を抱かれるようなことをしたら……夫の弟に好意を示したり、夫の不在中に妊娠して事態を悪化させたり、出産間近だとわからないほどおなかが目立たなかったりしたら、その女性の評判は地に落ちるわ。だけどそういう場合でも、評判は回復できる。あなたはとても裕福なんですもの、シャーロット。アレックスだってそうよ」

シャーロットは黙って友人の言葉を噛みしめ、しばらくしてからきっぱりと言った。「わたしの場合、問題なのは評判ではなくて、弟とベッドをともにしたとアレックスに思われていることだわ。わたしがここにとどまって、明日にでも赤ちゃんが生まれたら、彼も自分の子だと信じるでしょうけど。それでもアレックスは子供を連れていくつもりでいるわ。彼はわたしが……娼婦だったと思っているの」

「なんですって？」ソフィーが訊き返した。

シャーロットはためらった。アレックスが婚礼の夜になぜあれほど荒れたか、ソフィーには一度も理由を話していなかった。

「結婚する前に、彼と体の関係を持ったの。舞踏会で」シャーロットは打ち明けたが、それが〈シプリアンの舞踏会〉だとは、とても言えなかった。「だけどアレックスはそのことを覚えていなくて、わたしの相手をしたのは自分の弟だと思っているわ。だから今度の噂で、わたしが本当に愛しているのは弟のほうだと確信を持ったの。ああ、わたしはなんて愚かだったのかしら！」もちろんアレックスは記事を信じるに違いないと今ならわかる。彼は赤ちゃんが自分の子だとは当然思わないだろう。

ソフィーは驚き、言葉もなくシャーロットを見つめた。彼女の隣に腰をおろす。「あなたはアレックスと関係を持ったの……舞踏会で？」

シャーロットはうなずいた。

「彼はそのことを覚えていないの？　いったい舞踏会で何人の女性の純潔を奪ったのかしら

ね?」

シャーロットは力なく首を振った。「場所の話はしていないの。結婚式の夜、アレックスはわたしの相手がパトリックに違いないという結論に飛びついてしまった。それ以降、そのことを話題にするのを拒んだわ。彼は約束した……約束したのよ」もれかけたすすり泣きをこらえ、彼女はなんとか気持ちを静めた。「アレックスはわたしを信頼すると約束したの」

ソフィーは同情をこめて友人を強く抱きしめた。彼女自身は男性の約束を信じていなかったが、この場はそれを指摘するべきときではないと思えた。シャーロットは普段でも並み外れた美人だが、妊娠した姿は……このうえなく美しかった。彼女と関係を持って、それを忘れてしまう男がいるとはとても信じがたい。

「アレックスがあなたを覚えていないなんて、まだ信じられないわ。しかもあなたは処女だったのに」

シャーロットが肩をすくめる。「わたしに会ったことは一度もないと言っているの」

「それで、誰を一緒に連れていくべきかしら?」ソフィーは現実的になって言った。

「ケイティとマリー、それからあなたのメイド。幸い、キーティングとマールがすでにウェールズへ行っているの」

「問題はアレックスに気づかれずに出ていくことね」突然、ソフィーの体に活力がみなぎってきた。ピッパの身のまわりのものをまとめるようケイティに指示を出すシャーロットを残し、彼女は部屋を出た。アレックスの低い声が聞こえないかと緊張しながら階段をおりていく。家のなかは静まり返り、玄関広間の大理石の床を歩く自分の足音が響いた。ソフィーは立ち止まってしばらくためらっていたが、やがて意を決して書斎へ向かった。なかへ入ってドアを閉め、そこにもたれかかる。

アレックスはブランデーを飲んでいた。今日はもう三杯目だ。彼は顔をあげてドアのほうに無関心な目を向けた。

「シャーロットの代わりに嘆願に来たのなら無駄だぞ」アレックスはそっけなく言った。

「あなたの弟はどこにいるの？」

アレックスは重いまぶたを開けてソフィーをじろじろ見ると、あざ笑うように言った。

「ぼくの美しい妻のほうがその答えを知っていると思うが」

「あなたは弟を見つけなくてはならないわ」ソフィーは質問を繰り返した。「彼はどこにいるの？」

「レスターシャーだ。そう聞いている」

「見つけられる？」

「なぜ捜す必要があるんだ？　遅かれ早かれあいつはここに現れるだろう。たとえ妊娠していても、シャーロットの体がもういらないということはないはずだ」アレックスはグラスのブランデーを飲み干し、また注いだ。

「あなたは彼を見つけられるの？」

「おそらくね」アレックスは皮肉たっぷりに言った。「だが、わざわざ捜す意味があるのか?」

「あなたが愚か者だから。あなたの弟なら、あなたを正気に戻せる可能性があるのよ」アレックスと同じくらい皮肉のこもった口調でソフィーが言った。「だけどしょせんはあなたの弟ですものね。もしかすると、五年くらい前に誰と関係を持ったかなんて、思い出せないかもしれないわ」

アレックスは激しい嫌悪もあらわに彼女を見た。「口やかましい女だ」感情のない声で言う。

「口やかましいかもしれないけれど、わたしなら証拠もないのに家族を責めて、家庭を崩壊させたりしないわ。あなたにもし良心があるなら、妻を誘惑したらしい相手と直接話もしないで、使い古したクラヴァットみたいに妻を放り出したりしないわよね?」

「誘惑した? 誘惑したのはシャーロットのほうだろう」アレックスはうなった。

「やけに細かいことを気にするのね、伯爵。もしかして弟と話すのが怖いの? あなたの妻に会ったのはたった二度だけで、それも非常に短い時間だったと彼に言われたらどうするつもり?」

アレックスはソフィーを見つめ返した。口の端がぴくぴくしているのが自分でもわかった。ソフィーも目をそらさなかった。「妻を責めたように、双子の弟も有罪だと決めつけるの? 説明も求めずに?」

額のまわりをひもで締めつけられるような感じがした。「ぼくになにをさせたい?」彼は辛辣に訊いた。「家を出たとき、妻には月に一度の出血があった。そして戻ってきてみれば妊娠していたんだ。いったいどんな説明ができるというんだ?」

ソフィーは今聞いた話を無視することにした。妊娠の進行具合はまったくわからない。医学的な事実に対してあれこれ言うだけの知識を持っていないのだ。

「あなたは彼女を信じると約束したんでしょう?」

鉛のおもりのごときその言葉に、ふたりのあいだにぴりぴりした沈黙がおりた。アレックスは暖炉で燃えている薪を足で蹴った。パトリックを捜しに行くべきなのかもしれない。そもそも今夜はなにをするつもりだ? 闇のなか、妻をスコットランドへ行かせるのか?

「三週間以内に彼を見つけて戻ってこられるかしら?」

「ああ」ソフィーの質問を妙だとも思わず、アレックスはうわの空で返事をした。ブラッドン・チャトウィンはダウンズ・マナーから馬で二日のところに住んでいる。「よし、わかった」彼はついに立ちあがり、最後にもう一度燃えかけの薪を思いきり蹴ると、鋭い口調で言った。「妻に伝えてくれ。今から一週間以内にスコットランドへ行く準備をしろと」

ソフィーはうなずき、そっと書斎の外へ出た。腹が立ちすぎていて、ちゃんと話せる自信がなかった。一〇分後、玄関のドアが開く音がして、馬の用意を命じるアレックスの声が聞こえてきた。

ソフィーとシャーロットは、シャーロットのベッドに散らばる衣類の山越しに顔を見合わせた。三人のメイドたちが忙しく動きまわり、荷造りをするマリーを手伝っている。シャーロットは、赤ちゃん用に仕立てた衣類の白く柔らかい生地に指で触れた。

「アレックスの……怒りが和らいでいる様子はなかった？」

ソフィーは首を振った。シャーロットがかすかに息をのむ。ソフィーはきっぱりと言った。

「シャーロット、わたしたちがスコットランドに着いたあとで、赤ちゃんのものを買えばいいわ」

シャーロットが驚いた顔で彼女を見た。ソフィーは頭を傾けて部屋にいる四人の女性たちを示すと、シャーロットをドアのほうへ引っぱっていった。「いらっしゃいよ、ダーリン。ピッパと遊びましょう。明日の朝いちばんに出発すればいいわ」

「だめよ！　今夜出たいの！」シャーロットは廊下で抗議した。

「赤ちゃんによくないわ。あなたには休息が必要よ」ソフィーの声は議論の余地はないと告げていた。「みんなに行き先はスコットランドだと思わせておけば、一週間くらいはアレックスの目をくらませられるはずよ」

シャーロットはうなずいた。確かに全身が横になりたいと悲鳴をあげていた。とりわけ、アレックスが屋敷から出ていったとわかっている今は。

「あなたの部屋に食事を運ばせるわ。明日の朝すぐに出発できるように」ソフィーが励ますように言った。

その夜、シャーロットはほとんど身動きすることもない深い眠りに落ちた。明け方近くになったころ、彼女は夢を——魅惑的で穏やかな思い出の夢を見た。シャーロットはアレックスと一緒にスコットランドにいた。ふたりがとても幸せだったときだ。彼らはグラウス湖のほとりへピクニックに来ていた。昼寝のためにケイティがピッパを連れて先に戻ることになり、彼らを乗せた馬車が遠ざかると、アレックスが瞳を輝かせた。

「馬車は少なくともあと一五分は戻ってこない」低い声で誘いかけて、ほのめかす。彼はシャーロットの桃色の靴を片方脱がせ、華奢な足の土踏まずに指を走らせた。「時間があまりないから……五品のコースというわけにはいかないが」アレックスがつぶやき、頭を傾けて彼女の爪先に白い歯を立てた。

　彼はシャーロットの足もとの若草のなかから白いデイジーの花を摘み、それを彼女の腿に、ストッキングのすぐ上の部分にこすりつけた。

　官能の熱い波が脚に打ち寄せてくる。アレックスがシャーロットの肌を小さく噛みながら徐々に上へと向かっていった。彼女の抗議の言葉があえぎ声にのまれるのを聞いて、笑い声をあげる。シャーロットは眠りながら至福の笑みを浮かべた。

　だが、そこで突然夢の様相が変わった。彼女は湖に突き出した埠頭に立っていて、まわりには霧が立ちこめていた。水面から流れてくる白い霧が蛇のように細く伸び、脚に巻きついてくる。スコットランドではあっというまに霧が現れるのだ。太陽が輝いていたかと思うと、次の瞬間には露に濡れてかすかな輝きを放つ不気味な世界が広がっていた。シャーロットは夫の姿を求めてあたりを見まわした。そのとき、ばしゃばしゃと水を叩いてもがく音が聞こえ、恐怖に凍りついた。小さな声が叫んでいる。「ママ！　ママーッ！」

シャーロットは目を覚ました。病気ではないかと思うほど鼓動が速い。おなかの子も起きたらしく、活発に動きまわっているのを感じた。彼女はあえぎながらも懸命に息を整えて落ち着こうとした。ここは自分のベッドで、ピッパは子供部屋でぐっすり眠っているのよ。スコットランドの暗い湖で、溺れてわたしを呼んでいるわけじゃないわ。

ようやく動悸がおさまり、シャーロットはベッドのヘッドボードにもたれかかった。彼女は自分のなかでなにかが変わったのを感じていた。赤ちゃんが蹴っているに違いない、小さな隆起をなでる。ピッパ……子供たちを守らなければ。シャーロットは必死の思いで決意した。アレックスのキスも情熱もどうでもいい。信頼もなく欲望だけに基づくのなら、それはむなしいものでしかない。彼は目の前に広げられたご馳走を食べるようにシャーロットを利用したあげく、子牛が食べたい気分だから鹿肉を断るかのごとく彼女を拒んだのだ。

それに結局のところ、アレックスは子供たちを気にかけていない。彼は残されるピッパのことを考えもせずにフランスへ行ったのだから。シャーロットはおなかの上に両手を広げ、丸い隆起をさすった。これは頭かしら？　お尻かもしれない。彼女は夜の静けさのなかでささやいた。「約束するわ。あなたを愛し、信じると約束する。絶対に湖で溺れさせたりしない」泣きたくはないのに目に涙があふれてくる。ふたりでいられたら、アレックスと彼女が互いを愛し、そこに子供たちがいたら、どんなにすばらしいだろう。だけど、そんなことは起こらない。そしてシェフィールド・ダウンズ伯爵夫人は今夜もまた、泣きながら眠りに就いた。

21

四日間馬を走らせ続けたあと、アレックスはようやく弟を見つけた。出発して二日でブラッドン・チャトウィンのカントリーハウスに到着したのだが、いらだたしいことにお坊ちゃまはすでにその二日前に出立していたことを知らされた。アレックスは脚に手袋を打ちつけ、目の前でうなだれる執事を無意識のうちに傲慢な怒りをこめてにらみつけていた。

「行き先が確かでないとはどういう意味だ？　おまえは知っているのか、それとも知らないのか？　知らないならはっきりそう言え」

「わたしが申しあげたかったのは」トレブルがおそるおそる言った。「だんなさまはバースを訪れるおつもりでいらっしゃったのです。もちろんあなたさまの弟さまもご一緒に。ですが、ご一行はスラスロウ伯爵のもうひとつのご領地である、シングルトン・マナーに立ち寄られるかもしれません」

「ご一行だと？」アレックスは吠えた。「なんだ、それは？　パレードでもするのか？　女性が一緒なんだな？」

トレブルはむなしくも助けを求めるように足もとの大理石の床に視線を落とした。やがて顔をあげて言う。「うっかり使った言葉で深い意味はございません、伯爵さま。いらっしゃったのはスラスロウ伯爵と弟さまです。それと……」彼は口ごもった。「弟さまのお知り合いの、若いご婦人でございます」

今度はアレックスが黙りこむ番だった。ご婦人が指すものはひとつしかない。パトリックは愛人を連れているのだ。珍しいことではない。だがそうなると、パトリックは愛人と戯れるために身重のシャーロットをひとり残していったことになる。さらに暗く、さらに恐ろしげになっていく伯爵の顔を、トレブルは恐怖に震えながらうかがった。

「そのご婦人は弟と一緒に到着したのか？」

「はい、伯爵さま」頭蓋骨《ずがいこつ》に穴があきそうなほどアレックスにじっと見つめられて、トレブルはしどろもどろにつけ加えた。「その若い女性は、弟さまとだんなさまがロンドンからいらっしゃったすぐあとに到着されました。つまりロンドンでお約束をなさってから、そのお若い、ええ、その、レディは荷造りに数日かけられたのではないかと。かなりの量のお召し物をお持ちでしたから」彼は実感をこめて言った。なにしろ馬車の屋根から旅行鞄をおろすのに五時間もかかったのだ。トレブルに言わせれば、公爵夫人を迎えるより大変だった。あの娘は高貴な方々のように専用のシーツを持参することこそなかったが、なんと帽子を四八個も持ってきたのだ。しかもすべて個別の箱に入れて！

アレックスはそっけなく礼を言うと、執事に背を向けて大理石の階段をおりた。目の前の空は沈みゆく太陽の光で雲の層が色づき、オレンジ色の筋が入っていた。空に目を向けてはいても、彼は景色を見ていなかった。妙な不安を感じ始めていたのだ。パトリックがこれほど早くシャーロットの体に飽きるものだろうか？　アレックス自身、彼女を自分のものにして三カ月たったときに、次の三カ月も、いや三〇カ月、三〇年でも喜んでベッドをともにするだろうと確信した。

もしかすると、シャーロットのほうから関係を断ちきったのかもしれない。彼女は本当にアレックスを愛していて、初めての相手だったからという理由だけでパトリックに屈してしまったのかもしれない。そこまで考えて、アレックスは自分をあざ笑った。いったいなにを考えているんだ？　シャーロットが昔のよしみでパトリックと寝たとでも？

それに彼が出発したときに彼女が出血していて、戻ってみると妊娠していたという残酷な事実がある。それ以外は問題ではないのだ。アレックスは、セルフリッジ・マナーでひと晩過ごしていってはどうかと呼びかけるトレブルの哀れな声を無視した。弟がいた場所で眠ることだけはしたくない。アレックスは待たせていた馬に大股で近づき、すばやくまたがった。ブケファロスを引いている、馬に乗った供の者にうなずいて合図をする。

「ハリー、今日の宿の〈フォックス・アンド・キーズ〉へ行くぞ。おまえはブケファロスを歩かせてやってくれ。長い一日だったからな」

それから二日後の夜九時ごろ、アレックスはブラッドン・チャトウィンのカントリーハウスのひとつである、シングルトン・マナーへ続く小道で馬を走らせていた。目の前に広がる石造りの屋敷を鋭い目で見渡した彼は、胸に安堵が広がるのを感じた。ようやくつかまえたぞ。くすんだ灰色の石で造られた邸宅は、窓の多くから放たれる蠟燭の明かりで黒ずんで見えた。ブラッドンは在宅しているに違いない。

アレックスはお辞儀をして迎える従僕にブケファロスの手綱を投げて渡した。二メートル半近くもある大きなドアを開けて待つ、恰幅《かっぷく》のいい執事のそばで足を止める。

「あいつはどこだ?」アレックスは鋭く訊いた。

「またお目にかかれて光栄です、伯爵さま」ブラッドンの執事のヴォーセットが穏やかに言った。彼ほどの年になれば、この程度の若者の追及に屈したりはしない。「だんなさまと弟さまは図書室においででしょう」

アレックスは進みかけて立ち止まり、こわばった顔をゆがめてしぶしぶ笑みを向けた。

「おまえがまだ自分の足で立っていると知ってうれしいよ、ヴォーセット」何年も前、学校が休みになるたびにブラッドンを訪ねてくる行儀の悪い双子に、ヴォーセットは一度も厳しい態度を取らなかった。実を言うと、アレックスとパトリックは何度か最悪の喧嘩騒ぎにブラッドンを巻きこんだことがあったのだが、ヴォーセットはそれを決してブラッドンの両親に告げ口しなかった。

かすかにうなずくヴォーセットの目には思いやりが浮かんでいた。イングランドじゅうのほかの人々と同様に、彼もアレックスが結婚生活に問題を抱えていると知っていた。「図書室は右手の奥にございます」先に立って案内しながら、ヴォーセットはつぶやいた。

アレックスは年老いた執事のあとをついて図書室へ向かった。この広い廊下はよく知っている。最後にここを訪れてからもう一〇年以上もたつ。母の死後、アレックスとパトリックは休みのあいだ預かってくれるところならどこへでも預けられていた。ふたりはまるで偶然室内に飛びこんできた野生の豚のごとく、ブラッドンの家のなかを暴れまわっていたのだ。

ヴォーセットは前もって声をかけずに図書室のドアを開けた。彼が家族と近い立場にある証だろう。ヴォーセットがさがって廊下に姿を消すと、アレックスは戸口に立ってなかを見まわした。大理石の暖炉で大量の薪が燃やされ、部屋を暖めている。煙突を通り抜ける風の流れで蠟燭の炎が揺らいでいたが、室内の様子を見るには十分な明るさだ。ブラッドン・チャトウィンは陰鬱な雰囲気のなか、馬に関する報告書らしきものを読んでいた。暖炉の前の長椅子に体を投げ出しているのはアレックスの弟だ。ほんのつかのま、彼は怒りを忘れ、ふたたびパトリックに会えた喜びが胸に満ちるのを許した。双子の弟は自分の腕のようなものだと不意に気づく。どれほど憎もうとも、もし彼になにかあったら打ちのめされるだろう。パトリックは痩せたようだ。インドの日差しを浴びたせいか、肌が濃い色に日焼けしていた。彼は美しい赤毛の女性の耳もとでなにかをささやいていた。どんなくだらない内容かは知らないが、その女性はパトリックがなにか言うたびにくすくすと笑った。

アレックスはわざと聞こえるように咳払いをした。

ブラッドンがきょろきょろしたものの、ほかのふたりは顔をあげようともしなかった。ブラッドンの澄んだ青い目がアレックスの目をとらえ、彼は口を開いた。「パトリック、おい、きみにお客だぞ」

パトリックは動こうとしない。隣に座る赤毛の上に黒い巻き毛がかぶさっている。

「パトリック!」ブラッドンが強く言った。

ようやくパトリックは顔をあげた。けれども何気ない様子で戸口にもたれかかるアレックスの、どこか張りつめて好戦的な様子に気づいて動きを止めた。彼ら双子は言葉に出さなくても、いつも互いの気持ちが読める。アレックスが離れたところに立っているにもかかわらず、パトリックには記憶にあるどのときよりも、兄が冷たい怒りを募らせているのがわかった。

パトリックはゆっくりとした足取りでアレックスに近づき、正面で足を止めた。眉をあげて兄に無言で問いかける。

アレックスの黒い瞳がパトリックの顔を探った。図書室の時間は完全に止まり、暖炉でぱちぱちとはじける薪の音のほかはなにも聞こえない。

「くそっ」アレックスが静かに言った。「おまえはやっていないんだな?」

パトリックはその場を動かなかった。「兄さんの妻とは寝ていない。そのことについて訊いているのなら」

こわばったアレックスの顔は冷たい仮面のようだった。返事がないので、パトリックは兄の肩に手をかけて体の向きを変えさせた。夢のなかで歩いているかのように、アレックスはされるがままになってうしろを向いた。ふたりは振り返らずに図書室から出ていった。

「まあ!」ミス・アラベラ・カルフーン——パトリックと長椅子を共有していた魅惑的な赤

毛の女性――は小声で言った。「いやな感じの人だったわ。そうじゃない？」

ブラッドンはなにも言わなかった。彼女は華奢な足の片方を前に伸ばし、あらゆる角度から注意深く眺めた。今日はいちばんのお気に入りの靴を履いている。もちろんフランス製で、淡いブルー地に小さな白い鳩《はと》が刺繡してあった。

ブラッドンがゆっくり移動して長椅子の背に両手を置いた。

「どう思うかしら、ブラッドン？」アラベラは夢見るような調子で尋ねた。伯爵をファーストネームで呼んだのは、愛人《アムール》の男友だちとは可能なかぎり親密な関係を保っておくべきだと信じているからだ。それにパトリックが兄と一緒に図書室を出ていくのを見て、彼女は自分の特別なアムールが過去の人になるかもしれないと気づいた。パトリックは家族の問題を抱えているらしい。アラベラは身震いした。家族の問題なんて大嫌いだ。陰気で退屈で、ちっともロマンティックではない。

「なににについてだい？」

「わたしの靴のことよ！」

ブラッドンは靴を凝視した。これだから女性とはうまくいかないんだ。いったい靴についてなにを言えばいい？

「これはとても……とても小さい」

アラベラは彼にいらだった視線を向けた。気の利かない人であることは間違いない。けれどもブラッドンがあまりに不安そうなので、彼女はかわいそうになってきた。

「ねえ、ブラッドン」横のクッションを叩いて言う。「パトリックは挨拶もせずに行ってしまったわ。こちらへ来て座ったらどう？」

アラベラの判断は正しかった。一時間ほどたったころ、ヴォーセットが飲み物と軽食を持って現れ、シェフィールド・ダウンズ伯爵と彼の弟が馬で出かけたことを告げたのだ。戻りがいつになるかは言い置いていかなかったらしい。

「まあ、ひどい！」いともたやすく涙を浮かべながらアラベラは言った。ぴったりとくっついて座っていたブラッドンに向き直る。「これほど失礼な話を聞いたことがある？　なにもはるばるこんなところまで、あの恥知らずな人についてくる必要はなかったのよ。劇場の外には毎晩、わたしを食事に誘おうとする男の人が列をなしているのに！」

「知っているよ」ブラッドンが彼女の手を取った。「ぼくもそのひとりだから」熱のこもった目で見つめられると、アラベラの心はいくぶん元気づけられた。

その夜遅く、彼女は自分のメイドに打ち明けた。結局のところ、どの男も似たりよったりだと。パトリックのほうがハンサムではあるが、ブラッドンのほうがずっと御しやすい。靴にしても帽子にしても、近ごろはなんでもひどくお金がかかるんですもの！

彼らは、うっそうとした暗い森のなかを通る道を馬で走り抜いた。細長い銀色の月が頭上に差しかかるころ、パトリックは手を伸ばして兄の手綱をつかんだ。アレックスの馬は汗びっしょりになり、ひどく荒い息をして脇腹を苦しそうに波打たせている。ふたりは手綱を引いて馬を停めた。

「兄さん、休まないと」

アレックスが凶暴な視線でにらんできた。パトリックは冷静な態度で無視すると、〃バフィントンまで一・六キロ〃と読める、ねじれた標識のかかった右側の道へ馬を進めた。

「バフィントンにはいい宿屋があるんだ」彼は肩越しに叫んだ。

だが兄がついてきていないのを気配で感じ、ふたたび馬を停めて振り返った。

「いいかげんにしろよ！　シャーロットはどこへも行かない。妊娠しているんだから。きっと兄さんを待っているよ。数時間くらい遅くなっても問題ない」

アレックスの顔は陰鬱で、仮面のように無表情だった。パトリックは疲れ果てている馬を歩かせて、道の分かれ目まで戻った。アレックスが彼に目を向ける。

「彼女はぼくを置いていくに違いないんだ、パトリック」ようやく口を開いたアレックスの声はかすれていた。「ぼくはシャーロットを信じると約束したのに、失望させてしまった。早く帰って追いかけないと。彼女を見つけなければならない」

パトリックはため息をついた。弟はシャーロットの妊娠にかかわっていないばかりか、彼女のことをほとんど知らないのだとアレックスが理解して以来、ずっと兄に分別を持たせようとしてきたがかなわなかった。

「シャーロットはどこへも行くわけがない！　妊娠しているんだぞ。妊婦は旅をしない」パトリックは自信たっぷりに言った。ふと荷車に揺られて楽しそうに旅していたインドの妊婦たちの姿が頭に浮かんだが、その記憶を退けた。「母上に照らし合わせて考えてみるといい。

妊娠していたときのことを覚えているだろう？　何カ月もベッドから出られなかった」

それは不幸な思い出だった。アレックスの顔からさらに血の気が引く。

「ああ、くそっ」彼はささやくように言った。「シャーロットも同じだったら？　彼女も死んでしまったらどうすればいいんだ、パトリック」

「シャーロットは分別のある女性だよ、兄さん。子供の命を危険にさらすまねはしないだろう。ダウンズ・マナーで兄さんの帰りを待っているはずだ。だからといって、腹を立てていないとはかぎらないけれどね。だけど、逃げ出して赤ん坊を失う危険は冒さないはずだ」

アレックスは目をしばたたいた。弟の口から初めてもっともだと思える意見を聞いた。シャーロットが今この瞬間もどこかの街道を馬車で移動中で、どんどん自分から離れていってしまうと、二度と彼女とは会えないと考えるのは、もしかすると間違いなのかもしれない。シャーロットが子供を危険な目に遭わせるわけがない。それは確かだ。

自分の勝利を確信したパトリックは、ふたたび手綱を取ってアレックスの馬をバフィントンの方角へ向けさせた。

「夜明けに起き出そう。たとえ彼女がスコットランドへ行くことを選んだとしても……心配するなよ、可能性はまずないんだから。とにかくその場合も、かなりゆっくり旅しなければならないはずだ。簡単に追いつけるよ」

アレックスは返事をせず、ただうなずいた。ふたりは重い足取りで、バフィントンでは最高の宿だという〈クイーンズ・アンクル〉へ向かった。リスのシチュー――それしかなかったので——を食べ、唯一の客間に置かれたふたつのベッドに横たわる。

「まったく」パトリックが不機嫌に言った。「下にいるあの太った男が、このいまいましいマットレスの藁《わら》を最後に替えたのはいつだと思う？」

アレックスは答えようともしなかった。段差のある天井板をじっと見つめながら、いったい人生のどこで道を誤ったのだろうかと考えていた。なぜシャーロットの不貞を疑うようになったのだろう？　まるでみずからを苦しめるかのように、あの小さなサマーハウスで見た光景を繰り返し頭に思い浮かべる。床から立ちあがったシャーロットは、目や口もとにこのうえない優しさを浮かべていて……その彼女をぼくは拒んだのだ。ようやく口から出たのは刺々《とげとげ》しく耳障りな声だった。

「もしシャーロットがいなくなっていたら、どうすればいいのかわからないんだ、パトリック」

暗闇のなかで、パトリックはあきれて目をまわした。これまで一度も愛と呼ばれる面倒な感情に心を動かされずにすんで、自分は幸運だと感謝する。

「彼女はどこへも行かないんだ、兄さん。もう頼むよ」ふたりはそれきり口をつぐんだ。

アレックスが全速力で馬を走らせたので、ダウンズ・マナーへ戻るのにたったの二日しかかからなかった。だが屋敷に続く小道に入ったとたん、パトリックの心は沈んだ。アレックスが正しかったのだ。屋敷は妙な静けさに包まれていた。

　アレックスはブケファロスからおりるとその場で手綱を放り出し、玄関へと駆け出した。ドアには鍵がかけられておらず、ばたんという大きな音を聞いて、図書室から慌てた様子の従僕が飛び出してきた。

「だんなさま！」

「妻はどこだ？」アレックスが怒鳴った。

　従僕は床に視線を落とし、つかえながら言った。「申しあげられません、だんなさま……つまりその、わからないのです」

　パトリックは前に進み出て、左手にある客間のドアを開けてなかをのぞきこんだ。背後ではアレックスが従僕をまるでゼリーのように震えさせている。どうやら従僕は、伯爵夫人がスコットランドへ向かったと言いたいらしい。

　パトリックは振り返って冷静に尋ねた。「執事はどうした、アレックス？」

「そうだ、執事だ！　執事はどこにいる？」気づかなかったことに悪態をつきながら、アレックスが訊いた。

「このお屋敷にはおりません、だんなさま」従僕が重々しい口調で答えた。「奥さまは何人かの候補者と会っていらっしゃいました。おそらく執事をお決めになろうとしたところへ、だんなさまがお戻りになったのかと……」言葉は徐々に小さくなって途切れた。

　アレックスに怒鳴られて明らかに動揺してはいるものの、この従僕は怯えているように見えない。そう気づいて、パトリックは興味を引かれた。実際、ちらりとアレックスをうかがった従僕の顔に見えたのは――軽蔑だろうか？

　パトリックはふたたび口をはさんだ。「伯爵夫人は自分のメイドも一緒に連れていったのか？」

　従僕がまた目を床に向けた。「はい、そうです」

「ほかに誰か一緒に行った者は？」ためらう従僕を見てパトリックはつけ加えた。「おまえの忠誠心はわかるが――」

「そうだ、ソフィー・ヨークがここに来ていたぞ！　きっと彼女の母親の家へ行ったんだ」

「それはどうかな」

「なぜそう思う？」アレックスが燃える目をパトリックに向けた。

「ブランデンバーグ侯爵夫人が兄さんの妻を自宅に招き入れるとは思えないからだ」パトリックは言った。「シャーロットはイングランドじゅうの人々からふしだらな女の烙印《らくいん》を押された。ソフィー・ヨークがここの訪問を許されたと聞いて、ぼくは仰天しているくらいだ」

「シャーロットはそこまでさげすまれているのか？」

「彼女に話しかける者がいたら驚きだよ」パトリックはそっと言った。「すまない、兄さん。どうしようもなかったんだ。ぼくはできるだけシャーロットから離れていようとした。ぼくが近くにいるところを誰かに見られたら、さらにシャーロットの評判を落としてしまうだけだから」

「だが、ぼくが戻ってきたときは、ここにソフィー・ヨークがいたんだ」

「彼女は友人に忠実な女性に見えたよ」音楽会で気絶したアレックスの妻を支えていた、澄んだ瞳の気の強そうな娘のことを、パトリックはよく覚えていた。あのあと数日間は、非難するようににらみつけていたソフィーの目がちらついてしかたがなかった。だからその記憶を振り払うために、〈シアター・ロイヤル〉で人気の高い歌手のアラベラ・カルフーンを追いかけ始め、そして手に入れたのだ。

しまった、とパトリックは驚きとともに思い出した。ブラッドンのところにアラベラを置き去りにしてしまった。図書室の戸口に兄が姿を現して以来、彼女のことは今まで一度も頭をよぎらなかった。だが、心のなかで肩をすくめて思い直した。アラベラなら自分でなんとかするだろう。

「ああ、くそっ」アレックスが言った。玄関広間に広がる沈黙に彼の言葉がのみこまれていく。

問題の従僕——セシルは不安げに床に視線を向けた。伯爵は自分が引き起こした事態を後悔しているようだ。どうやら狂気にとらわれた状態からは抜け出したらしい。セシルはマリーにささやかれた言葉をそわそわしながら思い返した。この醜聞に終止符を打ち、奥さまを社交界に連れ戻せるのは伯爵だけなのだ、と彼女は言っていた。それが本当なら、奥さまの居場所を知らせるべきなんじゃないか？

パトリックは従僕に鋭い視線を投げかけた。この男がシャーロットの行き先を知っているのは間違いない。けれども無理に白状させようとすれば、女主人への忠誠心のためによけいに意地を張ってしまうかもしれない。

「夕食の時間だ」彼は従僕に言った。「この屋敷に料理人はいるのか？」

セシルはうなずいた。「はい、おります。伯爵夫人はここへお着きになってすぐに料理人をお雇いになりました。数カ月前の話で、ロッシという名のイタリア人の料理人です。伯爵夫人は……」彼はちらりとアレックスを見た。「伯爵さまはイタリアにおいでで したので、向こうの食事を好まれるかもしれないとおっしゃって」

「ああ、くそっ」アレックスが繰り返した。

「同じことばかり言い始めたぞ」パトリックはおかしそうに言い、客間のドアを押し開けた。

「飲み物を持ってきてくれないか？　ところで名前は？」

「セシルです」

「よし、セシル。では、おまえが臨時の執事だ。ウイスキーがいいな。兄にも同じものを」

紳士たちの背後でドアを閉めると、セシルは不安そうに唾をのみこんだ。伯爵夫人の居場所を知っているのに隠し続けたのは、はたして正しい判断だったのだろうか？　この屋敷のなかでほかに知っている者は誰もいない。みんなはスコットランドへ行ったと思っている。だがもちろん、マリーは彼に真実を――実際はウェールズへ向かうことを――教えてくれた。

とりあえず問題を棚上げにして、セシルは小走りでその場を離れた。ロッシはイタリア人かもしれないが、ロンドンにいるフランス人の料理人と同じくらい気難しいのだ。正式な七品の夕食を求められていることを、できるだけ早く知らせる必要があった。

客間ではアレックスが倒れこむように長椅子に腰をおろし、まっすぐ前を見つめていた。パトリックは部屋のなかをぶらぶらと歩きまわり、小物類を手に取ってぼんやりと眺めた。

「この部屋は変わったな」パトリックは言った。

アレックスは顔を向けようとしなかった。「彼女がいつ出発したか突き止めなければ。スコットランドへ行ったと思うか？」うつろな声で言う。

パトリックは答えなかった。あの従僕から真実を聞き出すつもりでいたのだ。だが……夕食がすむまではだめだ。アレックスが答えを知れば、食事もとらずにすぐさま、どこともわからないその場所へ出発すると言い出すに決まっている。追いはぎや、ほかの見当もつかないものに襲われるかもしれない危険な道を、夜中に馬で疾走するのはもううんざりだ。従僕への尋問は明日の朝まで待つほうがいいかもしれない。

「この屋敷の改装は兄さんが指示したのか？　それともシャーロットかい？」軽い好奇心からパトリックは尋ねた。

「ここを相続してから訪れるのは今回が初めてだ」

「シャーロットは色彩感覚が優れているな」

「画家なんだ」

「ふうん」

「本当に画家なんだ」アレックスが吠えた。「彼女の描く肖像画はすばらしい。ぼくを描くかもしれないと……」彼はふたたび黙りこんでしまった。

パトリックは興味を引かれ、壁にかかっている絵をじっくり見始めた。

「それじゃない」アレックスがいらだたしげに言う。「それはティツィアーノの作品だ。そんなことより、まるで誰かに黒い袋をかぶせられて、じわじわ窒息させられている気分だよ」

パトリックは長椅子のところへ戻り、兄と反対の隅に腰をおろすと、筋肉質の長い脚を前に投げ出した。頭を後ろに倒して天井を見あげる。シャーロットが汚れを落として装飾を修復させたらしい。天井には気だるげな様子の紳士たちとレディたちが、くねくねと曲がりくねった小川のほとりでピクニックに興じる光景が描かれていた。

「なぜなんだ、兄さん？　シャーロットには二度しか会っていないが、誠実で嘘がつけない女性だとすぐにわかった。それに、彼女は兄さんを愛していた」パトリックは容赦なく言った。「シャーロットがかわいそうだ。なにもしていないのに不愉快な醜聞の餌食《えじき》になって。だけど、まさか兄さんが噂を信じるとは思いもしなかったな」

「イタリアへ出発したとき、彼女は月のものが始まったと話していたんだ」アレックスが答えた。「婚礼の夜にシャーロットが処女でないことが判明した。だが彼女は、自分の純潔を奪ったのはぼくだと言うんだ。もちろんそうでないのはわかっている。だから、きっと相手はおまえだろうと考えた。それから帰国して、おまえを見てシャーロットが気を失ったと聞かされて会いに来てみると、彼女は妊娠していた」

「兄さんは愚か者だ」パトリックは冷たく言い捨てた。「彼女と寝たのを覚えていないのか？」

「シャーロットに会ったんだろう、パトリック？　彼女の純潔を奪っておいて忘れられると思うか？」

「真剣に考えてみるべきだ。シャーロットは嘘をつくような女性じゃない」

「おまえはどうなんだ？」

「たまたま、これまでに出会った処女はごくまれでね。距離を置くようにしてきたんだ。純潔を奪ったのは一度だけ。ガンジス川のほとりで、相手はインド人の娘だった。いい思い出だが、今回のこととは関係ない」

「おまえもぼくも似たようなものだ。ぼくが寝た処女はひとりだが、赤毛だったし、だいいち〈シプリアンの舞踏会〉での話だ」

パトリックは、義理の姉がその舞踏会に出ていた可能性もあることをそれとなくほのめかそうかと考えた。彼は口を開き――結局また閉じた。空腹で疲れ果てていたし、兄と口論する気になれなかったのだ。詳細はシャーロットの居場所を突き止めたあとで明らかにすればいいだろう。

そのとき、控え目なノックの音がしてドアが開いた。そこにはセシルが不安そうにまばたきをしながら立っていた。片手に銀のトレイを持っているが、なにも言おうとしない。

「どうしてまたセシルなんていう名をつけられたんだ？」パトリックはふざけた口調で尋ねた。「母親が誇大妄想でも抱いていたのか？」

セシルが大きく首を振った。「高貴な方々を称賛していたんです」端的に言い、部屋のなかに入ってアレックスの前でお辞儀をする。「だんなさま宛《あて》に手紙が届きました」

アレックスは銀のトレイから白い封筒をひったくると、気がはやるあまり引き裂きそうになりながら封を開けた。

「なんてことだ。ソフィー・ヨークからだ。ウェールズにいるらしい。彼女は」声に憤りがこもった。「わが子の誕生に立ち会いたければ急ぐべきだと書いている」

「当然だ」パトリックは明らかにほっとした様子の従僕に目を向け、そっけなく言った。「もうさがっていい。命拾いしたな」

セシルはお辞儀をして部屋を出ていった。伯爵の弟の言うとおりだと、心から思いながら。

パトリックはひどく不愉快な気分だった。夕食のチャンスが遠のいていく。案の定アレックスはもう部屋を飛び出して、馬の用意をしろと叫んでいた。パトリックは居心地のいい長椅子からゆっくりと立ちあがると、レディたちが楽しげに跳ねまわる天井の絵を最後にもう一度眺めた。アレックスが全速力で馬を走らせたにしても、ウェールズまで二日はかかるだろう。あと二日間もまともな食事にありつけないわけだ。玄関広間に出てきたパトリックは厚手の外套を着こみ、せめてもの反抗として、兄をいらだたせるためだけにのろのろと外へ歩いていった。アレックスはすでに神経を高ぶらせた馬に乗っていた。パトリックはため息をついて新しく用意された馬にまたがり、兄のあとを追って木々の立ち並ぶ暗い小道へと馬を進めた。

22

シャーロットの声が悲鳴に変わった。「いやよ！　いや！　いや！」大きなおなかを守るように体を丸める。「わたしの赤ちゃんを奪いに来たのよ！　彼を出ていかせて……」急に言葉を切ると、彼女はそこにあったベッドの支柱をつかみ、打ち寄せる激しい痛みに耐えた。部屋のなかは静まり返り、荒いあえぎ声のほかはなにも聞こえない。

アレックスは恐怖にのまれながら妻を見つめた。今までどうして気づかなかった？　シャーロットが着ている寝間着は薄く、汗でびっしょり濡れていた。おなかのふくらみがはっきりわかる。出産するところをイタリアで見かけた女性よりふくれていると気づき、アレックスは不安に駆られた。赤ん坊はかなり大きいに違いない。

誰かがアレックスの腕をつかんだ。「部屋を出ていただかなければなりません」丁重な声が耳に届く。アレックスは乱暴に振り返った。目の前に医師が立ち、厳粛に、しかし今の言葉は命令だとはっきりわからせるまなざしで彼を見ていた。

「きみは若すぎて経験不足だろう」アレックスは言った。

「今すぐ出ていってください」ドクター・シードランドは言った。「奥さまのご出産は、初めてにしては順調に進んでいます。とはいえ、あなたと口論して体力を失わせるわけにはいきません。お子さまはとても大きいので」

「お願い……お願いだから彼を立ち去らせて！」

アレックスはシャーロットに視線を戻した。まだベッドの支柱にしがみついているものの、なんとかまっすぐ立ったようだ。髪の毛は無造作にうしろに払いのけられ、目が大きく黒く見える。ああ、なんてことだ、彼女は苦しんでいる。愛しさがこみあげてきて、アレックスは無意識にシャーロットのほうへ足を踏み出した。けれども腕をつかむ医師の手の力が、万力で締めあげるかのようにきつくなった。

「出てください。ここに残ってはなりません」

「あっちへ行って」シャーロットが懇願した。瞳孔《どうこう》が広がり、目がまるで黒い水たまりのように見える。「お願い、お願いだから出ていって」彼女はがくりとうなだれて泣き声をあげ始めた。

「奥さま」医師が困った様子で振り向いた。「そんなふうに体力を無駄にしてはなりません」

ソフィーがシャーロットの震える体に腕をまわし、アレックスと目を合わせて無言の命令を伝えた。ゆっくりと部屋を出る彼の耳に、ソフィーのなだめる声が聞こえてきた。

「大丈夫よ、ダーリン。アレックスに赤ちゃんを連れていかせたりしない。わたしがここにいるわ」

だが医師がドアを閉めたとたん、泣き叫ぶ声が響き渡った。シャーロットがふたたび陣痛に襲われたのだ。

アレックスは自分のあまりの愚かさに体の芯《しん》まで震えながら、ドアの外に立ちつくした。妻が――ぼくの妻が！――今まさにぼくの子供を産もうとしている。それなのに彼女のぼくを見る目は恐怖に満ちていた。悲しみと自己嫌悪にアレックスは胸がよじれた。このまま外へ出ていって自分を撃ち殺すべきだろう。

けれども、そのときパトリックの腕が体にまわされた。不慣れでぎこちない動きながらも、きつく兄を抱きしめる。廊下の薄明かりのなかでは、ふたりの姿は驚くほどそっくりだった。ぞっとする悲鳴が静けさを切り裂いた。ひとつ、またひとつ、そしてまた。悲鳴はシャーロットの寝室で交わされる会話を越えて廊下に届いた。

医師の声が大きくなった。「奥さま、叫んではいけません。体力を温存しておかなければ。声を低めて！」

アレックスはパトリックの腕のなかで身をよじった。「くそっ、あいつはシャーロットに怒鳴っているぞ。殺してやる！」彼は食いしばった歯のあいだから吐き捨てた。

パトリックがアレックスの肩を両手でつかむ。「出産する女性を見たことはあるんだろう？」

「こんなふうじゃなかった」アレックスは激しい口調で言った。「ただ横になって、次の瞬間には赤ん坊が生まれていた……血まみれの赤ん坊が。母親がワインを一杯飲むころには、赤ん坊はもう乳を吸い始めていたんだ」

「五人目か六人目の子供だろう」パトリックが言った。「わかっているだろうが、女性は出産で命を落とすことがあるんだ、兄さん。母上のことを考えてみろよ。いつでもそうなる可能性はある。初めての赤ん坊ならなおさらだ。シャーロットは力を蓄えておかなければならないんだよ。医者の言うことは正しい。インドで女性が亡くなるのを見たんだ。お産が始まってしばらくして、彼女は力がつきてしまった」

アレックスは弟を押しのけて腕を解かせ、廊下の壁にもたれかかった。全身がぶるぶると震えている。寝室のなかは静かになっていた。しかしそう思った次の瞬間、またしても恐ろしい叫びがあがった。

パトリックが彼の体を揺すった。「ピッパを村へ連れていって、牧師の妻に預けてくるよ。家のなかだと、どこにいてもシャーロットの声が聞こえてしまう」そう言って歩み去った。

アレックスは返事もせずに壁にもたれかかっていた。二時間後、彼は夢中で祈りを捧げていた。どんなことでもする、なにを差し出したってかまわない。シャーロットの悲鳴はやんでいたが、それがいいのか悪いのかわからない。だが、いいことではなさそうに思える。陣痛はまだ続いているに違いないのに、聞こえてくるのは弱々しい泣き声と、うめくような荒い息づかいだけだ。

アレックスは激しい苦悩にとらわれるあまり、黒い水が頭に押し寄せてくるかのように感じられてなにも考えられなかった。シャーロットは彼の心であり魂であり、すべてなのだ。その彼女が隣の部屋で苦しんでいるというのに、腕に抱いて慰めることもできない。シャーロットをひどく怖がらせてしまったせいだ。

時間がのろのろと過ぎていった。パトリックがひと切れの肉とワインを持ってきてくれたが、アレックスが手をつけようとしないので、トレイは置かれたままになっていた。パトリックは椅子を運んできて彼の隣に腰をおろし、無言で支えになってくれた。アレックス自身はとても座る気になれず、相変わらず壁にもたれかかっていた。

そのとき、重厚なオーク材のドアの向こうから必死に叫ぶソフィーの声が聞こえてきた。

「シャーロット！　シャーロット！　あきらめてはだめよ！　起きて、起きてちょうだい！」

動揺したざわめきが伝わってくる。アレックスは身を起こした。医者の忠告などかまうものか。なかへ入らなければ。彼はドアを開けた。アレックスが入っていっても、一箇所に集まっている人々は顔をあげようともしない。シャーロットはベッドに寝かされていた。裸で、ほっそりした体のおなかだけがふくらんでいる。正真正銘の恐怖がアレックスの心臓をわしづかみにした。シャーロットの顔を一瞥《いちべつ》しただけで、そこに死の様相が浮かんでいるのがわかった。彼女は死にかけている。死にかけているのだ。ぼくの愛しい、愛しいシャーロットが命を失おうとしている。

アレックスはベッドに歩み寄った。「出ていけ」激しい口調で言う。医師は顔をあげず、シャーロットの鼻先で気付け薬の瓶を振った。けれどもきつい酸のにおいにも、彼女はまったく反応を示さなかった。アレックスは医師の腕をつかんで引き離した。

「出ていけ！」彼は怒鳴った。数人の女性たちが警戒してベッドからあとずさりする。

医師がようやくアレックスのほうに、疲れ果ててはいるものの冷静な視線を向けた。「お子さんはまだ息があります。今ならお子さんは救えるかもしれません」静まり返った部屋にその言葉が重くのしかかった。

アレックスは信じがたい思いで医師をにらみつけた。食いしばった歯のあいだから吐き捨てるように言う。「出ていけ」

ドクター・シードランドが哀れみのこもった視線を向けた。「わたしは外におります。一〇分さしあげましょう。それを過ぎれば手遅れになって、お子さんも助からないでしょう」彼は患者の額に手をあてて様子をうかがうと、手伝いの女性たちを促して部屋を出ていった。

ソフィーだけがそのままの場所――シャーロットの頭の近くに残っている。

アレックスは厳しくこわばったソフィーの顔を見おろした。「彼女と話さなければならないんだ」彼の声はかすれていた。「話をしなければ」

「もう聞こえていないわ」ソフィーの口調には抑揚がなかった。

「お願いだ、ソフィー」アレックスは言った。ソフィーが彼を見る。その洞察力のある青い瞳には、聡明さとアレックスがこれまで誰からも向けられたことのない軽蔑があらわになっていた。彼は心臓を鋭い矢で貫かれたような痛みを感じた。

「頼む」

ソフィーが頭をさげた。身を乗り出し、シャーロットの閉じた両方のまぶたにそっと口づける。陣痛に苦しんでいたせいでまぶたは濃い紫色になり、血管が浮き出ていた。息はごくかすかで、腹部に子宮の収縮がさざなみのように広がっても、もう身動きすらしない。

「さようなら」ソフィーがささやいた。「さようなら、スウィートハート、さようなら」パトリックがたくましい腕で彼女をそっとシャーロットから引き離した。彼はソフィーをドアのところに立たせておいてベッドのそばへ戻ってくると、兄を引っぱって自分のほうを向かせた。

「シャーロットを起こさなければ。起こしていきませるんだ。子供を体外に出さないとふたりとも死んでしまう」パトリックが言った。アレックスは弟の顔を見た。目に焼きつくようなその視線に、アレックスは力を得た。

パトリックは兄に背を向けてソフィーのところへ行った。彼女はパトリックが先ほどそうさせたままの格好で、ドアのそばにじっとたたずんでいた。ドアを開け、ふたりは誰もいない廊下へ出た。用を足しにでも行ったのか、医師の姿は見えなかった。パトリックはそばに立つ気の強い小柄な女性を見おろした。胸をふさぐ激しいすすり泣きに身を震わせ、呼吸もままならない様子だ。彼はソフィーを抱き寄せて、廊下を隔てた向かいの寝室へ連れていった。肘掛け椅子に座り、思わず彼女の髪をなでる。

「わたしが殺したの」息をあえがせながらソフィーが言った。「わたしがシャーロットを殺したのよ。愛していたから。ああ、どうしたらいいの……」

廊下の向こうの主寝室からなにか物音が聞こえはしないかと、恐怖にびくびくしながら耳を澄ましていたパトリックは、ソフィーの言葉に驚いた。「なんだって？」

「わたしが彼女を殺したの。あんな手紙を送らなければ、シャーロットは今も元気だったはずよ。わたしは……アレックスが知るべきだと考えたの。そうしないと、彼女が赤ちゃんの生まれた日をごまかしたと疑われるかと思って。それに誕生のときにここにいれば、シャーロットを疑うのがどれほど愚かなことか、彼が気づくと思ったのよ」

「きみのしたことは正しかった」パトリックはソフィーを安心させるように言った。彼女がなんの話をしているのかよくわからなかったが、それでもシルクのようになめらかな髪をなで続けた。

「いいえ、違うわ。わたしは間違っていたのよ」ソフィーが声を詰まらせた。「だって、彼が現れるまではなにもかも順調だったんですもの。わたしはそろそろ部屋から出されるところだったの。たとえ痛みが激しくても、彼女は勇敢だったわ。でもそのとき……アレックスが来たの。シャーロットは子供が生まれたら連れていかれると思って、それですべてが変わってしまった。うまくいかなくなったわ。わたしは彼女に話したのよ。言い続けたの。絶対に赤ちゃんを連れていかせないって。だけどシャーロットは信じなかった」ふたたびすすり泣きがあふれた。

パトリックは聞こえないように小さな声で悪態をついた。口を開いた彼の声は、ソフィーと同じく苦しげだった。「兄のせいではないし、きみのせいでもない。出産はいつもうまくいくとはかぎらない。とくに初めての子の場合は。赤ん坊か、あるいは母親が死んでしまうことはあるんだ」

「あるいは両方ともが」ソフィーが陰鬱な声で言った。

「あるいは両方ともが」パトリックも繰り返し、かろうじて名前を知っているだけの女性の頭に頬をのせた。「だけど、きみのせいじゃない。兄は自分の愚かさに気づいて、ここへ向かおうとしていたところだったんだ。兄はシャーロットを愛している。きみもわかっているだろう。兄は愚か者だけれど、彼女を愛しているんだよ。だからここにいるべきなんだ。前にインドで同じようなことがあって……」続きは口にできなかった。

ソフィーが顔をあげてパトリックを見た。青い瞳が涙に濡れている。「その人は苦しんだ？　つまり、最期のときは？」

「いや。夫が部屋に呼ばれて、彼女に付き添った」

ソフィーはぐったりとしてパトリックの胸にもたれかかった。

「どのくらいいたった？」彼女がささやく。

「三分くらいかな」ふたりはともに耳を澄ました。けれども廊下の向こうからはなんの音も聞こえてこなかった。医師が戻ってくる足音さえも。


主寝室で、アレックスはベッドのシャーロットのそばに腰をおろした。彼女は遠くへ行ってしまったようだった。痛みのない、自分だけの空間に。弱々しい真っ白な顔や、かすかな息でそうとわかった。アレックスはシャーロットの両手を取った。いつものことだが、彼の大きな指と比べてとても小さく思える。ふと、彼女の指が器用に細い絵筆を握っていた光景が頭に浮かんだ。シャーロットが振り返ってアレックスに笑いかけ、筆をはじいて彼の白いシャツの前に赤いしみをつけたのだ。アレックスは怒るふりをしてシャーロットを抱きあげ、長椅子に運んだ。ぼくはなんという愚か者なのだろう！　互いのあいだに本物の感情がなければ、男女があんなふうに全身全霊を捧げて愛し合うことなどできないと、なぜわからなかったんだ？　冷たく忌まわしいマリアとの結びつきと、歓びにあふれた情熱とを混同するなんて。

感覚を麻痺させる冷たさがアレックスの手足に広がってきた。シャーロットを殺してしまった。ぼくのせいだ。パトリックと違い、なにが起こったのか理解するのに説明は不要だった。ぼくがひどく怖がらせたために、シャーロットは赤ん坊を奪われると思ってしまったのだ。だから、彼女はあきらめた。どきりとして心臓が飛び出しそうになる。これほどの苦しみを感じるのは、出産で母が命を落としたとき以来だ。息子が妻を同じ目に遭わせたと知れば、母は悲しむに違いない。

なにか燃えるように熱いものが手首に落ち、アレックスはそれが自分の涙だと気づいた。最後に泣いたのは母が……いや、だめだ、シャーロットを失うわけにはいかない。

「シャーロット！」アレックスは締めつけられて苦しい胸から懸命に声を発した。「シャーロット、戻ってくるんだ」ベッドに横たわる白い体は反応せず、また襲ってきた収縮に揺さぶられてかすかに身をよじるだけだった。

「だめだ！」アレックスは苦悩の叫びをあげた。「だめだ、くそっ、だめだ！」シャーロットの上にかがみこんで彼女の耳に唇を押しあて、可能なかぎりの力をこめて両手を握った。「愛している、シャーロット、きみを愛しているんだ。ああ、ちくしょう、どうか聞いてくれ。お願いだ、お願いだから逝かないでくれ。まだきみに伝えていない。イタリアで、どれほどきみを愛しているか気づいた。怖かったんだ……きみがぼくを愛してくれないかもしれない、マリアと同じかもしれないと思うと怖くなった。ああ、くそっ、頼むから起きてくれ！」

だが、なにも起こらなかった。アレックスの顔に涙が流れ落ちる。彼はシャーロットに体を近づけて、彼女の温かな頬に顔をつけた。そのなめらかなぬくもりに励まされ、力づけられた。シャーロットはまだ死んでいないぞ！

アレックスは深く息を吸った。パトリックに言われたとおり、彼女を連れ戻すのだ。シャーロットを起こしていきませる。彼女のふくらんだおなかに両手を置くと、かすかな命の揺らぎが彼の血管に炎を送りこんできた。赤ん坊がここにいる。この子も生きようとして戦っているのだ。

アレックスはもう一度身をかがめてシャーロットの頬を両手で包んだ。低い声で、今度は断固として言う。「シャーロット、きみは目を覚まさなければならない。戻ってくるんだ。きみがあきらめたら、赤ん坊は死んでしまうぞ、シャーロット。ぼくたちふたりの赤ん坊が死ぬんだ」彼は話しかけるのをやめてシャーロットを見おろした。まぶたが揺れなかったか？　アレックスは肌に息がかかるほどシャーロットの顔の近くに口を近づけると、キスをして彼女のなかにぬくもりを、彼の持つ力を注ぎこんだ。「シャーロット」もう一度声をかける。「きみが目を覚まさなければ赤ん坊が死ぬんだぞ。ふたりの子供を死なせないでくれ、シャーロット！」

シャーロットは声を聞いた。夢のなかのような、遠くのほうから聞こえてくる声だ。だがそれがアレックスの声だと、彼女にはわかった。彼は怒鳴っているのではなかった。シャーロットに訴えている。懇願と言っていいかもしれない。アレックスがなにを言っているのかを理解すると、シャーロットは最後の力を振り絞ってまぶたを開けた。たちまち陣痛に襲われ、うめき声をもらして目を閉じる。このまま心地よい闇のなかへ、痛みのない世界へ戻ってしまいたかった。白い頰の上に長いまつげがゆっくりおりていく。

けれどもアレックスの声がそれを許さなかった。「だめだ、シャーロット、だめだ！　ぼくたちの赤ん坊が死んでしまう」苦悩でかすれているが、有無を言わさぬ激しい口調だった。シャーロットはもう一度まぶたを開けた。

「ああ、シャーロット」アレックスが両手で彼女の顔を包みこむ。「愛している。きみはわかっているのかい？」

痛みにかすむ目をアレックスに向けたシャーロットは、彼の瞳に苦悩と愛情、そして耐えがたいまでの罪の意識を見て取り、一度だけうなずいた。小さな笑みを浮かべてアレックスの手に顔を押しつけ、引き離されたばかりのぬくもりのなかへ戻ろうとする。

アレックスが乱暴に彼女を引っぱって上半身を起こさせようとした。シャーロットはうめいたが、目を開けてふたたび彼を見た。

「ぼくたちの赤ん坊だ」アレックスが言っている。「ふたりの子供だ、シャーロット!」

ゆっくりと彼女は思い出した。赤ちゃん……わたしの赤ちゃんはどこ? それが合図になったかのように、骨をも揺るがすほどの痛みが腹部から這いのぼってきた。叫ぼうとして口を開けたが、声が出てこない。アレックスがそっとシャーロットの肩をさする。痛みが過ぎ、彼女はまた目を開けた。

アレックスが必死のまなざしで見つめていた。シャーロットはまばたきをした。「シャーロット、次にまた陣痛がきたら、赤ん坊を押し出さなければならない。わかるかい?」反論を許さないアレックスの口調に、彼女は思わず答えていた。

「やってみるわ」細い糸のようなかすかな声で言う。

「今度は一緒にやってみよう。さっきまではきみひとりだったが、今はぼくが一緒にいる。ぼくの強さを感じるだろう、シャーロット?」彼女はうなずいた。アレックスが、もう二度と放すつもりはないとばかりに、きつくシャーロットの手を握った。

ドアが開いて、ドクター・シードランドがひとりで入ってきた。彼はたちまち視線をベッドに向けた。

「よし、ドクター」アレックスは振り返らなかった。「次に陣痛が起こったら、シャーロットとぼくで一緒に赤ん坊を押し出す。赤ん坊を生かしたいからなんだ、シャーロット。出てこなければこの子は死んでしまう」彼はシャーロットと視線を合わせ続けた。まるで暗示をかけて彼女のなかに力を送りこもうとするように。

シャーロットは大きく息を吸った。完全に意識が戻り、痛みに疲れ果てた体をまた感じるようになっていた。同時に論理的な思考も戻ってきた。赤ちゃんを産み落とさなければならない。アレックスはみずからが赤ちゃんを押し出すと言い、シャーロットもそれに同意したのだが、実際は少しも論理的ではなかった。しかし、彼女はひどく疲れていて、アレックスが引き継いでくれるならそれでいいと思った。

陣痛が始まると、シャーロットは痛みを制御しようとするのではなく、ただ力を抜いて身を任せた。アレックスの両手に力がこもり、〝押して、いきむんだ!〟という声が頭のなかで鳴り響き、彼女は赤ちゃんが死にかけていること、アレックスが押してくれていることを考えた。あらゆる意識を腹部に集中させる。

「頭が見えたぞ」ドクター・シードランドが冷静に言った。励ますように目をきらめかせてアレックスを見る。「もう一度」

アレックスはシャーロットに向き直った。横たわる彼女の顔には汗で髪が張りついていた。果敢に戦ってきたものの、負けが見え始めたような姿だ。それでも、これまで目にしたこともないほど美しい姿だった。アレックスはかがみこんで彼女に口づけた。シャーロットは動かない。かない。アレックスが彼女の唇を鋭く嚙むと、ぱっと目が開いた。ふたたび彼はシャーロットを促した。彼女が眉をひそめてアレックスを見る。

「もう一度やらなければならないんだ、シャーロット。さあ、陣痛が来るぞ。今度こそ赤ん坊を押し出そう、シャーロット！」彼女の無言の懇願に応えて続ける。「あと一度だけだ、シャーロット」その言葉が真実であることを、アレックスは心から願っていた。

そして痛みが脚から胸までのぼってきたとき、シャーロットは夫の手を握りしめて、最後にもう一度だけ、いきんだ。

ベッドの反対端から叫び声があがった。「つかんだぞ」ドクター・シードランドがかすれた声で言う。その一瞬ののち、かぼそいけれども力強い泣き声があがった。

廊下の向かいの部屋では、ソフィーもパトリックもすでにあきらめていた。大きな肘掛椅子にまるで冬眠する動物のように一緒に丸まり、近くにいることで互いを慰めていた。しばらくのあいだは注意深く耳を澄ましていたのだが、〝だめだ、だめだ！〟というアレックスの声を聞いたとたん、ソフィーは崩れ落ちるようにしてパトリックにもたれかかった。疲れすぎて、もう涙すら出ない。パトリックは、双子の兄を思って悲しみに打ちひしがれていた。アレックスが二度と立ち直れないだろうということを心の奥ではわかっていた。アレックスはシャーロットを愛していた。だが失望させてしまい、その結果、彼女は死んだのだ。パトリックは座りながら心のなかで、兄の命を救うための力をかき集めていた。

ところがそのとき、赤ん坊の小さな声が静寂を突き破った。パトリックは文字どおり椅子から飛びあがり、宙に放り出されたソフィーは、音をたてて左肩から床に落ちてしまった。痛さに悲鳴をあげる彼女を、パトリックは急いで抱えあげた。完全な沈黙のなかで、ふたりはそのままの姿勢で固まっていた。ふたたび火のついたような泣き声があがる。パトリックの頭に不安がよぎった。医者は赤ん坊だけを助けたのだろうか？　それともアレックスがなんとかシャーロットを目覚めさせるのに成功したのか？　確かに双子の兄には彼女を起こせと言ったが、可能性はほとんどないだろうと覚悟していたのだ。パトリックはソフィーを床におろし、廊下へ続くドアを開けた。

寝室のドアは開いていた。そこから見えた光景に、パトリックは思わずひるんだ。ベッドが血に染まっている。そして……そこにアレックスがいた。満面に笑みを浮かべて彼らのほうへ歩いてくる。彼の腕には小さな、本当に小さな人の姿があった。

「ほら？」アレックスが白い毛布をめくったので、ふたりにも真っ赤な顔と、開けたり閉じたりしている小さな口が見えた。

「彼はおなかがすいているみたいね」ソフィーがすっかり魅入られた様子で言った。「それとも彼女かしら？」

「彼女だ」そう言って、アレックスはあたりを見まわした。シャーロットが慎重に選んだ乳母《ウェットナース》は、ずいぶん前に部屋を出て厨房へ行き、ちょうどそのときはエールで悲しみを紛らせているところだった。ずっとシャーロットのベッドのそばに立っていたマールも、厨房のテーブルに突っ伏して泣いていた。

アレックスは泣き声をあげる娘の小さな口に視線を落とすと、きびすを返してベッドへ戻った。シャーロットはヘッドボードにもたれかかっていた。まだ青白い顔をしているものの、以前のように夢うつつのぼんやりした顔ではない。彼女は眠っているように見えた。出産が終わったあと、医師がシーツを引きあげてくれていた。アレックスはシーツをシャーロットのウエストまでさげ、娘をそっと胸の横に置いた。

小さなこぶしが打ちつけられるのを感じ、シャーロットは驚いて目を開けた。

「ああ」彼女はささやいた。赤ちゃんが黒い瞳でじっとシャーロットを見つめていた。落ち着かない様子で頭を動かし、また小さな口を開ける。シャーロットが本能的に乳房へ導いたところ、赤ちゃんは小さな唇で乳首に吸いついた。

シャーロットはアレックスと目を合わせ、空いているほうの手で彼の手を握った。アレックスは大きな手で娘の小さな頭を覆った。

「美しい子だ。見てごらん！　吸っている」

そのとき、産婆とウェットナース、そしてマールが部屋に戻ってきた。

「お嬢さまをお預かりします」ウェットナースがもったいぶった口調で言った。二日前から屋敷に滞在して、赤ちゃんが生まれるのを待っていたのだ。

「だめよ！」ウェットナースが手を伸ばして赤ちゃんを取りあげようとすると、シャーロットが言った。「アレックス！」

アレックスは誇らしい気持ちがこみあげるのを感じた。シャーロットは子供を守ってほしいとぼくに助けを求めた。もうぼくに赤ん坊を奪われるとは思っていないのだ。アレックスはウェットナースに笑顔を向けた。

「伯爵夫人は自分で乳をやることに決めたんだ」彼は上機嫌で説明した。

「奥さま！」ウェットナースはあっけに取られた。レディは絶対に、絶対に自分で子供に乳をやったりしないものなのに。彼女はベッドのそばに膝をついた。「奥さま、お胸が……二度と元どおりにはなりませんよ」

シャーロットはウェットナースに目を向けたものの、なにを言われているかわからなかった。半分眠っている状態で、綿毛布の向こうから声が聞こえてくるような気がした。彼女は目をそらして、幼子の毛の生えていない小さな頭を見おろした。触れただけで壊れてしまいそうだ。シャーロットはためらいがちに手を伸ばし、頭から貝殻の形をしたバラ色の耳まで、指先でそっとなでた。ウェットナースがまだなにか言い続けていたので、シャーロットはアレックスを見あげて無言で訴えかけた。彼はウェットナースの腕を取ると部屋の外へ連れ出し、埋め合わせに報酬を支払うとつぶやきながら、そこにいた家政婦に彼女を引き渡した。ほかの人々も順に部屋から引きあげていく。

アレックスはシャーロットの家政婦を知っていることに気づいて驚いた。鍵束をぶらさげているところからして家政婦に間違いないと思われるその女性は、シャーロットがロンドンで描いていたあの若い娘だったのだ。改めて見るとそれほど若くはないようだったが。彼女と話をして指示を聞き、アレックスはベッドに戻ってかがみこんだ。

「ダーリン、今からきみを別の部屋に連れていく」疲労困憊したシャーロットの顔に笑みがよぎった。体の下にアレックスの力強い腕が差し入れられ、彼女はほっとして彼の肩に頭をもたせかけた。シャーロットの腕のなかには小さな赤ちゃんがおさまり、もう目を開けてはいないが、まだ不規則に乳を吸っていた。

アレックスはマールに指示された部屋に妻と娘をそっと寝かせた。シャーロットのメイドが湯を入れたボウルを持ってくると、彼は手を振ってメイドをさがらせ、みずから彼女の体を洗った。温かいスポンジを体じゅうにすべらせても、シャーロットはほとんど気づいていないようだ。赤ん坊は母親の乳房に頰を寄せて、すやすやと眠っていた。

やがてアレックスはほとんどの蠟燭の火を消し、自分もベッドに入った。ふたりから離れるのは耐えられなかった。シャーロットが娘をアレックスに渡し、小さな頭の位置を調整して腕にもたれさせてくれると、彼は胸がいっぱいになった。シャーロットはアレックスの脇に身を寄せて、たちまち深い眠りに落ちていった。アレックスは目を覚ましたまま、長いあいだ向かいの壁をぼんやりと見つめていた。

一時間ほどして部屋に入ってきたピッパは、父親の姿を見つけて歓声をあげた。それでもシャーロットはぐっすり眠ったままだった。アレックスはピッパに生まれたばかりの赤ん坊を見せてやったが、ピッパはほとんど興味を示さなかった。ピッパは〝ママ!〟と叫ぶとシャーロットの体を這いのぼって反対側に渡り、そこで丸くなった。頭を突きあげてシャーロットの肩にもたれ、彼女の寝間着を握りしめて、すっかり満足した様子で目を閉じる。

アレックスはうなずいてピッパのナニーをさがらせ、ヘッドボードにもたれかかった。彼は胸が悪くなるほどの自己嫌悪を感じていた。家族をばらばらにしようなどと、ぼくはどうして考えたのだろう？　シャーロットが寛大にもふたたびぼくを家族の一員にしてくれるなら、生涯をかけて彼らを守ろう。もう二度と家族を引き裂きはしない。魂の力をかき集めて、心の底からそう誓った。

　カーテンの下から夜明けの光が差しこんでくるまで、アレックスは巨大なベッドで身動きもせず、自分の人生を見つめ直していた。庭園の娘のこと、彼女を追い求めてマリアと結婚したこと、マリアに振りまわされどおしだった結婚生活、それらがシャーロットとはなんの関係もなかったこと。おそらくもっとも重要なのは、彼がマリアに対して危害を加えたくなるほどの怒りを抱いて、それを不当にもシャーロットに向けてしまったことだ。

　生まれたばかりの小さな娘がため息をつき、もぞもぞしたかと思うとぱっと目を開けた。見えているようないないような、ぼんやりした黒い瞳でじっと見つめられると、アレックスはピッパに優しくして愛してやってほしいと懇願した、苦悩に満ちたマリアの瞳を思い出した。ほかのことはともかく、マリアはいい母親だったのだろう。心を癒《い》やしてくれる記憶が胸にあふれてくる。結局のところ、マリアと違って彼は生きている。ピッパにもシャーロットにも、腕に抱いている小さくともちゃんと人の形をした娘にも、別れを告げなくていいのだ。アレックスは内心で身震いした。同時に笑みが浮かぶ。焼けつくような激しい怒りは消えていた。今後マリアのことを考えるとき、思い出すのは死の間際に娘を思っていた母親としての姿だろう。彼女は涙を流しながら途切れ途切れの声で、娘が猩紅熱にかからないよう三週間前から部屋に入れないようにしていたと語った。

アレックスの新しい娘が口を開け、生まれたばかりの赤ん坊らしい悲壮な泣き声をサイレンのようにあげて空腹を訴えた。シャーロットがぱっと目を開け、混乱した様子で起きあがる。それからほほえんでアレックスに手を差し出した。彼は娘の丸い頭をそっと動かしてシャーロットの乳房に向けてやった。派手な音をたてて乳を吸う幼子の頭越しに、シャーロットと目を合わせる。そのまなざしに彼は自分が許されたことを知った。アレックスはイングランドじゅうを捜しても自分ほど幸せな男はいないだろうと思った。

23

体が癒えるまでの最初の数週間、シャーロットはじっくりと赤ちゃんを観察して、わずかな隆起も曲線もひとつ残らず知るようになった。魅惑的な眉の線、しっかりとした体つき、空腹を訴えかける必死のまなざし、お乳を飲みながら喉の奥であげる小さな至福のうなり。アレックスのことを考えるとき、シャーロットの胸には感謝がこみあげた。彼はそっとドアをノックするケイティに応えて暗闇のなかで起き出してセーラを受け取り、授乳させるためシャーロットに渡してくれるのだ。昼間はピッパと遊んでくれる。夜になると――少なくとも赤ちゃんをあやしていないときには――アレックスとシャーロットはスプーンのように重なり合って眠った。やがて数週間もすると、セーラが空腹で目覚めるのはひと晩に一度だけになった。娘のことが気になってシャーロットが夜中にふと目を覚ますと、決まって彼の温かくたくましい腕が腹部に巻きついているか、筋肉質の脚が何気なく彼女の脚の上にのっているのに気づく。そしてそのたびに胸が熱くなった。

セーラは非常に気分の安定した子で、手がかからず、世話をするのが楽だった。おかげでシャーロットはまもなく本来の自分を取り戻し始めた。セーラが月齢で二カ月になったある朝、かすかな揺れを感じて目を覚ますと、夫がベッドから足をおろすところだった。

マリーが早い時間に来てカーテンを開けてくれていた。朝の光が絨毯に日だまりを作り、アレックスの髪の銀色の部分が輝いている。彼は一糸まとわぬ姿で窓のそばに立ち、外の庭園を見おろしていた。まだ目覚めきっていないシャーロットは、アレックスの長い筋肉質の脚から背中をたどって広い肩へと視線をあげていった。この二カ月で、彼の髪はすっかり長くなり、カールして首のうしろにかかっていた。

「アレックス」考えるより先に声が出た。

小さな声だったにもかかわらず、まるで銃声でも耳にしたかのように、彼は振り返った。シャーロットが肘をついて起きあがっていた。なめらかな黒髪が滝のように肩に流れ落ちている。彼女は授乳に便利な、胸もとの開いた上質のローン地の寝間着を着ていたが、寝ているあいだにずれて真っ白な肩がむき出しになっていた。それを目にしたとたん、アレックスの体は即座に反応した。

シャーロットは言葉もなく、魅入られたように彼を凝視していた。首から顔にかけて、肌が淡いピンク色に染まっていく。

アレックスはベッドに近づいていった。自分の体の変化に気がついていないふりをして、意識してゆっくりと歩く。

「シャーロット?」

彼女は返事をしなかった。体が震えていたが、それでもアレックスを見つめずにはいられなかった。彼の瞳は瞳孔がわからないほど黒くなっている。シャーロットがなにも言わないでいると、アレックスはベッドに腰をおろし、そっと手を伸ばして彼女の首をなでた。指で肌をたどり、寝間着の縁のレースからのぞく象牙色《ぞうげいろ》の丘へとおろしていく。ゆっくり、ゆっくり。シャーロットを驚かせたくなくて、アレックスはほとんど息を止めたまま頭を傾け、彼女のバラ色の口を優しく覆った。

シャーロットは本能的に唇を開いた。すかさずアレックスの舌が侵入してくる。彼女がアレックスの首に腕をまわすと、彼が覆いかぶさってきた。その心地よい重みに、思わず息をのむ。もう二度と感じられないだろうと思っていたのだ。シャーロットの柔らかい曲線に硬い体が押しつけられ、ぞくぞくする期待と緊張を同時にかきたてられる。

アレックスはシャーロットの体に手を這わせ、すばやくひとひねりして寝間着を引きあげた。ぼくを憎んでいることを思い出す暇を与えないようにしなければ。セーラが生まれる前のことをすべて話し合ったわけではなくても、シャーロットが心の奥でぼくを恨んでいるのは間違いない。赤ん坊がまだ小さいあいだはそばにいさせてくれるが……自分とセーラの命を奪いかけたことで、シャーロットを信じず置き去りにしたことで、ぼくに憎しみを抱いているのは間違いない。

けれどもそれがわかったところで、シャーロットを愛するのをやめられはしなかった。彼女が欲しい。セーラはぼくの娘だ、と全身で感じられる。だが、もしそうでなかったとしても――シャーロットが処女ではなかったことさえ――気にはならない。温かくて、楽しそうに笑い声をあげる最高に魅力的な女性が、死ぬまでずっとぼくのそばにいてくれればそれでいい。

アレックスは彼女をとらえた。シャーロットがうめき声をもらし、彼の手に体を押しつけてくる。頭に靄がかかり、アレックスはまともに考えられなくなった。彼女は準備が整っている。

「シャーロット、本当に大丈夫なのか？　セーラが生まれてからまだ数カ月しかたっていない」

シャーロットはまぶたを開けてアレックスを見た。徐々に焦点が定まってくると、彼の目に浮かぶ不安に気づいた。顔がこわばっているのは、懸命に自分を抑えようとしているからだ。

返事の代わりに彼女は口を開き、アレックスの唇に沿って舌を走らせた。からかうような甘美なしぐさが、無言のうちにシャーロットの答えを伝えてくれた。アレックスがうなり声をあげて唇を奪い、続けてすぐさま彼女のなかへ突き進んだ。彼の喉からかすれたうめきが飛び出す。

だが、アレックスは動きを止めた。シャーロットは腰を持ちあげたままの状態でいた。心臓が激しく打っている。体の中心から広がってくる信じられないほどすばらしい感覚に、意識のすべてが向けられていた。腹部で急速に熱が高まり、記憶にあるようにアレックスに激しくリズムを刻んでほしいと要求している。どうして彼はじっとしているの？

　妻の長いまつげが揺れるのを、アレックスはじっと見つめた。シャーロットは混乱しているらしい。

「できない」彼は途切れがちに言った。「シャーロット、お願いだ……」

　彼女は途方に暮れて夫を見あげた。いったいなにを頼んでいるの？　そっと腰をあげてアレックスに押しつけると目を閉じて、動き始めるよう促す。けれどもアレックスがじっとしたままなので、シャーロットはしかたなく目を開けた。

　アレックスは緊張をはらんだ不安げなまなざしで、黙って彼女を見おろしていた。

　シャーロットはためらいがちに声をかけた。「アレックス、どうしたの？　あなたは……あなたはわたしが欲しくないの？」

　アレックスはうなった。「まさか。感じないのか？　きみを欲しくないわけがない！」アレックスはいったん引いた体をふたたび彼女のなかに沈めた。そこに身を置くことをどれほど求めているか、シャーロットにわからせるためだけに。こらえきれずにもう一度そうしてしまう。だが彼女の唇からこぼれたうめき声を耳にしたとたん、すぐに動きを止めた。

「アレックス？」彼の瞳が涙で光っているのに気づき、シャーロットは恐怖を感じた。「アレックス！」

　不意に彼が体を離し、うしろへさがってベッドから両脚をおろしてしまった。アレックスはどこかへ行ってしまうつもりかもしれない。シャーロットは慌てて手を伸ばし、彼の肘に触れた。

「アレックス」

彼はベッドの端に腰をおろしたままうなだれ、両手で顔を覆った。

「アレックス、なにが問題なの？」シャーロットは急いで寝間着を引きおろすと、夫のそばに腰かけた。

顔をあげて彼女を見たアレックスの目は自己嫌悪で濡れていた。「ぼくはもう少しできみとセーラの命を奪うところだったんだ、シャーロット。なにごともなかったかのように愛し合うことはできない。ぼくはきみのそばにいるべきではないんだ。きみはとっくの昔にぼくをドアから放り出しておくべきだった。くそっ、シャーロット。ぼくはきみにふさわしくない」

シャーロットは笑みをこらえた。まあ、わたしはなんて極端な人と結婚してしまったのかしら。最初にアレックスが離れていったとき、わたしは彼が激怒して出ていくのかもしれないと恐れた。だがこれで、アレックスがどれほどわたしを愛してくれているかをはっきりと確信できた。激しい嫉妬でさえも、この幸せな気分を消すのは不可能だ。

「わたしを愛している？」

アレックスが身をかがめてシャーロットにキスをした。「ぼくが愛しているのは知っているはずだ」かすれた声で言う。

「わたしはあなたを愛していると思う？」

彼の目にゆがんだ笑いが浮かんだ。「今より楽観的な気分のときはそう思える」

「わからないの、アレックス？」シャーロットは両手でアレックスの顔を包みこみ、官能的な声で秘密を打ち明けるように言った。「わたしたちがどれだけ幸運か、あなたにはわからない？　あなたが愛してくれたからこそ、わたしは命を救われたの。死の淵《ふち》から引きあげてくれたのはあなたなのよ。そしてわたしもあなたを愛していたから、自分ではもうあきらめていたのに、あなたの声について戻ってきたの」

シャーロットは身を乗り出し、唇でアレックスの口をそっとかすめた。瞳は心のうちの真実を伝えている。彼女はささやいた。「死がふたりをわかつまで、ほかの者に依らず、夫のみに添い遂げると誓わん」

アレックスは無言で妻を腕に抱き寄せて、甘い香りのする巻き毛に顔をうずめた。頬に触れるなめらかな髪の感触が、喉のこわばりを、燃えるような目の痛みを和らげてくれる。

「ぼくはきみの愛にふさわしくないよ、シャーロット。嫉妬深い愚か者で、誰かほかの男がきみに触れたと考えるだけで耐えられなかった。そのせいで分別を失ってしまったんだ。すまなかった。残酷なことをして、本当に悪かった」声は罪悪感で張りつめていた。

シャーロットが彼の肩に頬をすり寄せた。「あなたは本当に愚か者ね、アレックス。あんなふうに愛し合ったあとで、どうしてわたしがほかの人に触れられたがると思うの？」

それでもまだアレックスはためらっていた。「ぼくがどれほど愚かか、きみは知らないんだ、シャーロット。きみを許した自分を褒めていたんだから。許してもらうべきなのは自分のほうなのに。もし……もう二度と正気を失わないと約束したら、きみはぼくを信じてくれるだろうか?」

「信じるわ」シャーロットは言った。「あらゆる意味で。ベッドのなかでも、ベッドの外でも」

「ほかの女性とベッドをともにすることは絶対にありえない」ベッドの話が出たので、アレックスは約束した。

「そう」シャーロットがからかうような笑みを浮かべ、蜂蜜色の彼の肩にキスをした。「わたしとベッドをともにすることはどうかしら?」熱を帯びた小さなキスで鎖骨をたどり、脈打つ首筋まであげていく。そこでキスをやめて首をのけぞらせ、夫の黒い炭のごとき瞳をまっすぐにのぞきこんだ。

「あなたを愛しているわ、アレクサンダー・フォークス。あまりにも深く愛しているから、あなたがなにをしようと、きっと何度でも許し続けるでしょうね」

シャーロットのまなざしをのみこんで、アレックスの目に炎が燃えあがった。「ぼくがきみを愛するほどには愛せないはずだ」

その言葉がふたりのあいだに漂った。今やシャーロットの瞳も濡れていた。アレックスは頭をさげ、彼女の目に、頰に、耳のまわりに情熱をこめて口づけた。クリームのようになめらかな頰に涙がこぼれるたびに、キスでぬぐい取っていく。ついにふたりはともにベッドに横たわった。

アレックスがぬくもりのなかに身を沈めるあいだ、シャーロットは彼の肩をつかんでいた。

「ぼくたちはひとつになった」アレックスが言った。

「ひとつに」シャーロットは声に誓いをこめた。

「わが体をもって」彼女の目を見つめながら、アレックスがかすれた声で言った。「わが体をもって、われ汝を崇めん」その声には約束が——約束と誓いと祝福がこめられていた。

追記

一八〇三年、八月

アレックスはリュシアン・ボッホとウィル・ホランドとともに、暖かな黄昏《たそがれ》のなかで馬を走らせていた。三人ともこの瞬間に戸外にいられる喜びを無言で味わっていた。今まさに太陽が、ホランド卿の田舎の地所を取り囲む鬱蒼《うっそう》とした森の外れに沈もうとしている。長い一日のあとでようやく家の方角へ向かっていることを感じて、馬も意気揚々と脚を運んでいた。

「美しいところだな、ウィル」

ウィルがほほえみを返した。門番小屋が近づいてくると、彼は馬の速度を落とした。「少し失礼してもいいかな？　門番の妻が病を患っているので様子を確かめたいんだ」そう言うと馬から飛びおり、藁葺《わらぶ》き屋根の小屋のなかへ姿を消した。

リュシアンが自分の馬を停めてアレックスに向き直った。「どうしてもちゃんとお礼をさせてくれないんだな」かすかに抑揚のついたフランス人らしい口調で言う。

「感謝してもらうほどのことはなにもしていないからだ」アレックスは言葉を返した。

「いや、あるとも」リュシアンは引きさがらなかった。「ぼくたちが国を離れていたあいだ、奥方は醜聞に苦しまなければならなかった。ぼくが頼まなければ、きみは決して彼女をひとりにしなかっただろう。とりわけ、あのように細心の注意を必要とする時期には。妊娠していると教えてくれればよかったのに！」

「シャーロットもぼくも知らなかったんだ」アレックスは軽い口調で言った。「それに……自然に解決したんだ。シャーロットは多少のゴシップにさらされたが、それもすでにおさまった。セーラがぼくの子でないとほのめかす者などいないだろう」顔の造りも、ぴくぴく動く赤ん坊らしい眉も、すべて彼にそっくりだった。

「そうだろうが、やはりぼくは後悔せずには――」

「リュシアン。そんな必要はないんだ」

そのとき、門番小屋からウィルが出てきてふたたび馬の背に乗ったので、話はそこまでとなった。早く帰りたくて、アレックスは馬を軽く突いて襲歩《ギャロップ》で走らせた。土地を見まわったりウィルの新しい製粉場を見せられたりと、もうずいぶん長い時間、家から離れている。彼は子供たちが、そしてシャーロットが恋しかった。

リュシアンがアレックスに追いついた。「今日はきみの誕生日だそうだな」彼は含みのある言い方をした。「きっと驚くことが待ち構えているだろう」

アレックスは横目で彼を見た。「まさか」

「ぼくはそう思うよ」リュシアンが意味深長にほほえんだ。

けれどもウィルの屋敷に戻り、芝生の向こうからピッパが駆けてきたとき、驚くようなことはなにもなかった。ピッパが駆けてきたというのは言いすぎかもしれない。実際は甲高い声で〝パパ！　パパ！〟と叫びながら、彼のほうへよちよち歩いてきたのだ。馬から飛びおりたアレックスが抱えあげて肩にのせると、彼の娘はブラックベリーの香りのする秘密をささやいてくれた。どうやら納屋に子猫がいて、菜園にはブラックベリーの実がなっているらしい。

シャーロットに愛情と欲望の入りまじった視線を向けられ、客間にいるにもかかわらず自制心を失いそうになって、急いで彼女から離れてクロエ・ホランドの飾り戸棚を眺めに行かなければならなかったときも、取り立てて驚くことは起こらなかった。そんなアレックスを見てシャーロットがくすくす笑うのも、彼女を肩に担いで寝室へ直行したい気にはなるものの、別に珍しいことではない。

晩餐はなにごともなく終わった。堅苦しさを払拭《ふっしょく》して食事の席を取り仕切るクロエはとても魅力的だった。彼女は男爵夫人としての役割を楽々とこなすようになっていた。一同はナポレオンが侵攻してくる可能性や、いかがわしい女性の腕のなかで不名誉な死を遂げたバーナム主教を話題にした。アレックスの誕生日に言及する者は誰もおらず、彼はいささか気分を害していた。だが、ふと思いついた。もしかするとシャーロットは寝室で特別なもてなしを計画しているのかもしれない。大きなリボンを体に結んで。アレックスはその想像がおおいに気に入った。やがて女性たちが客間へ引きあげ、彼はウィルやリュシアンとともに、スコッチのタンブラーを手に図書室に腰を落ち着けた。

すると図書室のドアが開き、ウィルの執事が姿を現した。彼はフランス人で、自分では英語がほとんど話せないと言っている。

「伯爵さま」声をかけられたアレックスはいぶかしく思った。手袋をはめた執事の手に白いカードがある。彼はうやうやしくお辞儀をして、それをアレックスに手渡した。

ちらりとリュシアンをうかがうと、彼の顔にはまた意味ありげな笑みが浮かんでいた。

「ぼくの誕生日に関係しているのか？」

「そのとおり」

アレックスはカードの封を切ってすばやく中身に目を通した。眉をあげてリュシアンを見る。

「上階《うえ》へあがってふさわしい服装に着替えるよう指示してある」

「そういうことなら、アレックス、これ以上きみを引き止めておくわけにはいかないな」急いで立ちあがるウィルの顔には、なにかをたくらんでいるような笑みが広がっていた。

「シャーロットがなにを計画しているのか、ふたりとも知っているんだな？」いたずらっぽい笑いで目を輝かせている友人ふたりを見ると、答えは聞くまでもなかった。ふさわしい服装とはなんだろうと考えながら、アレックスは胸を弾ませて大理石の階段を駆けあがった。

シャーロットはなにを着るつもりなのだろう？

しかし、寝室にいたのはキーティングだけだった。ドレスに身を包んだ、あるいはなにも身につけていない妻の姿は見えない。

キーティングがベッドの上に正装を準備していた。アレックスは抗議の言葉が舌先まで出かかった。だが、これは彼を驚かせようとシャーロットが苦心して計画したことに違いない。応じないのはあまりにも失礼だ。アレックスがボウタイを結んでいると、キーティングが仮面付きのマントを肩に着せかけた。

「仮面舞踏会？　このあたりで仮面舞踏会があるのか？」

「申しあげられません。わたしはただ奥さまの命令に従っているだけです」二カ月も前に屋根裏から緑の仮面を出すように頼まれたことも、誕生日の遠出の計画はそれよりさらに前から立てられていたことも、キーティングは口にしなかった。

ようやく準備が整い、キーティングは困惑する主人を先導して寝室を出た。玄関にはウィルの執事が控えていた。いかにもフランス人らしい大胆な笑みだ、とアレックスは意地悪く思った。執事は威厳たっぷりなしぐさで彼を外の馬車まで案内した。

やれやれ、やっとだな。アレックスは足を速め、従僕が差し出した手を払いのけて馬車に乗りこんだ。

けれどもそこにもシャーロットの姿はなかった。彼が状況を把握する前に扉が閉まり、馬が動き出す。

「いいかげんにしてくれ」アレックスは呆然としてつぶやいた。

目的地まではそれほど遠くなく、馬車に乗っていたのは二〇分ほどだった。そのあいだにアレックスは、明らかに彼のために用意されたと思われるバスケットを開けて瓶を取り出した。だが、すばらしい味わいのシャンパンも気分をなだめてはくれなかった。シャーロットはいったいどこにいる？　ひとりでシャンパンを飲んで、どこが楽しいというんだ？　向かいの座席に座るシャーロットの姿を想像して、アレックスの瞳の色が濃くなった。荒々しい笑みが顔に浮かぶ。寂しい誕生日パーティーの仕返しは必ずしてやるぞ！　帰りはシャーロットも一緒の馬車に乗るに違いないのだから。

馬車が揺れながら停まるころには、アレックスはすっかり元気を取り戻していた。実際のところ、シャンパンをほとんど一本ひとりで空けて、上機嫌と言ってもいいくらいだった。

彼は馬車の扉を押し開けて外に飛びおりた。ところがそこでもまたキーティングと顔を突き合わせることになった。アレックスはすばやくあたりを見まわした。馬車が停まったのは手入れの行き届いた小道のようだ。どうやらどこかのカントリーハウスらしい。

「キーティング！」

「はい、だんなさま」側仕えは静かに応じた。御者席からおりたばかりなのか、頬と鼻が寒さのために赤くなっている。

「くそっ、おまえはいったいここでなにをしているんだ？　そもそもここはどこだ？」アレックスは詰問した。

キーティングはためらった。手に黒い布切れを持っている。

「だんなさま、あちらを向いていただきたいのですが」

アレックスは布を、そして困っている側仕えの顔を見た。シャーロットはよほどこの仮面舞踏会に思い入れがあるらしい。彼は肩をすくめてうしろを向き、側仕えが黒い布で目隠しをするのを許した。

キーティングにふたたび馬車のなかへ導かれる。思い違いでなければ、馬車は小道を進んでいくようだ。アレックスはなにもかもに嫌気が差し始めていた。目隠しをしたいなら、あるいは縛るとかそういうことなら、シャーロットが手ずからすればいい話だ。なぜ使用人たちまで巻きこんで、こんな手のこんだことをするのだろう？

馬車が停まり、キーティングが彼の肘に手を触れた。アレックスは肩をすくめて振り払い、自力で外におり立った。パーティーが開かれているようだ。女性の甲高い笑い声や、楽団が弾く弦楽器の音が聞こえる。

「だんなさま」キーティングがそっと声をかけた。今度はアレックスも逆らわずに肘を取らせた。キーティングの案内で一〇段ほど階段をあがったところは、人でこみ合う玄関広間のような雰囲気がした。パーティーの参加者たちは目隠しをされた男に興味をそそられているらしく、ささやく声が聞こえてきた。驚いたことにそのうちの数人の話し方は、アレックスがいつも耳にしているものとは違っていた。上流階級のパーティーではないのだ。

目隠しをはぎ取って説明を求めようとしたそのとき、キーティングがアレックスを止めた。

「お気をつけください。だんなさまは階段のいちばん上にいらっしゃいます」

布の結び目が緩められ、目隠しが外された。

アレックスはこみ合った舞踏室を見おろす、大理石の階段の上に立っていた。驚いて部屋のなかに視線を走らせる。舞踏室は暑かった。獣脂のきついにおいと、踊り手たちの熱気でよけいにそう感じるのだろう。はるかな過去の記憶が、以前ここに来たことがあると告げていた。

ダンスフロアはフリルのスカートや、薄汚れて見えるギリシア風のローブ姿の人々でいっぱいだった。数人の女性は小さな仮面をつけていたが、ほとんどは濃い化粧で十分顔が隠せると思っているようだ。アレックスは顔をしかめた。いったいどこなんだ？　フレンチドアにみすぼらしい栗色《くりいろ》のカーテンがかかって……。

そうだ！　ここはスチュアート・ホールだ。それならこれは……〈シプリアンの舞踏会〉に違いない。土曜の夜の〈シプリアンの舞踏会〉で、もちろん今日は土曜日だ。アレックスは呆然としながらそう思った。

視線をあげたとたん、身動きができなくなる。そこに彼女がいた。ナルキッソス像の隣に。黒い仮面をつけ、高く積みあげた髪に粉を振りかけたほっそりとした女性が。当然気づくべきだったのに。アレックスは浮かれて騒ぐ人々をよけながら舞踏室へおりていった。おしろいを塗った肩や派手なフリルに緑の仮面があたるのもかまわず、ダンスフロアを縫って進む。右も左も見なかった。彼女から一瞬たりとも目を離したくなかったのだ。

シャーロットは、生まれてからずっとこの瞬間を待ち続けていたような気がした。彼女の愛する人が、銀色まじりの髪をして緑の仮面をつけたあの愛しい従僕が、階段の上に立っている。だがあのときと違って、今夜の彼が捜しているのはシャーロットだ。アレックスと目が合い、穏やかな愛のメッセージを伝え合うと、彼女は体が小刻みに震え出し、倒れないようにナルキッソス像の冷たい石の腕をつかまなければならなかった。

やがて震えが笑みに変わる。まるで使用人も商人も、ほかの誰も存在しないかのように、アレックスが大股で舞踏室を横切り始めた。無意識の尊大さとにじみ出る品格が混在するその姿を見れば、従僕と間違える者は誰もいないだろう。たとえ五年前のマントを着ていても、高貴な血とそれにふさわしい高い知性からなる、名状しがたい自信が彼を包みこんでいた。永遠とも思える時間が過ぎて、ようやくアレックスが目の前に立った。

シャーロットは髪粉を振りかけていた。赤毛だと思いこんでも不思議はないほど肌が白い。黒い仮面で顔を覆い、彫像の陰に身を隠していた。そうだ。あの庭園の娘……彼女はシャーロットだったのだ。

ひとときも躊躇せず、アレックスは彼女をマントで包むと、自分のものだと主張するように愛情と情熱をこめてキスをした。シャーロットの膝から力が抜ける。彼にしがみついていなければ崩れ落ちていただろう。彼女はアレックスの黒い上着の内側に両手をすべりこませ、かすかにざらざらする上質のローン地のシャツ越しに、筋肉に覆われた背中を探った。

アレックスが黒いまつげの下からシャーロットを見おろした。「こんなことをたくらむなんて、きみを殺したくなるよ」こみあげる感情で声がかすれていた。「いや、自分を殺すべきだな。まったく、どうしようもない愚か者なのだから」

彼の胸にもたれたまま、シャーロットは得意げに笑みを浮かべた。

「お誕生日おめでとう、あなた」

「女狐《めぎつね》め」アレックスがうなったかと思うと、ふたたび頭をさげた。

いつもにぎわっている〈シプリアンの舞踏会〉では、女性を腕に抱いたひとりの客が浮かれ騒ぐ人々のあいだを縫って進み、そのまま階段をあがっていったとしても、振り返って見る者はほとんどいない。緑の仮面をつけたその客が、馬車に乗りこんだとたん、ひと言も言葉を交わさないまま恋人を膝にのせたと聞かされても、誰も驚きはしなかっただろう。その夜遅くまで――実際は明け方近くまで――シェフィールド・ダウンズ伯爵には、ひと息ついて誕生日の贈り物の感想を述べる暇すらなかった。

アレックスはシャーロットの頭を肩に引き寄せた。そうすれば話しながらなめらかな巻き毛にキスができる。「ぼくはきみとマリアが似ていると思った。だが、それについては考えたくなかったんだ。本当に鈍い男だよ。ぼくがマリアと結婚したのは彼女が庭園で出会った娘と似ていたからで、すなわちきみもその娘と似ていることになる。つまりはきみこそが庭園の娘だったのに、ぼくの頭にはその事実が浮かびもしなかった」彼は自分に腹を立てて顔をしかめた。「ぼくは大ばか者だよ、ダーリン。きみはとんでもない愚かな男と結婚したんだ」

シャーロットはアレックスの手を取って引き寄せ、てのひらに口づけた。押しあてたままの唇が、こらえきれずに笑みを形作る。「幸いなことに、わたしはおばかさんが好きなの」からかいまじりの返答は、彼の温かい肌にさえぎられてくぐもって聞こえた。

「ぼくは愚か者だ。間抜けだよ。気づく機会は何度もあったのに。きみの家の〈中国の間〉で結婚を申しこんだときのことを覚えているかい？　あのあと、きみに触れただろう」

頰をバラ色に輝かせて、シャーロットはうなずいた。

「きみは〝ありがとう〟と言った」自己嫌悪に満ちたアレックスの声はつらそうだった。「愚かなことに、ぼくは思ったんだ。きみの言葉に一瞬あの庭園の娘を思い出すとは、なんと不思議なんだろうと。それ以上深くは考えなかった。庭園の娘もぼくに礼を言った。そんな礼儀正しい言葉を口にした女性はふたりしかいなかったのに……。まったく、ぼくは鞭で打たれてもしかたがない」彼の口調が厳しくなった。「ぼくのせいで、きみはひどく苦しんで――」

シャーロットはアレックスの口を手で覆ってさえぎった。

「言わないで！　わからないの？　あなたがどれほどわたしを幸せにしてくれるか。大事なのはただひとつ、あれがあなただったということよ。初めからずっとそうだったの。あなたがすぐに気づかなかったからといって、なにが問題なの？　それでもあなたはわたしを欲してくれたわ。わからない？」彼女は必死の思いでささやいた。「もしあなたがふたたびわたしの前に現れたとき、以前純潔を奪ったことを思い出していたとしたら、本当にわたしを求めてくれたとは信じられなかったに違いないわ。紳士としての道義心から結婚を申しこんだのかもしれないと、いつまでも疑問を抱き続けていたでしょう。わたしたちが〈中国の間〉で過ごしたときのことで、いちばんはっきり思い出すのはなんだと思う？」

アレックスは首を振った。シャーロットの輝く瞳から目が離せない。

「あなたが……あなたが愛撫を続けたがらなかったことよ。わたしの貞操を守りたかったから。あなたは本気だったわ。あのときわたしは、すでに純潔を奪ってしまったことをあなたが思い出さなくて、本当によかったと神さまに感謝したの。だって、あなたはあそこにいたわたしを求めていたことになるもの。庭園でのつかのまの軽率なふるまいを埋め合わせるためでなく、わたし自身を欲しがっていたことに」

アレックスはシャーロットを抱き寄せて首筋に顔をうずめた。「ぼくにはもったいない人だ。ぼくはきみにふさわしくない」ほんの一瞬、沈黙が生まれる。

「ぼくがあれほど愚かでなくて、きみと庭園の娘を結びつけることができていたら、初めからなにもかもが変わっていたはずだ」アレックスは冷静になって言った。「いろいろな意味で、ぼくの人生が進むべき方向はあの庭園の娘によって……きみによって決定づけられたんだよ。あれから何週間もきみの夢を見ていたと知っているかな？　きみは泣いていて、ぼくは懸命に慰めようとするんだ。あるいは腕のなかに横たわるきみにキスをしている。どちらもつらい夢だった。翌週の土曜に、いやがるパトリックを連れてまた〈シプリアンの舞踏会〉に行ってみたんだが、きみはいなかった。それからの二週間で社交界で開かれた五つの舞踏会にも顔を出したが、やはりきみを見つけられなかった。そのあとぼくはローマに行き、ンドンに戻ってきて、ある公爵の令嬢と出会った。その令嬢があの庭園の娘だとは思いもしなかったが、彼女のほかは誰も欲しくなくなった。きみも知ってのとおり、舞踏会で出会って二分後にはきみと結婚する計画を立てていたよ」

彼はうっとりとしたシャーロットの表情を見て笑みを浮かべた。「申し訳ないが、愛しい人、きみはぼくの運命の女性なんだ」

シャーロットはアレックスにしがみつき、彼の腕に抱かれる感覚を楽しんだ。今ではもう、ふたりのあいだに不安はない。

「あなたが恋しかったわ。恋しくてたまらなかったの」彼女はささやいた。

「ぼくもだ。激怒していたときでさえ、きみが恋しかった。いつかはまたふたりが一緒になると知っていたんだ。怒りに任せてぞっとするほど愚かなことをわめきながらも、なにがあろうときみを取り戻さなければならないとわかっていた。きみはぼくの心臓の一部なのだから。きみを失えばぼくの存在も消えてしまう」

アレックスの妻はほほえんで彼を見あげた。澄んだ瞳に愛が輝いている。「わたしを失うなんてありえないわ。次にあなたが家を飛び出していくときは、どこであろうとわたしもついていくつもりなんですもの」

「だが、ぼくのもとを去ろうなどとは思わないでくれ、シャーロット。そんなことになったら耐えられない」

「きみを大切にする」アレックスはささやきかけた。「お互いが年老いて白髪になるまで。そしてそのあとも永遠に」

「離れないわ」

シャーロットは黙っていた。言葉にしなくても、ふたりは誓いを交わしていたからだ。優しさのなかで与え、与えられ、永遠に心に残る誓いを。

訳者あとがき

本書『星降る庭の初恋』（原題 Potent Pleasures）は、ニューヨーク・タイムズ紙のベストセラー作家であり、日本でもすでにエセックス四姉妹シリーズ（『見つめあうたび』『瞳をとじれば』『まばたきを交わすとき』『恋のめまい』）で人気を博している作家、エロイザ・ジェームズのデビュー作にあたります。また本書は、Pleasure 三部作の一作目でもあります。

カルヴァースティル公爵令嬢であるシャーロット・ダイチェストンは社交界デビューを目前に控えていますが、自分のお披露目にもかかわらず、ドレスや舞踏会にまったく興味がありません。頭にあるのは絵を描くことばかり。当時の社交界のレディには考えられないことでした。そんなある日、彼女は学生時代の友人ジュリアを訪ねます。シャーロットはそこで社会勉強のためとジュリアに説得されて、こっそり地元の仮面舞踏会をのぞきに行くことになりました。ところがそれはいわゆる普通の舞踏会ではなく……。シャーロットの人生はその日を境に一変してしまいます。

双子のフォークス兄弟は、品行方正とはとても言えない問題児でした。あまりにトラブルばかり起こすので、彼らの父親はふたりを引き離す決意をして、兄のアレクサンダーをイタリアへ、弟のパトリックをインドへ行かせました。その父が少し前に亡くなり、爵位を継いだアレクサンダーはイングランドへ戻ってきます。イタリアでの彼は幸せではありませんでした。そこで起こった事件のために、独身の伯爵という好条件にもかかわらず、結婚に不適格との烙印を押されて、帰国してからもなにかと噂になっています。そもそもの原因は、イタリアへ送られる直前にある娘と出会ったことでした。

エセックス四姉妹シリーズはイギリス摂政時代（一八一一〜一八二〇年）が舞台でしたが、本書はそれより少し前、一九世紀が始まったばかりの一八〇一年が背景の中心となっています。一七八九年のバスティーユ襲撃でフランス革命が始まり、一八〇三年にナポレオン戦争が起こる、ちょうどそのあいだの時代を感じさせるエピソードが、本書にもいくつか出てきます。

作者エロイザ・ジェームズは人気作家でありながら、シェイクスピア、ルネッサンスを専門とする現役の大学准教授でもあり、その二重生活がたびたびメディアに取りあげられています。また、父親は詩人、母親は短編小説家という家庭に生まれ、ハーバード大学を卒業して、オクスフォード大学とエール大学で学位を取得しました。専門であるシェイクスピアに関して作品中で触れることも多く、本書には『リア王』が登場します。『リア王』といえば、娘たちに裏切られた老王が荒野をさまよい、絶望のうちに狂気に取りつかれていくというシェイクスピアの四大悲劇のひとつなのですが、一七世紀後半から一九世紀半ばまではハッピーエンドに改作されたものが演じられていたそうです。

一冊ずつ考えるのではなく、まず舞台となる世界を構築することから始めるという手法のせいか、彼女の作品にはシリーズを通して顔を出す登場人物も少なくありません。もちろん、それぞれの物語は単独で完結しているのですが、社交界のレディやドレスメイカー（マダム・カレーム）はフランス料理に大きな影響を与えた一八世紀の料理人、アントナン・カレームにヒントを得たとか）などにもぜひご注目を。作者も思い入れが強いというデビュー作を、みなさまにもお楽しみいただければ幸いです。

二〇一一年三月

ライムブックス

星《ほし》降《ふ》る庭《にわ》の初恋《はつこい》

著　者　エロイザ・ジェームズ
訳　者　白木智子《しらきともこ》

2011年4月20日　初版第一刷発行

発行人　成瀬雅人
発行所　株式会社原書房
〒160-0022東京都新宿区新宿1-25-13
電話・代表03-3354-0685　http://www.harashobo.co.jp
振替・00150-6-151594
ブックデザイン　川島進（スタジオ・ギブ）
印刷所　中央精版印刷株式会社

落丁・乱丁本はお取り替えいたします。
定価は、カバーに表示してあります。
 ISBN978-4-562-04407-8　Printed in Japan